풍아송 風雅頌

風雅頌

풍아송 風雅頌

옌롄커 지음 / 김태성 옮김

문학동네

일러두기

1. 이 책은 다음의 원서를 옮긴 것이다.(閻連科, 風雅頌, 臺北: 麥田出版, 2008年 11月 1日)
2. 각 장의 가로형 부제는 대만판에는 없고 대륙판에만 있는 제목으로, 저자의 동의하에 옮긴이가 추가로 넣었다.
3. 중국의 행정구역 단위명사(~성, ~현, ~시, ~촌)나 보통명사(~궁, ~산맥, ~가) 등은 가급적 붙여쓰고, 앞의 고유명사만 중국어 발음대로 표기했다.(예: 톈안먼→톈안문)
4. 『시경』의 하위제목에서는 시를 ' '로, 시 자체를 가리킬 경우에는 「 」로 표시했다.(예: 『시경』 「대아」 '황의' / 「황의」)
5. 옮긴이 주는 ●로, 원주는 번호를 넣어 표시했다.
6. 단편은 「 」, 단행본 제목과 장편은 『 』, 신문과 잡지는 〈 〉로 표시했다.

넘쳐흐르는 글쓰기와 열독閱讀

한 사람이 평생 쓰는 글은 한 가닥 선이라 할 수 있다. 하루 또 하루 시간 위에 새겨지는 생명의 시말始末이 아무리 구불구불하다 해도 이는 한 가닥 선이 될 수밖에 없다. 하지만 때로는 생명 속에서 생명 이외의 것들이 발생하기도 한다. 우리가 흔히 말하듯 "죽었다가 다시 살아났다"라는 게 바로 그런 경우다. 다시 산다는 건 이전에 지나간 생명의 연속이다. 하지만 다시 살아나기 전까지의 그 짧거나 긴 죽음은(내가 말하는 것은 쇼크나 혼절, 가사상태 같은 게 아니라 진정한 죽음이다) 완전한 생명의 과잉이자 열외상태다. 생명의 뿌리 자체를 초월하는 '인생'인 것이다.

정확히 말하면 그 죽음도 그 또는 그녀 삶의 일부이기 때문이다.

물론 『풍아송』은 이처럼 길고 긴 인생과 죽음에 관해 쓴 작품이 아니다. 하지만 이 작품의 탄생은 내 생명 전체를 관통하는 글쓰기에서 '죽었다가 다시 살아난' 작품이 되었다. 『풍아송』은 대학에 대해, 교수들에 대해, 오늘날 중국 지식인들의 나약함과 무력함, 비열함과 불쌍함에 대해 쓴 작품이다. 또한 물질과 금전, 권력에 대한 그들의 타협과 숭배, 이상과 욕망의 이율배반, 저항과 탈피의 불화, 기개와 교태의 갈등…… 같은 것에 관해 쓴 작품이다. 오늘날 중국인들의 복잡한 상태는 지식인들에게서 가장 두드러지게 나타난다(어쩌면 이 세계의 모든 나라가 마찬가지인지도 모른다). 이 세계와 전 인류의 일상과 달리 오늘날 중국에서 줄곧 벌어지고 있는 이상한 일들, 그리고 세상 사람들이 예상할 수 없고 상상하기 힘든 야릇한 일들이, 사실은 지식인들이 그 무엇도 반대하지 않고 책임지지 않고 비판하지 않고 저항하지 않고 참여하지 않으면서, 오히려 그 안에서 즐거움을 찾거나 앞장서서 몸소 자기파멸과 타락의 길을 걷고 있기 때문이라고 나는 생각한다. 그러면서도 그들은 국가와 사회, 권력과 당파, 금전이 멋대로 가지고 놀 수 있는 장난감으로 자신을 만들어 필요에 따라 마음대로 타협하고 마음대로 다양한 형태의 유희를 즐기고 있는 것이다. 다양한 사유와 역사의식, 가치관을 지닌 전 세계 사람들이 오늘의 중국과 중국인들을 보며 이구동성으로 "중국인들이 어찌 이 모양이 되었을까?!"라고 말한다. 하지만 사실은 중국인이 아니라 중국의 지식인들이 이 모양 이 꼴이 된 거다.

몇 년 전 중국에서 이 책이 출판되고 나서 당시 벌떼 같은 비평과 비판, 쟁론에 부딪쳤을 때, 나는 방금 앞에서 했던 말을 감히 입 밖에 낼 수 없었다. 그저 『풍아송』은 내 정신적 자서전이라고, 나 자신에 대한 따돌림이자 비판이라고만 했다. 이는 나 역시 감히 미워할 수 없고, 감히 사랑할 수 없고, 감히 비판하거나 인정할 수 없는 지식인 가운데 하나라는 사실을 말해준다. 한국에서 『풍아송』을 출판하면서 서문에 이런 얘기를 쓰는 것은 이제 와서 내게 용기와 지략, 깨달음이 있음을 설명하고자 하는 게 아니라, 이 책을 썼다는 것이 그 제재와 사상, 함의를 놓고 보든 아니면 언어와 상상, 구조와 서사를 놓고 보든 간에, 어떤 각도에서 보더라도 내 생명에 한차례의 한계초과와 넘쳐흐름이 일어났었고, 그리고 그 결과 내 작품을 좋아하는 한국 독자에게도 이런 뜻밖의 열독의 기회가 주어지게 되었다는 의미임을 밝히고자 하는 것이다.

내가 이 '지식인 소설' 『풍아송』을 그 시기에 썼다는 것은 커다란 행운이다. 지금 이런 소설을 쓴다면 이미 시의가 지나버리고 상황도 변해 있어 절대로 쓰지 못했을 것이기 때문이다. 한국의 번역자와 출판사에게 깊은 감사의 뜻을 전한다. 그분들의 노력은 내 글쓰기에 대한 지지일 뿐만 아니라 사랑이라고 할 수 있다. 또한 중국과 다른 나라들의 지식인 및 '지식인 소설'의 사유에 대한 공통인식이자 공명이라고 할 수 있을 것이다.

2013년 7월 17일 베이징에서

옌롄커 씀.

차례

제1권 풍風

관저 關雎
한광 漢廣
종풍 終風
탁혜 蘀兮

관저

『시경』이 한 쌍의 개 같은 남녀를 만났을 때

이 작품은 『시경詩經』에서 가장 유명한 사랑의 노래로, 한 사내가 강가에서 풀을 뜯고 있는 아름다운 아가씨를 사랑하게 되는 정경을 묘사하고 있다. 강가에는 한데 어울려 우짖는 물새들이 있고, 물 한가운데에는 마름풀荇菜이 떠다니고 있어 아가씨의 날씬하고 아름다운 모습을 연상케 한다. 이 시는 환상에서 시작하여 현실로 넘어가며 시의 경지를 한 걸음 한 걸음 넓혀가는 동시에 진지하고 깊이 있게 사모의 정을 묘사하고 있다. 공자는 이 시에 대해 "즐겁지만 음란하지 않고 슬프지만 마음을 상하게 하지 않는다"라고 말한 바 있다.

關
雎

사실 경성의 정신병원에서 바러우把樓산맥으로 도망쳐올 때 나는 걸음을 그다지 빨리하지 않았다. 하지만 시간은 내 발밑으로 아주 다급하게 날듯이 흘러갔다. 그 때문에 나의 새 저서 『풍아지송風雅之頌──「시경」정신의 근원에 관한 연구』(이어지는 이야기에서 이 전문서적을 그냥 『풍아지송』이라고 부르기로 한다)에 나오는, 누구나 맨 처음 인생의 새로운 길을 따라 어디로 갔든 결국 마지막에는 옛길을 따라 되돌아오는 수밖에 없다는 구절이 생각났다.

나는 『풍아지송』이 아주 위대한 저서라고 생각한다. 이 책은 『시경』이라는 경서經書의 기원과 요체를 새롭게 밝혀냈을 뿐만 아니라 신앙이 없는 민족에게 새로운 정신의 뜨락과 기댈 수 있는 산을 만들어주었기 때문이다. 이 책에 담긴 글자 하나하나가 전부 금옥처럼 귀하여 땅바닥에 던지면 소리가 난다. 나는 이 책을 완성하는 데 무려 오 년이라는 세월을 소모했다. 칭옌淸燕대학 소나무 숲속에 자리잡고 있는 연구실, 그 고색창연한 기와건물 안이 내가 처음 이사해 들어갔을 때는 아주 깨끗하게 정리되어 있었고 벽도 하늘처럼 희기만 했다. 그러나 내가 떠날 무렵에는 이미 나무 창틀에 붉은 칠이 벗겨져 여기저기 나뭇결이 드러나 있었다. 눈처럼 희던 벽에도 잿빛 얼룩과 더러운 흔적이 가득했다. 마치 대변을 묻힌 거대한 걸레를 방 안 네 벽에 널어놓은 것 같았다.

물론, 전문서적인 이『풍아지송』이 내게 가져다준 게 이런 것만은 아니다. 이 책이 내게 가져다준 가장 큰 보답은, 올해 여름에 내가 이 책을 들고 집으로 돌아왔을 때 한무더기의 남자 옷과 여자 옷이 뒤섞여 어지럽게 우리 집 거실 소파에 널브러져 있는 것을 보게 해준 것이다. 내 아내 자오루펑이 당시 아직 부총장이던 박사 과정 지도교수 리광즈와 함께 내 침실의 침대 위에 누워 있었던 것이다. 자오루펑은 희고 발그레한 몸에 약간 살집이 있는 데 비해(그녀의 이런 풍만함이 장점이라고 할 수도 있다) 리광즈는 장작개비처럼 비쩍 마른데다 피부도 거무튀튀했다. 그가 내 아내의 몸에 올라타 있는 모습은 마치 마른 새우 한 마리가 흰 생선 위에 얹혀 있는 것 같았다. 이러한 흑과 백, 통통함과 수척함, 어둠과 밝음의 대비를 보면서 나는 문득 두 사람이 오르가슴에 도달하기는 대단히 힘들었을 것이라는 생각이 들었다.

리광즈에게 그런 능력이 있을 리 없었다.

나는 침실 문 앞에 서 있었다. 한 손에는 열쇠를, 또 한 손에는『풍아지송』원고를 들고 있었다. 장장 오십만 자에 이르는 분량으로 방금 교열을 마친 원고였다. 두께가 반 자나 되는 막대한 분량에 뜨겁고 거침없는 필치로 쓰인 이 원고는 그 사상이 네 개의 벽돌과 같았다. 큰 업적을 이루고 개선하듯 집으로 돌아온 나는 이 위대함을 손에 들고 갑자기 아내의 면전에 서서 빛나고 화려한 공로를 내보이며 보상을 요구할 심산이었다. 그러나 그녀는 같은 학교의 간부와 한침대에서 함께 베개를 베고 누워 남몰래(그것도 벌건 대낮에) 환락을 취하고 있었던 것이다. 우리 집은 대학 캠퍼스 동남쪽에 위치한 가족 숙사 4동 3단원 306호실이었다. 창밖의 포플러가 깃대처럼 푸른 하늘을 찌르고 있었다. 푸른 잎이 매달려 있는 몇몇 가지가 우리 집 유리창 앞에서 어지럽게 흔들리고 있었다. 나는 몹시 놀란 얼굴로 두 사람이 황급히 침대에서 일어나 몸을 잔뜩 움츠린 채 어깨를 나란히 하고 있는 모습을 바라보았다. 둘 다 창백해진 얼굴로 쉴새없이 온몸을 떨고 있었다. 순간 내가 집에 돌아온 게 적절하지 못했다는 생각이 들었다. 때를 잘못 잡아 돌아온 것이다. 또 갑자기 두 사람이 너무 당돌하고 조급했다는 생각도 들었다. 나는 황급히 뒤로 한 걸음 물러서서, 두 사람이 동시에 침대 머리맡에 있는 베개 커버를 집어 몸을 가릴 때 둘의 손 관절이 부딪치는 광경을 바라보았다. 살코기가 땅에 떨어지는 것 같은 소리가 났다. 소리는 댓조각을 엮어 만든 돗자리 위에 맴돌며 커져갔다.

두 사람도 나를 쳐다보았다. 남녀의 눈길은 어둡고 서글프기만 했다. 기대와 근심으로 가득한 눈빛이었다. 마치 포로로 잡힌 병사 둘이 컴컴한 총구를 바라보고 있는 것 같았다. 그들의 이런 모습에 나는 문득 불안하고 부끄러운 마음이 들어 미안하다고 말하는 수밖에 없었다. "미안합니다. 정말 미안해요. 전 그저 작품을 끝내고 집으로 돌아온 것뿐이에요. 먼저 집으로 전화를 해볼 걸 그랬나봐요. 인기척을 먼저 하고 들어왔어야 했나봐요."

이렇게 말하면서 나는 뒷걸음질하기 시작했다. 아무래도 내가 문을 잘못 열고 들어선 것 같았다. 소변이 급한 사내가 잘못해서 여자 화장실에 들어온 것 같았다. 거실까지 물러난 나는 재빨리 몸을 돌렸다. 그다음 다시 고개를 돌려 말했다. "이봐요, 우선 옷이나 좀 입으시지요. 두 분 모두 옷부터 입으시라고요."

그러고는 곧장 집 밖으로 나왔다.

가볍게 문을 닫은 나는 계단 입구에 멈춰 섰다. 맞은편 벽에 칠해진 흰 석회는 일 년도 채 안 됐는데 벌써 말라서 쩍쩍 갈라지고 있었다. 넋이 나간 눈빛으로 벽을 바라보자 내 차가운 시선을 견디지 못했는지 부르르 석회막 몇 조각이 떨어져내렸다. 나는 깜짝 놀랐다. 내 발길에 내 귀가 채인 줄 알았다. 이때 가장 두려운 것은 이웃집 사람들이 집으로 돌아오는 것이다. 이 사람들이 돌아와 내게 "양 교수님, 댁에 안 들어가시고 여기서 뭐하세요?" 하고 묻는 것이 가장 두려웠던 것이다. 다행히 하느님이 나를 보살펴주셨다. 이런 순간에 이웃들이 돌아오지 않도록 안배하신 것이다. 현관은 더할 수 없이 조용하기만 했다. 복도 창문에서 계단으로 비쳐들어오는 햇빛이 사각사각 소리를 내고 있었다. 나는 창문 밖으로 눈길을 돌려 학생 하나가 사과 봉지를 들고 건물 밖을 이리저리 두리번거리다가 주위에 아무도 없는 것을 확인하고는 건물 현관 안으로 들어서는 것을 바라보고 있었다. 그 학생이 어느 지도교수에게 선물을 바치러 오는 것임을 나는 모르지 않았다. 말할 것도 없이 어느 과목인가 시험에 불합격했거나 아니면 논문이 통과되지 못할 것을 두려워하고 있는 게 분명했다. 시험에 합격하지 못하거나 논문이 통과되지 못하면 지도교수에게 선물을 주는 수밖에 없다. 그리고 학생이 주는 선물을 받으면 지도교수는 그를 통과시켜주는 수밖에 없다. 나는 지도교수의 눈에는 너무 가벼워 보일 수도 있는 선물 안에 돈이 든 편지봉투가 들어 있다는 것도 잘 알고 있었다. 그러지 않고 사과 한 봉지만으로 학업 통행증을 살 수는 없기 때문이다. 나는 그 학생을 곁눈질로 쫓으면서 그의 발걸음이 건물 안으로 멀어져가는 소리를 들었다. 그의 모습이 사라지고 소리가 잦아들자 아래층 마르크스·레닌주의 철학을 가르치는 우 교수 집의 초인종이 몇 번 요란하게 울렸다. 초인종 소리에 내 가슴도 덩달아 쿵쾅쿵쾅 뛰었지만 이내 모든 것이 다시 적막 속으로 잦아들었다.

다시 평온해졌다.

학생이 찾아간 사람은 바로 우 교수, 그 사람이었다.

이제 남은 것이라고는 우리 집 안에서 들리는 바스락거리며 옷 입는 소리, 의자 끄는 소리, 그리고 내 아내 자오루펑이 문을 향해 걸어오는 발걸음 소리뿐이었다. 곧이어 문이 열리더니 문틈 사이로 바람에 가을 낙엽이 휘날리는 듯한 아내의 목소리가 들려왔다.

"양 선생님, 돌아오셨군요. 하실 말씀이 있으시면 안에 들어와서 하세요."

몸을 돌린 나는 너비가 손바닥만 한 문틈 사이에 그녀의 얼굴이 반쯤 끼어 있는 것을 보았다. 내가 예정된 시간에 맞춰 집으로 돌아왔을 때 문 열고 맞이해주던 그 모습이었다. 집 안에 들어서서 문을 닫는 순간, 그녀는 거실 한쪽에 서 있었다. 새로 산 연분홍빛 치마를 입고 있었다. 남색 비단 허리띠도 허리에 제대로 매여 있었다. 가슴에는 당장이라도 날아오를 것 같은 모양의 나비매듭이 매어져 있었다. 보기에는 자신의 영화영상학과 학생들에게 수업을 하러 나가는 것 같았지만 그녀의 손에는 교재가 들려 있지 않았다. 겨드랑이에도 강의안이나 학생들에게 보여줄 영화 테이프가 끼워져 있지 않았다. 그녀의 두 손은 힘없이 아래로 늘어져 아랫배 부분에 서로 교차되어 있었다. 손바닥을 위로 향한 채 팔을 약간 구부린 상태였다. 마치 두 손으로 감싸쥔 공기가 새어나갈까봐 두려워하는 것 같았다. 나를 힐끗 쳐다보고 나서 고개를 밑으로 떨어뜨릴 때 미처 단정하게 정리하지 못한 머리칼이 그름을 놓치지 않고 앞이마를 덮으면서 흰 천 같은 그녀의 얼굴에 검은 줄 하나를 그어놓았다. 결혼한 뒤로 십여 년의 세월이 흐르는 사이, 내 나이는 이미 마흔둘이 되었고 그녀도 서른다섯이나 되었다. 하지만 이제까지 그녀가 오늘처럼 동정심을 자아내는 모습, 사랑스러울 정도로 가련한 모습으로 보인 적은 한 번도 없었다. 그녀의 이런 모습은 마치 논문이 통과되지 못할까봐 선물을 사들고 찾아와서는 내 앞에 서서 애걸복걸하던 학생들의 모습과 다르지 않았다. 나는 아내에게서 눈길을 거두어 부부급副部級 지식인인 리광즈를 쳐다보았다. 이때 그는 이미 더이상 경사京師의 유명 대학에서 모든 연구와 강의를 관장하는 부총장도 아니었고 서양 학문의 전문가도 아니었다. 더이상 전국의 모든 박사를 심사하고 평가하는 소조小組의 부조장도 아니었다. 그는 완전히 도둑질하다 현장에서 붙잡힌 늙은이가 되어 있었다. 몸에 양복을 걸치고 있기는 하지만 안에 입은 흰 셔츠는 목 단추가 채워지지 않은 상태였고 넥타이는 새끼줄처럼 손에 들려 있었다. 얼굴은 여름 한철인 무처럼 파랗게 질려 있었다. 나는 예전에 내가 집에 없을 때면 그가 주인처럼 내 집 소파에 앉아 내 아내가 우려주는 룽징차*와 예쁘게 깎은 사과를 대접받는 호사를 누렸을 것이라고 추측했다. 하지만 오늘은 그렇게 할 수 없었다. 그는 이빨 빠진 호랑이가 되어 있었다. 소파 맞은편 의자에 엉덩이를 반쯤 걸치고 고개를 숙인 채, 아무 말 없이 간간이 입구를 쳐

● 龍井茶. 룽징에서 나는 중국의 유명 녹차의 일종.

다보곤 했다.

그의 시선이 나를 일깨워주었다.

나는 다가가 반쯤 열린 문을 닫고(문 안쪽의 걸쇠를 잠갔다) 거실로 돌아와 이 집 주인의 모습으로 우윳빛 인조가죽 소파에 앉았다. 뭔가 말하고 싶었지만 긴 한숨만 터져나왔다. 다시 한번 두 사람을 힐끗 쳐 다보고는 하려던 말을 도로 뱃속으로 삼켰다. 물을 몇 모금 마셨다. 목 이 마르지도 않았고 마음이 초조하지도 않았다. 그렇게 소파에 기댄 채 바닥에 놔둔 원고를 바라보며 한동안 침묵했다.

간통 혐의로 그들을 체포하는 게 좋은 일일지 나쁜 일일지 알 수 없 었다.

어떤 말을 해야 좋을지 몰랐다.

공기가 응결되어 쇠와 돌로 변하기라도 한 듯 집 안 전체가 답답하 기만 했다. 사람도 이미 돌이나 쇠로 주조되어버린 것 같았다. 에어컨 이 켜져 있긴 했지만 리 부총장의 얼굴에는 땀방울이 맺혀 있었다(조 금은 가련한 모습이었다). 아내의 얼굴에도 구슬땀이 몇 방울 맺혀 있 었다. 내 얼굴에는 땀이 흐르지 않았다. 단지 손바닥에서 열이 조금 날 뿐이었다. 두 손을 맞잡자 두 봉지의 물을 합친 것 같은 기분이 들었 다. 손을 풀자 냉기가 쏴 하고 손바닥 한가운데서 손 전체를 향해 밀려 들어왔다. 그 순간 칭옌대학에서 공부하고 강의하던 이십 년 동안 한 번도 느껴보지 못한 괴로움과 만족감이 손바닥에서 팔을 타고 온몸으 로 퍼져나갔다. 다시 한번 두 사람을 쳐다보았다. 눈빛이 마주치자 나 를 향하던 두 사람의 시선이 약간 위축되면서 떨렸다. 고개를 내밀어 위험을 감지하려는 거북 머리처럼 나를 한 번 쳐다보고는 재빨리 민첩 한 동작으로 눈길을 거둬들였다.

시간이 째깍째깍 흘러가고 있었다. 일분일초가 쇠바퀴처럼 세 평 남짓한 거실을 구르며 내리누르는 것 같았다. 이때 온몸에 힘이 다 빠질 정도로 압도되어 더할 수 없이 답답하기만 했던지 리광즈는 마지막으로 자신과 함께 침대에 올랐던 사람을 쳐다보고 미안한 듯 물을 한 컵 따라(맙소사, 뜻밖에도 그가 내게 물을 따라주었던 것이다) 두 손에 받쳐들고 와서는 내 앞에 내려놓고 다시 돌아가 심문받는 사람처럼 엉덩이를 의자에 걸쳤다.

"양 부교수, 내가 잘못했소. 어떻게 하실 생각인지 단도직입적으로 말해주시오."

맙소사, 그가 마침내 입을 열었다. 목소리는 가늘고 섬세하면서도 촉촉했다. 캠퍼스 안 연꽃 호수 위로 아른거리는 수증기 같았다. 원래 그는 학교에서 강연을 할 때나 학생과 교수가 전부 모인 자리에서 보고를 하거나 문서를 낭독할 때도 목소리가 이랬다. 그때도 그의 목소리는 낭랑하게 귀를 울렸다. 그는 불어도 할 줄 알았고 영어에도 능통했다. 케임브리지대에서 서양철학과 미학을 전공한 그는 박사 과정을 이수하는 동안 서양철학에서 가장 어렵다는 책 몇 권을 번역하기도 했다. 나중에는 서양의 추리소설과 최근의 미학 논저들도 여러 권 번역했다. 또한 『서양미학사』를 비롯하여 『서양철학발전사』 『케임브리지·옥스퍼드 교육비교론』 『구미와 중국의 미학비교론』 등의 전문 학술서를 저술하기도 했다. 칭엔대학 철학과에서 십칠 년 남짓 교편을 잡는 동안 배출한 박사 과정 수료생만 해도 백팔십여 명에 달했다. 나중에 그는 자연스럽게 학교의 부총장이 되었고 학생 대부분이 강당에서 그의 연설을 들어야 했다. 일부 극소수의 학생만이 교실에서 그의 근엄한 풍채를 구경할 수 있었다(나도 언젠가 기회가 주어지면 지근거리에서 그의 수업을 들어보고 싶다고 생각했지만 끝내 강의를 듣지는 못했다). 더 나중에 그는 학생들에게 거의 수업을 하지 않았고 이 유명 대학에서 이런저런 일로 정신없이 바쁘게 돌아치는 지도자가 되었다. 처음에는 학교의 행정 업무와 잡다한 일을 도맡아 하는 가장 말단의 부총장이 되더니, 나중에는 학교의 모든 업무를 관장하는 수석 부총장이 되었다(아주 높은 지위에 산처럼 거대한 권력을 갖게 된 것이다). 그리하여 내가 더는 이 서구 학문의 대가와 접촉할 수 있는 기회가 없을 것이라고 단정하고 있을 때, 그는 오히려 내 바로 앞에 나타나, 그것도 우리 집 응접실에서 나와 얼굴을 마주하고 있는 게 아닌가. 게다가 내게 직접 물을 한 컵 따라주기도 했다. 어쨌든지 내 눈앞에 있는 이 작고 깡마른 사내는 눈썹 일부가 이미 하얗게 세고 앞이마가 벗겨져 약간 위로 올라간 늙은이였다. 학교 안팎으로 명성이 자자한 총장과는 어쩐지 잘 어울릴 것 같지 않은 모습이었다. 나는 그의 얼굴을 뚫어져라 쳐다보았다. 마치 허공에 걸린 푸른 나뭇잎을 바라보고 있는 것 같았다(그 푸른 나뭇잎 색깔의 얼굴에는 남들이 뭐라고 하든 평소 자신이 하던 바를 계속하겠다는 의연하고 완고한 고집이 서려 있었다). 내가 그렇게 한참이나 그의 얼굴을 바라보면서 그 얼굴에서 남을 의식하지 않는 고약한 아집을 찾고 있을 때, 그가 다시 입을 열었다.

"양 부교수, 안심해요. 올해 안으로 당신의 직위를 부교수에서 교수로 승급시켜줄 생각이오. 어때요?"

그러고는 한마디 덧붙였다.

"그리고 연말에 양 부교수를 국가급 모범학자로 추천하도록 하겠소. 모범학자가 되면 상금이 오만 위안이나 된단 말이오. 혹시 교학연구실의 주임이나 과 부주임을 맡고 싶다면 그것도 내가 최대한 도와드릴 수 있을 거요."

이렇게 말하는 그의 모습이 마치 나에게 일련의 조건을 나열한 명세서를 내미는 것 같았다. 그만하면 조건이 충분하고 가격도 높으니 자신으로서는 이미 할 수 있는 바를 다했다는 듯한 표정이었다. 마지막으로 그는 내 얼굴 위로 부드러운 눈길을 던지면서 나의 답변과 흥정을 기다리고 있었다. 그러나 그가 나를 바라보고 있을 때, 그가 나의 대답을 기다리고 있는 그 순간에, 나는 다탁 옆에 놓인 내 원고를 바라보다가 그를 향해 담담한 미소(너무나 무력하고 부드러우면서도 의미심장한 미소)를 보이며 말했다.

"리 부총장님, 저의 저서 『풍아지송—「시경」 정신의 근원에 관한 연구』가 완성되었습니다. 이 책이 있는 한, 저는 세상 모든 걸 다 가진 셈입니다. 더는 아무것도 필요치 않다는 말씀입니다. 부총장님께서 정말로 마음속으로 잘못을 깨닫고 이 양커에게 미안한 짓을 했다고 생각하신다면, 진심으로 뉘우치고 회개하고 싶으시다면, 저는 세 가지 조건을 제시하고 싶습니다. 첫째, 저는 사상이 해방되지 못한 사람이니 다음부터는 절대로 이런 일이 없도록 하겠다고 약속해주십시오. 둘째, 저는 신식 관념을 갖춘 사람이 아니니 다음부터는 절대 이런 일이 없도록 하겠다고 약속해주십시오."

이렇게 말하는 사이 가슴 깊은 곳에서 갑자기 슬픔이 솟구쳐올라 울고 싶어졌다. 그러나 얼굴이 눈물로 잔뜩 젖었을 때 마음 한구석에 뭔가 꿈틀거리는 것이 느껴졌다. 나는 귀신에게 홀리듯(또한 마음속 느낌에 따라) 소파에서 몸을 일으켰다. 그러고는 청천벽력처럼 그의 면전에 무릎을 꿇었다(아주 힘차게, 마치 거대한 나무 한 그루가 쓰러져 산 전체를 정복하려는 것처럼). 무릎을 꿇고서 그를 바라보았다. 또 그 옆에 놀란 표정으로 서 있는 내 아내 자오루핑을 바라보았다. 내가 반복해서 말했다.

"지식인으로서의 명예를 걸고 말하건대 첫째, 다시는 이런 짓을 하지 않겠다고 약속해주십시오. 둘째, 다시는 이런 짓을 하지 말아주십시오. 셋째, 무릎을 꿇고 간청하건대 제발 다음부터는 이런 짓을 하지 말아주십시오."

한광

감나무 아래서의 첫사랑

이 작품은 한광 유역에 유행하던 연애시로, 한 사내가 한 아가씨를 멍청해 보일 정도로 지고지순하게 사랑하지만 뜻대로 이뤄지지 않는 안타까운 상황을 노래하고 있다.

漢廣

기차는 경성의 정신병원에서 도망쳐나온 나를 하룻밤 만에 바러우산맥 아래에 던져놓았다.

초가을 푸른 들판의 맑고 신선한 기운이 홍수처럼 나를 향해 밀려왔다. 거친 들판에 쌓여 있던 푸른 기운이 아주 오랫동안 그 향기를 맡아줄 사람을 찾지 못하고 있던 것 같았다. 숨이 막힐 정도로 분위기가 가라앉아 있었다. 죽도록 적막했다. 가을날 모든 생명이 황폐해지고 있을 때, 내가 등에 짐을 지고 기차역을 나서 바러우산맥으로 돌아오는 게 마치 하늘에서 떨어져 바러우산맥에 모습을 드러내는 것 같다는 생각이 들었다. 경성 교외의 농가들에 비해 훨씬 늦게 익은 옥수수 줄기가 거친 들판과 황무지를 하나로 이어주고 있었다. 하늘과 땅을 이어주면서 내 발밑에서 내 눈길이 닿는 하늘 끝까지 거세게 유동하며 기복하고 있었다. 옥수수밭은 바다처럼 끝이 보이지 않을 정도로 드넓고 거대했다. 뜨겁게 달궈진 보리 내음이 밀려와 코를 아프게 찔러댔다(나는 비염을 앓고 있었다). 황톳빛 달콤한 맛이 혀끝에서 팔짝팔짝 뛰면서 춤을 추었다. 나는 손에 들고 있던 여행가방과 커다란 바구니를 내려놓고 길가에 잠시 서 있었다. 그러고는 아주 과장된 동작으로 들판과 이미 하늘 한가운데에 걸려 있는 해를 향해 가슴을 쭉 펴고 시원하게 오줌을 갈겼다. 그런 다음 산자락을 벗어나 등성을 향해 걸음을 옮기기 시작했다.

링쩐이 산등성이에 있는 그 감나무 아래서 날 기다리고 있을지도 모른다는 생각이 들었다. 목을 빼고 간절한 마음으로 기다리면서 가끔씩 손을 펴서 이마에 대고 산 아래를 내려다보고 있을지도 모른다고 생각했다. 그 나무 아래에는 한 자 정도 크기의 파란 돌(사암석)이 하나 있고 돌 위에는 어느 해 어느 달에 새긴 것인지는 모르지만 '화花'자가 하나 새겨져 있었다(우리 자스촌에는 수많은 사람이 이처럼 글자가 새겨진 돌을 갖고 있었다). 아주 오랫동안 사람들이 그 돌을 발로 밟거나 깔고 앉아서인지 글자는 이미 희미해져 마치 마른 나뭇가지나 꺾어진 풀처럼 보였다. 나는 사람들이 없을 때면 링쩐이 그 돌 위에 올라 글자를 밟고 서서 먼 곳을 바라보다가 저 멀리 보이는 길이 텅 비어 있는 걸 확인하고는 다시 옛날에 풀을 베던 소녀의 모습으로 나무에 올라가 더 먼 곳까지 눈길을 던져 도로에 행인의 모습이 나타나지나 않을까 하는 바람으로 한나절이나 기다리는 모습을 상상해보았다. 또 어쩌면 그녀는 더이상 감나무 위에 올라가지 않는지도 모를 일이었다. 바람이 불어 나뭇잎이 다 떨어진데다 이미 너무 오랜 세월이 흘러 그녀도 더이상 나무에 오를 그런 나이가 아니었기 때문이다.

하지만 어쨌든 그녀가 나무 아래서 목을 빼고 기다리고 있을 것이라는 생각에는 의심의 여지가 없었다.

발밑에 내려놓은 커다란 가방(그 안에는 옷과 갖가지 물건들, 돈, 그리고 『풍아지송』의 원고가 들어 있었다)을 잠시 내려다보다가 산 위를 향해 고개를 들었다. 그다음 다시 가방과 바구니를 집어들고 계속 산등성을 향해 걸어갔다. 나는 이미 광야의 공기를 호흡하고 있었고 이십 년 전 여름의 냄새를 맡고 있었다. 오래된 감나무의 그 늙고 쭈글쭈글해진 껍질 냄새와 서쪽으로 외롭게 뻗은 가지 위에 매달려 있던, 혀가 하얘지도록 떫은 땡감의 맛이 느껴졌다. 그 떫은 감이 노래질 때쯤 내가 바러우산맥을 떠나 칭옌대학으로 가던 그해에 링쩐은 나를 그 감나무 아래까지 배웅해주었다. 걷다가 지친 우리는 그 그늘 아래서 잠시 쉬며 감나무에 등을 기댄 채 뜨겁게 밀려오는 조수 같은 여름을 바라보고 있었다. 그때 텅 빈 산에는 우리 둘밖에 없었다. 내가 그녀의 손을 잡아끌었다. 발그레한 손은 무척이나 부드러웠고 손톱 틈새에는 초승달 형태로 때가 끼어 있었다(내 손톱 사이에도 두껍게 때가 끼어 있었다). 바러우산맥에 사는 사람들의 손톱에는 이렇게 하나같이 때가 끼어 있었다. 나는 그녀의 손톱에 낀 때를 바라보면서 그녀의 통통한 손과 누에고치처럼 돋아난 살을 어루만졌다. 마치 부드러운 땅 위에 들판의 돌멩이 몇 알이 튀어나와 있는 것 같았다. 그렇게 그녀의 손과 손에 돋아난 살을 어루만졌다. 그녀의 손바닥에서 흥건하게 땀이 솟아나왔다. 내 손바닥 한가운데서도 홍수처럼 땀이 솟아나왔다. 까마귀 한 쌍이 우리 머리 위에서 까악까악 요란하게 울어댔다. 까만 소리가 땅 위로 떨어져내리더니 콩알만 한 크기로 투명하게 부서져 우리 눈앞에서 굴러다녔다. 우리 얼굴에서도 땀방울이 떨어졌다. 순간 나는 흥분과 용기에 힘입어 대담하게 그녀를 끌어안았다. 그녀도 작은 새가 사람에게 의지하듯 내 품에 가볍게 안겨왔다. 그러나 아주 잠시뿐이었다(사랑이 간신히 싹을 틔우자마자 꽃을 피우지도 못하고 끝나버리고 말았다. 찬바람을 맞고 말았다). 어떤 이유에서인지 그녀는 갑자기 내 품에서 몸부림을 치면서 빠져나갔다. 손도 내 손에서 빼냈다. 그러고도 모자라 몸을 내게서 멀리 피했다. 그러고는 다시 나를 바라보았다. 그녀의 얼굴에 걸린 조용함과 숙연함이 마치 물로 막 닦아낸 널빤지 같았다.

내가 갑자기 왜 그러느냐고 물었다(그때 나는 '어째서'를 '왜'라고 말했다).

결혼하기 전에는 안아보지도 못하는 거냐고 캐물었다. 품에 안은 다음에 내가 잡아먹기라도 할까봐 그러느냐고 물었다.

안는 게 싫다면 안지 않겠다고 말했다. 평생 한 번도 못 안게 해도 상관없다고 했다.

나는 새빨갛게 상기된 그녀의 얼굴에서 이미 가을걷이가 끝난 밭으로 눈길을 돌렸다. 밭에는 밑동만 남은 보리들이 들쭉날쭉 줄지어 햇빛을 받고 있었다. 오래 햇빛을 쐬어 그런지 보리 밑동에서 가늘고 흰 안개가 피어오르고 있었다. 건너편 산등성이에는 사람 둘이 벤 보릿단을 어깨에 메고서 한 걸음 한 걸음 멀리 떨어진 마을을 향해 걸어가고 있었다.

긴 한숨과 함께 다시 눈길을 거둬들인 나는 감나무를 향해 머리를 든 채 잠시 눈을 감았다. 그렇게 잠깐 시간이 흘렀다. 문득 그녀가 땅바닥에서 몸을 일으키는 소리가 들렸다. 곧이어 등뒤에서 발칙하고 대담한 그녀의 목소리가 들려왔다.

"떠나다니요!

떠나려고요?

날 따라와요."

그녀는 내 짐을 대신 들고 감나무 서쪽 밭두렁을 향해 내려가더니 이쪽을 올려다보며 말했다.

"어서 내려와요."

그녀가 가리키는 쪽으로 천천히 내려간 나는 그녀와 마주서서 이런 행동을 이해할 수 없다는 듯한 눈빛으로 그녀를 바라보았다. 쏟아지는 햇빛 속에서 얼굴에 솟은 작은 땀방울과 발그레해진 그녀의 얼굴을 바라보았다. 콧등에도 아주 작은 땀방울이 송송 솟아나 있었다. 그녀는 뭔가 말을 하고 싶은 것 같으면서도 끝내 입 밖에 내지 못하고 입술만 가볍게 떨고 있었다. 날고 싶지만 머리가 없어 날지 못하고 날개만 심하게 떨고 있는 고추잠자리 같았다. 나를 쳐다보던 그녀는 그렇게 잠시 입을 달싹이다가 마침내 천지가 진동할 만한 놀라운 말 한마디를 내뱉었다.

"공부하러 간다면서요. 내 몸을 보고 싶거나 만지고 싶으면 얼마든지 보고 만져요. 어서 이리 가까이 와요. 내 몸 어디든지 맘대로 보고 만져도 돼요. 어차피 지금 여기엔 아무도 없어요."

이렇게 말하면서 손을 움직여 상의 단추를 풀기 시작했다. 그녀는 당시 바러우에서 유행하던 푸른빛 척량포*로 만든 블라우스를 입고 있었다(물에 잠긴 풀처럼 연녹색을 띠고 있었다). 그 블라우스는 우리가 약혼할 때 내 어머니가 이를 기념하여 특별히 진**에 나가 끊어준 천으로, 그녀가 직접 도시에 나가 지은 라펠 스타일(주로 도시인들만 입

● 滌良布. 군대나 경찰의 여름 제복에 사용되는 면직물의 일종.
●● 鎭. 현 정부 소재지.

28

는 깃 양식이었다)의 블라우스였다. 단추를 푸는 그녀의 두 손이 가볍게 떨렸다. 첫 단추를 풀고 이어 두번째 단추를 풀었다…… 나는 그녀의 가슴 앞쪽 피부가 얼굴과 달리 아주 희고 섬세하며 비단처럼 발그레한 것을 발견했다. 햇빛을 받아 반짝이는 살에서 향기가 풍기는 것 같았다. 한백옥*의 표면처럼 부드럽고 아름다운 광채가 났다. 이어 그녀의 가슴을 덮고 있던 크고 붉은 가리개가 드러났다. 닥다글대는 천둥소리와 함께 가슴가리개가 드러나는 순간, 펑 하고 내 눈앞에 두 덩어리의 불꽃이 일었다. 이글거리는 태양이 내 눈동자 위로 떨어져내려 각막을 태우고 있는 것 같았다. 눈썹이 불타고 눈동자에서 치직하며 타는 소리가 나는 것 같았다. 가녀린 피부를 불에 달군 쇠로 지지는 듯한 냄새와 함께 피가 철철 흐르는 아주 붉은 냄새가 났다. 뼈가 깨지고 부서지는 듯한 비린내가 났다. 이런 냄새들이 한데 섞여 내 위장 속으로 파고들었다. 심장과 폐, 영혼 속으로 파고들었다. 마지막으로 어떤 힘이 그녀를 바라보는 내 눈길을 부드럽게 이끌어 그 감나무 쪽에 세워주었다.

나는 다른 곳으로 눈길을 돌렸다.

그녀는 그렇게 산언덕의 그 밭두렁 아래 우뚝 선 채로 붉은 가슴가리개를 드러냈다. 가슴가리개를 포함한 상반신 전체를 드러냈다. 빛나는 피부와 구름처럼 부드러운 두 개의 우윳빛 젖가슴을 드러낸 채, 풍만한 몸과 젊음에 힘입어 조용하고 적막한 분위기 속에서 용이나 호랑이처럼 매서운 눈으로 나를 쳐다보고 있었다(해방된 지 몇십 년 만에 이 시골 마을에서 처음으로 대학에 합격한 대학생인 나를 향해 눈을 흘기고 있는 것 같았다). 마침내 그녀는 야릇한 눈빛으로 나를 바라보

● 漢白玉. 고대 건축물 계단의 난간에 주로 사용된 흰 대리석의 일종.

더니 무척 부드러운 말투로 말했다.

"양커 오빠, 내 몸을 보고 싶지 않았어요? 내 몸을 만지고 싶지 않았어요? 어서 고개를 돌려 실컷 내 몸을 보고 만지세요."

내가 미동도 하지 않고 멍하니 서 있는 것을 보고서 그녀는 목소리를 한층 더 높였다. "양커 오빠, 대학에 합격했다면서요. 황성*에서 가장 좋은 학교에 다니게 됐다면서요. 집에 있을 때면 늘 내 몸을 만지고 싶어했잖아요. 항상 내가 단추를 풀어 내 몸을 한번 보여주길 원했잖아요. 자, 봐요. 어서 만져보라고요. 어서 고개를 돌리지 않고 뭐하는 거예요?"

● 皇城. 왕조 시대의 '수도'를 가리킴.

종풍 | 붉은 욕념

이 작품은 「패풍邶風」에 수록된 시로 한 여인이 희롱당하고 나서 복수하려고 벼르는 마음을 묘사하고 있다.

終
風

현성•에 있는 그 작은 여관방의 등불 빛은 아주 오랜 세월에 부식된 낡은 종이 같았다. 방 안 벽이나 탁자, 침대 밑에는 퀴퀴한 냄새가 잔뜩 숨어 있거나 쌓여 있었다. 내가 문을 열고 방 안으로 들어서자 이 퀴퀴한 냄새가 친근하게 나를 에워쌌다. 링쩐은 탁자 쪽으로 몸을 기댄 채 침대 위에 앉아 있었다. 얼굴에는 끝없는 피로와 실의가 어른거렸다. 밤은 이미 바닥이 보이지 않을 정도로 깊은 피로와 실의에 빠져 있었다. 시작도 끝도 없는 골목 같았다. 도시 거리이건만 달빛은 없고 사람들의 발걸음 소리만이 방이 흔들리고 집이 무너질 듯 크게 울렸다. 나는 십이 위안을 내고 그 여관방을 두 개나 빌려 한 칸은 내가 쓰고 한 칸은 그녀에게 주었다. 하지만 잠을 이룰 수 없었다. 침대 위에 누우면 그녀의 붉은 가슴가리개와 하얀 피부가 눈앞에 아른거렸다. 말을 할

• 縣城. 중국 행정구역상의 현을 둘러싼 성 또는 그 현 소재지.

때 바로 내 눈앞을 날고 있는 고추잠자리 날개처럼 가늘게 떨리던 그녀의 입술이 아른아른했다.

　다음날 아침 일찍 나는 첫 시외버스를 타고 현성을 떠나야 했다. 바러우산맥을 떠나 지우뚜시로 간 다음, 다시 기차로 갈아타고 황성으로 공부하러 떠나는 거였다. 내 일을 하고 내 앞길을 가기 위해서였다. 그러기 위해서는 이 도시에서 그녀와 작별해야 했다. 첸스촌과 허우스촌 사람들은 몹시 바빴다. 바러우산맥 전체가 불이 붙기라도 한 것처럼 바쁘기만 했다. 보리는 절반 넘게 베었지만 여전히 밭에 쌓여 있었다. 베지 않은 보리는 베어야 하고 이미 벤 보리는 햇볕에 하루 정도 말린 다음 곧장 맥장麥場으로 운반해야 했다. 일단 맥장에 가면 다시 사나흘을 더 말린 다음 창고에 들여놔야 했다. 너무나도 바쁜 나날이었다. 하지만 나는 학교에 가서 등록을 해야 했다. 게다가 적어도 며칠이라도 일찍 도착하여 낯선 황성에서 안전하게 적응해야 했다.

　결국 나는 떠나야 했다.

　아버지는 배웅해주지 않았고 어머니도 나를 배웅하지 않았다. 그녀의 아버지와 어머니도 배웅하러 나오지 않았다. 모두들 나를 마을 입구까지만 바래다주고 손 한 번 흔들어준 게 고작이었다. 매 한 마리를 허공에 날려보내듯 나더러 알아서 갈 길을 가라는 거였다. 두 집안에서 겨우 링쩐 한 사람을 보내어 그녀 혼자 나를 지우뚜 기차역까지 배웅하도록 한 것이다. 현성에 도착하자마자 그녀는 화장실에 가겠다고 했다. 나는 그녀에게 도로변 공중화장실 담장에 '女'자가 쓰여 있는 곳을 가리키며 그리로 들어가라고 했다. 그런데 화장실 가까이 간 그녀는 잠시 망설이더니 걸음을 옮겨 남자 화장실로 들어갔다. 황급히 뒤돌아나온 그녀의 얼굴이 수치심과 분노로 새빨개졌다. 그러더니 나를 쳐다보면서 지우뚜까지 따라가지 않겠다고 하는 게 아닌가.

"죽어도 지우뚜까지 안 갈 거예요."

화장실 벽의 '男'자와 '女'자를 구별하지 못한 그녀는 저녁밥도 먹지 않고 여관방에 누워 있다가 잠자리에 들 때가 되어서야 준비해온 건량을 조금 꺼내 먹었다. 모든 게 화장실을 잘못 찾아들어간 일에서부터 시작된 것 같았다. 그뒤로 그녀의 얼굴에서 다시는 웃는 표정을 볼 수 없었다. 수치심에 얼굴이 빨개지는 일도 없었다. 어떤 일에 대해 말하고 싶은데 주저하다가 말을 못하는 경우도 없었다. 그녀는 아주 직설적이고 강경한 성격으로 변했고 말투도 차갑고 날카롭기만 했다. 당장이라도 나를 보내놓고 서둘러 바러우산맥으로 돌아가고 싶은 모습이었다. 그곳이 바로 그녀의 집이기 때문이다. 그녀는 어딜 가든 남자 화장실과 여자 화장실을 구별할 수 없었고 길을 가도 왼쪽인지 오른쪽인지 구분하지 못했다. 마지막 건량인 말린 유락°을 한입 쑤셔넣고 손과 몸에 묻은 부스러기를 모아 입에 마저 털어넣은 다음, 그녀가 탁자 옆에 다가가 앉으며 고삐 풀린 말을 보듯 나를 쳐다보았다. 한참이나 뚫어지게 충분히 쳐다보았다. 그러고는 차가운 말투로 물었다.

"오늘밤 나랑 같이 잘 거예요? 같이 잘 게 아니라면 그만 가봐요. 난 이제 자야겠어요."

나는 건너편에 있는 내 방으로 돌아와 문을 걸어 잠그고 옷을 벗었다. 그런 다음 불을 껐다. 어둠이 하늘과 땅을 뒤덮고 나를 포근하게 감싸주었다. 하지만 잠이 오지 않았다. 눈앞에 줄곧 번쩍번쩍 빛나는 그녀의 가슴가리개와 그 가리개가 감싸고 있던 구름처럼 희고 순결한, 비단결처럼 부드러운 그 피부가 아른거렸다. 그녀의 비단 같은 몸에

●油烙. 손으로 눌러 납작하게 한 밀가루 반죽을 기름에 발라 구운 음식.

서 풀려나온 실낱처럼 가늘고 섬세한 향기가 방에서 빠져나와 내 방으로 날아들어왔다. 잠이 오지 않았다. 코로 그 향기를 잡으려고 애쓰면서 손을 들어 내 몸 여기저기를 눌렀다. 손을 누르다가 다리를 눌렀다. 배꼽 주위의 살을 눌렀다. 가벼운 통증으로 그 향기에 대항하고 통증으로 내 눈과 뇌리에서 그녀의 모습을 지워버리려는 것이었다. 하지만 너무 아파서 그만두었다. 엄지와 식지가 내 살에서 떨어지는 순간, 그녀가 실오라기 하나 걸치지 않은 모습으로 내 눈앞에 다시 나타났다. 몸 전체에서 그녀만이 지닌 봄풀과 여름꽃의 향기가 풍겨나왔다. 나는 애써 저항하면서도 그 향기를 한 입 한 입 들이마셨다. 입술이 마르고 목구멍에서 불이 날 때까지 그녀의 향기를 들이마시다가 마침내 침대에서 몸을 일으켜 방 안 가득한 어둠을 응시하며 멍하니 앉아 있었다.

솔직히 말해 그해에 나는 이미 만으로 스물두 살이었지만 그녀는 겨우 열여덟 살이었다. 『시경』「종풍」에 나오는 나이와 정경에 딱 맞는 상황이었다. 나는 그렇게 넋 나간 사람처럼 멍하니 앉아 있다가 신발을 손에 들고 맨발로 벽돌이 깔린 복도를 살금살금 걸어 그녀의 방문을 몇 번 가볍게 두드렸다.

불이 켜졌다.

방문이 열렸다.

방 안에 들어 다시 문을 닫은 나는 신발을 내려놓고 그녀를 향해 다가갔다. 그러고는 그녀의 면전에 잠시 서 있다가 아무 말도 없이 그녀의 옷을 벗기기 시작했다. 그런 나를 그녀는 저지하지 않았다. 내가 자신의 몸을 더듬고 이마에 입을 맞추는 것도 막지 않았다. 마치 이런 내 모든 행동을 기다리고 있었던 것 같았다. 내 행동에 저항할 힘이 없는 것 같았다. 처음에는 다소 뜻밖이라는 듯이 나를 물끄러미 바라보더니 나중에는 이미 예상하고 있었다는 듯이 고개를 숙였다. 우리 둘은 이미 약혼한 사이였다. 대학시험에 낙방한 지 삼 년째 되던 해에 한참 절망감과 자포자기에 빠져 있을 때 양가가 동의하여 약혼식을 치렀던 것이다. 어쨌든 나는 바러우산맥 첸스촌에서 진에 나가 고등학교를 다닌 유일한 사람이고 공부를 가장 많이 한 사람이었다(사 년 동안이나 다시 준비해 간신히 대학에 합격하긴 했지만 국어과목에서는 지역 전체에서 이등을 차지했다). 그리고 그녀는 허우스촌에서 가장 똑똑하고 예쁜 여자(비록 글을 알지 못하고 단 하루도 공부를 한 적은 없지만)였다. 우리 두 사람은 중매인의 소개로 약혼했다. 맨 처음 그녀를 만났을 때, 나는 그녀가 봄기운이 재촉해 금방이라도 꽃망울을 터뜨릴 것 같은 나무 같다고 생각했다. 키는 크지 않고 뚱뚱하지도 않았지만 온몸에 초봄의 팽팽한 기운을 담고 있어 곧 와르릉하고 폭발할 것만 같았다. 제철을 맞은 보리 같고 계절이 한창인 대두 같았다. 껍질이 있는 모든 제철 식물 같았다. 이제 일 년이 지난 지금, 이 작은 나무는 훤칠하게 키가 컸을 것이고 부쩍 성장해 있을 것이다. 온몸에 넘치는 물오른 기운과 유혹이 아주 짙고 강렬하게 산과 골짜기를 점령하다가 이어 그녀도 삼켜버릴 것이다.

나도 삼켜버릴 것이다.

그녀의 웃옷 단추를 풀면서, 낮에 그녀가 자신의 웃옷 단추를 풀 때 그랬던 것처럼, 내 두 손도 가볍게 떨렸다. 결국 다 풀지도 못하고 단추 하나를 떨어뜨려 침대 밑으로 굴러가게 하고 말았다. 하지만 어쨌든 순결하게 그녀 앞가슴의 흰 피부와 발그레한 홍조가 또다시 펑 하는 소리와 함께 내 눈앞에 드러났다. 그 붉은 가슴가리개가 쿵 하고 눈앞에 나타났다. 마침내 그렇게 가까이서 그토록 선명하게, 내 나이에는 도저히 억제할 수 없이 드러난 갈망을 보았다. 순간 그 방 안에서 두 손이 떨리기 시작했다. 목구멍이 타들어가는 것 같았다. 눈앞의 사물과 광경에 온몸이 마비되는 것 같았다. 다행히 그렇게 멍하니 서 있는 시간이 길지는 않았다(그 시간은 손가락보다도 길지 않았다). 그 손가락보다 짧은 시간이 지나고 나서 나는 두 손으로 거칠게 나의 붉은 욕념을 주무르기 시작했다.

내가 몇 마디 대담한 말을 내뱉고 나자 그 둥글고 풍만한 가슴이 정말로 불에 달궈진 물공처럼 내 손안으로 미끄러져들어왔다. 그러나 손이 닿자마자 그녀는 본능적으로 튕겨나가듯 뒤로 물러서더니 거친 동작으로 몸을 일으켰다. 그러고는 나를 밀쳐내고 입술을 꼭 깨문 채 아무 말도 하지 않았다. 얼굴에서는 커다란 홍조가 땅바닥을 향해 천천히 내려앉고 있었다.

바닥은 복도처럼 벽돌로 덮여 있었다. 벽돌은 네모반듯했고 표면이 푸른빛이었다(가끔씩 일부 벽돌 틈새와 표면에 조수 때문에 생긴 푸른 이끼가 돋아나 발로 밟으면 부드럽고 매끈한 감촉이 느껴졌다. 마치 고무를 밟는 것 같았다). 방 안의 퀴퀴한 냄새는 대부분 푸른 이끼가 낀 벽돌 틈새에서 나는 것이었다. 하지만 그 순간에는 퀴퀴한 냄새가 나지 않았다. 완전히 사라졌다. 나와 그녀의 젊은 몸이 그 냄새를 다 태워버린 것이다. 그 대신 방 안은 그녀와 나의 젊은 피부에서 나는 향기와 땀냄새로 가득찼다. 갑자기 우리 두 사람 모두 미동도 않은 채 서로를 멍하니 바라보고 있었다. 냉담하지도 않고 따스하지도 않은 그녀의 묘한 눈빛이 우리 두 사람을 서로 떨어뜨려놓았다. 침대 위에는 벽에 달린 모기장이 말려 있고, 모기장 밑에는 누군가 사용했고 오늘은 그녀가 사용하게 될 침대보와 담요가 놓여 있었다. 침대 머리맡에는 무엇이 들어 있는지 모르겠지만 남색 천으로 만든 그녀의 보따리가 놓여 있었다. 그리고 가쁜 숨을 내쉬면서 서로를 응시하고 있는 우리 두 사람의 눈길이 있었다. 숨을 쉬느라 가볍게 움직이는 그녀의 콧등과 코끝에 반짝반짝 아주 작은 땀방울이 맺혀 있었다.

이때 갑자기 나를 피하듯 그녀가 몸을 움츠리며 뒤로 물러섰다.

이 갑작스러운 거부에 나는 영문도 모른 채 그 자리에 멍하니 서 있었다.

그렇게 나무처럼 우두커니 한참이나 서 있다가 마침내 약간 애걸하는 투로 다시 입을 열었다. "링쩐, 내일 아침 내가 떠나면 아마도 반년, 아니 일 년은 서로 못 만나게 될 거야. 알아?"

그녀가 말했다. "양커 오빠, 솔직히 말해봐요. 나랑 결혼할 건가요?"

그녀가 다시 말했다. "결혼하고 나서 이혼할 수도 있잖아요."

이어 또 말했다. "날 아내로 맞아 변심하지 않고 평생 함께 살겠다는 한마디만 해주면 오늘밤 내 몸을 오빠에게 줄게요. 내가 가진 모든 걸 하나도 남김없이 다 줄게요."

그녀는 빨리 말하지도 않았고 목소리가 크지도 않았다. 한 마디 한 구절이 아주 우렁찼고 또박또박하게 힘주어 말할 부분은 힘을 주어 말하고 가볍게 말해야 하는 부분은 가볍게 말했다. 그녀의 뜨거운 눈빛이 잠시 말을 마친 내 얼굴에 이글거렸다. 그러나 즉시 대답하지 못하자 곧 담담해지면서 차갑게 식어갔다. 내 얼굴을 떠난 그 눈길이 몸을 따라 내려가더니 다리를 거쳐 내 두 발 위에 멈췄다.

잠시 신발을 신지 않은 내 발을 내려다보던 그녀가 다시 고개를 돌려 내가 방 안에 들어서자마자 문 앞에 벗어놓은 신발을 쳐다보았다. 그러고는 스스로 상의 단추를 채우면서 신발을 집어다가 내 발 앞에 내려놓고는 침대 가장자리에 걸터앉았다.

바로 이때, 침대가 잠깐 삐걱거리는 사이, 나는 허리를 구부려 신발을 주운 다음 몸을 일으켜 그녀의 면전에 서서 말했다.

"푸링쩐, 더이상 널 건드리지 않을게. 결혼하기 전에는 당장 급사할 처지에 놓이게 된다 하더라도 널 건드리지 않을 거야. 그래도 넌 날 믿지 않겠지. 내가 네 앞에 무릎을 꿇고서 목숨 걸고 맹세라도 할까?"

탁혜

잘나가는 여교수

'탁'은 초목에서 떨어지는 껍질이나 잎사귀를 말한다. 이 작품은 「정풍鄭風」에 수록된 시로, 『시경』에서 가장 간결하고 명쾌한 연애시 가운데 하나다. 이 시는 여자가 자신이 사랑하는 남자와 함께 바람에 날리는 잎사귀처럼 즐겁고 신나게 춤추고 싶어하는 열망을 묘사하고 있다.

蘀
兮

바로 이렇게 나는 칭옌대학으로 와 등록을 하게 되었다. 사 년 동안의 즐거우면서도 고통스러운 연구 과정에서, 『시경전석詩經全釋』을 가르치는 중문과 고전문학 교학연구실의 자오 교수는 나의 고향인 중원 황하 유역의 바러우산맥이 바로 『시경』에 나오는 다량의 농사시의 발원지라는 사실을 발견하고는, 내가 주경야독으로 힘들게 공부하면서도 삼학년 때 「'탁혜' 신고新考」라는 논문을 학보에 발표한 것을 계기로(이는 하늘과 땅이 모두 놀랄 만큼 대단한 일이었다) 사전에 치밀하게 계획하여 내가 자신의 문하에 연구생으로 등록하도록 종용했다. 그리고 석사 과정을 마친 뒤에는 한쪽으로만 열린 그물망을 치듯 다시 박사 과정에 응시하여 자신의 학생이 되게 했다. 이처럼 물결에 따라 배를 몰아 따뜻한 봄이 되면 자연스레 초목에 꽃이 피듯 운명이 나로 하여금 박사모를 쓰게 해주었다. 동시에 나는 학교에 남아 유명한 젊은 강사로 일하면서『시경』연구계에서 가장 젊은 전문가가 되었다. 물론 물이 모이면 도랑이 되듯이 자연스럽게 자오 교수의 사위가 되었고, 자오 교수의 촉망과 두터운 관심을 한몸에 받는 문하의 제자가 되었다(그의 가장 큰 소망은 천성적으로 특별히 우월한 조건을 지닌데다 공부를 좋아하는 제자인 나의 연구를 통해『시경』연구를 중국이라는 거대한 땅에 하나의 학문 영역인 시경학으로 승화시키는 것이었다). 한편 나의 아내 자오루핑은 원래 고등학교를 졸업하지 않고(이른 연애로 학교를 그만두었다) 학교 도서관 관리직원으로 일하고 있었다. 우리가 막 결혼했을 때(당시만 해도 우리는 사이가 아주 좋았고 서로 뜻이 통해 항상 행복했으며 꽃을 찾은 꿀벌들처럼 생활했다), 그녀는 영화 화보나 국내외 배우들의 뒷이야기를 담은 책을 한무더기씩 끼고 살았고, 결국 경성에 있는 한 예술대학의 정원 외 청강생 입학시험에 응시하게 되었다(뜻밖에도 합격하긴 했지만 너무 비싼 학비는 경성에서 하룻밤만 자고 나면 올라가 있는 고층건물만큼이나 높았다). 나중에 나는『시경』연구에 대한 새로운 의지가 솟아나 끊임없이 엄청난 분량의 논문을 세상에 쏟아냈다. 게다가 시기를 한참이나 앞당겨 모교의 부교수가 되었다. 이때 루핑도 외국의 유명 남녀 배우들의 재미난 소문과 동향 탐구에 빠져 그 예술대학의 교외 연구생(학비 수준이 고층건물보다 높아 내 원고료를 다 탕진해야 했다)이 되었다. 그뒤로 이 나라의 모든 일이 갑자기 이전과는 판이한 모습을 보이기 시작했다. 빨라졌다가 느려졌다가 하면서 눈 깜짝할 사이에 온갖 변화가 일어났다. 막 황혼이 된 것 같았는데 어느새 날이 밝았고, 방금 해가 솟았나 싶더니 어느새 하늘에 별이 가득하곤 했다.

그해에 루핑은 본과 졸업장을 손에 넣었다. 이 학교는 시대와 함께 발전하기라도 하듯이 영화영상예술과의 창립을 준비하고 있었다. 이듬해 루핑이 석사학위 증서를 손에 넣었을 때, 때맞춰 탄생한 영화영상학과는 그녀의 학위증과 그 아버지의 명망을 믿고 그녀를 교수로 받아들였다. 그 이듬해 그녀는 아무도 모르게 다른 사람이 쓴 영화예술 관련 논문 네 편에서 훌륭한 부분들을 발췌해 보완한 다음, 다시 하나로 조합하여 자신이 쓴 전문서인 것처럼 출판사에 보냈다. 그리고 칭엔대학 영화영상학과 부교수로 승진했다.

바로 이 몇 년 사이, 나의 운명은 물이 흙을 뒤덮고 병사가 장군을 막지 못하는 무력한 처지에 떨어지고 말았다. 국가의 지디피가 팔 퍼센트나 성장하는 동안 내가 논문을 발표하기란 손바닥 뒤집는 것만큼이나 쉬웠다. 사나흘이 멀다 하고 원고료가 중문과의 고전문학 교학연구실로 발송되었다. 지디피가 십 퍼센트 성장했을 때는 내가 발표한 논문들이 활자만 있고 원고료는 없는 처지가 되었다. 지디피가 십이 퍼센트 성장하던 그해에는 내가 논문을 발표해도 원고료가 지급되지 않았을 뿐만 아니라 편집부와 출판사에서 거꾸로 내게 논문 발표와 출판에 드는 비용을 청구하기까지 했다.

도대체 어디에 문제가 있는 건지 알 수 없었다. 암 환자가 자신이 왜 암에 걸렸는지 모르는 것과 마찬가지였다. 논문을 발표하는 사람은 난데 반대로 사람들이 내게 돈을 요구하는 건지도 모를 일이었다. 원래는 문과 중에서도 힘들기로 유명한 고전문학 수업이 얼마 전 『시경』 해독을 가르치기 위해 내가 대형 강의실에 들어갔을 때만 해도 가난한 집에 영광스러운 일이 생긴 것만큼이나 대단히 인기 있는 강의였는데, 나도 모르는 사이에 『시경』으로 대표되는 고전문학 수업은 이 사회의 미라가 되고 말았다. 연구 이외에는 더이상 감상이나 실용 가치가 없

게 된 것이다. 웬일인지 모르지만 나는 몇 년 동안 계속 이리저리 숨어
다니면서 뭔가를 쟁취해야만 했다. 과에서는 나를 부교수에서 교수로
승진하는 심사대상자 명단에 포함시켰지만, 황당하게도 심사평가위원
회에서는 나를 승진 명단에서 완전히 지워버렸다. 겨울이 되면 모든
풀이 시들어 말라버리는 것과 같았다.

　이 세상에 도대체 어떤 변화가 일어난 것인지 알 수 없었다.

　이 세상에서 그렇게 순조롭게만 나아가던 내 운명의 뱃머리가 어디
서 방향을 튼 것인지 알 수 없었다. 어차피 나는 이 사회의 맨 밑바닥
인 바러우산맥에서 온 사람으로서 강인함과 집요함, 인내와 양보, 분
투노력하는 미덕이 씨앗이 땅에 묻히듯 내 몸 깊은 곳에 잠재하고 있
어 약간의 햇빛과 비만 있으면 얼마든지 뿌리를 내리고 꽃을 피우며
열매를 맺을 수 있었다. 그렇게 바람이 불고 비가 오면서 오 년 전이
되었을 때, 그해 여름 세번째로 내 이름이 승진 명단에서 서리 맞은 낙
엽이 되었을 때, 학교는 교수들의 능력을 향상시키기 위해 각 전공을
서로 교차시키는 수강활동(일종의 운동)을 조직했다. 수강이라고 하지
만 수시로 사람들을 파견해 회의를 열게 하는 거였다. 그 과정에서 중
문과에서는 자연스럽게 나를 파견했고 나도 거꾸로 남들이 와서 하는
강의를 들어야 했다.

　이백 명을 수용할 수 있는 대형 강의실은 제9식당 쪽에 자리잡고 있
었다. 내가 맥없는 걸음으로 강의실에 도착한 것은 이미 십 분이나 늦
은 시각이었다. 강의실 안이 텅 비어 있고 고작 몇몇 사람만 자리를 잡
고 앉아 있는 가운데 혼수상태와 재잘거림이 가득할 것이라고 나는 생
각했다. 그러나 뜻밖에도 강의실 안에는 빈자리가 하나도 없을 정도로
사람들이 새까맣게 앉아 있었다. 게다가 복도나 창문 밖에도 학생들

이 수두룩했다. 남녀 두 사람이 의자 하나에 함께 앉기도 했고 아예 통로 바닥에 가방을 내려놓고 그 위에 주저앉은 학생들도 있었다. 마치 외국에서 온 전문가의 귀중한 강좌를 들으려고 모여든 사람들 같았다. 나는 다소 의아한 표정으로 강의실 맨 뒷문 앞에 잠시 서 있다가 학생들 사이를 비집고 맨 뒷줄로 들어와 멀리 강단을 바라보았다. 강단에는 나의 아내 자오루핑이 앉아 있었다.

그녀는 무척이나 단정한 차림이었다. 최근에 자주 입었던 주름치마를 입고 누런 강단 뒤(커다란 칠판 앞)에 서 있었다. 얼굴은 약간 홍조를 띠고 있었고 이마는 반들반들했다. 그녀는 열심히 떠들어대면서 수시로 손을 들어 허공에 대고 갖가지 손짓을 했다(흑과 백을 배경으로 펼쳐지는 파스텔 톤의 노래와 춤 같았다). 그녀의 강의 제목은 '위대한 스타들의 생활 디테일'이었다. 나는 도저히 믿을 수 없었다. 이 년 전, 강사로 있을 때 자오루핑은 내게 뭔가 비법을 알아내기라도 하려는 듯한 표정으로 학생들의 엉덩이를 붙들어매는 비결이 뭐냐고 물은 적이 있었다. 그러나 이 년이 지난 지금 아무런 동작도 취하지 않았고 어떤 지시도 내리지 않았는데 그녀의 강의는 높은 산과 긴 물줄기 같았고 군계일학 같았다. 불가사의하게도 이처럼 보편적인 사랑과 지지를 받으면서 사람들에게 보물을 전달하는 예식을 거행하고 있었다. 강의실에 에어컨은 없고 대신 천장에 줄지어 달린 선풍기가 돌아가고 있었다. 쉬지 않고 돌기는 하지만 선풍기가 뿜어내는 바람은 후텁지근하기만 했다. 마치 선풍기 안에 뜨거운 불덩이가 감춰져 있는 것 같았다. 그런데도 이백 명이 넘는 학생들이 소리를 죽이고 조용히 강의실에 앉아 있었다. 귀를 허공에 곤두세운 채 조금도 움직이지 않았다. 문과 창문을 통해 들어오는 더운 바람이 강의실 안의 선풍기 바람과 경쟁이라도 하듯이 윙윙 요란한 소리를 냈다. 강의실 안의 분위기는 마치 흐르는 물줄기 같았다. 하지만 이 누런 진흙물 같은 분위기가 오히려 젊은 여인 자오루핑의 여성스러운 목소리를 산골짜기를 흐르는 계곡물처럼 청아하게 부각시켜주고 있었다. 그녀의 목소리가 미칠 듯한 청량감을 가져다주고 있는 것 같았다. 그 목소리를 붙잡기만 하면, 그녀의 입에서 쏟아져나오는 모든 문장, 모든 단어를 포착하기만 하면, 시원한 바람을 잡을 수 있을 듯했다. 그래서 학생들은 그렇게 조용히 앉아 그녀의 강의에 귀를 기울이고 있는 것 같았다. 그녀는 조금도 격앙되지 않은 목소리와 감정으로 얼굴에 가벼운 미소를 띠고 있었다. 간간이 자신의 두 손을 탁자에 올려놓기도 했고 때로는 그 위에 놓인 책 한 권을 집어들기도 했다. 영화 화보나 잡지를 집어들고 화면을 가득 채운 세계적인 배우 사진을 펼쳐 허공에 치켜들어 학생들에게 보여주기도 했다. 때로는 책을 들고 빨간색으로 밑줄 그은 부분을 가리키며 자신이 말하려 하거나 방금 말한 사실에 대한 좌증으로 삼으려 했다. 그녀는 모든 스타 배우에게는 생활의 디테일이 있다면서, 이 모든 게 바로 그(그녀)의 기질이자 성격으로서 그(그녀)가 은막에서 어떤 배역과 이미지를 소화할 수 있고 또 그럴 수 없는지를 결정한다고 말했다. 그녀는 말런 브랜도가 영화를 찍을 때 항상 자신이 외워야 할 대사를 조연들의 이마에 붙여놓고 읽었다고 했다. 〈대부〉의 소설과 시나리오가 그에게 문학적 자질을 제공한 것이 아니라 이런 광적인 오만과 자부심의 디테일이 영화 〈대부〉에서 대부라는 훌륭한 배역을 잘 소화할 수 있게 해준 것이라는 설명도 빠뜨리지 않았다. 또한 비비언 리가 침대 위에서 성행위를 연기하다가 오르가슴에 이르렀을 때 마치 영혼이 빠져나갈 것만 같이 마구 격한 신음소리를 토해내며 몸을 비틀어댔다고 했다. 상대방 배역이 그녀를 만족시키지 못했을 때는 침대에서 내려와 스탠드를 집어들어 팽개치거나 찻잔을 다른 찻잔에 부딪쳐 깨뜨리곤 했다고 했다. 비비언 리에 관한 자오루핑의 얘기는 계속 이어졌다. 한번은 그녀가 어느 정계 인물과 잠자리를 갖게 되었다. 이 정객은 자신의 권력을 이용하여 비비언 리와 욕정을 즐기려 했다. 정객은 비비언 리의 몸에서 욕정을 만족시키자마자 곧장 침대에서 내려와 옷을 주워 입고 국회로 돌아가려 했다. 그러자 비비언 리는 침대에서 따라 내려와 옷을 걸치지 않은 채 정객의 앞을 가로막고 그가 선물한 아프리카산 다이아몬드를 집어던지면서 지금 이렇게 자신을 떠나버리면 알몸으로 국회로 쳐들어가 그와의 관계를 폭로해버리겠다고 소리쳤다. 이에 놀란 정객은 국가의 운명이 걸린 중대한 정책에 관한 국회에서의 변론을 포기하고 다시 옷을 벗고 침대 위로 올라왔다. 비비언 리가 연기한 〈바람과 함께 사라지다〉의 스칼릿과 〈욕망이라는 이름의 전차〉의 블랑쉬, 이 여주인공들은 그녀에게 두 번이나 오스카상을 안겨준 트로피인 셈이었다. 가장 중요한 것은 그녀의 연기와 시나리오가 아니라 그녀에게 내재되어 있는 격정과 배역에서의 발휘 및 폭발이었다. 자오루핑은 엘리자베스 테일러가 평생 패션을 좋아하여 유언장에 자신의 유산 전액을 아프리카 난민들을 위해 쓰라고 밝혔지만 그녀가 평생 입었던 옷은 전부 화장장으로 가져다 자신의 시신과 함께 태울 것을 지시했다는 얘기도 했다. 그 결과 필연적으로 오늘날 세계의 유명인사와 각계 요인, 지도자 모두 사후에는 유골함이 하나밖에 없었지만 그녀는 일곱 개나 되는 유골함을 남기게 되었다는 것이다. 이 가운데 단 하나에만 그녀의 유골이 담겨 있고 나머지 여섯 개에는 전부 평생 입었던 옷이 타고 남은 재가 담겼다고 했다. 그녀는 또 중국에서 가장 유명한 영화감독이 대지와 생명의 긴밀한 관계를 암시하는 영화를 얼마 전에 찍어 국제무대에서 무수한 상을 수상하면서 외국인들에게는 그의 이름이 곧 중국 영화의 대명사라는 인상을 갖게 했다고 설명했다. 그러나 나중에 그의 영화가 생명과 대지라는 내포를 벗어나면서 그저 요란한 장면만 남게 되자, 국제무대에서 더이상 상을 탈 수 없게 되었고 명성도 급전직하로 떨어졌다고 덧붙였다. 어째서 불과 몇 년 사이에 그의 영화에 이처럼 커다란 변화가 생긴 것일까? 그가 초기에 영화를 찍을 때만 해도 북방 사람들의 습관이 남아 있었다고 한다. 일이 있건 없건 혼자 아무도 없는 곳에 남게 되면 신발과 양말을 벗고 땅에 쪼그리고 앉아 손으로 발가락 사이를 후벼 틈새에 낀 흙을 긁어낸 다음 이를 엄지와 식지로 동그랗게 말아 달걀 모양의 작은 알갱이로 만들어 땅에 던지는 것이었다. 그런 다음 다른 쪽 발도 그렇게 했다. 그의 이런 생활의 디테일, 이런 습관이 그가 유명 감독이 된 뒤로는 점차 사라지기 시작하더니 명성이 더 높아지자 완전히 없어져 결국 완벽한 문화인이 되고 말았다. 양복에 구두를 신기 시작했고 어떤 장소에서도 더이상 쪼그리고 앉아 발가락 사이를 후비는 일이 없게 되었다. 하지만 그가 대지를 이탈하여 생명에서 벗어나면서 더이상 사상과 대지와 생명이 연결되는 일도 없었고 세상을 진동케 하는 영화를 찍어내지도 못했다. 자오루핑은 치아가 고른 편이라 말할 때 발음이 아주 정확했다. 어려서부터 경성에서 성장했고 캠퍼스 안에서 생활했기 때문에 타고난 보통화˙를 구사했다. 이런 유명 스타들이나 감독들의 일상사와 인생의 디테일을 얘기하는 그녀의 모습은 학교의 국학 대가들이 말끝마다 중국의 전장典章과 전고典故를 인용하고 서학의 대가들이 입만

˙ 普通話. 중국어의 표준어.

46

열었다 하면 영어, 불어, 스페인어로 미국과 유럽의 유명인사들이 남긴 경구와 격언을 인용하는 것과 조금도 다르지 않았다. 봄이 오면 꽃이 피듯 자연스럽기만 했다. 격정에 관해 얘기할 때는 손동작이 대단히 세밀하면서도 정확했고 얼굴에서는 빛줄기가 뿜어져나왔으며 표정도 다채롭게 변했다. 유머에 관해 얘기할 때는 선 채로 꼼짝도 하지 않았다. 얼굴에는 잔잔한 미소가 걸려 있었다(웃지만 소리는 내지 않았다). 손동작에 따라 그녀의 교묘한 이야기가 무더운 강의실 안을 바람처럼 불어갔다. 강의실 안에는 진한 땀냄새가 가득했고 선풍기 돌아가는 소리가 요란했다. 일부 학생들이 책과 종이를 부채 대신 부쳐대느라 푸득푸득 소리가 그치지 않았다. 하지만 어쨌든 귓속말을 주고받는 사람도 없었고 몰래 사담을 나누는 사람도 없었다. 강의실 안을 왔다 갔다하거나 나가버리는 학생도 없었다. 그저 가끔씩 노랗게 타오르는 웃음소리와 박수소리만 터져나올 뿐이었다. 나는 고개 한 번 돌리지 않았다. 미동도 하지 않았다. 그렇게 맨 뒷줄에 서서 발뒤꿈치를 든 채 루핑이 강의하는 모습을 반시간 동안이나 조용히 듣고 보았다. 그녀가 마지막으로 산문시 같은 말로 시범강의를 마무리할 때가 되어서야 나는 발목과 손바닥에 산통이 몰려오는 것을 느낄 수 있었다. 어렸을 때 바러우산맥에서 십 리나 되는 산길을 달려가 두 다리를 절면서 노천에서 영화를 보던 때와 다르지 않았다.

디테일이란 무엇인가? 그것은 생활의 리듬 속에서 가장 작은 부분을 조성하는 것들로, 생활의 세포라고 할 수 있다. 그리고 세포는 생명의 근원이자 토양이다. 이런 원칙에 따르면 예술가의 예술적 생명은 필연적으로 자기 삶의 디테일에서 나온다. 앞에서 말한 누구나 다 아는 중국 영화감독의 경우도 발가락 사이를 후비는 그 생활의 디테일은 그와 대지 사이의 소통과 묵상과 기도에서 유래한 것이다. 그가 더이상 발가락 사이를 후비지 않게 되었을 때 그의 생명은 화려하지만 허황된 것으로 변하고 말았다. 대지와 연결할 수 있는 교량을 상실했기 때문이다. 제우스의 두 발이 땅에서 떨어진 것처럼 힘을 쓸 수 없게 되었고 재능을 상실했으며 예술적 생명마저 잃어버린 것이다. 따라서 영화예술을 사랑하는 모든 학생이 세계적 스타들의 연기예술을 연구하고 학습하는 과정에서, 남학생들이 반드시 연구해야 할 것은 발가락 사이를 후비는 디테일과 습관이 있느냐 하는 것이고, 여학생들이 반드시 사고해야 하는 것은 연애중에 메릴린 먼로나 비비언 리처럼 남자들을 상대로 큰 소리로 떠들고 소리칠 수 있는 격정과 광기를 갖고 있느냐 하는 것이다. 연기예술가들에게는 삶의 디테일이 갖춰져 있어야만 진정한 능력이 있는 것이기 때문이다. 예술에 있어서 술에 취하고 섹스를 하고 발가락 사이를 후비는 것은 예술의 전당으로 들어가는 황금열쇠이기 때문이다.

그녀의 이러한 마무리는 강의 시작 전에 이미 원고를 작성해놓고 여러 번 외운 덕임이 분명했다. 준비를 충분히 했기 때문에 편안한 자세로 마음껏 즉흥적 립싱크로 낭송을 전환시킬 수 있었고 준비한 시구가 강의 물막이가 터진 것처럼 거세게 흘러나올 수 있었던 것이다. 한 과목의 알차고 내용 있는 강의(연기)가 절정으로 치달아 마침표를 찍었다. 그리하여 그녀가 말을 끝냈을 때, 강단에서 아래를 향해 고개 숙여 인사하고 났을 때, 강단 아래 있던 학생들은 한 명도 빠지지 않고 일제히 기립하여 우레와 같은 박수를 보내면서 환호작약했다. 정말 훌륭한 강의라며 주먹을 치켜들고 미친 듯이 소리치는 학생들도 적지 않았다.

그때 나는 자오루펑의 낭송 같은 마무리를 들으면서 이것이 바로 내 아내 자오루핑의 강의였단 말인가 하고 자문하고 있었다. 집에서는 그녀가 책을 읽는 모습도, 강의안을 암기하는 모습도 보지 못했기 때문이다. 그녀가 어디서 이렇게 훌륭한 강연 원고를 구한 것인지 알 수 없었다. 강단 아래를 향해 그녀가 마지막으로 고개 숙여 인사할 때 땀으로 촉촉하게 젖은 앞머리가 이마를 가렸다. 그녀는 손으로 머리칼을 추스르면서 허리를 다시 폈다. 얼굴에 피어난 미소가 연한 홍조로 바뀌었다. 그녀의 얼굴에 그윽하게 걸린 봄빛이 강단 위로 뿌려졌다. 그때 강단 아래에는 박수소리와 함께 온갖 칭찬과 환호성이 넘쳐났다. 학생들이 한데 뒤엉켜 와글와글 떠들어대면서 붉은 의자들 사이를 넘실댔다. 마치 한여름이 시원하고 상쾌한 바람을 전부 말아가버리는 것 같았다.

강의실 안을 가득 채우고 있는 땀냄새와 소란한 광경을 바라보면서, 루핑의 강의로 절정에 이른 듯한 만족감을 느끼고 강의실 입구로 쏟아져나오는 학생들을 바라보면서, 그들의 검게 빛나는 머리를 지나치면서 나는 맨 앞줄 중앙에 앉아 있는 사람을 보게 되었다. 알고 보니 영화영상학과뿐만 아니라 다른 문과생들도 그 자리에 와 있었고 지난달에 부총장으로 승진한 철학과 학과장 리광즈도 와 있었다. 그는 루핑의 맞은편에 앉아 강단에서 미소를 지으며 내려오는 루핑을 바라보고 있다가 신이 난 아이처럼 그녀에게 달려가 악수를 청했다. 그 표정이 어찌나 진지하고 다정했던지 마치 그 계절의 이른 아침에 볼 수 있는 놀과 채색 구름 같았다. 크게 뜬 눈이 무척 반짝거리면서 루핑의 정수리 주위를 맴돌더니 산들산들 잠시 나부끼다가 물처럼 흘러내렸다.

마침내 이날 저녁, 자오루핑의 시범강의가 큰 성공을 거둔 것을 축하하는 뜻에서 나는 부엌에 들어가 그녀를 위해 여섯 가지 음식을 만들고 두 가지 탕을 준비했다. 그러나 막 식사를 하려는 순간 그녀가 젓가락을 든 채 나를 빤히 쳐다보면서 이해할 수 없는 표정으로 한숨을 내쉬었다. 식사를 마치고 거실에서 텔레비전을 볼 때, 나는 여느 때처럼 그녀의 다리를 쭉 펴서 내 허벅지 위에 올려놔주었다. 그런데 이날은 웬일인지 그녀가 내 허벅지 위에서 자신의 다리를 거둬가버렸다. 밤에 잠자리에 들기 전 나는 그녀를 품에 꼭 안고 싶다는 암시와 요구를 여러 차례 반복했다. 하지만 그녀는 내 품 안에 미지근하게 아주 잠깐 안겨 있다가 갑자기 몸을 빼내더니 어둠 속에서 뭔가 알아듣기 어려운 말을 중얼거렸다.

그녀가 말했다. "양커, 난 당신에게 바라는 게 아무것도 없어요. 아빠도 이제 퇴직하신 터라 더이상 당신이 무슨 학자나 전문가가 됐으면 하는 희망을 갖고 계시지도 않고요(설마 내가 학자도 아니고 전문가도 아니란 말인가). 어느 날 권력을 쥔 학과장이나 학교의 지도급 인사가 되기를 당신에게 기대하지는 않는다고요. 아빠와 난 그저 당신이 와신상담해서 훌륭한 저서를 한 권 출간하고 그 저서를 바탕으로 순조롭게 위로 올라가 교수가 되었으면 할 뿐이에요. 말하자면 나 자오루핑의 남편이 명실상부한 박사 과정 지도교수가 되기만 하면 된다 이말이에요."

말을 마치고 나서 그녀는 슬리퍼를 신고 침대 곁에서 떠나버렸다. 밖으로 나가 아무 말 없이 어두운 거실에 앉자, 산처럼 무겁게 내쉰 한숨이 내 늑골을 짓눌러 으스러뜨렸다. 숨이 통하지 않아 나도 방에서 나와 그녀 앞으로 다가가 섰다. 그녀는 멍한 눈빛으로 고개를 들고는 나를 쳐다보면서(눈동자는 너무나 크고 동그랬다) 따스한 말과 차가운 말을 한마디씩 던졌다. "양커, 난 정말, 어느 날 나는 교수인데 내 남편은 부교수고, 나는 박사 과정 학생들을 지도하는데 남편은 본과생만을 상대로 강의하면서 불쌍하게 남들이 골라 가지 않는 석사 과정 학생 몇몇만 지도하게 되는 그런 상황은 벌어지지 않기를 바라요."

그녀의 말투는 무겁지도 않고 가볍지도 않았다. 뜨겁지도 않고 차갑지도 않았다. 그날 저녁 그녀가 내뱉은 이 한마디가 차가운 공기처럼 내 반라의 몸을 그녀의 면전에서 차갑게 얼어붙게 만들었다. 창문을 뚫고 들어온 달빛이 물 흐르듯 거실 안 발걸음 소리를 다 몰아가고 나서야 나는 그 차가움 속에서 깨어나 말없이 몸을 돌린 다음, 텅 빈 침실의 공허한 침대에 누워 밤이 다 샐 때까지 침묵 속에서 눈을 붙이지 못했다.

날이 환하게 밝고 나서야 그녀가 처음으로 소파에서 잠을 잤다는 사실을 알게 되었다. 침실로 돌아와 내 옆에 눕지 않았다는 것을 알게 되었다.

(왜 그랬을까? 도대체 이유가 뭘까?)

제2권 송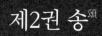頌

유고 有瞽

양사 良耜

희희 噫嘻

반수 泮水

유고

딱딱한 학문, 부드러운 무릎

이 작품은 음악의 연주에 맞춰 노래하는 악가樂歌다.

有瞽

바로 이렇게 곧 중년으로 들어선 나는 구름 같은 슬픔과 바다 같은 근심을 안고 캠퍼스 서쪽, 국가가 이급 문물보호 단위로 지정한 그 사합원四合院 건물에서, 일찍이 국학의 대가 몇 분과 유명한 현대문학 작가들이 거주했던 그 방에서, 우리 고전문학 교학연구실의 사무실 가운데 가장 좁은 그 방에서, 와신상담하면서 『선진先秦문학 원류론』을 다시 연구했고 「모시서毛詩序」와 『풍아지송론風雅之頌論』 『삼백편주三百篇注』 『시경전역詩經全譯』 『시경대석詩經大釋』, 그리고 『시경연구존의일백문詩經硏究存疑一百問』 등을 다시 공부했다. 나는 『시경』과 관련된 모든 논저를 찾아 사무실에 쌓아놓고, 관련된 자료의 편단들을 전부 오려 사무실 벽과 서가에 가득 붙여놓았다. 나는 학문의 새로운 길을 개척하면서 온 힘을 다 바쳐 공부했다. 이렇게 오 년이라는 시간을 들여 『풍아지송—「시경」 정신의 근원에 관한 연구』라는 제목의 논문을 완성했을 때, 루핑은 전임

강사에서 부교수로 승진했을 뿐만 아니라 파격적으로 고위직인 정교수가 되었다. 그녀는 사업에 있어서도 동작이 매우 빨랐고 감정에 있어서도 쉴새없이 달려왔다. 마침내 내가 나 자신의 거작 원고를 손에 들고 집으로 돌아왔을 때 그녀와 리광즈는 이미 스승과 제자에서 지도자와 피지도자의 관계로, 그리고 다시 애인관계로의 전환을 끝낸 뒤였다. 늦게 찾아온 사랑이 이른 봄에 씨를 뿌리고 중춘에 싹을 틔우며 늦봄에 꽃을 피우듯 두 사람 사이에는 온갖 꽃이 만발해 있었고 새 울음소리와 향기가 가득했다.

여름방학이 되기 직전의 어느 날 오전이었다. 한여름의 해가 경성의 상공에 걸려 하얀 빛으로 작열하면서 황금빛을 쏟아내고 있었다. 이미 넉 달 동안이나 비가 내리지 않아 햇빛에 달궈진 창안가長安街의 아스팔트는 검은 물로 출렁거렸고 온갖 물욕이 넘쳐흐르면서 세상을 전부 오염시켜버렸다. 이허위안頤和園의 호수에 물이 없다보니 물고기와 거북이들이 호수 바닥에서 펄쩍펄쩍 뛰면서 어미아비를 부르며 울어댔다. 여행자들은 그물 바구니나 손으로 마음대로 고기를 잡을 수 있었다. 수많은 학생이 너무 더운 날씨 때문에 게으름을 피우며 학교 시험도 치지 않았다. 수많은 고등학교에서 교실 에어컨 설치에 대해 상의하기 시작했고, 전례 없던 수업 거부와 시위 사태가 발생했다. 연구실의 사합원은 주변이 전부 임지와 낮은 건물들이었고, 마당에는 오래된 측백나무 몇 그루가 서 있었다. 원래 지세가 낮은데다 근처에는 호수가 두 개나 있었다. 게다가 경성에 인공 식수원을 건설하느라 교정을 뚫고 지나가려면 사합원 모퉁이를 지나야 했다. 덕분에 연구실 쪽으로 촉촉하고 시원한 공기가 흘러와 중문과 연구실의 정원은 겨울에는 지옥처럼 춥고 여름에는 천국처럼 시원했다(그럼에도 모기가 좀 많은 것이 흠이었다). 시원함을 누리기 위해, 그리고 위대한 이론 저술인 논문『풍아지송』을 위해, 나는 이번 학기 대부분의 시간을 연구실 창가에서 보냈고 그 안에 철사로 만든 침대를 설치해 먹고 자면서 불철주야로 미친 듯이 글쓰기에 전념했다. 수시로 읽어봐야 하는 자료들이 연구실 바닥에 높이 쌓여 있었고 그것도 모자라 침대 위까지 쌓여갔다. 여러 문헌에서 발췌한 자료를 정리한 카드가 하나하나 검은 칠판에 압정으로 내걸렸고 책장 틀에도 테이프로 가득 나붙었다. 내 사무실 바닥은 유구한 역사였고 벽은 찬란한 문화였다. 벽 모퉁이의 쓰레기통마저도 천년의 도기 조각과도 같은 국학의 진주와 황금으로 가득 채워졌다. 이날 오전이 막 지날 때쯤, 나는 드디어 논문의 맨 마지막 글자를 원고에 적어넣고 마침표를 찍었다. 그러고는 만리장성의 마지막 벽돌을 쌓기라도 한 것처럼 길게 한숨을 내쉬었다. 잠시 의자에 편안한 자세로 앉아 있던 나는 갑자기 연구실의 사합원을 향해 크게 소리를 지르고 싶었다. 어렸을 적 산꼭대기에서 소를 먹이고 나서 하늘을 향해 미친 듯이 소리를 지르고 싶었던 것과 다르지 않았다. 칭옌대학 캠퍼스 한가운데서 목을 풀고 싶었다. 바러우산맥의 산가山歌 한 구절을 소리내어 부르고 싶었다.

아가씨의 얼굴은 희고 또 희네.

그녀는 항상 한밤중에 우리 집을 찾아오네.

금으로 된 벽돌은 노랗고 또 노랗네.

벽돌은 항상 하늘에서 내 머리 위로 떨어지네.

영지버섯은 푸르고 또 푸르네.

영지버섯은 항상 우리 집 마당에서 자라나네.

나는 소리치고 싶었다. 소리내어 노래하고 싶었다. 하지만 결국 아무 것도 하지 않았다. 방을 나서서 밖으로 나온 나는 수많은 연구실 문이 열렸다가 닫히는 모습을 보고 또 보다가 공중화장실에 가서 기지개를 켜며 소변 한 번 본 것이 전부였다.

사무실에 돌아온 나는 루핑에게 전화를 걸어 논문을 완성했다는 이 기쁜 소식을 전하고 싶었다. 위대한 작업이 끝났다고 말하고 싶었다. 해가 서쪽에서 떠서 세상을 환하게 비출 수도 있다고 말하고 싶었다. 하지만 들었던 전화기를 다시 내려놓았다. 그녀에게 직접 내 원고를 가져다 보여줘야 한다는 생각이 들었다. 그녀 면전에 두께가 벽돌 몇 개에 맞먹는 원고를 쿵 내려놓고 그녀가 놀라서 기뻐할 때 아무 말도 하지 않고 조용히 다가가 꼭 안아줘야겠다고 생각했다. 논문 쓰는 일이 참 힘들고 걱정스러웠다고 다정히 말하면서, 내 논문이 출판되면 『시경』에 대한 완전히 새로운 재해석이 이뤄질 것이고 이로써 학술계 가 발칵 뒤집힐 것이라고 말해줘야겠다고 생각했다. 또한 내가 원고를 내려놓으면 그녀는 잠시 두 손으로 원고를 어루만지다가 이어 내 얼굴을 어루만질 것이고, 그때 나는 모든 것을 잊은 채 그녀를 안고 침대로 가서 격렬하게 혼신을 다해 한차례 사랑을 나눠야겠다고 생각했다.

나는 이미 아주 오랫동안 그녀와 잠자리를 하지 않았고 애무도 나누지 못했다. 가장 최근에 잠자리한 게 『풍아지송』 제3장을 마무리했을 때였고, 그다음은 『풍아지송』 제5장을 완성했을 때였다. 성관계 횟수가 줄어들면서 내 논문은 갈수록 더 빽빽하고 길어졌다. 흑백과 시비是非의 대비가 형성되어갔다. 나는 고상함과 비속함, 천하 대사와 남녀 정사의 모순과 통일을 실감했다. 이제 나의 위대한 논문이 완성되었다. 교육계와 학술계를 떠들썩하게 하고 끝없는 탄성과 진동을 자아내게 될 논문이었다. 폭약은 이미 장착되었고 기폭장치도 설치되었다. 얼마간 시간이 지나 도화선에 불을 붙여 쾅 터뜨리면 그만이었다. 나는 경박하면서도 광적인 기쁨을 안고 연구실로 돌아왔다. 이십 제곱미터도 채 안 되는 사무실로 돌아왔다. 마지막으로 바닥에 쌓인 책들, 벽에 붙은 카드, 메모지 등을 둘러보고는 이것들을 내버려둔 채 책상 한가운데에 놓여 있던 원고만 정리해서 한 출판사의 종이봉투 안에 넣었다.

나는 종이봉투를 들고 집으로 돌아갔다.

우리 집 계단을 오를 때도 역시 그 노래를 흥얼거렸다.

아가씨의 얼굴은 희고 또 희네.

그녀는 항상 한밤중에 우리 집을 찾아오네.

금으로 된 벽돌은 노랗고 또 노랗네.

벽돌은 항상 하늘에서 내 머리 위로 떨어지네.

영지버섯은 푸르고 또 푸르네.

영지버섯은 항상 우리 집 마당에서 자라나네.

마노는 푸르고 또 푸르네.

마노는 항상 우리 집 논밭에 묻혀 있네.

내가 노래를 흥얼거리면서 열쇠로 문을 막 열었을 때, 거실 소파 위에는 남자 옷과 여자 옷이 뒤섞인 채 널브러져 있었다. 나와 루핑의 침실에서는 침대와 피부가 닿으며 내는 숨소리와 환락의 괴성이 들려왔고 달콤한 땀냄새와 함께 침대 위에서 완전히 상실해버린 두 사람의 경각심이 풍겨나왔다. 그 소리는 가늘면서도 날카로웠고 부드러우면서도 거칠었다. 마치 범람하는 홍수 속의 맑은 샘물 같았고 날리는 모래와 뒹구는 돌 속의 고요함 같았다. 침실에서 아주 비릿한 냄새가 풍겨와 나를 맞아주었다. 마치 손님을 맞는 아가씨가 짐을 받아주는 것 같았다. 내 손에 들려 있던 원고 봉투가 툭 하고 바닥에 떨어졌다.

이 소리가 모든 기척을 멈추게 했다. 갑자기 세상이 다 끝난 듯 아득한 정적이 흘렀다. 나는 실오라기 하나 걸치지 않은 채 침대 위에 누워 있는 루핑과 리광즈를 바라보았다. 그들 역시 벌거벗은 채로 나를 쳐다보았다. 서로의 눈길을 피할 수 없었다. 수치스러움과 참괴함, 막막함과 당돌함이 엇갈리고 있었다. 모두 허둥대며 눈길을 거둬들였다. 모두의 눈빛이 충돌하면서 불꽃이 이는 것 같았다. 눈길을 거두지 않으면 활활 타들어가면서 분별을 잃을 것 같았다. 나는 난감함에 동쪽으로 고개를 돌리면서 방 안의 다른 쪽 벽을 힐끗 쳐다보았다.

"미안합니다. 정말 미안해요. 제가 집에 오기 전에 먼저 전화라도 한 통 했어야 했는데."

내가 다시 말을 이었다. "저기, 두 분, 우선 옷부터 좀 입으시지요."

두 사람 모두 우선 옷부터 입기 시작했다.

내가 리 부총장에게 말했다. "제 저작이 완성되었습니다. 이 책이 있는 한 저는 모든 걸 다 가진 셈입니다. 더이상 다른 건 필요치 않습니다. 이 저서가 있으니 굳이 절 부교수에서 정교수로 승진시켜주실 필요도 없습니다. 학교에서 저를 부교수에서 정교수로 승진시킬 수밖에 없을 테니까요. 연말에 저를 모범학자로 추천하실 필요도 없습니다. 제 논문이 출판되면 학교에서 저를 전국의 모범학자로 평가할 수밖에 없을 테니까요."

이렇게 말하면서 나는 그를 쳐다보았다. 약자가 강자를 압박하는 듯한 눈빛으로 시선을 그의 얼굴에 고정시켰다. 그런 다음 몸을 일으켜 그에게로 한 걸음 더 다가서며 말했다.

"리 부총장님, 마음속 깊이 정말 자신이 잘못했다고 느끼신다면, 이 양커에게 정말 미안하다고 생각하신다면, 그리고 진심으로 뉘우치신다면, 두 분이 저를 위해 할 수 있는 일 세 가지를 알려드리겠습니다. 첫째, 저는 사상이 해방되지 못한 사람이니 다음부터는 절대로 이런 일이 없도록 하겠다고 약속해주십시오. 둘째, 저는 신식 관념을 갖춘 사람이 아니니 다음부터는 절대 이런 일이 없도록 하겠다고 약속해주십시오."

이렇게 말하면서 다시 몇 걸음 앞으로 더 다가가서는 청천벽력처럼 그를 향해 무릎을 꿇었다(아주 맹렬하고 힘있게 무릎을 꿇었다. 쓰러지는 나무 한 그루가 산을 정복하려는 것 같았다). 그런 다음 다시 고개를 들어 그를 바라보면서 놀라서 한쪽으로 물러나 있던 아내 자오루핑을 바라보았다. 그러고는 얼굴 가득 눈물을 흘리면서 다시 말했다. "제가 지식인의 이름으로 부탁드립니다. 첫째, 다음에는 절대로 이런 일이 없도록 해주십시오. 둘째, 다시는 이런 일이 없도록 해주십시오. 셋째, 제가 두 분께 무릎 꿇고 부탁드리니 제발 더이상 이런 일이 없도록 해주십시오."

양사 | 날다 지친 새를 보살피며

이 작품은 추수한 다음 신에게 감사를 드리는 악가다.

良
耜

리광즈와 자오루핑 두 사람 모두 말에는 신용이 있었고 행동에는 결과가 있었다. 내게 다음부터는 절대 이런 일이 없도록 하겠다고 약속하더니 과연 그뒤로는 그런 일이 다시 일어나지 않았다. 두 사람이 서로 왕래하는 모습을 더는 볼 수 없었다. 또한 내게 충분한 존엄과 체면을 찾아주었다. 학교 안의 어느 누구도 두 사람 사이에 간통과 간교한 일들이 있었다는 사실을 알지 못했다. 내가 교정의 나무 그늘 아래를 걸을 때면 바람도 그런 사실을 몰랐고 나무도 그런 일을 몰랐다. 나와 마주치는 모든 사람이 그런 사실을 알지 못했다. 어깨를 스치고 지나가거나 걸음을 멈추고 문안인사를 건네거나 개인적으로 연락하는 선생님과 학생 들도 전부 전과 다르지 않았다. 나를 만나 유심히 쳐다보는 일도 없었고 예의상 주고받는 말도 거의 하지 않았다.

아무 일도 일어나지 않은 것과 마찬가지였다.

정말로 어떤 일도 일어나지 않은 것 같았다.

일주일이라는 시간이 리광즈와 자오루펑 사이에 아무런 왕래가 없다는 사실을 확실히 증명해준 뒤로 나의 불필요한 걱정은 사라지고 마음도 어느 정도 많이 평정을 되찾았다. 위험이 안전으로 전환되었다. 그러나 깊은 밤의 고요함 속에 혼자 남게 되면 내 머릿속에는 항상 자오루펑이 리광즈의 몸 아래서 헐떡거리며 몸을 비틀어대는 신선한 영상이 생생하게 펼쳐지곤 했다(마치 방금 물에서 건져낸 생선 같았다). 심지어 어떤 순간에는 내가 경솔한 소란으로 두 사람을 방해한 것을 후회하기도 했다. 발소리를 죽이고 살금살금 집 안으로 들어가 말없이 침대 옆에 선 채 아무도 모르게 자오루펑이 침대 위에서 물고기처럼 펄떡거리는 모습을 좀더 지켜봐야 했다는 생각도 들었다. 하지만 이미 지나간 일이 되어버렸다. 기회를 놓치지 말았어야 했다. 좋은 기회는 놓치지 말아야 했고 한번 가버린 시간은 되돌릴 수 없는 법이었다. 그리하여 매를 놓아준 아이가 매가 하늘에서 하게 될 많은 일을 생각하듯, 나도 근본적인 질의를 무수히 던지기 시작했다. 끝이 없는 생각과 사념 속으로 빠져들어갔다.

"달빛이 정말 밝군." 내가 말했다. 커튼을 걷으면 달빛이 햇빛처럼 아주 뜨겁고 강렬할까봐 두려웠다.

그녀는 말이 없었다. 나무처럼 멍하니 천장만 바라보았다.

"루펑." 내가 그녀를 내 품 안으로 끌어당기며 입을 열었다. "솔직히 말해봐. 도대체 리광즈와의 잠자리가 몇 번이나 있었던 거야?"

그녀의 눈빛은 흐릿했고 몸은 뻣뻣하기만 했다. 침대에 누워 있는 게 사람이 아니라 나무토막 같았다(어째서 일주일 전처럼 그렇게 활기 넘치는 모습을 보이지 못하는 걸까?).

"도대체 몇 번이었어? 전부 우리 집에서였어? 아니면 가끔씩만? 여관에서 하기도 하고 그의 집에 가서 하기도 했던 거야?"

발효된 침묵이 금방이라도 터질 듯 팽팽히 방 안을 팽창시켜놓았다(차라리 정말로 폭발하는 게 나을 것 같았다).

"다른 건 묻지 않겠어. 몇 번이나 했는지만 말해줘. 나는 교수(부교수)고 지식인이며 당신 남편이야. 이런 일이 일어났는데 지나간 일이라고 캐묻지 않으면서 그저 몇 번이나 있었는지만 말해달라고 하는 게 지나친 요구는 아니잖아?

도대체 몇 번이나 그 짓을 했던 거야?

세 번이었어? 아니면 다섯 번?

서른 번쯤 되나? 아니면 쉰 번?"

그녀의 몸 아래서 팔을 빼낸 나는 잠시 몸을 뒤척이다가 다시 천장을 보고 누웠다. 그러다가 일어나 앉아 눈앞의 희미한 어둠을 바라보았다. 자신의 학술 저서 『풍아지송』을 읽고 있기라도 하듯이. 한 글자도 놓치지 않고 논문을 읽듯이 눈앞의 달빛과 달빛이 비추지 못하는 어둠을 뚫어지게 쳐다보았다. 눈이 피곤해지자 다시 누운 나는 팔을 그녀의 목 아래로 뻗었다. 손으로 그녀의 왼뺨 위의 머리칼과 귀, 입술 주위를 쓰다듬었다. 그렇게 그녀를 어루만지다가 또다시 참지 못하고 물었다.

"처음 그 일을 한 건 어디서였어?

어느 여관에서였어?

교육부 영빈루에서였나? 교육부에서 학술토론회를 열면 참가자들이 숙소로 사용하곤 하던 서쪽에 있는 그 건물에서 그랬어?

그 대회에서였지? 당신이 국가 논문심사에서 최고상을 받았을 때 말이야, 그지?

리 부총장이 심사위원들과의 소통에 나서준 데 대해 감사 표시로 몸을 바쳤던 거로군?

마지막으로 한 가지만 더 물을게. 그가 정말로 당신에게 나와는 다른 오르가슴을 맛보게 해주던가?

나이가 그렇게 많은데 어떻게 당신에게 오르가슴을 느끼게 할 수 있었던 거지?"

그녀가 뒤로 돌아누워 내게 등을 보였다. 우리 두 사람 사이에 얼음처럼 차가운 벽이 가로놓여 있는 것 같았다.

그날 밤 그녀는 여전히 항저우杭州 실크로 만든 치마 잠옷을 입고 있었다. 남색 바탕에 흰 꽃무늬가 아로새겨진 잠옷이었다. 마치 항저우 시후西湖의 푸른 물결이 넘실거리며 파도가 하늘까지 이어진 것 같았다. 물 때문에 생겨난 차가운 기운이 우리 사이를 가득 채우고 용솟음치면서 서로 말도 통하지 않고 생각도 흐르지 못하게 했다. 나는 뿌리를 파내고 가지를 당기지 말았어야 했다는 사실을 잘 알고 있었다. 꼬투리를 잡고 끝까지 추궁하지 말았어야 했다는 점을 모르지 않았다. 하지만 침대 위에서 환락에 빠진 두 사람의 디테일한 모습이 내 상상을 뜨겁게 달구며 뇌리를 가득 메웠다. 「관저」에서 자신과 아름다운 아가씨가 함께 (침대 위에) 있는 즐거운 상상을 하는 젊은 총각과 다를 바 없었다. 나는 리광즈와 루핑이 함께 있을 때 침대에서 그들이 취했을 자세와 동작, 방법과 방식을 끊임없이 상상했다. 리광즈와 나랑 어떤 차이가 있는지 상상했다. 그가 어디가 나보다 강한지 상상했다. 그는 총장이고 서학西學의 권위자이니 두 사람이 사랑을 나누기 전에 먼저 서양철학과 동양예술에 관해 얘기하지 않았을까? 대화가 끝난 뒤에 루핑이 먼저 그의 단추를 풀기 시작했을까 아니면 그가 학술의 힘을 빌려 루핑의 단추를 풀었을까? 두 사람이 침대에 오르기 전에 서로 가장 먼저 한 말은 어떤 것이었을까? 어쩌면 아무 말도 하지 않고 서로를 쳐다보기만 하다가 각자 마음속으로 느끼는 바가 있어 스스로 옷을 벗었는지도 모른다. 그것도 아니라면 서로 웃는 얼굴로 쳐다보면서 상대방의 단추를 풀어주느라 네 개의 팔이 허공에서 꽈배기처럼 꼬였을지도 모른다. 나는 그가 루핑의 몸 위에서 자신의 몸을 뱀처럼 부드럽고 흐물흐물하게 펼쳤을지 아니면 뭍에 오른 작은 새우처럼 반은 펴고 반은 구부린 상태였을지 상상해보았다. 또한 그 일을 마친 그가 너무 피곤해서 꼼짝달싹하지 않고 그녀의 몸 위에서 잠시 쉬고 있었을지 아니면 땔나무 더미처럼 그녀의 몸 위에서 떼구루루 굴러내려와 이불 위에 사지를 쭉 뻗고 누운 채(지식인의 모습은 조금도 찾아볼 수 없었을 것이다) 몹시 만족스러운 표정으로 천장을 바라보면서 정말 좋았다는 둥 끝내줬다는 둥 거친 말을 내뱉었을지(지식인의 모습은 완전히 사라져버렸을 것이다) 상상해보았다. 내 머릿속은 뜨겁게 팽창되었고 온갖 잡념으로 가득찼다. 그와 그녀가 우리 집 침대 위에서 벌였을 온갖 일들에 대한 상상으로 넘쳐났다. 그리고 두 사람이 침대 위에서 주고받았을 거칠고 뜨거운 호흡과 신음으로 가득했다. 게다가 그는 나이가 많고 몸은 비쩍 말랐지만 대학에서 최고의 권위를 갖고 있는 부총장인지라(권력이 산과 같았다), 얼마나 많은 교수가 과제와 프로젝트, 연구비 등을 타내기 위해 (쥐가 구멍을 파듯 쑤셔대며) 그의 비위를 맞추려 애쓰다가 정작 그의 면전에서는 얼어서 입도 벙긋 못하는지 충분히 상상할 수 있었다. 그가 사인만 한번 하면 어떤 강사는 쉽게 부교수가 되었다(자오루핑도 그랬다). 그가 한 서류의 오른쪽 하단에 리광즈라는 이름 석 자를 쓰기만 하면 모 부교수는 곧장 교수가 되어 학술 지도자로 군림하여 한 연구 프로젝트의 리더가 될 수 있었다. 이때부터 이 지도자의 집에 필요한 땔감과 쌀, 기름과 소금은 전부 연구 프로젝트 예산에서 지출될 수 있었다. 나는 그가 대권을 손에 쥐긴 했지만 마르고 연약했기에, 루핑이 마음 아파하며 그에게 신하처럼 복종하면서 침대 위에 누워 그는 꼼짝도 못하게 하고 자신이 그의 몸 위에 앉아 모든 힘든 동작을 혼자 도맡아 한 게 아닐까 생각했다. 그리고 일을 끝낸 뒤에는 피곤하고 목말라 하는 그의 모습을 보고서 곧장 침대에서 내려와 그에게 물과 젖은 물수건을 가져다주며(나에게는 이런 서비스를 한 적이 없다), 심지어 그에게 꼼짝하지 말고 누워 있으라고 하고는 마치 지친 새 한 마리를 보살피듯 자신이 직접 따뜻한 물로 그의 양물陽物을 닦아준 다음 다시 날다 지친 새를 둥지에 넣어 재워주듯이 따뜻한 수건으로 그의 양물을 잘 감싸고 덮어주지는 않았을지 상상해보았다. 나는 루핑에게 정말로 박학다식하고 권력이 높을수록 성욕도 더 강한 것인지 묻고 싶었다. 권력과 지식이 성욕을 증강시킬 수 있는 것인지 묻고 싶었다(우리가 막 결혼해서 생활의 안정을 찾기 시작했을 때 그녀도 내게 학식이 많을수록 성욕도 강한 것인지, 학식이 성욕을 증강시켜 줄 수 있는 것인지 물은 적이 있었다. 그러나 나는 경험은 그 반대라고 말해주었다. 학문이 클수록 성욕이 약하고 학문이 정점에 이르면 아예 성에 대한 갈망이 없어진다고 말했다). 또 그에게 몸을 열 번, 백 번 한없이 주고 그 대가로 그가 그녀를 어느 예술 과목 프로젝트의 수석 연구원으로 지명해주기로 약속한 건 아닌지, 언젠가 그녀를 지금의 예술이론 교학연구실 주인의 자리에서 영화영상학과 학과장 자리로 인사이동을 시켜주기로 약속했던 건 아닌지 묻고 싶었다

(그 자리는 수입이 꽤나 짭짤했다. 어떤 이의 말에 따르면 영화영상학과 신입생을 모집할 때면 학과장 또는 다른 교수들의 주머니에 최소한 수십 만 위안의 돈이 들어온다고도 했다). 나는 루핑을 바라보며 침대 시트 위에 멍하니 앉아 있었다. 루핑도 허공을 응시하며 멍하니 앉아 있었다. 내 머릿속에서 수레바퀴가 굴러가며 요란한 소리를 냈다. 그녀는 마치 아무 일도 없었다는 듯 멍한 표정으로 입술을 굳게 다문 채 조용히 앉아 있었다. 그녀의 묵묵부답이 방 안을 가득 채웠다. 그것으로도 모자라 방을 뚫고 밖으로 터져나갈 것 같았다.

루핑에게 말했다. "더이상 아무것도 묻지 않을 테니 마지막으로 한 가지만 말해줘. 마지막으로 딱 한 가지만 물을게. 리광즈가 그렇게 연약한데다 나이도 나보다 많은데 어떻게 당신에게 그런 절정을 느끼게 해줄 수 있었던 거지?

그가 대체 어떤 방법으로 당신에게 오르가슴을 느끼게 해줬던 거야?

이게 내 마지막 질문이야. 말해봐. 더이상 어떤 것도 묻지 않겠다고 약속할게. 그 사람이 어떻게 어떤 유형의 오르가슴을 제공했던 거냐고? 도대체 어떤 방법으로 너의 요구를 만족시켜줬던 거야?

어째서 말을 하지 않는 거야?

대답하고 싶지 않다는 거야?

이 일에 관해 내게 모든 걸 다 얘기해야겠다는 생각이 안 들어?"

그녀는 아무 말도 없이 갑자기 침대에서 일어나 고개를 돌리더니 나를 바라보았다. 내가 여전히 침대에 앉아 연구와 탐구에 몰두해 있는 것을 보고는 다시 몸을 돌려 침대맡 스탠드를 켰다. 황금처럼 환한 불빛이 따귀를 갈기듯이 방 안의 모든 어둠과 모호함을 거둬가버렸다. 방 안의 침대와 책상, 옷장, 신발, 양말, 공기, 옷, 습기와 더위, 그리고 여름 늦은 밤의 서늘함과 차갑게 식은 사람의 땀냄새, 그녀의 몸에 남아 있던 여성 지식인 특유의 기질과 향기가 저잣거리 좌판처럼 불빛 아래 전부 드러났다. 아주 짧은 비웃음과 함께 희고 가지런한 그녀의 치아가 얇은 입술 사이에서 몇 번 드러났다 말았다. 마침내 고개를 높이 쳐들더니 거친 동작으로 침대에서 뛰어내려왔다(물고기가 뛰는 것 같았다. 비비언 리의 그 유명한 도약 같았다). 그녀는 갑자기 침대맡 유리병(그녀가 학술적 성과에 따라 상으로 받은 거였다)을 집어 들고는 바닥에 세게 내던졌다. 와장창 소리와 함께 방 안의 정적이 산산조각나버렸다. 울긋불긋한 유리 조각이 침대 밑과 옷장 밑으로 흩어져 들어갔다. 방 모서리와 그녀가 신고 있는 슬리퍼 위에도 떨어졌다. 그런 다음 그녀는 다시는 숨을 쉬지 않겠다는 듯이 어금니를 앙다물고 입술을 굳게 닫았다. 얼굴이 금세 푸른빛으로 변했다. 삽시에 방 안 공기도 응결되어 푸른빛으로 변해버렸다. 불빛 속에, 한겨울의 차가운 햇빛 아래 고드름이 매달려 있는 것 같았다. 화려하고 요염한 한기가 사람들을 압박하고 있어 누구든지 이 요염한 빛과 한기를 바라보면 춥지 않은데도 몸을 떨고 뛰던 심장이 갑자기 멈춰 조용히 죽음에 이르게 될 것만 같았다.

그때, 루핑의 뜻밖의 차가운 폭발에 어안이 벙벙해진 나는 어찌할 바를 몰라 쩔쩔매고 있었다. 침대에서 일어난 나는 침대 한가운데에 쪼그리고 앉아 두 팔을 엇갈려 양 무릎을 감싼 채 마치 내가 남의 여인을 훔치다가 현장에서 그녀에게 붙잡히기라도 한 듯한 눈빛으로 그녀를 바라보며 말했다.

"내가 아무 말도 안 하는데 당신이 무슨 말을 하겠다는 거야? 내가 몇 가지 물었잖아. 대답하고 싶으면 하고 싫으면 안 하면 되는 거지,

왜 이리 화를 내면서 소란을 피우는 거야? 우리 둘 다 지식인이잖아. 오밤중에 병을 깨면 위아래층에 사는 이웃들이 얼마나 싫어하겠어. 자기 주제를 알아야지. 시간도 너무 늦었으니 어서 불 끄고 잡시다."

하지만 그녀는 여전히 그 자리에 선 채 아무 말도 하지 않았다. 수업할 때 강단 아래 학생들에게 화를 내는 모습과 다르지 않았다. 팔짱을 낀 채 나를 노려보면서 미동도 하지 않았다. 그녀 얼굴의 푸른빛이 방 깊은 구석까지 퍼져나갔다. 마침내 그 얼굴이 방 안 공기에 염색되어 초록색으로 변했다. 옷장도 녹색으로 물들고 침대 커버와 베개, 수건 등 모두 자줏빛이 도는 녹색과 회녹색으로 물들었다. 불빛과 내동댕이 쳐져 깨진 화병으로 일어난 공기중 미세 먼지의 흐름마저도 알알이 녹색으로 물들었다. 푸른 들판 같은 그녀의 얼굴을 망연히 바라보고 있던 나는 천천히 침대에서 내려와서는 나무 한 그루가 천천히 쓰러지듯이(또 나무다) 그녀의 면전에 몸을 구부린 채 고개를 들어 애걸했다.

"루핑, 내가 말을 잘못했고 잘못 물어봤다고 칩시다. 제발 이러지 말아요, 응?

이렇게 빌 테니 용서해주구려. 제발 이러지 마시오."

그러면서 슬픈 표정으로 물었다.

"용서해주는 거지, 루핑? 정말 미안해. 용서해줘. 꼭 용서해줘야 해. 날 용서할 수 있다면 내게 고개를 한 번 끄덕여주고 몇 마디 말을 해줘요. 용서할 수 없거든 지금처럼 나를 쳐다보기만 해요. 꼼짝도 말고 나를 노려보기만 하라고."

내가 다시 말을 이었다.

"정말로 날 용서 안 할 생각이오? 내가 잘못했다고 말했잖아. 미안하다고. 내가 무릎이라도 꿇기를 바라는 거요?"

그녀가 시종 아무 말도 없자 나는 정말로 쿵 소리를 내면서 그녀를 향해 무릎을 꿇고는(쓰러진 나무 한 그루가 산을 정복하려는 듯) 애원하듯 말했다. "고개만 끄덕이지 말고 몇 마디라도 하란 말이야. 루핑, 우리가 부부일 뿐만 아니라 둘 다 지도교수고 지식인이라는 사실을 고려해서 제발 몇 마디라도 좀 해주면 안 되겠어?"

등불은 아주 밝았다. 그녀가 내게 말했다.

밝은 등불 아래서 방바닥에 만발한 꽃처럼 퍼져 있는 유리 조각을 바라보며 내게 말했다. "양커, 물가가 또 올랐어요. 알아요? 그전에는 계란이 한 근에 삼 위안 이 마오였는데 지금은 한 근에 사 위안 육 마오예요. 그전에는 땅콩기름이 한 통에 삼십 위안이었는데 지금은 한 통에 사십칠 위안이고요. 그전에는 미화 일 달러에 팔 위안 육 마오였는데 지금은 확 떨어져서 일 달러에 팔 위안 일 마오밖에 안 된다고요."

내가 말했다. "방금 말을 했지? 날 용서한 거야? 이제 됐다. 마음속에 있던 돌덩어리가 떨어져내린 것 같군. 안심해, 루핑. 앞으로 지난 일은 절대 다시 거론하지 않을 테니까 말이야."

그녀가 말했다. "자, 일어나요. 당신 만두 좋아하잖아요. 내일은 수업 없으니까 돼지고기에 대파 잔뜩 넣어서 만두를 빚어드릴게요."

희희 그 죽일 놈의 팬티

이 작품은 봄날 풍작을 기원하면서 농사를 담당하는 관리를 타이르는 시로, 세상사에 대한 비난과 탄식의 뜻을 내포하고 있다.

嘻
嘻

일은 이것으로 끝나지 않았다. 일의 여파는 격류와도 같이 나와 루팡(그리고 리괌즈)의 삶을 완전히 뒤집어놓았다. 이튿날 저녁, 나는 우체국에 가서 내『풍아지송』원고를 독보적인 권위를 갖춘 한 출판사로 보냈다. 집에 돌아와보니 루팡이 대체 집에서 무엇을 찾고 있는지 모르지만 집 안을 사방으로 분주히 돌아다니면서 트렁크와 옷장을 다 뒤집어놓고 내 책장에 있던 책들을 전부 끄집어내어 흩뜨려놓았다. 또한 그녀 침실(우리 두 사람의 침실이다)에 있는 침대 위를 짐승들이 뛰놀다간 것처럼 엉망으로 만들어놓고, 그것도 모자라 자신의 화장대 서랍을 빼내어 침대 커버 위로 쏟아놓았다. 화장대 앞에 있던 둥그런 의자는 거꾸로 뒤집어 방 한가운데에 던져놓았고 온몸에 먼지를 뒤집어쓴 채 얼굴은 땀과 먼지로 범벅이 되어 있었다(영화영상학과에서 가장 젊은 여교수의 그 기품 있고 멋진 모습은 더이상 찾아볼 수 없었다). 그

72

녀는 침대 앞에 서 있었다. 물건을 찾지 못했는지 안절부절못하면서 방 안을 빙빙 돌고 있었다. 방향을 정하지 못한 바람이 우리 집 침실에 갇혀 있는 것 같았다. 내가 문 밖에서 걸어들어오는 것을 본 그녀는 갑자기 넋이 나간 표정을 짓더니 이내 부드러운 홍조를 띠었다. 그러다가 다시 딱딱하게 굳어 시퍼런 낯빛으로 나를 매섭게 노려보았다. 마치 자신이 찾고 있는 물건이 내 몸에 있기라도 한 것 같았다.

내 얼굴에 걸려 있기라도 한 것 같았다.

"뭘 찾는 거야?"

대답이 없자 도대체 뭘 찾고 있는 거냐고 다시 물었다.

"어서 말해봐. 누가 혼이 나갔다 한들 당신처럼 그렇게 조급해할까."

내 얼굴에서 재빨리 눈길을 거둔 그녀는 순식간에 우아하고 여유로운 모습으로 변했다. 그러고는 이마 위에 흐트러져 있던 머리칼을 뒤로 쓸어넘기고 옷매무새를 바로잡은 다음, 바짓가랑이를 당겨 단정하게 추슬렀다. 이어 화장대 의자를 바로 세운 그녀는 전혀 허둥대는 모습 없이 둥근 부분이 밤색 가죽으로 씌워진 의자에 앉았다. 차가운 눈길을 다시 뜨겁게 들어올려 예전에는 내용을 전혀 이해하지 못했던 책을 읽기라도 하듯 나를 뚫어져라 쳐다보았다.

"양커."

그녀가 입을 열었다.

"그거 내게 주지 그래요. 이 자오루펑이 당신한테 애원한다 생각하고 제발 내게 돌려줄 수 없어요?"

그러면서 정말로 내가 가져가지 않았느냐고 물었다.

"정말 가져가지 않았어요?

정말 보지도 못했고 가져가지도 않았다고 맹세할 수 있어요?"

나는 루팽과 리광즈를 대신해 그 물건을 찾기 시작했다. 두 사람이 함께 사용했던 베개를 한쪽으로 치워놓고 베개 밑 시트와 매트리스를 전부 들어올렸다. 두 사람이 침대에서 그 짓을 하면서 그 물건을 자연스럽게 손 가는 대로 베개 밑에 쑤셔넣었거나 아니면 습관적으로 매트리스 밑에 넣고 깔아뭉갰을 것이라는 생각이 들었다. 하지만 베개 밑에도, 매트리스 밑에도 그 물건은 없었다. 베개와 시트 밑에 쌓여 있던 먼지와 머리카락 몇 가닥 말고는(그 외에 오래전에 버려져 말라 쪼그라진 화장지 뭉치도 있었다) 움푹 꺼진 꽃무늬 매트리스가 전부였다. 사람들은 어쩌다 마음이 급해지면 일처리도 다급해지는 법이라 어쩌면 그 물건을 손닿는 대로 침대 머리맡에 걸어두었을지도 모를 일이었다. 그러다가 두 남녀가 감정을 억누르기 힘들었을 때, 짐짓 민망하다는 생각이 들어 침대 밑으로 떨어뜨려 숨긴 것인지도 모른다. 그리하여 그 순간, 나는 얼른 침대에서 내려와 그 밑으로 기어들어갔다. 그리고 손전등을 켜서 샅샅이 살펴보았다. 얼마 전에 나와 루팽이 잃어버린 슬리퍼와 만년필, 그리고 그녀의 립스틱과 아이라이너를 찾아냈다. 침대 밑에서 슬리퍼와 만년필, 아이라이너와 립스틱을 찾아 기어나오는 나를 본 그녀의 얼굴에는 불꽃이 타들어가는 듯한 실망과 조급함이 가득했다. 나는 그 물건들을 전부 그녀의 화장대 위에 늘어놓고는 황급히 고개를 돌리며 말했다.

"없어. 대체 그날 그 물건을 어디다 둔 거야?"

그러고는 다시 말했다.

"서두르지 말고 한번 잘 생각해봐. 대체 어디에 둔 건지 떠올려보라고. 침대 머리맡이야? 베개 밑인가? 아니면 두 사람 손닿는 대로 편하게 책상이나 의자에 걸어둔 거 아니야?"

루핑은 나를 바라보고 있었다. 반신반의의 표정이 담긴 그녀의 얼굴
은 암홍색 또는 담황색으로 변해 있었다. 나는 그녀가 물건을 찾는 내
행동을 족제비가 닭에게 새해인사를 하듯 제 발 저린 도둑의 소치라
고 의심하고 있음을 모르지 않았다. 방 안은 창문을 뚫고 들어온 빛으
로 아주 환했다. 등도 환하게 켜져 있었다. 나와 그녀 사이에는 버들솜
이 춤추듯 먼지가 잔뜩 날아다녔다. 그녀는 나를 바라보고 있었고 나
도 그녀를 바라보고 있었다. 반신반의하는 그녀의 표정에 나는 애간장
이 타들어갔다. 자신의 결백함과 평탄함과 너그러움을 증명하기 위해
나는 의심스러워하는 그녀의 시선에서 고개를 돌려 응접실 소파를 바
라보았다. 그날 원고 뭉치를 들고 집으로 돌아왔을 때 소파 위에 두 사
람이 벗어던진 옷들이 뒤엉켜 있던 것을 기억해낸 나는 짐짓 빠른 걸
음으로 걸어가 바닥에 엎드려 소파 밑을 살펴보았다. 아무것도 눈에
띄지 않자 나는 바닥에 엎드린 채 있는 힘을 다해 벽에 붙어 있던 소파
를 응접실 한가운데로 끌어당겼다. 소파 밑 어둠과 혼란이 환한 불빛
에 적나라하게 드러났다. 하지만 그 밑에서도 몇 가지 서류와 먼지, 전
선, 그리고 그녀가 즐겨 먹던 초콜릿 조각 외에는 아무것도 나오지 않
았다. 나는 소파 밑에 있는 먼지와 잡동사니를 바라보다가 다시 고개
를 돌려 나를 따라 응접실로 나와 서 있는 루핑의 얼굴을 쳐다보면서
말했다.

"없어, 어디다 놔뒀는지 다시 한번 기억을 잘 되살려봐."

절반은 붉고 절반은 노란 그녀의 얼굴을 바라보며 물었다.

"정말로 우리 집 안에서 잃어버린 거야?"

절반은 노랗고 절반은 하얀 그녀의 얼굴을 바라보며 물었다.

"그 친구한테 전화 걸어서 물어보지그래. 어디다 뒀는지 잘 생각해

보라고 해."

절반은 하얗고 절반은 푸르스름하다가 결국 자줏빛으로 변한 그녀의 얼굴을 바라보며 물었다.

"당신도 잘 생각해봐. 그날 두 사람이 옷을 벗을 때, 그가 문 안에 들어서자마자 옷을 벗었는지 아니면 여기 이 소파 위에 와서 잠시 키스를 한 다음에 벗었는지, 그것도 아니면 두 사람이 이 소파 위에서 옷을 전부 벗었는지, 여기서는 겉옷만 벗고 가볍게 키스를 나눈 다음 방 안으로 들어가 침대에 올라서 속옷을 벗었는지 말이야."

나는 교사가 귀중품을 잃어버린 학생을 일깨워주듯이 루핑을 일깨워주려 했다. 그녀가 조급해하지 않도록 그녀의 어깨에 손을 얹어 어루만져주기까지 했다(아버지가 물건을 잃어버린 아이의 머리를 쓰다듬어주듯이). 그런 다음 다시 인자한 말투로 부드럽게 물었다.

"그날 대체 두 사람이 어디에 옷을 벗어놨던 거야?

마지막으로 옷을 벗어둔 게 어딘지 잊어버리진 않았을 거 아냐?

당신은 기억력이 아주 좋잖아. 영화 한 편 보면 세세한 장면까지 모두 다 기억할 수 있으면서 어떻게 자신이 한 일을 잊어버릴 수 있단 말이야?"

나는 이렇게 물어보며 그녀를 쳐다보았다. 책망하지도 않았고 차가운 냉소를 짓지도 않았다. 두 사람이 물건을 잃어버린 것이 마치 나 자신의 일인 양, 열쇠를 잃어버려 집에 들어가지 못하는 아이를 대신해 초조해하는 사람처럼 그녀를 바라봤다. 그처럼 친절하게 그녀를 배려했고 그처럼 자발적으로 정성을 다했다. 두 사람 대신 그 물건을 찾기 위해 그녀랑 똑같이 얼굴에 온통 흙먼지를 뒤집어쓰고서 속을 끓였다. 머리카락에 걸려 있는 거미줄을 털어내지도 못했다. 하지만 그녀는 결국 차가운 눈초리로 나를 바라보더니(눈빛 속에 싸늘한 기운이 보였다) 흥 하고 코웃음을 치면서 몸을 돌려 화장실로 들어가버렸다. 재빨리 얼굴을 씻고 옷매무새를 가다듬은 그녀는 아무 말도 없이 내 곁을 떠났다.

그녀는 문 밖으로 매몰차게 나가버렸다. 나를 집 안에 남겨둔 채 거칠게 문을 닫았다. 죽어도 자기 잘못을 시인하지 않는 도둑을 차갑고 모멸적인 쇠창살에 가둬놓듯이.

반수 泮水

우리는 각자 괴물을 잉태하고 있다

반수는 물 이름이다. 이 시는 반수의 처리를 매개로 하여 문
치文治와 무공武功을 찬양하는 노래다.

오후에 학교 홰나무 숲 사이의 작은 오솔길을 걷다가 리광즈와 마주
쳤다. 뜻하지 않게 마주친 우리 둘 모두 몹시 어색하고 쑥스러웠다. 그
홰나무 숲속에서 그는 내게 가볍고 무의미한 말을 몇 마디 던졌고 나
는 그에게 깊이를 알 수 없는 침묵과 무언을 던졌다.

　나는 과사무실로 회의를 하러 가는 길이었다. 고전문학 수업이 마치
미라처럼 아무도 찾지 않는 영역이 되어버렸지만(특히 나의 『시경』
해독 과목에서는 열아홉 명의 학생들이 연달아 수업을 취소해달라는
요청서를 작성해 학교에 제출하기도 했다) 수업은 하면서도 그저 두
려워서 이런 사실을 언급하지 못하고 있는 학생들의 문제를 해결하기
위해 토론회에 참석하러 가는 길이었다. 집을 나선 나는 날이 너무 더
웠고, 오전 내내 자오루핑이 찾으려는 물건을 찾느라 마음이 초조하
고 불안했으며 정신이 산란했기 때문에, 가급적 가까운 길을 찾아 학

교 한가운데에 있는 홰나무 숲길을 택하게 되었던 것이다. 수십 년 동안 어지러움 속에서도 일정한 질서를 지키고 있던 홰나무 숲과 오래된 벽돌과 깨진 기와로 덮인 작은 오솔길, 벌레가 많고 사방에 거미줄이 널렸으며 어쩌다가 나무 밑 수풀 사이에서 꽃뱀이 기어나오기도 하는 그 길은, 도로 한가운데에 가로놓여 있어 연애하는 학생들조차도 이 숲길을 가로질러 산보하는 일은 거의 없었다. 그런데도 나는 불현듯 이 길을 통해 과사무실로 가고 싶어졌다. 갑자기 아무하고도 마주치고 싶지 않았다. 그런데 바로 이 길에서 공교롭게도 리광즈와 마주치게 된 것이다.

우리 두 사람 모두 길 한가운데서 몸이 굳은 채 서 있었다.

우리 두 사람 모두 얼굴에 한 가닥 누런 가을낙엽 빛깔의 미소가 걸렸다.

짧은 미소를 주고받고 나서 나는 넉넉하고 호방하게 그가 내 어깨를 스쳐지나갈 수 있게 해주었다.

열흘 못 본 사이에 조금 더 마른 것 같은 그는 말없이 나를 스쳐지나갔다. 숲속을 떠다니는 가을겨울의 마른 나뭇가지 같았다. 그가 지나가는 것을 보면서 내 머릿속에는 온갖 의문이 떠올랐다. 나에 비해 그는 나이도 많고 몸도 허약한데 루핑과 사랑을 나누면서 어떤 방법으로 그녀를 그토록 극도로 황홀하게 만들었던 것일까? 어떤 방법으로 자오루핑에게 그처럼 절정의 오르가슴을 느끼게 할 수 있었던 것일까? 그는 총장이고 뛰어난 지식인인데 옷을 벗으면 그렇게 저급하고 야비한 말과 행동을 할 수 있는 것일까? 그가 루핑과 사랑을 나누면서 철학과 문화예술의 사상을 얘기했을까? 루핑이 다급하게 찾던 그 물건을 설마 그 자신이 어디에 두었는지조차 기억하지 못하는 것일까? 그것도 기억하지 못할 정도로 명청하단 말인가? 이런 문제들에 관해 일일이 그에게 물어보려 하는 사이, 그는 이미 내 옆을 스쳐지나가버렸다. 이미 입을 열어 질문할 수 있는 좋은 기회를 놓쳐버리고 말았다.

그렇게 내 옆을 지나가버린 리광즈를 바라보면서 허공에 내디딘 발처럼 그 자리에 잠시 머물러 있던 마음을 결국 유감스럽게도 거둬들이고 말았다. 몸을 돌려 가던 길을 계속 가려던 차에, 그가 갑자기 걸음을 늦추더니 천천히 몸을 돌리는 모습이 눈에 들어왔다. 얼굴에 미소도 띠지 않았고 차분히 가라앉은 표정도 아니었다. 아주 깊은 어색함과 누런 메마름이었다. 자신과 루핑의 간통 장면을 내게 들킨 뒤로 갑자기 몇 년은 더 늙었는지 양쪽 귀밑머리가 더 희어져 있었다. 얼굴의 주름도 더 조밀해져 있었고 원래 있던 한참 잘나가는 지식인 특유의 부드러움과 광택도 찾아볼 수 없었다. 학자이자 전문가로서의 우아한 자태와 기품도 사라지고 없었다. 그가 약간 가엾게 느껴졌다. 마음속으로 이렇게 될 줄 알았다면 애당초 그런 짓을 하지 말았어야지 하고 나무라기도 했다(한 번의 실족이 천고의 한이 되었다). 그렇게 미동도 하지 않고 그를 바라보면서 방금 전 그 질문들을 던져보고 싶었다. 그가 먼저 입을 열어 뭐라고 말해주기를 바라는 마음도 없지 않았다.

그가 말을 하려는 것 같았다. 입술이 조금 움직이는 것 같더니 잠시 주저하며 혀를 내밀어 위아래로 입술을 훔쳤다. 그러고는 전후좌우를 살펴 홰나무 숲속에 정말로 아무도 없는 것을 확인하고는 아주 작은 목소리로 내게 물었다.

"양 교수, 혹시 내가 댁에 놓고 온 물건이 없던가요?"

나는 그의 얼굴을 뚫어져라 쳐다보면서 뭐라고 말을 하고 싶었지만 끝내 아무 말도 하지 않았다.

그는 잠시 쓴웃음을 짓고는 입을 열었다.

"내가 잘못했다는 건 잘 알고 있습니다. 그 물건을 버리고 싶으면 버려요. 하지만 아직 버리지 않았다면 내게 돌려주길 바라겠소."

나는 계속 그를 처다보면서 뭔가 묻고 싶었지만 결국 아무것도 묻지 않았다. 하고 싶은 말도 하지 못했다.

"정말 그 물건을 못 봤단 말인가요? 정말 못 봤다면 그냥 없던 일로 칩시다."

그는 마지막으로 나를 잠시 처다보고는 믿지 못하겠다는 표정으로 이렇게 말하고는 얼굴에서 어색함과 쓴웃음을 거둬들인 다음 다시 몸을 돌려 가버렸다.

이번에는 방금 전보다 더 천천히 걸음을 옮겼고, 더 주저하면서 무력하게 걸어갔다. 그리고 나는 그 홰나무 숲길 위에 서서 그가 숲을 벗어나는 모습을 줄곧 바라보고 있었다. 마음속으로는 무척 의기양양해하며 얼굴에 미소를 띠기도 했다. 그에게 말을 한마디도 하지 않았지만 수비로 공격을 대신한 셈이었다. 말은 안 했지만 여지없이 다 말해버린 셈이었다. 두 사람에게 철저한 패배를 안겨주고 완전히 그들을 굴복시킨 셈이었다. 개미 한 마리가 거대한 코끼리를 자기 발밑에 깔아뭉갠 셈이었다.

제3권 아^雅

출거

필요한 거래

이 작품은 출정한 무사가 개선할 때 창작한 악곡이다.

出
車

리광즈와 자오루펑이 간통하다가 내게 현장에서 붙잡힌(아주 뜻밖의 만남이었다) 뒤로 이십오 일이 지나고 여름방학까지는 한 달쯤 남은 유월 초 어느 금요일 오후, 나는 고전문학 수업에서 삼학년 학생들을 상대로『시경』해독 제9장에 해당하는 '『시경』정신의 존재성'에 관해 강의하게 되었다.

　학생들이 내가 수업하는 강의실에 들어오기 싫어하는 것이 박물관에 가서 가장 가치 있는 미라를 보기 싫어하는 것과 같고, 내『시경』해독 수업을 듣기 싫어하는 것이 상고시대의 소리와 음악을 듣기 싫어하는 것과 같음을 나는 잘 알고 있었다. 사정이 이렇다보니 높은 곳에서는 추위를 견디기 어렵고 날이 추워지면 가을이 오는 것임을 알아야 했다. 나는 학생들을 탓하지 않았다. 그저『시경』에 대한 내 연구가 일반 교수들이나 동료들이 할 수 있는 이해의 범위와 한계를 초과했음을 탓할 뿐이었다. 하지만 누가 뭐래도 나는 학자이고 교수이기 때문에 이 직책과 양심과 지성에 따라 움직일 수밖에 없었다. 이리하여 강의실에 수업을 들으러 온 학생들이 많든 적든 개의치 않기로 했다. 학생들이 수업을 들으러 오는 것과 교수들이 강의하러 가는 것은 별개의 일이라는 것을 잘 알고 있었다(학교 교수 모두가 다 알고 있는 사실이다).

이렇게 나는 강의를 하러 갔다.

이날은『풍아지송—「시경」정신의 근원에 관한 연구』를 완성하고 나서 내게 첫 수업이었고, 저서에 나오는 내용을 강단 위로 옮기는 첫번째 자리였다. 나는 강의를 들으러 온 학생들이 봉모인각° 같은 인재들이라 그 수가 많지 않으리라는 것을 잘 알고 있었다. 그러면서도 마음속으로는 병마가 군영을 가득 채우듯, 루핑이 강의할 때처럼 학생들이 많아서 그 넓은 강의실이 가득차고 모든 자리가 학생들의 머리로 온통 새까맣게 채워지기를 갈망했다.

그 봉모인각의 학생들이 내 강의를 들으러 오는 일이, 그들 역시 강의실 안에서 주의가 산만한 채 귓속말을 주고받거나 책상에 엎드려 잠을 청하는 것이 다반사로, 삼시 세끼 밥 챙겨먹는 일과 다르지 않음을 잘 안다. 그럼에도 학생들이 서로 곁눈질하지 않고 정신을 집중하여 마치 서양의 대국에서 온 대통령 강연을 듣듯 내 수업을 경청해주기를 갈망했다.

이것이 불가능한 일임을 잘 알면서도 매번 수업을 하러 갈 때마다 내 머리는 이런 환상과 상념으로 가득찼다. 이것이 새 하늘이 열리기를 기다리는 허황된 꿈이라는 사실을 잘 알면서도 매번 강의를 하러 가기에 앞서 먼저 정성껏 강의를 준비하고 원고를 수정하며 강의 시작

● 鳳毛麟角. 가상의 동물인 봉황의 깃털과 기린의 뿔로서, 매우 진귀한 것을 말함.

전에 학생들에게 건넬 몇 마디 말도 철저히 뇌리에 각인시키곤 했다.

유월 초 이날 오후 두시 수업에 나는 전과 다름없이 십 분 일찍 우리 과의 대형 강의실에 도착했다. 수업을 들으러 올 학생들이 손가락으로 꼽을 수 있을 정도로 몇 명 되지 않으리라는 사실을 잘 알면서도, 나는 굳이 그들이 강의실을 물샐틈없이 가득 메우고 고개를 끄덕이며 진지하게 내 강의를 경청하는 모습을 상상했다. 『시경』 해독을 강의하게 되면 강의실이 썰렁하고 적막할 것임을 뻔히 알면서도, 나는 굳이 이 『시경』 해독 수업을 세상에 비할 데 없는 전대미문의 공연이자 가무로 상상하곤 했다(이런 방법은 전에도 여러 차례 시도해보았지만 항상 효과가 없었다. 겨울이 되면 가을잎이 떨어지는 것과 마찬가지로 너무나 당연하고 자연스러운 일이었다. 그런데도 나는 엄동 속에 한줄기 햇빛이 따스하게 비출 그날을 기다리고 있었다). 하지만 이번에는 나의 상상이 효과를 나타냈다. 막 겨울이 시작되었는데, 만물이 새롭게 바뀌면서 따스한 봄날에 꽃이 만개한 것처럼 꿈이 실현되었다.

한시 오십분에 우리 과의 대형 강의실에 도착한 나는 뜻밖에도 이백 명은 족히 들어갈 수 있는 강의실에 정말 빈자리 하나 없이 새까맣게 꽉 들어찬 학생들을 보았다. 루쉰이나 유명인사 강의와 다르지 않은 광경이었다. 복도와 입구에도 이과 청강생들이 가득 서 있었다. 강의실 입구에 도착한 나는 잠시 정신이 혼미해져 하마터면 겨드랑이에 끼고 있던 가방을 떨어뜨릴 뻔했다. 이렇게 멍하니 맥을 놓고 있는 사이, 수많은 학생의 손에 학교 직인이 찍힌 서류 복사물이 한 장씩 들려 있는 모습을 보게 되었다. 한 여학생에게 그 서류를 달라고 하여 훑어보았더니, 서류 제목이 '『시경』 해독 수업을 엄격하게 강화하기 위한 통지'였다. 이 서류는 『시경』을 중국 최초의 시가 모음으로서, 중국인들의 문화와 영혼의 귀착지이며 문학의 상류에 있는 마르지 않는 수원이라고 정의하고 있었다. 그래서 문과생은 반드시『시경』해독을 고전문학에서 가장 중요하고 핵심적인 부분으로 간주하여 교과에 포함되면 반드시 강의가 있어야 하고 강의가 있으면 반드시 들어야 하며, 일단 들은 다음에는 확실히 학습해야 하는 내용으로 받아들이게 되었다. 이과생도 이를 꼭 필요한 교양 선택과목으로 간주하여 과목이 개설되면 반드시 수강하고 학습해야 한다는 생각을 갖게 되었다. 아울러 이 서류의 말미에는 학생들의 수업 참가와 불참에 관한 세 가지 상벌조치를 규정하고 있었다. 나는 이 서류를 읽으면서 약간의 감동을 느끼면서도 서글픈 생각을 금할 수 없었다. 이 서류의 오른쪽 하단, 직인이 찍힌 자리 바로 위에 이 서류를 서명하여 발급한 간부의 이름이 적혀 있었기 때문이다. 바로 나의 연적 리광즈였다.

이 서류 때문에 나는 또다시 리광즈와 루핑의 일을 떠올리게 되었고(내가 이 일을 철저하게 잊어버리려 얼마나 고심했던가!), 리광즈가 우리 집에서 잃어버린 물건을 떠올리게 되었다(내가 그 물건을 찾기 위해 얼마나 고심했던가!). 위 속에 들어간 파리 한 마리와 구더기 몇 마리를 생각나게 하는 일이었다(나는 그들을 확실하게 제압했다. 그가 자발적으로 이런 교학 서류를 발부한 것은 바로 자발적으로 내게 투항했다는 것을 의미했다). 나는 손에 들고 있던 서류를 무겁게 강의실 입구에 서 있는 여학생에게 돌려주고 나서 강의실 안에 인산인해를 이룬 학생들을 바라보았다. 리광즈가 결국 내 면전에 무릎을 꿇고 패배를 인정했다는 생각이 들었다(그와 루핑 사이에 그런 불미스러운 일이 있었다는 사실에 감사해야 할 것만 같았다). 이 경성 제일의 학교에서 가장 오만하다고 생각되는 교학 시스템이 마침내 내 면전에 고개를 숙인 것이다(다행히 나는 리광즈에게 사실대로 알려주지 않았다. 우리 집에서 그가 잃어버린 그 물건을 찾지 못했다고 말했다). 기회를 놓치지 말아야 할 것 같았다. 한번 지나간 것은 다시 오지 않기 때문이다. 기왕에 수백 명의 학생들이 서류를 받고서 일시에 바람과 구름이 일듯이 내 수업을 들으러 온 바에야 나는 이 기회를 놓치지 않고 전쟁에 나간 병사가 목숨을 걸고 승리의 깃발을 산꼭대기에 꽂듯이 이런 교학의 깃발을 높이 들어올려야 했다.

강의실 입구에 잔뜩 몰려 있는 학생들 틈을 뚫고 강단 위로 올라서는 순간, 나는 이미 마음속에 전체적인 계획을 세워놓았고 전술전략을 확실히 장악하고 있었다. 모든 것이 내 손안에 쥐어져 있는 것 같았다. 승리가 확실했다. 기회가 주어진 이상 이 강의를 천지가 뒤집히듯, 장수가 전반적인 전세를 파악하고 정확하게 전술전략을 구사하듯, 절묘하게 이끌어가야 했다. 강의실 문지방을 넘어선 나는 엄숙한 눈빛으로 표정을 단정하게 가다듬었다. 그러고는 장엄한 발걸음으로 강단에 올라가 점잖고 예의바르게 모든 학생을 향해 허리를 굽혀 인사했다. 그런 다음 이전에 수업할 때와 마찬가지로 아주 자연스럽게 그럴듯한 자세로 수업을 진행했다(사실 이 수업을 내가 얼마나 꼼꼼하고 주도면밀하게, 얼마나 자세하고 구체적으로 정성껏 준비했는지 아무도 알지 못했다. 나는 나의 저서『풍아지송』에서『시경』의 정신적 존재와 물질적 존재에 대한 시구를 발췌하여 전부 강의안에 편집해놓았다. 강의 도중 반드시 외워야 할 시를 잊어버릴 것이 두려워 가장 중요한 시구들은 손바닥 위에 적어놓았다. 학생들이 시험을 위해 커닝 페이퍼를 준비하는 것과 다르지 않았다). 내가『시경』의 정신적 존재의 근원에 관한 연구를 확실하게 장악하고 있고 그 내용을 충분히 숙지하고 있으며 무엇을 어떻게 강의할 것인지에 관해서 그 순서와 방법까지 철저히 준비해놓았다는 사실을 아무도 알지 못했다. 강의안을 손에 들고 있던 나는 마치 거추장스러운 물건을 내던지듯이 일부러 한쪽으로 던져놓고는 교탁 앞에 서서 몇 분 동안 말없이 서 있었다. 엄숙하고 경건한 분위기를 조성하려는 의도에서였다. 그런 다음 이내 큰 소리로 입을 열었다.

"여러분, 안녕하세요. 오늘은 『시경』 해독 제9장에 나오는 『시경』의 정신적 존재와 물질적 묘사에 관해 강의하고자 합니다. 그전에 먼저 여러분에게 한 가지 얘기를 들려드리겠습니다."

수많은 선생(예컨대 자오루핑 같은)의 강의 경험에 따라 나는 허구를 현실과 연결하여 이번 수업의 서막이자 시작으로 삼고, 얘기를 꺼내기 시작했다.

한족 사람 하나가 윈난雲南 소수민족 지역에 시혼試婚의 습속이 있다는 사실을 알게 되었다. 혼인 적령기가 된 여성이 마음에 드는 남자를 만나면 해가 진 다음에 그를 자신의 규방으로 끌어들여 다음날 아침까지 함께 지낸 다음 풀어주는 습속이었다. 오래전부터 이런 습속에 대해 신기하게 생각해온 이 사내는 적당한 시기를 잡아 아내에게 휴가를 간다고 말해놓고는 윈난으로 떠났다. 윈난에서 백 일을 체류하면서 백 명의 여자를 상대로 시혼을 체험한 다음, 이 백 명의 여자들 가운데 한 명을 선택하여 영원히 자신의 영혼을 위로해줄 상대로 삼겠다는 의도에서였다. 이리하여 그는 윈난성 모 지역으로 가서 매일 황혼 무렵이 되면 묘령의 여자가 사는 집 앞에 나타났다. 전부 다이족傣族 미녀들의 집이었다. 다이족 미녀는 그를 데리고 규방 안으로 들어가 술과 고기를 대접하고 밤이 되면 그를 침대 위로 이끌어 시혼을 체험하게 했다. 그러고는 다음날 해가 뜰 때가 되면 아주 친절하게 그를 배웅해주었다. 이리하여 참기 어려운 조급함을 안고 다음날 해가 질 때까지 기다린 그는, 또다시 의관을 정제하고 다른 다이족 여자의 집 문 앞에 나타났다. 전날 밤 함께 침대에 올라 시혼을 체험할 때의 아름다운 서막이 이날 밤 또다시 펼쳐지면서 예정대로 차질 없이 연출되었다. 이런 일이 반복되면서 시간이 가다보니 처음에는 더없이 신선하다는 느낌이었으나 갈수록 그게 그것 같고 별 재미가 없어졌다. 이곳에서 백 명의 여자를 상대로 시혼을 경험한 다음 한 여자를 선택하여 영원히 자신의 영혼을 위로해줄 상대로 삼겠다는 생각은 말에 그칠 수밖에 없었다. 실제로 열 집을 지나고 나니 이미 흥이 반감되어 버렸고 다시 며칠이 지나자 싫증이 나기 시작했다. 하나같이 친절한 접대였고, 밤마다 침대맡에 등불을 밝혔으며, 어김없이 허리띠를 풀고는 침대 위에서 똑같이 그 짓을 했다. 열다섯 명의 여자와 잠을 잤지만 한 여자와 잔 것과 전혀 다를 바가 없었다. 너무 재미없다는 생각이 들자 이 사내는 예정을 앞당겨 윈난을 떠나 내지로 돌아왔다. 오랜만에 남편을 만난 아내는 의아하다는 표정을 지으며 석 달 동안 여행을 하겠다고 하지 않았느냐고 물었다. 그는 별로 재미가 없어서 앞당겨 돌아왔다고 대답했다. 아내는 서둘러 남편을 위해 차를 우려 따라주면서 어떤 부분이 재미가 없었느냐고 물었다. 남편은 설명을 해도 이해하지 못할 거라면서 더이상 묻지 말라고 잘라 말했다. 아내는 종이를 한 장 가져다 남편 앞에서 시를 한 수 썼다. 이를 본 남편은 놀라움을 금치 못하고 방금 아내의 손에서 건네받은 찻잔을 방바닥에 떨어뜨려 와장창 깨뜨리고 말았다.

"학생 여러분, 혹시 여러분 중에 이 시가 어떤 내용이었는지 알아맞힐 수 있는 사람 있나요?"

나는 이 이야기를 하면서 시종 기복을 유지했고 중요한 대목에서는 아주 세밀하게 표현하다가 절정에 이르러서는 갑자기 입을 닫으면서 학생들에게 상상의 나래를 펴게 만들었다. 강단 아래 있는 학생들을 바라보니 하나같이 눈을 멀뚱멀뚱 뜬 채 어리둥절한 표정으로 나만 쳐다보면서 그다음 설명을 기다리고 있었다. 나는 학생들을 향해 가볍게 한번 웃어준 다음 이 시에 관해 설명하기 시작했다.

> 남편이 집을 나선 지 보름 동안
> 한 번 혼례를 치르듯이 열다섯 여자랑 잤네.
> 아내의 방은 보름 동안 비어 있었지만
> 한 남자와 열다섯 밤을 함께 잤네.

"이 시가 의미하는 게 뭔지 아시겠습니까? 그녀의 남편이 보름 동안 윈난에 가서 열다섯 명의 여자와 시혼을 했는데, 그 맛이 한 여자와 결혼한 것과 같았다는 것입니다. 그리고 남편이 없는 보름 동안 아내는 한 남자랑 보름 동안 계속 같이 잤다는 거지요. 침대를 바꿔가며 한 남자와 잤는데 그 맛이 제각기 달랐다는 겁니다. 어떻게 그럴 수 있는 걸까요? 두 사람이 벌인 일의 내막을 꼬치꼬치 캐보니 이 사내가 보름 동안 윈난에 간다고 떠나자 아내도 곧장 그 뒤를 따랐던 겁니다. 그가 매일 밤 규방에 들어가 술과 음식을 대접받고 서로 다른 열다섯 명의 다이족 여자와 잔 걸로 알았지만 등불을 끈 뒤에 그와 잠자리를 가진 것은 전부 원래의 아내였던 거지요."

여기까지 얘기하고서 나는 다시 고개를 들어 교단 아래를 바라보았다. 교단 아래의 풍경은 무척이나 찬란하고 푸근했다. 학생들의 얼굴에는 그랬었구나 하는 깨달음의 미소가 가득 번졌고 나의 이야기와 강의 기교에 대한 뜨거운 박수가 넘쳤다. 눈빛으로 강의실 허공을 훑어보니 박수소리가 학생들의 즐거운 미소와 어울려 오색찬란하게 빛나면서 강의실 안을 춤추듯 훨훨 날아다니고 있었다. 바람에 날린 희고 붉은 꽃잎들이 떨어져내리다 다시 날기를 반복하고 있는 것 같았다. 유월 초라 구름도 끼고 바람도 부는 날씨였다. 강의실 안은 덥지도 않고 춥지도 않았다. 복도에 서서 강의를 듣던 학생들도 이야기의 재미에 큰 감동을 받은 모양이었다(알고 보니 유행은 세속이 아니라 일종의 힘이었다). 학생들 중에는 자리를 찾아 앉는 사람도 있고 손에 들고 있던 교재와 서류를 바닥에 내려놓고 그 위에 주저앉은 사람도 있었다(농민들이 신고 있던 신발을 벗어 깔고 앉는 것과 다르지 않았다). 아예 바닥에 쪼그리고 앉아 한 손으로 아래턱을 받치고 심취의 경지에 들어선 학생도 있었다(한참을 노력한 끝에 마침내 나 양커도 이처럼 매력 있는 강의를 할 수 있게 되었고 극장에서처럼 학생들을 자리에 오래 붙들어 앉힐 수 있는 능력을 갖게 되었다). 까맣게 빛나는 그 눈동자들을 바라보면서 분위기가 이미 강의의 본론으로 들어가도 되는 단계에 접어들었음을 알 수 있었다. 『시경』에 관해 내가 정성껏 연구한 부분을 학생들에게 전수할 수 있게 된 것이다. 나는 심호흡을 한 번 하고 몸을 똑바로 세운 다음 가슴을 쭉 펴서 아주 장엄하고 엄숙한 자세를 취했다. 가벼운 웃음과 경박한 표정은 전부 떨쳐버렸다. 마구 엉클어져 있는 삼 자락을 깨끗이 도려내고 가는 씨앗을 새로 뿌리는 것 같았다. 목소리를 낮추어 가늘고 느린 말투로 방금 들려준 이야기에 대해 결론을 내렸다. 그 사내를 원난으로 이끈 것은, 성^性과 원시의 풍속뿐만이 아니라 더 중요한 것은 종교도 없고 국가의식도 없는 한족의 영혼을 안정시킬 영원한 가원※▦에 대한 추구와, 인류가 자신의 낙원을 상실한 뒤에 느끼는 일종의 정신적 막막함이었다고 설명했다. 그리고 그 사내를 다이족의 산채에서 아내 곁으로 돌아올 수 있게 해준 것은, 성과 새로 건설하려 했던 자신의 가원에 대한 실망이 아니라 마찬가지로 그의 정신적 막막함과 방향 상실로 인해 사방으로 떠다녀야 하는 영혼의 재촉이었다고 말했다. 나는 오늘 내가 하고자 하는 얘기가 『시경』 정신의 본질적 묘사와 물질적 기초임을 밝히면서, 『시경』 정신의 근원적인 해석을 통해 학생들이 궁극적으로 『시경』이 한 권의 시가 모음집일 뿐만 아니라 시가의 형식으로 써낸 중국인들의 성경이자 우리 중국인들이 인류의 발전 과정중에 잃어버린 『성경』의 일부분이요 편단임을 확실히 알 수 있기를 바랐다. 이에 『시경』의 물질적 본질과 정신적 본질을 땅과 채집 및 경작과 건축과 같은 최하층의 물질에서부터, 정신적인 애정과 성 및 남녀 간의 자유로운 사랑과 환락을 거쳐, 마지막으로 종교적 토템과 숭배 및 각 종교의식의 미세함과 눈부심에 이르는 세 단계로 크게 구분했다.

나는 구슬을 꿰듯이 끊임없이 이야기를 이어가면서 강의안은 남들에게 보여줄 수 없는 사생아를 내던지듯 한쪽으로 치워버렸다. 강의 도중 시를 예증으로 삼아야 할 필요가 있을 때에는 재빨리 그동안 머릿속에 잘 분류하여 정리해두었던 다양한 시구를 순서에 맞게 적절하게 쏟아냄으로써 내 입을 통해 강의실을 채울 수 있게 했다. 혹시나 잊을까 걱정되어 손바닥에 적어두었던 시구들도 손이 뜨거워지면서 전부 내 입속으로 뛰어들어왔다. 정신의 물질적 기초를 설명하면서 나는 단번에 『시경』에 나오는 채집과 경작, 수렵에 관한 일련의 시구들을 줄줄이 외운 다음, 시에 묘사된 채집의 즐거움과 경작의 자연스러움,

수렵의 장관을 분석해 읊어주었다. 예를 들어 「진풍秦風·사철駟驖」[1]을 암송하면서 "사철공부駟驖孔阜"를 "네 필의 검정말이 크기도 한데"로, "육비재수六轡在手"를 "여섯 개의 고삐를 한 손에 잡고 있네"로, "공지미자公之媚子"를 "임금의 어여쁜 아들"로, "종공우수從公于狩"를 "임금을 따라 사냥을 나가네"로 각각 번역해주었다. 가원에 집 짓는 부분을 설명할 때에는 계곡가 나무집에서부터 아주 높고 큰 저택까지, 다시 땅을 파서 지은 토혈에서부터 화려한 처마를 갖춘 궁궐까지 모두 언급했다. 아울러 간단하면서도 명징한 언사로 목조 구조의 집 짓는 광경을 묘사한 『시경』의 쉰여섯번째 시 「위풍衛風·고반考槃」[2]과 백서른번째 시 「진풍·권여權輿」[3]의 높고 거대한 건물들, 그리고 「대아大雅」에 나오는 일곱번째 시 '황의皇矣'[4]에서 묘사된 황실 궁정건축의 화려함에 관해 설명했다. 그런 다음 물질에서 정신으로 넘어와 사랑하는 남녀의 환락과 성의 천인합일에 관해 얘기하면서 「주남周南」의 '관저關雎'와 '권이卷耳'[5]에 관해 설명하고 「소남召南」에 있는 '초충草蟲'[6]과 '은기뢰殷其雷'[7], '표유매摽有梅'[8]에 관해 언급했다. 아울러 '표유매'와 '간혜簡兮'[9], '구란丘蘭', '대거大車', '여왈계명女日鷄鳴', '산유부소山有扶蘇' 등 겉으로는 언정言情을 나타내지만 속으로는 성애性愛를 다루고 있는 고시들을 들려준 다음, 다시 한 구절한 구절 쉬운 말로 번역해주었다. 그다음 마지막으로 『시경』 가운데

1 사냥을 찬미한 시.
2 은거를 묘사한 시.
3 거대한 저택과 정원을 묘사한 시.
4 서사시로서 주나라 왕조의 개국사를 서술하면서 궁정건축의 화려함을 묘사한 시.
5 아주 강한 천인합일적 사랑과 성 의식의 아름다움에 대한 찬가.
6 지어미를 그리워하는 사랑 노래로 너무나 진실한 감정이 사람들에게 커다란 감동을 주는 시.
7 『시경』에서 아주 드물게 볼 수 있는 애정시.
8 역시 『시경』에서 드물게 볼 수 있는 애정시.
9 역시 『시경』에서 드물게 볼 수 있는 애정시.

성경적 의미를 갖는 시들을 열거했다. 대자연의 신비에 대한 선민들의 외경에서 시작하여 하늘의 모든 현상에 대한 고인들의 숭배를 얘기했다. 큰 산이나 바위에 대한 숭배에서 시작하여 동물과 식물에 대한 신앙, 현조 토템에 관해 설명했다. 토템에 관해 설명하면서 나는 「송頌·현조玄鳥」[10]의 가장 뛰어난 작품 스물두 구를 암송하고 이를 백화문●으로 변역해준 다음, 그 가운데 "천명현조天命玄鳥, 강이생상降而生商, 택은토망망宅殷土芒芒"이라는 구절을 뽑아 "하늘이 현조에게 명하사 내려와 상나라를 낳아 은나라 땅이 넓디넓은 곳에 자리잡게 하셨거늘"이라고 풀어서 번역해주었다. 그리고 이 세 구절 열세 글자를 예로 들면서 성경의 「창세기」 및 「출애굽기」와 연관시켜 상나라의 건국을 분석해주었다. 아울러 상나라 선인들은 자신들에게 여신 융씨娀氏가 있었고 그녀의 딸 간적簡狄이 물가에서 목욕을 하다가 제비가 날아가면서 떨어뜨린 알을 삼키고 나서 아이를 가져 설契을 낳은 후 상 왕조가 세워졌다고 믿고 있다고 설명했다. 또한 이 시가 묘사하고 있는 내용과 「창세기」의 연관성 및 차이점을 분석하면서 '은나라 땅이 넓디넓은 곳에 자리잡게 하셨거늘'이라는 구절과 「출애굽기」 가운데 유대인들이 천신만고 끝에 야훼가 말한 넓고 아름다우며 젖과 꿀이 흐르는 땅을 찾아가는 이야기를 비교했다. 나는 이 스물두 구의 장시 「상송商頌」을 압운까지 맞춰가며 번역하여 이해하기 쉽고 입으로 낭송하기도 좋은 시로 바꾸어 학생들이 그 의미를 보다 확실히 이해하고 쉽게 기억할 수 있게 했다. 또한 이 시의 가장 깊은 곳에 감춰져 있는 종교, 즉 동양인의 정신적 본질을 추출해내어 종교와 영혼의 높이에 올려놓았다.

10 상나라 민족의 서사시로, 이 나라의 시조 설의 탄생에 관한 전설을 서술한 시.
● 白話文. 구어체로 쓴 글.

나는 자신의 긴 논술이 의미도 있고 재미도 있으며 거기에는 엄청난 양의 지식과 함께 방법과 깊이가 담겨 있다고 생각했다. (부)교수 한 사람이 학생들에게 줄 수 있는 아주 달콤하고 맛있으면서 영양분이 풍부한 밥과 국과 같다고 생각했다. 하지만 「현조」에 관해 반쯤 얘기했을 때, 문득 강의실 안에서 까맣게 잡담을 주고받는 모습과 소리를 보고 듣게 되었다. 거센 바람이 조용한 호수면 위로 불어오고 있는 것 같았다. 평정은 파열되고 조용함도 사라져버렸다. 원래 평온했던 강의실에 빛의 파문이 넘실대고 물소리가 파도치기 시작했다. 나는 눈길로 그 칠흑 같은 소리를 한번 쭉 훑었다. 학생 하나가 도둑처럼 뒷문으로 빠져나가는 것이 눈에 들어왔다(예의를 갖춘 것 같기는 하지만 당당하고 의연하지는 못한 모습이었다). 발걸음 소리가 토해낼 수 없는 목구멍 안의 가래처럼 느껴졌다. 큰 소리로 그렇게 빠져나가는 학생을 붙잡으려는 순간, 귀에 싸한 통증이 느껴졌다. 강의실 어딘가에서 누군가 잠을 자면서 코를 고는 소리가 들린 것이다. 누렇고 붉은 진흙탕이 한순간에 강의실 안의 맑고 깨끗한 물의 흐름을 혼탁하게 만들어버린 것 같았다. 모든 학생이 일제히 그 코고는 소리를 따라 고개를 돌리더니 웃음을 터뜨렸다. 마치 봄 이월 경칩의 천둥소리 같았다. 웃음소리에 이어 코고는 소리도 사라졌다. 학생들은 성경 같은 『시경』의 위대함과 엄숙함을 의식했는지 일제히 시선을 다시 내게로 집중했다. 끊어진 이야기의 절단면을 찾는 듯한 표정이었다.

그 순간, 나는 갑자기 지독한 수치심을 느꼈다. 교단 아래로 내려가 잠을 잔 학생의 따귀를 후려갈기지 못한 것이 한스러웠다. 강의실 밖까지 쫓아가 퇴장하는 학생의 엉덩이를 발로 차주지 못한 것이 한스러울 뿐이었다. 하지만, 그렇게 할 수 없다는 것을 잘 알고 있었다. 내가 그렇게 했다가는 그 순간부터 모든 학생이 교수 강의 우열조사표에서 가장 점수가 낮은 칸에 영원히 내 이름을 적어넣게 될 것이다. 물건을 살 사람이 물건을 팔 사람에게 미움을 사서는 안 되듯 학생들의 미움을 사서는 안 되었다. 나는 얼굴에 가벼운 미소를 지으면서 나갈 사람은 나가라고 말하는 수밖에 없었다. 모든 학생이 높고 깊은 수준의 지식을 받아들여야 하는 것도 아니고 모든 신도가 신의 진언을 믿어야 하는 것도 아니다. 학생들이 받아들이지 않는다고 해서 그 심오한 지식이 덜 중요해진다고도 말할 수 없고, 청중이 줄어든다고 해서 신의 말이 더이상 진언이 아님을 말해주는 것도 아니다. 나는 세상을 놀라게 할 나의 저서 『풍아지송』뿐만 아니라 『시경』에 감춰져 있는 수수께끼 같은 정신이 귀속되는 이미지와 그 통로도 『시경』 정신의 근원적 의식을 체현하는 방법이 될 것이라고 말했다. 지금까지 말한 물질과 정신과 종교, 채집과 수렵, 건축과 집, 사랑과 성과 환락, 숭배의식 등 이것 말고도 『시경』에 감춰져 있는 정신의 가원으로 통하는 은밀한 길이 있으며, 이것이 바로 죽음과 장례라고 말했다. 나는 『시경』 시대의 야만적인 순장에서부터 땅에 묻는 매장까지, 들판에 혼자 묻는 매장 행위에서부터 부부를 합장하는 내용까지, 죽음의 풍경을 담고 있는 시들을 암송하고 번역해주었다. 그런 다음 꿈과 영혼에 대한 고인들의 이해와 해석, 중원(나의 고향이기도 하다) 지역에서의 매장과 제사의 발전 상황에 관해 설명하고 마지막으로 「당풍唐風·갈생葛生」[11]에 관해 설명했다. 이 시는 한 부부가 사랑과 은혜 속에서 행복과 기쁨을 함께할 때, 불행하게도 남편이 세상을 떠나자(아마도 심장병이었을 것이다.

11 이 작품은 한 여인이 망부를 애도하는 내용의 대단히 감동적인 시가로, 『시경』 전체를 통틀어 가장 뛰어난 작품 가운데 하나로 꼽힌다.

어쩌면 아내와 사랑을 나누던 중에 심장병이 발작하여 아내의 배 위에서 죽은 것인지도 모른다) 아내도 고통을 이기지 못하고 더 살고자 하는 의욕을 상실하여 남편을 따라 천상에서의 행복을 찾으려 한다는 이야기를 담고 있었다. 사실 이것이 바로 옛사람들이 처음으로 갖게 된 종교와 영혼에 대한 귀숙이자 영혼이 지향하는 곳에 대한 탐구와 질의였다. 나는 강의하는 말투와 목소리를 폐부가 찢어지고 천지가 울릴 정도로 크게 높였다. 「갈생」에 나오는 사람에 대한 묘사를 통해 사망 이후 영혼이 향하는 곳에 대한 디테일을 강화함으로써 강의실 분위기를 다시 바로잡고 학생에게 내가 공연하는 연극의 입장권을 나눠주듯 내가 전수하는 『시경』에서의 정신적 가원과 그 가원으로 가는 비밀 통로를 찾는 방법을 깨우치게 할 작정이었다.

하지만 나의 노력은 결국 학생들이 강의실을 떠나는 길을 평평하게 다져주는 꼴이 되고 말았다. 또다시 몇 명, 열 몇 명이 내 눈꺼풀 아래쪽으로 빠져나가는 것을 바라보고 있는 수밖에 없었다. 학생들은 강의실을 나가면서 최대한 예의를 갖췄고 다른 사람들을 놀라게 하거나 나의 심기를 건드리지 않으려 조용히 몸을 움직였다. 심지어 어떤 학생은 내 앞으로 지나가면서 나를 향해 허리를 굽혀 미안함을 표하기도 했다.

이렇게 나와 학생들은 보조를 같이 하고 있었다. 강의를 절반쯤 진행했을 때 나가버린 학생이 절반쯤이었고, 곧 강의가 끝날 때쯤에는 남아 있는 학생들이 거의 없었다. 이곳에 있는 몇 년 동안 이미 이러한 상황과 장면을 셀 수 없이 경험했기에 교실에 사람이 많건 적건 놀라지 않고 꽉 찼던 교실이 이제는 텅 비어 있는 것을 태연자약한 표정으로 바라볼 수 있는 여유를 갖게 되었다. 관중들을 붙잡아둘 수 없는, 어지럽고 산만한 극장의 모습이었다. 새로 설치한 노란 책상마다 학생들이 버리고 간 찢어진 종이와 과일 껍질, 그리고 몰래 먹고 버린 꽈즈● 껍데기가 여기저기 널려 있었다. 리광즈가 특별히 나를 위해 서명하여 발급한 '『시경』해독 수업을 엄격하게 강화하기 위한 통지문'도 마치 내 고향 바러우산맥의 옥외 화장실에서 엉덩이를 닦은 다음 버리는 휴지처럼 굴러다니고 있었다.

마지막까지 자리에 남아 있던 맨 앞줄의 열 몇 남짓 되는 학생들이 동정하는 눈빛으로 나를 바라보고 있었다. 학생들의 얼굴에는 나를 감동시키기에 충분한 망설임과 불안이 가득했다. 내가 학생들에게 왜 교실을 떠나지 않느냐고 묻자, 오늘 저녁 학교에서 갑자기 미국 영화를 한 편 상영하게 되었는데 자신들은 영화표를 살 돈이 없어 할 수 없이 여기 앉아 있는 거라고 대답했다.

내가 물었다. "내 강의가 정말 그렇게 형편없었나요?"

학생들이 답했다. "양 교수님, 학생들이 전부 나가버리는 걸 교수님도 보셨잖아요. 여기 남은 우리 열 명 남짓 되는 사람들은 교수님의 체면을 세워드리기 위해 남아 있는 거예요. 그런 우리를 위해 영화를 볼 수 있도록 돈을 좀 주실 생각은 없으세요?"

나는 얼른 돈을 꺼내어 한 학생에게 건네면서 영화표를 사서 나눠주라고 했다. 그러자 남아 있던 열 명 남짓의 학생들마저 단체로 나를 향해 허리를 굽혀 인사하고는 웃으면서 무리를 지어 강의실 밖으로 걸어나갔다. 이백 명의 학생들을 수용할 수 있는 이 넓은 공간에 나 혼자 남아 있었다. 사막에 던져진 씨앗 한 톨 같았다. 삽시에 나는, 이천 년 전 아무도 관심을 보이지 않던 시가의 말라버린 시신이 되어 있었다.

● 瓜子. 수박씨나 해바라기씨를 조미하여 말린 것.

도인사

또다시 부드러워진 무릎

이 작품은 매우 독특한 특색을 갖고 있는 연가다.

都
人
士

아무리 때리고 두드려도 답답하거나 짜증이 나지 않았다. 이런 상황은 계속 이어졌다.

강의실에 빈틈이 없을 정도로 새까맣게 들어찼다가 남은 몇 명마저 퇴장할 때까지의 그 타격은, 급소를 찔러 사람을 죽음에 이르게 한 것과 다르지 않았다. 출판사 사장과 주간, 부주간, 그리고 책임편집자 등이 모두 내 사무실에 앉아 있었다. 그들은 나의 부끄러움과 불안함에 대해 무척이나 미안해하는 듯한 표정으로 나를 바라보고 있었다. 내 저서의 초고를 거절한 게 그들이 저지른 하늘만큼이나 큰 실수였던 것 같았다.

학생들이 다 떠나버려 휑한 교실에서 나오자, 과에서 새로 조교를 맡은 학생(외삼촌 한 분이 교육부에서 일하고 있기 때문에 조교가 될 수 있었다)이 문 앞에서 나를 기다리고 있다가 말했다.

"양 교수님, 출판사에서 사람들이 왔습니다. 사무실에서 반나절이나 교수님을 기다리고 있습니다."

곧장 몸을 돌려 사무실로 가보았다. 그들은 벽돌 몇 장을 쌓아놓은 것 같은 그 초고를 내 책상다리 옆에 내려놓고 있었다. 얼굴에는 불안한 표정이 회색 천처럼 뿌옇게 드러났다(그들이 아무리 불안해도 격렬하고 짙은 내 마음의 불안과는 비교도 되지 않았다). 바닥에는 친필 원고를 가득 채워 속달로 보냈던 직사각형 종이상자 세 개도 가지런히 놓여 있었다. 우체국 인식표와 내가 기입한 송장도 여전히 종이상자 위에 원래의 모습 그대로 붙어 있었다. 가슴이 덜컥 내려앉으면서 두 다리에 조금씩 힘이 풀리기 시작했다. 하마터면 바닥에 무릎을 꿇고 주저앉아 더이상 걷지 못할 뻔했다.

나를 보자마자 그들은 죄지은 사람들처럼 자리에서 일어서며 말했다(리광즈가 침대 위에서 나를 보았을 때의 모습과 다르지 않았다).

"양 교수님, 저희 출판사 간부들과 주간이 교수님께 먼저 사과를 드리고 상의를 좀 할까 해서 찾아왔습니다. 이『풍아지송』초고는 지난 이삼십 년 이래 우리 출판사가 만난, 가장 학술가치가 높은 책입니다. 이 책이 세상에 나오기만 하면 틀림없이 대학과 학술계에 커다란 파문을 일으키게 될 것이고, 아울러 전국에 새로운『시경』학습의 열풍을 일으키게 될 것입니다. 심지어 교수님께서 기대하시는 바와 같이,『시경』은 우리 중국인들의 영혼을 편안하게 하는 책이 될 것이고 이천여 년 전에 동양인들이 중국어로 쓴 중국판『구약성서』와『신약성서』가 될 겁니다. 저희 출판사에서는 이미 이 저작의 원고를 검토했습니다. 그 결과 첫째, 반드시 이 책을 출판하되 둘째, 교수님과 먼저 몇 가지를 상의하기로 결정했습니다. 현재 저희 출판사에서는 내는 책마다 손해를 보고 있고 편집자들과 기타 직원들 모두 석 달째 월급을 받지 못하고 있습니다. 그래서 교수님의『풍아지송』을 출판할 때 약간의 자금을 지원받을 수 있었으면 합니다(나는 모두 함께 가서 식사나 하자고 청했다. 내가 저녁식사를 대접하겠다는 뜻이었다).

사장은 원고가 매우 훌륭하므로 삽화를 곁들인 양장본을 만들 예정이라며 팔만 위안을 지원해주는 게 가장 바람직하지만 여의치 않을 경우 최소 오만 위안은 지원해주어야 한다고 말했다. 물론 십오만 위안 정도를 지원해준다면 경성의 고전문학 전문가들을 전부 초청하여『풍아지송』을 위해 소규모 학술토론회를 열 수도 있고, 삼십만 위안을 지원해주면 전국의 전문가들을 전부 초청하여 학술대회를 열 수도 있으며, 오십만 위안을 지원해주면 홍콩과 마카오, 타이완의 전문가들까지 초청하여 학술토론회를『풍아지송』을 위한 대규모 국제대회로 발전시킬 수도 있을 것이고, 백만 위안을 지원해주면 교육을 관장하는 국가 지도자들을 초청하여 학술대회 장소를 인민대회당으로 정할 수도 있다고 했다.

(내가 날도 어두워졌으니 저녁식사는 해야 하지 않겠느냐고 물었다.)

그들은『풍아지송』이 대단히 가치 있는 책이긴 하나 가장 가치 있는 책들을 사람들이 가장 안 읽는 게 최근 몇 년간의 현실이라고 했다. 그들은 또 이런 실제상황을 자신들보다 내가 더 잘 알지 않느냐고 물으면서, 요즘 대학의 전문서적들은 대부분 자비로 출판하고 있고, 교수가 책을 출판하면 출판사에서는 정가의 절반에 해당하는 가격으로 교수들에게 책을 공급하여 이를 학생들에게는 다시 정가에 팔 수 있게 한다고도 했다. 그 결과 교수들은 학술적 성취와 동시에 학생들에게서 돈도 적지 않게 벌 수 있으며 잘만 하면 국가로부터 상을 받을 수도 있다는 거였다.

"상금과 상장, 트로피를 받으면 일석삼조라 총알 하나로 토끼 세 마리를 잡는 것과 같지요. 현재 각 대학마다 이런저런 연구 경비와 프로젝트 예산을 확보하고 있고, 이 경비와 예산액이 어마어마합니다. 이런 돈을 출판에 쓰지 않으면 어디에 쓰겠습니까? 양 교수님, 저희 말이 틀렸는지 말씀해보세요.『풍아지송』같은 학술서는 신청만 하면 학술출판 경비가 콸콸 쏟아져나올 겁니다. 흐린 날씨에 폭우가 내리는 것과 마찬가지지요."

(날씨가 흐리니 정말로 비가 올지도 모르겠군요.)

(정말로 비가 올 수도 있는데 정말 그냥들 가시겠습니까? 책이 안 나와도 밥은 먹어야 하지 않겠어요?)

(정말로 비가 왔다. 나는 우리 집 발코니 창문을 전부 닫아야 했다.)

나는 곧장 몸을 일으켜 창문을 닫기 시작했다. 창밖으로 먹구름이 가득 밀려오는 가운데 천둥번개가 치는 게 보였다. 바람은 쇠가죽 채찍처럼 공중에서 마구 흔들렸다. 창 밖 화학과 교학연구동의 창문은 닫혀 있지 않았다. 그 닫히지 않은 창문들이 종잇장처럼 열렸다 닫히기를 반복했다. 잠시 그 창문들을 주시하고 있던 나는 곧장 집으로 돌아와 창문부터 전부 닫았다.

방 안은 금세 시원하고 조용해졌다.

비가 오기 직전의 습한 냄새가 사방에 가득했고 나와 루핑 사이에 그득한 단절감처럼 끈적끈적 푸르지도 않고 붉지도 않게 눈에 보이지는 않지만 확실히 존재하고 있었다. 그녀는 소파에 앉아 바로 앞 다탁 위에 놓인 한잔 가득 따른 차를 몇 번이나 들었다 놓았다 하면서 마시지는 않고 있었다. 불빛 때문인지 아니면 원래 그렇게 반은 하얗고 반은 노랬던 얼굴인지 알 수 없지만 뭔가 골똘히 생각하고 있는 것 같기도 하고 아예 아무 생각도 없는 것 같기도 했다. 나는 그녀의 다 식은 찻잔을 가져다 개수대에 쏟아버린 다음 다시 정성스럽게 차를 우려 그녀에게 따라주었다. 이어 조심스럽게 의자를 끌어당겨 맞은편에 앉으면서 말했다.

"루핑, 다른 요구는 하지 않겠소. 그냥 리광즈에게 십만 내지 이십만 위안 정도 돈을 좀 마련해달라고 해요. 내가 오 년이라는 시간을 들여 쓴 이 저서를 출판하지 않으면 안 된다고 하지 않았소? 그런데도 학교에서는 지금 쓰레기 같은 책 말고는 어떤 학술서 출판도 지원해주지 않는단 말이오. 가치가 높은데도 읽는 사람이 없는 책이 있다는 게 말이 되오? 당신이 그와 그렇고 그런 관계라서 오히려 난 더 그에게 출판비 지원을 요청할 수 없는 입장이 되고 말았어요. 그가 사리를 분별할 줄 안다면, 진정으로 제 잘못을 알고 있고 나 양커에게 미안한 마음이 있는 사람이라면, 이런 상황에서 자발적으로 내게 출판비를 지원해줘야 하는 게 아니겠소? 안 그래요?

설마 내 말이 틀렸다는 건 아니겠지?

설마 아니겠지?"

그녀에게 이렇게 물으면서도 나는 그녀에게 죄를 짓고 있는 듯한 느낌이 들었다. 그녀의 얼굴을 똑바로 쳐다보면서 눈빛으로 그녀를 다그치는 게 당연했지만, 오히려 나는 눈길을 돌려 다른 쪽을 바라보았다. 뭔가 말을 잘못해서 일을 그르치기라도 한 듯 고개를 돌려 내가 잠자던 방 입구를 바라보는 수밖에 없었다. 담벼락 위에 검은 벌레 한 마리가 기어가는 게 보였다. 벽으로 다가가 종이로 벌레를 집어 쓰레기통에 던져버리고 다시 자리로 돌아와 그녀를 쳐다보았다. 원래 사뭇 부드럽고 어슴푸레하던 그녀의 안색이 갑자기 새파랗게 변해 있었다. 입 주위를 누군가가 당기고 있기나 한 양 몇 번 가볍게 움직이더니 전혀 낯모르는 사람을 보듯 나를 쳐다보았다. 제 물건을 훔쳤던 도둑을 쳐다보는 것 같았다. 가벼운 목소리가 점차 커지면서 그녀가 물었다.

"양커, 좋든 싫든 저는 당신의 아내예요. 한 가지만 솔직히 말해줘요. 당신이 리 부총장이 잃어버린 물건을 숨기지 않았다고 증명할 수 있어요?"

내가 대답했다.

"루핑, 나는 그저 그가 내게 십만 위안을 지원해줄 수 있기를 바랄 뿐이오. 『풍아지송』이 출판되면 어떤 영향을 미치게 되고 어떤 파장을 일으키게 되는지 알기나 해요? 전문 학술서가 베스트셀러가 되는 것도 충분히 가능한 일이오. 『풍아지송』 자체가 『구약성서』가 되어 성경처럼 잘 팔릴 수도 있단 말이오."

"저는 창피를 무릅쓰고 당신한테 숨김없이 다 말했어요. 양커, 우리 두 사람 모두 그날 일을 생각해냈어요. 그날 그 물건은 침대맡에 놔뒀던 게 분명해요. 제가 침대 밑과 벽 모퉁이, 갈라진 틈까지 다 찾아봤는데도 안 보였어요. 당신이 그걸 숨기지 않았다면 그게 대체 어디로 갔겠어요?"

"십만이 안 되면 팔만은 어떨까? 이론교학연구실의 뉴 교수가 다른 사람들과 주고받은 편지를 모아 서신집을 출간할 때도 리 부총장이 십만 위안을 지원해줬다고 하더군. 그랬더니 오만 위안은 책 내는 데 쓰고 나머지 오만 위안은 그냥 자기 호주머니에 넣었다고 하더라고. 내가 『풍아지송』을 출판하면서 십만 위안을 요구하는 게 많다고 생각하는 거요? 내가 오 년을 공들여 『풍아지송』을 썼고 지금 그걸 양장본으로 출판하려고 하는데 팔만 위안도 안 된단 말이오?

　당신과 그 리 아무갠가 하는 놈 사이에 그렇고 그런 일이 생기는 바람에 나는 그에게 돈을 요구할 수도 없는 처지가 되고 말았소. 당신은 똑똑한 사람이니, 우리 부부가 합심해서 그에게 돈을 요구해봐야 할 거 아니오. 내가 그 물건을 감췄든 안 감췄든 숨겼든 안 숨겼든, 어찌 됐든 간에 당신들 두 사람은 내가 감췄다고 쳐도 상관없소. 내가 감춘 거라고 치고『풍아지송』출판에 맞춰 그에게 이십만이나 오십만, 혹시 가능하다면 백만 위안을 지원해달라고 얘기해봐요. 그가 내게 백만 위안을 준다면 지난 일을 다시 거론하지 않는 것은 물론이요, 화려한 양장본으로『풍아지송』을 출판하는 데 이십만 위안을 쓰고 나머지 팔십만 위안은 당신 통장에 입금해주겠소. 그가 팔십만 위안을 지원해주면 역시 지난 일을 거론하지 않는 것은 물론이요, 십만 위안으로 책 내고 나머지 칠십만 위안은 당신 통장에 넣어주겠소. 그가 오십만 위안을 지원해주면 그 가운데 팔만 위안은 책 내는 데 쓰고 나머지 사십이만 위안을 당신 통장에 넣어주겠소. 루핑, 내 생각이 어떤지 말해봐요. 당신이 한마디하지 않으면 안 된단 말이오. 부부에게 일이 생기면 함께 잘 상의하는 게 도리 아니겠소?"

　창밖의 바람은 산이 무너지고 땅이 갈라지듯 요란한 소리를 냈다. 끊임없이 불어대는 바람에 날린 모래가 창문과 벽을 때렸다. 학교 안에 경보기가 달린 모든 버스와 승용차에서 일시에 갖가지 경보음이 폭발하면서 귀를 찔렀다. 온통 처절한 절규와 아우성투성이였다. 아주 많은 얘기를 했지만 루핑은 줄곧 가만히 앉은 채 미동도 하지 않았다. 내가 계속 얘기를 했지만 루핑은 아무런 대꾸도 하지 않고 오로지 내가 리광즈의 그 물건을 감췄는지 안 감췄는지 물어댈 뿐이었다.

물론 나는 감추지 않았다고도 말할 수 없었다.

물론 감췄다고도 말할 수 없었다.

나는 그냥 내가 감춘 걸로 치라고만 했다.

내가 말했다.

"자오루핑, 자오 교수, 내가 감춘 걸로 칩시다. 이제 그만 물어보고 내가 감춘 걸로 치라고. 감췄다면 어쩔 거고 안 감췄다면 또 어쩔 거요? 감췄든 안 감췄든 둘 다 우리 집 일이잖소. 일치단결해서 공동으로 대처해야 할 일이란 말이오. 우리 가정의 학술과 예술, 성공과 존엄을 위해 최대한의 이익과 명예를 추구해야 한단 말이오."

나는 그녀를 감정으로 감동시키고 이치로 납득시키기 위해 많은 말을 쏟아냈지만 결국 그녀는 내 말에 아랑곳하지 않고 나를 쳐다보지도 않은 채 눈길을 다른 곳으로 돌려버렸다. 집 안에 아예 내가 존재하지 않는 것 같았다. 결국 나도 더이상 말을 하지 않았고 그녀와 마찬가지로 입을 다물어버렸다. 그러자 마침내 고개를 돌려 나를 힐끗 쳐다보더니 내가 가져다준 그 찻잔을 들어 마실 듯 말 듯 허공에 든 채 차가운 말투로 내게 말했다.

"양커, 남자라면 어서 자신이 그 물건을 감췄다고 인정해요.

지식인이라면 어서 그 물건을 내놔요.

내 남편이라면 그 물건을 내게 줘서 태워버리든지 임자에게 돌려주게 해요."

순간 나는 또다시 그녀 앞에 무릎을 꿇을 뻔했다. 내가 말했다.

"루핑, 난 정말 보지 못했소. 정말 그 물건을 감추지 않았단 말이오. 이렇게 날 믿어주지 않으니, 설마 나더러 또다시 당신 앞에 무릎이라도 꿇으라는 거요?"

내가 그 물건을 감추지 않았음을 증명하기 위해, 나는 정말로 그녀 앞에 무릎을 꿇을 생각이었다. 그러나 무릎을 꿇으려 하는 순간 이미 그녀에게 두 번이나 무릎을 꿇었다는 사실이 떠올랐다(첫번째는 리광즈를 향해서였고 두번째는 그녀 루핑을 향해서였다). 갑자기 모든 일이 세 번을 넘어서는 안 된다는 생각이 들었다. 또다시 무릎을 꿇는다면 더이상 위력이 없어져 설득력을 상실할 것이다. 그리하여 나는 그녀 앞에 반쯤 다리를 구부리고 금방이라도 무릎을 꿇을 것 같은 자세를 취했다. 그렇게 주저하고 있는 사이에 루핑은 나를 향해 차갑고 시퍼런 코를 들이대고는 허공에 들려 있던 찻잔을 다탁 위에 거칠게 내려놓더니 어금니로 소리를 꽁꽁 동여맨 채 말했다.

"양커, 나는 학문 수준도 낮지 않고 고전문학 전문가이며 어느 정도 유명한 교수인데다 지식인인 당신이 그렇게 염치없고 비겁하며 무뢰한 소인배일 줄은 생각도 못했어요. 나와 그 사람의 관계를 이용해 돈을 갈취하려 들다니. 그 물건을 감춘 다음 이를 약점 삼아 죽어도 그 물건을 본 적이 없고 가져가지도 않았다고 발뺌하는군요. 이봐요 양씨, 이 자오루핑이 눈이 멀어 당신 같은 사람에게 시집와서 평생을 함께 살아야 한다는 걸 생각해봐요. 혹시 총장이 곧 퇴임하고 조만간 리광즈가 총장이 될 거라는 소문 듣고 그 물건을 감춘 거 아니에요? 죽어도 그 물건을 본 적이 없다고 버티면서 평생 리광즈의 운명을 자기 손안에 쥐고 있겠다는 생각 아니냐고요?"

이렇게 묻는 루핑의 눈이 더 크고 더 빨개졌다. 그렇게 불덩이 같은 두 눈으로 한동안 나를 노려보았다. 그러다가 내가 다리를 반쯤 구부린 채 그 자리에 꼼짝도 않고 서서 아무 말도 없는 것을 보고는 여교수의 모습을 완전히 상실하여 길거리의 아낙네들처럼, 우리 고향에서 싸움을 할 때면 먼저 잘 묶은 머리부터 풀어헤치는 여자들처럼 손에 들고 있던 찻잔을 세게 내동댕이쳐 유리가 산산조각나게 만들었다(내가 그녀와 리광즈의 간통 현장을 덮친 날 밤에도 똑같이 화병을 던져 깨뜨렸다). 그런 다음 빨간 슬리퍼를 신고 깨진 유리 파편과 찻잎 사이를 가로질러 부엌으로 가서는 식칼을 들고 나와 내 면전에 들이대면서 말했다.

"이봐요 양 교수, 어서 이 칼 받아요. 당신이 숨긴 물건을 약점 삼아 감히 리광즈에게 당신 책을 출판하려고 돈 한 푼이라도 뜯어내려 한다면 먼저 이 칼로 날 죽여요. 당신이 감히 숨겨둔 그 물건을 어느 날 갑자기 꺼내들고서 리광즈의 명예와 앞길을 망쳐버린다면 나 자오루핑이 이 칼로 당신 면전에서 죽지 않으면 양커 당신이 내 면전에서 죽게 될 테니까 그런 줄 알아요."

이를 악다물고 이 한마디를 내뱉은 그녀는 마지막으로 그 스테인리스 칼을 바라보더니 반쯤 몸을 돌려 식칼을 바로 앞에 있는 다탁 위에 탕 하고 내려놓았다. 찻물이 내 몸에도 튀고 그녀의 얼굴에도 튀었다. 그녀는 얼굴을 닦지도 않고 곧장 침실로 들어가버렸다. 빠르지도 않고 느리지도 않게 한 걸음 한 걸음 침실로 걸어들어가서는, 쾅 하고 문을 닫아 발코니 쪽에서 불어오는 바람과 먼지 소리를 차단해버렸다. 내게는 검고 무겁고 짙은 죽음 같은 적막을 남겨주고 자신은 침실로 들어가 숨소리조차 내지 않았다.

그 어둡고 무거운 적막 속에서 나는 어찌할 바를 몰라 막막하기만 했다. 이미 죽은 『시경』의 시편들처럼 멍하니 서 있는 수밖에 없었다.

시월지교

바람 잡는 사나이

이 작품은 우국충정으로 임금을 자극하는 내용을 담고 있다.

十月之交

알고 보니 바람이 아니라 유월 초의 황사였다.

원래 경성의 황사는 항상 가을에 이는데 온실효과 때문에 계절에도 경련이 일어나고 있었다. 여름에는 비만 있는 것이 아니라 바람도 있고 내몽고 지역에서 날아오는 황사도 있었다. 알고 보니 기상이라는 것은 아무 의미 없는 시가 아니라, 의미로 가득한 선언이자 격문이었다.

그날 밤 나 자신이 폭풍 같은 학생들의 거센 시위 조류에 휘말리게 되리라고는 생각지도 못했다. 자오루펑이 리광즈에게 『풍아지송』 출판비를 신청하지 못하게 나를 막으리라는 것을 예측하지 못했듯이 말이다. 당신들 두 사람이 간통을 저지르다가 현장에서 내게 들켰음에도 불구하고 나는 리광즈 그자의 그런 사실을 폭로하지도 않았고 당신 자오루펑을 원망하지도 않았소. 그런데도 지금 내가 출판비를 신청하려 하는 것마저 안 될 일이란 말이오. 그날 리광즈는 우리 집에서 당신 자오루핑과 사통하다가 내게 들켜 황급히 옷을 주워 입고는 너무 다급하고 혼란스러운 나머지 벗어놓은 팬티를 어디에 쑤셔넣었는지 잊어버리고 말았소(어쩌면 내가 문 밖에 서 있는 터라 너무 급히 옷을 입느라 미처 팬티를 챙겨입지 못했을지도 모르지). 하지만 팬티를 잊어버리고 나서 왜 이제 와서 내가 그 팬티를 감춘 것으로 의심한단 말이오(사실 거듭되는 얘기지만 내게 간통 현장을 들키던 그날 우리 집에는 세 사람밖에 없었다. 리광즈가 팬티를 챙겨입지도 않았고 주머니에 쑤셔넣고 간 것도 아니라면, 그 팬티가 우리 집 어딘가에 있는 게 아니고 어디로 갔단 말인가? 루핑의 침대 위가 아니면 어디서 잃어버렸단 말인가? 침대 위에는 팬티가 없었고 루핑도 보지 못했다면, 내가 그 팬티를 가져간 것도 아니라면 누가 가져갔단 말인가? 나 양커 스스로 자신이 팬티를 가져다 어디에 숨겼는지 의심해야 한단 말인가?). 솔직히 말해서 지금 그는 총장이 될 가능성이 크기 때문에 자신의 팬티가 남의 손에 있다는 사실에 대해 걱정하지 않을 수 없는 입장이었다. 어찌 두렵지 않을 수 있겠는가?

하지만 나는 정말로 그 팬티를 보지 못했다. 하늘에 대고 맹세하건대 절대로 그 팬티를 보지 못했다. 내가 이미 바러우산맥 땅속에 묻은 우리 부모님을 향해 맹세하건대 나는 결코 그 팬티를 보지 못했다. 감히 방 한가운데 무릎을 꿇고 학교에서도 무릎을 꿇고 톈안문 광장 앞에서도 무릎을 꿇고 맹세하건대, 내가 리광즈의 팬티를 감췄다면 하늘이 벼락을 다섯 번이나 내리쳐도 괘념치 않을 것이다. 벼락이 우리 부모님 무덤을 파헤쳐도 할말이 없을 것이다. 하지만 리광즈는 침대에 오르기 전 팬티를 벗어 확실히 자오루핑의 침대(우리 두 사람의 침대다) 위에 내려놓았다. 그리고 내가 그들에게 서둘러 옷을 입으라고 했을 때 그는 너무나 당황한 나머지 깜빡하고 팬티를 입지 않았고 침대 위에 있던 팬티도 들고 가지 않았던 것이다. 그런데 분명 침대 위에는 팬티가 없었다. 루핑도 찾고 나도 찾아보았지만(루핑은 나 몰래 베개 밑은 물론, 침대 위와 방 구석구석을 다 뒤졌고 우리 집 전체를 샅샅이 다 뒤졌을 것이다. 예컨대 내가 옷을 넣어두는 침대 머리맡 옷장이며 벽, 책이나 서류를 감춰두곤 하는 서랍 등을 이미 열 번이고 스무 번이고 뒤져보았을 것이다. 천 번, 만 번을 뒤졌을지 모른다. 먼지와 방구석 마저 온몸에 통증을 느끼게 하고 늑골을 아프게 할 정도로 죄다 뒤져 봤을 것이다) 우리는 하늘과 땅이 뒤집히고 천지가 어두워지도록 찾아 봤지만 리광즈의 그 팬티는 발견하지 못했다.

"그 팬티가 무슨 색이지?

어떻게 생겼어? 통이 큰 트렁크야 아니면 몸에 꽉 끼는 삼각팬티야?

합성섬유로 된 거야, 아니면 순면으로 된 거야?"

그녀는 내 질문에는 아랑곳없이 계속 의심의 눈초리로 나를 쳐다보 기만 했다. 마치 내가 뻔히 알고 있으면서도 일부러 묻고 있기라도 한 것 같았다. 이제 그녀는 나를 거들떠보지도 않을 뿐만 아니라 그 팬티 를 내가 감춘 것으로 확신하고 있었다(내가 숨긴 건 아니지만 또 누가 그걸 숨겼다고 하겠는가?). 그녀는 내가 팬티를 숨기고 있다가 리광즈 가 총장이 되었을 때 가장 중요한 순간에 꺼내놓음으로써(웃기는 일이 었다. 나 양커가 그렇게 소심한 인물이겠는가?) 그를 사지로 몰아 영 원히 재기할 수 없게 하려는 것이라고 굳게 믿고 있었다.

"오해야. 루핑, 정말 오해라고.

나 양커는 정말 그놈의 팬티가 어떻게 생겼는지 구경도 못했단 말 이야."

하지만 루핑은 나를 믿지 않았다. 눈곱만큼도 믿지 않았다. 그녀는 문을 닫고 침실로 들어가서는 내가 또다시 무릎 꿇고 맹세할 수 있는 기회마저 주지 않았다.

집 안은 숨이 막힐 것처럼 답답하기만 했다.

건물 밖에서 윙윙대는 바람소리도 새어들어오지 못했다. 거실은 입구를 막아놓은 항아리 같았다. 루핑이 던져놓은 다탁 위의 그 스테인리스 식칼은 여전히 불빛을 받아 뜨거우면서도 싸늘한 빛을 발하고 있었다. 칼날에서 풍겨나온 푸른 채소즙 냄새가 내 목을 미끄러져 거실의 다른 곳을 향해 퍼져나갔다. 나는 소파 위에 멍하니 앉아 식칼을 바라보고 있었다. 출판사에서 되돌아온 『풍아지송』 원고를 바라보는 듯한 느낌이었다. 잠시 이렇게 갑갑했다. 반나절이나 갑갑했다. 수많은 일을 생각했지만 아무것도 생각하지 않은 것 같았다. 몸이 뜨거워지는 것이 느껴졌다. 끈적끈적한 땀이 흘러나오는 것 같아 몸을 일으킨 다음 식칼을 다시 부엌에 가져다놓고 다탁 위에 흘린 차와 바닥에 나뒹구는 유리 조각을 치웠다. 그런 다음 침실 문 앞으로 다가가 예의를 갖춰 노크하면서 나는 루핑에게 밖에 좀 나갔다 올 테니 먼저 자라고 말했다.

"안심해요. 내가 리광즈를 찾아가는 걸 당신이 동의하지 않으면 죽어도 그를 찾아가 돈을 요구하는 일은 없을 테니까. 그에게 다시 전화가 오면 이 한마디는 꼭 전해줘요. 난 정말로 그 팬티를 보지 못했다고 말이야. 그에게도 안심하라고 해요. 내가 지식인이고 교수인 만큼 팬티를 발견하고서 감췄다 해도 소인배처럼 그가 총장이 되었을 때 갑자기 꺼내놓는 일은 없을 거라고 말이야."

그녀는 여전히 나를 거들떠보지도 않았다. 그녀의 신변에 애당초 나

114

양커가 존재하지 않는 것 같았다.

 침실 문 앞에 잠시 서 있는 동안 아주 많은 말을 했다. 그러고는 결국 또 아무런 감흥도 없이 거실 한가운데로 돌아와 잠시 멍하니 서 있다가 문을 열고 아래층으로 내려와 밖으로 나왔다. 아직 아홉시도 안 된 시각이라 잠을 자기에는 다소 이른 감이 있었고, 그 시각에 집 안에 있다보니 너무 갑갑해 밖으로 나가 좀 걸을 생각이었다. 지독한 번민과 괴로움이 나를 집 밖으로 내몬 것이다. 밖으로 나와 걸으면서 마음을 가라앉히고 몇 가지 일을 생각하면서 머릿속에 무성하게 자란 잡초 같기도 하고 겹겹이 쌓인 깨진 벽돌과 기와 조각 같기도 한 혼란을 말끔히 씻어내고 싶었다.

 내 머릿속은 온통 혼란의 잔해들이었다. 수천수만 가지 생각이 마구 뒤엉켜 있었다.

 밖에 나가 걸으면서 머릿속 생각을 정리하지 않으면 안 되는 상황이었다. 나는 그렇게 막막한 태도로(실의에 빠진 사람이 빗속을 거닐고 있듯) 거센 바람소리 속에서 길을 걷기 시작했다. 뚜렷한 목적지도 없이 우리 집 건물을 빠져나와 세찬 바람을 무릅쓰고 학교 교정으로 향했다. 내가 그런 일에 부딪치게 되리라고는 전혀 생각지 못했다. 하늘이 놀라고 땅이 진동할 일이었다. 그렇게 거대한 장중함과 호소력이 그날 밤 내 인생에서 가장 찬란하게 빛나는 한 페이지를 이루리라고는 꿈에도 생각지 못했다.

 바람은 몹시 드셌다. 바람에 휘말린 모래가 내 얼굴과 몸을 향해 부딪쳐왔다. 이빨 사이사이에서 모래가 씹히는 듯한 느낌이 들어 하는 수 없이 퉤퉤 하고 연신 침을 뱉어내야 했다. 우리 과사무실로 향하는 길에는 사람이 하나도 없었다. 불빛이 바람 속에서 마구 흔들리는 것이 마치 넘실대는 흙탕물 같았다. 과사무실에 가서 딱히 처리할 일이 있는 것도 아니었지만 홀로 쓸쓸히 그곳을 향해 가고 있었다. 교학연구실을 나올 때 분명히 문과 창문을 전부 닫았다는 걸 알고 있었지만, 이렇게 나와서 걷다보니 차라리 자신이 문과 창문을 닫지 않았다고 믿는 게 나을 것 같았다. 강의실과 기숙사 그리고 교직원 숙소 구역을 통틀어 짙고 어두운 바람 말고는 사람의 그림자나 움직임이 전혀 없었다. 학교 전체가 묘지 같았다. 바람에 나무들이 흔들렸다. 땅 위에는 온통 거세게 몰아치는 바람소리와 모래먼지뿐이었다. 고개를 들어 위를 바라보니 하늘이 손에 닿을 듯이 가깝게 느껴졌다. 팔을 뻗으면 당장이라도 먹구름을 잡을 수 있을 것만 같았다. 나는 정말로 허공을 향해 손을 뻗어보았다. 그러나 손에 잡히는 것은 구름이 아니라 흙먼지였다. 재빨리 손을 털고 반소매 셔츠의 단추를 목덜미까지 전부 잠그기 시작했다. 그러고는 내 얼굴을 향해 불어오는 모래바람을 향해 주먹을 휘둘렀다.

내 얼굴로 불어닥치는 모래바람을 향해 주먹을 날렸다.

또 내 발밑으로 부는 모래바람을 향해 연달아 몇 번 발길질을 해댔다. 모래바람은 내 발에 차여 비틀거리면서 동쪽으로 불다가 이내 방향을 바꿔 서쪽으로 불었다. 마치 내가 가는 곳마다 모래바람이 나를 피해 다니는 것 같았다. 하지만 잠시 피해 갔다 싶으면 또다시 불어와 윙윙대면서 내 몸을 휘감았다. 또한 많은 양의 흙먼지와 모래가 뒤섞여 얼굴에 휘몰아치면서 내 뺨을 찰싹찰싹 후려갈겼다. 나는 몹시 격분했다. 온순한 소 한 마리가 도발을 받아 광분한 것 같은 모습이었다. 나는 아무도 없고 드넓기만 한 학교 교정에 서 있었다. 교정 연꽃 호수 옆 주도로 옆에 서 있었다. 흙먼지와 모래바람이 얼굴을 향해 불어

오자 재빨리 그 흙먼지 날리는 바람의 뺨을 한 대 후려쳤고 다시 불어
오면 또다시 뺨을 후려치는 것으로 응수했다. 모래바람도 격렬한 나의
반항에 화가 났는지 갑자기 더 씩씩거리며 더 세게 나를 향해 맹렬히
불어왔다. 나를 넘어뜨리거나 공중으로 날려버리려는 것 같았다. 바로
그 순간 머릿속이 선명해지면서 가슴속 흥분이 점점 더 진해지는 것
이 느껴졌다. 나는 두 발의 발가락으로 단단히 지면을 움켜잡고는 발
뒤꿈치에 힘껏 힘을 주어 똑바로 선 채 주먹과 발을 번갈아가면서 조
금도 물러서지 않고 쉴새없이 바람을 향해 발길질을 해댔다. 모래먼지
로 된 회오리바람에 둘러싸인 것 같았다. 미친 여자들 몇몇이 나를 에
워싸고 있는 것 같은 기분이었다. 어떤 여자는 내 옷을 찢으려 덤벼들
었고 어떤 여자는 내 얼굴을 할퀴려 들었다. 또 어떤 여자는 모래를 크
게 한 움큼 집어 내 눈에 뿌리거나 내 입에 쑤셔넣었다. 옷을 잡아당기
기도 했다. 그 동작이 마치 쓰레기통을 뒤집어헤치는 것 같았다. 흙과
모래를 내 몸속 앞뒤로 집어넣고 심지어 팬티 속까지 쑤셔넣었다. 나
는 그녀들에게 이리저리 끌리면서 이리 차이고 저리 차여 떼굴떼굴 굴
러다녔다. 하지만 끝내 쓰러지지 않았고 휘두르던 손발도 멈추지 않
았다. 결국 나는 그 미친 여자 같은 바람과의 격투에서 승리했고, 길가
에 있던 굵기가 팔뚝만 하고 길이가 몇 자는 되는 나뭇가지를 들어 무
사가 칼과 창을 휘두르듯 바람의 머리를 맹렬히 치고 때리고 찌르다
가, 결국 머리를 베어 죽여버렸다. 나는 칭엔대학에 들어와 공부하고,
학교에 남아 강단에 서고, 결혼하고, 가정을 꾸리는 이십여 년 동안, 나
자신에게 그렇게 큰 힘과 용기가 있고 자신을 잊을 정도로 강한 투지
와 의지력이 있었음을 한 번도 느껴보지 못했다. 길가에 서서 어두운
불빛에 의지해 내 주위를 맴돌고 있는 것이 모래폭풍 속의 작은 회오

리바람이라는 것을 난 분명히 목도할 수 있었다. 그 회오리바람은 황야의 마른 우물만큼이나 커서 허공에 비단뱀처럼 몸을 말아 거세게 회전하고 있었다. 그 안에는 모래먼지와 나뭇가지, 잡풀, 종이, 책 따위의 잡동사니가 마구 뒤섞여 함께 돌고 있었다. 바람은 이내 몸을 돌려 나를 향해 달려왔다. 나를 마음대로 제압할 수 없어서인지 쉬잉쉬잉 마구 비명소리를 질러댔다. 호랑이 한 마리가 포효하면서 나를 향해 돌진해오는 것 같았다. 하지만 나는 웃통을 벗어던지고 맨몸으로 달려들어 길가에서 도로 중앙으로, 다시 도로 중앙에서 다른 쪽 길가로 동에 번쩍 서에 번쩍 하면서 바람을 상대로 사투를 벌였다. 몸을 위로 솟구치게 했다가 살짝살짝 피하면서 손에 들고 있던 막대기를 긴 창 삼아 끊임없이 회오리바람의 허리를 찌르고 다리를 내리찍었다. 죽을힘을 다해 사투를 벌이던 내 입에는 바람을 저주하는 욕과 고함 소리로 가득했다. 막대기로 바람을 후려치거나 거꾸러뜨릴 때마다 내 입에서는 쉰 목소리가 터져나왔다. 나와 회오리바람, 그리고 모래먼지는 연꽃 호수 동쪽에서 도로를 따라 서쪽까지 이동했다. 몸에서는 땀이 비오듯 흘렀고 얼굴은 온통 피로 물들어 있었다. 입속에는 모래알들이 이와 잇몸 가득 꼈다. 쇳가루와 톱밥이 목구멍 안을 꽉 메우고 있는 것 같았다. 이렇게 우리는 반시간 남짓 치고받고 싸웠다. 두 다리에 힘이 풀리고 양손이 아파올 때쯤 회오리바람은 내 용감무쌍한 기백에 눌렸는지 기진맥진하고 무기력한 모습을 보이기 시작했다. 속도가 한층 느려졌고 소리도 점차 잦아들었다. 마지막 힘까지 짜내어 높은 언덕을 힘겹게 오르는 기차 같았다. 바로 이때 승기를 놓치지 않은 나는 길가에 세워져 있는 젊은 나이에 세상을 떠난 한 국학대사 조각상의 어깨 위로 기어올라가서는(이 길 양쪽 언덕에는 대사들의 조각상과 기념비가 죽 늘어서 있었다) 마지막 힘을 대해 회오리바람의 허리와 어깨를 향해 막대기를 휘두르며 맹렬한 공격을 계속했다. 여러 차례 등불 빛에 의지해 조각상 위에서 뛰어내리면서 막대기로 철봉처럼 회오리바람의 머리 꼭대기를 내리쪽었다(물이 가득 든 수포를 터뜨리는 것 같기도 하고 공기가 가득 든 풍선을 터뜨리는 것 같기도 했다). 결국 회오리바람은 내 거센 공격에 만신창이가 되어 날카로운 비명을 지르며 형체도 없이 연꽃 호수 서쪽의 십자로에서 모퉁이를 돌아 연꽃 호수 수면으로 불어갔다. 마치 도망치던 사람이 호수에 빠져 물속으로 가라앉는 것 같았다.

하지만 나도 결국 기력이 다해 힘없이 길가에 주저앉아 멍하니 있어야 했다.

그 국학대사의 조각상에 몸을 기대고 잔디밭에 앉아 몇 분 동안 쉬었다.

고개를 들어 저 멀리서 빛나고 있는 불빛들을 바라보았다. 그 불빛들 아래로 몇몇 사람이 움직이는 듯한 그림자가 보였다. 수많은 사람의 그림자가 흔들리고 있는 것 같았다. 그리고 그 흔들림 속에서 학생들이 외치는 함성이 들리는 것 같았다.

나는 몸을 일으켜 그 사람들의 그림자와 함성을 향해 걸어갔다.

그곳은 중문과, 역사학과, 철학과 등 세 과의 학생들이 생활하는 기숙사 구역으로 일고여덟 동의 건물들이 한데 이어져 교정의 맨 남단에 자리잡고 있었다. 이 건물들은 건국 초기인 1950년에 지어지기 시작했다. 푸른 벽돌로 지어진 이 건물들은 문과 창문이 전부 나무로 되어 있었다. 벽돌과 나무가 이미 장구한 세월을 견디다보니 늙고 쇠약해져, 모래바람 속에서 문살과 창살이 나가 끊어지는 소리와 이를 보호하기 위해 학생들이 창문에 못박는 망치질 소리가 백 미터 떨어진 곳까지 들려왔다. 일부 학생들이 건물 아래서 뭐라고 외치는 모습이 보였다. 또다른 학생들이 창문 위에서 허공에 반쯤 걸터앉은 채 아래서 지휘하는 소리에 맞춰 철사로 묶고 망치로 못을 박아 나무창틀을 고정시키는 소리가 들렸다. 하지만 바람이 너무 강하게 불었고 결국 유리가 한 장 한 장 아래로 떨어져 쩽그랑 하는 소리와 함께 땅바닥에 부딪쳐 깨져버렸다. 거센 바람에 창문이 송두리째 떨어져나간 창틀에서 몇 조각 깨진 유리 파편이 땅바닥으로 떨어지다가 나뭇가지에 걸려 풍차처럼 돌기도 했고, 몇 조각은 땅 위에서 바람에 굴러다니거나 뒤집히기도 했다. 맨 서쪽에 있는 여학생 기숙사도 창문이 다 깨져버렸다. 여학생들은 남학생들처럼 온갖 방법을 다 동원하여 창문에 못을 박아 바람이 들어오는 구멍을 막는 대신 옷이나 손수건, 보자기 같은 것들을 창틀에 고정시켜 바람이 들어오는 것을 막으려 애를 썼다. 일부 학생들은 기숙사 밖으로 뛰어나와 건물 앞에 선 채로 날카로운 비명을 질러대기도 했다. 모래바람이 창문을 깨뜨리고 방 안에 있는 책이나 옷을 날려버리는 것은 별 문제가 되지 않았다. 중요한 건 헤어 스타일만은 망쳐선 안 된다는 거였다. 건물 위아래고 안팎이고 할 것 없이 온통 여학생들이 내지르는 날카로운 비명으로 가득찼고 남학생들의 고함이 하늘을 찔렀다. 겉으로 보기에 이는 유월 초 여름밤에 몰려오는 평범한 모래바람 같아 보였지만, 실제로는 한여름에 갑자기 닥친 일종의 '활보극*'이나 마찬가지였다. 학생들은 먼저 문과 창문을 보호하면서 바람과 모래에 대항해야 했다. 그러다가 나중에는 누군가 조직한 것인지

● 活報劇. 시사문제 따위를 드라마 형식으로 풀어 대중에게 쉽게 이해시키고자 극장이나 거리에서 공연하는 일종의 계몽 선전극.

아니면 모두가 자발적으로 나선 것인지, 모든 학생이 창틀에서 뛰어내려와 건물과 방 안에서 서로 팔과 팔을 걸고 어깨와 어깨를 붙인 채 건물 앞에 서서 모래를 막고 바람에 맞서기 시작했다. 사방에서 마구 날리며 습격해오는 모래먼지가 기숙사 건물을 향해 몰려오는 것을 막기 위해서였다.

이리하여 모래바람은 자연의 흐름에 대한 저항으로 변하고 말았다. 거센 홍수가 무수한 영웅들을 만들어내는 것과 마찬가지였다. 내가 마침내 그 건물 가까이 다가갔을 때 바람을 막기 위한 학생들의 대열은 이미 형태를 갖추고 있었고 그 대열 안에서 모든 학생의 골관절을 보호해야 한다는 묵계가 있었다. 그들은 여학생들을 보호하기 위해서인지 여학생 기숙사 건물 앞에 서서 자신들의 몸으로 건물 전체를 보위하고 있었다. 바람이 불고 모래가 날리는 가운데 그들은 그렇게 가슴을 쭉 편 채 자랑스러운 얼굴로 고개를 들고 서 있었다. 그들 앞에 나타난 나는 마음을 뒤흔드는 그 장면의 충격 속에서 스토리 전개가 대단히 빠른 영화를 한 편 보는 듯한 기분이었다. 서로 싸우고 죽이는 장면이 떠오르면서 잠시 굉음이 들리더니 날카로운 창끝이 가슴 한가운데를 찌르는 것 같았다. 내가 수십 미터에 달하는 대오 앞에 서서 얼굴에 뒤범벅된 땀과 피와 모래를 닦아내려 하는 순간, 대오 안에서 학생 하나가 외치는 소리가 들렸다. "양 교수님! 양 교수님 아니세요?"

곧이어 환호성이 이어졌다.

"양 교수님, 저희 학생들을 만나러 오신 건가요?"

"양 교수님, 저희에게 관심이 있으셔서 우리 대열 쪽에 서 계시는 건가요?"

"이리 오세요, 저희 편에 서세요."

나는 방금 있었던 회오리바람과의 사투가 생각나 몸이 몹시 지치고 피곤한 것도 잊은 채 잰걸음으로 그들에게 다가가 그들과 손에 손을 잡고 대오 한가운데에 자리를 잡고 섰다. 내 어깨가 한 여학생의 어깨에 닿는 그 순간 말로 표현할 수 없는 격동이 내 몸 속에서 솟구쳐올랐다. 뜨거운 피가 혈맥 속에서 소용돌이치다가 다시 밀려가는 것 같았다. 조금 전 모래바람과 사투를 벌였던 힘이 또다시 내 발끝에서 솟아나 뜨겁게 머리를 향해 솟구치는 것 같았다. 고개를 돌려 긴 줄을 이루고 서 있는 학생들을 쳐다보다가 다시 고개를 돌려 내 몸 뒤로 펼쳐져 있는 기숙사 건물을 바라보고는 큰 소리로 문과 창문이 전부 부서졌다고 외쳤다. 우리는 다 함께 동이 틀 때까지 모래바람이 기숙사 방 안으로 들어오지 못하도록 막고 서 있었다. 대열 안에서 몇몇 학생들이 학교 지도자들이 와서 기숙사를 보고 내일까지 기숙사 건물을 수리해주기로 약속할 때까지 계속 서 있어야 한다고 외쳤다. 나는 또 학교 간부들이 사무동에 있는 사무실 안에 숨어 있다고 말했다. 그러자 또다른 학생들이 모래바람 속에서 목청껏 외쳤다. "갑시다."

"학교 사무동으로 갑시다."

"학교 사무동으로 가자고요."

대오는 건물 동쪽에 있는 대로를 향해 거센 몸짓으로 움직이기 시작했다.

커다란 무리를 이루어 모두가 손에 손을 잡고 팔짱을 낀 채 천천히 그리고 당당하게 앞을 향해 걸어가기 시작했다. 집단으로 형장을 향해 달려가고 있는 것 같았다. 나는 대오 한가운데서 완전히 학생들에게 둘러싸여 있었다. 그들은 당장이라도 학교 지도자를 찾아낼 것 같은 기세였다. 내 왼쪽과 오른쪽, 뒤쪽을 전부 에워싸고 있었다. 그 순간 또 거세게 모래바람이 일었다. 바람은 북쪽에서 남쪽을 향해 불었다. 대열은 거센 바람이 길 중간에서부터 길 위쪽까지 불어오는 것을 맞으면서 걷고 있었다. 여학생들이 줄줄이 길가로 밀려 걸음을 헛디디면서 바람에 넘어졌다. 그 순간 날카로운 비명을 질렀고, 대여섯 명의 남학생들이 쏜살같이 달려가 여학생들을 일으켜 다시 대오 한가운데로 합류시킨 다음 자신들의 몸을 방패 삼아 그녀들을 보호했다. 마치 자신들의 자매나 어머니를 보살피는 것 같았다. 건물들이 있는 구간을 벗어나 불과 몇십 미터도 걷지 않았을 때 갑자기 대열 전체가 정지하더니 여학생들이 모두 대열 한가운데로 들어오기를 기다렸다. 다시 몇십 미터 가는 사이에 자동적으로 다섯 명을 한 조로 여덟 열을 이루어 걷게 되었다. 나는 대열의 맨 앞에 서서 걸었다. 좌우로 한두 명의 여학생들이 내 팔을 잡고 있었고, 그들 양쪽에는 또다시 몇 명의 남학생들이 그녀들의 몸을 지키고 있었다. 사막을 달리는 기다란 기차 같았다(나는 그 열차의 맨 앞에 있는 객차인 셈이었다). 모두 바람을 거슬러 걷다보니 행보가 비교적 느린 편이었다. 하지만 느리면서도 힘이 있었다. 당당하고 힘차게 학교 사무동을 향해 걸어갔다. 문과 창문을 빌미로 청원하거나 시위하기 위해 찾아가는 것 같기도 하고 모래바람을 구실 삼아 한바탕 불만을 토로하는 유희를 벌이려 하는 것 같기도 했다. 그러나 바람에 넘어진 플라타너스 옆에 이르렀을 때 갑자기 내 왼쪽에 있던 깡마른 여학생 하나가 내 귀에 대고 큰 소리로 말하는 게 들렸다.

"양 교수님, 정말 죄송해요. 오늘 오후에 교수님의 『시경』 해독 수업을 듣는 동안 저는 계속 강의실에서 몰래 영어 공부를 했어요."

순간 가슴이 뜨거워졌다. 내가 고개를 돌려 그 여학생에게 말했다.

"충분히 이해할 수 있는 일이야. 영어 사급을 넘지 못하면 졸업을 할 수 없잖아. 하지만 고전문학 수업은 자네들이 답안지를 가득 채우기만 하면 최소한 칠십 점은 줄 수 있지."

오른쪽에 있던 여학생도 몸을 기울여 귀에 대고 큰 소리로 말했다.

"죄송해요, 양 교수님. 지난 학기 『시경』 해독 시험 때, 저는 답안을 전부 베껴썼어요."

가슴이 또 뜨거워졌다. 내가 오른쪽에 있던 여학생에게 말했다.

"괜찮아. 다음에 또 시험을 보게 되면 계속 베껴쓰도록 하게."

뒤에 있던 남학생 하나가 대오 사이를 비집고 나와 내 귀에 대고 말했다.

"양 교수님, 고전문학 석사 과정을 밟고 있는 학생입니다. 교수님의 저서 『풍아지송』이 출판되면 그걸 주제로 석사논문을 써도 될까요?"

내 가슴이 또 뜨거워졌다. 뒤에 있던 남학생을 향해 고개를 돌려 큰 소리로 말했다.

"사무동에 도착하기 전에 우리 모두 문명을 얘기하고 기율을 지켜야 하네. 오늘밤 리광즈 부총장이 학교에서 당직을 서게 될 걸세. 우리의 목적은 오늘밤 그에게 우리 중문학과, 사학과, 철학과의 기숙사를 둘러보게 하고, 내일 당장 기숙사 건물을 수리할 것을 강력히 요구하는 걸세. 그리고 올해 안에 반드시 새 기숙사 건물을 쟁취하는 걸세."

나는 거센 바람에 맞서서 끊었다 잇기를 반복하면서 하고자 하는 얘기를 마쳤다. 그러고는 다시 고개를 돌려 학생들을 이끌고 사무동 건물을 향해 나아갔다. 학교의 주도로인 사거리 입구에 이르렀을 때, 갑자기 화학과 교수 하나가 나와 마찬가지로 수십 수백 명의 학생들을 이끌고 앞에서 다가오는 모습이 보였다. 그들은 실험실 건물 아래서 모퉁이를 돌고 있었다. 바람 부는 방향이라 그런지 현수막을 앞세우고 있었다. 거기에는 이렇게 쓰여 있었다.

'모래먼지 폭풍에 대항하여 우리의 자연을 되찾자.'

그들은 학교 사무동 안으로 들어가지 않고 학교 정문 밖으로 나갔다. 생물학과의 교수와 학생들, 토목공학과 교수와 학생들, 그리고 환경보호과 교수와 학생들도 교정 중앙에 있는 사거리에 손에 손을 맞잡고 나와 있었다. 일부 학생들은 '나는 환경을 원한다. 나는 생명을 원한다'라는 문구가 적힌 팻말을 힘들게 치켜들고 있었고, 일부 학생들은 거센 바람과 지독한 모래 때문에 손에 아무것도 들지 않은 채 그저 입으로 목이 터지도록 '우리의 환경을 돌려달라. 우리의 자연을 돌려달라. 우리의 생명을 돌려달라'라는 구호를 외치면서 학교 정문 입구를 향해 나아가고 있었다. 장작과 기름을 태워 주행하는 기차와 우마차가 한 대 한 대 바람을 거슬러 전진하는 것처럼 요란한 소리를 냈다. 온갖 굉음과 사람들의 외침 소리가 끊이지 않았다. 부르짖고 떠들면서 하나같이 약속이나 한 듯 서쪽 대문을 향해 나아가고 있었다. 우리 중 문학, 사학, 철학 세 과의 학생들만 학교 사무동 건물을 향해 가고 있었다. 화학과나 생물학과, 물리학과, 토목공학과, 환경보호학과처럼 자연과 환경, 생존과 생명을 위해 몰려가는 것이 아니라, 기숙사 건물의 문과 창문 때문에 몰려가는 거였다. 이리하여 우리는 맨 앞에서 천천히 걸어가다가 걸음을 멈췄다. 때마침 바람에 날려 떨어진 낙엽과 잠시 마주했다. 우리는 곧 다른 과 교수와 학생 들과 함께 학교 서쪽 대문을 향해 고개를 쳐들고 큰 걸음으로 나아가기 시작했다.

거수표결

이 제목은 새가 우는 소리를 나타낸다. 시의 주제와 관점은 다양하게 해석할 수 있다. 시의 표면적인 이미지로 볼 때, 행역자와 대신 사이에 주고받는 노래라고 할 수도 있다.

綿
蠻

얼마나 감동적인 사진이었는지 모른다.

옛 향기와 색깔이 묻어나는 서쪽 대문 앞에서 나는 중문학과, 사학과, 철학과 등 세 과의 학생들을 이끌고 바람을 맞고 서 있었다. 등뒤로는 다른 과 교수와 학생 들이 몸으로 인간 장성長城을 만들어 모래먼지가 대문을 통해 학교 안으로 들어오지 못하도록 막고 있었다. 하지만 대문 앞에서 길은 좁고 사람은 너무 많아 한 시간 동안 교통이 막혔다. 밤이라 차들이 많지 않았지만 도로 양끝에는 차량들로 일 킬로미터 가까운 장사진이 이어졌다. 모든 자동차가 전조등을 켜고 있다보니 빛기둥이 허공에서 모래바람을 뚫고 학교 교문 앞까지 비췄다. 바로 그 순간 촬영을 몹시 좋아하는 영상영화학과 학생이 이런 사진을 찍은 것인지 아니면 후각이 민감한 기자가 찍은 것인지, 누군가가 현장으로 달려와 이런 사진을 한 장 찍어놓았던 것이다. 나는 교수지만 사진에

서는 농부처럼 큰바람 속에서 땀에 푹 젖어 가슴과 등의 맨살을 드러
낸 채 학생들과 팔짱을 끼고 있었다. 사진 배경에서는 열려진 학교 대
문과 대문 위에 황제 같은 위인이 썼다는 '칭엔대학' 네 글자를 뚜렷
하게 확인할 수 있었다. 교문 앞쪽에는 바람에 쓸려 날아온 섶나무 잎
이 널브러져 있었다. 왼쪽에는 학생들의 대오와 자동차가 장사진을 치
며 이어져 있었고 오른쪽에도 학생들과 자동차가 줄줄이 펼쳐져 있었
다. 이런 배경 속에서 나는 가슴을 활짝 펴고 서 있었다. 목을 곧게 펴
고 근엄한 표정을 짓고 있었다. 눈빛도 부리부리한 것이 마치 교문 앞
에 수많은 사람들 사이에 영웅 조각상 하나가 서 있는 것 같았다. 바로
그 순간이 나 양커의 영원이 되었고 다음날 경성의 크고 작은 신문과
인터넷에 두루 실린 한 장의 사진이 되었다.

　내가 이 사진을 본 것은 다음날 정오 무렵이었다. 전날 학생들과 함
께 모래바람 속에서 사투를 벌이면서 새벽 두시까지 버티다가, 바람
이 잦아들고 날리던 모래먼지가 멈추고 나서야 학생들은 제각기 흩어
져 학교로 돌아가 몸을 씻고 휴식을 취했고, 나도 집으로 돌아와 조용
히 화장실로 기어들어가 냉수로 목욕하고 오전 열시까지 계속 깊은 잠
을 잤다. 잠자리에서 일어난 나는 자오루펑이 다탁에 가져다 쌓아놓은
신문 위에 종이 한 장이 놓여 있는 것을 발견했다. 종이에는 그녀가 쓴
한마디가 적혀 있었다.

　'당신 영웅이 되었더군요. 학교 간부들이 당신을 접견할 때 당신의
그 거대한 저작을 출판할 수 있도록 비용을 제공해달라고 해보세요.'

　나는 루펑이 쓴 질투심 가득하고 뽕나무를 가리키면서 홰나무를 욕
하는 투의 제멋대로인 글에 잠시 멍한 표정을 짓고 있다가 이내 신문
을 집어들었다. 그러고는 신문에 게재된 사진을 보고 놀라움을 금할

수 없었다. 내가 학생들을 이끌고 모래바람에 대항하여 사투를 벌이는 장면을 담은 사진과 기사가 신문 전면을 차지하고 있었다. 기사 제목은 '칭엔대학 교수와 학생들, 몸으로 장성을 만들어 모래폭풍에 대항하다'였다. 내용은 네 부분으로 나뉘어 경성의 모래폭풍과 내몽고 사막지대의 지리적 근원, 경제가 빠르게 발전하고 있는 오늘날 사회의 근원과 정책적 편향에 관해 분석하고 있었다. 아울러 반 무•나 되는 넓은 편폭을 이용하여 칭엔대학 교수와 학생 들이 맨몸으로 장성을 만들어 모래폭풍에 대항한 행동의 상징적 의미를 칭찬하면서 우리 모두를 이 시대의 진정한 지식인이자 정신적 영웅이라고 추켜세우고 있었다. 나는 이 기사의 찬미와 칭송을 한 구절 한 구절 읽으면서 마음이 하늘을 날 것 같고 집 안을 둥둥 떠다닐 것만 같았다. 갑자기 몸이 아주 가볍고 상쾌해지는(경솔하고 천박해지는) 것이 느껴졌다. 얼른 학교로 가서 사람들이 많은 곳에서 노래를 한 곡 부르고 싶었다. 그 자리에 서서 목이 터지도록 외치고 싶었다.

나는 서둘러 세면을 하고 옷을 입은 다음 신문을 들고 집을 나섰다. 아래층으로 내려와보니 뜻밖에도 날씨가 비온 뒤의 파란 하늘을 선사하고 있었다. 어젯밤까지만 해도 모래바람이 가득 메운 가운데 온통 어둡기만 하던 하늘이었는데 바로 다음날인 오늘은 햇빛이 찬란하고 만 리에 구름 한 점 없는 하늘로 변해 있었다. 학교 도처에는 청소를 하고 있는 청소부들 천지였고 어디서나 쓰레기차를 볼 수 있었다. 공기 중에는 코를 자극하는 비릿한 모래 냄새와 바람에 날려 부러진 나뭇가지의 목즙 냄새가 가득했다. 고개를 들어 길가의 나무 꼭대기로 눈길을 돌려보니 녹색과 회색이 뒤섞인 무성한 나뭇잎 사이로 하얀 꽃

● 畝. 중국식 논밭 넓이의 단위로, 1무는 약 99제곱미터 정도임.

과 잘려나간 그루터기, 그리고 부러진 가지들이 잔뜩 걸려 있었다. 나는 잘린 그루터기와 부러진 나뭇가지 아래를 지나 과사무실로 향했다. 보다 많은 사람들과 얘기를 나무면서 신문 기사에 관해 말하고 싶어서였다. 과사무실로 가면서 일부러 모퉁이를 두 개나 우회한 다음 마지막으로 학과장 사무실로 들어갔다. 학과장은 사무용 테이블 앞에 앉아 있었고 테이블 위에는 〈황성만보〉〈경성청년보〉〈환경보호보〉〈국토자원보〉〈중국청년보〉〈광명일보〉〈성시건설보〉 등 다양한 신문들이 쌓여 있었다. 이런 신문들이 어디서 기차를 타거나 승용차를 타고 학과장 사무실까지 와서 그의 책상 위에 가지런하게 놓여 있는 것인지 알 수 없었다. 게다가 신문마다 학생들을 이끌고 거대한 모래폭풍에 대항하는 사진이 게재되어 있었고 하나같이 칭옌대학이 어제저녁에 사람들의 몸으로 장성을 만들어 모래폭풍에 저항한 사건을 보도하고 있었다. 어떤 기사에는 '명문대학이 모래폭풍에 대항한 것은 무엇을 우려한 것일까?'라는 제목이 붙어 있고 어떤 기사에는 '인간 방패로 바람에 저항한 그 정신은 산이 되기에 충분하다'라는 제목이 붙어 있었다. 어떤 신문에서는 사진 위쪽에 대문짝만 한 글자로 '위대하다! 위대하다! 위대하다! 장거였다! 장거였다! 장거였다!'라는 표제를 붙이기도 했다. 하룻밤 사이에 갑자기 온통 이런 사진과 보도가 쏟아졌다. 엄동설한에 갑자기 봄이 오고 백화가 만발한 것 같았다. 믿을 수도 없고 받아들이기도 어려운 일이었다. 동시에 믿지 않을 수 없고 받아들이지 않으면 안 되는 일이었다. 우리는 머리가 혼미하면서도 맑았고 오만하면서도 창피했으며 부끄러우면서도 자랑스러웠다. 그리하여 얼굴을 붉힌 채 흥분하여 학과장의 사무용 테이블 앞에 서서 말했다.

"칭 선생님, 우리 중문학과는 어제 가장 큰 공을 세웠습니다. 정말로 모래폭풍에 대항한 것은 전부 우리 문과생들이었습니다. 그리고 문과 중에서도 맨 앞에 섰던 것은 우리 중문학과 학생들이었지요."

학과장이 고개를 들어 나를 바라보았다. 얼굴에는 의심이 가득했다. 노란 색에 파란 줄이 쳐져 있는 천 같았다.

나는 중문학과에서 모든 학생에게 일등공을 추서하고 장학금을 줘야 한다고 말했다.

학과장은 신문을 정리하여 책상 한쪽에 가지런하게 모아둔 다음 몸을 일으켜 나를 쳐다보았다. 마치 함부로 자기 사무실로 쳐들어온 한 마리 원숭이를 쳐다보는 것 같은 눈빛이었다. 내가 말했다.

"정말입니다. 신문을 보시지 않았습니까? 학교와 국가교육부에서 우리 문과 학생들을 표창하고 중문학과에 거액의 장학금이나 프로젝트 비용 또는 문과 프로젝트 기금을 제공할 게 분명합니다. 청 선생님, 저는 다른 요구는 없습니다. 돈을 준다면 과에서 제 저작을 중점 출판물로 지정하여 지원해줄 수 있기를 바랍니다. 또한 국가학술 성과상을 보고할 때 제 『풍아지송』을 우선적으로 고려해주시기를 바랍니다."

그러면서 내가 한참을 얘기했는데도 왜 대답이 없느냐고 따져 물었다. 그렇게 이 양커의 머리에 문제가 생기기라도 한 것처럼 쳐다보지 말라고 말했다. 정말 내 머리에 물이 들어간 것처럼 그런 눈빛으로 쳐다보지 말아 달라고 부탁했다.

그는 눈빛을 거둬들이고는 책상 위에 있던 한무더기의 신문을 둘둘 말아 옆구리에 끼면서 말했다.

"양 교수, 나와 함께 총장님한테 가봅시다.

총장님이 양 교수를 데려오라고 했는데 마침 잘 찾아오셨소.

어서 갑시다. 총장님께서 사무실에서 우리를 기다리고 계실 거요."

우리 두 사람은 함께 문을 나섰다.

그가 앞에 서고 내가 뒤에 서서 사무실을 나오자 모든 학생이 찬미와 존경의 눈빛으로 우리를 바라보고 있었다. 개선하는 카이사르를 기다리는 것 같은 표정이었다. 그 눈빛들 속에 윤나는 존경과 분홍빛 행복이 가득했다. 신도들이 갑자기 교주를 만나고도 자신들이 교주를 만났다는 것을 믿지 못하는 것 같은 표정이었다. 나는 학생들에게 오늘 신문을 보지 못했느냐고 물었다. 학생들은 고개를 끄덕이며 내게 텔레비전 방송에도 보도되었고 인터넷에도 이런 기사와 사진이 가득하다고 말했다. 나에 대한 칭송과 존경이 천지를 뒤덮고 있다고 했다. 나는 아버지처럼 한 여학생의 머리를 쓰다듬어준 다음 곧이어 한 남학생의 볼을 만져주었다. 또는 어깨를 가볍게 두드려줌으로써 모든 것이 이제 시작이고 놀라운 상황은 나중에 펼쳐지게 될 것임을 암시해주었다.

나는 그렇게 학생들의 눈빛에 둘러싸인 채 과사무실에서 나와 학과장을 따라 총장 사무실로 가고 있었다. 교정을 가로지를 때는 마치 엄청난 박수소리를 통과하는 영웅 같았다. 모둔 눈길이 열렬한 부러움(과 질투), 칭송을 담고 있었고 모든 안부인사가 뜨겁고 친절하고 정중했다. 학교 사무동 엘리베이터에서 엘리베이터를 조종하던 아가씨는 나를 보고는 황급히 신문을 꺼내어 펼쳐보더니 신기하다는 듯한 표정으로 나를 바라보았다. 그 얼굴에 금세 붉은빛이 감돌았고 촉촉한 길상과 조화의 기운이 가득했다. 금방이라도 무슨 일을 저지를 것 같아 보였다(아마도 내게 사인을 해달라고 하려던 참이었나보다). 그러나 잠시 주저하던 그녀는 자신의 이성에 압도되고 말았다(사실 그녀는 자신을 극복할 필요가 없었다. 사인을 해달라고 했다면 내가 틀림없이 해주었을 것이다).

엘리베이터에서 내리면서 실현되지 못한 자신의 충동 때문에 그녀가 후회하는 모습이 보였다. 얼굴에 분을 한 겹 바른 것처럼 유감이 선명하게 드러났다. 총장은 사무동 건물 팔층에서 가장 안쪽에 있었다. 복도의 벽이 눈처럼 하얗고 아주 조용한데다 바닥에는 수입 대리석이 깔려 있어 밟으면 마치 면직물 위를 걷는 것처럼 부드러운 공간에 앉아 있었다. 솔직히 말해서 칭옌대학에서 이십 년 넘게 일하면서 총장실을 찾아가는 것은 이번이 처음이었다. 불안한 마음에 안절부절못했고 격동이 멈추질 않았다. 손바닥에는 땀이 흥건히 배어 있었다. 그 조용한 복도를 걷는 동안 마치 황제를 알현하기 위해 혼자 궁정 안을 걷고 있는 것 같은 느낌이 들었다. 다행히 학과장 청 교수가 내 앞에서 길을 안내해주었고 총장실 앞에 이르러 문을 두드릴 때는 웃으면서 나를 한 번 돌아보기도 했다.

나는 총장이 왜 날 찾는지 뻔히 알면서도 짐짓 무슨 일로 날 부른 거냐고 물었다.

학과장이 빙긋이 웃으면서 되물었다. "복도에 퍼져 있는 포르말린 냄새를 맡았나요?"

나는 도대체 무슨 일이냐고 반복해서 물었다.

그는 포르말린 냄새가 너무 진하다고 했다.

그런 다음 우리는 문을 두드리고 안으로 들어갔다. 총장실은 과연 총장실다웠다. 학교 당위원회 회의실과 크기가 똑같았다. 보통 가정의 응접실 세 개를 합친 크기였다. 벽 쪽은 전부 책장으로 채워져 있고 책장에는 각종 서적과 자료, 누런 크라프트지 공문서와 갈색 하드커버 서류 등이 들어차 있었다. 도서관 서적들처럼 서로를 밀쳐대며 책장을 가득 채운 책들은 뼈만 보이고 살은 보이지 않았다. 나는 문가에 서서 책장을 힐끗 쳐다보다가 이어 책장을 따라 세 자 간격으로 늘어놓은 난초와 고무나무, 브라질 천년목, 그리고 이름을 알 수 없는 다양한 화초들을 보았다. 다시 한번 화초들을 빙 둘러본 다음 둥그렇게 원을 그리며 놓여 있는 수입 소파와 소파 앞의 테이블, 그리고 테이블 위의 서류와 신문, 연필꽂이와 찻잔, 만화책과 스탠드, 스테이플러와 손톱깎이, 탁상용 달력과 냅킨, 전화기와 고소장, 그리고 나와 학과장을 바라보는 총장의 표정과 침묵과 마주했다.

그는 테이블 앞 회전의자에 앉아 우리 둘을 한 번씩 훑어본 다음, 손에 들고 있던 홍콩의 영자신문을 테이블 위로 던져놓았다(마치 입을 닦고 난 냅킨을 버리는 것 같았다). 그런 다음 온기라고는 조금도 찾아볼 수 없는 차가운 얼굴로 우리 두 사람을 쳐다보았다. 멀찌감치 떨어져 있어 신문 지면에 어떤 글과 내용이 게재되어 있는지는 제대로 볼 수 없었지만(원래 내 영어단어 실력은 농민들의 메마르고 척박한 땅과 다르지 않았다), 몇 미터 떨어져 있어도 신문에 실린 칭옌대학의 사제가 함께 모래폭풍에 맞서고 있는 그 커다란 사진은 볼 수 있었다(맙소사! 그 신문은 빠르기가 경마장의 말과 같았다!). 이어서 다시 늙은 총장의 얼굴을 쳐다보았다. 그의 침묵은 몹시 어두웠다. 마치 누군가 그의 얼굴에 무거운 벽돌과 쇠를 한 판 얹어놓은 것 같았다.

"장 총장님."

학과장인 청 교수가 낮은 목소리로 입을 열었다.

"양 부교수가 왔습니다."

총장은 나를 위아래로 한 번 훑어보았다.

"신문도 전부 찾았습니다."

학과장은 이렇게 말하면서 옆구리에 끼고 있던 신문 한 다발을 총장의 책상 위에 내려놓았다.

"전 이만 가보겠습니다. 일이 있으시면 다시 전화해주십시오."

학과장은 총장실을 나갔다. 새끼 양을 황야에 버리듯 나만 그 방에 남겨두고 가버렸다. 그가 나가자 좀 불안하고 긴장이 되기 시작했다(어려서부터 큰 인물을 만나는 게 두려웠다). 그때 총장은 집안의 물건을 몰래 훔쳐다 팔아먹은 아들을 바라보는 듯한 눈길로 나를 바라보고 있었다. 전체적으로 붉으락푸르락한 얼굴에 약간 희고 노란 부분도 없지 않았지만 눈빛은 갈수록 더 날카롭고 뾰족한 빛을 내뿜고 있었다. 그 눈빛으로 내 옷을 전부 벗겨버릴 듯한 기세로 쳐다보고 있었다. 총장은 나이가 이미 예순다섯이라 반년 혹은 삼 개월 후면 곧 퇴직하고 이 총장실 안에 있는 모든 것을 리광즈에게(아니면 다른 누군가에게) 넘겨주게 될 것이었다. 그런 그가 퇴직을 앞두고 학교의 모든 교수와 학생이 바람과 모래에 맞선 사건에 맞닥뜨리게 되었고, 하늘에 바람과 구름이 가득한 이 사건이 그의 인생에 소나기와 우박을 몰아오게 되었던 것이다. 내가 입을 열었다.

"장 총장님, 어떤 일로 절 찾으셨는지요?"

총장은 물을 마시고 싶으면 직접 따라 마셔도 좋다고 했다. 내가 총장실 안에 채광이 너무 좋지 않다고 하자 그는 모든 게 이 보잘것없는 화초들 때문이라고 말했다. 내가 엉덩이를 반쯤 소파 가장자리에 걸치고 앉으면서 물었다.

"어젯밤 모래폭풍에 대항했던 일에 관해 보고받고 싶어서 절 부르셨나요?"

그가 말을 받았다. "정말 영광이에요. 우리 칭옌대학이 이렇게 대단한 줄 몰랐네요."

나는 어색한 표정으로 웃으면서 말했다. "모든 신문이 제가 학생들을 조직해서 대로에 나가 인간 방풍벽을 만들었다고 보도하고 있지만 사실은 학생들과 함께 제가 마땅히 해야 할 일을 한 것에 불과합니다."

총장이 의자를 돌려 앉으며 차가운 얼굴로 내게 말했다. "축하합니다. 영웅이 되셨더군요. 칭옌대학도 다시 한번 국제적으로 지명도를 높이게 되었고요. 전 세계의 매체들이 어젯밤부터 우리 학교로 시선을 집중하게 되었거든요."

내가 물었다. "그게 정말입니까? 그럴 리가 있겠습니까?"

"어쨌든 잘됐어요."

총장은 코웃음을 한 번 치고는 잠시 나를 쳐다보았다. 그러더니 어제가 몇월 며칠이었는지 아느냐고 물었다.

"어제가 몇월 며칠이었는지 정말 몰랐단 말입니까?"

그러면서 바로 앞에 놓여 있던 탁상용 달력을 집어들고는 몇 페이지를 뒤적거리다가 나를 향해 내밀었다. 그다음 손가락으로 한 날짜를 가리키면서 말을 이었다.

"이제 아시겠어요? 안 보여요? 어제가 무슨 날이었는지 이제 생각이 나십니까?"

알고 보니, 알고 보니 어제가 6월 4일[12]이었다.

총장은 달력 위 6월 4일 날짜에 붉은 펜으로 물음표 세 개를 쳐놓았다. 그리고 그 물음표 뒤에 느낌표 세 개를 쳐놓았다.

그는 초조하고 불안한 마음으로 내게 많은 얘기를 했다. 그리고 마지막으로 어쩔 수 없다는 표정으로 말했다.

12 6월 4일은 1989년 중국에서 '부패척결과 자유쟁취'를 주장했던 육사학생운동 기념일이다. 중국에서는 이 운동을 '진압된 육사폭동'으로 부르고 있고, 해외에서는 '유혈 진압된 민주학생운동'으로 부르고 있다.

"양 부교수, 이만 가보시오. 하지만 조심하지 않으면 안 될 거요. 이번 항풍抗風사건은 당신이나 내가 학교 안에서 생각하는 것보다 훨씬 크고 중요한 일이란 말이오. 구미 국가들의 태도와 해외 매체들의 관심도에 주목해야 하고 교육부의 태도와 이 사건이 국가 지도자들을 얼마나 자극하느냐 하는 데도 촉각을 곤두세워야 할 거요."

나를 문가까지 배웅한 총장은 가볍게 손을 내저으며 말했다. "사태를 잘 지켜봅시다. 때가 되면 양 부교수 당신이 국가와 학교의 이익을 위해 모종의 희생을 해야 할지도 모르겠소. 양 부교수가 대국을 생각할 줄 아는 지식인임을 잘 알기에 이렇게 사무실로 불러 허심탄회하게 얘기를 나눠보려 했던 것이오."

그런 다음 우리는 서로 악수하고 헤어졌다. 그의 손은 부드러우면서도 따뜻했다. 예순다섯 살이나 된 노인의 손 같지 않았다. 비단을 만지는 듯한 느낌이었다.

총장은 내가 엘리베이터까지 가는 것을 보고서야 자신의 사무실로 돌아갔다. 하지만 나는 엘리베이터를 타지 않았다. 그가 방문을 닫는 걸 보고 나서 잠시 엘리베이터 앞에 멍하니 서 있다가 부총장 사무실로 들어갔다. 내가 말했다.

"부총장님, 전 어제가 무슨 날인지 정말 까맣게 잊고 있었습니다. 사태가 국가와 학교에 불리하게 돌아간다면 간부들에게 좀더 담대해질 것을 부탁드리고 싶습니다."

이어서 학교 당위원회 서기의 방으로 들어가서 말했다.

"첸 서기님, 어제 제가 학생들과 함께 바람과 모래에 대항하는 일에 나서지 말았어야 했다는 생각이 드는군요. 당시에 저는 어제가 몇월 며칠인지 전혀 의식하지 못했습니다. 일단 상부에서 어제 일을 문제

삼고 있으니 서기님께서 저를 위해 몇 마디 말씀 좀 잘해주셨으면 합니다."

후 부총장의 사무실에도 들어가서 말했다.

"후 부총장님, 조직에 자아검토를 하기 위해 찾아왔습니다. 저는 어제 바람과 모래에 대항했던 사건의 심각성을 잘 알고 있습니다. 필요하다면 서면으로 자아검토서를 써서 교수님들과 학생들이 전부 모인 자리에서 자아검토를 하고 싶습니다."

나는 리광즈의 사무실에도 들어갔다. 자리에 앉아 있던 그는 나를 보자 깜짝 놀라는 눈치였다.

그가 놀란 표정으로 나를 바라보았다.

어쩔 수 없다는 듯이 나는 무력한 미소를 지었다.

황급히 자리에서 일어난 그는 무척 친절한 모습을 보였다.

나는 문을 닫았다.

방 안에 있는 소파를 가리키며 그가 내게 앉으라고 권했다.

그의 책상을 마주한 나는 엄청난 잘못을 저지른 아이처럼 서 있었다. 그러다가 어색한 미소를 지으면서 입을 열었다.

"리 부총장님, 저는 지금 어제저녁에 있었던 사건의 심각성을 철저히 깨닫고 있습니다. 어제가 몇월 며칠이었는지 잘 몰랐던 겁니다. 그리고 어제 당직이 부총장님이셨다는 사실도 전혀 몰랐습니다. 하지만 누가 당직이었던 간에 학생들과 함께 항풍운동을 벌이지 말았어야 했습니다. 저는 부교수이긴 하지만 유명 교수이고 학생들은 젊은 피가 끓고 있어 자연스레 그들을 조장하고 지지하게 된 셈일 뿐입니다. 게다가 공교롭게도 어제는 또 그렇게 민감한 날이었던 거지요. 이제 와서 생각해보니 저와 학생들이 외국 매체들에 이용당할 가능성이 컸던 것 같습니다. 정부 업무에 일정한 부담과 영향을 미쳤을 가능성이 컸던 것 같군요. 확실히 제가 학교에 미안하고 조직에 미안하고 국가에 미안한 짓을 한 것 같습니다. 정중하게 부총장님과 조직에, 그리고 국가에 사죄를 드립니다. 조직에서 절 이해하고 용서해줄 수 있기를 바랍니다. 정부에서 저를 이해하고 용서해줄 수 있기를 바랍니다. 국가가 저를 이해하고 용서해줄 수 있기를 바랍니다. 학교의 모든 업무에 잘 협조하여 큰 일이 작은 일이 되고 작은 일은 없던 일이 될 수 있도록 힘쓰겠습니다."

아울러 루펑과의 일은 아무에게도 말하지 않았으니 걱정하지 않아도 된다고 했다.

그 일에 관해서도 내가 절대로 팬티를 감추지 않았다는 사실을 믿어줘야 한다고 말했다. 믿지 못하겠다면 다시 한번 그의 면전에서 무릎을 꿇을 수도 있다고 말했다.

나는 정말로 리 부총장의 면전에서 다시 무릎을 꿇었다(세번째였다). 이번에는 무릎을 꿇자 두 다리가 풀리고 얼굴에 땀이 흘렀다. 풀한 포기가 커다란 나무 앞에 쓰러진 것 같았다. 한 그루 나무가 거대한 산 앞에 쓰러진 것 같았다. 무릎을 꿇은 채 얼굴 가득 눈물을 흘리며 말했다.

"리 부총장님, 이 양커가 진심으로 부탁드립니다. 어제 모래폭풍에 대항할 때 저는 정말로 어제가 몇월 며칠인지 기억하지 못했습니다. 6월 4일이라는 사실을 정말 몰랐습니다. 제발 부탁입니다. 다음에 학교 지도자들이 회의를 열어 저와 학생들이 모래폭풍에 대항한 일에 관해 조사하게 되면 저를 위해 말씀 좀 잘해주세요. 어제가 몇월 며칠인지 정말 몰랐다고 꼭 좀 말씀해주세요."

나는 서기 네 명의 사무실로 찾아갔고 부총장 셋과 상무위원 둘의 사무실로 찾아가 나의 자아검토와 사죄가 더없이 진지하고 (가련할 정도로) 성실하다고 여러 번 반복해서 말했다. 그러면서 모든 것이 이미 지난 일이라고, 바람도 잦아들고 구름이 걷히고 해가 떠오르듯이 경성의 모래먼지도 우담발라°처럼 지나가버린 것이라고 치부했다. 그러나 바로 다음날, 사태는 예상했던 방향으로 빠르게 발전하기 시작했다. 경성 모처의 붉은 담장 안에서 흘러나온 세 가지 문건이 총장실에 도착했다. 학교 지도자들은 이 문건을 회람하고 각자 문서 위에 자기 이름을 쓰고 서명했다. 그런 다음 이 문서는 다른 문서와 함께 학교 당위원회의 회의실로 보내졌다.

이틀 후 저녁 여덟시, 내가 집에서 자아검토서를 쓰고 있을 때 학과장 청 교수가 사과와 바나나를 사들고 찾아왔다. 응접실 소파 옆에 그것들을 내려놓은 그는 내게 학교 당위원회 회의실로 가보라고 했다. 학교 간부들이 집단적으로 나와 대화를 나누고 싶어한다는 거였다.

나는 곧 학교로 갔다.

팔층에 있는 당위원회 사무실에 들어서니 모든 당 위원과 총장, 서기, 부총장 셋과 부서기 둘, 조직부장, 교무부장 등이 전부 모여 회의실 테이블에 앉아 있었다. 회의실 분위기는 차가우면서도 따스했다. 엄동설한 섣달에 얼음과 눈으로 뒤덮인 땅에 모닥불을 피워놓은 듯했다. 그 냉기와 열기는 한여름에 바람도 통하지 않는 방에 거대한 얼음을 잔뜩 쌓아둔 느낌이었다. 나는 엘리베이터에서 내려 회의실 문 앞에 서서 노크한 다음 안으로 들어갔다. 모든 사람들이 한눈에 들어왔다. 얼굴에 아주 강경한 침묵과 적막을 드러내고 있다가 나를 보자마자 모

● 삼천 년에 한 번 전륜성왕이 나타날 때 꽃 핀다는 인도의 상상 식물.

두 갑자기 미소를 띠기 시작했다. 그 홍조가 마치 화장한 여인들의 얼굴 같았다. 나의 출현이 성냥처럼 그들의 침묵과 죽음 같은 적막에 불을 붙였다. 회의실 안의 얼음처럼 차가웠던 공기는 이내 따스한 온기로 대체되기 시작했다(참을 수 없는 열기였다. 심장과 간에도 송글송글 땀방울이 맺히는 것 같았다). 총장이 나를 보더니 자리에서 일어서며 웃는 낯으로 말했다.

"양 교수, 앉으세요. 어서 이리 와서 앉으세요."

이렇게 말하면서 벽 쪽에 있던 의자를 하나 끌어당겨 내 옆에 놓아주었다. 이어서 서기가 자신의 가죽의자를 황급히 한쪽으로 밀어 내게 넓은 공간을 만들어주었다. 리광즈는 얼른 물을 한 컵 가져다 내 앞에 놓아주었다. 그러고는 테이블에 흘린 물을 자신의 손수건으로 닦았다. 이어서 부총장 하나가 자기 앞에 놓여 있던 재떨이를 내 쪽으로 밀어놓은 다음 내가 담배를 피우지 않는다는 사실을 뻔히 알면서도 주머니에서 아직 개봉하지 않은 중화 담배를 한 갑 꺼내어 재떨이 옆에 놓아주었다. 박사 과정 지도교수이면서 간부들을 전문으로 관리하는 조직부장도 와 있었다. 적어도 나보다 열 살은 더 먹은 사람이 학생처럼 어디서 준비했는지 과일 쟁반을 하나 가져왔다. 쟁반 안에는 수박과 사과, 바나나, 태국 배, 싱가포르 복숭아 등이 화려하게 담겨 있었다. 달콤하고 향기로운 냄새가 사람들의 코를 자극했다(눈처럼 하얗게 번쩍이는 과도는 날카로운 한기를 품고 있었다). 나는 과일을 먹지도 담배를 피지도 않는다고 말했지만 사람들은 억지로 이런 것들을 내 앞에 가져다놓았다. 모두들 직위가 높고 권력이 막강한 학교 지도자들이었지만 내가 그들보다 한 단계 더 높은 지위에 있는 인물이거나 국가에 몇 안 되는 지도자이기라도 한 것 같았다.

곧이어 집단적인 대담이 시작되었다.

총장이 사과와 과도를 집더니 잠시 머뭇거리다가 마침내 사흘 전 자신에게 배달된 세 건의 문서로 눈길을 돌렸다. 그러고는 제 발밑에 있던 가방에서 영어, 불어, 독일어, 이태리어, 스페인어, 일본어, 한국어로 된 신문 원본과 인터넷에 전재된 외국 글과 사진을 꺼내놓고는 차갑지도 않고 뜨겁지도 않은 말투로 입을 열었다.

"저는 먼저 여기서 칭옌대학의 당위원회를 대표하여 중문학과의 양 커 부교수께 사흘 전에 학생들을 이끌고 인간 장성을 만들어 모래폭풍에 대항하신 일에 대해 심심한 경의와 감사의 뜻을 전하고 싶습니다. 이제 양 부교수는 세계적인 유명인사가 되셨습니다. 덕분에 우리 칭옌대학도 세계적인 관심의 초점이자 중심이 되었지요. 미국의 〈뉴욕 타임스〉와 독일의 〈슈피겔〉, 영국의 〈가디언〉, 프랑스의 〈리베라시옹〉, 일본의 〈아사히 신문〉, 한국의 〈조선일보〉 등이 전부 헤드라인으로 칭옌대학이 오늘날 국가의 경제발전이 자연환경을 파괴하고 있는 상황에 커다란 불만을 갖고 있고, 이에 따라 6월 4일 저녁 거대한 모래폭풍이 불자 대학생들을 조직하여 인간 장성을 만들어 모래먼지와 바람에 대항했다고 보도하고 있어요. 우리는 이런 거사야말로 지혜가 가득한 일석이조의 실천으로서 현실을 공격하는 동시에 역사를 기념하는 일이라고 생각합니다. 지금 가장 심각한 문제는 전 세계가 주목하고 있는 이 행동과 소식이 정부에 거대한 부작용과 압력을 가하고 있다는 겁니다. 쿤룬산맥과 타이산을 옮겨다가 국가 지도자들의 머리와 어깨 위에 올려놓은 것과 마찬가지지요."

여기까지 말하고 나서 총장은 손에 들고 있던 한 무더기의 신문과 자료를 테이블 위에 내려놓았다. 그런 다음 한숨을 내쉬고는 쓴웃음을 지으며 다시 말을 이었다.

"저는 개인의 명의로 양 교수께 한 가지 상의를 드리고 싶습니다. 이 큰 사건을 작게 하고 작은 사건은 없던 것으로 하기 위해 예순다섯 살의 고령인 제가 양 부교수께 상의와 부탁을 드리고자 하는 겁니다. 양 교수께서 본인의 명의로 편지를 한 통 써서 국가 관계기관에 보내어, 이틀 전 저녁 모래폭풍에 대항할 때 그날이 몇월 며칠이었는지를 잊었을 뿐만 아니라 우리 학교의 지도층이 집단으로 달려나와 양 교수와 학생들의 행동을 저지했다고 말하는 겁니다. 일시적인 잘못된 판단으로 학생들을 조직하여 학교 밖으로 나가 바람과 모래에 대항했던 것이라고 말입니다."

총장은 이렇게 말하면서 손에 들고 있던 사과를 깎기 시작했다. 사과 껍질이 회의실 테이블에 떨어지면서 여인의 머리칼처럼 둘둘 말렸다. 얘기를 끝냈을 때는 사과가 다 깎여 있었다. 마지막으로 총장은 긴 한숨을 내쉬고는 애원하는 듯한 눈빛으로 나를 바라보면서 다 깎은 사과를 내 손에 쥐어주며 말했다.

"양 부교수, 내 건의를 신중하게 고려해주기 바랍니다. 학교와 국가를 위해 약간의 희생과 봉헌을 해주셨으면 좋겠다는 겁니다. 국가 지도자들의 어깨 위에 얹혀 있는 거대한 산을 조금이라도 줄여줬으면 좋겠단 말이에요."

말을 마치고 나를 바라보는 장 총장의 눈가가 촉촉이 젖어 있는 것 같았다. 그는 입을 굳게 다물고 울음으로 토해내고 싶은 슬픔을 억지로 뱃속에 쑤셔넣고 있는 것 같았다. 이어서 총장은 예순두 살의 서기에게로 눈길을 돌리며 말을 이었다.

"제 얘기는 이게 다입니다. 모두들 하실 말씀이 있으시면 지금 양 부교수께 해주시기 바랍니다."

이리하여 예순둘의 서기가 입을 열었다.

"양 부교수께서 국가 관계기관에 편지를 쓰신다면 이 한마디는 꼭 넣어주셨으면 합니다. 총장과 서기가 이 일 때문에 긴급 당위원회를 소집했고 위원들, 특히 총장과 서기가 그날 밤 양 교수와 학생들의 팔을 잡아끌어 인간 장성을 만들지 못하게 말렸었다고, 사실은 양 교수가 머리에 열이 나서 일시적인 판단착오로 학생들을 조직하여 교문 밖으로 나서게 됐던 것이라고 말입니다."

조직부장이 말을 이었다. "양 교수, 양 교수는 지금 저서를 쓰느라 시간이 부족하다는 걸 잘 압니다. 그래서 내가 양 교수를 대신해서 이미 편지를 다 써놨어요. 한 번 훑어보시고 서명만 하시면 될 겁니다."

교무부장이 말했다. "여기서 저는 먼저 양 부교수께 죄송하다는 말씀을 드리고 싶습니다. 몇 년 전부터 제가 학교의 직책평가심의위원회 주임을 맡고 있으면서 최근에 양 부교수를 정교수로 승진시키는 문제가 거론될 때마다 인원 제한을 비롯하여 여러 가지 이유로 평가심의위원회에서 양 부교수를 승진 명단에서 제외시켜왔습니다. 물론 저 역시도 찬성표를 던졌지요. 하지만 지금 생각해보니 제가 잘못했던 것 같습니다. 이제 여러분과 양 부교수께서 제게 잘못을 바로잡을 수 있도록 기회를 주시기 바랍니다. 올해 직책평가가 아직 다 마무리되지 않았으니 오늘 저녁 이 회의가 끝나면 제가 밤늦게라도 평가심의위원들을 소집하여 긴급 보충회의를 열어 양 부교수의 이름을 승진 교수 명단에 올려놓도록 하겠습니다. 뿐만 아니라 양 부교수의 이름을 우선순위에 올려놓도록 하겠습니다."

교무부장의 말을 듣고 부총장 하나가 발언을 이어갔다. "연말에 우리 칭옌대학에서는 모범 교수를 표창하면서 소정의 상금을 지급할 예정입니다. 저는 모든 일을 대국적으로 생각하고 국익을 중시하는 지식인으로서 양 부교수가 이런 표창을 받는 게 마땅하다고 생각합니다. 다른 사람들의 이견이 있더라도 저는 우수 지식인 표창에서 양 부교수 이름을 최우선 순위에 올려놓을 생각입니다."

또 한 명의 부총장이 말을 이었다. "저는 지금 학교에서 물자조달과 기초공사, 주택배분 등의 업무를 주관하고 있습니다. 저는 한평생 직권을 남용해본 적이 없습니다. 하지만 지금 이 시점에서 딱 한 번만 규정을 위반하고 싶습니다. 학교 명예교수들과 국가의 과학 연구에 이바지한 고급 지식인 및 전문가 들에게 제공될 사택이 곧 완공될 예정입니다. 저는 그 가운데 한 채를 양 부교수에게 주고 싶습니다. 이백 제곱미터 정도 되는 주택으로 방 다섯 개, 응접실 세 개, 화장실 세 개가 딸린 구조입니다. 다른 일반 교수들이 불만을 갖고 상부에 고발한다면 이에 관한 모든 책임을 제가 지도록 하겠습니다."

부서기 하나가 말할 차례가 되었다. 그는 한참을 망설이다가 겨우 한마디했다. "때가 무르익었다면 오늘이라도 양 부교수의 이름을 승진 교수 명단에 올리고 연말에는 양 교수를 중문학과 학과장에 임명할 것을 건의하는 바입니다."

결국 모든 사람이 발언을 마쳤다. 내게서 가장 멀찌감치 떨어져 앉아 있던 리광즈만 아무 말도 하지 않았다. 학교 지도자들의 시선이 그의 얼굴에 집중되었다. 그는 학교에서 교학 업무를 관장하고 있었고 루핑과 그런 일이 있고 나서 지금까지도 내가 자신의 팬티를 숨기고 돌려주지 않는다고 의심하고 있었다. 그래서인지 모든 사람의 여유로운 눈빛이 갑자기 자신의 얼굴 위로 몰리자, 그는 입을 굳게 다문 채 고개를 들어 나를 한번 쳐다보고 나서 높지도 않고 낮지도 않은 목소리로 말했다.

"저는 지금 제가 양 교수를 위해(그는 이미 나를 교수라고 부르기 시작했다) 무슨 일을 할 수 있을지 모르겠습니다. 하지만 양 교수께서 오 년이라는 긴 시간을 들여『시경』에 대해 전복과 재건의 의미를 갖는 중요한 저작을 완성하셨다고 들었습니다. 제목이『풍아지송—「시경」 정신의 근원에 관한 연구』라고 알고 있습니다. 원고가 완성되자 경성 안팎의 열 개가 넘는 권위 있는 출판사들이 원고를 차지하려고 머리가 터지도록 경쟁을 벌였다는 얘기도 들었습니다. 원고를 읽어본 사람의 말에 따르면『풍아지송』이 출판되기만 하면 전국의 문과 대학에서 근본적인 종교 토론이 활발하게 진행될 것이라고 하더군요. 어쩌면 양 교수의 저서『풍아지송』이 중국인들에게 다시금 자신들의 종교를 되찾고 영혼의 집을 찾게 해줄지도 모릅니다. 그래서 저는 이 저서의 출판을 위해 오십만 위안 혹은 백만 위안의 지원금을 특별히 비준하고, 책이 나오면 특별히 이 저작에 관한 갖가지 학술토론회를 개최하여 이 저서가 중국인들이 자신들의 종교와 문화로 귀의하고 회귀하는 교량과 통로의 역할을 할 수 있도록 할 생각입니다. 그리고 글자를 아는 모든 사람과 대학생의 필독서로 만들 계획입니다."

이것으로써 모든 사람의 발언이 끝났다.

모든 지도자의 발언이 마치 겨울날의 화로처럼 나를 완전히 구워버렸다. 어쩌나 온정이 넘치고 포근했던지 내 모든 모공에서 땀이 솟아나는 것 같았다. 회의실 분위기는 조용하면서도 뜨거웠다. 솥은 펄펄 끓고 있는데 물은 조금도 끓지 않는 듯한 느낌이었다. 그 열기에 심장과 폐가 다 젖는 것 같았다. 방금 샤워를 마친 것처럼 온몸이 덥게 느

껴졌다. 천지가 드넓기만 했다. 리광즈가 말을 마치자 모든 사람의 눈
길이 내게 집중되었다. 모든 눈빛이 말라죽은 나무에 꽃이 피길 기다
리듯 애타게 나를 바라보고 있었다. 내 주변을 맴돌고 있었다. 굶주
린 아이들과 노인들이 손에 만두를 들고 있는 사람을 바라보는 것 같
았다. 내가 바로 그 만두를 든 사람이고 만두를 나눠주지 않으면 아이
들과 노인들이 그 자리에서 울부짖으며 비참하게 죽어갈 것만 같았다
(아마도 그들은 산과 바다가 포효하며 밀려오듯이 나를 향해 달려들
것이었다). 그 순간, 회의실은 더없이 조용했다. 죽음처럼 고요했다(마
치 황량한 들판에 있는 묘지에 몸을 누인 것 같았다). 공기가 무겁고
단단하게 뭉쳐 바위처럼 그 방 안에 있는 모든 사람의 머리를 내리누
르고 있는 것 같았다. 여름 밤 아홉시 또는 열시 쯤의 달빛이 등뒤에
있는 창유리에 비춰 비단처럼 흔들리며 일렁이고 있었다. 유백색의
바스락거리는 소리가 유리의 모공 속을 비집고 들어와 회의실에서 버
들솜이 흩날리듯 소리를 내며 날아다녔다. 총장과 서기 사이에 앉아
있던 나는 총장이 직접 깎아준 커다란 사과를 손에 들고는 총장과 서
기, 그리고 모든 학교 당위원회 위원들의 얼굴을 바라보고 있었다. 온
통 누렇고 퍼런 얼굴들이었다. 햇빛 뒤에 숨은 구름들 같았다. 나는 줄
곧 손에 쥐고 있던 사과를 과일 쟁반에 내려놓았다. 사과의 즙액 때문
에 젖은 왼손을 오른손에 문질러 닦았다. 이어서 문득 무언가를 깨달
은 것처럼 환하고 당당하게 한마디했다.

"지금 몇 시나 됐죠?"

총장이 벽에 걸린 시계를 보면서 시간이 벌써 꽤 늦었다고 했다. 그
러면서 양 부교수를 보호하기 위해 연구한 방안대로 착실하게 실천해
나아가자고 했다.

"양 교수, 양 교수가 이 일과 관련된 풍파에서 벗어날 수 있도록 우리는 양 교수를 당분간 병원에 입원시킬 생각입니다. 어떤 병원이 적당할까요? 당위원회의 의견은 양 교수를 학교 부속병원 정신과에 몇 달 동안 입원시키는 겁니다. 그렇게 되면 우리는 상부에 양 교수가 정신에 약간 문제가 있고 병세가 심해질 때마다 약간 이상행동을 보인다고 보고할 수 있게 되지요. 또한 국제 매체들을 위한 기자회견을 열어 사흘 전 양 교수가 학생들을 이끌고 모래폭풍에 대항했을 때는 마침 발작이 일어났을 때라고 밝힐 수 있을 겁니다. 그래서 학교 측에서도 여러 번 저지하려 했지만 효과적으로 저지할 수 없었다고 말입니다. 그러면 그 유별난 항풍운동은 국제적으로는 중국에 부정적인 영향을 가져오긴 했으나 단지 정신병 있는 한 사람이 유발한 돌발 사건으로서 중국의 환경 관리와는 실제적으로 아무런 관계도 없는 것으로 치부될 것입니다."

여기까지 말하고 나서 총장은 내 얼굴에 머물러 있던 시선을 다른 곳으로 옮겼다. 회의석에 앉아 있던 다른 위원들을 흘끗 쳐다본 총장은 잠시 입을 다물었다. 그러고는 혀로 자신의 얇고 시커멓고 메마른 입술을 핥다가 바로 앞에 놓인 물을 한 모금 마신 다음 거칠게 잔을 내려놓으며 말을 이었다.

"지금까지 우리가 견지해온 업무원칙은 민주와 평등이었습니다. 소수는 다수의 의견에 따라야 하고 다수는 민의를 따라야 합니다. 이제 중문학과 양커 부교수, 아니 양 교수에게 정신병이 있다고 생각하시는 분은 손을 들어주십시오. 동의하지 않으시는 분은 조용히 입을 다문 채 손을 탁자 위에 올려주십시오."

장 총장의 말이 떨어지자마자 서기가 가장 먼저 오른손을 머리 위로 치켜들었다. 뭔가를 선언하듯이 그의 손이 허공에 높이 걸렸다.

부총장 하나가 따라서 손을 들었다.

부서기 하나도 따라서 손을 들었다.

조직부장도 손을 들었다.

교무부장도 손을 들었다.

마지막으로 리꽝즈도 다른 사람들이 손을 드는 것을 보고 잠시 주저하다가 오른손을 높이 치켜들었다.

학교의 모든 지도자가 오른손을 들어 내게 정신병이 있다는 사실에 동의했다. 내일 당장 학교 부속병원 정신과로 가서 요양차 나를 입원시켜야 한다는 데에도 동의했다. 들린 그 손들이 마치 수많은 화살대가 테이블 위에 서 있는 것 같았다. 회의실 곳곳은 숲속의 쾌쾌한 냄새와 그들의 꽉 쥔 손바닥에서 나는 땀냄새로 가득차 있었다.

백구

비장한 이별

이 작품은 진한 석별의 정을 담고 있다.

白
駒

정신병원을 찾아가 입원한 것은 다음날 오전 아홉시 사십분이었다. 학생들 전부가 수업중일 때, 교육부 사장司長 하나가 직접 거대한 조사팀을 이끌고 찾아와 학교 숙소에 짐을 풀기도 전, 그 틈을 이용하여 나는 학교 병원 구급차를 타고 정신병원으로 향했다.

집을 나서기 전 루핑에게 작별을 고하며 나는 아주 감동적인 말을 한마디했다.

"루핑, 갔다가 금방 돌아올게. 지금까지 당신한테 잘못한 부분이 있더라도 마음에 두고 너무 원망하지 말아줘요."(그 비장한 표정이 마치 영원히 이별하는 것 같았다.)

그러고는 다시 말을 이었다.

"입원을 하긴 하지만 학교에서 어젯밤에 서둘러 내 부교수 자리를 정교수로 승진시키는 업무를 처리해줬어. 이제 우리는 둘 다 박사 과정 지도교수가 된 거요. 명실상부한 박사 과정 지도교수가 된 거란 말이오. 내가 입원했다가 다시 돌아오면 우리는『풍아지송』출판비로 백만 위안을 받게 될 뿐만 아니라 방이 다섯 칸에 거실이 셋, 화장실이 셋이나 딸린 대형 주택을 배정받게 될 거요. 학교 명예교수들과 같은 수준의 전문가 사택에서 살게 되는 거지. 그리고 아마 금년 내로 내가 중문과 학과장이 될 거요."

집을 나설 때 루핑은 내 짐을 들고 아래층까지 바래다줄 생각이었던 것 같다. 하지만 내가 그럴 필요 없다고 만류했다.

"나올 필요 없어. 아래층에 내려왔다가 남들이 보기라도 하면 내가 정말로 병이 났다고 생각하게 될지도 몰라."

과연 그녀는 나를 배웅하지 않았다. 그녀가 말했다.

"어서 가요. 안심하고 요양이나 잘 하세요. 저는 수업 준비를 해야 해요."

우리는 그렇게 집 안 거실에서 작별 인사를 나누었다. 헤어지기 전에 그녀에게 마지막으로 몇 마디 더 건넸다.

"리 부총장은 정말 좋은 사람인 것 같아. 어제저녁 거수로 표결할 때 한참을 주저하다가 맨 마지막으로 오른손을 들더라고. 게다가 그의 손이 가장 낮게 들려 있었어. 가장 결연하지 않았던 거지. 그에게 이 양커가 몹시 고마워하더라고 전해줘. 나는 정말 그의 팬티를 감추지 않았다고, 내가 그의 팬티를 감췄다면 나는 지식인도 아니고 교수도 아니라고, 내가 그의 팬티를 감췄다면 나를 평생 부교수로 남아 있도록 건의해도 좋다고, 내 부교수직을 일반 강사직으로 강등시켜도 좋다고 말해줘. 알았지?"

제4권 풍아송 風雅頌

학교 부속 정신과 전문병원은 황성의 정북 방향인 펑창현에 자리잡고 있었다. 시내에서 적어도 오십 킬로미터는 떨어져 있었고 산 아래 들판에 위치한 곳이었다. 병원은 마치 황량한 교외의 감옥 같았다. 환자 모두가 정신병을 앓고 있어 언제 무슨 일을 저지를지 모르기 때문에 황야에 아주 높은 담을 쌓아놓았다. 벽에는 철조망도 쳐져 있었다. 병원 담은 빨간 벽돌로 되어 있었다. 빨간 벽돌로 된 벽에는 '나에게 멍청함을 주면 너에게 올바른 정신을 주리라', '의사는 병을 치료하고 죽음에 처한 사람을 구조하고 부상자를 돌본다'라는 등의 표어와 구호가 적혀 있었다. 병원 입구의 경비원은 젊고 힘이 넘쳤다. 입구 안쪽의 꽃과 풀들은 부드럽고 아름답고 향기로웠다. 꽃과 풀이 있는 구간을 지나면 병원 맨 앞에 현대식 육층 진료소 건물이 있고, 그 뒤쪽으로는 A병동, B병동, C병동 등 세 병동 및 진료동 건물이 있었다. 그 나머지 공터에는 온통 소나무와 상록수, 화단과 잔디가 펼쳐져 있었다. 병원 전체가 화원과 마찬가지인지라 새소리와 꽃향기가 사람들을 마비시키고 마음을 서늘하게 해주었다. 이전에 어떤 사람이었든지 간에 이처럼 커다란 화원에 들어서서 정문 경비초소를 지나기만 하면 정신병 환자가 되었고, 환자가 된 이상 반드시 병원 관계자들에게 검사와 치료를 받아야 했다. 검사는 접수하고 진찰받은 다음 의사 선생이 책상 앞에 앉아 이것저것 물어보는 것으로 시작되는 게 아니라, 대문을 들어서는 순간부터 시작되는 것이었다.

내가 병원에 도착한 것은 오전 열한시 무렵이다. 교외의 햇살이 찬란했고 유월의 하늘이 피부에 와닿았다. 청록색 상쾌함이 모공을 통해 혈관으로 스며들었다. 도시에서는 찾아볼 수 없는 푸르게 빛나는 바람이 물을 실컷 빨아들인 보리 향기를 몰아와 들판을 마구 떠다니고 있었다. 나는 구급차 창문을 열고 끝없이 펼쳐진 창밖 논밭을 바라보면서 나를 병원까지 호송하는 학교 의사들과 얘기를 나눴다. 얘기하다보니 어느새 병원에 도착했다.

병원 대문 앞에 남자 둘과 여자 하나가 기다리고 있었다. 의사와 간호사 들이 시간 맞춰 나와 나를 기다리고 있었던 것이다. 학교 구급차가 대문 앞에 멈추자 그들은 얼른 다가와 학교에서 온 의사들과 악수를 나눈 다음 인수인계와 서명 절차를 진행했다. 무슨 물건이라도 되는 양 나는 학교에서 정신병원으로 넘겨졌다. 두 명의 중년 남자 의사와 젊은 간호사 한 명만 남았다. 그들은 서로의 얼굴을 한 번 쳐다보고는 이내 눈길을 내게로 돌렸다. 의심 가득한 눈빛으로 나를 훑어보던 그들은 곧장 내 짐을 들고 나를 안내하여 병원으로 들어갔다. 병원 진찰실을 지나 몇십 미터쯤 갔을 때 나는 내가 이곳에 온 목적이 요양을 하는 것이라고 말했다. 두 사람은 나를 쳐다보며 웃었다.

나는 내게 아무런 병도 없다고 말했다.

그들은 또 나를 향해 웃음을 보였다.

나는 내가 칭옌대학 교수이자 전문가이며 유명 교수라고 말하면서 학교에서 나를 자세히 소개하지 않았느냐고 물었다.

그들은 나를 향해 또 한번 고개를 끄덕이고는 서로를 바라보면서 입을 오므린 채 웃었다. 그사이 우리는 진찰실 로비에 도착했다. 로비는 사람 하나 없이 텅 비어 있었다. 간호사 하나가 약을 나르는 카트를 밀고 지나갈 뿐이었다. 간호사는 흰 가운을 입고 있었다. 사방의 흰 벽 아래로 지나가는 간호사의 모습이 마치 로비를 느릿느릿 떠다니는 유령 같았다. 이어서 우리는 엘리베이터 옆에 도착했다. 간호사가 엘리베이터 버튼을 누르자 키가 큰 의사가 갑자기 나를 붙잡고 몇 초 동안 뚫어져라 쳐다보면서 의심스러운 말투로 물었다.

"정말 아무 병도 없으십니까?"

나는 고개를 끄덕이며 병원이 참 깨끗하다고 했다.

의사는 엘리베이터의 상행을 표시하는 삼각형 버튼을 가리키면서 내게 그 버튼을 누르면 엘리베이터가 올라가는지 내려가는지 물었다.

나는 올라간다고 대답했다.

이번에는 하행 버튼을 가리키며 똑같은 질문을 했다.

나는 내려간다고 대답했다.

그는 또 주머니에서 엘리베이터 버튼과 똑같이 생긴 삼각형이 인쇄된 플라스틱 비닐막을 꺼내어 엘리베이터 버튼 왼쪽에 한 장, 오른쪽에 한 장 붙여놓았다. 두 이등변 삼각형의 한 각은 왼쪽을 가리키고 한 각은 오른쪽을 가리키고 있었다. 의사가 왼쪽 방향의 삼각형을 가리키며 물었다.

"상행 버튼을 누르면 엘리베이터가 올라가고 하행 버튼을 누르면 내려갑니다. 그럼 왼쪽 방향 버튼을 누르면 엘리베이터는 어디로 갈까요?"

나는 왼쪽으로 간다고 대답했다.

의사가 오른쪽 방향의 버튼을 가리키며 다시 물었다.

"그럼 이걸 누르면요?"

나는 오른쪽으로 간다고 했다.

그는 좌우 두 방향의 삼각형을 떼어내면서 다른 의사 및 간호사들과 잠시 눈길을 주고받았다. 그러고는 나를 엘리베이터에 태워 사층에 있는 전문 진료실로 데려갔다. 그런 다음 다시 A병동에 입원시켰다.

A병동은 정신병원의 고급병동으로서 위층과 아래층 병실 모두 호텔 같았다. 방 안에 침대와 테이블, 텔레비전, 화장실 등 없는 게 없었다. 뭔가 필요한 게 있을 때는 침대 머리맡에 달린 빨간 스위치를 누르면 언제든지 간호사가 달려왔다. 병실에는 또 온수기와 좌변기, 그리고 파란 커튼이 갖춰져 있었다. 파리채와 모기약도 있었고 하얀 빛과 파란 바람, 검은 공기와 의자도 있었다. 나의 치료와 관리를 맡게 된 의사는 장씨였다. 방금 입구에서부터 병원 안까지 나를 데려다준 키 큰 사람이었다. 나를 전문적으로 관리하게 될 간호사를 나는 자오 간호사라고 부르고 싶었다. 내 아내 루핑의 성이 자오였기 때문에 마음속으로 그냥 그녀를 자오 간호사라고 부르고 싶었던 것이다. 나는 육호 병실에 입원했다. 의사들과 간호사들은 약을 가져다주고 진찰을 할 때마다 항상 같은 말을 되풀이했다.

"아무 일 없으면 그냥 병실에 가만히 계세요. 쓸데없이 다른 병실에 왔다갔다하지 마시고요."

나는 방 안에서 움직이지 않고 조용히 그들을 기다렸다.

이렇게 팔십 일을 기다렸다(얼마나 얻기 힘든 기회인가!).

거의 석 달이 다 되도록 방 밖으로 한 걸음도 나가지 않았고 말도 많이 하지 않았다. 매일 초저녁에 참가하지 않으면 안 되는 병원 산책활동을 뺀 나머지 시간을 전부 방에서 텔레비전을 보거나 신문을 읽거나 『풍아지송』 원고를 한 문장, 한 단락씩 퇴고하거나 『시경』에 수록된 시 삼백다섯 수를 묵독하거나 암송하면서 보냈다. 이 길고도 짧은 시간을 나는 무척 알차고 평온하게 보냈다. 뜻밖에도 정신병원에 온 게 마치 집에 돌아온 것처럼 편했다. 그러던 팔월 말 어느 날, 간호사가 내게 의사 사무실로 가보라고 알려주었다. 그제야 어렴풋이 내가 벌써 정신병원에서 팔십 일을 살았고, 입원할 때 초여름이던 것이 이미 한여름이 되었음을 의식하게 되었다. 그동안 계절이 변한 것도 몰랐고 사정에 변화가 생긴 것도 몰랐다. 또 병원에 누가 입원해 들어오고 누가 퇴원해 나갔는지도 몰랐다.

계절이 변하면서 내 상황도 예전과 달라졌다.

나는 '풍'에 속한 시 백육십 수를 외울 수 있게 되었을 뿐만 아니라 '아'에 속한 시 백오 수도 거의 다 외울 수 있게 되었다. 그러나 오늘, 「대아」에 나오는 '민노民勞'[13]를 외우려 하던 순간, 간호사 하나가 루핑이 나를 만나기 위해 병원으로 찾아왔으니 어서 의사 당직실로 가보라고 알려주었다. 순간 나는 정신이 아득했다. 루핑이 나의 아내라는 사실도 잊고 있었고 자오루핑이라는 이름조차 어떻게 쓰는지 잊어버린

13 조정의 포악한 정책을 비난하는 시.

것 같았다. 그녀가 어떻게 생겼고 어떤 옷차림을 하고 다녔는지도 잘 기억나지 않았다. 한참을 말없이 생각에 잠긴 후에야 서서히 그녀의 이름과 모습이 머리에 떠올랐고, 그제야 나는 병실을 나와 천천히 의사 당직실을 향해 걸어갔다.

루핑이 나를 찾아온 것은 이번이 세번째였다. 그녀는 자신의 책임을 다하고 할 일을 하려는 것 같았다. 한 달에 한 번, 정확히 자신의 생리 기간에 맞춰 나를 찾아오는 것 같았다. 맨 처음 나를 만나러 왔을 때, 그녀는 내가 요구한 책과 『풍아지송』 원고를 병실에 넣어주었고 내 병실을 자세히 둘러보기도 했다. 두번째로 나를 만나러 왔을 때, 그녀는 차마 내 병실 안으로 들어오지는 못하고 그저 문 밖에 서 있기만 했다. 그리고 세번째인 이날은 아예 병실 문 앞에도 오지 않고 곧장 의사 당직실로 가서 나를 불러냈다. 나를 만난 시간도 약 삼 분 정도밖에 되지 않았다.

내가 말하지 않으면 그 삼 분 동안 나와 루핑이 무슨 말을 했는지 아는 사람은 이 세상에 아무도 없을 것이다. 그녀가 가고 난 뒤 내 성격이 왜 이리 난폭하고 불안하게 변해버렸는지, 왜 밥을 먹다 그릇을 내던졌는지, 왜 약을 먹을 때 물이 담긴 컵을 내던졌는지, 왜 체온을 잴 때 체온계를 창밖으로 내던졌는지 아는 사람은 아무도 없을 것이다. 나는 방 안에서 병실 복도까지 『시경전석』 한 권을 찢어 던지면서 돌아다녔다. 천상의 선녀가 꽃을 뿌리듯 시를 뿌리면서 돌아다녔다. 오호 병실 문 앞에서 칠호 병실 안까지 찢어진 시구들이 모기나 파리, 혹은 죽은 생쥐처럼 여기저기 나뒹굴었다. 그뿐만 아니라 나는 복도에 있는 쓰레기통과 가래통을 전부 발로 걷어차 가래가 강물처럼 바닥에 흐르게 했다. 그런 다음 문 앞에 서서 한동안 큰 소리로 웃어대다가 머리를 들고 하늘과 땅을 끌어당겨 이어놓을 기세로 목을 치켜세워 소리를 질러댔다.

"좆같은 칭옌대학!

좆같은 칭옌대학!

좆같은 나무!

좆같은 바람!

좆같은 모래폭풍!

좆같은 황성!

좆같은 하늘!

좆같은 땅!

좆같은 나라!

좆같은 간호사와 의사들!

다 좆같아, 씨발!

다 좆같다고, 씨발, 씨발, 씨발!"

내가 크게 소리를 질러대면서 제자리에서 펄쩍펄쩍 뛰자 A병동 모든 환자가 자다 말고 일어나 멀찌감치 떨어져서 나를 바라보거나 문을 걸어 잠그고 이불로 머리를 감싼 채 숨죽이고 있었다. 바로 이때 모든 의사와 간호사가 사방팔방에서 나를 향해 모여들고 있었다. 남자 의사들은 손과 발을 바삐 움직이고 있었고 여자 간호사들은 얼굴이 하얗게 질려 있었다. 그들은 설명의 기회도 주지 않고 여러 명이 한꺼번에 달려들어 나를 바닥에 눕히고 팔을 잡아당겨 등 쪽으로 꺾었다(이는 그들이 환자들을 치료할 때 사용하는 가장 효과적인 방법 가운데 하나였다). 그런 다음 나의 오른쪽 옷깃을 잡고 병아리를 잡듯이 나를 들어올려 내 눈길이 진료실을 향하게 했다.

원장(입원하던 날 사인을 하고 나를 A병동으로 보낸 그 늙은이)이 황급히 어디선가 달려오고 있었다. 얼굴이 새하얗게 질린 것이, 몹시 화가 난 것 같았다. 그는 잔뜩 모여 있던 사람들을 헤치고 내 앞으로 달려와 멈춰 서더니 나를 자세히 살펴보았다. 그러고는 내 팔을 붙잡고 있는 젊은 의사와 경비원(뜻밖에도 경비원이었다!)에게 낮은 목소리로 어떻게 된 일이냐고 물었다.

"미친 것 같습니다."

"당직 의사는 어디 있나?"

"어머니가 돌아가셔서 집에 갔습니다."

"이 사람을 내 사무실로 데려오게."

원장 사무실은 진료동 건물 가장 높은 층에 있었다. 엘리베이터를 타고 올라가는 동안 원장이 내게 뭔가를 물어볼 것이 분명했다. 상행 버튼을 누르면 올라가고 하행 버튼을 누르면 내려갈 겁니다. 그럼 왼쪽을 가리키는 삼각형 버튼을 누르면 어디로 갈까요? 혹은, 오른쪽을 가리키는 삼각형 버튼을 누르면 어디로 갈까요? 나는 이런 질문에 어떻게 대답해야 하는지 이미 잘 알고 있었다. 엘리베이터 문 앞에 도착한 나는 원장이 어서 내게 질문을 던지기를 기다리고 있었다. 하지만 원장은 아무것도 물어보지 않고 곧장 나를 엘리베이터 안으로 데리고 들어갔다.

내게 아무 말도 걸지 않은 그는 엘리베이터에서 내려 나를 곧장 자신의 사무실로 데리고 들어갔다.

그의 사무실은 여느 사무실과 다르지 않았다. 똑같은 책상과 의자가 있었고 전화와 소파, 다기, 공기, 그리고 지는 해와 벽 쪽에 놓인 화분 몇 개가 있었다. 유일하게 다른 점이 있다면 창문 쪽에 러닝머신이 놓여 있던 것이다. 러닝머신 벨트는 순수 절연체인 고무벨트가 아니라 고무벨트 안에 한 뼘 정도 되는 구리선을 박아넣은 것이었다. 손잡이 앞에는 게이지 조정기가 달려 있고 그 위에는 녹색, 빨간색, 흰색 등 여러 가지 색깔 버튼이 장착되어 있었다. 빨간 버튼은 전원 버튼이었다. 러닝머신의 전원을 켠 다음 녹색 버튼을 누르면 정상적인 운동기계가 되지만, 녹색 버튼을 안 누르고 흰색 버튼을 누르면 이 운동기계가 정신병을 위한 특수 치료기(이 치료기는 국가 의료기술 발명 부문에서 최우수상을 받았다)로 변했다. 막 입원했을 때 나도 B병동과 C병동에서 의사들이 이 치료기를 사용하는 걸 훔쳐보곤 했다. 새로 들어온 환자가 말을 듣지 않고 완강하게 버틸 경우 사람들은 예외 없이 그의 신발과 양말을 다 벗긴 다음 억지로 러닝머신 위에 올려놓곤 했다. 말은 러닝머신으로 체력과 심장을 측정한다고 하지만, 일단 환자가 러닝머신 위에 올라가고 의사가 웃으면서 흰색 버튼을 누르기만 하면 환자는 자신도 모르게 몸을 움직이게 되고 이어서 벨트 위를 미친 듯이 달리기 시작하면서 온몸을 떨게 된다. 전원 계기판 바늘이 움직이면서 전류가 구리선을 거쳐 환자의 발과 몸에 흐르게 되는 것이다. 이어 환자는 온몸이 마비되어 거세게 떨면서도 벨트 위에서 쉬지 않고 달릴 수밖에 없게 된다. 그 치료기 위에서 환자는 몸에 있는 모든 혈위가 바늘에 찔리는 것 같은 느낌을 받게 된다. 환자가 비명을 지르면서 벨트 위를 달리고 있는 동안 의사는 그 옆에서 태연하게 신문을 읽거나 차를 마시다가 어느 정도 시간이 지나면 계기판에 나타난 숫자와 환자의 비명, 환자가 흘린 땀과 표정 등을 살펴 계기판 위의 다이얼을 정방향과 역방향으로 번갈아 돌림으로써 치료기에 흐르는 전류의 세기를 조절한다. 이렇게 러닝머신 위에서 십오 분 내지 삼십 분 정도, 병세가

심할 때는 사십오 분 정도 물리치료를 하고 나면 환자의 목은 목소리
가 나오지 않을 정도로 쉬게 되고 두 다리가 후들거리면서 땀이 물처
럼 흘러 벨트를 축축하게 적시게 된다. 환자가 온몸이 녹초가 되어 스
스로 물리치료기 위에 쓰러지고 싶다는 생각이 들 때쯤이면 의사는 신
문 기사를 하나 다 읽고 물 한 잔을 다 마시고 나서 적시에 전원 스위
치를 눌러 전기치료기를 천천히 멈추게 한다. 환자는 진흙더미처럼 러
닝머신 벨트 위에 쓰러진다. 안색이 창백하고 입술이 새파란 것이 마
치 죽다가 살아난 사람 꼴이 된다.

　의사가 묻는다. "견딜 만한가요?"

　환자가 말한다. "선생님, 앞으로는 말썽 안 피우고 시간에 맞춰 약도
잘 먹고 주사도 잘 맞겠습니다."

　의사는 회심의 미소를 지으면서 간호사에게 환자를 병실로 데려가
라고 지시한다.

　나는 원장의 사무실에 이런 물리치료기가 있으리라고는 생각지도
못했다. 경비원과 의사에게 끌려 원장실 안으로 들어서자 경비원과 의
사는 나를 물리치료기 앞까지 끌어다놓고는 고개를 돌려 원장의 얼굴
을 쳐다보았다. 원장이 고개를 끄덕이자 두 사람은 나를 곧장 물리치
료기 위로 들어올렸다. 나는 그들이 내가 고함을 지르면서 물건을 마
구 내던지는 것을 보고는 틀림없이 내가 정신적으로 문제가 있을 뿐만
아니라 이미 그 정도가 상당히 심각한 상태라고 생각했다는 것을 잘
알고 있었다. 나는 이미 하늘의 계율을 어겼고 재난을 피해갈 수 없었
다. 내가 전기치료를 통과해야 한다는 것은 콩 심은 데 콩나고 팥 심은
데 팥 나는 것처럼 당연한 것이고 절대로 피할 수 없는 일이었다. 하지
만 원장이 내게 살길을 열어줄 수 있다는 사실도 잘 알고 있었다. 원장

은 얼마든지 사람들이 나를 물리치료기 위로 끌고 가지 않게 할 수 있었다. 그리하여 의사와 경비원이 함께 원장을 쳐다보는 순간, 나는 갑자기(적시에) 원장을 향해 무릎을 꿇었다(또 무릎을 꿇고 말았다). 그리고 애원하듯 간절한 말투로 말했다.

"왕 원장님, 저는 교수입니다. 제게 물리치료를 면하게 해주시면 안 되겠습니까?

왕 원장님, 제가 잠시 지식인으로서의 고상함을 잊었던 것 같습니다. 앞으로는 절대 물건을 때려부수는 일이 없도록 하겠습니다.

왕 원장님, 제가 이미 때려부순 물건들에 대해서는 고가로 병원에 배상하도록 하겠습니다."

원장은 내가 무릎을 꿇은 걸 보고 또 내 얼굴에 점 같은 두려움이 산처럼 쌓인 걸 보고는 문가로 다가가 문을 닫았다. 그런 다음 다시 돌아와 의자에 앉더니 나를 흘끗 쳐다보았다. 이어서 이미 돌아가신 나의 아버지처럼 긴 한숨을 내쉬면서 말했다.

"지식인님, 어서 퇴원해서 집에 돌아가 부인과 단란하게 생활하고 싶으신가요?"

나는 책의 첫 페이지를 열어 읽듯이 이렇게 말하는 원장의 입을 뚫어지게 쳐다보았다.

"지식인님, 지식인님은 칭옌대학에서 고전문학을 강의하시던 교수님이시지요?"

나는 고개를 끄덕였다.

"주로 『시경』에 관해 강의하셨고 또 『풍아지송』이라는 저서도 한 권 쓰셨지요?"

나는 또 고개를 끄덕였다.

이것이 유효했던 것 같다. 원장은 잠시 말을 멈췄다. 내게 어떤 처방을 내릴지 생각하는 것 같았다. 그가 다시 입을 열었다.

"선생께서는 지식인이신데다 『시경』을 강의하신 경력이 있으시니 병원에서 교양 있는 환자들을 상대로 『시경』을 강의하시면 어떻겠습니까? 시 한 수를 여러 번 반복해서 강의하셔도 좋습니다. 환자들이 선생의 강의를 듣기 싫어하기만 하면 됩니다. 선생의 강의에 박수와 환호성을 보내지 않기만 하면 되는 겁니다. 선생께서 강의하시는 동안 환자들은 함부로 떠들거나 마구 난동을 부릴지도 모릅니다. 서로 귓속말을 주고받거나 아예 퇴장해버릴지도 모르지요. 그렇게 되면 선생의 강의는 성공한 셈이 됩니다. 선생의 병은 완치될 것이고 곧 퇴원하여 댁으로 돌아가실 수 있게 될 겁니다."

강의 시간은 내가 원장실에서 나온 다음날 오전 아홉시 정각이었다. 장소는 환자들이 오락실로 사용하는 시청각실이었다. 시청각실은 A병동과 B병동 사이의 서쪽에 있는 방들 사이에 있었다. 크기는 보통 회의실보다 조금 큰 정도였다. 원래 시청각실 안에는 책상과 의자, 신문, 장기, 바둑, 먼지, 공기, 탁구대 등이 있었고 아주 오랜 세월 닫혀 있던 문과 자물쇠 위로 창문과 그 위에 드리워진 검은 커튼이 있었다.

그러나 뜻밖의 일이 발생했다. 그날 십 분 정도 일찍 도착했음에 불구하고 시청각실에 들어와보니 모든 기물이 어디로 갔는지 깨끗하게 사라져버리고 텅 빈 공간에 햇빛만 가득했다. 수십 명의 환자들이 흰 바탕에 남색 줄무늬가 들어간 환자복 차림으로 모여 있었다. 환자들은 시청각실 안에 질서정연하게 앉아 나를 기다리고 있었다. 그 모습이 마치 저 구석에 누워 있는 얼룩말 한 마리가 목이 말라 비가 내리기를 기다리고 있는 것 같았다. 칭옌대학 학생들이 유명인사 강연을 듣기 위해 기다리고 있는 것처럼 처음에는 분위기가 몹시 소란스러웠다. 떠드는 사람들도 있고 노래를 흥얼거리는 사람들도 있었다. 입을 크게 벌려 치아를 다 드러내면서 담배를 피우는 사람도 있었다. 하지만 내가 도착하여 문가에 모습을 드러내자 시청각실 안은 갑자기 쥐 죽은 듯이 조용해졌다. 떠들던 사람들은 입을 다물었고 담배를 피우던 사람들은 담뱃불을 껐으며 입을 크게 벌리고 웃던 사람들은 평평한 널판처럼 얼굴을 굳혔다. 모두들 옷깃을 여미고 단정한 자세로 앉아 고개를 들고 가슴을 폈다. 내가 언젠가 보았던 병영의 병사들이 회의를 하는 모습처럼 눈빛을 똑바로 하여 나를 바라보고 있었다. 이들 가운데 가장 나이가 많은 사람은 예순아홉이었고 가장 젊은 사람은 이십대였다. 이들 가운데 입원하기 전에 간부로 일했던 사람들도 있었고(그 가운데 다섯 명은 국급局級 간부였다) 회사 직원이었던 사람들도 있었으며 업체 주인이나 사장이었던 사람들도 있었다(부도로 회사가 문을 닫으면서 병이 생긴 사람들이었다). 대부분 가정 형편은 좋지만 수시로 갑자기 정신병 발작을 일으키는 바람에 부모나 자식들이 이 국립 갑급甲級 정신병원에 입원시킨 사람들이었다. 원장은 그들의 학력이 전부 대졸 이상이고 간간이 대학원을 졸업한 사람도 있다고 말했다. 이들 가운데 한 건축엔지니어는 화샤華夏대학 토목공학과에서 박사 과정을 밟던 학생이라고 했다. 그는 자신이 설계한 빌딩이 성공적으로 건축되지 못하고 중간에 무너져버리는 바람에 정신병을 얻게 되었고, 결국 이 병원의 C병동에 입원하게 되었다고 한다. 나는 이들이야말로 전 세계에서 가장 특이한 환자이자 학생들이라는 점을 잘 알고 있었다. 어제 얘기한 대로 이 환자학생들이 내 강의를 제대로 알아듣지 못하기만 하면 나는 이미 완치된 셈으로서 곧 퇴원을 할 수 있게 되는 것이다. 때문에 내 가슴에는 의욕이 가득했고 자신감이 넘쳤다. 그들에게 수천수백 년 전부터 사람들의 입에 자주 오르내리는 "착하고 아름다운 아가씨들은 군자의 좋은 짝이네", "복숭아를 던졌더니 자두로 이에 보답하네", "아름다운 여인 하나, 강 건너편에 살고 있네" 같은 시구를 설명해도 잘 알아듣지 못하리라는 것을 뻔히 알면서도 나는 유비무환의 자세로 만일의 상황에 철저히 대비하여 내가 『풍아지송』에서 반복적으로 인용했던 낯선 글자와 이상한 글자, 보기 드문 글자가 많이 나오는 시를 골라 강의를 진행하기로 마음먹었다.

나는 마음속으로 이미 치밀한 계산을 끝내고 만반의 준비를 갖춘 것처럼 당당하게 시청각실 안으로 들어서면서 마치 대학 강의실에 들어서듯 먼저 문가에서 걸음을 멈춰 환자학생들을 향해 점잖고 예의바르게 인사를 건넸다. 그러나 뜻밖에도 허리를 숙여 인사를 하는 순간, 시청각실 안에 있던 학생들(정신병 환자들)이 일제히 우레와 같은 박수를 보내면서 우리 학교 학생들이 총장의 훈화에 대해 환영의 뜻을 표하는 것처럼 나를 반갑게 맞아주는 것이었다. 텔레비전에 나오는 국빈 좌담회에서 강단에 올라 연설하는 외국 대통령을 환영하는 것 같기도 했다. 이처럼 과분한 대우에 나는 약간 기쁘기도 하고 놀랍기도 하여 어쩔 줄을 몰랐다. 고개를 들어보니 방 안에 가득한 생기 넘치는 수많은 얼굴과 박수소리가 하나하나 내 이마를 향해 달려오고 있었다. 학생들(환자들)은 다소 멍한 표정이긴 했지만 몸을 조금도 움직이지 않고 단정하게 앉아 있었고, 뜻밖에도 손에 노트와 펜을 들고 내 얘기를 받아쓸 만반의 준비를 갖추고 있었다. 『시경』에 관한 강의를 들으러 온 게 아니라 자신들의 병을 낫게 해줄 비방을 받아쓰러 온 사람들 같았다. 환자들이 『시경』에 관한 강연을 듣도록 조직한 사람은 원장이었다(그는 직접 환자들의 병력과 약력을 근거로 이 실험적인 수업을 고안했다). 원장을 비롯하여 몇몇 과의 주임들, 그리고 주치의들이 학생들처럼 환자복을 입고 맨 첫 줄에 환자들 사이에 섞여 앉아 앉았다. 환자들이 단정하게 앉아 있으면 그들도 단정하게 앉아 있었고 환자들이 박수를 치면 그들도 따라서 박수를 쳤다. 박수소리가 멈추는 순간 원장과 나의 눈길이 마주쳤다. 원장은 나를 향해 가볍게 웃으면서 고개를 끄덕였다.

"환자들이 선생님 강연을 경청하고 있네요. 박수까지 치면서 말입니다."

원장이 작은 목소리로 말했다.

"못 알아들었다면 벌써 퇴장했을 겁니다."

나는 맨 앞줄에 앉아 있는 원장과 부원장을 바라보면서 마음이 몹시 당황스럽고 머릿속이 아득하기만 했다.

"시작하세요."

원장이 말했다.

강의용 원고를 뒤적이기 시작하여 손이 닿는 대로 『풍아지송』 제4장 '『시경』의 나그네들이 고향으로 돌아가고자 하는 뿌리 깊은 정신 구조' 부분을 펼쳤다. 이번 강의의 서두를 열기 위해 나는 「위풍魏風」의 '척호陟岵'[14] 시를 한 번 읽어보고는 얼른 다시 덮어버렸다. 그런 다음 부드럽게 웃으면서 입을 열었다.

"학생 여러분, 오늘은 『시경』 정신의 존재에 관한 연구 가운데 가장

---

14 집을 멀리 떠난 사람이 고향을 그리워하면서도 고향으로 가는 길을 잊어버린 상황을 그린 망향시로, 작품 전체에 절망과 기대의 정서가 가득한 시.

전형적인 시에 관해 말씀드리고자 합니다. 이 시는 『시경』의 '풍', '아', '송' 가운데 '풍'에 속하고, '풍' 가운데 「위풍」에 속하는 시입니다. 바로 「위풍」의 네번째 시지요."

이리저리 돌려가며 여기까지 얘기하고 나서 나는 시 제목인 '척陟', '호岵' 두 글자를 칠판 위에 써놓고 이 두 글자를 아는 사람이 있는지 물었다. 그러고는 강단 아래 나를 빤히 쳐다보고 있는 눈동자들을 살폈다. 온통 희고 막막한 진주알들이었다. 아무도 대답을 못하자 나는 마음속으로 다소 위안을 느끼며 다시 얘기를 계속해나갔다.

"글자를 모르셔도 됩니다. 사실 저는 여러분 중에 이 두 글자를 아시는 분이 있을까봐 걱정이었습니다."

이어서 몸을 돌려 칠판에 이 두 글자의 병음 'zhi'와 'hu'를 한자 '陟'자와 '岵'자 옆에 써넣은 다음 다시 몸을 돌려 말했다.

"이 시 '척호'는 전부 세 단락에 열여덟 구로 되어 있고, 한자 총 여든 자와 표점부호 스물일곱 개로 이루어져 있습니다. 표점부호 가운데 아홉 개가 쉼표, 아홉 개가 마침표, 세 개가 콜론, 세 개가 느낌표, 세 개가 인용부호지요. 또한 한자 가운데 상용자는 서른 개뿐이고 나머지 글자는 대부분 잘 쓰이지 않는 글자입니다. 자주 사용되지 않는 글자 가운데 각종 판본의 『시경』 주석에서 병음과 설명을 달아놓은 것이 스물 내지 서른 개쯤 됩니다."

이렇게 대략 이 시의 행과 글자와 표점부호의 수에 관해 언급하고 가장 긴 문장이 몇 글자인지 등을 설명하고 나니 시간이 약 십 분 정도 소요되었다. 자세를 가다듬고 학생들을 바라보았다. 뜻밖에도 모든 학생이 책상 위에 고개를 숙인 채 필기를 하고 있었다. 방 안은 사각사각 글씨 쓰는 소리로 가득했다. 그 임시 강의실이 마치 무슨 고사장으로 변한 것 같았다. 글씨 쓰는 속도가 빠른 정신장애인들은 다 쓰고 나서 고개를 들어 나를 바라보고 있었다. 그들의 얼굴에 끼어 있던 아주 진하고 두터운 멍청함이 많이 연해져 있었다. 아무 생각이 없는 것처럼 허옇기만 하던 눈동자도 희미하게나마 검정색을 회복하면서 초점이 돌아오고 있는 것 같았다. 내 강의가 그들에게는 정말로 강의가 아니라 일종의 치료인 것 같았다. 시청각실 안에 야릇한 한기가 맴돌면서 내 몸 위아래로 스며들고 있는 것 같았다. 고개를 숙여 맨 앞줄에 앉아 있는 원장과 의사들을 쳐다보았다. 그들의 얼굴에 붉은빛 위안의 미소가 가득 퍼지고 있었다. 자신들의 실험이 확실하게 실증되기라도 한 것 같았다. 그들은 나를 바라보다가 다시 눈길을 원장의 얼굴로 돌렸다. 원장이 손목시계를 흘끗 쳐다보더니 내게 말했다.

"양 교수, 강의가 정말 훌륭했어요. 환자들이 전부 알아듣는 것 같더군요. 강의를 계속하셔도 좋을 것 같습니다."

이렇게 말하는 원장의 목소리는 전혀 크지 않았다. 하지만 그런 목소리를 들으며 춥지도 않은데 나는 몸을 떨었다. 토네이도와 모래폭풍이 내 몸 주위에서 형성되고 있는 것 같았다. 금방이라도 바람과 구름이 몰려오고 하늘이 무너지고 땅이 갈라질 것 같았다.

강의를 계속하지 않고 또다시 눈길을 강단 아래로 돌렸다. 모든 환자가 필기를 마치고 일제히 고개를 들어 나를 바라보면서 내가 어서 강의를 이어가기를 기다리고 있었다. 목이 말라 죽을 것 같은 사람들이 물 한 방울을 기다리는 것 같은 표정이었다. 나는 이미 모든 정신장애인의 눈빛 속에서 나에 대한 그들의 강력하고 무성한 갈망과 조바심을 읽고 있었다. 강의를 계속하지 않으면 전부들 정신병 발작을 일으켜 건물을 뛰쳐나가 높은 담장을 뛰어넘을 것만 같았다. 나는 이 수업을 끝까지 마치지 않으면 안 된다는 사실을 인식하기 시작했다. 이 시 '척호'에 관해 계속 설명하지 않으면 안 된다는 것을 깨달았다. 그리하여 방금 했던 말에 이어 이 시에서 필획이 가장 많은 글자가 어떤 것이고 필획이 가장 적은 글자가 어떤 것인지, 십 획 이상인 글자가 얼마나 되고 그 이하인 글자가 얼마나 되는지, 두 가지로 발음되는 글자는 어떤 것들이 있고 한 가지로 발음되는 글자는 어떤 것들이 있는지 설명하기 시작했다. 본말이 전도된 상태로 되지도 않는 소리들을 늘어놓으면서 시를 둘러싼 환경과 공기, 구름 색깔, 햇빛, 기류, 그리고 시 주변 백 리 밖을 날고 있는 새와 호수 안의 물고기, 산 위의 풀, 강 속의 물에 관해 얘기했다. 그러면서도 이 시가 담고 있는 고향에 대한 그리움의 이미지에 대해서는 한마디도 하지 않았다. 시의 구조와 대칭, 그리고 미학에 관해서도 얘기하지 않았다. 나는 한 무리의 여행객들을 이끌고 공원에 들어선 가이드처럼 깃발을 흔들고 손짓을 하면서도 의도적으로 사람들을 공원 안으로 데리고 들어가 구경시키는 것이 아니라 공원 입구 주변만 맴돌고 있었다. 마침내 벽에 걸린 괘종시계가 열시 정각을 가리키면서 한 시간 수업이 끝났지만 이 시 '척호'를 학생들에게 한 번 읽어주지도 못했고 함께 낭송하지도 못했다. 유람 시간이 끝났는데도 가이드가 여행객들을 공원 대문 안으로 데리고 들어가지 못한 것과 매한가지였다.

강의 탁자 위에 있던 『풍아지송』 원고를 집어든 다음 마지막으로 나는 강단 아래 정신장애인들을 흘끗 쳐다보았다. 그들의 얼굴에는 여전히 환자의 명청함과 무기력함이 남아 있었지만 그 명청함 밑에는 뜻밖에도 억제하지 못하는 갈망과 흥분, 감출 수 없는 만족감과 즐거움이 서려 있었다. 오십 분 동안 '척호'에 관해 강의하는 동안 나는 '陟'자의 뜻이 산에 오른다는 의미라는 것도 설명하지 못했고 '岵'자의 뜻이 나무가 있는 산이라는 것도 말해주지 못했다. 그들에게 '척호' 시 전문의 의미를 설명하지 못한 것은 두 말할 것도 없다. 오십 분 동안 온통 쓰레기 같은 말과 쓸데없는 말만 늘어놓았다. 그러고도 나는 수업을 마치려고 탁자 위에 놓여 있던 원고를 손에 집어들고 일부러 강단 아래 맨 앞줄에 앉아 있는 원장과 의사들, 그리고 정신병리학 전문가들과 눈을 마주치지 않고 방에 가득한 정신장애인들에게로 눈길을 향한 채 목을 쭉 뽑고는 큰 소리로 말했다.

"오늘 '척호' 강의는 여기까지 하겠습니다. 모두들 이 시를 이해하시겠지요?"

강단 아래 정적이 흘렀다.

두말할 필요도 없이 정신장애인들은 강의 내용을 전혀 알아듣지 못했던 것이다.

내가 다시 맨 앞에 앉아 있는 원장과 의사들의 얼굴로 눈길을 옮겨 뭔가 말을 하려는 순간, 강단 아래서 약속이라도 한듯 일시에 우레와 같은 박수소리가 터져나왔다. 미친 듯한 박수소리였다. 산이 소리치고 바다가 울부짖는 것 같았다. 춘삼월에 하늘에서 경칩의 뇌우가 쏟아지는 것 같았다. 원장 얼굴을 바라보던 눈길을 돌려 황급히 그 죽일 놈의 정신장애인들을 바라보면서 양손을 강단 아래를 향해 들어 박수를 저지했다. 이내 시청각실이 조용해지자 나는 또다시 약간 화가 난 목소리로 환자들에게 소리를 질렀다.

"알아들었으면 말을 하시고 못 알아들었으면 박수 좀 그만 쳐주세요. 알겠습니까? 알아들은 사람은 지금 자리에서 일어나주세요."

뜻밖에도 정말로 두 명의 환자가 잠시 주저하다가 자리에서 일어섰다.

곧이어 한 무리의 환자들이 따라 일어섰다.

이어 모든 환자가 자리에서 일어섰다. 온통 희고 파란 꽃이 펼쳐진 것 같았다. 정말로 몸을 일으켜 날아갈 준비를 하는 화려한 얼룩말 같았다. 이 얼룩말들을 노려보면서 나는 목이 터져라 소리를 질렀다.

"여러분, 정말로 제가 설명한 '척호' 시를 이해한 겁니까?"

환자들은 말이 없었다. 대신 또다시 산이 소리치고 바다가 울부짖는 듯한 박수소리가 터져나왔다.

나는 환자들을 향해 '척호' 시의 의미를 설명할 수 있는 사람이 있느냐고 물었다.

또다시 박수소리가 터졌다.

나는 '척호' 시 가운데 한 구절이라도 외울 수 있는 사람이 있느냐고 물었다.

또다시 박수소리만 이어졌다.

"'척호'가 『시경』 전체에서 몇 번째 시인지 기억하는 사람 있습니까? '풍'에 나오는 시인가요, '아'에 나오는 시인가요, 아니면 '송'에 나오는 시인가요?"

나는 목이 터져라 외쳤고 하늘을 원망하면서 하마터면 강단 위에 발을 딛고 선 채 욕을 할 뻔했다. 하지만 환자들 모두 그대로 서서 움직이지도 않았다. 박수만 계속 치고 있었다. 뜻밖의 완벽한 공연에 앙코르를 외치는 박수 같았다.

내가 칭옌대학에서 십여 년 동안 열심히 강의해왔지만 학생들은 내게 한 번도 이런 박수를 보내준 적이 없었다. 그런데 여기서 쓸데없는 소리만 늘어놓으면서 단 한 시간 수업했을 뿐인데 이들이 내게 보내주는 박수가 마치 한 계절 내내 멈추지 않고 부는 바람 같았다. 그렇게 멍하니 강단 위에 서서 다시 한번 강단 아래 박수 무리를 바라보았다. 눈에 보이는 것은 온통 초점을 잃은 멍청한 눈빛들이었다. 하나같이 허공에 떠 있는 죽은 물고기 눈빛 같았다. 그 순간 갑자기 울고 싶어졌다. 당장 강단을 떠나고 싶었다. 저 비바람처럼 멈추지 않는 박수소리에서 멀어지고 싶었고 A병동에 있는 내 육호 병실로 돌아가고 싶었다.

그러나 내가 막 떠나려 하는 순간, 원장이 웃으면서 강단 위로 올라왔다. 그는 양손을 들어 다시 한번 그 박수소리를 저지했다. 그러고는 자신의 체형과 완전히 일치하는 넓고 두터운 목소리로 말했다.

"육호 병실에 입원해 계신 양 교수님은 칭옌대학의 고전문학 전문가로서 『시경』 연구의 권위자이십니다. 오늘 양 교수님 강연이 이렇게 우레와 같은 박수를 얻어내고 우리의 고학력 환자들로 하여금 한 시간 동안 조용히 앉아서 말도 안 하고 몸을 움직이지도 않으면서 병이 없는 정상인들보다도 더 조용히 앉아 필기까지 하게 했다는 것은, 우리 병원이 정신장애인들을 위해 만든 존엄한 치료법이 효과가 있음을 증명하는 현상입니다. 이 존엄한 치료법의 효과를 더욱 확실히 증명하기 위해 우리는 내일 모든 환자의 파일과 병력 기록을 좀더 구체적으로 분류하고 분석하여 탐욕과 부패로 인해 정신병에 걸린 간부 환자들을 전부 한자리에 모아놓고 양 교수님께 『시경』에 나오는 경제학에 관해 강의를 부탁할 예정입니다. 또한 실연이나 아내의 외도, 남편의 바람기 때문에 정신병을 앓게 된 환자들을 모아놓고 양 교수님께 『시경』에 나오는 연애학에 관해 강의해주실 것을 부탁하고, 관도에서 진급을 못해 정신병에 걸린 사람들을 모아놓고 양 교수님께 『시경』에 나오는 궁중투쟁에 관해 강의해주실 것을 부탁할 예정입니다. 결론적으로 말하자면, 정신병은 어느 정도 존엄을 상실한 데서 나타나는 증상입니다. 사람이 점차적으로 존엄을 잃기 시작하여 그 많던 존엄이 점점 줄어들고 마침내 자신을 지탱할 충분한 존엄을 갖지 못하게 됐을 때 정신병 환자가 되는 것입니다. 따라서 인체에 칼슘이 부족해지면 칼슘을 채워주고, 아연이 부족해지면 아연을 채워주는 원칙에 따라 정신병 환자들에게 존엄이 부족해지면 우리는 그들이 반드시 갖추고 있어야 할 존엄을 보충해줄 수 있는 수업을 진행하는 것이 마땅할 것입니다."

여기까지 말한 후 왕 원장은 고개를 돌려 나를 향해 빙긋이 웃었다.

"오늘 양 교수님 수업이 이렇게 대대적인 환영을 받을 줄은 정말 생각지도 못했습니다. 그래서 저는 양 교수님께서 저희 병원에 반년에서 일 년 정도 더 머무르시면서 매일 환자들에게 시경학을 강의해주셨으면 합니다. 『시경』에 나오는 경제와 정치, 애정, 농사와 궁중투쟁에 관해 수업을 해주셨으면 좋겠습니다. 환자들이 더이상 교수님 수업을 듣고 싶어하지 않고 교수님을 위해 박수치는 사람이 없게 될 때는 다시 퇴원해서 집으로 돌아가실 수 있게 해드리겠습니다. 어떻습니까?"

이렇게 물으면서 원장은 나를 향해 다시 한번 가볍게 웃어보이고는 선언하듯이 말했다.

"그럼 그렇게 하는 걸로 결정된 겁니다. 내일은 처^處 이상의 간부였던 정신병 환자들에게 『시경』에 나오는 궁중투쟁시에 관해 강의해주시고, 모레는 부정부패 경력이 있는 환자들에게 『시경』에 나오는 경제 철학시에 관해 강의해주시기 바랍니다. 그리고 글피는 정 때문에 병을 얻은 남녀들에게 『시경』에 나오는 애정시에 관해 강의해주십시오."

원장의 분부에 따라 그후 보름 동안, 『시경』에 나오는 궁중투쟁시에 관해 강의해달라고 했을 때는 「소아小雅」에 있는 농사시 '대전大田'[15]을 골라서 강의했고, 경제농사시에 관해 강의해달라고 했을 때는 나조차도 이해하기 쉽지 않은 상나라 왕에게 제사하는 것을 내용으로 하는 『시경』의 마지막 시 '은무殷武'[16]에 관해 강의했다. 수업시간에는 완전히 쓸데없는 소리만 하면서 억지 주장을 늘어놓았다. 제사에 관해 강의해야 할 때는 농사에 관해 강의했고 농사에 관해 강의해야 할 때는 고집스럽게 전란에 관해 강의했다. 일부러 칠판에 틀린 글자를 쓰기도 하고 쉬지 않고 물을 마시거나 화장실을 다녀오기도 했다. 하지만 강의실에서 내가 아무리 장난을 치고 혼귀를 신이라고 거짓말을 해도 강단 아래 있는 사람들은 여전히 아무 소리도 내지 않았고 박수소리만 끊이지 않았다. 나는 정말로 한 편의 아주 훌륭한 공연을 연출하고 있는 것 같았다.

보름이 지나자 나의 강의가 너무나 큰 환영을 받다보니 강의 장소를 임시 교실에서 소강당으로 옮겨야 했다. 그날 내가 강의할 내용은 『시경』에 나오는 애정시였다. 강의를 듣는 남녀 환자들은 실연한 젊은 남녀 청년들이거나, 밤마다 남편이 집에 들어오지 않는 아내들이거나, 아내가 다른 남자와 동침하는 것을 통제하지 못하는 남편(나랑 처지가 같다)들이었다. 그래서인지 그 수업을 듣는 사람들이 인산인해를 이루고 소강당이 가득찬 인파로 물샐틈없는 상황이 벌어지리라고는 누구도 예상하지 못했다. 한우충동이었다. 무수한 자갈이 온통 허공에 걸려 있는 것처럼 반짝거렸다.

---

15 서주西周 시기의 농사시로, 한가하고 여유 있는 정취로 농가의 즐거움과 그림으로 묘사할 수 없는 농정의 소박하고 거친 분위기를 표현하고 있음.
16 제사의 장면을 묘사한 시.

수업은 오후 세시 정각이었다.

오후 두시 반이 되자 나와 비슷한 경력이 있는 환자들이 모두 자신들의 담당 의사나 간호사를 대동하여 병원에 있는 소강당을 향해 무리지어 몰려가고 있었다. 내 방문 앞 복도와 창문 앞으로 이어진 통로에도 환자들과 의무요원들의 발길이 끊이지 않았다. 세시가 되어서야 복도가 조용해졌고 창밖에 사람들도 점점 줄어들었다. 나는 환자복을 벗고 입원하기 전에 입었던 옷으로 갈아입었다. 그러고는 짐을 몸 한쪽에 숨겨 서둘러 A병동 복도를 통해 진료동 쪽으로 걸어갔다.

진료동 건물을 가로지른 나는 소강당 쪽으로 가지 않고 곧장 병원 정문 쪽으로 갔다.

경비원이 어딜 가느냐고 물었다.

나는 칭옌대학 양 교수라고 자신의 신분을 밝히면서 동료를 마중하여 소강당으로 가서 『시경』에 나오는 애정시에 관한 수업을 해야 한다고 대답했다.

경비원이 지키고 있던 정문을 통과시켜주었다.

때는 구월 중순이라 병원의 큰 철문을 나서자마자 가을 정경이 온천지를 뒤덮으며 나를 향해 밀려왔다. 정문 앞에 선 나는 고개를 들어 하늘에 떠 있는 여인의 피부 같은 구름을 바라보면서 깊은 숨을 들이마셨다. 그러고는 먼 곳을 바라보는 듯한 동작을 한 번 취하고 나서 혼잣말로 툴툴거렸다.

"세시 정각이 다 됐는데 어떻게 사람 그림자도 안 보여?"

그런 다음 다소 초조해하는 모습으로 아주 먼 곳을 향해 걸음을 옮기기 시작했다.

몇 발짝 걸은 뒤에는 발밑에 바람이 일고 숨이 가빠질 정도로 빨리 달리기 시작했다. 뒤에서 누군가 나를 부르는 듯한 소리가 들리자 재빨리 몸을 틀어 길가의 옥수수밭으로 들어갔다.

그날, 병원에서 도망쳐 칭옌대학으로 돌아왔을 때는 아직 열시도 되지 않았다. 교외 강가에서 얼굴을 씻은 나는 길가에 있는 가게에서 빠오즈● 두 농籠과 국 두 그릇을 사먹었다(석탄을 나르는 트럭 기사가 먹던 것과 같은 양이었다. 우리 둘은 같은 탁자에 앉아 있었다). 날이 완전히 어두워진 뒤에야 209번 버스를 타고 학교 뒷문 앞으로 갔다. 곧장 학교로 들어가지 않고 밤 열시부터 열두시까지 길가 벤치에 앉아 있었다. 눈앞 대로에 오가는 차가 거의 사라지고 인적도 점차 드물어졌다. 교문을 드나드는 학생들의 그림자도 많지 않았다. 그제야 나는 몸을 일으켜 뒷문을 통해 학교 안으로 들어간 다음, 전부터 익숙했던 달빛이 가득 쏟아지는 인도를 따라 학교 동남쪽에 위치한 교직원 숙소 구역 4동 3단원 건물을 향해 걸어갔다.

그즈음 학교 안에는 일찍 불이 꺼져 고요하기 그지없었다. 밤늦게 돌아가는 몇몇 학생만 조심스럽게 내 앞에서 걸어왔다. 얼굴이 마주치려 하자 고개를 옆으로 돌렸다가 서로 지나친 뒤에야 다시 몸을 돌려 상대방을 의심스러운 눈빛으로 바라보았다. 그날이 무슨 요일인지 몰랐지만 교직원 숙소 구역은 일찍이 어두워져 사람 그림자 하나 보이지 않았다. 밤기운과 숙소 건물은 그날 내가 집에 돌아올 거라는 걸 알고 일부러 침묵하고 있기라도 한 듯 그렇게 고요했다. 벌레 소리조차 들리지 않았다. 나는 그렇게 (도둑처럼) 조용히 계단을 올라갔고 불빛에 의지하여 단번에 정확하게 우리 집 문 앞에 도착해서는 아주 정확하게 열쇠를 열쇠구멍에 넣어 큰 소리가 나지 않도록 조심스럽게 문을 열었

● 包子. 밀가루 피에 고기와 야채 등 다양한 소를 넣고 찐 중국 음식.

다. 한밤중에 루핑이 자다가 놀라 깨지 않도록 하기 위해 집 안에 들어선 나는 어둠을 더듬어 불을 켜고 신발을 벗어 손에 들고 맨발로 거실로 들어갔다. 너무나 익숙한 집 안의 따스한 온기와 부엌 냄새가 내게 밀려왔다. 거실 한가운데에 서서 거기에 있는 소파와 다탁을 둘러보았다. 맞은편 벽에 놓인 텔레비전과 텔레비전 장, 그리고 벽에 걸린 그림을 바라보았다. 우리 집이 떠나기 전과 다르지 않다는 것을 확인했다. 석 달이 지났지만 떠나기 전 다탁 위에 올려놓았던 잡지 몇 권조차도 원래 모습 그대로 다탁 한 귀퉁이에 다소곳이 놓여 있었다. 지난 백일 남짓 동안 문 뒤 거미줄 위에 먼지 하나 늘어나거나 줄어들지 않은 것 같았다.

나는 루핑이 문을 닫아놓은 침실로 눈길을 돌렸다. 문손잡이에는 오랜 세월 그녀의 양산이 걸려 있었다. 양산은 아직도 그렇게 변함없이 걸려 있었다.

그녀의 침실 문 쪽으로 다가갔다.

"루핑." 가벼운 목소리로 그녀를 불러보았다. "루핑."

방 안에서 대답은 들려오지 않고 그저 불빛만 땅에 떨어지듯 가늘게 울렸다.

"나 돌아왔어." 목소리를 조금 높였다. 그녀의 방문 앞에 서서 목청을 가다듬고 다시 말했다. "루핑, 자고 있는 거야?"

쥐 죽은 듯한 고요와 깊이 가라앉은 호수 같은 침묵만이 대답으로 돌아왔다.

조용히 그녀의 방문을 두드렸다.

또 세게 그녀의 방문을 두드렸다.

마지막에는 과감히 그녀의 방문을 활짝 열어젖힌 다음, 잠시 방 입구에 서 있었다. 어색하게 손을 뻗어 문틀에 있는 스위치를 누르고 유백의 호흡이 전등의 우윳빛을 압도하여 방 안 가득 펼쳐지던 순간, 그제야 그녀의 침대 위에 사람이 없다는 것을 알게 되었다. 텅 비어 있었다. 아무것도 없는 하늘 같았다(그녀는 또 이불보와 베개를 푸른 하늘색으로 바꿔놓았다). 빨간 벨벳 천이 네모나게 개켜진 채 침대 한 귀퉁이에 놓여 있었다. 시선을 침대 아래로 내리자 안구에 가벼운 통증이 느껴졌다. 한 쌍의 슬리퍼가 내 눈 안으로 날아들었다. 바느질을 하여 만들었지만 짚을 세공한 것 같은 두 켤레의 희끗희끗한 마직 슬리퍼였다. 한 켤레는 사이즈가 큰 것을 보니 남성용인 것이 분명했다. 아직 흰색이 많고 검은색은 적은 새것으로, 침대 밑에 놓여 있었다. 또 한 켤레는 사이즈가 조금 작은 것이 한눈에 여성용이라는 것을 알 수 있었다. 많이 사용하여 때가 탄 채 그 남성용 새 슬리퍼 옆에 놓여 있었다. 문 앞에 넋을 잃고 멍하니 서서 방 안을 떠도는 루핑의 냄새를 맡아보았다. 내 코에 익숙한 그녀의 부드러운 분 냄새 말고도 뭐라고 말로 표현할 수 없는 뻣뻣한 남자 냄새를 맡을 수 있었다.

그 냄새를 맡으며 루핑의 침대로 다가가 아주 손쉽게 베개 옆에 붙어 있는 짧고 거친 남자 머리카락을 주워 잠시 바라보다가 다시 머리칼을 바닥에 던져버리고 방을 나왔다.

이 모든 것을 이미 예견하고 있었던 것 같았다. 특별히 놀라거나 화가 나지는 않았다. 그저 마음속에서 뭔가 어색하고 꺼림칙한 느낌이 밀려올 뿐이었다. 나는 그렇게 넋 나간 모습으로 잠시 거실에 서 있었다. 문득 정신병원에서 도망쳐나오지 말았어야 했다는 생각이 들었다. 그렇게 초조해하며 서둘러 집에 돌아오지 말았어야 했다. 내가 돌아온 것이 마치 내 마음속에 도사리고 있는 모종의 추측을 증명하기 위한 것 같았다. 잠시 멍하니 서 있다가 화장실을 향해서 걸어갔다. 불을 켜자 첫눈에 세면대 옆에 놓인, 루핑이 몇 년 동안 사용한 칫솔갑에, 하나가 아닌 두 개의 칫솔이 들어 있는 게 보였다. 하나는 빨간색이었고 하나는 초록색이었다. 하나는 약간 길고 하나는 약간 짧았다. 약간 짧은 칫솔이 소녀가 어른에게 다정히 어깨를 기대듯이 약간 긴 칫솔에 포근히 기대어 있었다.

내 것이 아닌 면도기도 있었다.

화장실에서 나와 무너지듯 소파에 주저앉은 나는 가장 먼저 바러우 산맥으로 가봐야겠다는 생각이 들었다.

이미 여러 해 고향집을 찾지 못했다.

여러 해 동안 내가 죽도록 사랑하는 링쩐을 나는 만나지 못했다.

제5권 풍風

식미 式微
신풍 晨風
염가 蒹葭
동문지분 東門之枌
비풍 匪風

식미

천사는 존경받지 못한다

이 시는 집으로 돌아가고 싶은 한 노역자의 열망을 묘사하고 있다.

式
微

링쩐은 바러우산맥 산 입구의 감나무 아래로 날 맞으러 나오지 않았다.

내가 마을에 돌아온 것을 모를 리 없었다. 성내에서 장사를 하고 있었고, 정말 자리를 뜰 수 없었던 것인지 아니면 일부러 날 피하는 것인지 알 수 없지만, 어쨌든 그녀는 나를 만나러 한달음에 건너오지 않았다. 바러우산맥으로 돌아가 우리 첸스촌에 도착한 나는 마을 뒤쪽에 있는 그녀의 집에서 묵었다. 십 년 전 부모님이 앞서거니 뒤서거니 세상을 떠나신 뒤로 다 쓰러져가던 우리 집은 완전히 무너지고 말았다(한적함과 조용함에 밀려 무너진 것 같았다). 땅바닥에 무너져내린 벽돌과 나무는 비바람 속에 몇 달을 방치되어 있다가 마을 사람들이 하나둘씩 가져다 지붕을 얹거나 돼지우리와 외양간을 보수하는 데 썼다. 마당에는 황토와 모퉁이돌만 남아 있었다. 어느 모퉁이돌에는 '화禾'자가 새겨져 있었다. 어느 집 소행인지 우리 집 상방을 울타리 삼아 돼지우리를 만들어놓기도 했다. 그 안에 돼지 두 마리가 쉴새없이 꿀꿀거리고 있었고, 진한 돼지 분뇨 냄새가 풍겨나와 황량한 분위기를 더해주었다. 내가 마을에 돌아왔을 때는 이미 황혼 무렵이라 마을 안은 한없이 조용했다. 사람이 하나도 없는 것 같았다. 그런데도 밥 짓는 연기가 피어오르고 있었다. 미처 집으로 돌아가지 못한 닭이 마을 입구를 배회하면서 먹이를 주워 먹거나 다른 짓을 하고 있었다. 개 짖는 소리도 들렸다. 친절함과 분노, 경각심이 한데 뒤섞인 소리였다.

따져보니 내가 마을에 돌아온 게 육 년 만의 일이다. 육 년 전 칭엔대학에서 위시*로 파견되어 갈 때 고향 마을에 들러 밥을 한 끼 먹은 적이 있었다. 그때 다 부서진 우리 집 문 앞에 잠시 서서 마을 어른들과 몇 마디 얘기를 나누었다. 등에 책가방을 맨 아이들의 머리를 쓰다듬으면서 열심히 공부해서 꼭 경성의 칭엔대학에 합격하라고 격려하기도 했다. 그러면서 몇 점 모자라도 내가 그들을 입학시켜줄 수 있다고도 했다.

나는 그 애들이 칭엔대학에 들어갈 수 없다는 것을 잘 알고 있었다.

하지만 그들은 알지 못했다. 아이들은 정말로 칭엔대학에 들어가고 싶어했다. 사실 몇 점만 모자라도 내가 칭엔대학에 넣어줄 수 없다는 것을 알지 못했다.

아이들은 희망찬 얼굴로 나를 쳐다보면서 정말이냐고 물었다.

나는 내가 바로 칭엔대학 교수라고 했다.

아이들은 교수가 바로 선생님 아니냐고 물었다.

이렇게 질문하는 아이의 얼굴을 어루만지며 나는 고개를 끄덕여주었다.

● 豫西. 허난성 서쪽 지역을 통칭하는 말.

그해에 마을을 떠날 때, 공부하는 아이를 둔 마을의 모든 부모가 마을 어귀까지 나와 배웅해주었다. 모두들 내가 자신들의 아이들을 경성으로 불러들여 공부시켜줄 수 있기를 기대했다. 하지만 떠나면서 누구에게도 전화번호를 남기지 않았고 칭옌대학이 경성의 어느 구區 어느 쪽에 있는지도 얘기하지 않았다. 내가 고향 마을로 돌아오면 어떻게든 우리 집을 찾아갈 수 있는 것처럼 그들은 경성에 도착하기만 하면 어떻게든 나를 찾을 수 있을 것이라고 생각했다. 하지만 육 년이라는 세월이 흐르는 동안 고향 마을의 어느 누구도 경성으로 나를 찾아오지 않았고 어느 아이도 칭옌대학 입학시험에 접수하지 않았다(너무나 다행스러운 일이었다). 이렇게 죽어도 서로 왕래가 없는 것은 산속 나무와 도시 사람이 서로 만나 얘기를 나누지 않는 것과 마찬가지였다.

그러나 육 년이 지나 또다시 고향에 돌아왔다. 황성의 북쪽 교외에 있는 정신병원에서 도망쳐나온 것이다. 기차와 자동차를 타고 걷다가 또 어느 집 트랙터를 얻어타기도 했다. 마을 어귀에 도착해서야 우리 집이 무너졌을 뿐만 아니라 집 안에 아무것도 남아 있는 게 없다는 것을 알게 되었다. 그럼에도 고집스럽게 우리 집 안으로 들어가보았다. 길가 쪽의 황폐해진 마당 앞에 이르러 그 자리에 견고하게 서 있던 돌문루가 없어진 것을 알게 되었다. 밤나무로 만든 대문도 어디로 갔는지 보이지 않았다. 알고 보니 상방의 기석은 집이 무너진 뒤에도 네모반듯하게 그 자리에 남아 있었다고 한다. 그러나 지금은 그 기석마저도 보이지 않았다. 기석 위에 놓여 있던 돌이 날개가 없는데도 어디론가 날아가버렸다. 나뭇잎이 바람에 가볍게 날려가버린 것 같았다. 그렇게 나는 이미 존재하지 않는 우리 집 대문 입구에 서 있었다. 마음속에 도저히 메울 수 없는 커다란 파괴의 상처가 느껴졌다. 바로 이때 원래 우리 이웃집에 살았던 넷째 아저씨(우리 학교 총장과 나이가 비슷하다)가 마을 입구에서 걸어왔다. 밀짚모자를 쓰고 손에는 나뭇가지를 하나 들고서 잰걸음으로 양 몇 마리를 몰고 있었다. 손에는 버들가지로 만든 삼태기도 하나 들려 있어 양이 똥을 누면 얼른 검정 구슬 같은 똥을 삼태기에 주워담았다. 나를 본 아저씨는 처음에는 마을 골목 입구에 서서 놀란 표정으로 이쪽을 바라보았다. 나를 알아본 그는 목청을 높여 큰 소리로 물었다. "자네 양커 아닌가?"

나는 짐을 내려놓고 그를 향해 미소를 지어보였다.

그도 나를 향해 미소를 지었다. "돌아온 게야?"

내가 물었다. "우리 집 대문과 상방의 기석이 어디로 갔나요?"

그는 마을에 여러 해 동안 고등학교에 입학하는 아이가 나오지 않았고, 대학에 입학하는 아이는 더 말할 것도 없었다고 했다. 그러면서 내가 경성에 있는 대학에 입학했고 경성에 있는 대학에서 교편을 잡을 수 있게 된 게 집의 풍수가 좋았기 때문이라고 했다. 그리고 우리 집 기반이 좋다고 생각한 마을 사람들이 문루와 기석을 깨뜨려 나눠 가져갔다고 말했다. 우리 집 기석을 깨뜨린 돌은 각자 자기 집 기석으로 삼거나 대문 앞에 세워놓음으로써 집안에 복된 기운이 가득 들어와 아이들이 공부를 잘해서 대학에 합격할 수 있기를 기대하고 있다고 했다.

나는 그 자리에 서서 아무 말도 하지 않았다.

그가 물었다. "자네 화났나?"

내가 말했다. "마을이 전보다 더 조용해진 것 같네요."

그가 또 물었다. "이번에는 며칠이나 머물다 갈 건가?"

내가 말했다. "마을이 조용한 게 사람들이 전부 외지로 일하러 나갔기 때문인가요?"

186

그는 묵을 곳이 없으면 우선 링쩐 집에서 묵으라고 했다. 링쩐이 성
내에서 음식점을 운영하면서 기와를 올려 새로 지은 파란 벽돌집이 마
치 사당 같다고 했다. 말을 마친 그는 곧장 삼태기를 길가에 내려놓고
양 몇 마리 가운데 우두머리 양을 길가 작은 나무에 묶어둔 다음 나를
데리고 링쩐 집으로 갔다.

신풍

아름답고 향기로운 지난 일들

「진풍」에 들어 있는 이 시는 여인의 슬픔을 묘사하고 있다.

晨
風

사흘이 지났다.

사흘 내내 링쩐 집에서 묵었지만 링쩐이 성내에서 돌아오기를 기다리지는 않았다. 그러다가 오늘 아침 일찍 성내로 사람을 보내어 말을 전했다. 성내 장터에 가는 마을 사람에게 내가 경성에서 돌아와 그녀의 집에 묵고 있다는 사실을 링쩐에게 전해달라고 한 것이다.

링쩐 집은 마을 뒤쪽 거리 한구석에 자리잡고 있었다. 우리 집에서 몇십 걸음 밖에 되지 않았다.

이곳은 비교적 큰 마을로, 각기 다른 수십 개 성을 가진 백 가구 남짓한 사람들이 땅바닥에 쓰러진 나무처럼 바러우산맥 끝자락 산언덕에 모여 살고 있었다. 나무줄기는 산맥의 들보처럼 뻗어 있는 대로이고, 가지들은 이 마을 주도로에서 동서남북 여러 갈래로 뻗어나간 좁은 후퉁*들이다. 모든 집의 건물과 마당은 이 나무의 잎사귀이자 열매(깨진

188

사과나 짓물러진 배)였다. 후퉁에 장씨 성을 가진 사람들이 가장 많이 살면 장씨 후퉁이라 불렸고, 리씨 성을 가진 사람들이 가장 많이 살면 리씨 후퉁이라 불렸다. 성씨가 잡다하고 그럴싸한 인물도 없이 후퉁 입구에 커다란 느릅나무만 한 그루 있으면 느릅나무 후퉁이라고 불렸다. 링쩐의 집은 느릅나무 후퉁 맨 끝에 있었다. 후퉁의 흙길과 흙길의 비탈 위에 놓인 돌계단(자갈)을 따라 산세를 이고 위쪽으로 올라가다 보면, 숨이 차오를 때쯤 그녀의 집에 도착하게 된다. 본채는 붉은 벽돌과 기와로 된 이층 건물이고, 양쪽 사랑채 가운데 한쪽은 본채와 연결된 방 세 칸짜리 단층 건물이고 다른 한쪽은 그녀가 결혼할 때 남자가 그녀를 위해 지어준 방 세 칸짜리 기와집이었다. 마당은 농구장의 삼 분의 일 정도 크기였다. 화단만 남기고 전부 시멘트로 덮여 있었다. 시멘트와 벽돌을 이용해 집 담장 아래에 긴 시멘트 의자도 하나 만들어 놓았다(이 의자는 사람이 앉을 수도 있고 꽃을 기르는 화분대로 쓸 수도 있었다). 두말할 것도 없이 이런 정원은 마을의 다른 부잣집들과 마찬가지로 사람이 살지는 않지만 여전히 주인집의 뿌리였다(마을에서 집주인의 지위와 권력을 나타내주는 상징인 것이다).

링쩐은 현성에서 장사를 하고 있었다. 그녀가 운영하는 음식점 이름은 바러우주가^{酒家}였다. 그녀의 남편은 몇 년 전에 자동차 사고로 죽었다. 많은 사람이 남편이 빚만 잔뜩 남기고 죽어버렸으니 그녀는 틀림없이 열댓 살 먹은 딸을 데리고 빚은 나 몰라라 하며 재가를 할 것이라고 생각했다. 하지만 그녀는 딸을 친정으로 보내고 성내에 나가 일을 했다. 남의 음식점에 나가 채소를 다듬고 파를 벗기는 일을 했다.

일 년 후, 그녀는 빚을 다 갚고 성내에 자신의 작은 식당을 열었다.

● 胡同. 중국의 전통적인 좁은 골목길.

이듬해에는 멋지고 활기가 넘치는 바 러우주가를 열었다.

다시 일 년 후에는 마을에 있는 옛 집에 붉은 벽돌로 된 이층짜리 기와집을 올렸다. 집을 지은 것이 원래 들어가 살기 위한 것이 아니라 남들에게 보여주기 위한 것이었는지, 그녀는 이층집을 지어놓고도 계속 성내에 거주했다. 그저 가끔씩 돌아와 사나흘 묵으면서 마을 사람들과 이야기를 나누거나 집과 정원을 한차례 쓸고 정리한 다음 곧장 돌아가곤 할 뿐이었다. 우리 집 이웃의 넷째 아저씨는 링쩐 남편 본가의 아저씨다. 링쩐은 시내로 가면서 집 열쇠를 그에게 맡기고 집을 돌보면서 반 집주인 노릇을 하게 했다.

아저씨는 나를 링쩐네 집 서쪽의 새 사랑채에 묵게 해주었다. 정원이 아주 넓었다. 날이 어두워지면 나는 개처럼 이 정원을 지켰다. 날이 밝아 밥 먹을 때가 되면 이 집에서 한 끼, 저 집에서 한 끼 얻어먹고 나서 한가하게 마을의 크고 작은 길을 돌아다녔다. 개를 만나면 서로 한동안 눈길을 주고받았고 지나가는 사람을 만나면 멈춰 서서 몇 마디 이야기를 나눴다.

마을 사람 하나가 말했다. "경성은 아주 큰가요?"

나는 경성이 아주 길면서도 넓다고 했다.

"정말요?" 그가 놀란 표정으로 다시 물었다. "톈안문天安門 광장이 거울처럼 평평하다고 하던데 정말 거울처럼 평평한가요?"

나는 톈안문이 사실 그가 생각하는 것처럼 그렇게 높지 않다고 말해주었다.

그는 눈이 휘둥그레져 잠시 말이 없더니 한숨을 내쉬며 말을 이었다. "여름에 톈안문 광장에 우리 마을 곡식을 말릴 수 있다면 얼마나 좋을까요."

대화가 끝났다.

그는 밭일을 하기 위해 호미를 어깨에 메고 옥수수밭으로 들어갔다. 가서 마지막 남은 옥수수를 뽑았다. 나는 밭에 가서 넷째 아저씨랑 잡담을 하거나 혼자 마을을 돌아다녔다. 학교에 가는 아이를 만나면 머리를 쓰다듬어주고 풀 먹는 소를 만나면 소의 어깨를 툭툭 다독여주었다. 그것도 아니면 링쩐의 집으로 돌아와 정원 그늘에 앉아 졸거나 근심에 사로잡혀 있었다. 한쪽 눈을 감고 하늘을 쳐다보았다. 햇빛 한 조각이 링쩐네 정원의 늙은 참죽나무 위에서 아래를 비추고 있었다. 나뭇잎 틈새는 분명 직사각형이거나 삼각형인데 떨어져내려온 빛 조각은 하나같이 둥근 모양이었다. 동그랗기가 동전과 똑같았다(죽은 사람을 위해 태우는 지전 같았다). 나는 그 나무 아래서 근본적인 원인을 추적하기 시작했다. 왜 삼각형 나뭇잎 사이로 동전 모양 빛 조각이 떨어지는지, 왜 미풍이 담 모퉁이와 후통 안으로 불어오면 큰 바람처럼 물건을 날려버리는 강력한 힘을 갖게 되는지 밝혀내고 싶었다.

깊이 생각하고 따지다보니 어느새 몽롱하게 잠이 들어버렸다. 또다시 이십 년 전 일들이 푸른 하늘과 흰 구름처럼 선명하게 눈앞에 펼쳐졌다. 그것은 마치 늙은 나무가 묘목으로 돌아가고 농작물이 씨앗으로 돌아가는 것과도 같았다. 링쩐이 생생한 모습으로 내 앞에 서 있었다.

그날 산등성이 햇빛은 무척이나 두텁고 강렬했다. 벌겋게 달궈진 철판 위를 걷듯 몇 걸음 못 가 발바닥이 뜨거워 펄쩍펄쩍 뛰고 싶었다. 내가 칭옌대학에 와서 공부한 지 두 해째 되던 때였다. 고향으로 돌아와 그해 여름방학을 보낼 생각이었다. 일찍 연애를 하는 바람에 학교를 중간에 그만두고 이제 막 열여덟 살이 된 루펑이 기차역까지 나를 배웅해주면서 우리 어머니아버지께 드리라고 경성에서만 살 수 있는 설탕에 절인 과일과 사탕, 바러우 사람들은 거의 먹어본 적 없는 사람 팔뚝만 한 두꺼운 꽈배기를 잔뜩 사주었다.

고향 마을로 돌아온 나는 사흘 동안 집 밖에 나가지 않았다. 부모님이 여러 번 타이르고 권했지만 링쩐 집이 있는 몇 리 밖 허우스촌에도 가지 않았다. 마침내 화가 머리끝까지 난 아버지는 밥그릇을 땅바닥에 내던지며(루펑이 꽃병을 땅바닥에 내던진 것처럼) 소리치셨다.

"링쩐과의 혼사가 깨졌다 해도 한번은 그 집에 갔다와야 한다. 가서 그 아이가 너를 때리든 욕을 하든 너는 한마디도 해선 안 돼."

나는 곧바로 링쩐 집으로 갔다.

루펑이 사준 과일절임과 사탕, 꽈배기를 들고, 또 누구도 보거나 먹어본 적 없는 망고와 바나나를 들고, 벌겋게 이글거리는 뜨거운 태양을 머리에 이고, 모두가 낮잠을 자거나 쉬고 있는 정오에 산등성이 저편에 있는 허우스촌에 도착했다. 마을 어귀에 있는 링쩐 집에 도착한 나는 물건들을 본채 탁자 위에 내려놓았다. 그녀의 아버지와 어머니가 애정문제를 피하려 문 밖으로 자리를 옮기자 링쩐이 부엌에서 허바오단* 한 접시를 들고 다가와 내 앞에 내려놓았다. 나는 그녀를 힐끗 쳐다보았다. 예전처럼 동그랗고 불그스레한 얼굴에 메마른 미소가 걸려 있었다. 황무지 위에 변함없이 피어 있는 질긴 꽃 한 송이 같았다. 뜻밖에도 그녀는 웃으면서 내게 집이 무너지는 것 같은 말을 한마디 던졌다.

"나랑 파혼하기 위해 왔나요?"

그러고는 곧장 말을 이었다.

"오빠가 학교 간 지 일 년이 넘었는데 편지 한 통 쓴 적이 없어요. 내

● 荷包蛋. 껍데기를 깨어서 풀지 않은 채로 끓는 물이나 기름에 익힌 달걀.

가 글을 몰라서 그럴 수도 있겠지만 다른 사람에게 부탁해 얼마든 편지를 읽을 수 있고 답장도 대신 써달라고 할 수 있잖아요. 그런데도 오빠는 편지 한 통 안 보내더군요."

이렇게 말하고 나서 그녀는 내 앞을 지나갔다. 한 걸음 한 걸음 바닥이 모래로 된 마당을 가로질러가서는 대문 빗장을 걸고 다시 돌아와 내 앞에 서서 심문하듯이 나를 노려보았다. 그녀 집 본채는 다른 모든 바러우 사람의 본채와 마찬가지로 무척이나 높고 컸다. 잡다한 냄새가 집 안으로 날아들었다. 그때 집 밖은 몹시 더웠지만 집 안에는 시원한 바람이 남아 있었다. 그러나 그 시원한 바람 속에서 그녀가 나를 노려보고 있다는 걸 알았다. 이내 고개를 숙이고 루핑이 사준 구두코를 내려다보았다. 때가 되어서야, 고개를 숙이고 있던 목이 뻣뻣해질 때쯤 되어서야, 나는 그녀에게 헤어져 각자 자기 길을 가자고 말할 준비를 하고 있었다. 그녀가 갑자기 손으로 내 어깨를 치면서 말했다.

"양커 오빠, 날 좀 따라와봐요."

그러고는 조금도 서두르지 않고 아주 침착하게 자기가 살고 있는 본채 동쪽 방으로 걸어갔다.

나는 본채 거실에 잠시 앉아 있었다. 머릿속이 가득찼다가 다시 텅 빈 것 같은 기분으로 몸을 일으켜, 그녀가 걸어 잠근 마당 원문을 힐끗 쳐다보았다. 그런 다음 곧 무슨 일이 벌어질지 알기라도 한 양 주저하는 표정으로 그녀를 따라 동쪽 방으로 들어갔다. 그러고는 이내 차가운 눈빛으로 그녀가 옷을 다 벗고 실오라기 하나 걸치지 않은 채 침대 가장자리에 앉는 것을 지켜봐야 했다. 손에는 연녹색 윗도리를 들고 팔로 자신의 어깨를 감싼 채 그 작은 윗도리로 가슴을 가리고 있었다. 그녀는 그렇게 조금 화가 난 것 같기도 하고 몹시 슬픈 것 같기도 한

표정으로 침대 위에 앉아 있었다. 하얀 몸이 약간 어두컴컴한 방 안에
서 침대 위에 빚어놓은 조각처럼 도자기 같은 빛을 발하고 있었다. 내
가 본채에 있다가 방 안으로 걸어와 멍하니 문지방에 서 있는 것을 보
고 그녀는 나를 향해 가볍게 곁눈질을 하더니 높지도 않고 낮지도 않
은 목소리로 말했다.

"이리 와요. 오빠는 대학에 진학하러 올라갈 때부터 날 원했잖아요.
그때 난 오빠에게 아낌없이 몸을 줬어요. 그리고 지금 다시 돌아온 오
빠는 파혼을 요구하고 있고요. 내 몸을 또다시 오빠에게 줄게요."

뒤쪽에 있는 방이라 무척 어두컴컴했지만 잠시 서 있는 동안 금세
눈이 적응되어 무엇이든 눈에 잘 들어왔다. 그녀의 말하는 모습을 바
라보는 내 얼굴은 평평하고 조용하기만 했다. 하지만 말을 하는 그녀
의 목소리는 심하게 떨렸다. 무수한 매듭이 달린 줄이 그녀의 입에서
쏟아져나오는 것 같았다. 그렇게 그녀는 미동도 하지 않고 나를 뚫어
져라 쳐다보다가 내가 한마디도 안 하는 것을 보고는 쓴웃음을 짓더니
돌연 가슴을 가리던 옷을 내려놓았다. 그러고는 양쪽 팔꿈치를 침대
위에 늘어뜨리고 그 나이답게 탱탱하고 힘있는 양쪽 가슴을 추켜올리
더니 또다시 나를 뚫어지게 쳐다보았다.

"양커 오빠, 안심하고 이리 와요. 대문은 내가 잘 잠가둬서 오빠가
가지 않는 한 우리 부모님이 들어오는 일은 없을 거예요."

그러고는 또 말을 이었다.

"이리 와요. 내 몸을 오빠에게 줄게요. 그래야 내가 공연히 오빠랑
약혼했던 게 아니라고 할 수 있어요. 그래야 오빠가 밖에서 성장이나
황제의 딸과 결혼한다 해도 오빠 고향에는 오빠에게 몸을 바친 링쩐
이라는 아가씨가 있다는 사실을 잊지 않고 기억할 거 아니겠어요. 어

서 이리 와요. 거기 서서 뭐하는 거예요? 안심하세요. 나 푸링쩐이 오빠에게 결혼해달라고 달라붙는 일은 없을 테니까. 오빠 학교를 찾아가 시끄럽게 소란을 피우거나 경성에 가서 바람둥이 오빠가 날 버렸다고 떠벌리는 일도 없을 거예요. 어서 이리 와요. 그저 오빠에게 몸을 주고 평생 날 기억하게 하고 싶은 것뿐이에요. 그래야 내가 생전 공부 많이 한 사람과 약혼했던 게 헛된 일이 아니었다고 생각할 수 있을 테니까요. 오빠에게 몸을 주는 건, 오빠가 일생에서 현장이 되든 아니면 성장이나 교수가 되든, 바러우산맥 허우스촌에 푸링쩐이라는 아가씨가 스무 살의 나이에 자신이 가진 모든 걸 오빠에게 다 주었다는 걸 기억하게 하고 싶은 것뿐이에요. 모든 걸 바치면서 아무것도 요구하지 않는 친여동생이 바러우산에 있었다고, 그렇게 오로지 자신을 평생 기억해주기만을 바랐다고 말예요."

이렇게 말하는 그녀의 목소리는 높지 않았지만 말하는 속도는 무척이나 빨랐다. 그녀의 입술에서 맞바람이 불기라도 하듯 한마디가 채 끝나기도 전에 그다음 한마디가 입속에서 발버둥하다 튀어나오는 것 같았다. 그때 그녀 집의 지붕 끝과 침대 위아래, 탁자 위아래, 창턱 위아래, 그리고 공중에는, 여기저기 온통 그녀의 적나라한 목소리로 가득했다. 벌거벗은 몸에서 풍기는 생기 넘치는 육체의 향기가 퍼지면서 담장과 지하, 침대와 가구 위에는 따뜻한 흙냄새가 가득했다. 그때 나는 본채의 방과 그 방을 가로막는 벽 쪽 입구에 서 있었다. 오로지 그녀만 쳐다보고 있었다. 마음속으로는 그녀에게 다가가거나 몸을 만져서는 안 된다는 걸 잘 알고 있었지만, 머리부터 발끝까지 온몸이 일 년 전 진학을 위해 고향을 떠날 때와 똑같은 충동과 불안, 그녀에게 다가가 몸을 만지고 싶은 상념과 욕망으로 가득했다. 머릿속에 그녀와 함께 뭔가를 어떻게 하고 싶은 어지러움과 충동이 가득했다. 문가에 서서 나는 그녀를 뚫어져라 바라보면서 뜨겁게 달궈진 자신의 생각과 무모함을 애써 억제하고 있었다. 두 손으로 이마에 흥건한 땀을 닦아내면서 내가 말했다.

"링쩐, 난 이미 링쩐에게 충분히 미안한 사람이야. 더이상 링쩐에게 면목 없는 짓은 할 수 없어. 지금 내게 몸을 준다면 앞으로 누구랑 결혼하든 간에 상대가 신혼 첫날밤에 링쩐을 산 채로 때려죽일 거라고."

그러면서 나는 곧 가야 하니 어서 옷을 입으라고 했다.

그렇게 말하고 떠나려는 순간, 나는 또다시 고개를 돌려 그녀를 바라보았다. 양쪽 가슴이 그녀의 창백한 얼굴 아래로 두 개의 백열등처럼 빛나고 있었다. 마음속에 뭔가 분명히 들어내버린 듯한 허전함이 걸려 있었다. 하지만 나는 말했다.

"어서 옷 입어. 난 평생 마음속으로 링쩐을 기억할 거야. 그러니 어서 옷을 입어."

그런 다음 그곳을 떠났다.

황급히 도망쳤다. 기분 좋게 그리고 더없는 유감을 남기고 우리 집이 있는 첸스촌으로 돌아왔다.

모든 것이 무사하고 평온했다. 가을이 가고 겨울이 오듯 모든 풍파가 사라졌다. 정확히 바러우산맥에서 서쪽으로 팔십 리 바깥 산하에 있는 황하는 우기가 오면 도도하게 흘러가다가 겨울이 되면 물이 바짝 말라버리는 것 같았다. 고작해야 물 위에 얼음이 한 겹 어는 것과 같았다. 그 일이 있고 나서 집에서 편지로 링쩐이 그녀보다 열두 살 많은 마을의 도자기 장인 쑨린과 결혼했다는 사실을 알려왔다. 그뒤로 그녀의 혼인은 내게 큰 자극이 되어 내가 착실하게 루핑과 약혼하고, 결혼하고, 누구보다도 빨리 학과에서 강사를 거쳐 부교수가 될 수 있게 해주었다. 그해 겨울 아버님의 장례를 위해 고향에 돌아왔다가 마을 입구에서 우연히 그녀를 만났다. 그녀는 두 살 먹은 딸 샤오민을 데리고 마을 아래 도랑에서 물을 길어 막 마을 어귀로 올라오던 참이었다. 고개를 들어 나를 보는 순간 어깨 위에 맨 물동이가 흔들리면서 그녀의 발 위에 물이 튀었다. 발을 한 번 털어 물을 털어내고는 나를 바라보면서 아내는 함께 오지 않았느냐고 물었다.

나는 마음이 몹시 괴롭다고 하면서 아버님이 나와 하루를 함께 보내는 복마저 누리지 못했다고 했다.

공부를 많이 하다보면 모두 불효자가 될 줄은 미처 생각지 못했다. 그녀는 나를 힐끗 쳐다보더니 차가운 어투로 말했다.

"도시에서 얻었다는 아내가 이런 사람인가요? 시아버님이 돌아가셨는데도 와보지 않으니. 그러면서 무슨 낯으로 아버님 영구 앞에서 운다는 거예요?"

이렇게 한마디 던지고 그녀는 마을 쪽으로 걸어갔다. 몇 걸음 걸어가던 그녀는 다시 고개를 돌려 한마디를 당부했다.

"사람들에게 아내가 바빠서 오지 못했다는 말은 하지 마세요. 그냥 병원에 입원해서 못 왔다고 하세요."

그런 다음 그녀는 가버렸다. 한 걸음 한 걸음 쑨린이 사는 느릅나무 후퉁 안으로 사라졌다.

느릅나무 후퉁은 매우 길고 가늘었다. 그곳에서 들려오는 발걸음 소리 또한 길고 가늘었다. 밭머리 길가에 풀이 날리듯 내 귓가를 맴돌면서 참죽나무 아래서 나의 잠을 깨웠다. 나는 의자에서 몸을 뒤척이며 잠을 청하고 있었다. 끊임없이 링쩐과 나 사이에 있었던 일들이 떠올랐다. 하지만 그러다 눈을 감으면 어떤 그림자가 내 앞에 어른거렸다.

이런 움직임 때문에 나는 잠에서 깼다.

의자 위에 누운 채 몸을 접어 일어나 앉았다.

마을에서 내가 형수님이라고 부르는 아주머니 한 분이 내 눈앞에 서 있었다. 나를 깨운 게 다소 불안했나보다. 책가방을 맨 아이를 잡아끌어 똑바로 세운 다음, 얼굴에 미소를 띠면서 말했다.

"양 선생님, 우리 남편이 성내에서 돌아왔어요. 링쩐을 만났다고 하더군요. 링쩐은 너무 바빠서 특별한 일이 없는 한 양 선생님을 만나겠다고 마을로 돌아오진 않을 생각이래요. 그러면서 자기 집에서 안심하고 묵으시라고 하더래요. 얼마나 오래 묵든지 상관없다면서 말예요."

말을 마친 아주머니가 약간 쑥스럽게 지어보인 미소가 연노랑색에서 진노랑색을 거쳐 다시 수척한 노랑색으로 변해갔다. 그녀는 손잡고 있던 코흘리개 아이를 앞으로 끌어당기며 다시 입을 열었다.

"양 선생님, 말씀드릴 게 하나 더 있어요. 오늘 아침 일찍 마을에 와서 식사하실 때 어떤 아이 하나가 책가방을 메고 옆으로 지나갔던 거 기억하세요? 옆으로 지나갈 때 그 아이 머리를 쓰다듬어주셨잖아요. 선생님은 아무 말도 안 하시고 그냥 머리만 한 번 쓰다듬어줬을 뿐인데, 평소에 단 한 번도 시험에 합격한 적이 없던 그 아이가 공교롭게도 오늘 학교 시험에서 구십 점을 맞아 반에서 삼등을 했지 뭐예요. 그래서 말씀인데, 이 아이가 우리 집 장손이거든요. 선생님이 아침에 그 아이 머리를 쓰다듬어줬던 것처럼 우리 아이 머리도 쓰다듬어줬으면 합니다. 좀 쓰다듬어주세요. 손만 가볍게 들어올리시면 되는 일이잖아요. 선생님에게는 그저 손을 드는 일에 불과하지만 어쩌면 이 아이에게는 정말 평생을 결정하는 일이 될 수도 있어요. 선생님은 우리 바러우산

198

맥에서 처음으로 경성에 가서 공부를 하신 분이잖아요. 황성에서 공부했을 뿐만 아니라 황성에 있는 대학에서 강의도 하셨다면서요? 황성이 어떤 곳인가요? 이전에 황제가 살던 곳이잖아요. 지금은 황제 같은 사람들이 황성 안에 살고 있겠죠. 선생님은 황성의 대학에서 가르쳤으니 예전에 황제 옆에서 황제를 가르치던 사람과 같습니다. 황제나 재상 같은 사람들의 자식이 선생님이 가르치는 학교에 다닐 수도 있다더군요. 선생님도 지금 그런 아이들을 가르치고 있는 거죠? 양 선생님, 좋든 싫든 모두 바러우산맥 사람들입니다. 우리 아이를 그렇게 쳐다보고만 있지 마세요. 애가 낯을 가리거든요. 다른 건 필요 없고, 그저 선생님이 손으로 아이 머리를 쓰다듬어주기만 하면 돼요. 날이 벌써 늦었어요. 어서 아이를 쓰다듬어주고 곧장 마을로 가 식사하셔야죠. 오늘은 저희 집에 와서 식사하세요. 제가 돌아가 쌀죽을 데우고 파전을 만들어드릴게요. 아이 할아버지가 성내에서 돌아오는 길에 고기도 몇 근 보내왔어요. 우리 콩꼬투리랑 고기채볶음과 무를 곁들인 고기찜을 해먹기로 해요. 어서 제 아이 머리를 쓰다듬어주세요. 양 선생님, 선생님은 황성에서 사람들을 가르치는 분이잖아요. 그냥 아이 머리를 한 번 쓰다듬어주시기만 하면 돼요."

오후의 태양이 남쪽으로 장대 그림자를 길게 늘어뜨리고 있었다. 머리 위에서 새빨간 햇빛이 내리쬐는 가운데 햇빛을 받을 수 있는 모든 사물이 한 층의 금빛 물을 뒤집어쓴 채 온 땅에 깔리듯 흐르고 있었다. 참죽나무의 서늘한 그늘이 내 몸을 비켜갔다. 내 몸 절반은 태양빛을 받고 있고 절반은 아직 서늘한 그늘 안에 있었다. 몽롱한 상태에서 눈을 떠 정신이 흐릿했던 나는 여전히 꿈속에 깊이 가라앉아 있는 것 같았다. 정원에서 성내의 메마른 시멘트 냄새가 났다. 산과 들에서 나는 신선하고 짙은 흙내도 났다. 게다가 내가 형수님이라고 부르는 아주머니의 옷에서도 몸을 씻지 않은 쉰내가, 그녀가 데리고 있는 아이에게서도 두려워하는 냄새와 콧물 냄새가 났다. 나는 그 두 사람을 바라보고 또 참죽나무 꼭대기에 걸린 둥근 햇빛도 바라보면서 잠시 생각에 잠겼다. 그런 다음 입을 열었다.

"링쩐이 마을에 돌아오지 않겠다고 했다고요?"

"선생님은 손만 살짝 들어올리시면 돼요. 아이 머리를 좀 쓰다듬어주세요, 양 선생님."

"링쩐이 정말로 바빠서 마을에 돌아오지 않겠다고 말했나요?"

"어서 아이 머리를 쓰다듬어주세요. 선생님은 황성에서 마을로 돌아오셨잖아요. 선생님은 황성 사람이고 천자의 발밑에 계시잖아요. 어서 아이를 좀 쓰다듬어주세요."

나는 손을 들어올려 아이의 머리를 쓰다듬어주었다.

아이의 머리카락 안에는 풀도 있고 흙도 있고 모래 알갱이도 있었다. 황무지를 쓰다듬는 것 같았다. 머리를 쓰다듬고 나자 그녀의 얼굴에 감격의 미소가 걸렸다. 할머니와 손자 두 사람은 감격하면서 걸음을 옮기더니 문가에 이르러 또다시 고개를 돌려 해가 지면 자기 집에 와서 저녁식사를 하라고 당부했다. 링쩐 집 정원에는 나와 바람, 공기와 벽, 나무그늘 그리고 석양만 외롭게 남았다. 나는 정원 한가운데에 멍하니 앉아 같은 마을의 아주머니와 그녀의 장손이 대문을 나서 점점 멀어지는 것을 바라보고 있었다. 문득 바러우산맥의 첸스촌이 부모님께서 세상을 떠나신 뒤로 이미 나와는 별로 관계도 없고 자손들도 없어 이미 내 집 같지 않다는 생각이 들었다. 지난 몇 년 동안 나와 마을을 연결시켜준 건 사실 링쩐이었다.

하지만 링쩐은 바빠서 마을에 돌아올 수 없다고 했다. 낙심한 나는 의자에서 일어나 정원을 한 바퀴 돌고 나와 링쩐 집 대문 밖에 섰다. 땅바닥에 쓰러진 나무 같은 첸스촌을 바라보며 잠시 멍하니 서 있던 나는 힘껏 발밑에 있는 돌을 걷어찼다. 돌은 펑 하는 소리와 함께 플라타너스 위로 떨어졌다. 성내에 한번 다녀와야겠다고 마음먹었다.

성내로 그녀 푸링쩐을 찾아갈 생각이었다.

'설마 푸링쩐 너도 경성의 루핑이 그랬던 것처럼 그렇게 나를 대할 것인가?'

염가

애인의 선물

이 작품은 「진풍」에 속한 시로, 풀과 갈대를 묘사한 매우 우아
하고 아름다운 애정시다. '염'은 물억새로서 일종의 길고 가는
풀이고, '가'는 어린 갈대를 말한다.

蒹
葭

간다고 했으니 가야 했다.

다음날 아침 일찍 나는 첸스촌을 떠나 성내로 갔다. 정신병원에서
칭옌대학으로 돌아갈 때처럼 미친 듯이 빨리 걸었다. 몇 리 길을 가다
가 어느 거리 입구에서 차 한 대를 막아섰다. 요란한 소리를 내는 트랙
터였다. 트랙터가 내뿜는 연기가 검은 바위처럼 하늘을 물들였다. 차
가 다가오자 길 한가운데에 서서 두 팔을 옆으로 쭉 뻗었다. 트랙터는
간발의 차로 내 앞에 멈춰 섰다. 서른 남짓 되어 보이는 젊은 기사가
운전석 밖으로 머리를 빼고 소리를 질렀다.

"이런 씨발놈이 뒈지고 싶어 환장했나!"

나는 내가 황성에서 돌아온 교수라고 했다.

말을 마치기도 전에 그가 되받아쳤다. "이보쇼, 황성에서 여기까지
가 얼마나 먼지 알고 그런 말을 하는 거요?"

황성, 나는 황성이 바로 경성이라고 말했다.

그가 빙긋이 웃으며 어서 타라고 했다.

재빨리 조수석에 올라타 높은 곳에서 저 멀리 앞을 바라보았다. 앞이 확 트인 가운데 산맥 양쪽으로 노랗고 푸른빛으로 옥수수밭이 펼쳐졌다. 흐려서 끝이 보이지 않는 호수 같았다. 얼른 눈길을 밭에서 거둬들였다. 기사 머리 정수리에 머리칼이 없는 게 보였다. 머리칼이 없어진 부분이 빨갛게 빛났다. 빨간 고무공 같았다. 내가 잠시 그의 정수리를 바라보자 쑥스러웠는지 그가 빙긋이 웃으며 자신에게 성욕이 너무 많은 탓이라고 했다. 남녀 간 그 짓을 너무 좋아하다보니 머리털이 전부 빠져버렸다는 것이다. 그러면서 또 내게 황성 사람들은 하룻밤에 마누라와 그 짓을 몇 번이나 하느냐고 물었다. 내 얼굴이 빨개지자 그게 뭐 어때서 그러느냐고, 누구든 배가 고프면 밥을 몇 그릇이나 마구 먹어대지 않느냐고 캐물었다. 그러고서야 그는 다시 정신을 집중해서 까맣게 기름이 절어 있는 핸들을 잡았다.

바러우산맥에서 바깥쪽을 향해 달리는 동안 밭의 농작물들이 짙은 녹색에서 점점 옅은 녹색으로 변했고 십여 리쯤 지난 뒤부터는 옥수수가 경성의 옥수수와 같은 모습이었다. 내 눈에 보이는 옥수수는 교외의 옥수수와 같았다. 붉은 술을 만들어 나무 꼭대기에 거꾸로 걸어놓으니 한 줄기 금빛으로 밝게 빛나는 가을 향기가 공중에 노랗게 흔들리고 나부끼며 피어오르는 것 같았다. 머리맡 태양이 트랙터 꼭대기에 걸려 있었다. 마치 트랙터에 의해 끌려다니는 것 같았다. 그러나 나중에는 태양이 트랙터 위에서 운전석으로 옮겨와 맹렬한 불덩이로 타오르기 시작했다.

내가 너무 덥다고 했다.

운전사는 시원하고 상쾌하다고 했다.

내가 가을 농작물 냄새가 매콤하게 코를 찌른다고 했다.

기사는 악취 때문에 구역질이 난다고 했다.

내가 바러우산맥 사람들은 다른 사람들보다 몇 살은 더 오래 살 것이라고 했다.

기사는 누군가 자기에게 황성의 길과 화장실을 청소할 수 있게만 해준다면 그에게 기꺼이 마누라를 빌려주겠다고도 했다.

우리는 많은 얘기를 주고받으면서 바러우산맥 등성이를 따라 모래 흙길에서 정부가 시멘트로 닦아놓은 길로 들어섰다. 이어 현성으로 통하는 까만 아스팔트 도로에 올라 마침내 도시 변두리에 도착했다. 오래된 도시 담벼락 아래 보호문물로 지정된 문루의 입구에 도착했다. 그가 거칠게 브레이크를 밟더니 트랙터를 길가에 세우면서 말했다.

"젠장, 이봐요, 양 교수. 당신이랑 얘기하는 사이에 이미 십여 리나 지나왔잖아요. 당신을 바러우산맥에서 현성까지 데려다준 셈이란 말입니다."

그러고 나서 내게 뭔가 대가를 요구하는 듯한 표정으로 말했다.

"당신을 데려다준 건 그렇다 치고, 내가 트랙터를 몇십 년 몰았지만 황성 사람 태운 건 오늘이 처음이었소."

마지막으로 그는 나를 향해 빙긋이 웃으면서 말을 이었다.

"우리 둘이 오는 내내 많은 얘기를 나누면서, 나는 내 흑심과 썩어문드러진 폐부를 다 뒤집어 보여줬는데, 당신은 내가 물어본 한 가지 일에 대해 아직 아무 대답도 안 했소. 양 교수, 솔직히 말해봐요. 하룻밤에 마누라랑 몇 번이나 합니까?

마누라가 예쁩니까?

침대 위에서 거칠게 몸을 움직이나요?

낮에는 당신이 아내의 시중을 들고 저녁에는 아내가 당신의 시중을 드는 그런 유형의 여자를 좋아합니까?"

그와 마지막 몇 마디 얘기를 나누고 이내 작별 인사를 했다. 손을 흔들면서 그가 원래 왔던 길을 따라 돌아가는 걸 내내 바라보았다. 아주 멀리 간 것을 확인하고서야 나는 몸을 돌려 도시를 향해 걸어갔다. 오래된 성벽의 문루를 지나는 기분이 황성의 고궁 톈안문 밑 통로를 지나는 것과 다르지 않았다. 한 줄기 차가운 바람이 수백수천 년 세월의 어디에선가 불어왔다. 몸에서 나는 뜨거운 열기와 땀냄새가 단번에 없어졌다. 이렇게 오래된 문 아래를 지나 현성 안으로 들어갔다. 갑자기 눈앞이 탁 트이고 밝아지면서 천지가 끝없이 넓어지고 무수한 빌딩들이 숲처럼 빽빽이 늘어서 있었다. 번화한 분위기 속에 뜨거운 빠오즈 냄새도 나고 개고기와 당나귀고기를 파는 냄새도 났다. 천과 신발, 양말 등을 파는 냄새도 났다. 이곳은 오래된 도시 거리였다. 이십 년 전 링쩐이 칭옌대학으로 공부하기 위해 떠나는 나를 배웅할 때도 바로 이 길을 통해 도시에 들어갔다. 하지만 그때 문과 창문이 전부 나무로 되어 있었던 길가 상점들은 사라지고 없었다. 대신 지금은 얇게 압축된 철판으로 마감한 문과 문만큼이나 큰 알루미늄 합금으로 된 창문이 그 자리를 차지하고 있었다. 그때 담배와 술을 팔던 백화점이 아직도 도시로 들어가는 입구에서 그리 멀지 않은 거리 한구석에 있으리라 생각했으나, 거리 모퉁이에서 발견한 그 백화점은 아무래도 이십 년 전의 그 백화점이 아니었다.

백화점 밑에 서서 잠시 주변을 두리번거리다가 남쪽을 향해 걸음을 옮겼다. 그 길은 남북으로 통하도록 새로 닦은 길이었다. 그 길 가장 남쪽에 현 정부가 자리잡고 있어 길 이름도 정부로政府路였다. 이 길을 따라 두리번거리면서 걷다보니 갑자기 어느 여관 북쪽에 있는 이층 건물 간판에 '바러우주가把樓酒家'라고 쓴 붉고 커다란 글자가 눈에 들어왔다. 간판에는 산도 하나 그려져 있었다(아마도 바러우산맥일 것이다). 산에는 숲과 시냇물이 있고 채소밭과 물속에서 헤엄치고 있는 물고기도 있었다. 바러우주가라는 글자는 들판과 산맥의 그림을 배경으로 그 위에 쓰여 있었다. 글자가 비에 젖어 약간 벗겨지고 낡긴 했지만 아직도 예전처럼 선명하고 붉은빛으로 내 눈동자를 향해 부딪쳐올 듯 거세게 달려들었다.

나는 길 건너편 인도의 가장자리에 서서 간판과 그 아래 조그맣게 열려 있는 유리문을 바라보고 있었다. 문가에 서서 손님을 맞이하고 있는 젊은 아가씨들(예쁘지는 않지만 그렇다고 못생기지도 않았고 뚱뚱하다고 하긴 어렵지만 그렇다고 마르지도 않은 모습이었다)은 음식점에서 일률적으로 제공하는 연녹색과 하늘색 제복을 입고 있었다. 그 모습이 마치 살이 오른 봄날의 나무 새싹 같았다.

그쪽을 응시하고 있던 나는 뜻밖에도 링쩐이 그 문을 통해 밖으로 나오는 모습을 보게 되었다. 느릿느릿 걸어나온 그녀는 고개를 돌려 음식점 종업원들과 뭔가 얘기를 주고받았다. 손에는 도시 사람들이 절대로 손에서 놓지 않는 노란 가죽 핸드백이 들려 있었고 몸에는 이 계절에 도시 여자들이 가장 즐겨 입는 짧은 치마를 입고 있었다. 헤어스타일은 곱슬머리 같기도 하고 아닌 것 같기도 한 도시 여자들 특유의 파마머리였고 얼굴은 약간 화장을 한 것 같기도 하고 하지 않은 것 같기도 했다(예쁘지는 않지만 그렇다고 못생기지도 않았고 뚱뚱하다고 하긴 어렵지만 그렇다고 마르지도 않은 모습이었다). 시골 사람과 비교하면 몸 전체에서 도시 사람 분위기가 느껴졌지만 도시 사람과 비교하면 또 송두리째 시골 사람 모습이었다. 육칠 미터 너비의 큰 도로를 사이에 두고 갑자기 그녀의 모습을 보자 마음속으로 당혹감과 불안감을 떨칠 수 없었다. 뜻밖에 다가온 흥분을 감당하기가 쉽지 않았다. 그녀와 서로 만나지 못한 지 이미 육 년이었다. 육 년은 중국에서 로마까지의 거리만큼이나 아득히 멀고도 길면서 젓가락이나 나뭇가지처럼 짧고도 곧은 세월이었다. 원래는 그녀를 보았을 때 시선을 집중하여 자세히 살펴본 뒤에야 그녀임을 알아볼 수 있을 줄 알았다. 하지만 내 눈길이 그녀에게 완전히 미치기도 전에 그녀가 문 밖으로 나오던 순간, 쾅 하고 단번에 난 그녀를 알아보았다.

정말 그녀일까?

과연 그녀였다.

"링쩐." 내가 길 건너편을 향해 소리쳤다. "링쩐."

옆에서 누군가 어깨를 툭 치기라도 한 양 그녀는 얼른 몸을 돌렸다. 나를 본 그녀는 약간 놀랐는지, 손에 들고 있던 핸드백이 거칠게 아래로 미끄러졌다. 핸드백이 손에서 벗어나려던 순간 그녀는 황급히 허리를 구부려 핸드백을 움켜쥐었다. 핸드백 끈을 손에 꼭 쥔 채 그녀는 약간 놀란 표정으로 너무나 뜻밖이라는 듯 나를 쳐다보았다. 얼굴에는 그 나이에서는 이미 찾아보기 힘든 홍조가 피어올랐다. 홍조는 방금 켜졌다가 금세 꺼진 성냥불처럼 한순간에 사라져버리고 얼굴은 이내 정상을 되찾았다. 약간 노랗기도 하고 하얗기도 한 얼굴이었다. 몹시 피곤해 보였다(병이 있는 사람 같기도 했다). 하지만 몹시 지쳐 있으면서도 딱딱했지만 기뻐서 어쩔 줄 모르는 미소가 걸려 있었다.

"오셨어요? 마치 내가 오빠를 만나러 마을로 돌아가려던 참이었는데 도리어 오빠가 먼저 오셨군요." 그녀가 말했다.

"걸어서 오셨어요 아니면 차를 타고 오셨어요?

그렇게 멍하니 서서 뭐하세요? 어서 가게로 가요."

나는 곧장 큰 걸음으로 그녀를 향해 길을 건넜다. 그녀 앞에 도착하기 한 걸음 전에 갑자기, 너무나 갑자기 그녀에게서 뜻밖에도 사람을 잘못 찾아온 것 같은 이질감이 느껴졌다(그때까지도 그녀를 스무 살 남짓 된 젊고 예쁜 모습으로만 상상하고 있었다. 적어도 육 년 전 그녀를 마지막으로 보았을 때의 젊은 여인의 모습일 거라고만 생각했다. 하지만 그녀 앞에 다가가서야 그녀에게서 이미 소녀의 모습, 젊은 여인의 모습이 완전히 사라져버렸음을 깨달았다). 살이 찐 건 아니지만 담황색 중년의 세월이 얼굴에 새겨져 있었다. 자세히 보니 뜻밖에도 눈가나 입가, 이마에도 가늘고 촘촘한 주름이 있었다. 그녀의 나이도 마흔이 다 되어갈 터이지만 얼굴은 마흔을 훨씬 전에 넘긴 사람 같았다. 여태껏 그녀가 마흔이 넘은 사람으로 보일 거라고는 생각도 못했다(줄곧 열여덟이나 열아홉, 아니면 서른일 것이라고 생각했다. 적어도 루핑처럼 얼굴에 뭐라고 말로 표현할 수 없는 정취와 느낌이 있을 것이라고 생각했다. 그러나 그녀에게는 그런 게 없었다. 조금도 찾아볼 수 없었다. 이런 정취와 느낌이 없을 뿐만 아니라 오히려 야윈 얼굴에 한차례 서리를 맞고 비에 젖은 채소처럼 누렇게 시든 모습만 보였다).

요컨대 그녀는 늙은 것이다.

갑자기 늙어버렸다.

그녀의 늙은 모습을 나는 한동안 받아들일 수 없었다. 믿어지지 않았다. 마음속으로 그녀를 만나러 온 것에 대해 희미한 서글픔과 씁쓰레한 후회가 솟구쳐올랐다(공원에 가려 했는데 어쩌다 황량한 들판에 와 있는 것 같았다. 공원을 발견하여 찾아왔는데, 사실은 온통 퇴락한 황무지인 것 같았다). 내 나이 이미 마흔이 넘었고 그녀 역시 중년이라는 사실에 생각이 미치자 가슴이 서늘해져왔다. 그녀의 몸에서 황량하고 차가운 바람이 내 마음을 향해 불어오는 것 같았다.

그렇게 그녀 앞에 서서 그녀의 얼굴을 응시하면서 이 음식점을 연 지 얼마나 되었느냐고 물었다.

그녀는 내가 위층에서 묵으면 된다고 했다.

내가 장사는 잘되느냐고 물었다.

그녀는 위층에 손님을 위한 객실이 있다고 말했다.

나는 그녀의 뒤꽁무니를 따라가며 엄마 뒤를 따르는 아이처럼 종업원들과 조리사의 시선을 지나 위층으로 올라갔다.

그곳은 오로지 손님들을 위해 그녀가 준비해둔 방이었다. 방은 아주 깨끗했고 침대와 탁자가 놓여 있었다. 아주 큰 옷장도 하나 있었다. 화장실도 있었다. 화장실 벽은 온통 하얗고 서늘했다. 객실은 완전히 현 정부의 초대소나 호텔의 객실 같았다. 바닥에는 갈색 집성목 바닥재가 깔려 있고 이인용 침대 옆에는 텔레비전이 한 대 놓여 있었다. 화장실 문에는 '변소'라는 두 글자가 선명하게 쓰여 있었다.

이 대단히 운치 있는 방에서 나와 링쩐은 서로 손님을 대하듯 조심스러운 태도로 많은 얘기를 나눴다.

내가 링쩐에게 얼굴이 몹시 상했다고 했다.

"육 년 동안 서로 만나지 못한 사이, 링쩐이 현성에 이런 음식점을 열었을 거라고는 생각도 못했어. 장사가 이렇게 잘되니 시골에 그렇게 좋은 집을 지을 수 있었겠군. 누구에게나 산다는 건 쉬운 일이 아니지. 이번에 내가 이곳에 돌아온 건 경성에서 출장을 가던 길에 지우뚜를 지나게 되어 내친 김에 잠시 들러 며칠 묵어가기로 한 거야. 링쩐이 현성에 있으면 딸 샤오민의 취학은 어떻게 하지? 이 도시는 정말 많이 변한 것 같아. 마치 버드나무가 자라서 홰나무가 된 것 같아. 이십 년 전, 링쩐이 경성으로 떠나는 날 배웅할 때와는 완전히 다른 모습이더군. 달빛이 환하게 머리 위에 걸려 있었는데 고개를 들자 눈부신 태양으로 변해 있는 것 같다고나 할까."

내가 현성에 도착한 것은 해가 서쪽으로 기울기 시작할 무렵이었다. 해가 산자락에 걸렸을 때는 이미 이 집에 들어와 있었다. 이 집에서 얘기를 나누다가 식사를 하고 손과 얼굴을 씻고 기침을 하고 침을 뱉었다. 링쩐이 조리사에게 특별히 지시하여 차린 음식(솜씨가 아주 훌륭했다)을 잊기 어려울 정도로 예쁜 눈을 가진 아가씨(외모가 뛰어났다)가 두 손에 받쳐들고 들어왔다. 식사를 마치자 이번에도 그 아가씨가 미소 띤 얼굴로 그릇을 수습해 나갔다. 이때 밤은 제 시간에 맞춰 내려와 있었다. 방 안에서 내다보니 창밖 달빛이 물처럼 흘러 정원 안에 그윽하게 차오르고 있었다. 고요한 가운데 창문 틈새로 벌레 울음소리가 들려왔다. 이상하게도 이십 년 전 그녀가 나를 배웅할 때 둘이 길가의 초대소에서 하룻밤을 보냈던 게 생각났다. 처음으로 칭옌대학에서 고향으로 돌아왔을 때, 그녀가 자기 집에서 실오라기 하나 걸치지 않은 알몸으로 나를 기다리고 있었던 모습과 장면이 떠올랐다.

아래층 음식점에서 식사를 하던 사람들도 하나둘 배를 채운 다음 집으로 돌아갔고, 술 마시는 사람들 몇몇이 벌주놀이를 하느라 손을 휘두르며 구령을 외치는 소리가 들리더니 눈 깜짝할 사이에 음식점 밖으로 몰려나가는 발걸음 소리가 들렸다. 가끔씩 문 앞을 지나는 자동차

들이 고요함 속에 굉음을 뿌리면서 빠른 속도로 멀어져갔다. 그러다가 차가 지나가고 나면 고요함은 더 깊고 두터워졌다. 나와 링쩐 둘 다 깊이를 알 수 없는 깊은 호수 속으로 빠져드는 것 같은 느낌이었다.

내 맞은편에 한 걸음 정도 떨어져 그녀가 앉아 있었지만 몇십 년 거리에 떨어져 있는 것처럼 느껴졌다.

도시 안에 지은 이 이층 건물 정원 안에서 앞 건물에 세든 링쩐은 일층은 음식점으로 쓰고, 이층 두 칸은 객실로서 한 칸은 창고로, 그리고 남은 칸은 음식점에서 일하는 남녀 종업원들과 조리사, 잡역부 등의 숙소로 사용하고 있었다. 모두 잠이 들었는지 밤의 적막이 마치 말라버린 우물 같았다. 링쩐과의 이야기에 한창 흥이 올랐을 때, 나는 루핑이 총장과 잠자리를 가졌던 사건에 관해 말해주면서 내가 정신병원에서 탈출했다는 사실도 털어놓았다. 오 년이라는 시간을 들여 고전문학 학술계를 완전히 뒤집어버릴 수 있는 저작을 완성했지만 막상 책을 출간할 때가 되자 어려움에 봉착하게 된 것도 얘기했다. 그러면서 내친김에 내가 고향에 간다고 하자 루핑이 특별히 상가에 나가 링쩐에게 주라면서 경성에서 가장 유행하고 있는 옷을 한 벌 사주었는데 안타깝게도 급히 오느라 그만 집에 두고 왔다고도 했다. 그녀는 빙긋이 웃으면서 사실은 이 도시에도 없는 물건이 없을 정도로 온갖 귀중한 물건들이 두루 갖춰져 있어 부족한 게 없다고 했다. 이어 그녀에게 장사가 잘되는지 물었다. 그녀 집안에 관해서도 물었다. 쑨린이 없는데도 어떻게 장사를 그렇게 잘하느냐고, 왜 다시 적당한 남자를 찾지 않느냐고도 했다.

이리하여 방 안에는 더이상 대화를 주고받는 소리가 들리지 않게 되었다. 이 시의적절하지 못한 고요함 속에서 그녀는 고개를 들어 나를 힐끗 쳐다보더니 황량한 미소를 지어보였다. 얼굴에 누런 가을낙엽 한 장이 붙어 있는 것 같았다. 그 순간 나는 다시 한번 그녀가 늙었다는 것을 확인했다. 마흔이 갓 넘은 나이지만 그녀 얼굴의 기색과 표정은 쉰이나 예순쯤 되어 보였다. 누렇게 늙은 표정으로 나를 향해 씩 웃더니 떠보기라도 하려는 듯 내게 감당하기 어려운 질문을 하나 던졌다.

"양커 오빠, 난 평생 오빠에게 시집갈 인연이 없다는 걸 잘 알고 있어요. 하지만 오빠가 다시 결혼하게 된다면 날 아내로 맞을 생각이 있는지, 아니면 이십 년 전 그때처럼 날 버릴 건지 알고 싶어요."

그러면서 내 얼굴을 뚫어지게 쳐다보았다. 학교에서 시험을 치를 때 문제지를 나눠주는 선생 모습을 빤히 쳐다보는 학생의 눈길 같았다. 건물 앞 대로에는 이미 오가는 사람들의 모습이 보이지 않았다. 간간이 들리는 행인들의 발걸음 소리가 아주 멀리 떨어진 불사에서 들려오는 목어 소리 같았다. 건물 뒤 정원에는 우윳빛 속에 한 가닥 푸른빛이 더해지고 있었다. 달빛에 차가운 암시가 젖어드는 것 같았다. 누군가 정원에서 뭐라고 말하는 것 같기도 하고 아무 소리도 나지 않는 것 같기도 했다. 달빛이 마당에 부딪치는 소리만 들리는 것 같았다. 이런 소리를 들으며 잠시 뭔가를 떠올렸던 것 같기도 하고 아무 생각이 없었던 것도 같다. 그녀와 마찬가지로 얼굴에 쓴 미소만 짓고 있을 뿐이었다. 한없이 난처하고 무력했다. 내가 말했다.

"링쩐, 링쩐이 믿지 않을지도 모르겠지만, 루핑이 그렇게 죽도록 나를 사랑하고 있는 줄 몰랐어. 나를 사랑했기 때문에 내가 다른 여자와 얘기하는 걸 용납할 수 없었던 거지. 링쩐이 믿든 안 믿든, 내게 다시 결혼할 수 있는 기회가 주어진다면 링쩐 말고는 그 누구도 아내로 맞아들이지 않을 거야. 다만 앞으로 죽을 때까지 그런 기회가 주어지지 않는다는 게 한스러울 뿐이지."

잠시 침묵이 흘렀다. 그녀가 잠시 나를 쳐다보았다. 나를 바라보는 그녀의 눈가가 붉어졌다. 그녀는 나의 이 한마디 때문에 앞으로 살아갈 가치를 느낀다고 했다.

"주무세요. 날이 이미 너무 늦었어요."

이렇게 말하면서 그녀는 객실 밖으로 물러갔다.

확실히 이르지 않은 시간이었기에 나는 그녀를 만류하지 않았다. 시간이 너무 늦어 아쉽다는 듯한 눈빛으로 그녀를 방 입구까지 배웅하고 헤어지려던 순간, 갑자기 고개를 돌려 쓴 웃음을 지으며 그녀가 말했다.

"난 몸에 병이 있어요. 오빠에게 다시 결혼할 기회가 주어진다 해도 난 오빠에게 가지 못할 거예요."

이 한마디를 던지고 또 잠시 말없이 나를 바라보더니 빙긋이 웃었다. 그러고는 그다지 큰 병은 아니고 보통 여인들이 앓는 병인데 지금은 이미 많이 좋아졌다고 했다.

"오늘 오빠가 왔을 때 마침 병원에 진찰하러 갔다가 문 앞에서 오빠와 마주치게 된 거예요. 정말 늦었네요. 음식점 종업원들도 그릇과 젓가락을 전부 정리해놓고 올라와 잠을 자고 있어요."

말을 마친 그녀는 정말로 가는 것 같더니 다시 돌아와 문을 열었다. 음식점에서 접시와 밥그릇을 나르는 남녀 종업원들이 그녀 앞으로 지나가다가 고개를 끄덕이며 말했다.

"링쩐 언니(사장님이라고 부르지 않았다), 아직 안 주무세요?"

그녀는 종업원들을 향해 가볍게 고개를 끄덕였다. 사람들이 방 밖에 걸음을 멈추고 섰다.

내가 입구에 서서 말했다. "링쩐도 이만 가서 일찍 자."

링쩐이 말했다. "오빠 마음속에 내가 있다고 하셔야 해요. 오늘밤은 내가 오빠와 함께 있고 싶지 않은 게 아니라 하느님이 평생 내가 오빠와 함께 있을 기회를 안 준 거예요."

이 한마디를 마지막으로 그녀는 할 이야기를 다 한 듯한 표정을 지었다. 한밤중에 그녀가 내 방에서 물러가는 게 정말로 나와 함께 밤을 보내고 싶지 않아서가 아니라(함께 보낸다는 게 어떤 의미일까?) 하늘이 이를 허락하지 않는 것 같았다.

그렇게 떠났다.

그녀가 떠나자 왠지 모르게 아주 긴 안도의 한숨이 나왔다.

이것으로 모든 게 일단락되었다. 이야기의 한 장이 일단락된 것 같았다. 『시경』의 '풍', '아', '송' 세 부분 가운데 어느 한 부분의 마지막 시 한 수가 완결된 것 같았다. 그녀는 집으로 돌아가 등불을 껐다. 나도 창문을 꼭 닫아걸었다. 방 안에 잠시 조용히 있다가 정원 전체를 내다보았다. 그러다가 위층이 완전히 조용해지고 모든 사람이 잠든 다음, 내가 신발을 벗고 불을 끄고 침대에 눕기 시작했을 때, 천지가 개벽할 사건이 조용히 일어나고 있었다. 집이 무너지고 하늘과 땅이 진동하지만 또 아무 소리도 나지 않는 그런 일이었다.

누군가 아주 가볍게 내 방문을 두드리는 것 같았다.

정말로 어떤 사람이 가볍게 내 방문을 두드리고 있었다.

다시 등불을 켰다. 신발을 신고 방문 바로 뒤에 서서 물었다.

"누구세요?"

여자였다. "잠깐 문 좀 열어주세요."

목소리는 달빛이 물 위에 미끄러지듯 가볍고 촉촉했다.

다시 방문을 열었다.

문이 열리자 여자는 웃으면서 재빨리 방 안으로 들어왔다. 그 불빛 안에서 다급히 방에 들어온 여자는 뜻밖에도 만개한 꽃처럼 활짝 펼쳐져 있었다. 깜짝 놀란 나는 그녀가 오늘 내가 이곳에 도착했을 때 음식점 문가에 서 있던 아가씨임을 알아보았다. 동그란 얼굴에 통통한 몸매로 몸 위아래 전체가 사람들의 사랑을 부르는 아가씨였다. 나이는 열대여섯 혹은 열예닐곱쯤 되어 보였다(도대체 몇 살이나 되는지 알 수 없었다). 산언덕이나 풀밭에 핀 꽃 같은 아가씨였다. 사람들이 많고 번화한 곳에서는 아름다움이 드러나지 않지만 풀도 없고 물도 없는 곳에서는 찬란한 아름다움과 향기를 사방으로 내뿜는 그런 꽃이었다(그녀는 어떻게 그토록 아름다울 수 있는 것일까? 어떻게 갑자기 그렇게 예뻐질 수 있는 것일까?). 그녀는 그랬다. 원래는 예쁘지도 않고 못생기지도 않았지만 이렇게 야심하고 조용한 시간에, 세상에 아무도 없고 그녀와 나만 한방에 있는 것 같은 시간에는 특별히 아름다워 보일 수 있었다. 더없이 여리고 촉촉한 아침 기운으로 사람을 압박할 수 있는 그런 여자아이였다. 그녀가 고요한 밤 허공에 서자 청춘의 숨결이 주르륵 밤공기 속으로 흘러내리는 것 같았다. 그렇게 문가에 서 있는 그녀의 얼굴에 불빛 속에서 뭔가 눈부신 기운이 반짝였다. 그녀가 손에 들고 있던 붉은 목합을 내밀며 말했다.

"사장님께서 가져다드리라고 했어요. 한번 열어보세요."

그러고는 나를 힐끗 쳐다보며 뒤로 한 걸음 물러섰다. 내 모습을 좀 더 뚜렷하게 보려고 한 걸음 뒤로 물러선 것 같았다.

목합 안에 든 것이 뭐냐고 물었다.

그녀는 또다시 얼굴이 빨개지더니 부끄러운 것 같기도 하고 대담한 것 같기도 한 표정으로 그냥 열어보면 안다고 했다.

　그때 밤은 이미 산속으로 들어가는 작은 오솔길처럼 깊어져 있었다. 거리의 고요함은 밤이슬이 떨어지는 소리마저 들릴 정도였다. 그녀는 내 말에 대답하면서 등뒤 복도 쪽을 힐끗 돌아보더니 다시 몸을 돌려 직접 문을 닫고는 문틀에 반쯤 몸을 기대고 섰다.

　"열어보세요. 보시면 안다니까요."

　나는 불빛에 의지해 목합을 유심히 쳐다보았다. 길이가 한 자쯤 되고 너비와 높이가 공히 서너 자쯤 되는 목합이었다. 약간 신비하면서도 무거운 것이 시골에서 집집마다 전해 내려오는 홍목 장신구함 같았다. 목합 뚜껑에는 납매화蠟梅花가 새겨져 있고 납매화 꽃잎 부분은 붉은 옥으로 상감되어 있었다. 그 노란 불빛 아래서 목합은 그윽한 빛을 발하고 있었다. 목합 표면 전체가 여인의 얼굴처럼 매끄러웠다. 또한 목합에서는 박달나무 향기가 풍겼다. 목합을 받아들고 방 안쪽으로 몇 걸음 물러서서 탁자 위에 내려놓은 다음 뚜껑을 열어보았다. 목합 안에는 붉은 비단이 한 겹 덮혀 있었다. 붉은 비단을 걷어내자 노란 비단이 나왔다. 노란 비단을 걷어내자 이번에는 초록 비단이 나왔다. 마지막으로 조심스럽게 초록 비단을 들추자 비단 세 겹에 싸여 있던 물건이 모습을 드러냈다. 둥근 모양의 유백색 물건에서 물푸레나무 향기가 풍겨나왔다. 물푸레나무로 만든 것 같았다. 손으로 그것을 살짝 건드려보았다. 솜에 닿은 듯한 촉감이 느껴졌다. 부드럽고 탄력이 있었다. 내 손가락에 부드러운 향기가 퍼지는 것 같았다. 목합에서 손가락을 빼내는 순간, 갑자기 그 물건이 무엇인지 알 것도 같았다. 심장이 뛰면서 이내 얼굴 위로 뜨거운 열기가 밀려왔다. 재빨리 비단 세 겹으로 그 물건을 덮은 후 탁 하고 목합을 닫아버렸다. 목합 뚜껑이 닫히는 순간 본능적으로 뒤로 한 걸음 물러선 다음, 몸을 돌려 목함을 가져온 아가씨를 쳐다보았다. 아가씨는 내 등뒤에 서 있었다. 얼굴에 천진난만한 미소를 짓고 있었다. 군색한 내 모습에 신이 나기라도 한 것 같았다.

이 목함을 정말 링쩐이 보낸 거냐고 물었다.

아가씨는 자신을 씽얼이라고 소개했다.

그녀에게 이름이 뭐냐고 물었다.

그녀는 정말로 사장이 이 물건을 보여주라고 보냈다고 했다.

올해 몇 살이냐고 물었다.

고개를 들고는 아무 말도 하지 않았다. 나더러 알아맞춰보라는 뜻인 것 같았다. 그러나 내가 나이를 가늠하고 있는 사이에 그녀가 대뜸 열아홉이라고 답했다. 방금 열아홉 살이 되었다고, 믿지 못하겠다면 신분증을 보여줄 수도 있다고 했다. 그러면서 오늘은 방에 두고 왔으니 내일 아침에 가져다 보여주겠다고 말을 이었다. 잠시 후 탁자 쪽으로 걸음을 옮긴 그녀는 나와 마찬가지로 그 목함을 내려다보다가 조심스럽게 탁자 한가운데로 밀어놓고 나서 탁자 모퉁이에 몸을 기댄 채 나를 쳐다보며 내가 정말 교수인지 물었다.

"정말 경성에서 오셨어요?"

물을수록 그녀의 호기심은 더해만 갔다. 크고 동그란 눈이 촉촉하게 빛났다. 내 말을 믿지 못하겠다는 듯한 눈빛이었다. 내가 경성의 교수라는 사실이 그녀에게는 거짓으로 느껴지는 모양이었다. 그녀가 반신반의하듯 말했다.

"우리 사장님 링쩐 언니 말로는 선생님이 교편을 잡고 계신 학교가 중국에서 가장 좋은 학교라고 하던데요. 선생님 학교가 세계적으로 유명하고, 외국인들도 그 학교 출신이라고 하면 깜짝 놀란다고 하더라고요. 선생님이 그 대학교 교수라고 하면 모두들 놀라서 눈을 크게 뜨겠죠? 양 교수님, 경성에서 오신 분을 뵙는 건 처음이에요. 게다가 교수님은요. 링쩐 언니 말로는 교수님께서 글도 많이 쓰시고 저서도 아주 많다고 했어요. 댁이 바러우산에 있다면서요. 언니가 오늘밤을 선생님과 함께 보내래요. 바로 이 방에서 선생님을 잘 모시라고 당부했어요."

그녀는 계속 말을 이었다.

"양 교수님, 목합 안에 든 물건 보셨죠? 그러면서 뭘 그렇게 능청을 떠세요?

어째서 여자를 보는 눈이 다른 사람을 보는 눈과 똑같을 수 있어요? 공부를 많이 하신 분들은 여자를 봐도 다 그런가요?

밤이 늦었어요. 그렇게 꼼짝도 않고 서 계시면 어떡해요.

그렇게 꼼짝도 안 하시면 제가 그냥 가버릴 수도 있어요.

저 정말로 가요.

선생님처럼 이렇게 한밤중에 여자를 보고도 손가락 하나 까딱하지 않는 분은 처음 보네요.

제가 돈을 요구할까봐 두려우세요? 그건 걱정하지 마세요. 링쩐 언니가 한 푼도 받지 말라고 당부했거든요. 선생님은 경성에서 오신 교수님이고 또 사람들이 흔히 말하는 지식인이시잖아요. 저로서는 쉽게 만날 수 없는 분이에요. 그러니 링쩐 언니가 부탁하지 않았어도 돈을 요구하지는 않았을 거예요. 선생님이 돈을 주지 않으셔도 저는 절대 요구하지 않을 거라고요.

게다가 선생님은 링쩐 언니 손님이니까요.

정말로 돈은 한 푼도 필요 없어요. 계속 다가오지 않으시면 저는 정말로 가야 해요. 제가 애원하는 것처럼 만들지 마세요. 도대체 왜 이러시는 거예요? 제가 싫으세요? 못생겨서 불쾌하신 건가요 아니면 제대로 시중들지 못해서 맘에 안 드시는 거예요? 솔직하게 있는 대로 다 말씀드렸잖아요. 링쩐 언니는 이런 말 하지 마라고 제게 몇 번이나 반복해서 당부했단 말예요. 하지만 선생님은 진정한 지식인인 것 같은데다 연세도 우리 아빠와 비슷해 보여요. 이마가 넓고 눈썹 사이가 긴 게 우리 아빠랑도 닮았거든요. 저는 지금 선생님께 있는 그대로 말씀드리는 거예요. 지금 우리 현성은 선생님이 계신 경성보다 더 번화해졌어요. 서쪽으로 백 미터만 가면 뒤쪽 거리에 호텔이랑 술집, 이발소, 발마사지업소, 여관 등이 늘어서 있어요. 보통 사람들이 사는 집에서도 낮에는 과일이나 술 담배를 팔지만 밤에는 우리 같은 여자들이 장사를 해요. 그 거리에 있는 호텔이나 음식점에서 일하는 아가씨들은 낮에는 서빙하고 설거지하는 종업원이지만 밤이 되면 남자들이 원하는 대로 몸을 팔기도 하죠. 이발소나 발마사지업소의 종업원들은 남자들 머리를 손질해준 다음 그들을 데리고 안쪽 방으로 들어가곤 해요. 남자들 발을 씻겨주다가 다 씻지도 않은 채 둘이 함께 침대로 올라가기도 하고요. 그곳 아가씨들은 장사가 아주 잘돼요. 남자들은 모두 그곳을 천당 거리라고 불러요. 성도°와 시 간부들도 일부러 그곳까지 와서 즐기다 간다니까요. 그 천당 거리 때문에 정부로의 업소들은 전부 망해가고 있어요. 현성의 다른 장사들도 전부 무너지기 직전이죠. 길가의 과일가게나 술 담배를 파는 노점들도 접대하는 아가씨들이 없으면 아무도 물건을 사러 오질 않아요.

세태가 많이 변했어요. 한때는 링쩐 언니 음식점도 장사가 아주 잘됐어요. 저녁에 바러우 음식을 먹으러 찾아온 손님들이 입구에 장사진

● 省都. 중국의 최상급 지방행정 단위인 성의 정치적 문화적 중심 도시.

을 칠 때도 있었으니까요. 하지만 점차 장사가 안 되더라고요. 남자들이 전부 천당 거리에 가서 밥을 먹기 시작했으니까요. 그곳에서는 술이랑 밥을 배불리 먹고 나면 얼마든지 여자들이랑 놀 수 있거든요. 차를 마시거나 마작을 할 수도 있고요. 아가씨들한테 노래를 시켜도 되고 춤을 시켜도 되고 심지어 함께 목욕을 하자고 해도 다 통해요. 술이 가득 담긴 술잔을 탱탱한 젖가슴 위에 올려놓고 방 안을 세 바퀴 돌라고도 한다니까요. 술잔이 젖가슴에서 떨어지지 않으면 그들이 그 술을 마시고, 떨어지면 아가씨한테 벌주 세 잔을 마시게 하죠.

정부로 술집이나 이발소, 기타 업소들은 사실 모두 정상적인 장사를 하고 있어요. 대개 이런 서비스는 안 해요. 여자들에게 남자들을 접대하라고 하지도 않고 남자들에게 여자들을 접대하라고 하지도 않아요. 밝은 데서는 정상적인 장사를 하고 어두운 데서는 여자 장사를 하거나, 밝은 데서는 이발소를 하고 어두운 데서는 몸을 파는 일도 없죠. 정부로에서 장사하는 사람들은 전부 단정한 사람들이에요. 남녀 종업원들도 모두 괜찮은 애들이고요. 억지로 일하는 게 아니니까요. 사장님들도 종업원들에게 그런 짓을 안 시키죠. 만부득이한 상황이 아니라면 우리 여자들도 남자들에게 성적 시중을 드는 일은 없을 거예요.

양 교수님, 제 이름은 장씽얼이에요(우리 학교 총장과 같은 성이었다). 링쩐 언니는 저를 샤오씽얼이라고 불러요. 오늘 교수님께서는 링쩐 언니 손님으로 오셨죠. 경성에서 오신 교수님이고 지식인이라 나랏일 하는 사람들과는 다르네요. 돈 좀 있는 사업가들과도 다르고요. 만부득이한 상황이 아니었다면 링쩐 언니가 제게 이 목합을 들고 와서 교수님께 보여주라고 하지는 않았을 거예요. 저를 불러서 그렇게 많은 얘기를 하지도 않았을 거고, 산을 산이라 말하지도 물을 물이라 말하지도 말아달라는 부탁 같은 것도 하지 않았겠죠. 언니는 제게 교수님을 잘 모시라고만 했어요. 그리고 교수님께 이 도시에서 일어나고 있는 일들에 대해 너무 많은 얘기도 하지 말라고 했어요.

저는 지금 교수님께 모든 걸 있는 그대로 다 말씀드리고 있는 거예요. 그리고 곧 날이 밝을 거예요. 보세요, 뒤뜰의 달빛이 마당에서 지붕 위로 올라갔잖아요. 귀뚜라미 울음소리가 마치 퉁소 소리 같아요. 바닥에서 스멀스멀 올라온 냉기가 성큼성큼 방 안으로 밀려오고 있어요. 교수님은 그 자리에 꼼짝하지 않고 서서 물 한 주전자를 거의 다 마셨으면서도 눈 한 번 깜빡이지 않고 저를 뚫어져라 쳐다보고만 계세요. 저와 잘 생각이 아니라면 절 그냥 보내주시고 저와 자고 싶으시면 얼른 옷을 벗고 침대로 올라가세요. 그렇지 않으면 저는 내일 음식점 문을 열자마자 또다시 입구에 서서 눈을 크게 뜨고 손님들을 끌어들여 장사를 해야 하거든요. 교수님은 주무시고 싶을 때까지 주무실 수 있잖아요. 양 교수님, 시간이 정말 늦었어요. 곧 날이 밝을 거예요. 이렇게 날 밝을 때까지 그냥 앉아 있을 수는 없잖아요. 교수님처럼 학식 있는 사람들은 하고 싶은 일이 있어도 감히 입 밖에 내지 못한다는 거 잘 알아요. 이렇게 하죠. 제가 그냥 가는 것에 동의하면 고개를 끄덕이시고 동의하지 않으면 고개를 가로저으세요. 저와 잠자리를 하고 싶으면 고개를 끄덕이시고 그렇지 않으면 가로저으세요. 제가 가는 것도 싫고 저와 자는 것도 싫다는 거 잘 알아요. 저와 잠자리를 하면 링쩐 언니가 교수님을 다른 눈으로 볼까봐, 교수님을 다른 남자들과 똑같은 보통 사람으로 취급할까봐 두려우신 거죠. 그래서 이러지도 못하고 저러지도 못한 채 아무 말도 하지 않으시는 거잖아요. 그냥 저를 여기 이렇게 날 밝을 때까지 앉아 있게 하는 수밖에 없는 거죠. 저 씽얼은 날이 밝을 때까지 교수님과 함께 여기 있을 거예요. 그러니 내일 링쩐 언니한 테 얘기해서 낮에 잠 좀 잘 수 있게 해주세요. 그렇게만 해주시면 링쩐 언니한테 처음부터 끝까지 있는 그대로 다 얘기할게요. 교수님께서 밤 새 제 몸에 손가락 하나 대지 않았다고, 오히려 제게 일찍 방에 돌아가 자라고 했다고 말예요. 그냥 제가 교수님이 외롭게 보여 아침까지 같 이 있어 준 것 뿐이라고, 교수님은 날 밝을 때까지 저와 함께 있었는데 도 제게 손가락 하나 까딱하지 않은 아주 완전히 바른 사람이라고, 엄 청나게 정직하고 곧은 지식인이라고 말할게요.

양 교수님, 링쩐 언니한테 이렇게 말하면 되겠죠? 괜찮으면 고개를 끄덕이시고 그렇지 않으면 고개를 가로저으세요. 보세요, 정말로 고개 를 끄덕이셨네요. 제 말이 틀리지 않은 거죠? 교수님 같은 지식인들은 우리 같은 여자들이랑 자고 싶기도 하지만 위신이 깎일까봐 두렵기도 하겠죠. 그래서 오늘밤 저를 일찍 돌아가 자게 하지도 않고 이 자리에 이렇게 꼼짝없이 서서 저를 건드리지도 않는 거예요. 말해보세요. 제 말이 맞죠?"

나는 그녀의 말이 조금도 틀리지 않다고 말했다.

"제가 어렸을 때 우리 집 돼지우리 옆에 플라타너스가 한 그루 있었 어요. 아주 굵고 단단한 나무였죠. 나무 전체에 생생한 물기가 흘렀지 만 곧게 자라지는 못하고 중간 부분부터 돼지우리 맞은편으로 기울기 시작하더니 수관이 하늘을 절반이나 가릴 정도로 자랐어요. 하지만 둥 글게 자라지는 못했고, 돼지우리 쪽 가지에는 아예 잎이 하나도 없었 어요. 가지와 잎이 전부 돼지우리를 피해서 자랐던 거예요. 마을 사람 들은 그 나무를 보면서 이구동성으로 덕성이 좋은 나무라고 했죠. 비 스듬히 자란 것이 더러운 돼지우리가 싫었기 때문이라고, 돼지우리의 더러운 기운이 자신을 오염시킬 게 두려워 그런 거라고 했어요. 교수님 생각은 어떤 것 같아요?

그해에 우리 할머니가 돌아가셔서 그 플라타너스를 베어 관을 짜야 했어요. 할머니는 겨우 스물둘에 남편을 잃고 평생을 수절하셨거든요. 그래서 우리 아빠와 마을 사람들은 모두 그 나무의 덕성이 훌륭하고 정조가 있는 나무라 할머니의 관으로 쓰기에 더할 나위 없이 적합하다고 했어요. 그런데 그날 나무를 베려고 땅을 파고 나서야 알게 됐어요. 그 나무가 굵고 단단하고 생기 있게 자란 건, 그 뿌리가 전부 돼지우리 쪽에 있었기 때문이었다는 걸 말예요. 돼지우리 바깥쪽에는 뿌리가 하나도 없었어요. 지식인들도 이 나무랑 똑같은 것 같아요. 뿌리는 남몰래 돼지우리 밑에 숨기고 몸통과 가지, 잎은 돼지우리에서 십만 팔천 리나 떨어진 곳으로 피해 있거든요. 교수님 같은 지식인들은 가짜로 절개를 지키는 척하는 나무예요, 맞죠?"

정말로 정조를 가장하는 그 나무와 다르지 않았다.

동문지분

천당 거리에 온 교수

「진풍」에 있는 시로, 남녀가 서로 사모하고 기뻐하는 마음을 묘사한 대단히 감동적인 애정시다. 분은 흰 느릅나무를 가리킨다.

東門之枌

결국 어제 날이 밝아올 때가 되어서야 잠이 들어 다음날 열시쯤에 일어났다. 밥을 먹고 나니 이미 오전 열한시였다. 링쩐을 만나 이야기를 나누고 싶었다. 예컨대 어젯밤 씽얼에게 목합을 가져다 내게 보여주라고 하지 말았어야 했다고 말이다. 어제 난 씽얼과 얘기만 나눴을 뿐, 그녀의 털끝 하나 건드리지 않았다고 말해야 했다. 하지만 음식점 문 앞에 이르자 종업원 하나가 링쩐이 병원에 갔다고 했다. 내게 그만 자고 일어나 가고 싶은 곳을 돌아다니며 구경하는 게 어떻겠느냐는 말을 남겼다고 했다.

씽얼이 말한 그 천당 거리에 가보고 싶었다.

바러우주가에서 나오다가 문가에서 씽얼을 보았다. 그녀는 여전히 가게 제복을 입고 입구에 서 있었다. 조금 불안한 마음으로 그녀를 향해 고개를 한 번 끄덕였다. 어째서 이렇게 일찍부터 일을 하느냐고 묻고 싶었다. 하지만 입을 열기도 전에 그녀는 가게 안에서 채소를 다듬고 양파껍질을 까는 조리사를 한 번, 식탁에 흰색 식탁보를 까는 종업원 언니들을 한 번 쳐다보더니 빨개진 얼굴로 고개를 쳐들고는 낮은 목소리로 말했다.

"링쩐 언니에게 다 말했어요. 그런데 언니는 교수님이 날 밝을 때까지 가만히 앉아서 저를 쳐다보기만 했을 뿐 털끝 하나 건드리지 않았다는 사실을 믿지 않는 것 같았어요."

나는 문가에 서서 약간 감격스러운 표정으로 그녀를 바라보았다. 그녀의 빨개진 얼굴과 살이 붙어 동그란 어깨를 바라보았다.

내게 밖에 나가 한 바퀴 둘러볼 생각이냐고 물었다.

나는 백화점에 치약을 사러 갈 생각이라고 했다.

북쪽을 향해 걸음을 옮기자 그녀가 북쪽에 있는 길 하나를 가리키며 그쪽에 춘래슈퍼라는 슈퍼마켓이 있는데 대도시 슈퍼마켓처럼 물건이 아주 많다고 말해주었다.

그녀가 가리키는 방향을 따라 북쪽으로 가다가 네거리에 이르러 뒤를 돌아보았다. 씽얼의 시선이 나를 향하고 있지 않은 것을 확인한 나는 다시 몸을 돌려 서쪽 대로를 향해 걸어갔다. 해가 중천에 떠서 환하게 빛나고 있었다. 아직 푸르고 싱싱한 가을 잎이 달린 길가의 굽은 버드나무와 홰나무(나는 어젯밤에 씽얼이 내게 들려준 그녀 집의 플라타너스를 생각하면서 속으로 웃음을 터뜨렸다)가 수관 아래로 동그랗고 뾰족한 빛 조각을 무수히 뿌려대고 있었다. 마치 길바닥에 금은 조각이 깔려 있는 것 같았다. 이 현성에는 주요 도로가 세 개 있었다. 맨 앞 도로는 공공도로 및 운송로로 쓰이고 가운데가 바로 정부로였다. 그리고 현성 맨 서쪽 산 아래 있는 도로가 천당 거리로, 두말할 것도 없이 현성의 대표적인 소비구역이었다. 동서로 횡관하는 이 세 거리 가운데 하나를 따라 걷다가 눈 깜짝할 사이에 천당 거리에 도착한 나는 그곳 경관을 이리저리 둘러보았다. 천당 거리는 나머지 두 도로와 현성 전체의 건물들과 조금도 다를 바 없는 정취와 분위기를 자아내고 있었다.

정「자 모양의 삼거리에 서니 등뒤로 평상시와 똑같은 일상적인 길과 행인들의 모습이 펼쳐졌다. 자동차나 오토바이를 수리하는 집이 몇군데 있어 길가 나무 밑에서 탕탕거리면서 뭔가를 두드리고 있었다. 나무 위에 걸려 휘날리는 흰색 비닐봉지들이 휘리릭 소리를 내며 펄럭였다. 길가 쓰레기 더미와 화장실에서 한가을 봄날의 붉은 꽃 같기도 하고 여름날의 초록 풀 같기도 한 쉰내가 풍겼다. 눈앞의 시멘트 길은 천당 거리의 청석 대로로 이어지고 있었다. 대충 살펴보니 길 양쪽에 굵직한 플라타너스들이 늘어서 있고 오동나무 아래로 수많은 음식점과 술집, 호텔, 맥주홀, 발마사지업소, 이발소, 안마시술소 등이 봄을 맞은 바러우산맥 길가의 잡풀처럼 늘어서 있었다. 어느 도시에서나 볼수 있는 화려한 모습이었다. 간판에 새겨진 글자들도 하나같이 요란하게 백가쟁명을 이루고 있었다. 감히 아주 작은 이발소를 '이발 세계'라고 불렀고(거창하지만 어울리지 않는 이름이다), 구멍가게만 한 음식점을 감히 '중국 미식성美食城'이라고 불렀으며(유명무실한 명칭이다), 작은 발마사지업소를 감히 '족행천하足行天下'라고 칭했다(군중의 정서에 영합하여 마음을 사려는 이름이다). 노면은 청석으로 마감된 보행자 전용 도로였지만(경성 왕푸징의 보행자 전용 도로와 약간 비슷하긴 했다), 길 양쪽에는 아무렇게나 네모난 쓰레기통이 놓여 있었다. 쓰레기통 안은 텅텅 비어 있고 쓰레기통 밖에는 쓰레기와 땔감이 쌓여 있었다(어떻게 이런 길을 천당 거리라고 할 수 있을까?). 나는 의구심을 떨치지 못하고 거리 입구에 서서 길을 잘못 든 사람처럼 사방을 둘러보았다. 이때 이제 막 문을 연 큰길 건너편 이발소 안에서 아주 곱고 화려하게 차려 입은 아가씨 하나가 나오더니 내게로 다가왔다. 가까이 다가온 아가씨는 나를 위아래로 한 번 훑어보고는 어디에서 왔느냐고 물었다.

"이 거리에 식사하러 오신 건가요 아니면 놀러 오신 건가요?

에이, 이리 오세요.

절 따라오세요."

그녀는 나를 향해 놀리듯이 웃으며 말했다.

"이리 와요. 여긴 안전할 뿐 아니라 아가씨들도 아주 예쁘다고요."

그렇게 웃으면서 아가씨는 맞은편 이발소를 향해 걸어갔다. 아주 빨리 도로 건너편으로 간 그녀는 다시 고개를 돌리더니 황당하다는 듯한 표정으로 그 자리에 그대로 서 있는 나를 발견하고는 도로를 사이에 두고 큰 소리로 외쳤다.

"이리 오세요. 마음에 안 드시면 다른 집으로 가셔도 돼요."

그녀가 외치는 소리에 깜짝 놀랐다. 좌우를 살펴봤지만 내게 신경 쓰는 사람은 찾아볼 수 없었다. 뒤에서 자전거를 수리하고 있던 중년 사내는 나와 몇 미터밖에 떨어져 있지 않았지만 듣고서도 못 들은 척 했다(이런 상황에 익숙할 터이니 쳐다보는 게 더 이상한 일이 아닐까?). 나는 도로를 사이에 두고 키가 크고 비쩍 마른 그 아가씨를 바라보며 말했다.

"라면집은 어디에 있나요? 그 유명한 바러우산맥의 야채국수를 한 그릇 먹고 싶은데 어디로 가야 합니까?"

그녀는 의심스럽다는 듯한 눈길로 나를 쳐다보았다.

"정말 국수를 드시고 싶으세요? 국수를 드시려면 곧장 앞으로 가시고 노실 거면 저희 가게로 들어오세요. 만족스럽지 않으면 돈을 한 푼도 안 받을 테니까요."

이렇게 말하고는 정말로 가려고 하자 얼른 한걸음에 날 따라오더니 설명을 늘어놓기 시작했다.

"아직 낮이니 깎아드릴게요. 방값도 안 받고 찻값도 안 받을게요. 물은 도시 사람들이 좋아하는 광천수고요, 차도 가장 품질이 좋은 마오젠• 처녀차예요.

정말 놀다 가실 생각 없어요?

안 놀고 그냥 가시면 남자가 아니지.

멍청한 양반, 정말 안 노실 거예요?"

나는 그저 앞만 보고 걸었다. 등뒤에서 붉은색 장미 가시 같은 그녀의 교태 어린 목소리가 바늘처럼 나를 찔러댔다. 감히 고개를 돌릴 수 없었다. 고개를 돌렸다가는 반나체의 여자 그림이 그려져 있는 이발소 입구 안으로 나를 끌고 들어갈까 두려웠다. 나는 발바닥에 바람을 일으키며 잰걸음으로 걸었다. 걸으면서도 길 양쪽을 두리번거리지 않을 수 없었다. 양쪽 길가에는 각양각색의 상점들이 전부 문을 활짝 열고 있었고 정식으로 영업을 하느라 바삐들 돌아치고 있었다. 음식점 입구를 빗자루로 쓰는 사람이 있는가 하면 문 앞 노상에 영업중이라는 입간판을 세우는 사람도 있었다. 정오를 맞은 가을의 노란 햇빛이 따스하게 빛나면서 소박한 향기로 넘쳐났다. 공기에서는 물에 젖은 진흙 냄새가 났고 길 양쪽에서 날아오는 향수 냄새도 뒤섞여 있었다. 부

• 毛尖. 품질 좋은 찻잎의 어린 순만 골라 만든 녹차의 일종.

드러운 플라타너스 잎들이 햇빛을 받아 투명하게 빛났다. 나뭇잎 위에 명주실처럼 이리저리 얽혀 있는 잎맥이 선명하게 보였다. 술집 종업원인지 안마시술소 종업원인지 알 수 없는 아가씨 하나가 입술을 초록색으로 칠하고서 길가에 앉아 손톱을 깎고 있다가 나를 보고는 그 입술을 내밀어 내 속마음을 탐문하듯 가볍게 미소를 지었다. 아무 말이 없자 아가씨는 다시 앞을 보면서 계속 손톱을 깎았다.

나는 계속해서 앞을 향해 걸어갔다.

가게 입구마다 짙게 화장하고 서서 손님을 유혹하는 아가씨들이 서 있었다. 가게 문 앞마다 화분을 한두 개씩 내다놓은 것 같았다. 아가씨들은 서 있기도 하고 앉아 있기도 했다. 옷을 갖춰 입은 아가씨나 노출이 심한 아가씨나 하나같이 당당하고 떳떳한 표정이었다. 누군가 웃는 얼굴을 보이면 얼른 입을 내밀어 따라 웃으며 친절하게 말을 걸곤 했다.

남방 음식을 전문으로 파는 음식점 앞에 이르자 치파오를 입은 허리가 가는 아가씨가 북방 사투리로 내게 물었다.

"아저씨, 항저우에 가보셨나요?

하늘에는 천당이 있고 땅에는 항저우와 쑤저우가 있다는 거 아세요?

이리 오세요. 먹을 것 마실 것 다 갖춰져 있고요, 항저우와 쑤저우 아가씨들이 함께 놀아드릴 거예요."

발마사지를 전문으로 하는 업소 입구에 이르자 문 앞에 커다란 나무판이 하나 걸려 있고 나무판에는 커다란 나무 대야가 그려져 있었다. 나무 대야에는 물이 반쯤 담겨 있고 누군가 발을 담그고 있었다. 그 나무 간판 아래서 젊은 아가씨 하나가 신문을 보고 있다가 내가 다가오는 것을 보고는 황급히 신문을 내려놓았다.

"발마사지 하시게요?

전 아저씨가 외지 사람이라는 걸 한눈에 알아볼 수 있어요. 이리저리 돌아다니시느라 고생해서 힘도 없으실 텐데 와서 발마사지도 하고 안마도 받아보세요.

어서 오세요. 다른 부위에 안마를 받으실 수도 있어요. 아가씨들한테 말씀만 하시면 어디든 안마해드려요."

한 호텔 앞에 이르자 아가씨 하나가 갑자기 길 한가운데로 튀어나와 앞을 가로막았다

"호텔에 묵으실 건가요?

이리 오세요. 아가씨들 모두 병이 없어요. 매일 깨끗이 씻거든요. 게다가 가격도 적당하지요. 전부 스무 살도 안 된 어린 아가씨들이에요."

한 국수 가에 앞에 이르렀다. 분명히 음식점이었는데 나이가 마흔이 넘어 보이는 여주인이 억지로 나를 잡아끌면서 국수만 있는 게 아니라 맛있는 음식이 또 있다고 말했다.

"맛있는 것만 있는 게 아니라 보기 좋은 것도 있답니다.

뭘 드시고 싶으세요? 말씀만 하시면 뭐든 다 만들어드릴게. 같이 놀고 싶은 아가씨가 있으면 다 구해다드릴게. 좀 거친 아이도 있고 밝히는 아이도 있어요. 말만 해도 얼굴이 빨개지는 아이도 있지."

나는 천천히 걷다가 걸음에 속도를 내기도 하면서 이 거리를 통과했다. 거리를 다 지나온 게 마치 가시 가득한 화초가 깔린 긴 후통을 통과한 듯했다. 걸음을 멈추고 거리 입구에 서 있는 신선한 꽃과 푸른 풀들을 바라보고 있자니 어디선가 부드러운 가시가 달린 손이 달려들 것만 같았다. 사람들은 그 가시를 피해 계속 앞을 향해 걸어가지만 그 꽃과 풀의 짙은 향기가 사람들을 끌어들였다. 벌을 끌어들이고 나비를 끌어들이는 것 같았다. 나는 걷다가 멈추기를 반복하면서 여기저기 기

웃거리며 구경을 계속했다. 이 가게 입구에 서 있는 아가씨와 몇 마디 나누고 저 가게 입구에 앉아 있는 아가씨와 몇 마디 주고받는 내 모습이, 마치 여기서 풀을 조금 베고 저기서 가지를 좀 잘라내는, 과수 재배하는 농부 같았다.

어느 사우나 앞에 이르러 입구에 서 있는 아가씨에게 바러우 국수를 만들어줄 수 있느냐고 물었다.

아가씨는 이상하다는 듯한 눈빛으로 바라보더니 내가 무척이나 교양 있는 사람처럼 보인다고 했다.

음식점 앞에 도착하자 입구에 서 있던 아가씨가 여러 번 인사를 올리며 반갑게 맞아주었다. 그곳에서 목욕을 할 수 있는지 물어보았다.

아가씨는 눈을 크게 뜨고 나를 쳐다보면서 교양 있어 보이는 사람이 어떻게 글도 읽지 못하느냐고 되물었다.

나는 웃으면서 대학교수 신분증을 꺼내어 그녀에게 보여주었다. 아가씨는 도저히 믿지 못하겠다는 듯이 나를 쳐다보더니 신분증에 붙어 있는 사진을 자세히 살펴보면서 정말 대학교수냐고 물었다. 그러면서 정말 대학교수면 어서 들어와서 식사를 하라고, 먹고 싶은 게 있으면 조리사에게 말해 뭐든 다 만들어내게 하겠다고 했다.

하지만 나는 식사를 하지도 않았고 목욕을 하지도 않았다. 안마를 하거나 머리를 깎지도 않았고 뭔가를 사지도 않았다. 그냥 그렇게 동에서 서로 천당 거리 여기저기를 돌아다니면서 이것저것 구경하고 물어보았다. 어느 가게든 마음 내키는 대로 들어가 구경하면서도 그 가게 안에서 무슨 일이 터지지나 않을까 두렵기도 했다. 뭔가 일이 터지기를 갈망하면서도 어떤 일이 일어나기를 바라는지는 알 수 없는 사람 같았다. 그렇게 이리저리 멍청하게 천당 거리를 한 바퀴 돌았다. 탐험을 한 것처럼 즐겁고 자극적이었다. 그 거리를 떠날 때가 되자 아주 오래전부터 보고 싶었던 연극을 본 듯 한 막 한 막의 장면과 줄거리가 머릿속에 펼쳐졌다. 새싹이 봄비를 맞은 듯 꽃을 피우고 열매를 맺었지만 때를 잘못 고른 양 몹시 혼란스러웠다. 그러나 정말로 그 거리를 떠날 때가 되어 큰길 끝에 있는 삼층짜리 호텔 앞을 지나치려 할 때, 나는 그 호텔 입구 광고판에 '식사 가능, 투숙 가능, 오락 가능'이라고 쓴 문구를 발견하고는 갑자기 뒤를 돌아보았다. 그 거리에 뭔가를 떨어뜨린 것 같았다. 일단 그 거리를 떠나면 다시는 돌아올 수 없는 것처럼 마음속에 어두침침한 후회가 물밀듯 밀려왔다. 몸이 송두리째 그물에 잡힌 듯했다. 마음이 붙잡혀버린 것처럼 당장 몸을 돌려 다시 그 거리로 되돌아가고 싶었다. 담대한 마음으로 예쁜 아가씨들이 맞아주는 호텔이나 이발소, 발마사지업소로 들어가보고 싶었다.

바로 이때, 내 앞에 있는 삼층 건물 아래 붙어 있는 두 칸짜리 지저분한 단층집 안에 화장도 안 하고 화려한 치마나 옷을 입지도 않고 머리를 굵고 크게 두 갈래로 땋은 아가씨들 모습이 눈에 들어왔다. 아가씨들은 물을 한 통 들고 건물 입구에서 그릇을 닦고 있다가 나를 보고는 멍한 표정을 짓더니 내가 누군지 알아보기라도 한 양 큰 소리로 외쳤다.

"이봐요 외지 손님, 이 거리를 한 바퀴 쭉 돌아보고 나서 어느 집에도 못 들어간 거예요?

저희 집에 와서 식사하세요. 아주 깨끗해요. 저희는 음식을 파는 것 말고는 손님들한테 깨끗하지 못한 일은 전혀 제공하지 않거든요.

와서 식사하시겠어요? 빠오즈도 있고 쟈오즈餃子도 있어요. 바러우산맥의 야채국수도 있답니다."

232

비풍

따스한 집

「회풍檜風」에 속한 이 시는 고향집을 그리워하는 나그네의 설움을 묘사하고 있다.

匪
風

나는 그 집에 가지 않기로 마음먹었다.

천당 거리를 벗어난 그 순간부터, 길거리의 작은 음식점에서 나를 위해 특별히 만들어준 바러우산맥의 야채국수를 다 먹고 난 그 순간부터, 나는 공공연하게 결정했다. 바다가 마르고 바위가 문드러질 정도로 아주 오래 바러우산맥에서 살면서 사나흘에 한 번씩 도시로 가서 천당 거리를 돌아다녀보기로 마음먹었다. 칭옌대학과 내 아내가 돌아오라고 재촉만 하지 않으면 될 일이었다. 그녀 이름이 뭐였지? 갑자기 이름이 생각나지 않았다. 수많은 사람이 갑자기 문패번호와 전화번호를 잊어버리는 일과 매한가지였다. 나무 아래 서서 한나절이나(사실은 아주 잠깐이었다) 힘들게 생각한 끝에 간신히 그녀의 이름이 자오루핑이라는 게 떠올랐다. 그 이름이 생각나자 나는 손으로 가볍게 내 얼굴을 치면서 "양 교수, 기억력이 거의 돼지 수준에 가깝구먼!" 하고 중얼거렸다. 그러고 나서 결정했다. 그들이 재촉하지 않는 한 바러우산맥 내 고향집에서 봄, 여름, 가을, 겨울을 지나며 달이 깊어지고 해가 갈 때까지 살다가 다시 경성으로 돌아가기로 했다. 칭옌대학에 있는 집으로, 아내 자오루핑 곁으로 돌아가기로 했다.

당분간 경성으로 돌아가지 않기로 결정했으니 링쩐에게 이런 사실을 알려야 했다.

링쩐이 살고 있는 방 두 칸짜리 집에는 원래 사치스러운 시설이나 장식이 없었다. 보통 바러우 사람들이 입는 옷과 다르지 않았다. 벽에는 흰 석회가 발라져 있고 땅바닥에는 붉은 벽돌이 깔려 있었다. 바깥방에는 소파와 의자, 텔레비전이 놓여 있고 안방에는 침대와 옷장이 있었다. 다른 것이라고는 아무것도 없었다. 겨울 꽃이나 여름 풀도 다르지 않고 높은 산과 흐르는 물도 다르지 않았다. 유일하게 다른 것이 있다면 텔레비전 위와 텔레비전 케이스 아래에 약병과 다 먹은 것도, 아직 다 먹지 않은 것도 있는 약봉지가 놓여 있는 것뿐이었다(사실 이것도 그리 특별한 건 아니다). 전부 병원에서 지은 약이었다. 바러우산맥 특산인 호두와 목이버섯, 산나물 같은 것들이다. 밖에 나갔다 들어왔을 때 그녀는 마침 물을 따라 약을 먹고 있었다. 나를 보자 얼른 다탁 위에 있던 약을 치우면서 내게 자리를 권했다.

"거리에 나가 치약과 칫솔을 좀 샀어." 이렇게 말하면서 방금 사서 손에 들고 있던 칫솔과 치약을 그녀에게 보여주었다.

그녀는 점심에 무얼 먹고 싶으냐고 물었다.

나는 이번에 돌아온 건 학교에서 고향인 바러우산맥에 가서 황하 유역의 몇 가지 사항을 조사해오라고 시켰기 때문이라고 했다.

"중국 최초의 시가집인 『시경』에는 많은 시들이 실려 있지. 사실은 노래지만 말이야. 우리 바러우산맥과 황하 인근 지역에서 발생한 시들이야. 나는 『풍아지송』이라는 제목의 책을 한 권 썼어. 『시경』에 나타난 정신과 존재를 전문적으로 연구한 책인데, 학교와 국가에 의해 중점 연구프로젝트로 선정됐지. 앞으로 이 책이 출판되면 중국과 세계를 통틀어 최고의 이론적 경전이 될 거야. 『홍루몽』처럼 대대로 유전될 명작이 될 거라고. 이 책에서 바러우산맥과 황하에서 이천 년 전에 펼쳐졌던 농사와 수렵, 제사, 남녀의 결혼 등에 관해 많은 부분이 언급되고 있어. 이번에 내가 이곳에 돌아오게 된 것도 이천 년 전의 이 일들을 좀더 깊이 있게 조사하기 위해서야. 이천여 년 전에 백성들이 부르던 노래가 어떻게 생성되었고, 어떻게 사람마다 마을마다 유전되었으며, 대체 이 노래들이 어떤 의미를 갖고 있고, 왜 우리 바러우산맥과 황하 유역에만 유전될 수 있었는지를 고찰하는 거지."

그녀는 다소 놀란 듯한 표정으로 나를 바라보았다(천당 거리의 아가씨들이 나를 바라보던 눈빛과 다르지 않은 것 같았지만 어쩐지 천당 거리 아가씨들과는 다른 느낌이었다). 눈빛 속에 뭔가 장중하고 자랑스러워하는 기색이 있었다. 놀랍고 신기한 표정과 확신이 있었다. 아주 분명했다. 내 말과 내 말 속의 묘사와 신성함이 아주 쉽게 그녀를 정복했고 그녀로 하여금 모든 것을 확실히 믿게 했다.

"고향에 돌아온 목적이 그런 것들을 고찰하는 거였군요.

바러우산맥의 수많은 마을마다 글자가 새겨진 바위가 있다는 걸 잊으셨어요?

그럼 오래 머무세요. 저희 집에서 일 년을 머무셔도 좋고 이 년을 머무셔도 좋아요."

그녀는 의자에서 일어섰다. 얼굴에서 이미 아주 오래전 사라졌던 홍조와 흥분이 일었다. 이십 년 전 누군가의 소개로 나를 처음 만났을 때와 같은 모습이었다. 흥분 때문인지, 뜻밖의 상황 때문인지, 그녀의 이마에 한 겹 붉은빛이 일었다. 그녀의 얼굴 위로 붉은빛 무리가 떠 있는 것 같았다. 그녀는 그렇게 선 채로 잠시 나를 바라보더니 안방으로 들어가 열쇠 꾸러미를 들고 나와 내게 건네며 말했다.

"성내에 나오시면 우리 바러우주가에서 묵으시고 첸스촌으로 돌아오시면 우리 집에서 묵으세요. 쑨린이 없는데다 우리 나이도 적지 않으니 마을 사람들이 뭐라고 소곤대는 일은 없을 거예요. 몇 달 묵을 거라고 하지 마시고 몇 년, 아니 평생 묵으실 거라고 하셔도 오빠더러 이 집에 묵으면 안 된다고 할 사람은 아무도 없어요."

건네는 열쇠 꾸러미를 바라보았다.

그녀가 어서 받으라고 말했다.

그러나 열쇠 꾸러미를 받으려는 순간, 그 가운데 황동으로 된 열쇠 하나를 풀어(아마도 그 열쇠는 전에 그녀와 쑨린이 살던 방 열쇠인 것 같았다) 텔레비전 위에 올려놓고는 다시 열쇠 꾸러미를 건네면서 말했다.

"어느 방에 묵으셔도 상관없어요. 책을 보거나 글 쓸 때 어느 방 광선이 더 좋은지 살펴보고 더 좋은 방에 묵도록 하세요."

열쇠 꾸러미를 받아들었다(그녀가 건네는 사랑을 받는 것처럼 무겁디무거웠다). 열쇠를 받아 묵고 있는 방으로 돌아왔다. 마음이 산란한 게 거의 공황상태였다. 참지 못한 나는 그 거리로 가서 좀 걷고 싶었다. 천당 거리에 다시 가보고 싶었다. 거리 양쪽에는 호텔과 음식점, 이발소, 발마사지업소, 안마시술소 등이 늘어서 있었다. 그곳의 모든 남녀가(주로 여자였다) 나를 보기만 하면 가뭄에 비를 만난 듯 친절하게 굴었다. 나를 자신들의 업소로 끌어들이기 위해서라면 당장 무릎이라도 꿇을 기세였다. 여러 해 동안 실종되었던 오빠나 삼촌, 아버지가 갑자기 그들 곁으로 돌아오기라도 한 것 같았다. 업소 입구마다 서 있는 수많은 아가씨들에게 말을 걸면 그녀들은 아주 친절한 눈빛으로 나를 바라보곤 했다. 부모와 함께 길 가다가 실종된 아이 보듯 나를 바라보았다.

"놀러 오신 게 아니라면 뭐하러 오신 거예요?"

"나는 선생으로서 남들에게 사표를 보여야 합니다."

"외모가 아주 교양 있어 보이고 잘생겼으니 행동하는 것도 남들과 다르시겠지요."

"나는 고향이 바러우산맥이지만 이십 년 전에 이미 경성으로 이주한 사람입니다."

"어머나! 경성 사람이시라고요. 정말 경성에서 오셨어요?"

내가 그들(그녀들)에게 신분증을 보여주자 그들(그녀들)은 그걸 보면서도 의심을 떨치지 못했다. 칭옌대학 교수가 천당 거리에 나타난 것을 믿을 수 없다는 듯한 표정이었다. 신분증을 돌려주면서 내가 정말로 경성에서 온 교수냐고 물었다. 나는 고향에 천당 거리 같은 곳이 생기기라고는 생각지도 못했다고 말했다. 믿지 못하는 사람들은 여전히 믿지 못했고 내 말을 믿는 사람들은 나를 끌고 자기네 가게로 들어가려 애를 썼다. 음식점 주인은 정말 경성에서 온 교수라면 내가 먹고 싶은 걸 전부 만들어주겠다고 했다. 안마시술소에서는 내가 정말 교수라면 공짜로 안마를 해주겠다고 했고, 이발소에서는 황성에서 온 유명교수가 맞다면 돈을 한 푼도 안 받고 이발을 해주겠다고 했다. 이발을 다 하고 나서 자기네 등록부에 사인만 하나 해주면 된다는 것이다. 여자 장사를 하는 집에서는 한참 동안 아무 말도 하지 않고 야릇한 웃음만 보이다가 확실한 대답을 듣고 싶다며 물었다.

"정말로 지식인이고, 정말로 황성에서 온 교수님 맞아요? 정말 많은 책을 쓰셨고 정말 대학생들과 박사들을 상대로 수업을 하신다고요? 그게 모두 사실이라면 어서 이리 들어오세요. 원하시는 서비스를 전부 제공해드릴 테니까. 완벽하게 만족시켜드리고 영원히 잊지 못할 기억을 만들어드릴게요. 한 번 맛보시면 매일 다시 오고 싶게 해드릴 테니. 정말 경성에서 오신 교수님이시라면 신분증에 직인과 철도장鐵印이 있을 거예요. 그것만 있으면 다 즐기신 다음 돈은 내고 싶은 만큼만 내세요. 내고 싶지 않거나 돈을 안 가져왔다면 안 내셔도 돼요. 다음에 오실 때 내면 되니까요."

그녀들의 부드러운 인정은 불처럼 뜨거웠고 흙처럼 소박했다. 덕분에 난 집에 돌아온 손님 같았고 정말 여러 해 동안 실종됐다가 갑자기 돌아온 아이가 된 기분이었다. 그녀들의 말처럼 들어가서 이발도 좀 하고 안마시술소에서 잡담도 좀 하고 싶었다. 그녀들에게는 장사가 교수들의 학문이나 교학과 같고 농부들의 농작물과 풍요로운 수확과 같다는 것을 잘 알고 있었다. 내가 들어가서 정해진 가격대로 돈만 내면 절대로 아무 일도 없으리라는 것도 알고 있었다. 하지만 내 심장이 빠르게 뛰고 있었다. 안으로 끌려들어갔다가는 까닭 없이 뭔가 일이 터질 것만 같아 두려웠다. 눈 깜짝할 사이에 내가 여자를 즐기는 한량이 되어버릴 것 같았다(정말로 조심하지 않으면 여자를 밝히는 난봉꾼이 될 것 같았다). 자신이 눈 깜짝할 사이에 교수가 아니라 난봉꾼이 될까봐 나는 두려웠다. 가게마다 입구에 진을 치고 있는 아가씨들이 낯간지럽게 수많은 말을 건넸다. 그 가게들 앞에서 주저하면서 이리저리

238

배회하다가 결국 어느 집에도 들어가지 못하고 천당 거리 북쪽에서 남쪽까지 한차례 헛걸음만 했다. 한 번도 천당 거리에 와보지 않은 사람 같았다(엄격히 말하자면 달랐다).

천당 거리를 한번 더 가보고 싶었다. 그 거리에 가서 누구든 먼저 날 끌어당기는 아가씨를 따라 그 가게 안으로 들어가보고 싶었다. 그곳이 이발소라면 그 집 아가씨에게 머리를 깎아달라고 하고, 발마사지업소라면 한 시간 동안 발마사지를 해달라고 할 작정이었다. 남자들에게 전문적으로 성적인 서비스를 하는 아가씨라면 돈을 주되 만지거나 더 듬지는 않고 얘기만 나누자고 할 작정이었다(반나절 동안 공허한 잡담이나 주고받으면 그만이었다). 이미 이렇게 마음먹고 있었지만 방 안에서 우물쭈물하면서 문을 나서지는 못했다. 좌불안석으로 이리저리 왔다갔다하고 있었다. 마침내 나무 위에 올라간 원숭이처럼 흥분이 되었다. 발정이 났다가 이내 우리에 갇힌 야수가 되었다. 격정과 짜증이 내 신변을 불처럼 태우고 있었다. 바로 이때 링쩐이 건물 아래 마당에서 큰 소리로 외쳤다.

"양커 오빠, 조금 있으면 점심 드실 시간이에요. 저랑 거리 구경 가지 않을래요?"

나는 재빨리 창문을 밀어 열었다. 햇빛이 너무나 좋았다.

링쩐이 고개를 들었다. "광장으로 나가 서쪽 천당 거리를 좀 걷는 게 어때요?"

"나도 천당 거리에 관해 들어봤는데 별로 좋은 곳이 못 되는 것 같아."

큰 소리로 그녀에게 말했다.

"우리가 거기 가서 뭐하겠어? 차라리 좀 깨끗한 광장 쪽을 구경하자고."

제6권 아雅

청청자아

엄숙한 머리 쓰다듬어주기

'청청'은 초목이 무성한 모양이고 '아'는 미나리나 쑥처럼 줄기와 잎을 먹을 수 있는 식물을 말한다. 이 작품은 「소아」에 속한 시로, 인재의 배양을 찬미하는 유명하고 아름다운 교육시다.

菁菁者莪

천당 거리 때문에 나는 내 집이 있는 첸스촌에 오랫동안 머물기로 마음먹었다.

장기간 머무는 이유는 아주 그럴듯했다. 장엄하고 신성하기까지 했다. 경건하게 사묘를 찾아가는 듯한 신비로움과 고독감도 있었다. 내가 칭옌대학에서 돌아온 목적은 바로 이천 년 전에 『시경』이 바러우산맥과 황하 유역에서 창작되고 전승되어온 상황을 고찰하고 내 학술 저작인 『풍아지송』 내용을 부분적으로 수정하여 더 풍부하게 만드는 것이었다.

마을 사람들은 이천 년도 더 된 일을 누가 그리 자세히 기억하고 있겠느냐고 반문했다.

이천 년이 아니라 이백 년 전 나무라 해도 오늘날까지 죽지 않고 자랐다면 느릅나무가 참죽나무로 자랐을 것이라고도 했다.

나는 고찰과 연구에 대한 내 굳은 의지와 결심이 절대 변하지 않으리라는 것을 증명하기 위해 며칠 전부터 줄곧 빈둥거리면서 한가한 시간을 보냈다. 꽤나 그럴듯하게 행동하면서 날이 밝자마자 출발하여 바러우산맥 주변 마을을 돌아다녔다. 마을 곳곳마다 돌아다니면서 『시경』과 관련된 흔적과 전설을 찾았다. 그 며칠 동안 내가 얻은 유일한 수확은 주변에 있는 허우스촌과 샤마촌, 관공묘촌, 그리고 일찍이 이자성●이 지나간 적 있는 즈청촌에서 크기가 다른 글자가 새겨진 돌을 열 개 남짓 발견한 것이다. 그 돌 위의 글자들은 전부 음착법●●으로 새겨져 있었고 하나같이 안진경이나 류공권●●●의 서체와는 거리가 있었지만 두 사람의 서체와 무척이나 비슷한 민간의 석공들과 서예예술의 결합체였다. 그 돌들은 마을 사람들에 의해 건물 아래 담장의 토대 위에 쌓여 있던 것이 아니라 돼지우리나 양우리의 담장 위 또는 화장실에 쌓여 있었다. 밭 '전田'자도 있고 강 '하河'자도 있었다. 뜻밖에도 '황조黃鳥'라는 두 글자가 새겨진 돌도 있었다. 나는 이 황조와 『시경』「진풍」에 있는 시 '황조'[17]가 모종의 관련이 있는지 아니면 그냥 우연의 일치인지는 알 수 없었다. 나로서도 이처럼 한자가 새겨진 돌의 연대와 내원을 깊이 따져볼 수 없었다(내가 그렇게 할 수만 있었다면 더없이 좋았을 것이다). 그저 글자가 새겨진 이 돌들을 찾아내어 내가 연구와 고찰에 사용하는 노트에 그대로 베끼기만 하면 됐다. 첸스촌에 돌아와 마을 사람들에게 이 노트를 보여주기만 하면 내가 계속 여기에 머물러야 하는 확실하고도 뿌리 깊은 이유를 확보하는 셈이었다.

● 李自成(1606~1645). 명나라 말기 농민 반란의 지도자.
●● 陰鑿法. 음각으로 새긴 석조 기법의 일종.
●●● 顔眞卿, 柳公權. 둘 모두 당나라 현종玄宗 시기의 유명한 서화가.
17 일종의 장례시다. 이 책의 376쪽 원주 참조.

나는 밖에 나가 현지 고찰을 한다는 명목으로 한동안 천당 거리에 묵을 수 있었다. 그곳에서 내 연애 사업도 이루어졌다(전에 몇 번 천당 거리에 갔을 때도 항상 연구와 고찰을 이유 삼아 마을을 떠났다). 애당초 경성에서 고향으로 돌아온 건 링쩐을 위해서였지만 이곳에 장기간 머무르기로 결정하고 나서부터는 더이상 그녀의 집에 묵고 싶지 않았다.

내게도 집이 있었다.

가을이 지나 다 무너진 우리 집 건물을 방 두 칸짜리 집으로 다시 짓고 싶다고 하자, 앞뒤 마을에 사는 이웃들이 우르르 몰려와 나를 도와 두 칸짜리 집을 지어주었다. 집을 지어주었을 뿐만 아니라 담장과 대문, 부뚜막과 정원에 쌓인 흙과 잡초들도 치워주었다. 이리하여 한 가구가 다시금 마을에 자리잡을 수 있게 해주었다. 현성에 있는 은행에 가서 예금통장에서 얼마간의 돈을 찾았다(다행히 내 월급은 매달 정해진 날짜에 정확하게 회계부서를 통해 내 통장에 들어왔다). 벽돌을 사다가 대문을 쌓은 나는 원래 있던 담장 터를 따라 검정 벽돌로 담장을 올렸다. 정원 안에 지저분하게 쌓인 흙을 마을 어귀 쪽으로 나 있던 물웅덩이에 쏟아버리고 정원 바닥을 다지자 『시경』에 나오는 시 한 수처럼 신선한 흙냄새가 짙게 퍼진, 농가의 작은 정원이 탄생하게 되었다. 마을 사람들이 물었다.

"양 선생님(그들은 나를 양 교수라고 부르지 않았다), 마을에 오래 머무실 건가요?"

나는 오래 머물면서 책 한 권을 완성할 생각이라고 했다.

그들은 나를 도와 집을 지어주었고 정원도 치워주었다.

집을 짓는 동안 밀을 심고 가을걷이를 마친 산맥 위 들판은 드넓기

만 했다. 눈을 들어 멀리 내다보면 쟁기가 지나간 땅에 진홍색 속살이
드러나면서 고랑마다 붉고 뜨거운 흙냄새가 떠다녔다.

가을걷이를 했다.

밀을 파종했다.

농가들이 한가해졌다.

나의 두 칸짜리 집은 이 며칠 동안의 농한기에 벽돌과 기와, 흙과 진
흙으로 지어지기 시작했다. 북쪽을 향해 남쪽에 자리잡은 사십여 제곱
미터 집터에 바깥은 반듯하게 벽돌로 담장을 쌓았고, 집 안 벽면은 석
회를 바른 다음 성내에서 사온 흰색 도료를 한 겹 칠했다. 바닥에는 마
을 사람들이 거의 깔지 않는 연분홍색 타일을 깔았다. 이 집 저 집에서
빌리거나 얻어온 탁자와 침대를 들여놓고 나니 돈을 얼마 안 들이고도
내게 훌륭한 집이 생겼다. 방이 생기고 자신만의 거처와 안락함이 생
겼다.

집을 다 짓고 정원을 치우고 정리하던 그날, 나는 마을 사람들이 시
키는 대로 폭죽을 큰 통으로 사다가 정원 안과 문 밖에서 다 터뜨렸
다. 아울러 집 짓기를 도와준 마을 사람들을 허우스촌 길가에 있는 음
식점으로 초대하여 푸짐하게 식사를 대접했다. 마을 사람들은 자기 집
아이들을 큰놈 작은놈 할 것 없이 전부 우리 집 정원으로 데려왔다. 우
리 집 정원은 마치 학교 운동장처럼 서 있는 아이들로 가득찼다. 사람
들이 말했다.

"양 선생님, 선생님이 막 고향에 돌아오셨을 때 우리 마을 학생 두
명의 머리를 쓰다듬어주었지요. 한 명은 마을 어귀에 사는 리슈안의
딸이고 또다른 아이는 선생님 댁 뒤에 사는 넷째 할머니 집의 손자였
어요. 그 아이들이 지금 어떻게 됐는지 아세요? 선생님이 머리를 쓰다

듬어주신 두 아이 모두 중간고사에서 좋은 성적을 거뒀습니다. 한 아이는 반에서 일등을 했고 또 한 아이는 이등을 했어요."

사람들은 정말이라고, 그 아이들 집에 상장이 한 장씩 걸려 있다고 말했다.

학교에서 수여한 상장이 그 아이들 집 안방에 붙어 있는 걸 모두가 다 봤다면서 못 믿겠으면 직접 가서 보라고 했다.

"우리가 선생님을 도와 집을 지어드리고 정원을 치워드린 것은 첫째, 선생님이 우리 첸스촌 사람이기 때문이고 둘째, 선생님이 그 아이들의 머리를 쓰다듬어주신 것처럼 우리 집 아이들 머리도 쓰다듬어주기를 바라서였습니다."

사람들은 이렇게 말하면서 수줍은 모습으로 어른들 등뒤에 숨어 있던 아이들을 앞으로 끌어내며 말을 이었다.

"우리 모두 이웃이고 한동네 사람이라 집 짓는 일을 도와드린 것 뿐이니 식사대접 같은 건 필요 없고, 그저 선생님이 아이들 머리를 쓰다듬어주셔서 이 아이들이 공부를 잘하게 되고 대학에 들어가 선생님처럼 도시에서 일할 수 있게만 된다면야 그보다 더 좋은 일이 없을 것 같습니다."

나는 하는 수 없이 반신반의하면서 한 명씩 아이들의 머리를 쓰다듬어주기 시작했다.

한 명 한 명 아이들의 머리를 쓰다듬어주었다.

가을 지나 초겨울 오후에 내리쬐는 따스한 햇볕이 산맥과 마을을 뒤덮고 있었다. 우리 집은 마을 한가운데에 있었고, 기와에서 나는 향긋한 내음과 벽돌의 유황 냄새, 토목공사 이후 온 천지를 덮은 벽에 바른 칠 냄새가 마치 신선한 고기를 삶은 물이 흐르듯 사람들 사이로 널리

퍼져나갔다. 예전에 아버지가 살아 계실 때 정원에 느릅나무 두 그루를 심었었다. 옛집이 무너졌는데도 이 나무들은 무사히 살아남아 여전히 잘 자라고 있었다. 빈터에 다시 집을 짓고 보니 몸통이 많이 굵어진데다 길이도 두 장 넘게 자란 이 나무들이 온 하늘을 수관으로 뒤덮고 있는 게 보였다. 바로 이 두 그루 나무 사이에 서서 나는 반신반의하는 표정으로 마을 노인들과 부모들, 그리고 아이들을 바라보며 이 애들 머리를 쓰다듬는다고 어떻게 성적이 오를 수 있겠느냐고 되물었다.

"머리 한 번 쓰다듬는 걸로 어떻게 학업 성적이 좋아지겠습니까?"

사람들은 이렇게 대답했다.

"선생님은 그냥 쓰다듬어주기만 하세요. 그렇게만 해주시면 됩니다. 그렇게 힘든 일도 아니잖아요. 개들의 아버지들이 집 짓는 일을 도와준 건 선생님이 개들 머리를 쓰다듬어주기만을 바라서였어요. 선생님은 그냥 오래오래 쓰다듬어주시고 애들 머리에 올린 손에 약간 힘을 주어 눌러주기만 하시면 됩니다."

나는 성실하고 진지한 태도로 이 사내아이들의 머리를 쓰다듬어주었다.

또다른 사내아이의 머리를 쓰다듬어주었다.

마을 사람들이 여자아이 하나를 내 앞으로 밀자 그 여자아이 머리를 쓰다듬어주고 나서 또다른 여자아이의 홍조 띤 동그란 얼굴도 쓰다듬어주었다.

한 명 한 명 계속해서 남자아이 머리를 쓰다듬고 여자아이들 얼굴을 쓰다듬어주면서도, 입으로는 계속해서 이렇게 말했다.

"이게 어떻게 가능하다는 겁니까? 어떻게 성적이 좋아진다는 말인가요?" 말은 이렇게 하면서도 여전히 쉬지 않고 한 명씩 머리를 쓰다

들어주었다. 아이들 머리는 하나같이 반질반질 윤기가 흘렀고 막 머리를 감은 듯 비누 냄새와 세숫비누 냄새, 세탁용 가루비누 냄새가 풍겼다. 가끔씩 샴푸 냄새도 났다. 내가 애들 머리를 쓰다듬는 동안 개들의 부모와 할아버지, 할머니들은 모두 한쪽에 서서 감격하면서 이제 됐다고, 정말 잘됐다고 말했다.

"이제 우리 애가 틀림없이 대학에 합격할 수 있을 거예요."

그때 가을해는 머리 꼭대기에 와 있었고, 산맥 위 하늘은 씻은 듯 짙푸른 빛을 토하고 있었다. 고개를 들기만 하면 시선이 하늘을 뚫고 나가 그 뒤편까지 볼 수 있을 것 같았다. 가끔씩 한 점 혹은 몇 가닥의 흰 구름이 하늘에 걸려 한 뭉치 고치실처럼 흘러다니기도 했다. 햇빛이 우리 집 두 느릅나무 사이로 비추자 나무에 펴 있던 꽃과 싱싱한 이파리들에서 진하고 특유한 향이 달콤하게 정원 안으로 쏟아져나왔다. 바람은 없었고 가을하늘은 따스하고 달콤했다. 그 느릅나무 사이에 마을 사람들이 가져다준 의자를 놓고 앉아, 허리를 약간 구부려 반쯤 눈을 감은 채 길게 줄을 선 마을 사람들과 아이들을 바라보았다. 내가 한 명씩 머리를 쓰다듬어주면 아이들은 왼쪽에 서 있다가 오른쪽으로 건너갔다. 뒤에서 마음이 다급해져 더 기다리지 못한 아이가 앞으로 한 걸음 나와 앞에 섰을 때, 느린 동작으로 손을 들어올려 왼쪽 손바닥으로 그애 정수리를 살짝 눌렀다가 다시 세게 눌러주었다.

한 아이의 머리를 쓰다듬으면서 나는 이 아이 성적이 정말로 좋아지기를 기원했다. 다른 아이의 머리를 쓰다듬으면서 이 아이 성적이 충분히 좋아질 수 있을 것이라고 확신했다. 또다른 아이의 머리를 쓰다듬으면서 속으로 중얼거렸다.

'나는 경성에서 바러우산맥으로 돌아온 사람이야. 경성은 역대 왕조의 정치와 문화, 교육, 외교, 경제의 중심이었지. 나는 그곳에서 가장 명망 있는 대학의 교수야. 이런 내가 아이들 머리를 쓰다듬어줬으니 당연히 성적이 오를 것이고 운명도 좋아질 거야.'

나는 한 명 한 명 쉬지 않고 머리를 쓰다듬어주면서 마음속으로 생각했다.

'루핑, 너는 날 사랑하지 않았고 칭옌대학도 날 사랑하지 않았어. 경성 역시 날 사랑하지 않았고 경성 근교에 있는 정신병원 역시 나 양 교수와 나의 전공과목을 사랑해주지 않았지. 하지만 링쩐은 달라. 그녀는 날 사랑했지. 바러우산맥도 날 사랑했고 현성의 천당 거리에 있는 사람들 모두가 나를 사랑했어. 세상이 이렇게 넓은데 누군들 자신을 사랑해주는 곳을 찾지 못하겠나? 아무도 나를 사랑하지 않는다면 그건 문을 잘못 찾은 거야. 제대로 찾아갔다면 어디에 있든 자기 집에 돌아온 것 같은 포근함을 느낄 수 있지. 천당 거리 사람들은 전부 나와 생면부지고 우연히 알게 되었을 뿐인데도 이미 모두들 나를 버리고 떠날 수 없다고 생각하고 있지. 나는 이미 그 거리에서 가장 환영받는 사람들 가운데 하나가 되었어. 그저 그 거리를 몇 번 지나갔을 뿐인데도 그곳의 모든 가게가 내가 한번 들러주길 간절히 바라고 있으니. 부모가 자기 자식이 집에 들어오기를 바라는 것과 다를 바 없지. 더구나 바러우산맥이 있는 이곳은 원래 내 집이었어. 첸스촌은 원래 내 집이었다고. 우리 집안 조상들이 대대로 첸스촌에서 살았고 첸스촌에 묻혔단 말이야.'

나는 한 아이의 머리를 쓰다듬어주면서 틀림없이 성적이 아주 많이 오를 것이라고 말해주었다.

다른 아이에게도 다음 시험에서는 반드시 전교 삼등을 하게 될 거라고 말했다.

또다른 아이에게도 기필코 대학시험에 합격할 수 있을 테니 걱정하지 말라고, 나처럼 경성에 가서 시험을 보게 될 것이고 졸업한 다음에는 경성에 남게 될 것이라고 했다.

이렇게 머리를 쓰다듬어줄 때마다 한마디씩 해주었다. 아이들 머리를 다 쓰다듬어주고 얘기도 끝낸 다음 천천히 일어서면서 눈을 크게 뜨자, 우리 집 마당을 가득 채우고 있는 노인들과 아이들 모습이 눈에 들어왔다. 모든 사람의 얼굴이 금빛 찬란하게 빛나고 있었고 붉은 미소가 반짝이고 있었다. 우리 집 곳곳에 가을 옥수수 이삭이 가득 쌓이고 주렁주렁 매달려 있는 것 같았다. 자기 아이의 머리를 쓰다듬어주고 얼굴을 어루만져준 것에 대한 감사 표시로 사람들은 내게 계란과 호두, 땅콩을 가져다주었다. 자기 집에서 탁자나 석등으로 사용하던 '초草', '광廣', '우牛' 글자가 새겨진 돌덩이를 우리 집으로 들고 와 선물이라며 정원에 놓고 간 사람들도 있었다. 내 연구와 고찰에 참고하라는 뜻이었다.

그날 내가 첸스촌에서 느낀 온정과 신뢰는 마침내 천당 거리에서 발견한 내 마지막 사랑처럼, 나와 세상 전체를 영혼의 전도와 혼미 속으로 빠뜨렸다. 나는 글자가 새겨진 그 돌들이 내게 가져다줄 놀라운 발견과 성취를 또다시 놓쳐버리고 말았다.

이로써 그 발견과 성취는 또 일 년 남짓 뒤로 미뤄지게 되었다.

사간

농사의 온정

이 작품은 「소아」에 속한 시로, 궁전의 낙성식을 경축하는 내용을 담고 있다.

斯干

하지만 마을 사람들이 내게 얼마나 친절하고 잘해주든 간에, 나는 한 번이라도 천당 거리에 갈 수 있는 기회와 그리움을 놓치는 법이 없었다.

또다시 천당 거리를 한 바퀴 돌고 싶었다. 천당 거리는 내가 쓸쓸할 때마다 늘 가고 싶어지는 곳이었다. 배가 고플 때면 집 안 어딘가에 보관되어 있는 하얀 만터우饅頭가 생각나는 것과 마찬가지다.

책상을 창문 밑으로 옮겨다놓고 경성을 떠날 때 가져온 『풍아지송』 원고를 그 위에 올려놓은 다음 침대맡에도 책 몇 권을 놔두니, 내가 첸스촌에서 이곳 사람들과는 다른 생활을 하고 있음을 실감할 수 있었다. 하지만 사실은 그들과 똑같은 생활이었다. 밥을 했다. 책을 읽었다. 마당을 쓸었다. 마을 사람들과 이런저런 잡담을 주고받았다. 다를 것이 하나도 없었다. 그러나 어디에도 똑같은 건 없었다.

가을이 가고 초겨울이 되자 밭에 밀 새싹이 염료로 물들인 것처럼

252

자라나 푸른빛을 띠고 있었다. 해가 떠오르자 햇살 아래로 반지르르한 윤기를 내뿜었다. 바람결에 따라 쓰러지는 모습이 마치 비단이 출렁이며 기복하는 것 같았다. 이상할 정도로 청신한 기운이 낮부터 밤까지 하루종일 마을 안에 흐르면서 사람들을 흠뻑 적셔놔 그 기운에 취하게 했다. 모두들 그 기운 속에 깨어 있었다. 붉은 벽돌과 녹색 기와로 지은 두 칸짜리 집 맨 끝에 위치한 부뚜막에서 밥을 지을 때면 마을 어귀에서 소가 음매 하고 울었다. 정원에 있는 나무 아래서 책을 읽고 있을 때면 마을의 닭들이 꼬꼬 하고 울어대면서 대문 안까지 들어와 내 발옆에 쪼그리고 앉곤 했다. 간혹 할일이 없고 무료해서 책상 앞에 앉아 그간 써놓은 원고들을 몇 장 넘겨보고 있노라면 참새들이 창턱에 내려와 창문을 사이에 두고 내게 말을 걸어왔다. 마치 『시경』에 있는 시를 암송하고 나와 함께 『풍아지송』에 담겨 있는 글과 단락들을 읽고 있는 것 같았다. 정원을 한가로이 걷고 있으면 어느새 마을 사람들이 정원 안으로 들어오기도 했다. 그들은 "양 선생님, 글은 안 쓰세요? 책을 읽고 계시는 건 아니죠? 글도 쓰지 않고 책도 읽지 않으시면 저희랑 얘기나 좀 나누시죠. 베이징 성내에 관해 얘기 좀 해주세요" 하고 말을 걸어왔다. 나는 그들과 함께 정원에 자리를 잡고 앉았다. 그들은 창안가가 정말로 그렇게 넓고 기냐고, 톈안문 성루가 정말로 그렇게 높고 크냐고, 기념관 안에 있는 그 위인*이 여전히 살아 있을 때와 똑같은 모습이냐고 끊임없이 물어댔다.

그들은 놀란 눈빛으로 나를 쳐다보며 말했다.

"선생님은 경성에서 반평생을 사셨으면서 어떻게 기념관에 안 가보실 수가 있어요? 기념관 안에 들어가 구경하지 않는 건 정말 바보 같

* 마오쩌둥을 가리킴.

은 짓 아닌가요? 그분은 누가 뭐래도 황상이잖아요. 마을 사람들을 대신해서라도 황상을 찾아뵈었어야죠. 선생님이라도 꼭 기념관에 가봤어야 했단 말입니다."

나도 그들과 똑같이 놀라면서 어째서 이십 년 넘게 경성에 살면서 놀랍게도 그 기념관에 가보지는 못했는지 생각해보았다. 뜻밖에도 그들을 대신해서 황상이었던 그분을 찾아뵌 적이 없었던 것이다. 그들이 물었다.

"톈안문 광장이 정말로 그렇게 큰가요?"

"정말로 그렇게 평평한가요?"

"정말로 사방이 전부 대리석으로 덮여 있어요?"

"여름에 우리가 그곳에다 양곡을 말릴 수 있게 해주면 얼마나 좋을까." 그들은 그 광장이 마을의 탈곡장이라면 밀을 다 거둔 다음 마을 사람들이 밀 포대를 둘러메고 볕을 쫓아 사방으로 평지를 찾아다니지 않아도 될 거라고 했다. 손바닥만 한 탈곡장에서 동쪽 마을 사람들이 하루종일 밀을 탈곡하고 나서야 서쪽 마을 사람들 차례가 되어 탈곡장을 사용하게 되는 일도 없을 거라고 했다. 서쪽 마을에 햇볕에 말릴 밀이 없으면 그제야 남쪽 마을 사람들이 밀알을 바닥에 널어놓고 탈곡장을 차지할 수 있었다. 때로는 탈곡장을 서로 차지하려고 두 마을 사이에 싸움이 벌어져 사이가 나빠지기도 했다. 겨우 그 손바닥만 한 평지와 햇볕을 위해서 서로 다투었던 것이다.

누가 아니랍니까 하고 그 말에 동조하면서 톈안문 광장을 그곳에 놀려두는 건 정말 낭비라고, 차라리 톈안문 광장을 마을 어귀로 옮겨다가 우리 첸스촌 사람들이 좀 쓰게 했다가 다 쓰고 난 다음 다시 돌려주는 게 낫겠다고 나는 말했다.

마을 사람들은 창안가 역시 마을로 옮겨다가 자신들이 쓸 수 있게 해야 한다고 했다. 첸스촌에서 현성으로 통하는 바러우 산등성이로 옮겨다놓으면 안성맞춤일 거라고 했다.

톈안문 성루를 산등성이에서 마을로 향하는 길 입구로 옮겨, 문관은 가마에서 내릴 수 있게 하고 무관은 말에서 내릴 수 있게 하며, 마을에 경조사가 있을 때마다 모두 그 성루 아래에 모여 일을 치르고 성루 위에 연발 폭죽을 매달면 될 거라고도 했다.

그들은 또 중난하이도 마을로 옮겨와 우리 집 정원 안에 있는 두 그루 느릅나무 아래 펼쳐놓으면 마을 어르신들이 여기에 모여 여러 가지 일을 의논할 수 있을 것이고 모두들 이 나무 아래 중난하이에서 회의를 열거나 온갖 일을 상의할 수 있을 거라고 했다.

경성의 고궁도 바러우산맥으로 옮겨와 첸스촌과 허우스촌의 마을 지부로 삼자는 얘기도 나왔다. 이허원과 위안밍원도 첸스촌으로 옮겨와 노인과 아낙네 모두 아이들을 데려가 놀 수 있게 해주면 도시에 있는 유치원보다 훨씬 좋을 것이라고 했다. 그들은 경성의 만리장성 역시 첸스촌으로 옮겨오자고 했다. 만리장성 길이가 정말로 일만 리나 된다면 모든 농가의 밭머리와 두둑을 한 바퀴씩 둘러놓을 수 있을 것이고 그렇게 되면 다시는 닭이나 돼지가 밭에 들어가서 작물을 짓밟을 일이 없을 거라고 했다. 경성에는 융허궁이라는 사원도 있다던데 그것도 바러우산맥에 옮겨다 바러우산 사찰로 삼으면 십 리 안에 사는 여덟 마을의 사람들이 분향을 하러 산 밖으로 나갈 필요가 없을 거라고 했다. 또 듣자니 경성에는 커다란 천단天壇이 있다고 하던데 도대체 그 천단이란 것이 무엇에 쓰는 것이냐고 물었다. 그것이 무엇에 쓰는 것이든 간에 여하간 탑처럼 생겼을 테니, 그것도 첸스촌 아이들이 공부하는 소학교로 옮겨다놓고 풍경으로 삼으면 아이들이 공부를 마치고 쉴 때 탑 아래에 서서 주변을 둘러볼 수 있을 것이고 체육 시간에는 탑에 뛰어오르면서 놀 수 있을 것이라고 했다.●

"경성에는 이런 것들 말고 또 뭐가 있나요?"

나는 아무래도 경성에 한번 다녀와야 할 것 같다고 했다.

마을 사람들은 경성에서 마을로 아직 옮겨오지 않은 게 뭐가 또 있느냐고 물었다.

나는 현성에 꼭 한번 다녀와야 할 것 같다고 했다. 그러면서 도시에 가니 사다줄 게 없느냐고 물었다. 필요한 게 있으면 도시 나가는 길에 대신 사주겠다고 했다.

아침식사를 마치고 문가에 서 있다가 만난 이웃인 넷째 아저씨에게 말을 걸면서, 도시에 나가 서점에서 책을 몇 권 사려고 하는데 대신 사다줬으면 하는 물건이 없느냐고 물었다.

낮부터 저녁까지 하루종일 온 동네를 돌아다니며 수다를 떠는 셋째 형수를 만나서도 내가 도시로 책을 좀 사러 가는데 혹시 대신 사다줬으면 하는 물건이 없느냐고 물었다.

● 이상 여기서 언급된 장소들은 중국의 역사가 수놓인 현장들로, 모두 베이징 중심에 있는 쯔진청紫禁城의 정문인 톈안문天安門과 그 광장을 기점으로 배치된 명소다. 톈안문 성루城樓는 1949년 10월 1일 마오쩌둥이 중화인민공화국을 선포한 곳으로, 그 정중앙에는 1966년에 문화혁명이 시작된 해에 공식적으로 걸린 그의 대형 초상화가 오늘도 여전히 걸려 있다. 이 초상화와 마주한 채 광장 중앙 인민영웅기념비 뒤로 마오주석기념당이 있고, 그 안에는 마오의 시신이 안치되어 있다. 창안가長安街는 광장에서 동서로 지나는 중심도로다. 중난하이中南海는 쯔진청의 서쪽 호수 중하이와 난하이를 함께 부르는 말로, 중국공산당 중앙과 국무원 소재지 등 고위관직의 주거지와 정치권 업무가 몰린 핵심 구역이다. 고궁故宮은 쯔진청을 가리키며, 이허위안과 위안밍위안은 청나라 황실의 유명한 원림건축을 보여주는 대표적 명소다. 베이징 최대의 라마교 사원 융허궁雍和宮은 1693년 청나라 강희제 때 건설되어 소수민족 통합을 중요시했던 옹정제를 기려 1744년 정식 티베트 불교사원으로 자리잡았다. 천단天壇은 명청대 황제가 풍년을 기원하여 하늘에 제사를 지낸 곳이다. 오늘날 중국 현대사의 현장인 베이징 명소를 바러우산맥의 농촌으로 옮겨와 쓰자는 이 대목의 서술은, 문화혁명기 때 지식청년들의 농촌 이주운동인 상산하향, 즉 최근에도 진행중인 지식인의 농촌활동인 하방下放과 연결될 수 있다.

동쪽 첫번째 집에 들어가서 말했다. "도시에 가려 하는데 뭐 사다드릴 물건 없으세요?"

두번째 집에 들어가서 말했다. "제가 도시에 가려 하는데 댁에 별일 없으시죠?"

세번째 집에 들어가서 말했다. "급한 일이 생겨 도시에 좀 다녀오려 하는데 가는 길에 사다드릴 만한 물건이 있나요?"

나는 한 집 한 집 차례로 들어가 만나는 사람마다 내가 도시에 갈 것이라고 했다. 도시에 가서 도서관에 들러 책을 좀 빌리고 서점에서 책을 사기도 할 것이라고 했다. 나는 마을 사람들이 도시에 가서 처리해야 하는 일들을 전부 작은 노트에 적고 그 작은 노트를 주머니 안에 집어넣었다. 그런 다음 돈을 챙겨 도시로 가는 길목에 있는 천당 거리를 향해 걸어갔다.

사제

애정사업

이 작품은 「대아」에 속한 시로, 수신과 제가, 치국에 능한 주나라 문왕文王을 칭송하는 내용을 담고 있다.

思齊

오전에 해가 마을 어귀를 비출 때쯤 고향 첸스촌을 출발해, 오후에 해가 서쪽을 비출 때가 되어서야 현성에 도착했다.

링쩐의 바러우주가로 가지 않고(전에 몇 번 천당 거리에 왔을 때도 그곳에 가지 않았다) 성문을 거쳐 현성으로 들어와 곧장 정부로를 지나 잰걸음으로 천당 거리에 이르렀다. 입이 마르고 혀가 탈 즈음, 때마침 차가운 음료를 파는 가게에 도착한 것 같은 기분이었다.

이번에 천당 거리에 온 게 바러우산맥에 집을 다 지은 뒤로 두 달 사이 벌써 네번째였다. 처음 천당 거리에 갔을 때는, 길 어귀에 잠시 서 있다가 길을 따라 가면서 가장 먼저 만나게 되는 가게가 어떤 가게든 간에 안에 들어가 어떤 물건들을 파는지 살펴봐야겠다고 마음먹었다. 뜻밖에도 첫번째 가게는 성인용품과 보건용품을 파는 약국이었다. 가게 안에는 일상적인 약품뿐만 아니라 콘돔과 피임약, 그리고 차마 입

258

밖에 내기 어려운 남녀의 자위 도구들도 함께 팔고 있었다(현성의 개방적인 모습은 경성이나 상하이와 다르지 않았다). 그날 나는 너무 일찍 일어났고 순조롭게 차를 잡아탄 덕에 오전 아홉시가 좀 넘은 시각에 천당 거리 입구에 도착할 수 있었다. 요란한 밤을 보낸 천당 거리 전체는 아직 깊은 잠에 빠져 있었지만, 성인용품을 파는 이 상점만은 이미 문을 열어놓고 있었다. 이번에도 길을 따라 가면서 가장 먼저 만나는 상점부터 들어가보기로 마음먹었다. 그곳이 무엇을 파는 가게든 상관하지 않고 들어가서 한번 쭉 둘러볼 작정이었다. 천당 거리 첫번째 상점부터 들어가본 다음, 다른 가게들도 연이어 들어가 아주 깊은 곳까지 살펴볼 생각이었다. 얼굴에 두꺼운 철판을 깔고 가게 안으로 들어섰다.

들어가보니 가게 안에는 별 대단한 게 없었다. 방 한 칸의 사면이 벽으로 둘러싸여 있고 방 한가운데에 약장이 있으며 약장 뒤로는 약을 진열하는 선반이 놓여 있었다. 약장과 선반에는 크고 작은 약병과 약통들이 모래톱의 자갈처럼 질서정연하고 소박한 모습으로 나란히 놓여 있었다. 점원은 의외로 생기발랄하고 외모가 뛰어난 젊은 아가씨가 아니라 중년의 부인이었다(이에 대해 다소 유감스럽다는 생각이 들었지만 속으로는 훨씬 마음이 놓였다). 걸레로 계산대와 진열장을 닦고 있던 그녀는 내가 들어오는 것을 보고 나를 잘 아는 것 같기도 하고 전혀 모르는 것 같기도 한 눈길로 내 몸을 위아래로 잠시 훑어보았다. 그러고는 밤새 피곤했을 텐데 무슨 일로 이렇게 일찍 일어났느냐고, 대체 무얼 사러 왔느냐고 물었다.

가슴이 두근거리긴 했지만 재빨리 태연한 표정을 지으며 물건을 사려는 게 아니라 그냥 둘러보는 거라고 설명했다. 그러고는 여행객처럼 계산대 바로 앞을 이리저리 기웃거렸다. 계산대에 진열되어 있는 각종 약들을 둘러보다가 벽에 붙어 있는 폭이 꽤 넓은 성욕촉진제 광고 문구를 바라보았다. '회춘에는 방법이 있습니다. 활력을 되찾으십시오. 발기부전으로 고생하시는 분들을 한방에 분기탱천하게 만들어드립니다. 발기는 되지만 힘이 없으신 분들은 하룻밤 내내 끄떡없게 해드리고, 힘은 세지만 조루이신 분들은 밤새도록 새지 않게 해드립니다.' 그 광고 문구는 붉은색 종이에 노란 글씨로 주먹만 하게 쓰여 있었고 바탕에는 각종 식물과 꽃 그림이 무수히 그려져 있었다. 큰 활자 아래에는 또 작은 글자로 그 약이 한약 성분의 제약으로서 부작용이 전혀 없고 약물 의존성도 없으며 가격도 저렴한 아주 훌륭한 제품이라는 설명이 곁들여 있었다. 내가 그 광고를 읽고 있는 것을 보고는 중년 여자가 나를 향해 웃으면서 말을 걸었다.

"하나 드릴까요? 이 거리를 찾는 남성분들 절반은 모두 이 약을 사시거든요. 못 믿으시겠어요? 못 믿으시겠다면 한번 시험해보셔도 돼요. 효과 없으면 한 푼도 안 받을게요. 한번 시험해보세요. 천당 거리까지 와서 이 약을 써보지도 않을 거면 대체 왜 오신 거예요?"

그러고는 고개를 돌려 계산대 뒤쪽을 향해 소리쳤다.

"꾸이펀, 손님 오셨다. 아주 좋으신 분 같아."

부르는 소리에 꾸이펀이라는 아가씨가 달려나왔다. 예쁘지도 않고 못생기지도 않은 아가씨였다. 아니 아주 예쁜 편이었다. 절대로 못생기지 않은 얼굴이었다. 날씨가 약간 흐린 탓에 약국 안은 빛이 환하게 켜 있어도 어두침침했다. 형광등이 켜져 있긴 했지만 불빛이 위에서 새어나오고 있어 마치 방 안에 밀가루를 한 겹 뿌려놓은 것 같았다. 꾸이펀이라 불리는 아가씨는 약장 뒤에서 걸어나와 웃으면서 나를 살펴보더니 계산대 안쪽에 있는 의자에 앉았다(중년의 여자는 그녀가 나온 것을 보고는 계산대 뒤에 있는 안방으로 물러났다. 한 사람이 무대로 올라오자 먼저 연기하고 있던 사람이 무대 밖으로 물러나는 것 같았다). 나를 바라보는 그녀의 눈빛 속 호기심은 내가 그녀를 바라볼 때 갖는 호기심과 마찬가지로 부드럽고 온순했다. 진하면서도 담담한 것도 똑같았다. 집중하고 있는 것 같으면서 별 대수롭지 않게 여기는 것도 마찬가지였다.

내가 몇 살이냐고 물었다.

그녀는 내가 이곳 사람이 아닌 것 같다고 했다.

고향이 어딘지 물었다.

그녀가 답했다. "아저씨, 교수님이시죠? 세상에, 아저씨는 틀림없이 교수님이에요. 저는 아저씨가 보통화를 쓰시는 것만 듣고도 아저씨가 평범한 분이 아니고 교수님이라는 걸 알았어요. 이리로 오세요. 뒤쪽 방으로 오세요. 방은 호텔처럼 깨끗해요. 저는 지난달에 열여덟 살이 됐어요. 신분증도 있고요. 아저씨랑 제가 함께 있다고 해도 전혀 불법이 아니랍니다. 이리 오세요. 왜 거기 그렇게 서 계세요? 아저씨는 경성에서 일하시죠. 아저씨가 일하는 경성은 월급도 높잖아요. 그러니까 저랑 한 번 하고 이백 위안만 주세요. 저한테 이백 위안을 주셔도 주인한테 백 위안을 줘야 하니까, 사실 저한테 떨어지는 건 백 위안밖에 안 돼요. 이걸로 먹고 자는 걸 해결해야 하고 옷이나 화장품을 사야 해요. 게다가 그 일을 할 때 필요한 믿을 만한 약도 사야 하고 주전부리나 액세서리도 사야 하죠. 제가 사는 액세서리는 전부 가짜예요. 보세요. 제 목에 걸려 있는 목걸이 예쁘죠? 가짜예요. 금으로 한 겹 도금한 거라고요. 금이 간 벽돌담에 칠해놓은 거랑 마찬가지죠. 이 귀걸이 예뻐요?

이건 보석도 아니고 마노는 더더욱 아니죠. 그냥 플라스틱 귀걸이예요. 우리 오빠는 대학에 다녀요. 성도에서 공부하고 있고요. 학비랑 식비를 전부 제가 보내줘야 해요. 제가 밖에 나와 일하지 않으면 우리 오빠는 공부를 할 수 없는 셈이죠. 제가 이렇게 일해서 오빠가 공부를 계속할 수 있도록 뒷바라지를 해야 하는 건지, 말씀 좀 해보세요. 하지만 일한다고 해서 돈을 얼마나 벌겠어요? 어쩔 수 없이 가끔씩 이처럼 낯부끄러운 짓도 해야 할 수밖에요.

양 교수님, 절 그런 눈으로 쳐다보지 마세요. 저는 나쁜 년이고 아저씨는 호인인 것처럼 그렇게 쳐다보지 말란 말예요. 그래요, 아저씨가 눈길을 다른 데로 돌리니까 이제야 온몸이 편안해지네요. 그렇게 쳐다보지 않으시니 아저씨가 아주 따뜻하고 정겨운 분처럼 느껴져요. 우리 오빠나 아빠처럼. 여기 오시는 손님들은 나이가 많든지 적든지 간에 전부 오빠라고 불러드리는 걸 좋아해요. 제가 삼촌이나 큰아버지라고 부르는 건 아주 싫어하죠. 삼촌이나 큰아버지로 불러드리면 그분들이 제 몸을 만질 때 그다지 자유롭지 않은가봐요. 하지만 오빠라고 불러드리면 저랑 뭐든지 다 할 수 있죠. 양 교수님, 아저씨도 제가 오빠라고 불러드리는 게 좋으시죠? 제가 오빠라고 불러드려도 괜찮죠?

왜 말씀을 안 하세요? 어째서 한마디도 안 하시는 거죠?"

약국 밖에서, 누군가 문 앞을 지나다가 가게 안을 한 번 들여다보더니 북쪽에서 남쪽을 향해 지나쳐갔다.

"걱정 마세요, 오빠. 계산대 쪽에 서 계시지 말고 이리 오세요. 이리 오지 않고 거기 그렇게 놀란 얼굴로 땀만 뻘뻘 흘리고 계시면 여기가 마치 호랑이 소굴 같잖아요."

약국 밖에서 또다시 누군가 문 앞을 지나갔다. 이번에는 가게 안을 들여다보지 않고 남쪽에서 북쪽으로 지나쳐갔다.

"에이 참, 지금 이백 위안이 너무 비싸서 싫다는 거예요? 정말 안 비싼 거라니까요. 아저씨, 도대체 올해 제가 몇 살인지 알기나 하세요? 솔직히 말하면 전 올해 막 열일곱이라고요. 아저씨랑 한 번 하고 이백 위안을 받는 게 그렇게 비싸서 하기 싫다는 거예요? 사람들 말로는 제가 대도시에서 이런 일을 하면 한 번에 적어도 오백 위안은 받을 수 있다고 하더라고요. 제가 남방 지역으로 가면 모르긴 몰라도 한 번 하는데 천 위안은 받을 수 있다고요.

아저씨네 경성에서 제가 한 번 하면 얼마를 벌 수 있을 것 같아요? 우리 동네는 소비수준이 높지 않으니까 한 번 하고 겨우 이백 위안 밖에 못 버는 거란 말예요.

이백 위안이 너무 비싸서 마음에 안 드신다면 깎아서 백팔십 위안에 해드릴게요. 어때요?

백오십 위안이면 되겠어요?

백이십 위안은 받아야 한단 말예요.

세상에, 아이고 하느님." 그녀가 나를 향해 눈을 흘기며 말했다. "백이십 위안도 안 된다고요? 백 위안 밑으로는 때려죽여도 하지 않을 거예요. 아저씨가 천당 거리로 나가서 직접 물어보세요. 백 위안에 하는 데가 있는지 어디 한번 물어보시라고요. 더구나 저는 이제 겨우 열일곱 살밖에 안 된 싱싱한 여자라고요. 제가 아주 예쁘다고 말할 수는 없겠지만 그래도 가게에서 전문적으로 이런 일만 하는 여자들에 비하면 그리 처지는 편도 아니잖아요? 아저씨한테 백이십 위안을 요구하는 게 그렇게도 못마땅하세요?

정말로 안 하실 생각이예요?

정말 하고 싶지 않으시냐고요?"

나는 검은 가죽지갑에서 삼백 위안을 꺼냈다. 그런 다음 몸을 돌려 가게 안팎을 한 번 휘둘러보고서 사방에 아무도 없고 그저 가을날 축축함만이 천당 거리 전체를 하얗게 휘감고 있는 걸 확인한 후 약장을 사이에 두고 그 삼백 위안을 여자아이에게 내밀면서 물었다.

"아가씨 나이가 정말 열일곱밖에 안 됐다는 건가?

아가씨 오빠가 정말로 성도에 있는 대학에서 공부하고 있나?

오빠 때문에 어쩔 수 없이 이런 일을 한다는 게 사실이야? 자, 이 돈 삼백 위안 받아. 나한테 그렇게 많은 얘기를 들려줘서 정말 고마워. 아가씬 아직 어리고 집에서 공부하고 있어야 마땅한 나인데 어떻게 이런 일을 하게 된 거지? 아가씨한테 솔직히 말하자면 난 대학에 있는 지식인이야. 출장 가는 길에 우연히 이곳에 들러 한 번 둘러본 거지. 때려죽인다 해도 난 그런 짓은 안 해. 이 돈 삼백 위안은 그냥 받아둬. 부족하면 이백 위안 아니 삼백 위안을 더 줄 수도 있어. 이 돈을 오빠에게 부쳐주면 식비를 보내준 셈이 되겠지. 필요하다면 다음에도 매달 오빠에게 삼백 위안씩 부쳐줘서 아가씨 오빠가 대학에서 마음 편하게 공부할 수 있도록 도와줄게. 아가씬 너무 어려. 아가씨가 이렇게 남자 손님 받는 일도 안 하고 자신의 일생을 망치는 일도 안 했으면 좋겠어. 계속 공부하고 싶다면 내가 매달 학비를 보내주고 대학 입학시험도 볼 수 있게 해줄게. 아가씨가 대학을 졸업할 때까지 계속 돈을 대줄 수도 있어. 내 말 들어, 아가씨. 집으로 돌아가서 공부를 계속하는 게 어떻겠어? 이런 일을 그만두는 게 어때? 아가씬 아직 어려. 이렇게 어린 나이에 집을 나와 이런 일을 해서는 안 된다고. 이렇게 남자들을 상대하는 일을 해선 안 된단 말이야.

이 돈 받아. 부족하면 더 줄게. 예전으로 돌아가는 게 정 어렵다면 이 가게에서 약만 팔고 손님은 안 받는 게 어때?

고향으로 돌아가 공부를 계속하는 건?

집으로 돌아가서 정성껏 부모님을 모시면서 사는 건 어때? 굶어죽는 일이 있더라도 농사만 짓고 이렇게 몸 파는 일은 안 하면 안 되겠어?

여기 내 주소가 있어. 무슨 일 생기면 편지해. 날 큰오빠라고 불러도 좋고 양 교수라고 불러도 좋아. 아가씨한테서 편지나 전화를 받으면 절대 모른 척하거나 피하면서 안 도와주는 일은 없을 테니까. 안심해도 돼. 나를 아가씨 부모님으로 여겨도 좋고 아가씨 오빠라고 생각해도 좋아. 어려운 일 있으면 언제든 얘기해줘.

난 이만 갈게, 꾸이펀." 그 아가씨에게 꾸이펀이라고 불러도 되겠느냐고 물었다. "며칠 내로 짐 꾸리고 여길 떠나 고향으로 돌아가. 어려운 일 있으면 내게 얘기하고. 이제 갓 열일곱이라고 했지? 절대로 자신의 일생을 망치지 마."

나는 천당 거리 첫번째 가게에서 나와 길게 안도의 한숨을 내쉬었다. 마음속으로 한 번도 느껴보지 못했던 후련함이 느껴졌다. 마치 기진맥진하게 힘든 일과를 마치고 후련하게 샤워를 한바탕 하고 난 기분이었다. 온몸이 편안해진 나는 천당 거리를 날아다니듯 가볍게 걸어다녔다. 거리에 낀 안개가 다 걷히자 물을 뿌려놓은 것처럼 지면이 축축했다. 하얀 플라타너스 향기가 진하게 거리를 떠다니며 흩어지고 있었다. 이때 해는 하늘 꼭대기에 떠 있었다. 거리에 황금빛 찬란한 빛이 쏟아지진 않았지만 주변이 온통 환했고 모든 사물이 뚜렷하게 눈에 들어왔다. 거리 입구부터 끝까지 한눈에 조망할 수 있었다. 가게 간판들이 전부 안개에 씻겨 새로 건 것처럼 아주 선명하게 잘 보였다. '대동

방大東方'이라는 이름의 노래방에서는 벌써부터 요란한 음악 소리가 흘러나오고 있었다. '강타이● 불야성'이라는 이름의 맥줏집 역시 몸의 은밀한 부분을 드러낸 아가씨들이 입구에 서서 지나는 손님들을 잡아끌며 장사를 하고 있었다. '일행천리日行千里'라는 이름의 발마사지업소 입구에는 아가씨들이 두 발과 대야에 절반쯤 찬 약물이 그려져 있는 나무 간판을 칠하고 있었다. 천당 거리 북쪽에서 남쪽을 향해 걷고 있던 나는 첫번째 가게인 약국에서 나와 아가씨 다섯 명이 서로 서비스를 잘해주겠다고 다투는 두번째 가게 미용실로 들어갔다. 그다음에는 중의中醫 안마 서비스를 제공한다는 세번째 가게에 갔다. 종업원들은 나를 남성 고객들에게 풀세트 서비스를 제공하는 이층으로 안내했다. 네번째로 들른 집은 전문적으로 성인영화를 방영하는 극장이었고, 다섯번째로 들어간 집은 작은 방 몇 칸을 마련해 창녀들을 모아놓고 전문적으로 매춘을 하는 어둠의 소굴이었다. 나는 이들 가게에 들어갈 때마다 잠시 입구에 서서 헛기침을 하거나 안에 사람이 없느냐며 종업원들을 불렀다. 그럴 때마다 종업원이나 아가씨 몇 명이 곧바로 나를 향해 달려나왔다.

그녀들은 내게 안마를 할 거냐고 물었다.

이발 말고 다른 서비스 항목은 없느냐고 물었다.

그녀들은 웃으면서 나를 홀 뒷방으로 안내하거나, 아래층에서는 공개적인 영업을 하고 위층에서는 몰래 불법 영업을 하는 건물 위층으로 데려갔다.

위층으로 올라간 나는 가장 어린 아가씨가 몇 살이냐고 물었다.

그러자 종업원은 나이가 어릴수록 가격이 비싸다고 했다.

●港臺. 홍콩과 타이완을 말함.

266

가격에 상관없이 나이가 가장 어린 아가씨를 원한다고 말했다.

안내해준 종업원이 웃으면서 말했다. "선생님, 좀 즐길 줄 아시는 분이네요." 그러고는 내게 가장 어린 아가씨를 불러다주었다.

그 미용실 혹은 이발소에서 사람들은 내게 이발을 할 건지 머리를 감을 건지 물었다.

나는 안마와 추나가 어떻게 다른지 물었다.

종업원은 내게 몸의 표면만 건드리면서 늑골만 느슨하게 풀어주는 게 좋은지 아니면 몸속까지 확대하는 게 좋은지 물었다.

나는 지금 내 머리모양 그대로 조금만 잘라주면 된다고 했다.

종업원은 진지한 표정으로 나를 한참 쳐다보고 나서 말했다. "선생님은 지식인 같으시네요."

나는 이곳에 출장을 왔다가 잠시 기분전환을 하고 싶어 들렀다고 말했다.

종업원은 뒤쪽이나 위층을 향해 소리쳤다. "여기, 손님 오셨습니다."

요염하기가 모란꽃 같기도 하고 들풀 같기도 한 아가씨 몇 명이 나와 내 앞에 서서 그들 가운데 하나를 고르기를 기다렸다.

나는 아가씨들 가운데 가장 어린 사람이 열 몇 살이냐고 물었다.

아가씨 하나가 나서서 아주 어리고 싱싱한 아가씨가 있다고 했다.

내가 그 아가씨에게 나이가 겨우 열여섯이냐고 물었다.

종업원은 열여섯이 채 안 됐다고 했다.

그럼 열여섯도 안 된 그 아가씨를 고르겠다고 했다.

나는 가게마다 들어가 가장 어린 아가씨를 고른 다음 방 안으로 데리고 들어왔다(아가씨가 나를 방 안으로 데려다주기도 했다). 방에 들어와 불을 켜고 문을 닫은 다음, 아가씨에게 물을 한 컵 따라주었다.

혹은 다른 사람이 과일이나 꽈즈를 한 접시 가져다주기도 했다(절대로 맥주나 와인을 시키지는 않았다. 맥주나 와인은 금은을 통째로 삼키는 것만큼이나 비쌌기 때문이다). 그러고 나서 아가씨 맞은편에 앉았다(그녀는 침대 혹은 소파에 앉아 나를 마주보았다). 아가씨를 잠시 쳐다보다가 나이가 몇 살이고 고향은 어딘지, 중학교만 졸업했는지 아니면 고등학교까지 졸업했는지 물었다. 그렇게 어린 나이에 밖에 나와서 이런 일을 하는 게 후회되지는 않는지 물었다. 그다음 그 아가씨가 현지 방언이나 타지 사투리로 들려주는 평소 생활의 어려움과 힘든 일, 우여곡절 등에 귀를 기울이면서 그녀 인생의 가장 어두운 부분(사실은 희망찬 부분이었다)을 까뒤집어 마치 의사가 아픈 곳을 건드리듯(겨우 붉은 반점 하나를 드러냈을 뿐이지만) 신중하게 감상하고 음미했다. 아가씨들 가운데는 이런 얘기를 하면서 웃는 사람도 있었고 정말로 우는 사람도 있었다. 울거나 웃지 않고 남 이야기 하듯이 차분하게 얘기하는 아가씨도 있었다. 고향이 시골인데 부모님이 병에 걸려 하는 수 없이 자신이 나서서 이런 일을 하며 어렵사리 돈을 벌고 있다고 말하는 아가씨도 있었다. 그런 아가씨를 만날 때면 나는 지갑에서 삼백 내지 오백 위안을 꺼내어 그녀의 손에 쥐어주었다. 그리고 사과를 깎아 건네주거나 꽈즈 접시를 그녀 앞으로 밀어주면서 마치 친여동생을 대하듯이(자기 자식이기라도 한 것처럼) 어서 집으로 돌아가라고, 다시는 이런 일을 하지 말라고 타일렀다. 한 번 실수로 천추의 한을 남겨 일생을 불행하게 사는 일만은 제발 피하라고 말해주었다.

아가씨는 고개를 가로저으며 웃는 얼굴로 후회하지는 않는다고 대답했다. 이런 일을 한 것에 대해 절대 후회하지 않는다고 했다.

나는 미간을 찌푸리면서 이런 일을 해서 얼마간 돈을 벌었으면 당장 일을 그만두고 천당 거리를 떠나 고향으로 내려가라고 권했다. 고향에 내려가 작은 가게를 열거나 미용실을 열어 규모가 작더라도 떳떳하게 장사하면서 자신의 힘으로 생활하고 좋은 배필을 찾아 결혼도 해서 다정하고 행복한 신혼생활을 누리라고 말해주었다.

아가씨는 이해할 수 없다는 듯한 표정으로 나를 바라보며 내가 건넨 돈을 손에 꼭 쥐고 일어나서는 손가락으로 웃옷 단추를 짚으면서 눈빛으로 내게 물었다. '풀까요?'

그녀를 향해 고개를 가로저으며 나는 여자를 사려는 사람이 아니라 교수라고 말했다.

아가씨는 웃으면서 며칠 전에 왔던 손님 중에도 자기가 교수라고 말하는 사람이 있었다고 했다. 또 어떤 손님은 자기가 성장(省長)이라고 말했다고 했다.

나는 신분증을 꺼내어 손에 건네면서 확인해보라고 했다.

그녀는 내 신분증을 받아들고 한 번 본 다음 다시 한번 자세히 살펴보고 나서(경찰이 가짜 신분증을 검사하는 것 같았다) 마침내 신분증을 다시 돌려주면서 또 한번 나를 한참이나 쳐다보았다.

"이제 믿겠지? 내가 교수라는 걸 믿을 수 있겠지?

이곳을 떠나. 이렇게 어리면서 어떻게 이런 일을 하고 있는 거야.

정말로 집안 사정이 어려운 거야? 정말로 어려운 거라면 내가 몇백 위안을 더 줄게. 어때?

이 돈 받아. 난 아가씨를 만지지도 않고 건드리지도 않을 거야. 아가씨는 아직 어리고 이렇게 예쁜데다 똑똑하고 재주도 많아. 용모도 의젓하고 웬만큼 공부도 했으니 이렇게 된 김에 이곳을 떠나 다른 곳으로 가서 직업을 구하도록 해. 아가씨는 어떤 회사에서든 사무직으로 일할 수 있을 거야. 사무실에서 전화도 받고 타이핑도 하면 한 달에 몇 백 위안, 심지어 천 위안이 넘는 돈을 벌 수도 있을 거라고. 여기서 이렇게 위법한 일을 하면서 가슴 줄이다가 결국 단속의 손길을 피하지 못하고 정부기관에 잡혀갈 필요 없이, 이곳을 떠나 다른 곳으로 가서 다른 방법을 찾아보는 거야. 경성에 오게 되면 날 찾아와도 좋아. 난 반평생 학생들만 가르친 덕에 지금은 사회 여기저기에 많은 제자들이 포진해 있지. 이미 사장이나 기업가가 된 학생들도 많아. 아가씨가 경성에 오면 내가 제자들 회사에서 일할 수 있도록 소개해주지. 하지만 아가씨도 한 가지 내게 약속해줄 게 있어. 당장 이곳을 떠나 다시는 이렇게 손님을 상대하는 불법 영업으로 돈 벌지 않겠다고 약속해줘.

이번에도 난 이곳에 출장을 온 거지만 얼마 있다가 다시 출장 가는 길에 현성에 들르게 될 거야. 그때도 다시 이 천당 거리를 찾게 되면 아가씨가 정말로 이 천당 거리를 떠났는지 확인해볼 거야."

나는 천당 거리에 올 때마다 항상 예닐곱 업소에 들어가 나이가 가장 어린 아가씨들 예닐곱에게 집으로 돌아가거나 다른 곳으로 가서 일을 하라고, 다시는 이런 지하세계의 어두운 일로 생계를 유지하려 하지 말라고 타일렀다. 한 명 한 명 타이를 때마다 내 노트에 아가씨들의 이름과 가게 이름을 적고 아가씨들에게 건넨 돈의 액수까지도 적어놓았다. 가장 많게는 아가씨 한 명에게 한꺼번에 팔백 위안을 준 적도 있고, 가장 적게는 한 아가씨에게 이백오십 위안을 준 적도 있었다. 내 노트는 앞에서 뒤로는 내가 마을 사람들에게 사다줘야 할 물건들이 기록되었고, 뒤에서 앞으로는 내가 천당 거리를 떠나라고 타일렀던 아가씨들 이름과 가게 이름, 내가 건넨 돈의 액수가 기록되었다. 최근 두 달 동안 나는 마을에서 아무 일도 안 하고 한가롭게 보내면서 일부러 천당 거리를 세 차례나 찾아갔고 노트에 적힌 아가씨들의 명단 역시 이미 두 페이지를 가득 메우고 있었다. 나는 이미 천당 거리의 폭과 길이를 훤히 꿰고 있었다. 길모퉁이 어디에 쓰레기통이 있고 어디에 우체통이 있는지도 소상히 알고 있었다. 마치 밤낮으로 그곳에 서 있었던 사람처럼 대로변 어느 지역의 청석이 깨졌는지도 아주 정확하게 알고 있었다. 내 집 안 서가의 어느 위치에 어떤 책이 꽂혀 있는지 아는 것과 다르지 않았다. 『시경』에 어떤 시가 어느 부분에 있는지, 어느 부분의 몇 번째 시인지, 또 『시경』 전체에서는 몇 번째 시인지 기억하고 있는 것과 같았다. 천당 거리 양옆으로 모두 합쳐 예순두 개의 가게가 있고 그 모든 가게마다 남자들을 위해 서비스하는 아가씨들이 있다는 사실을 나는 알고 있었다(남들 얘기에 따르면 젊은 사내들이 전문적으로 여성들을 위해 서비스하는 집들도 있었다). 이 거리를 열 번 정도 찾아가 들르는 가게마다 가장 어린 아가씨들에게 집으로 돌아가거나 아니면 다른 곳에 가서 다른 일을 하라고 타이를 계획이었다. 이 일을 내가 바러우산맥으로 돌아와서 하는 가장 중요한 활동으로 삼아 (몇 년 동안 전심전력으로 저술에 임했던 것처럼) 첸스촌에서 아주 충실하고 만족스럽고 다채롭게 세월을 보내리라 생각했다. 세속에서의 세월을 범속하지 않은 일로 보내면서, 나중에 혼자 지내며 지난 일들을 회상할 때 위인이 자신의 위대한 일생을 떠올리며 자랑스러워하듯, 그렇게 지내보리라 생각했다.

　이번에 천당 거리를 찾은 것은 이미 점심시간에 가까운 때였다. 현성 정부로에 있는 한 작은 식당에서 식사를 마친 다음 노트를 꺼내 살펴보고서야, 스무번째로 들른 집에서 아직 열여섯 살도 채 안 된 쥐메이라는 아가씨에게 집으로 돌아갈 것을 권했음을 알게 되었다. 다음에 내가 찾아가야 할 곳은 스물한번째 가게였다. 그 가게는 천당 거리에 있는 천당호텔이었다. 전에 들어가본 적 있는 집이었다. 삼층 건물에 팔십여 개의 방이 있어 성내에 있는 삼성급 또는 사성급 호텔과 맞먹는 곳이었다. 이 여관에는 노래방이나 사우나가 없었고, 일반 투숙객만 받았다. 일반적으로 노래방이나 사우나에서는 항상 여자들이 손님들과 함께 노래를 부르거나 함께 춤을 춰주곤 했다. 안마도 해주고 잠도 잤다. 나는 익숙한 솜씨로 하나하나 순서대로 일을 처리했다. 점심을 먹고 정부로에서 천당 거리를 향해 걸어가다가 거리 입구에 이르러 매일 그곳에서 자전거를 수리하는 중년 남자에게 고개를 끄덕여보였다. 그는 또 왔느냐고 물었고 나는 바쁘냐고 말을 받았다. 그가 웃으면서 말했다. "어서 가보세요. 선생처럼 대도시에서 온 분들은 이렇게 작은 성내에 와서 천당 거리에 놀러가지 않으면 달리 가볼 만한 곳이 없을 테니 말입니다."

나는 거리 입구에 잠시 그대로 서 있었다.

다른 가게 앞에서 낯익은 아가씨 하나가 나를 향해 손을 흔드는 걸 보고서, 나는 스물한번째 가게인 천당호텔을 향해 걸음을 옮겼다. 곧장 건물 몇 개를 지나쳐 곧바로 여관 정문 앞에 도착했다. 계단을 몇 걸음 오르자 문 앞에 서 있던 보안요원이 나를 향해 고개 숙여 인사하며 정중히 맞아주었다. 그러고는 자동회전문을 밀어주었다. 로비에 들어선 나는 좌우를 한 번 훑어보고 나서 로비 안쪽을 바라보았다. 소파에 앉아 신문을 보고 있는 여행객도 있었고 로비에서 누군가를 기다리는 손님도 있었다. 곧장 프런트데스크로 다가가자 여직원이 빙긋이 미소를 지으며 물었다.

"선생님, 여기 묵으실 건가요?"

"호텔 안이 아주 덥군요. 지금 난방기가 가동되고 있나보죠?"

"최대한 이십 퍼센트까지 할인해드릴 수 있습니다. 혹시 소개서가 있으시다면 사십 퍼센트까지도 할인돼요."

내가 여직원에게 신분증을 내밀며 말했다. "경성에서는 어느 호텔이든지 우리 같은 학교 선생들에게는 사십 퍼센트 할인해줍니다. 여기서 그렇게 해줄 수 없다면 그건 지식인들을 잘 대우하지 않는 셈이 되겠죠." 여직원은 내 신분증을 건네받아 잠시 살펴보더니 나를 향해 가볍게 웃어보이고는 이층에 있는 방을 사십 퍼센트 할인된 가격으로 제공해주었다. 객실 카드키를 받아 방에 들어온 나는 불을 켜고 커튼을 활짝 젖혔다. 그런 다음 곧바로 전화기 옆에 놓인 객실안내서를 뒤적여 안내서에 적힌 전화번호로 사우나에 전화를 걸어 물었다. "마사지하는 아가씨 있나요? 제 방으로 와서 마사지를 해줄 수 있나요? 가장 어린 아가씨는 몇 살쯤 됩니까? 다른 요구사항은 없지만 반드시 나이가 가장 어린 아가씨여야 합니다. 오 분 내로 제 방으로 보내주실 수 있겠습니까?"

전화를 끊고 의자에 앉아 스탠더드 룸 침대 두 개를 살펴보았다. 이어서 바닥에 깔린 반쯤 더럽기도 하고 더럽지 않은 것 같기도 한 레드카펫을 살펴보았다. 침대 머리맡에 걸려 있는 전지剪紙 공예 그림도 살펴보고 텔레비전 모니터에 앉은 먼지를 손가락으로 문질러보기도 했다. 미닫이 창문을 열어 초겨울 서늘한 공기를 방 안으로 들이고 침대에 누워 편하게 숨을 고른 나는, 다시 침대에서 일어나 물을 두 잔 따라 창문 아래 놓여 있는 다탁 위에 올려놓았다. 가장 어린 아가씨를 초조하게 기다리고 있는 모습이 마치 가장 나이 많은 귀빈을 기다리고 있는 것 같다는 생각이 들었다. 이 모든 행동을 마치고 화장실로 가서 손과 얼굴을 씻고 있는 차에 누군가 문 두드리는 소리가 들렸다.

심장이 쿵쿵거리며 심하게 뛰기 시작했다(매번 가장 어린 아가씨들이 문을 두드릴 때마다 내 심장은 항상 흥분을 이기지 못했고 천둥 치듯 미친 듯이 뛰기 시작했다. 호기심과 이름 모를 근심이 일면서 실성한 말이나 산토끼가 내 가슴속에서 미친 듯이 내달리고 뛰어오르는 것 같았다). 하지만 그럴 때마다 나는 항상 숨을 길게 들이마셨다가 천천히 내뱉으며 긴장을 억누르고 아무런 풍랑도 일지 않고 잔잔하기만 한 것처럼 태연스러운 모습을 취했다. 천연덕스럽게 문 입구를 바라보면서 아무 일도 없다는 듯 먼저 입을 열었다.

"물을 가져왔나요? 어서 들어와요."

이렇게 한 아가씨가 내 방에 들어왔다.

아가씨는 물을 가져다주러 온 종업원이 아니었다(그녀가 물을 가져다주러 온 종업원이 아니라는 건 잘 알고 있다). 그녀는 전문적으로 남자 손님에게 마사지 서비스를 하는 어린 아가씨였다. 그 호텔에 있는 모든 아가씨 가운데 가장 예쁜 건 아닐지도 모른다. 하지만 가장 어린 아가씨인 것만은 확실했다(나는 항상 아가씨들의 신분증을 확인했다). 심장이 쿵쿵 심하게 뛰고 있는데도 애써 생각이 다른 곳에 가 있는 것처럼 행동했다. 아가씨가 오기를 기다렸으면서도 동시에 아가씨가 오는 걸 두려워한 것 같았다. 화장실에서 그녀가 문을 열고 들어오는 소리를 분명히 들었고, 그녀가 문을 닫고 찰칵하면서 문이 잠기는 소리도 들었지만, 나는 짐짓 그녀를 호텔에서 객실마다 물을 가져다주는 종업원으로 여기는 척하며 화장실 안에서 다시 한번 천천히 손을 씻고 얼굴을 씻었다. 그 짧은 시간에 길이가 사람 키 정도 되는 밧줄 한쪽 끝을 붙잡고 반대편에 있는 사람을 끌어당기듯 긴장되면서도 짜릿한 기분으로 그녀가 문 앞에서 나를 기다리고 있는 것을 즐기고 있었다. 화장실 안에서 아가씨의 생김새에 관해 상상하거나 추측해보았다(대체 몇 살쯤 되었을까? 예쁘게 생겼을까? 이곳 사람일까 아니면 외지 사람일까? 피부색이 좀 붉은 편일까 아니면 흰 편일까?). 차분하게 (다급하게) 다시 한번 손과 얼굴을 씻으면서 손가락 마디만 한 시간을 키만 한 길이로 늘려놓고 나서야 나는 마침내 화장실에서 나왔다.

그러나 문을 열자마자 내 몸은 그 자리에 얼어붙고 말았다.

내 앞에 서 있는 가장 나이 어린 아가씨는 뜻밖에도 바러우주가의 씽얼이었다. 내가 바러우주가에서 하룻밤 묵던 날 링쩐이 나와 같이 자라고 보냈던 씽얼이었던 것이다.

방 안이 아주 갑갑하게 느껴졌다.

창문 밖에서 가을 끝자락에 부는 초겨울 서늘한 바람이 불어왔다. 신선하고 축축했다. 켜놓은 등불이(어차피 따로 돈을 지불할 게 아니라서 나는 방 안의 모든 등을 켜놓았다) 그 시원하고 산뜻한 공기를 비추고 있었다. 마치 해가 하나로 뭉쳐 뚜렷하게 보이지 않는 안개를 비추는 것 같았다. 씽얼은 방문과 화장실 문 사이에 서 있었다. 위에는 얇아서 몸에 착 달라붙는 빨간 스웨터를 입고 있었고, 아래에는 이 계절에는 다소 추워 보일 수 있는 긴 니트 치마를 입고 있었다(치마를 입는 이유는 벗기가 쉽기 때문이다. 때로 손님을 받으면서 상의는 안 벗고 치마만 걷어올리면 되기 때문이다). 목에는 붉은색과 파란색이 엇섞인 캐시미어 목도리를 하고 있었다(어떤 남자가 선물로 준 것일 수도 있다). 나를 본 그녀는 내가 그녀를 보았을 때보다 훨씬 더 차분했다. 잠깐 멍한 표정이더니 곧바로 얼굴에 놀란 듯한 눈빛과 요염한 미소를 함께 지어보였다.

"아저씨였군요? 양 교수님, 최근 두 달 동안 어째서 바러우주가에는 안 오신 거예요?

바러우주가에서는 매년 며칠씩 휴가를 줘요. 쉬는 동안 저는 천당 거리에 있는 호텔에 와서 아르바이트를 해요. 여기서 며칠 아르바이트 하면 음식점에서 한 달 일하는 것보다 더 많은 돈을 벌 수 있거든요.

저도 알아요. 아저씨는 황성을 떠나오시면서 부인도 두고 오셨다는 것 말예요. 경성 사람들은 부인이라고 안 하고 애인이라고 부르는 게 유행이잖아요.● 애인 떠나오신 지 오래라 이곳에 기분 풀려고 오신 거 잖아요. 잘 오셨어요. 남자들이 기분 풀러 이런 데 안 오면 우리 같은 사람이 어디서 돈을 벌 수 있겠어요.

걱정 마세요, 양 교수님. 링쩐 언니한테 교수님이 천당 거리에 왔었다고 일러바치진 않을 테니까요. 그 대신 교수님도 제가 하루 쉬는 날 천당호텔에 와서 손님을 받았다고 말하시면 안 돼요. 링쩐 언니는 아직 제가 이런 일 하는 걸 모른단 말예요. 제가 개과천선해서 이런 일은 오래전부터 안 하고 있는 줄 알거든요. 사실 이런 일도 술 담배랑 마찬 가지예요. 저랑 같은 일을 하는 언니들 말로는 이 일이 담배를 많이 피우는 것과 마찬가지래요. 일단 인이 박히면 절대 끊을 수 없다더라고요. 하지만 걱정 마세요, 양 교수님. 그래도 전 아직 어리고 인이 박히지 않아서 언제든 마음만 먹으면 끊을 수 있어요. 이런 일을 안 하기로 마음만 먹으면 얼마든지 안 할 수 있다고요."

우리는 창가에 있는 둥근 의자에 마주 앉았다. 두 의자 사이에는 검붉은 원형 다탁이 있었고 다탁 위에는 과일이 담긴 그릇과 재떨이, 티백 차를 우린 차 두 잔이 놓여 있었다. 내가 처음 창문을 열었을 때 방

● 원문의 '老婆'나 '愛人' 모두 아내를 지칭하는 말로, 지방과 신분에 따라 조금 다름.

안으로 상쾌한 공기가 흘러들어왔던 것처럼, 티백에서 부패한 독약 같은 냄새가 퍼져나왔다. 이미 음력 시월이라 춥다고 하기에는 따뜻하고 따뜻하다고 하기에는 추운 날씨였다. 이런 기류가 현성과 바러우, 위시와 북방에 곧 겨울이 닥쳐올 것임을 예고하고 있었다. 천당 거리의 플라타너스 잎은 이미 도금이라도 한 것처럼 노랗게 단풍이 들었고, 낙엽은 마치 치마를 입은 아가씨들이 무대 위에서 춤을 추는 것처럼 공중에서 빙글빙글 돌고 있었다. 둘이 창가에 앉아 이야기를 나누다보니 칭옌대학에서 내 학생을 불러다놓고 얘기를 나누고 있는 것 같은 느낌이 들었다.

나는 씽얼에게 다시는 이런 일을 하지 말라고 했다. 앞으로 이런 일을 안 하면 매달 몇백 위안씩 돈을 주겠다고, 다시는 천당 거리에 오지 말라고 했다.

"다시는 이곳에 오지 마, 알겠지?

매달 몇백 위안씩 줄게. 네가 이런 일을 하지 않았으면 좋겠어."

그녀는 정말로 돈을 줄 거냐고 물었다.

나는 정말로 주겠다고 말했다.

그럼 달라고 했다.

이백 위안을 꺼내주었다.

"겨우 이백이에요?"

다시 이백 위안을 더 주었다.

그녀가 또다시 내 앞으로 손을 내밀었다.

백 위안을 더 꺼내어 그녀의 손에 얹어주었다.

오백 위안을 받아 세어보더니 나를 한 번 힐끗 쳐다보고는 말했다.

"양 교수님, 저 정말 이 돈 가질래요."

그녀는 정말로 돈을 말아 신고 있던 살구색 팬티스타킹 안에 쑤셔넣었다(뜻밖에도 그녀는 정말로 돈을 스타킹 안에 쑤셔넣은 것이다. 다행히, 돈을 말아 쥐는 순간 그녀의 얼굴이 약간 붉어지더니 돈을 어디에 둘까 고심하듯 주저하다가, 스타킹에서 다시 돈을 꺼내서는 내 앞에 내려놓았다. "말은 갖고 싶다고 했지만 제가 어떻게 교수님 돈을 가질 수 있겠어요? 문 열고 들어온 순간부터 지금까지 교수님은 제 손도 한 번 잡지 않으셨잖아요. 제가 어떻게 아무 대가도 없이 교수님 돈 오백 위안을 받을 수 있겠어요?"

나는 그녀가 이 돈을 받고 앞으로 다시는 이런 곳에서 손님을 받지 않았으면 좋겠다고 말했다.

그녀가 말했다. "정말로 제가 이 돈을 받기를 원하신다면 제 몸을 좀 만지시고 집적대시거나 뽀뽀라도 한 번 하세요."

황급히 몸을 움츠린 다음 얼른 두 손을 품속에 집어넣으면서 내가 말했다. "씽얼에게 그러고 싶은 마음이 없어. 그럴 맘이 있었다면 바러 우주가에서 하룻밤 보낼 때 널 만지거나 집적댔겠지."

그녀는 웃었다. 깔깔대면서 큰 소리로 웃었다.

웃으면서 말했다. "양 교수님, 교수님은 정말 좋은 분이세요. 제가 만난 남자들 가운데 가장 훌륭한 남자예요. 그날 저녁 사장인 링쩐 언니가 저더러 올라가서 아저씨랑 함께 자라고 한 것도 이상한 일이 아니었네요."

그녀는 자신들의 사장인 링쩐에 관해 얘기하다가 뭔가 생각난 것처럼 갑자기 말을 끊고는 나를 한참이나 뚫어져라 쳐다보았다. 옅고 단순하던 얼굴이 짙은 놀라움으로 바뀌었다. 표정이 홍조와 흥분에서 갑자기 생경함과 푸른빛으로 변해갔다. 말하는 속도마저 처음보다 훨씬 빨라지고 있었다. "교수님은 우리 사장님과 같은 마을 사람이죠? 링쩐 언니가 지금 갈수록 병색이 짙어지고 있는 거 알고 계세요? 아무도 언니가 무슨 병에 걸렸는지 몰라요. 그저 매일 병원에 가서 크고 작은 봉지에 약을 하나 가득 담아오는 모습을 봤을 뿐이에요. 누군가 언니에게 무슨 병이냐고 물으면 언니는 그저 눈을 들어 그 사람을 노려보기만 해요. 누가 언니를 병원에 데려가려 해도 언니는 그 사람을 죽일 듯이 노려봐요. 하지만 최근 들어 언니 얼굴이 갈수록 누렇게 뜨는데다 말할 때도 숨만 겨우 붙어 있는 것 같아요. 그러면서도 별일 아니라고, 방에서 좀 쉬면 괜찮아진다고 하면서 밖으로 나오지도 않아요. 장사에 관해서도 생각날 때마다 한 번씩 물어볼 뿐이고, 생각이 없을 때는 음식점에서 물건이 없어져도 아무 신경조차 쓰지 않는다고요.

교수님은 링쩐 언니가 대체 무슨 병에 걸렸는지 아세요?

교수님은 언니가 전에 이 도시에서 누구랑 가깝게 지냈는지 아세요?

양 교수님, 정말로 제게 돈을 주고 싶으시다면 오백 위안을 주지는 마세요. 교수님이랑 하룻밤 잘 기회가 생긴다면, 제게 오백 위안이 아니라 천 위안이나 이천 위안을 주신다고 해도 다 받을 거예요. 돈을 받은 다음에는 고맙다는 인사도 할게요. 하지만 교수님이 저랑 자자고 하시지 않는데 제가 어떻게 돈을 받겠어요? 제게 이백 위안도 주지 마세요. 이백 위안을 받으면 저는 교수님이랑 그 일을 한 번 해야 해요. 하지만 오늘도 제 손 한 번 잡지도 않은데다 제 몸에 손가락도 대지 않으셨는데, 제가 어떻게 이백 위안을 받을 수 있겠어요? 이렇게 하죠. 양 교수님, 제게 오십 위안이나 백 위안만 주세요. 오십 위안이나 백 위안만 주시면 저도 허탕을 친 셈은 아니니까. 오십 위안이나 백 위안을 주시는 건 제가 교수님한테 이 이야기를 해준 값이라고 치세요. 우리 사장님 얘기 말예요.

많이도 필요 없어요. 딱 백 위안만 주시면 돼요. 백 위안이면 충분하다니까요. 그래도 제가 교수님이랑 얘기를 나눠드렸잖아요.

그래요, 전 딱 백 위안이면 돼요.

우리 사장님이 누구랑 친한지 아세요? 그녀가 어떻게 부자가 됐는지 아세요? 제가 알려드릴게요. 하지만 절대로 제게 불똥이 튀게 하시면 안 돼요. 그리고 어느 날 갑자기 사장님한테 물어보는 건 더더욱 안 되고요. 생각 좀 해보세요. 양 교수님, 시골 출신 여자가 도시에 온 지 몇 년 만에 어떻게 그처럼 많은 돈을 벌 수 있겠어요? 우리 같은 젊은 아가씨들도 몇 푼 벌지 못하는데, 우리 사장님은 늙어서 별로 빛도 안 나는 사람인데, 몇 년 사이 음식점에서 설거지나 하던 종업원에서 일약 사장이 될 수 있었잖아요. 교수님은 그녀가 어떻게 사장이 된 건지 아세요? 바러우주가는 처음에는 바러우주가가 아니라 위시엔豫西宴이었어요. 위시엔을 처음 연 사람은 우씨 성을 가진 사람으로 남자였지요. 몸무게가 백이십 킬로나 돼서 성내에서는 우뚱보로 잘 알려진 인물인데 예순이 넘은 나이에 열 살이나 젊어 보였다니까요. 지금 바러우주가로 쓰는 이층 건물과 그 뒤 사합원이 전부 우 사장님 건물이었어요. 위시엔은 개업하자마자 집에 불이라도 난 것처럼 장사가 잘됐고, 마치 지금 이 계절 거리에 있는 낙엽을 쓸어담듯 돈을 긁어모을 수 있었죠. 바로 그때 링쩐 언니 남편이 세상을 떠났어요. 언니는 남편 병 때문에 돈을 많이 썼고 빚도 적잖았죠. 남편이 세상을 떠나자 언니는 곧장 도시로 와서 일을 시작했어요. 위시엔에 들어와 바닥을 쓸고 설거지를 했죠. 채소를 다듬고 식탁보를 빠는 일도 했고요.

하지만 나중에 사장님은 언니에게 바닥을 쓸거나 설거지하는 일을 못하게 했어요. 대신 언니에게 시장에 가서 위시옌에 필요한 물건을 구매하는 일을 시켰지요.

그리고 더 나중에는 언니가 숙소를 다른 종업원들과 함께 사용하지 않게 됐어요. 후원에 있는 본채에서 사장님과 함께 지내게 됐거든요. 그때부터는 더이상 밖에 나가서 장 보는 일도 할 필요가 없게 됐고요. 그냥 매일 사장님이 바깥 대청에서 장부 정리할 때마다 옆에서 거드는 게 고작이었어요.

이듬해 사장님이 갑자기 병으로 세상을 떠나자 위시옌과 그 건물, 그리고 저택은 전부 링쩐 언니 게 됐어요. 그렇게 링쩐 언니가 사장이 된 거지요. 우뚱보가 죽고 나자 경찰은 언니를 공안국으로 데려가 꼬박 사흘간 이것저것 캐물었어요. 우뚱보는 옷을 다 벗은 채로 링쩐 언니 몸 위에서 죽었거든요. 벌건 대낮에 링쩐 언니는 옷을 벗은 채 우뚱보가 시키는 대로 시중을 들고 있었어요. 하지만 우뚱보가 그 짓을 하다가 갑자기 링쩐 언니 몸 위에 엎드린 채 몸을 움직이지 않는 거였어요. 몸이 미동도 하지 않았대요. 언니는 영문도 모르고 "우 사장님, 움직이지 않고 가만히 있으시면 어떻게 해요? 움직이지 않으면 어떻게 해요?"라고 말했대요. 언니가 여러 번 물었는데도 우뚱보가 전혀 움직이지도 않고 말도 하지 않자, 마침내 링쩐 언니는 백이십 킬로가 넘는 그 몸을 돼지 한 마리를 밀쳐내듯 자기 몸 위에서 밀어내고서야 그의 얼굴색이 파랗게 변해 있는 걸 보게 된 거지요. 몸은 아직 따뜻했고 온몸에 땀을 흘리고 있었지만 얼굴은 이미 푸르뎅뎅했고 숨도 멎어 있었대요.

우뚱보는 그 짓을 하다가 지나치게 흥분해서 심근경색으로 죽은 거였어요. 공안국에서도 링쩐 언니를 출두시켜 조사했지만 사흘 동안 아무엇도 알아낸 게 없었어요. 법원에서도 우 사장님 시신을 옮겨 부검해봤지만 역시 특별한 결과는 안 나왔고요.

사흘 후에 링쩐 언니가 공안국에서 돌아왔어요.

언니는 우뚱보를 묻고 나서 그 재산을 그대로 물려받아 위시엔을 바러우주가로 바꾼 다음, 그 자리에서 예전처럼 장사를 계속했어요. 그러다가 삼 년 전에 이 일이 현성을 떠들썩하게 만들었죠. 마치 성장이 현성을 시찰하러 온 것 같았어요. 어른 아이 할 것 없이 모두들 우씨라는 사람이 그 짓을 하다가 링쩐 언니 몸 위에서 죽었다는 사실을 알게 됐거든요. 모두들 언니가 잠자리에 특별한 능력을 갖고 있어서 남편과 그 일을 하면서 아무도 흉내낼 수 없는 재주를 부렸다고 했어요. 그 결과 우씨가 언니에게 홀려 링쩐 언니 몸 위에서 그 짓 하다 지쳐 죽은 게 분명하다고 말예요.

양 교수님, 다 얘기해드렸으니 링쩐 언니의 그 음식점과 집이 어디서 난 건지 아셨을 거예요. 왜 언니가 그날 밤 저를 교수님에게 보내서 하룻밤을 함께 보내게 했는지 이제 아시겠죠? 언니는 교수님에게 잘해드리고 싶었지만 달리 대접해드릴 방법이 없었어요. 그래서 제게 교수님과 하룻밤을 함께 보내라고 했던 거예요. 저는 삼 년 전에 이 도시에 와서 일을 시작했고, 한 번도 손님 접대하는 일을 해본 적이 없었어요. 그저 한때 같은 고향 언니를 따라 딱 세 번 그 짓을 했을 뿐. 그뒤로 절대로 그런 일이 없었어요. 그날 밤 링쩐 언니는 제게 교수님과 하룻밤을 보내라고 하면서, 교수님은 경성에서 온 사람이고 실제로 교수님을 즐겁게 할 만한 일이 없다고 말했어요. 언니는 제게 올라가서 교수님과 자라고 권하면서, 교수님과 하룻밤을 보내라고 하면서, 한 달치 월급을 더 주었어요. 그날 밤 교수님이 제 몸에 손가락 하나 대지 않으셨음에도 불구하고 링쩐 언니는 정말로 월말에 제게 한 달 치 월급을 더 주었죠. 한 일도 없이 한 달 치 월급을 더 받은 뒤로 저는 참지 못하고 시간이 날 때마다 몰래 이 천당 거리에 와서 그 짓을 하게 된 거예요.

모든 사실을 교수님에게 다 얘기했으니 제가 백 위안 달라고 해도 손해는 아니겠죠? 링쩐 언니는 지금 음식점에 있거나 집에 있을 거예요. 들리는 말로는, 언니 고향인 바러우에 이층 건물을 하나 새로 짓고 있대요. 교수님도 언니가 정말 고향에 이층 건물을 짓고 있다고 생각하세요? 양 교수님, 제가 반나절 동안이나 떠들고 있는데 어째서 교수님은 한마디도 제 말을 받아주지 않으세요? 링쩐 언니는 우씨 재산을 물려받은 뒤부터 몸에 병이 나기 시작했고, 병세는 갈수록 심해지고 있어요. 최근에는 얼굴이 자주 노랗게 변해요. 언니는 교수님한테 너무나 잘하고 있어요. 자신의 음식점에서 일하는 가장 어린 아가씨에게 교수님과 하룻밤 자도록 하기 위해 큰돈도 아낌없이 쓰고 있잖아요. 그런데 교수님은 고향에 돌아오신 지 이렇게 오래됐는데도 어째서 언니 음식점으로 언니를 보러 가지 않는 건가요?"

나는 씽얼의 말에 계속 대꾸하지 않았다. 줄곧 그녀의 얼굴만 뚫어져라 쳐다보고 있었다. 먹고 싶은 사과를 쳐다보는 것 같았다. 링쩐에 관해 얘기하는 걸 들으면서, 마치 말로 사단을 일으키기를 좋아해서 훨씬 더 귀여워 보이는 어린 소녀를 쳐다보듯이, 그녀를 응시하고 있었다. 그녀가 말하는 링쩐에 대해서도 원망이 생기지 않았고, 입에서 나오는 대로 거침없이 떠들어대는 그녀에 대해서도 미움이 일지 않았다. 그녀가 이야기하는 동안 나는 줄곧 쳐다보고만 있었다. 발그스름한 입술을 벌렸다 오므렸다 하는 모습이 젖을 먹고 있는 어린아이를 떠올리게 했다. 그때, 창밖의 어스름한 빛이 그녀의 얼굴 반쪽을 비추자 그 반쪽 얼굴이 붉게 물들면서 말랑말랑하고 촉촉하게 생기가 돌았다(그 옛날 링쩐처럼). 어린 아가씨 특유의 가는 솜털이 얼굴 위에 한 겹 돋아나 벗겨지지 않고 있는 듯 없는 듯 남아 있었다. 다 익은 사과에 가는 털이 부슬부슬하게 하얀 막을 이루고 있는 것 같았다. 참지 못하고 손을 들어 그 반쪽 얼굴을 쓰다듬고 싶었지만 그녀의 얼굴을 쓰다듬고 싶어하는 내 손을 끝내 들어올리지는 못했다. 이야기를 듣다가 완전히 취해버린 아이처럼 그 자리에 가만히 앉아 있었다. 미동도 하지 않았고 말 한마디도 내뱉지 않았다. 그녀의 입술을 바라보면서 그녀가 링쩐의 일(이야기)에 관해 다 털어놓을 때까지 줄곧 이야기 속에서 정신을 못 차린 채 빠져나올 수 없었다. 넋 나간 사람이 영원히 멍청한 상태에서 빠져나오지 못하고 있는 것 같았다.

일순간 방 안이 죽은 듯이 고요했다. 나를 바라보는 씽얼의 입가에 소리 없는 미소가 걸려 있다가 내 눈빛 안으로 떨어지면서, 은바늘이 바닥에 떨어지는 것처럼 가볍게 쟁그랑 소리를 냈다. 방 안의 사방팔방, 동서남북에 그녀가 나를 바라보면서 웃는 것 같기도 하고 그렇지 않은 것 같기도 한 눈길과 웃는 것 같기도 하고 그렇지 않은 것 같기도 한 조용한 소리가 가득했다.

이상하게도 사람이 웃다가도 눈물을 떨구듯, 또 울다가도 자신도 모르게 실소하게 되듯, 씽얼이 링쩐 이야기를 들려주었을 때 나는 링쩐에 대해 아무런 원망도 생기지 않으리라 생각했다. 어쨌든 링쩐은 내 아내도 아니고 내 애인도 아니었기 때문이다. 우리는 단지 이십 년 전에 약혼했던 것뿐, 이십 년 전에는 함께 같은 길을 걷고 있는 것 같았지만 너무 일찍 그렇게 헤어져 각자의 길을 갔을 뿐이다. 나는 칭옌대

학의 자오루핑을 아내로 맞았고, 그녀는 나와 같은 고향 사람인 도자
기 장인 쑨린에게 시집을 갔다.

이것이 전부다.

이것이 전부였을 뿐이다.

자오루핑은 부총장과 함께 침대에 있다가 나 때문에 방 안에 갇히고
침대 머리맡에 잡혀 있게 되었다. 하지만 나는 오히려 평온한 마음과
온화한 태도로 정중하게 사과했다. 정말 미안합니다. 집에 돌아오기
전에 먼저 전화를 했어야 했는데 두 분이 여기서 이렇게 바쁜 시간을
보내고 있는 것을 모르고 너무 서둘러 돌아와버렸네요. 하지만 링쩐과
나는 이미 부부도 아니었고 일가친척은 더더욱 아니었다. 씽얼이 그녀
와 우씨가 침대에서 함께 잤다는 얘기를 했을 때도, 나는 마음의 평정
을 잃지 않고 여유 있는 모습을 보였다. 그러나 마음속에서는 우르릉
쾅쾅 하고 뇌성이 울렸다. 집이 무너지는 것처럼 흔들렸고 불안했다.

그녀는 내게 링쩐 언니를 만나러 가지 않을 거냐고 물었다.

입술을 깨문 채 아무 말도 못했다.

그녀가 링쩐 언니를 만나러 가지 않을 거냐고 다시 물었다.

나는 마시려고 손에 받쳐들고 있던 찻잔을 다시 다탁 위에 내려놓
았다.

그녀는 다시 내게 링쩐 언니를 만나러 가지 않을 거냐고 물었다.

내가 말했다. "씽얼, 반나절 동안 나한테 얘기해준 거 정말 고마웠
어. 그러니까 이 오백 위안은 가져가도록 해."

그녀가 말했다. "너무 많아요. 게다가 교수님은 제 몸에 손도 대지
않았잖아요. 그냥 백 위안만 주시면 돼요."

내가 말했다. "부탁할게. 씽얼, 앞으로 정말 다시는 남자 손님 상대

하는 이런 일 안 하면 안 되겠어?"

그녀는 망설이다가 돈을 받고는 의자에서 일어났다. 다소 미안한 표정으로, 그 가운데 삼백 위안을 말아서 스타킹 속에 숨긴 다음 나머지 이백 위안을 손에 쥐었다. 일부를 상납하거나 나눠 갖기 위해서였다. 그러고는 다시 한번 진심으로 고맙다는 듯한 눈빛으로 나를 한 번 쳐다보았다(마지막으로 나를 유혹하는 것 같았다. 자기 몸을 한 번 만지고 싶지 않느냐고 묻는 것 같았다). 나는 정말로 아버지처럼 손을 올려 그녀의 머리를 쓰다듬어주었다(그녀의 머리카락은 새까맣고 윤기가 돌았다. 흐르는 물을 쓰다듬는 것 같은 촉감이 느껴졌다). 내가 말했다. "씽얼, 제발 부탁이야. 내 말 한마디만 들어줘. 씽얼은 아직 너무 어려. 앞으로 다시는 이곳 천당 거리에 오지 않도록 해. 이런 출장 서비스는 절대 하지 않도록 해.

이걸 내 부탁이라고 생각해도 좋아."

백화

힘없는 만류

이 작품은 「소아」에 있는 버림받은 아내의 시다. 그녀가 사랑했던 사람은 그녀를 배신하여 정을 끊고 그녀를 버리고 가버린다. 버림받은 여인은 사랑의 슬픈 상처를 안고, 이 시를 통해 원망을 표현하고 있다.

白
華

씽얼이 여러 번 물었던 터라, 나는 푸렁쩐을 만나러 가보기로 마음먹었다.

두세 달 못 본 사이에 정말로 그녀의 얼굴은 노랗게 변해 있었다. 몸도 나뭇가지처럼 말라 있었다. 계절은 진짜 겨울로 들어서기까지 아직 약간의 시일이 남아 있는데, 그녀는 벌써부터 한겨울에나 입는 두꺼운 스웨터를 입고 있었다. 그녀 집 마당에 서서, 나는 그녀의 얼굴에 희미하게 드리운 죽음의 빛을 본 것 같았다. 그녀의 얼굴이 황달 환자처럼 노랗게 변한 것을 본 순간, 물어보고 싶었던 것들을 차마 입 밖에 낼 수가 없었다(그녀가 정말로 우씨랑 잤는지, 이 재산 전부를 우씨에게서 물려받은 건지 물어보고 싶었다). 그날은 해가 구름층 뒤에 숨어 있다가 황혼 무렵이 되어서야 구름 뒤로 발악하듯 빛을 비추었다. 서쪽으로 지는 햇빛은 바러우쥐가의 서쪽 곁채 쪽에서부터 거꾸로 흐릿하게 음식점 뒤 정원을 비추고 있었다. 십여 년 전 깔아놓은 정원의 내화벽돌 바닥은 습기 때문인지 윗면이 푸르스름하게 이끼로 덮여 양쪽 처마 아래까지 이어지고 있었다. 앞쪽 음식점에서는 조리사와 종업원들이 분주하게 야채를 썰고 볶으면서 해질녘 음식점을 찾는 손님들을 맞을 준비를 하고 있었다. 그러나 음식점 뒤에 있는 집은 사찰처럼 고요하기만 했다. 마당에서 의자에 반쯤 누운 채로 솜옷을 덮고 볕을 쬐고 있는 링쩐의 모습은, 깊숙이 파묻혀 있는 커다란 저택이 등장하는 영화의 한 장면처럼 고요했다. 그녀의 신변에는 그녀가 먹었는지 아직 안 먹었는지 알 수 없는 물 한 잔과 약봉지 몇 개가 놓여 있었다. 그렇게 고요하기만 했다.

지는 해 밑으로 나뭇잎이 날리다 떨어지는 소리를 들을 수 있을 정도로 고요했다.

음식점 대청 옆으로 나 있는 쪽문으로 들어가 누런색을 두껍게 칠해놓은 것 같은 얼굴을 하고 햇볕을 쬐면서 자고 있는 그녀를 보자마자, 쿵쿵대는 걸음을 조금씩 늦춰 그녀 앞에 다가가서는 한참을 멍하니 서 있었다. 손에 든 과일 봉지를 그녀 곁에 내려놓자 기척 소리에 깜짝 놀란 그녀가 앉아 있던 의자에서 일어났다. 나를 바라보는 그녀의 그 핏기 없는 얼굴에 옅게 붉은빛이 돌았다.

"왔어요?" 그녀가 웃으면서 허둥지둥 의자 하나를 내 앞으로 끌어다 놓았다.

그 의자를 바라보면서 나는 서점에 책을 사러 가야 한다고 말했다. 그런 다음 이상한 눈빛으로 그녀의 집 건물과 마당을 둘러보고 음식점 건물도 살펴보았다. 그러고는 마침내 시선을 그녀의 얼굴로 옮기면서 말했다. "링쩐, 방금 천당 거리에 가서 발길 닿는 대로 한 바퀴 돌고 오는 길이야. 알고 보니 천당 거리 도처에서 이런 일을 하더군. 가격도 말도 안 되게 싸고 말이야." 이렇게 말하면서 나는 내 눈앞에서 꿈틀거리며 열심히 담장을 기어오르고 있는 쥐며느리 한 마리를 발견하고는 무정하게 막대기를 들어 바닥으로 떨어뜨린 다음 발로 짓밟아 죽여버렸다. 그러고는 웃으면서 말했다. "요즘 아이들은 생김새나 차림새가 정말로 예전과 달라. 천당 거리 아가씨들은 하나같이 생기가 돌고 예뻐 보이더군. 보기만 해도 손을 뻗어 쓰다듬고 싶은 마음이 생겨 참을 수가 없더라고."

말을 마친 나는 다시 눈길을 돌려 그녀를 바라보았다.

여전히 핏기 없이 누런 얼굴에 이마에는 가는 땀방울이 맺혀 있었다. 자신을 바라보고 있던 걸 알아챘는지 그녀의 누런 안색에 가벼운 미소가 일었다. "양커 오빠, 오늘 저녁에는 여기에서 식사하실 거죠?"

내가 말했다. "링쩐, 사실 날 가장 잘 이해하고 있는 사람은 링쩐이야. 난 지식인답지 않게 비열하기 짝이 없는 사람이지. 방금 천당 거리에 있는 천당호텔에 가서 어린 아가씨 하나를 불렀어. 그 아가씨랑 식사하고 저녁에는 그녀랑 그 호텔에서 잘 거야."

이 한마디를 던지고, 나는 그녀 곁을 떠나기로 마음먹었다. 바람이 휙 하고 불어왔다가 물러가는 것 같았다. 발길을 떼려 하자 그녀의 얼굴색은 더 누렇고 창백하게 변해갔다. 입가가 떨리는 것이 뭔가 말을 하려는 것 같으면서도, 끝내 말을 내뱉지 못하고 있었다. 마치 내가 천당 거리로 가는 것을 막고 싶지만 나를 막을 만한 정당한 이유가 없다는 것을 잘 알고 있는 것 같았다. 그러는 사이 약간 일그러진 그녀의 얼굴이 석양이 지는 허공에 누렇게 말라버린 가지 하나처럼 걸리는 듯했다.

그 얼굴이 누런 가지가 되어가는 것을 보면서, 나는 마음속으로 말할 수 없이 득의양양하고 만족스러웠다. 그러면서도 혹시 그녀가 정말로 나를 만류하는 말을 해서 결국 마음이 약해진 내가 바러우주가에서 하룻밤 묵게 되지나 않을까 걱정이 되기도 했다. 마침내 나는 그녀를 한 번 힐끗 쳐다보고서 그녀 곁을 떠났다(방금 전에 씽얼이 내 곁을 떠난 것과 다르지 않았다). 그녀의 집 마당을 떠나면서 고개를 돌려 그녀를 쳐다보지도 않았다. 하지만 분명히 내 뒤에서 그녀가 눈 한 번 깜박이지 않고 똑바로 나를 응시하고 있다는 사실을, 틀림없이 자신이 과거에 했던 일들을 후회하면서 칼로 마음을 도려내는 것처럼 아파하고 있다는 것을 잘 알고 있었다.

소명

우더꾸이를 추모하는 제사

「소아」에 있는 시로, 관리에 대한 원한을 담고 있다.

小
明

바러우주가에서 나온 나는 정부로에 이르러 한참을 낙담하여 서 있었다. 썽얼이 링쩐의 지나간 일에 관해 얘기해준 것을 토대로, 나는 현성에서 이 리 정도 떨어진 남쪽 교외의 공동묘지로 가서 제멋대로 우씨의 무덤을 찾았다. 묘지의 한 면은 전국 각지에 있는 공동묘지와 똑같은 모습으로 산비탈에 조성되어 있었다. 동쪽을 바라보면서 서쪽에 자리잡은 묘지는 비탈 가득 소나무와 측백나무가 심어져 있었다(칭옌대학의 교정 같았다). 산비탈 아래에는 구불구불 높이가 다른 석회 벽돌 담장이 이어져 있었다. 남쪽으로 난 길에는 회색 벽돌로 세운 아치형 문이 하나 있고, 바로 그 옆에 석회를 칠한 두 칸짜리 작은 건물이 하나 있었다. 경비원과 묘지관리인을 겸하고 있는 중년의 사내는 나이가 나보다 두 살 정도 많거나 적어 보였다. 내가 찾아갔을 때 그는 마침 개에게 밥을 주고 있었다. 북방에 자리한 이 묘지는 늦가을 석양 속에서 사방이 온통 누런 흙먼지로 둘러싸여 있었다. 묘지에서 그다지 멀리 떨어져 있지 않은 현성은 숨만 겨우 붙어 있는 것처럼 아무런 광채도 찾아볼 수 없었다. 모두들 일찍 잘 준비를 마친 것 같았다. 원래 하루종일 깨어난 적이 없었던 것 같기도 했다. 여기저기 아무리 둘러봐도 생기라고는 조금도 찾아볼 수 없었다. 석양은 누런 진흙탕 물웅덩이 같았다. 거리는 조금도 흐르지 않고 고여 있는 연못처럼 고요하기만 했다. 허공에 걸린 두터운 잿빛 구름은 한 번도 뺀 적 없는 거대한 천 같았다. 묘지 안의 숲은 푸르지도 않고 누렇지도 않았다. 그저 벌거벗은 황무지에 누워 있는 한 덩이 거대한 어둠일 뿐이었다.

나는 그쪽을 향해 걸어갔다.

개 짖는 소리가 흥분하여 나를 향해 달려들었다.

묘지를 지키는 중년 사내는 군에서 전역한 군 간부들이 가을과 겨울 두 계절 동안 가장 자주 입는 녹색 솜외투를 입고 있었다(한때 군인이었을까?). 그가 묘지 입구에서 나를 바라보면서 다가오고 있었다.

"개에게 밥을 주고 계셨죠? 혹시 삼 년 전 이 묘지에 묻힌 우더꾸이라는 사람이 어디에 묻혀 있는지 아십니까?" 내가 물었다. "그와 친한 친구인데 경성에서 돌아오는 길에 그를 만나러 찾아왔습니다. 참, 그 친구가 살아 있을 때 사람들은 그를 우뚱보라고 부르곤 했어요.

저는 베이징에서 학생들을 가르치고 있습니다. 칭옌대학 교수로 있고요. 어릴 때 우뚱보 집에서 며칠 묵으면서 작은 은혜를 입었습니다. 제게는 산처럼 크게 느껴졌죠. 이곳에 출장 왔다가 그가 죽었다는 소식을 듣고는 한번 만나보러 왔습니다."

묘지관리인은 개를 한쪽으로 쫓아낸 다음 나를 묘지 안으로 안내해 묘지 주변에 돌비석들이 있는 곳을 가리키면서 말했다. "저쪽입니다.

저쪽이 바로 최고의 명당이지요. 바람을 피할 수 있고 양지 바른 곳으로 풍수지리 관점에서 봤을 때 최상급 묏자리입니다. 저기 묻힌 사람들 모두 현에 살던 현장이나 국장, 부장, 그리고 혁명가들이지요. 몇 년 전부터는 돈 있는 사업가들도 묻히기 시작했습니다." 이렇게 말한 뒤 고개를 들어 지는 해를 바라보던 관리인은 다시 방으로 돌아가 향 세 다발을 가지고 나와 내게 필요하냐고 물었다. 기왕에 온 김에 은혜도 갚을 겸 그를 위해 향을 몇 다발 태워주는 것도 나쁘지 않을 거라는 뜻이었다.

나는 십오 위안을 주고 향 세 다발을 사서 관리인이 가리킨 방향을 향해 걸어갔다. 빽빽하게 자란 숲에 기대어 평평하게 닦인 오솔길을 따라 산비탈 정상의 완만한 곳에 이르자, 사발만 한 굵기의 측백나무들 아래로 우더꾸이의 비석이 보였다. 유백색과 흰색 사이에 짙은 파란색이 섞여 있는 비석이었다. 이 비석의 자재는 현지에서 생산되는 대리석이 아니었다. 대리석 비석에는 공중화장실이나 돼지우리에서 흔히 볼 수 있는 류공권의 서체로, 간판 글씨처럼 '우더꾸이의 묘'라고 새겨져 있었다. 그때 이미 진흙탕 같은 빛깔로 변해 있던 햇빛은 완전히 사라지고, 현성의 윤곽이 한밤중의 촌락처럼 희미하게 드러나고 있었다. 산비탈의 묘지 안에는 황톳빛 짙은 소나무 냄새와 잣나무 냄새가 풍겼다. 나무 향기는 한겨울 얼음 위에서 막 녹기 시작한 물처럼 촉촉했다.

나는 우더꾸이의 묘비 앞으로 걸어갔다.

우더꾸이는 일찍부터 나를 알고 있었던 것 같았다. 내가 올 것을 이미 알고 있었던 것 같았다. 그는 우윳빛에 푸른색이 감도는 자신의 묘비 아래 누워 추워서인지 두 팔을 가슴 앞으로 모아 팔짱을 끼고 내 손에 들려 있는 향 세 다발을 쳐다보고 있었다. 그의 눈빛에는 감격과 두려움과 당혹스러움이 가득차 있었고 얼굴에는 약간의 흥분과 함께 불안한 표정과 죽음의 기운이 감돌고 있었다. 내가 정말로 그에게 가까이 다가가는 것을 보고서, 그는 가볍게 몸을 움직였다. 내게 뭔가 말을 하고 싶은 것 같았다. 하지만 내가 자기를 위해 온 것인지 아닌지 판단을 내릴 수 없었는지 끝내 아무 말도 하지 않았다.

그의 앞으로 다가가 섰다. "당신이 우더꾸이오?

당신이 바로 링쩐을 소나 말처럼 맘대로 부리다가 죽을 때는 그녀에게 부인병까지 걸리게 한 사람이냔 말이오?

당신은 내가 젊었을 때 링쩐과 약혼까지 한 사이라는 걸 몰랐겠지?

내가 경성에서 이십사 년을 사는 동안 하루도 그녀를 잊어본 적이 없었다는 사실도 몰랐겠지?

아마 몰랐을 거요. 그녀가 평생 가장 보살펴주고 싶어했고 남편으로 모시고 싶어했던 사람이, 당신 우뚱보도 아니고 바러우산맥 사람으로 그녀보다 열두 살이 많았고 그녀가 처음 결혼했던 쑨린도 아니라, 바로 나였다는 사실을 말이오.

당신은 내가 경성의 칭옌대학에서 전임교수로 있다는 사실도 모를 거요. 내가 낸 책과 발표한 논문을 다 합치면 여기 누워 있는 당신 키보다 더 높다는 사실을, 내가 고등학교 때 링쩐과 약혼했다가 일이 잘못되어 지금까지 그녀를 제대로 만져보지도 못하고 있다는 걸 알고나 있소? 내가 이번에 경성에서 바러우산맥으로 돌아온 게 실은 전적으로 그녀 때문이라는 것을, 게다가 그녀의 남편이 이미 이 세상 사람이 아니라는 소문을 듣지 않았더라면 감히 경성을 떠나 고향에 돌아올 생각도 하지 못했을 거라는 사실을 알고 있느냔 말이오? 그녀 역시 마음속으로 단 하루도 나를 잊지 않고 있었다는 사실을 몰랐더라면, 나 역시 경성을 떠나 이곳에 올 수 없었을 거라는 사실을 당신이 알고 있느냐 말이오?"

나는 우뚱보의 묘비 앞에 서서 자신의 묘비 아래 누워 있는 그를 노려보았다. 그가 진흙처럼 흐느적거리며 한 더미 풀이나 목화솜처럼 그렇게 허약한 모습으로, 눈에는 두려움과 불안함이 덩어리진 채 그 순간 하늘에 떠 있던 황혼 직전의 구름 같은 모습을 하고 있는 것을 바라보았다. 그렇게 그를 쳐다보던 나는 차갑게 웃으면서 향 하나를 꺼내어 집게손가락과 엄지손가락으로 그의 면전에서 잘게 부췄다. 그런 다음 향 부스러기를 모래나 불쏘시개용 건초처럼 손가락 틈으로 뿌려 바람을 타고 그의 얼굴을 향해 흩날렸다. 향 가루가 그의 이마에 떨어졌다가 그의 눈 속에 날아들기도 했다. 차가운 미소를 지으며 그에게 물었다. "당신은 내가 이 향을 피워주기를 바라겠지? 내가 당신을 위해 지전을 가져다 태워주기를 바라겠지? 우더꾸이, 꿈도 꾸지 마시오. 내가 다 헤아릴 수 없을 정도로 많은 책을 읽은 사람이고 지식인이기에 망정이지, 그렇지 않았더라면 당신 묘를 파헤쳐 유골을 현성 대로에 뿌렸을 것이오. 수천 명의 사람들이 당신 유골을 밟고 지나갔을 것이고 수만 명의 사람들이 당신을 짓밟았을 것이며 수십만 명의 사람들이 매일 당신 몸 위로 지나가게 했을 거란 말이오."

나는 향 한 다발을 다 비벼 부숴뜨리고 나서 두번째 다발을 꺼내어 다시 비벼 부수면서 차가운 어투로 말했다. "당신에게 더러운 돈이 좀 있었다면서? 정원이 딸린 저택도 있었고 위시옌이라는 이름의 음식점도 있어 매일 화장터만큼이나 장사가 잘됐다면서? 이 계절에 낙엽이 흩날리는 것처럼 쉽게 돈이 굴러들어왔다면서? 그렇게 돈이 많았다면서 지금은 어째서 그 돈을 못 쓰는 거요? 어째서 계속 즐기지 못하고 있느냔 말이오?

나 양커는 당신처럼 그렇게 돈이 많지는 않지만 나 양커가 읽은 그 수천수만의 책들을 당신은 한 권이라도 읽어본 적이나 있소?『시경』이 중국 최초의 시집이라는 사실은 알고 있소? 내가 쓴 모든 책과 발표한 모든 논문이 중국 문화의 한 부분을 차지하고 있다는 사실을 알기나 하오? 당신처럼 장사하는 사람은 중국에 수천수만 명이나 있어 산비탈 초지에 있는 소똥이나 말똥처럼 무더기를 이루지만, 나 같은 교수는 전국적으로나 세계적으로나 손으로 꼽을 수 있을 정도로 봉모인각이라는 사실을 알고나 있소?

봉모인각이 무슨 뜻인지는 알고 있소?

똥만도 못한 인간쓰레기라는 말이 무슨 뜻인지는 알고 있소?

유방백대와 유취만년●이 어떤 건지는 알겠지?

악한 원인은 악한 결과를 낳는 법이라 그런 싹수가 보였다 하면 얼른 살라내야 한다는 말도 내가 굳이 설명하지 않아도 되겠지?"

나는 두번째 다발의 향을 다 비벼 부수고 나서 또다시 세번째 향다발을 비벼 부쉈다. 향을 비비면서 말했다. 향 부스러기가 사방으로 춤추듯 날아다니고 바람을 타고 돌아다니면서 우더꾸이의 얼굴과 몸 전체에 떨어지라고, 그의 묘비 위에도 날아가 한 겹 덮이라고 말했다

우더꾸이의 얼굴이 새파랗게 질려 창백해지더니 절반은 누렇게 뜨고 절반은 자줏빛이 되어 애원하듯 나를 바라보았다. 반년 전 내가 총장 얼굴을 쳐다보았을 때와 다르지 않았다. 허공에는 짙은 향냄새가 진동했고, 그것은 맑은 나무 향기와 가을철 시든 풀과 썩은 나무에서

● 流芳百代(후대에 길이 좋은 명성을 남김)/遺臭萬年(천추에 더러운 이름을 남김).

나는 처량함과 뒤섞여 맴돌고 있었다. 향을 다 비벼 부수고 나서 마침내 한 무더기 진흙더미 모습이 된 우뚱보를 쳐다보면서 그의 몸에 호되게 발길질을 하고 싶었다. 하지만 때마침 묘지관리인이 대문 입구에서 나를 향해 소리치면서 향을 피울 때 불이 필요하냐고 물었다. 그러면서 향을 다 피우고 나면 반드시 재를 꺼야 한다고, 가을이라 묘지에 있는 나무마다 잎이 무성해져 있어 재를 끄지 않으면 큰 화재가 날 수도 있다고 했다. 나는 그의 고함 소리가 나는 곳을 향해 손을 흔들면서 말했다. "아무것도 필요하지 않습니다. 부족한 건 없어요. 부족한 게 있다면 사람을 치고 싶은 힘과 배짱이겠지요. 그리고 자신이 교수라는 사실을 의식하면서 이 냄새나는 거드름도, 남을 걷어차고 싶은 발도 내려놓지 못하는 이 태도뿐일 겁니다." 묘지를 관리하는 중년 사내가 자신의 방으로 들어간 것을 보고서, 나는 다시 고개를 돌려 파랗게 사색이 되어 있는 우더꾸이를 노려보았다. 그러고는 콧방귀를 뀌면서 발끝으로 바닥에 수북이 쌓인 향 부스러기를 발로 밟아 비비며 말했다. "이봐요, 우씨. 지금 링쩐이 병을 앓고 있단 말이오. 링쩐 병이 다 나으면 나와 당신 빚이 청산되는 셈이 되겠지만, 병이 낫지 않으면 나는 무슨 수를 써서라도 사람을 구해 당신 묘를 파헤치고 당신 유골을 꺼내어 현성의 가장 번화한 광장에 뿌릴 거요. 사람들의 출입이 많은 곳에 뿌리고, 사람들이 끊임없이 드나드는 백화점 문 앞에도 뿌릴 겁니다. 그것도 아니면 대로에 있는 공중화장실이나 농촌 시골에서 닭과 돼지, 개를 먹이는 여물통이나 밥그릇에라도 뿌릴 거요.

난 이만 가겠소. 오늘은 이것으로 당신을 용서하도록 하지.

어서 당신 무덤 속으로 꺼져요. 오늘 나를 만난 건 다름아니라 경성의 교수를 만난 거고 학문을 가르치는 지식인을 만난 거요. 다른 사람이었다면 지금쯤 당신 무덤은 파헤쳐져 죽어서도 몸 누일 곳이 없게 되었을 테고 앞으로도 영원히 몸 둘 곳이 없게 되었을 거요."

이처럼 한 무더기 냉혹하고 무서운 말들을 쏟아내고, 나는 마지막으로 내 앞에서 온몸을 떨고 있는 우더꾸이를 한 번 노려보고는 콧방귀를 뀌면서 몸을 돌려 공동묘지 대문 쪽을 향해 걸어갔다.

묘지관리인의 노래

「소아」에 있는 시로, 덕행을 칭송하고 생일을 축하하는 내용을 담고 있다.

南山有臺

어렴풋이 보이던 누런 진흙빛 해가 마침내 지고 말았다.

현성은 아주 멀리 있는 것처럼 희미하게 보이더니 완전히 사라져버렸다. 황혼이 조용히 다가와서는 인기척을 내면서 고요함 속에 소곤소곤 깔렸다. 늦가을 하루 가운데 가장 고요한 순간이었다. 산맥과 대지가 모두 황혼 속에서 평온하게 호흡하면서 낮은 소리로 소곤거렸다. 특히 산 아래 공동묘지에서는 끝없이 펼쳐진 숲과 같은 고요함이 너무나 깊고 그윽함에도 불구하고, 눈앞의 나무나 발밑의 풀이 분명히 보이는데도 그 고요함 때문에 모든 게 흐릿하고 만질 수 없는 가상의 사물처럼 느껴졌다.

묘지를 관리하는 중년 사내가 문 앞에 앉아 말했다. "우더꾸이는 정말로 큰 덕을 쌓은 사람이었어요. 반평생을 혼자 지내면서 매달 물세와 전기세도 못 낼 정도로 가난했는데, 예순이 다 되어 거꾸로 그렇게 젊은 마누라를 얻게 됐지요. 예쁜데다 현모양처라 일처리가 민첩하고 깔끔해서 그를 도와 장사를 시작하더니 이내 큰돈을 벌어 부자가 되더군요. 그가 죽은 뒤에도 그 부인은 매달 묘지를 찾아 그를 위해 향과 지전을 태운다니까요. 겨울에는 그를 위해 종이로 만든 솜옷을 태우고, 여름에는 홑옷과 마고자를 태우지요. 해마다 그를 위해 종이로 만든 에어컨과 선풍기도 태운다니까요. 양 교수님, 말씀 좀 해보세요. 교수님은 많은 책을 읽으셨으니 이런 여자를 어디 가면 찾을 수 있는지 말씀해주실 수 있지 않겠어요?"

고요함 때문에 황혼은 끝이 없는 듯하고 더없이 혼돈스럽게만 보였지만, 날이 어두워지기 전 해도 비치지 않고 달빛도 없는 그 순간에는, 오히려 그 고요함 속에서 모든 것을 볼 수 있었다. 묘지 숲으로 돌아온 참새들이 마침내 둥지로 돌아가면서 울어대는 소리는 은백색 밝은 빛이 부서지는 것 같았다. 그 순간 대지 위의 빛은 그 빗소리 같은 울음소리에서 쏟아져나오는 것 같았다. 풀과 풀 사이에도 소곤거림과 어루만짐이 있었고 서로를 애무하는 손발의 움직임이 있었다. 누군가 손끝으로 머리카락을 어루만지는 것처럼, 가볍고 부드러운 몸짓이었다. 새들이 지저귀고, 나무 위에 내려앉는 진동 때문에 일찍이 누렇게 시든 보리 까끄라기와 보리 껍질 같은 솔잎과 측백엽이 떨어져 흩날리면서, 뜻밖에도 비가 내릴 때처럼 쏴아쏴아 요란한 소리를 냈다. 이렇게 소리로 가득한 고요함 속에서 묘지관리인이 자신의 개를 쓰다듬고 있었다. 손을 빗 삼아 개의 머리를 빗질하면서 말했다. "나는 매달 그 링쩐이라는 여인이 우더꾸이의 무덤에 제사를 올리러 오는 걸 볼 때마다 내가 죽었을 때의 모습을 생각합니다. 이렇게 매달 나에게 제사를 지내주러 무덤을 찾아오는 여인을 어디 가서 찾을 수 있을까요? 해마다 무덤을 찾아와 내게 제사를 지내줄 여인을 말입니다."

　이렇게 말하면서 그는 긴 한숨을 내쉬었다.

　그 한숨은 길고 힘이 들어가 있었다. 한숨이 그치자 갑자기 황혼이 내렸다. 공원묘지와 대지 위에 총총히 오가던 빛이 눈 깜짝할 사이에 사라져버렸다. 내 눈앞에 있는 사람과 개, 묘비, 숲과 산맥이 눈 깜짝할 사이에, 한 덩어리 흐릿한 잿빛으로 변해버렸다.

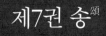

제7권 송(頌)

희희(嘻嘻)
신공(臣工)
동(駉)
유필(有駜)

희 | 혼인의 진상
희

세상사에 대한 비난과 탄식의 뜻을 내포한 시다.(이 책 72쪽
같은 항목의 설명 참조)

噫
嘻

사건은 이렇게 한 건 한 건 발생하고, 세월은 또 이렇게 하루하루 지나
가고 있었다. 진실하지 못한 것이, 가을이 오면 나뭇잎이 떨어져 날리
고 겨울이 오면 서리가 내리고 눈이 와야 하는 것처럼 자연스럽기만 했
다. 나는 한 주 내지 열흘 간격으로 천당 거리를 한 번씩 다녀왔다(천당
거리의 번화함은 비단 같고 구경하는 사람들은 직물 같았다. 나는 매번
천당 거리를 찾을 때마다 고향을 빛내고 조상들에게 영광을 돌리고 있
다는 느낌이 들었다). 매번 천당 거리에 갈 때마다 마을 사람들에게는
수중에 있는 자료가 충분치 못해서 도시에 있는 도서관에 가서 책을 좀
빌려야 한다고 말했다. 마을에서 내가 성내 도서관에 가지 않을 거라고
의심할 사람은 아무도 없었고, 성내에 나가 천당 거리를 찾는다는 것을
아는 사람도 아무도 없었다. 그들은 내가 오리털 점퍼를 입고 나가는
걸 보면 그것이 도시에서 산 옷이냐고 물었다. 내가 기계로 짠 스웨터

를 입고 있는 걸 보면 그것이 도시 백화점에서 산 옷이냐고 물었다. 이런 말을 주고받는 사이에 눈이 내렸다. 한차례 큰 눈이 내리면서 세월은 어느새 음력 십이월이 되었고, 뜻하지 않게 한 가지 일이 터지면서 나를 몹시 놀라게 했다. 아주 맹렬한 놀라움이었다.

설이 다가오고 있었다.

한차례 눈이 내려 바러우산맥을 하얗게 덮어버렸다. 무릎까지 차는 눈이었다. 그때까지 푸르던 밀이 하룻밤 사이에 보이지 않았다. 공기가 푸르고 차갑게 변해버렸다. 첸스촌의 노인과 아이들은 집 안에 틀어박혀 불을 쬐면서 옥수수 이삭을 까느라, 우리 집을 찾아와 한담을 나누거나 경성에서의 일에 관해 묻는 일이 거의 없었다. 사람들은 내게 고궁의 건축물과 보물들에 관해 묻기도 하고, 국가 지도자들이 비행기를 타고 여행할 때 혼자 비행기를 통째로 독차지하느냐고 묻기도 했다. 기차를 탈 때도 승객은 지도자 한 사람이고 나머지는 전부 철도 직원들이냐고 물었다. 더이상 신선한 화제가 없었고 그다지 중요한 일도 없었다. 산 높고 물 깊은 적막 속에서 무력감을 느낄 때쯤, 한 가지 사건이 다가왔다. 전혀 예기치 않은 때에 일어난 너무나 뜻밖의 일이었다. 필연적이고 합리적인 일이지만 내게는 황당하고 어쩔 수 없는 일로 여겨졌다. 하늘에서 떨어진 재난 같았다. 링쩐이 성내에서 우 아무개라는 남자의 시중을 들고 있었다는 얘기를 들었을 때보다 훨씬 더 막막하고 속수무책인 상황이었다.

설이 다가오고 있었다.

큰 눈이 내렸다. 눈이 멎자 마을 사람 하나가 성내에 다녀왔다. 마을로 돌아오는 그의 손에는 대련[●]을 써붙이기 위한 붉은 종이가 들려 있

● 對聯. 중국에서 매년 섣달그믐 문이나 기둥에 써붙이는 글귀.

306

었다. 땅콩기름 한 통과 줄폭죽 한 꾸러미도 들려 있었다. 아직 때가 아닌데도 그는 이미 세밑 물건을 장만한 것이다. 그러면서 돈을 벌기 위해 집을 떠나 남방으로 간 아들이 삼 년 동안 설을 쇠러 오지 않았지만 이번에는 꼭 돌아올 거라고 말했다. 그래서 앞당겨 이것들을 장만한 거라고 했다.

　그날 황혼 무렵, 마을 전체가 시끌벅적하면서도 조용했다. 대문 앞에 쌓인 눈을 치우는 사람이 있는가 하면 사다리를 집 처마에 받쳐놓고 지붕에 쌓인 눈을 마당 안으로 털어내는 사람도 있었다. 눈이 내리는 며칠 동안 천당 거리를 둘러보러 성내에 들어갈 수 없었던 나는 집 안에 틀어박혀 나의 저서를 다시 한번 읽어보았다(이렇게 해야 그나마 참기 힘든 시간을 보낼 수 있었다). 몇 가지 오탈자를 발견한 동시에 다시 한번 나의 저서 『풍아지송』이 정말 대단한 책이라는 사실을 확실히 인정할 수 있었다. 나는 내 저서가 『시경』에 대한 참신한 이해를 제공하고 있다는 게 자랑스러웠고 나의 책 『풍아지송』의 질박하면서도 엄격한 서술 및 논설에 대해 더할 수 없는 자부심과 만족감을 느꼈다. 그리고 뜻밖에도 『풍아지송』이 아직 돈을 들여 책을 출판하려는 출판사를 만나지 못한 것에 대한 탄식과 서글픔을 금할 수 없었다. 『풍아지송』이 세상에 나오지 못하는 것은 나 개인의 유감이요 손실일 뿐만 아니라 이 나라 전체의 상실이자 손해라는 생각이 들었다. 마지막으로 『풍아지송』을 다시 한번 읽고 나서 예전처럼 다섯 부분으로 나누어 서류 봉투 다섯 개에 넣은 다음 그 빵빵한 봉투들을 탁자 위에 올려놓고는, 낙심한 채로 집을 나와 마당에 가득 쌓인 눈과 내가 비로 쓸어 간신히 터놓은 길을 바라보았다. 그 길을 따라 문 앞에 이르자 넷째 아저씨가 손에 세밑 물품들을 들고 마을 밖에서 저벅저벅 걸어오는 모습이 눈에 들어왔다.

넷째 아저씨에게 물었다. "이렇게 일찍 성내에 나가 세밑 물품들을 사오신 거예요?"

넷째 아저씨는 내게로 다가와 바로 앞에서 잠시 걸음을 멈추고는 자신의 검은 솜바지와 검은 솜신발에 얹힌 흰 눈을 털어냈다. 그러고는 나를 쳐다보며 말했다. "양커, 자네는 집에 안 돌아가나? 집에 가서 아내와 함께 설을 쇠어야지."

두둥 하는 소리와 함께, 나는 설이 다가오고 있다는 사실을 의식하게 되었다. 경성을 떠난 지 이미 반년이 다 되어가고 있었다. 칭옌대학과 정신병원, 내 아내 자오루핑 모두 내게 편지를 하거나 전화를 걸어오지 않았고 경성에서 아무런 전언이나 문안도 전해오지 않았다(다행히 매달 월급이 들어오는 계좌에는 어김없이 재무과에서 보내준 돈이 들어와 있었다). 칭옌대학 정원에 있는 나무에서 떨어진 낙엽처럼 나는 그들의 신변에서 완전히 제거되어 있었다. 누구도 문제를 제기하지 않았고 누구도 연유를 묻지 않았다. 칭옌대학에는 애당초 양커라는 사람이 존재하지 않았고, 자오루핑도 양커라는 이름의 교수와 결혼하지 않았으며, 경성 교외의 정신병원에서도 양커라는 이름의 환자가 실종된 적이 없는 것 같았다.

마을 사람들 일부가 앞당겨 세밑 물품들을 장만하느라 쉴새없이 붉은 종이나 줄폭죽을 사기 위해 현성이나 도시로 나갔다. 설을 쇠는 일이 자연스럽게 마을 사람들의 주요 화제이자 논의 대상이 되었다. 사람들은 쉬지 않고 내게 물어댔다. "설을 쇠러 언제쯤 경성으로 돌아갈 생각이세요? 경성에 가셨다가 마을로 돌아오실 때는 부인을 꼭 데려오세요. 결혼한 지 십 년, 아니 이십 년이 지났는데도 우리는 양 선생

308

님 부인 얼굴을 본 적이 없네요."

"참, 그런데 마을로 돌아오신 지 반년이 넘도록 왜 편지 한 통도 없는 겁니까?"

"어째서 부인에게서 전화 왔다는 얘기가 한 번도 없어요?"

"도시 사람들은 우리 같은 시골 사람들하고는 달라 떠난 지 반년이 지나도 전혀 보고 싶지 않은가보죠?"

사람들이 내가 어서 마을을 떠나도록 압력을 넣고 있는 것 같았다. 세밑이 가까워질수록 경성으로 돌아가 설을 쇨 것인지 마을에 남아 설을 쇨 것인지 묻는 사람이 많아졌다. 마을에 남아 설을 쇠고 싶다고 하면 그들은 놀란 눈으로 나를 쳐다보며 말했다. "설인데 어떻게 집에 돌아가 아내와 오붓하게 보내지 않을 수 있단 말인가요?" 경성으로 돌아가 설을 쇠고 싶다고 하면 언제 갈 예정인지, 다시 마을로 돌아올 것인지를 물었다.

갑자기, 첸스촌에 거주하는 게 아주 어려운 일이 되고 말았다. 마을에 머물 수 있는 이유가 아주 군색해졌다. 산이 마르고 물이 다한 것 같았다. 경성으로 돌아가고 싶지만 거기는 이미 나 양커가 한 번도 존재하지 않았던 곳이 되어버린 것 같고, 첸스촌에 남아 있고 싶지만 또 내가 이곳 사람이 아닌 것 같았다. 이 세상에서 어떤 관심의 대상도 되지 못하는 잉여의 존재 같았다. 길가에 남아도는 한 포기 풀 같았다. 봄이 와서 풀들이 싹틀 때 나타난 벌레집 같았다. 알고 보니 나는 어디에 머물든 남아도는 사람이었다. 가장 그럴듯하고 합리적인 이유를 대야만 머물 수 있는, 그런 사람이었다.

하지만 지금은 설을 쇠야 했다. 첸스촌에 계속 머물 수 있는 이유를 찾아야 했다.

넷째 아저씨가 마을 밖에서 돌아와 우리 집 문 앞에 멈춰 섰다. 그는 줄폭죽과 붉은 종이가 든 보따리를 문 앞 바위 위에 내려놓고 또다른 보따리에서 뭔가를 꺼내더니 내 곁을 지나 우리 집 마당 안으로 들어서면서 말했다. "이건 링쩐이 내게 성내에 가서 사다 달라고 부탁한 걸세. 자네가 경성으로 돌아갈 때 가지고 가라고 하더군." 이렇게 말하면서 큰 보따리를 하나 바닥에 내려놓고는 그 안에서 하나하나 작은 물건들을 꺼내놓기 시작했다. "이건 원숭이머리라고 불리는 야생버섯이고 이건 팽이버섯, 그리고 이건 깊은 산속에서만 나는 표고버섯이야." 버섯들은 종류별로 하나하나 투명 비닐봉투에 담겨 있었다. 마당에 늘어놓으니 마치 물건을 팔려고 펼쳐놓은 좌판 같았다. 눈이 내려 환한 우리 집에 온갖 향기가 날아다녔다. 어느 집에서 방금 산속에서 채취해온 야생식물들을 말리고 있는 것 같았다. 사람들은 마당에 내린 눈을 전부 쓸어서 남쪽 구석에 사람 키 절반쯤 되는 높이로 쌓아두었다. 쌓인 눈은 햇빛 아래서 빛을 발하면서 동시에 눈의 향취가 주는 청순함과 정결함을 자랑하고 있었다. 산버섯을 말리는 향기는 엄동설한 대지 위에 피운 화로가 활활 타오르는 것과 같았다. 우리 집 느릅나무 위에서 까치가 울었다. 같은 나무 위에서 까마귀도 울었다. 전에는 까치와 까마귀가 같은 나뭇가지 위에서 운 적이 한 번도 없었다. 하지만 이날은 무대에서 공연을 하듯이 두 마리가 같은 나무 위에서 울고 있었다. 함께 신이 나서 웃다가 갑자기 서글프게 울기도 했다. 대나무 같은 비췻빛 소리가 나무 아래로 쏟아져내렸다. 입동 전에 내리는 우박 같았다.

나는 고개를 들어 그 나무를 바라보았다.

넷째 아저씨도 고개를 들어 그 나무를 바라보았다.

"링쩐은 잘 지내고 있죠?"

넷째 아저씨가 눈길을 돌려 나를 바라보면서 약간 불만 섞인 어투로 말했다. "성내에 들어갈 때마다 링쩐 집에 들르도록 하게. 좋건 싫건 두 사람은 한때 결혼을 약속했던 사이가 아닌가."

나는 손길 닿는 대로 의자를 두 개 집어다가 하나는 넷째 아저씨에게 권하고 하나는 내 엉덩이 밑에 내려놓았다(두 달 전 묘지관리인이 손 닿는 대로 의자 두 개를 가져다놓았던 것처럼). 의자에 앉은 다음 한참 동안 침묵했다. 넷째 아저씨가 담배를 꺼내어 몇 모금 빠는 모습을 바라보다가 다시 입을 열었다. "아저씨, 링쩐이 어떻게 우 아무개라는 사람에게 시집을 갔죠? 그 남자가 정원 딸린 집을 가지고 있어 마음에 들었던 건가요?"

넷째 아저씨는 담배를 손에 든 채 멍하니 허공을 바라보고 있었다. 픽 하고 담뱃재가 땅바닥에 떨어졌다.

"우 아무개라니 누굴 말하는 건가?"

"그 우뚱보 말입니다."

"어떤 우더꾸이를 말하는 건가?

링쩐이 바러우주가를 열기 전에 위시옌을 운영하고 있던 우씨를 말하는 건가?"

넷째 아저씨는 잠시 나를 쳐다보더니 다시 생각에 잠겼다. 나를 십 년, 이십 년 바라보다가 십 년, 이십 년 생각에 잠긴 것 같았다. 얼굴 주름이 처음에는 조밀해지기 시작하더니 갈수록 깊어졌다가 나중에는 다시 얕아졌다. 그러더니 갑자기 희미해지면서 사라져버렸다. 그는 담배를 연달아 몇 모금 빨고 나서 하얗고 밝은 하늘에 한 덩이 안개를 만들어 내뱉었다. 그런 다음 담배를 꺼버리고는 손을 들어 눈앞의 안개를 흩뜨려버렸다. 손에 들고 있던 반쯤 피운 담배를 다시 주머니 안에 집어넣은 그는, 문득 뭔가 생각난 것이 있는지 내게 말했다. "자네가 말한 우씨가 약간 뚱뚱한 우씨를 말하는 건가? 링쩐이 어떻게 그와 결혼하게 되었느냐고? 위시엔이 어떻게 그가 운영하는 음식점이 되었느냐 이거지? 위시엔은 이렇게 된 걸세. 쑨린이 죽고 링쩐은 쑨린 장례를 치르느라 빚을 좀 지게 되었네. 이 빚을 갚기 위해 링쩐은 집에서 기르던 돼지를 팔고 문 앞의 나무도 팔았지. 시집을 때 가져온 혼수와 옷가지까지 전부 팔아 이천 위안 남짓 되는 돈으로 성내에 들어갔네. 먼저 성내에서 채소장사를 시작했지. 꼭두새벽에 십 리나 떨어진 교외에 가서 신선한 채소를 사다가 날이 밝기 무섭게 성내 채소시장에 내다팔았네. 아침 일찍 일어나고 밤늦게 자는 성실함과 노력에 힘입어 약간의 돈이 모이자 이번에는 정부로에 집을 몇 칸 임대해 위시엔이라는 작은 음식점을 열었네. 우 씨는 링쩐이 초빙한 주방장이었지. 볶음 요리를 아주 잘했고 국수도 일품이었다네. 그 솜씨 덕분에 위시엔은 장사가 아주 잘됐어. 그러다 나중에 링쩐이 임대했던 집과 마당을 전부 사들여 대대적으로 장사를 하려고 준비하던 차에 우씨가 병으로 세상을 뜨고 말았지. 위시엔의 장사도 당분간 불가능해졌어. 이에 링쩐은 다시 주방장을 교체하고 위시엔을 바러우주가로 바꾸게 되었다네."

"그 우씨가 어떻게 링쩐의 남편이 된 건가요?

링쩐이 어쩌다가 자신이 고용한 주방장에게 시집을 갈 수 있었습니까? 게다가 우씨는 나이가 링쩐보다 무려 스무 살이나 많았는데 말입니다."

"내 말 잘 듣게, 양 교수, 양커. 링쩐이 평생 자네 한 사람만 사랑했다는 사실을 설마 모르는 건 아니겠지? 자네와 결혼하지 못했으면서도 평생 자네를 잊지 못했다는 걸 모르는 건 아니겠지? 멀쩡한 집 규수가 왜 우리 마을에서 자기보다 스무 살이나 많고 이미 결혼했던 경력이 있는 쑨린에게 시집을 갈 수 있단 말인가? 그녀가 쑨린에게 시집간 건 오로지 첸스춘으로 시집오기 위해서였네. 그래야 자네 집에 가까이 살면서 자네가 경성에서 돌아올 때마다 멀리서나마 자네를 바라볼 수 있을 테니까 말일세. 설마 자네가 링쩐의 이런 속마음도 눈치채지 못했단 말인가?

그녀의 이런 속마음을 정말 알아채지 못했단 말인가?

자네가 정말로 그녀의 이런 마음을 알아채지 못했다고?"

넷째 아저씨는 이렇게 말하고는 곧장 몸을 일으켰다. 그러고는 화가 난 듯 의자에서 벌떡 일어나 나를 한 번 노려보면서 말했다. "자네가 첸스춘을 떠난 지 이십 년이 지났는데 그렇게도 링쩐이 이해가 안 되면 왜 내게 와서 묻지 않았나? 나는 쑨린 삼촌이고 링쩐 이종외삼촌이기도 하네. 세상에 링쩐을 나보다 더 잘 아는 사람이 어디 있겠나? 링쩐의 처음과 끝을 나보다 더 잘 아는 사람이 어디 있겠느냔 말일세." 이렇게 말하고 나서 그는 무슨 까닭인지 허공을 향해 거세게 발길질을 했다(내가 공동묘지에 있는 우더꾸이의 무덤 앞에서 거칠게 향을 부수던 것과 같았다). 그런 다음 넷째 아저씨는 어디로 싸우러 가기라도 하는 양 씩씩거리며 문을 나섰다. 그러다가 이내 다시 고개를 돌려 물었다. "양커, 자네가 경성에서 돌아온 지 이미 반년이 지났는데, 이 반년 동안 자네 집에서 편지가 오는 것도 못봤고 자네가 집이나 학교에 관해 얘기하는 것도 못 들어봤네. 링쩐은 자네가 학교나 집에 얘기하기 곤란한 일이 있어 설 쇠러 돌아갈 수가 없는 거라면, 병세가 아무리 심해진다 해도 성내에서 돌아와 자네와 함께 설을 쇠고 싶다고 하더군.

병세가 아무리 심해도 자네와 함께 설을 쇠고 싶어하더란 말일세."

마지막으로 이 한마디를 던지고 나서 넷째 아저씨는 대문 입구에서 나를 바라보았다. 나를 바라보면서 한동안 아무 말도 없다가 문 앞에 선 채 고개를 돌리며 말했다. "어디서 설을 쇨지 스스로 잘 생각해보게. 어디서 설을 쇠는 게 좋을지 말일세." 그러고는 문 밖에 놓아두었던 세밑 물건들을 챙겨 떠나버렸다.

신공

준엄하게 작별을 고하다

이 작품은 「주송周頌」에 속한 시로, 찬자가 밭에 제사를 지낼 때
부르는 노래다. 농촌 사람들의 관습과 인정미를 잘 표현한 시
다.

臣
工

링쩐이 설을 쇠기 위해 성내에서 마을로 돌아오던 그날, 나는 서둘러
성내로 갔다. 때는 이미 음력 섣달 스무여드레라 이틀만 지나면 그믐
날이고 그믐이 지나면 곧 새해 첫날을 맞게 되는 것이다.

세상 모든 사람이 함께 기뻐하며 축하하는 날이었다.

나는 아침 일찍 첸스촌을 떠났다. 내가 마을을 벗어난 것은 마을 사
람들 모두 아직 잠자리에서 일어나지 않았을 때였다. 몹시 추웠다. 집
처마와 나뭇가지에 쌓인 눈이 한밤의 온기에 약간 녹아 있었다. 또한
한밤의 냉기에 줄줄이 고드름이 되어 하얗게 허공에 매달려 파랗고 그
윽한 달빛 속에서 반짝반짝 빛나고 있었다. 사각사각 그 고드름들이
밤새 자라는 소리를 들을 수 있을 것 같았다. 뭔가 살그머니 부서져 사
라지는 것 같은 소리였다. 나는 우리 집 대문에 붉은 종이로 대련을 써
붙였다. 상련에는 '높은 하늘과 옅은 구름 사이로 기러기 남쪽을 향해

날아가네天高雲淡雁南飛'라고 썼고, 하련에는 '가을은 드높고 상쾌한 대기 속에 기러기 북쪽을 향해 날아가네秋高氣 爽雁北去'라고 썼다. 횡비*에는 '남 북을 오가다南來北往'라고 썼다. 그리고 대문 문판에 거친 붓으로 역시 붉은 종이에 편지를 한 장 써서 내다붙였다.

마을 주민 여러분, 아저씨, 아주머니 들께

저는 원래 이 마을에 그대로 남아 여러분과 함께 설을 쇠고자 했으나 어젯밤 어떤 사람이 경성에서 제 아내 루핑과 청옌대학이 보낸 편지를 전달 해주었습니다. 제가 섣달그믐 전에 반드시 경성으로 돌아가야 한다는군 요. 루핑이 제가 보고 싶어 죽을 지경이라고 합니다. 그리고 정월 초이틀 에는 학교에서 가장 성대한 국제동양문화학술대회를 개최한다고 합니다. 이 대회에는 오십여 개국에서 온 백여 명의 한학자들이 경성에 모여 중국 문화를 연구하고 토론할 예정이라고 합니다. 그들 모두 제가 이 대회에서 발제를 해줄 것을 요구하고 있습니다. 가장 중점적인 장편 학술보고를 저 더러 하라는 겁니다. 제가 가지 않으면 대회가 아주 볼품없어진다는군요. 정말 죄송합니다. 저는 밤새 경성으로 달려가 설을 쇠고 학술대회에 참석 해야 할 것 같습니다.

마을 주민 여러분, 모두 즐거운 설 명절 보내시기 바랍니다.

이 글을 역시 붉은 종이에 써서 대련 사이에 내다붙였다. 글자 하나 가 호두나 대추만큼 컸다. 아침에 일어나면 대련과 편지를 마을 사람 누구나 볼 수 있을 것이고, 그러고 나면 나는 간간이 들리는 개 짖는 소리 속에서 조용히 마을을 떠나고 있을 것이다. 끊임없이 생각에 몰

● 橫批. 종이로 써붙인 대련 중간 위쪽에 횡으로 써붙이는 문구로, 대련의 제목에 해당함.

두하는 사이, 머릿속은 하얗게 비어버렸다. 몇 가지 옷과 일용품만 챙겨 바러우산맥 산등성이를 걷는 동안 맑은 바람이 불어왔고 텅 빈 계곡에는 발걸음 소리가 메아리쳤다. 발걸음 소리는 쇠로 된 추로 나무판을 두드리듯 우렁찼다.

동쪽에 이슬이 하얗게 맺힐 때쯤, 내 두 발에서 땀이 났다.

해가 동쪽 산에 떠올랐을 때, 나는 이미 온몸이 뜨거웠고 등이 흠뻑 젖어 옷이 몸에 찰싹 달라붙었다.

해가 중천에 떴을 때, 처음 바러우에서 성내로 들어갈 때 우연히 만났던 머리가 많이 벗겨진 그 운전수를 다시 만나게 될 것이라고 생각했지만 뜻밖에도 그를 만나진 못했다. 이번에 만난 사람은 숱 많은 머리가 마구 엉클어져 있는 트럭 운전수였다. 여전히 성내로 들어가는 길목에서 차에서 내렸고 여전히 그 자리에서 기사와 헤어져 그 오래된 성문을 지났다. 곧장 정거장으로 가지도 않았고, 성내에 가면 반드시 들러야 하는 천당 거리에도 가지 않았다. 내가 망설이다가 찾아간 곳은, 거리 모퉁이에 있는 우체국이었다. 우체국 접수장에는 사람들이 별로 없어 몹시 썰렁했다. 한 사람이 소포를 부치고 있고 또 한 사람이 송금 양식을 기입하고 있었다. 밀폐된 장거리 전화 부스 앞에 선 줄이 우체국 홀의 정남쪽까지 늘어져 있었다. 나는 전화서비스 창구로 가서 돈을 내고 양식을 적어 제시했다. 직원이 내게 열쇠를 하나 건네주었다. 이호 부스의 열쇠였다. 벽에 걸린 수화기를 집어들고 잠시 주저하던 나는, 아주 조심스럽게 진지한 모습으로 허우스촌의 촌장 집에 전화를 걸었다. 첸스촌과 허우스촌을 통틀어 유일한 전화기로서 촌위원회 소유지만, 편의를 위해 촌장이 허우스촌에 있는 자기 집에 설치해놓았던 것이다.

내가 말했다. "허우스촌 촌장님이십니까?

촌장님 좀 바꿔주십시오.

촌장님, 안녕하세요? 저는 경성 칭옌대학의 장 총장입니다. 한 가지 부탁드릴 일이 있어서 전화드렸습니다. 저희 학교 교수인 양커 선생이 바러우산 스촌 주민이지요. 양 교수 집이 첸스촌에 있는지 허우스촌에 있는지 잘 모르겠습니다. 수고스러우시겠지만 오늘 첸스촌에 가셔서 양 교수에게 무슨 일이 있어도 오늘중으로 바러우산맥을 떠나 내일 경성에 도착하는 즉시 학교로 와달라고 전해주십시오. 그는 우리 학교에서 학문이 가장 깊고 명망도 가장 높은 교수입니다. 정월 초이튿날 저희 학교에서 오십여 개국에서 온 백여 명의 학자들이 참가하는 국제학술대회를 개최하는데, 양 교수가 반드시 참석해서 중점 발제를 해야 합니다. 양 교수가 강의실을 떠나 들판에서 고찰과 연구를 진행하고 밭에서 학문을 하는 것을 학교도 적극 지지한다고 전해주십시오. 내년에는 학교의 모든 교수가 그를 본받게 하는 동시에, 다양한 전공의 보다 많은 교수 및 전문가에게 강단을 떠나 교외로 가서 연구와 고찰을 진행하게 한 다음, 일차 자료를 분석하고 연구하여 책으로 출간하게 할 거라고 전해주세요. 하지만 지금은 양 교수가 학교로 돌아와 중대한 국제학술교류에 참가하지 않으면 세계 각국의 유명인사와 학자들에게 보여주고 교류를 진행할 만한 일류의 학술 성과를 확보할 수 없다고 전해주세요. 힘드시겠지만 양 교수에게 총장인 제가 그를 오랫동안 찾았다고, 그러니 대국적인 차원에서 국가의 명예를 최우선으로 생각하여 서둘러 돌아와 이번 국제대회에 꼭 참석해달라고, 그러는 것이 곧 국가의 영광이고 학교의 영광이라고 전해주십시오. 이 일이 끝나면 다시 바러우산맥으로 돌아와 연구와 고찰을 계속할 수 있도록 학교에서도 적극 지지하되 절대로 간섭하거나 연구를 중단시켜 저술과 입론에 지장을 초래하는 일은 없을 거라고 꼭 전해주십시오.

여보세요, 류 촌장님, 한 가지 더 부탁드리겠습니다. 양 교수의 부인 자오루펑이 그를 몹시 보고 싶어하고 있고, 그가 경성으로 돌아와 가족들과 오붓한 설을 보낼 수 있기를 애타게 기대하고 있다고 전해주십시오. 원래는 양 교수 부인이 설을 쇠러 바러우로 가려고 했지만 학교에서 그를 불러 국제학술대회에 참석하게 한다는 얘기를 듣고서 설을 쇠러 가지 않기로 했다고 말입니다. 설을 쇠러 집에 돌아오기를 기다리고 있겠다고, 돌아올 때 아무것도 가져오지 말라고, 그가 돌아오는 자체가 그 무엇보다도 중요하다고 그러더라고 전해주십시오."

촌장은 수화기 저쪽에서 놀라움과 반가움을 감추지 못했다. 촌위원회에 있는 전화를 자기 집으로 이전해놓은 뒤로 아직 장거리 전화는 받아보지 못했고, 경성에서 직접 걸려온 전화는 더더욱 받아보지 못한 것 같았다(경성 칭엔대학에서 총장이 직접 건 전화는 더 말할 것도 없었다). 총장은 전화에서 그에게 아주 많은 얘기를 했다. 양커 교수가 촌장이 정말 훌륭한 사람이라고 말한 적이 있다고, 바러우산맥이 양커 같은 사람을 배출할 수 있었던 것은 정말 대단한 일이라고 말했다. 양커의 재능과 학문은 칭엔대학 전체의 영광이고, 그가 지금 연구하고 있는 과제이자 유명한 저서인 『풍아지송』이 마침내 출간되면 중국문화사의 중대한 사건이 될 거라고, 바러우산맥도 이 저서 덕분에 천하에 이름을 날리고 역사책에 길이 기록될 거라고 했다. 총장의 전화를 받았다는 사실에 너무나 흥분하고 긴장한 나머지 촌장이 떨리는 목소리로 말을 받았다. "제가 지금 당장 마을의 확성기로 방송을 해서 총장님의 전화 내용을 그대로 전달하도록 하겠습니다. 양커 교수에게 당장 집으로 돌아가 짐을 싸고 첸스촌과 허우스촌, 그리고 방송을 듣는 모든 사람으로 하여금 양커 교수가 정말 대단한 사람이라는 사실을 알게 하겠습니다. 방송이 끝나면 첸스촌으로 직접 가서 양커 교수에게 총장님의 말씀을 글자 하나 빠뜨리지 않고 정확하게 전달하도록 하겠습니다."

애기를 끝내고 총장(나)은 촌장에게 마지막 인사를 건넸다. "안녕히 계세요. 수고스러우시겠지만 지금 당장 전화 내용을 방송해주시기 바랍니다. 빠를수록 좋습니다. 시간이 촉박하거든요." 촌장은 당장 방송을 하겠다고 몇 번을 연달아 다짐했다.

그리고 나서 뚝 하고 전화가 끊겼다.

나는 전화 부스 안에서 성공의 환희와 기쁨에 흠뻑 젖었다. 우체국 창문으로 햇빛이 쏟아져들어와서는 다시 전화 부스 유리를 뚫고 부스 안을 밝고 따뜻하게 비춰주었다. 떠다니는 가는 먼지들까지 눈에 보였다. 반짝이는 별 같기도 하고 한 무리의 나비 같기도 했다. 나는 손을 뻗어 햇빛 속에서 허공을 움켜쥐었다. 뭔가를 잡은 것 같기도 하고 아무것도 잡지 못한 것 같기도 했다. 두 손이 텅 빈 것 같았지만 손안에 따스한 온기가 남아 있었다. 그 따스한 온기를 움켜쥐고 내 손짓에 마구 날아오르는 먼지를 바라보면서, 루핑에게 전화를 걸어야겠다는 생각이 들었다. 어차피 설이고 나는 그녀의 남편인 만큼 자발적으로 먼저 그녀에게 전화를 걸어주는 게 나을 것 같았다. 어쩌면 내 전화를 받은 그녀가 놀라움을 금치 못하며 이렇게 말할지도 모른다. '양커, 집에 전화를 거실 줄도 아는군요. 대체 어디에 가 있는 거예요? 몇 달째 종적을 알 수 없어 저랑 학교 모두 애가 타고 있다고요. 저는 물론 학교 전체가 방방곡곡으로 당신을 찾고 있단 말이에요.' 어쩌면 내 목소리를 듣자마자 울음을 터뜨리면서 목이 멘 소리로 이렇게 말할지도 모른다. '양커, 어디 있어요? 빨리 이리 돌아와서 함께 설을 쇠도록 해요. 제가 아무리 면목 없는 짓을 했다 하더라도 한 달 넘게 아무 소식도 없어선 안 되지요.' 또 어쩌면 아무 말도 하지 않을지도 모른다. 그저 전화기에 대고 꺼이꺼이 울기만 할지도 모른다. 한참을 울다가 마지막으로 이렇게 말할지도 모른다. '언제 경성으로 돌아올 거예요? 제가 역에 마중 나갈게요.'

그 순간 계속해서 뚜우뚜우 소리가 나는 수화기를 손에 든 채, 나는 자오루펑이 과거에 저지른 모든 것을 용서했다. 그녀가 수화기 저쪽에서 미안하다고, 어서 돌아오라고 한마디만 해주기를 기대했다. 또는 '양커, 제가 사정하는 셈 치고 제발 돌아와줘요'라고 한마디만 해주기를 기대했다. 그녀가 이 한마디만 해주면 나는 당장 기차역으로 가서 경성으로 가는 표를 살 것이다.

(하지만 그녀가 어떻게 말할까?)

정확히 말하자면 그녀는 지식여성이고 극도로 자존감을 중시하는 여인이라 그녀에게서 사과를 받아내기란 절대로 쉽지 않은 일이었다. 자신이 잘못했다는 것을 알면서도 인정하기 싫어하는 여자라 내가 이런저런 말이나 행동을 주문한다는 건 애당초 무모한 일이었다. 한 걸음 물러서서 차선책을 강구해야 했다. 그녀가 전화로 울어주기를 요구해서도 안 되고 나에 대한 깊은 그리움과 정감을 표현해주기를 요구해서도 안 될 일이다. 그녀가 내가 돌아오기를 바라는 듯한 어감만 약간 비춰주면 될 것이다.

나는 전화 부스 안에 잠시 멍하니 서 있다가 천천히 생각을 바꾸었다. 전화를 받은 그녀가 여보세요라는 말에 이어 경성으로 돌아올 생

각이냐고 친절하게 물어주기만 해도 될 것 같았다. 이 한마디만 해준
다면, 뜨거운 불길, 아니 일말의 온기와 가책만 느껴져도, 나는 곧장 기
차역으로 가서 경성행 기차표를 살 수 있을 것 같았다. 그녀의 말에서
일말의 온기와 가책이 느껴지지 않더라도 전화에서 내가 돌아오기를
바라는 일말의 기대를 나타내면서 집과 그녀 곁을 떠난 나에 대해 분
노를 표하기만 해도, 당장 경성으로 돌아가 그녀와 오붓하게 설을 보
낼 수 있을 것 같았다. 그녀와 함께 설을 쇠고 그녀와 함께 설날 아침
그녀의 집으로 찾아가 그녀의 아버지(나의 지도교수)와 어머니에게
이전처럼 세배를 올리고 모두 함께 즐거운 시간을 보낼 것이다. 심지
어 그동안 아무 일도 일어나지 않았던 것처럼 아주 단란한 시간을 보
낼 것이다.

그녀에게 전화를 걸기로 결정했다.

이런 결정이 내려지자마자 내 가슴이 떨리기 시작하면서 두 손 가득
땀이 솟았다. 우리 집으로 전화를 걸면서 첫번째 숫자를 잘못 돌리고
말았다. 세 번을 시도하고 나서야 간신히 베이징 지역번호와 우리 집
전화번호를 제대로 돌릴 수 있었다. 전화가 연결되었을 때는 내 심장
박동이 북을 치듯 거세게 요동쳤다. 전화기에서 흘러나오는 전류가 내
심장을 마구 때리는 것 같았다. 그러나 긴 신호음이 세 번 울리고 나서
마침내 상대방이 전화를 받았을 때, 또 마음이 허전해지기 시작했다.
선택할 길 없는 황당하고 허무한 상황에서 나는 재빨리 전화를 끊어버
렸다.

전화를 받은 목소리가 베이징 특유의 루핑의 억양이 아니라, 밝고
우렁찬 엘토였던 것이다.

리광즈인 것 같았다.

틀림없이 리광즈였다.

"여보세요!" 하는 그 목소리만 듣고도 나는 리광즈를 떠올렸다(어쩌면 아닐 수도 있다). 하지만 그 목소리만 듣고도 놀라 불안했다. 뭘 어떻게 해야 할지 몰랐다. 벼락을 맞은 것 같았다. 전화 부스 안에 못박인 것처럼 몸이 마비되어버렸다. 한순간 뭐가 뭔지 모른 채 넋이 나가 그 자리에 멍하니 서 있었다. 한참이 지나서야 마침내 어렴풋이 어떻게 된 일인지 알 수 있을 것 같았다. 공교롭게도 내 전화가 때를 잘못 맞췄던 것이다. 원수가 외나무다리에서 만나듯 나는 때를 잘못 잡았다. 내 삶이 때를 잘못 만난 것이다. 원고 뭉치를 옆구리에 끼고 집으로 돌아갔던 그날과 다를 바 없었다. 뜻하지 않게 리광즈가 우리 집에 있을 때만 골라서 집으로 전화를 걸고 있는 것 같았다. 일부러 두 사람이 사랑을 나누고 있을 시간을 골라서 전화를 건 것 같았다(생각해보라. 내가 정말 그렇게 할 일 없고 심심한 사람이란 말인가?).

전화 부스를 나왔다.

가슴 깊숙한 곳에서 자기 집에서 완전히 쫓겨났다는 유기감遺棄感이 솟구쳐올랐다. 나 자신이 그 집에서는 환영받지 못할 사람이라는 사실을 알게 되었다. 서둘러 설을 쇠기 위해 집으로 돌아간다면, 틀림없이 사람들이 신나게 단원 쟈오즈*를 먹고 있을 때 문 앞에서 더럽고 보기 흉한 거지가 깨진 밥그릇을 내밀어 밥을 구걸하는 꼴이 될 것이다. 그리고 내가 그 집을 떠나고 경성을 떠나온 것은, 누군가가 양이나 소를 몰듯이 채찍을 들어 몰아낸 것이 아니라, 나 스스로 도망쳐나온 것이다. 스스로 자원해서 집을 나온 아이처럼 고집도 없고 존엄도 없이 스스로 그 사람들 앞으로 돌아갈 수는 없는 노릇이다. 나는 유명 대학의

● 團圓餃子. 섣달그믐날 저녁 온 가족이 단란하게 한데 모여 먹는 명절 교자.

유명 교수였고 지식인이었다. 존엄을 무엇보다도 중요한 자리에 두어야 했다. 내가 집으로 돌아가려면 반드시 그녀 자오루핑과 경성이 먼저 내게 돌아올 것을 요청해야 했다. 부모가 집 나간 아이에게 간청하듯이 내게 돌아올 것을 간청해야 했다.

이런 생각을 한 나는 마음 내키는 대로 할 작정이었다.

전화비를 계산하고 우체국을 나왔다. 거리에는 사람들이 한가롭게 오가고 있었다. 모든 사람의 얼굴에 설을 맞는 편안함과 즐거움이 어려 있었다. 나는 우체국 앞 길가에 서서 한겨울의 차가운 바람이 나무판 위를 스치듯 내 얼굴을 스쳐가는 것을 느꼈다. 하늘 꼭대기에 걸린 햇빛이 콘크리트 바닥을 비추듯 내 머리 바로 위에서 나를 비추고 있었다. 마음속이 텅 빈 것 같기도 하고 무언가가 산처럼 쌓여 있는 것 같기도 했다. 거리를 오가는 사람들의 머리와 발을 바라보고 있자니 산꼭대기에서 멀리 하늘 끝에 있는 나무와 바위들을 바라보고 있는 듯한 느낌이었다. 사람들의 발걸음 소리와 얘기를 주고받는 소리, 그리고 아이들이 앞당겨 터뜨리는 줄폭죽 소리가 선명하게 들려왔다. 붉고 환한 소리들이었다. 불꽃도 반짝였다. 하지만 내게는 아무것도 보이지 않고 들리지도 않는 것 같았다. 그렇게 나는 나무처럼 해가 바뀌는 현성의 거리에 서 있었다. 아주 조금 서 있었는지 하루만큼 긴 시간을 서 있었는지 잘 기억나지 않았다. 마침내, 그리 멀리 떨어져 있지 않은 천당 거리를 생각하자 한겨울의 자갈처럼 딱딱하게 얼어 있던 마음이 따듯한 물에 담근 것처럼 천천히 녹기 시작하면서 소리 없는 웃음이 터져나왔다. 우리 집에서 전화받은 그 남자의 여보세요라는 한마디에 명치끝을 정확히 가격당한 느낌이었다. 이리하여 나는 당당하고 자연스럽게 천당 거리를 향해 걸어갈 수 있었다. 얼마 전에 계획했던 것처럼,

일찍이 생각해두었던 것처럼, 시원하게(황음무도하게) 천당 거리에서
설을 보낼 수 있게 되었다.

즐거운 설

이 작품은 노나라 희공僖公이 말을 많이 키워 국력을 강대하게
함으로써 나라를 크게 발전시킨 것을 찬양하는 내용이다.

駉

올해에, 나는 정말로 천당 거리에 있는 천당호텔에서 부귀하고 영화
로운 사람처럼 극도의 사치를 누릴 수 있었다. 동전 한 닢이 금화 더
미 안에 떨어진 것 같았다. 쑥 한 포기가 영지밭에서 자라고 있는 것
같았다.

내가 호텔에서 그렇게 많은 사람을 만나게 되리라고는 생각지도 못
했다.

시우詩友와 술친구, 젊었을 때의 지기들이 내가 가장 몰락하여 초라
한 상황에 처해 있을 때, 뜨거운 열정으로 나를 감싸주리라고는 정말
생각지도 못했다. 사람들 모두 집으로 돌아가 천당 거리에는 이미 인
적이 드물었고, 점포 주인들도 전부 일찌감치 대련이 붙어 있는 문
을 걸어 잠근 채 집으로 돌아가 가족들과 함께 오붓하게 명절을 보내
고 있었다. 거리 양쪽에는 썰렁하고 적막한 대련들만 잔뜩 붙어 있었

다. 거리 양쪽에 온통 설을 쇠는 즐거움과 조용함이 가득했다. 원래 이발소와 아가씨 장사를 겸하고 있던 점포의 대문에는 '이발하고 머리를 감는 것은 상부의 건축이고 노동을 통해 부를 쌓는 것은 경제의 기초다'라는 문구의 대련이 붙어 있었고, 남성들을 위한 보양건강식품을 전문으로 판매하는 약국의 철문에는 주먹만 한 자물쇠가 달려 있긴 했지만 대문에 붙은 대련의 내용은 오히려 무척이나 친절하면서도 부드러웠다. '들어오는 사람들은 전부 가족과 친척들이고, 나가는 사람들은 전부 형제와 친구들이네.' 또한 겉으로는 안마와 오일마사지, 발마사지 등을 전문적으로 하는 한의보건센터이면서도 암암리에 성매매를 주로 하는 위락업소의 계단 위로는 스테인리스로 테를 두른 유리문 위에 아주 차갑게 손가락보다 굵은 쇠사슬 세 가닥이 휘감겨 있었지만, 유리문 위에 붙은 대련은 오히려 특별한 자미와 온정을 담고 있었다. '오늘은 문을 닫지만 내일은 엽니다. 남녀노소 누구나 환영합니다.' 그리고 횡비에는 '여러분의 천국'이라고 쓰여 있었다. 큰길 가득 붙어 있는 이 대련들이 반드시 큰 의미와 운치를 담고 있는 건 아니지만, 어쨌든 붉은 종이 위에는 크고 검은 글자가 가득 쓰여 있었다. 점포들은 또 측백나무 가지를 입구 벽 틈새에 끼워놓았다. 지면의 문틈을 따라 계속 문머리까지 끼워져 있었다. 혹은 아예 큰 측백나무 가지를 무더기로 문 입구에 쌓아두기도 했다. 아직 설을 쇠러 집에 돌아가지 못한 점포 주인들은 섣달 스무아흐레 하루만큼은 안에 사람이 있으면서도 가게 문을 대충 닫아걸었다. 대로에는 인적이 거의 없었고 번화하고 요란하던 분위기는 온데간데없었다. 우연히 한두 사람이 거리를 지나가긴 했지만 이들 모두가 한때 이 거리에서 즐거움을 찾던 향락자들은 아니었다. 해질녘(주로 이 시간대에 맞춰 달려가곤 했다) 천당 거리에 도착했지만 늘 이곳에서 자전거를 고치고 있던 중년 사내도 만나지 못했다. 얼마 전에는 처량한 심정으로 정부로를 따라 앞으로 걸어가다가 바러우주가에 이르렀을 때, 예상했던 것처럼 문에 자물쇠가 하나 걸려 있는 것을 목격했다. 붉은 대련도 예상했던 대로 붙어 있었다. 상련에는 '천지남북이 모두 한 가족이니'라고 쓰여 있고 하련에는 '봄, 여름, 가을, 겨울 사계절 내내 친하게 지내네'라고 쓰여 있었다. 또한 횡비에는 '바러우 사람들'이라고 쓰여 있었다. 예상하지 못한 일도 없었고 뜻밖의 느낌이나 즐거움을 가져다주는 일도 없었다. 나는 바러우주가 이층 건물 앞에 잠시 서 있었다. 길가에 한 그루 나무처럼 서 있다가 몸을 돌려 천당 거리를 향해 걸어가서는, 천당 거리의 처량함과 뜨거움, 조용함과 번화함을 목도했다. 곧 설이 돌아온다는 즐거움과 차가움을 목도했다. 언제나 그랬듯이 천당 거리를 따라 북쪽에서 남쪽을 향해 걸으면서 거리의 굳게 잠긴 문들과 춘련^{春聯} 그리고 가끔씩 길가에 쌓여 있는 눈을 목도했다. 마음속이 한 무더기씩 쌓여 있는 눈처럼 그렇게 차갑고 딱딱했다. 곧 큰 명절이 다가올 터라 점포마다 전부 문을 굳게 닫았다는 것을 잘 알고 있었다. 자신만이 이 거리에 있는 모든 점포를 돌아다니면서 나이가 가장 어린 아가씨나 종업원들에게 이 거리를 떠날 것을 권했고, 그런 아가씨들이 다 합쳐서 쉰여덟이나 된다는(그 아가씨들 이름은 전부 내 노트에 기록되어 있었다) 사실을 잘 알고 있었다. 하지만 지금은 갑자기 그 쉰여덟 명의 아가씨들을 전부 이 거리에 다시 나타나게 하고 싶었다. 우리 학과생들처럼 전부 내 뒤를 따르게 하거나 과거처럼 각 점포 입구에 서서 야릇한 몸짓으로 나를 반갑게 맞아주었으면 싶었다. 그러면 나는 돈을 주고 그녀들이 파는 질박한 풍정^{風情}과 소란을 살 것이었다.

"이리 오세요, 우리 아가씨들은 전부 어리고 예뻐요.

놀다 가실 거죠? 아가씨들 모두 아주 깨끗해요. 매일 목욕하거든요.

놀러오세요. 가격은 저렴하고 품질은 아주 좋답니다."

하지만 오늘은 이렇게 외치는 소리도 없었다. 거리 전체가 황야처럼 조용하기만 했다. 이곳 사람들은 내 곁을 스쳐지나면서 지금 이 천당 거리에서 뭔가를 찾아 헤매고 있기라도 하듯 떠도는 나를 이상한 눈길로 쳐다보곤 했다. 마치 정신병 환자나 용서받지 못할 온갖 죄를 지은 사람을 흘겨보는 것 같았다. 한 사람이 멀찌감치 서서 나를 곁눈질로 바라보더니 내 앞으로 다가와서 냉담하게 내뱉었다. "아직도 아가씨를 찾고 있어요? 아가씨들도 설은 쇠야 할 거 아닙니까."

나는 걸음을 멈추고 황급히 하룻밤 묵을 호텔을 찾는 중이라고 둘러댔다. 그는 나를 힐끗 쳐다보더니 곧 가버렸다. 또 한 사람이 내 앞으로 다가왔다.

"뭘 찾아요? 이제 곧 설인데 댁 같은 외지인들은 집에도 안 갑니까."

나는 빙긋이 웃으며 말을 받았다. 잃어버린 물건이 있어서 여기 온 김에 찾아보고 있는 중입니다.

이렇게 사방을 두리번거리면서 넋을 잃은 사람처럼 길을 걷다가 천당호텔 입구에 도착했다. 누군가 문 앞에 대련을 붙이고 있었다. 뜻밖에도 풀을 들고 있는 사람은 씽얼이었다(너무나 뜻밖에도 씽얼이었다!). 그녀는 붉은 스웨터에 두꺼운 털치마를 입고 있었다. 그녀를 바라보는 내 모습이 마치 오래전에 실종된 딸아이를 바라보는 것 같았다.

"씽얼."

"어머, 아저씨로군요."

"이 여관은 아직도 문을 열고 영업하나?"

들고 있던 풀을 내려놓고 나를 여관 안으로 안내한 씽얼은 설에도 남아 당직을 서고 있는 종업원을 찾아 내게 방문을 열어주고 내 손에 들린 여행가방을 대신 들어주게 했다. 그녀는 웃는 얼굴로 나도 설을 쇠러 집에 돌아가지 않은 거냐고 물었다. 우리는 계단을 따라 이층으로 올라가 가장 안쪽에 있는 방문을 열었다. 방 안에 들어서자마자 그녀를 품에 안으면서 내가 말했다. "다행히 씽얼이 집에 돌아가지 않아 내게도 함께 설을 쇨 수 있는 짝이 생겼군." 그녀가 얼른 말을 받았다. "제가 어떻게 설을 쇠러 집에 돌아갈 수 있겠어요. 제가 지금 성내에서 접대부 일을 하고 있다는 사실을 아시면 아버지가 절 때려죽일 거예요."

내가 말했다. "다시는 이런 일 안 하기로 내게 약속했잖아?"

그녀가 말했다. "짐은 여기에 놓을게요. 우선 따듯한 차부터 한 주전자 가져올게요."

다시는 이런 일 하지 않기로 내게 약속하지 않았느냐고 재차 따져 물었다.

그녀가 말했다. "아마 이 세상에 집에 돌아가 설을 쇠지 못하는 사람들은 저희 같은 접대부들밖에 없을 거예요."

내가 말했다. "씽얼, 네가 천당 거리를 떠나기로 내게 약속해놓고도 정말로 떠나지 않은 게 천만다행이야."

그녀가 웃으면서 말했다. "저는 지금 이 호텔에서 잔일을 도와주고 있어요. 설 휴가 내내 여기 묵어도 제게 감히 돈을 요구하지 못할 거예요."

내가 다시 말했다. "설을 쇠러 집에 돌아갔어야지. 집에 돌아가도 부모님들이 널 탓하진 않을 거야. 집에 돌아가도 부모님들이 널 때리는 일은 정말 없을 거라고. 접대부 일을 좀 한 건 어쩔 수 없는 일이잖아. 가족들을 위한 일이었으니까."

그녀가 말을 받았다. "많은 아가씨가 집에 돌아가지 못했어요. 모두들 이 천당호텔에서 묵고 있지요. 제가 가서 아가씨들을 전부 불러올 게요."

눈 깜짝할 사이에 그녀는 설을 쇠러 집에 돌아가지 못한 아가씨들을 전부 불러왔다. 한 무리의 벌이나 나비가 몰려오듯 먼저 복도 근처가 웅웅거리며 소란스러워지더니 문을 열자 문 앞에 아가씨들이 잔뜩 서 있었다. 내가 교실 문을 열었을 때 학생들이 가득 서 있던 것과 다르지 않은 풍경이었다. 열 명이 넘는 이 아가씨들 가운데는 보건의약품 가게에서 일하는 류꾸이펀도 있고 '오락대세계'에서 일하는 열여섯 살 류샤오펑도 있었다. 또한 마사지업소에서 나를 첫 손님으로 받았던 후이후이라는 아가씨도 있었다. 사장은 그녀가 손님을 받는 건 내가 처음이라며 천 위안을 요구했다. 나는 주머니를 탈탈 털어 천 위안을 주었고, 그녀가 짐을 들고 마사지업소를 떠나 터미널에 가서 차표를 사 집으로 돌아가는 모습을 분명히 확인했다. 하지만 지금 그녀는 이 아가씨 무리 속에 서 있었고 나를 쳐다보며 창피한 듯 쑥스럽게 웃고 있었다.

나도 그녀를 향해 가볍게 웃어주었다.

열 명이 넘는 아가씨들이 일제히 나를 향해 웃었다.

나도 열 명이 넘는 아가씨들을 향해 어색하게 웃어주었다.

그녀들 가운데 절반은 내가 아는 아가씨들이고 절반은 안면이 없는 아가씨들이었다. 하지만 모두 내가 아는 아가씨들 같았다. 모두가 나이가 가장 어려 내가 천당 거리를 떠날 것을 간곡하게 권했던 아가씨들인 것 같았다. 나는 그 모든 아가씨에게 돈을 주었고 모두 손님 접대하는 일을 하지 말고 천당 거리를 떠날 것을 권유했었다. 아가씨들을 한참이나 바라보다가 어서 방 안으로 들어오라고 손짓했다. "들어와요. 모두들 문 앞에 서서 뭐하는 거야." 아가씨들은 이내 내 방 안으로 밀려들어왔다. 나는 한 아가씨를 가리키며 왜 집에 돌아가 설을 쇠지 않느냐고 물었다. 이어서 또다른 아가씨에게 왜 설을 쇠러 집에 돌아가지 않느냐고 물었다. 또 아가씨들 가운데 나이가 가장 어린 후이후이를 향해 물었다. "너는 내 돈을 받고 천당 거리를 떠나지 않았었니?" 그녀는 머리를 가로저으며 사장이 그녀에게 짐을 들고 그냥 터미널을 한 바퀴 돌라고 지시했고, 곧 그녀를 다시 데리고 돌아왔다고 말했다.

내가 말했다. "이렇게 어리면서 어째서 설을 쇠러 집에 돌아가지 않는 거야?"

그녀가 말했다. "아빠는 돌아가셨고 엄마는 재가하셨어요. 제게는 이 천당 거리가 바로 집이에요."

나는 아가씨들을 침대와 의자, 텔레비전 선반 등에 각자 알아서 앉게 했다. 앉을 자리가 없는 아가씨들은 탁자와 벽에 기대어 앉았다. 이번에는 아가씨들이 내게 왜 설을 쇠러 집에 돌아가지 않았느냐고 물었다.

내가 말했다. "너희들과 함께 설을 쇠기 위해 남은 거야."

우리는 모두 미친 듯이 기뻐하며 금세 하나가 되어 모두 함께 지내기로 했다. 이렇게 하면 더없이 즐거운 설을 보낼 수 있을 것이고, 방 몇 칸을 비워 돈도 절약할 수 있을 것이다. 이리하여 나는 호쾌하게 여관에 얼마의 돈을 더 주고 싱글 룸인 내 방을 디럭스 룸으로 바꿨다. 그런 다음 아가씨들에게 전부 짐을 들고 내 방으로 와서 한가족처럼 지낼 수 있게 했다.

　이 디럭스 룸은 천당호텔에서 가장 크고 호화로운 객실이었다. 이층 남쪽 끝에 있는 방 두 칸짜리 객실로, 안쪽 방에는 더블베드가 하나 있고 바깥쪽 방에는 소파와 텔레비전이 놓여 있었다. 한쪽 구석에는 쪽방도 하나 마련되어 있었다. 쪽방은 작긴 하지만 싱글베드가 두 개 놓여 있고 바닥에는 빨간 카펫이 깔려 있었으며 벽에는 노란 벽지가 발라져 있었다. 창문에는 녹색 새 커튼이 걸려 있었다. 설을 잘 보내기 위해 아가씨들은 각자 부지런하게 능력을 최대한 발휘하여 어디서 가져왔는지 전기스토브와 전기밥솥을 가져왔고 자신들의 방에서 사용하던 젓가락과 밥그릇, 칼 등을 가져왔다. 아가씨들은 각자 외출했다가 돌아올 때마다 고기와 야채, 닭고기, 생선 등을 가져왔고, 심지어 내가 과거에 칭엔대학에서 설을 쇨 때도 먹어보지 못했던 냉동 해삼까지 구해왔다. 저녁에 우리는 방 안에서 국수를 만들어 마음껏 먹었다. 다 먹은 다음에는 모두들 세 패로 나누어 카드놀이를 하고 놀았다. 한 패는 침대 위에서 놀았고 한 패는 쪽방 침대 위에서 놀았다. 나머지 한 패는 거실 소파 위에서 놀았다. 카드놀이를 할 때가 되어서야 아가씨들이 딱 열두 명이라 세 패로 나누어 놀 수 있고 남는 사람이 나 하나라는 사실을 알았다. 나는 아가씨들에게 차를 타주고 물을 따라주면서 그녀들이 방 안에서 마음껏 웃고 떠들며 놀게 했다. 어린아이들처럼 신나게 놀게 했다. 모두들 이제 겨우 열 몇 살밖에 되지 않은 것 같았다. 아무 걱정도 없이 천진무구하기만 했다. 세상천지가 얼마나 큰지도 모르고 산이 높고 물이 깊은 것도 모르는 더없이 좋은 나이의 아이들 같았다. 세 패로 나뉜 아가씨들은 각기 다른 유형의 카드놀이를 즐겼다(아가씨들이 제각기 손에 들고 있는 카드가 마치 학생들이 손에 들고 있는 교과서나 과제를 위한 노트 같았다. 나는 아가씨들의 학문이 나보다 나을 거라고는 생각지도 못했다. 반평생 교편을 잡았고 반평생 교수로 살아왔지만, 아주 간단한 홀짝놀이 외에는 아무것도 할 줄 몰랐다. 아가씨들이 하고 노는 다양한 놀이에 대해서는 전혀 아는 바가 없었다. 각 놀이에서 누가 이기고 누가 지는지도 전혀 알지 못했다. 세 패로 나뉜 아가씨들은 초저녁부터 시작해 열두시가 되어서까지 카드놀이를 계속했다. 잠을 잘 때는 더블베드에 가로로 네 명이 누워 잤고 두 개의 싱글베드에는 세로로 네 명이 잤다. 나머지 사람들은 거실의 소파와 바닥에 이리저리 널브러져 잤다. 모두 옷을 벗지 않고 입은 채로 누워서 잤다(나는 다탁 위에서 잤다. 다행히 나무로 된 긴 다탁이었다). 아가씨들의 자는 모습은 부추 한 단 또는 파 한 단이 땅에 착 붙어 있는 것 같았다. 잠 못 이루는 아가씨가 있지나 않을까 걱정했지만 내가 불을 끄자마자 모두들 코를 골기 시작하더니 우윳빛 향기를 내뿜으며 깊은 잠에 빠져들었다.

그날 밤은 달빛이 무척이나 밝았고 천지가 꽁꽁 얼어붙어 있었다. 하지만 방 안은 더없이 따뜻했고 시적 정취가 넘쳤다. 눈 내리는 밤에 따뜻한 방 안에 들어앉아 있는 기분이었다. 창문으로 수정처럼 밝은 달빛이 쏟아져들어왔다. 테두리가 깔끔하지 못한 마노^{瑪瑙}가 창틀에서 방 한가운데로 넘어지는 것 같았다. 어디선가 차가운 밤의 냉기가 스며들어와 우리가 틀어놓은 전기난방기의 온기와 열두 명의 아가씨들이 내뿜는 숨결에 천천히 녹아내렸다. 방 안은 따스한 온정과 달콤함으로 가득차 추호의 한기나 서늘함도 없었다. 집 밖의 샛바람이 나뭇가지와 처마, 그리고 거리의 대련을 흔드는 소리를 들을 수 있었다(가늘고 섬세한 자초^{紫草}가 귓가에서 흔들리는 것 같았다). 창문틀과 문가 어디선가 뜻밖에도 겨울 나는 귀뚜라미가 맑고 청아하게 우는 소리가 들리는 것 같았다. 여기에 아가씨 열두 명의 호흡 소리가 더해졌다. 일정한 리듬을 타면서 공기를 들이마셨다가 다시 내뱉는 호흡 소리는 더없이 어지러웠다. 성 밖 어디선가 톱질하는 소리가 멀리서 들려오는 것 같았다. 방 안을 대충 둘러본 나는 밝은 것 같기도 하고 어두운 것 같기도 한 불빛 속에서 아가씨들의 젖가슴에서 뿜어져나오는 숨결이 구름처럼 또는 안개처럼 달콤하고 향기롭게 허공과 지면 위를 가볍게 떠다니고 있는 것을 볼 수 있었다. 아가씨들의 호흡 때문인지 봉긋 솟아오른 젖가슴들이 심하게 기복하면서 불안하게 움직이고 있었다. 수면 위로 거센 바람이 불어대고 있는 것 같았다. 어디서 날아오는지 한 가닥 젖의 강줄기가 내뿜는 향기가 느껴졌다. 집 밖에서 날아들어오는 것 같았다. 향기는 마구 뒤섞여 흐르는 공기처럼 집 안 여기저기로 뭉쳐 돌아다녔다. 서로 밀고 때리면서 이리저리 몰려다니다가 멈추기를 반복했다. 한동안은 창문 아래 뭉쳐 있다가 또 한동안은 텔레비전 선반 앞에서 덩어리를 이루곤 했다. 또 한동안은 다탁 위 허공에 머물면서 내 코앞에 덩어리가 되어 뭉쳐 있기도 했다. 내가 여러 번 손을 휘저어 흩뜨려버리려 했지만 그 한 덩이 젖의 향기를 완전히 없애버릴 수는 없었다. 게다가 모든 아가씨가 바람 같은 머릿기름 향기를 내뿜고 있었고 청순하면서도 진한 살내를 풍기고 있었다.

방 안은 온통 흰 산과 붉은 바다, 푸른 숲과 초록 물이 되어버렸다. 아가씨들이 침대 가장자리로 뻗은 팔은 카운터 옆의 옥기둥처럼 투명했다. 똑바로 누워 있거나 옆으로 엎드려 있는 아가씨들의 겉으로 드러난 얼굴은 하나같이 분홍빛이었다. 촉촉하고 불그레한 빛을 토해내는 보름달이 침대맡이나 가장자리에(소파 위에도) 걸려 있는 것 같았다. 그날 밤 나는 아가씨들의 잠꼬대와 입맛 다시는 소리에 완전히 포위되어 있었고 그녀들의 우윳빛 호흡에 푹 잠겨 있었으며 그녀들의 머리에서 나는 기름 냄새에 깔려 있었다. 게다가 아가씨 모두의 부드러우면서도 팽팽하고 불그레한 피부와 몸에서 나는 향기에 눌려 아예 잠을 이룰 수가 없었다(애당초 졸리거나 나른한 느낌조차 없었다). 나는 여러 차례 침대에서 일어나 그녀들의 얼굴을 살펴보고 싶은 충동을 느꼈다. 그녀들이 내뿜는 젖 향기의 흐름과 호흡을 살펴보고 싶었다. 잠자는 그녀들의 기복하는 젖가슴과 표정을 살펴보고 싶었다(그리고 손을 뻗어 그녀들의 얼굴과 몸을 만져보고 싶은 강한 충동을 느꼈다). 하지만 눈을 크게 뜨고 허연 천장만 바라볼 뿐, 전혀 몸을 움직이지 않았다. 그러다가 한밤중이 되어, 한 아가씨가 소파 위에서 일어나 내 옆에 와 눕더니 낮은 목소리로 속삭였다.

"양 교수님, 주무세요?"

나는 몸을 뒤집어 그녀를 쳐다보았다.

그녀는 목소리를 조금 높여 무척 쑥스러우면서도 어쩔 수 없다는 듯한 어투로 말했다. "양 교수님이 주무시지 않으면 제가 어떻게 화장실에 갈 수 있겠어요? 얼굴을 저쪽으로 돌리시든가 아니면 뭔가로 귀를 좀 막아주세요."

나는 몸을 한쪽으로 돌려 그녀를 등지고 누운 다음 옷을 끌어당겨 머리를 통째로 감쌌다. 옷을 사이에 두고 그녀가 신발을 끌고 사람들 틈새로 걸음을 옮겨 화장실로 가서 문을 열었다가 닫은 다음 잘칵하고 잠그는 소리를 들었다. 화장실에서 나온 그녀는 또다시 내 곁으로 다가와 살며시 고개를 들이밀면서 내가 여전히 옷으로 머리를 감싸고 있는지 확인한 다음에야 다시 소파 위로 올라가 잤다.

이렇게 섣달 스무아흐렛날이 지나갔다.

섣달그믐에는 현성 전체가 바쁘게 돌아쳤다. 호텔에서 경비를 서는 사람마저도 슬그머니 집으로 돌아갔다. 호텔 전체를 통틀어 나와 아가씨들밖에 없는 것 같았다. 우리는 마치 별장에 묵고 있는 것 같았고 모두들 디럭스 룸 안에서 이런저런 일로 바빴다. 제각기 야채를 다듬고 파를 까며 만두소를 만들고 냄비와 그릇을 정리하느라 정신이 없었다. 나는 경성에서 자오루핑과 함께 만두를 만들어 먹던 습관대로 야채만두소에는 파와 마늘, 생강은 넣지 않았고 간장이나 조미료도 넣지 않았다. 그저 약간의 참기름과 계정*만 넣었을 뿐이다. 그리고 바러우 사람들의 습관대로 고기만두소에는 파와 마늘, 생강을 잔뜩 넣었고 간장과 참기름도 많이 넣었다. 소금과 백미정**도 왕창 넣었다. 만두피를 만들 줄 아는 아가씨에게는 만두피를 만들게 하고 만두를 빚을 줄 아는 아가씨에게는 만두를 빚게 했다. 아무것도 할 줄 모르는 아가씨에게는 한쪽 구석에 앉아 텔레비전을 보게 했다. 모두들 바쁜 사람들은 바삐 돌아치고 한가한 사람들은 더없이 한가했다. 조용한 호텔 객실 안 도처에 사람들의 발걸음 소리와 얘기하는 소리만 들렸다. 전부가 서로를 흥보는 소리가 아니면 서로를 즐겁게 하려고 애쓰는 웃음소리였다. 밖에서는 단속적으로 줄폭죽 터지는 소리가 들려왔다. 황혼 무렵이 되어 섣달그믐의 저녁 교자를 먹으려 할 때쯤, 아가씨들은 천당 거리에 나가 다른 점포에 끼워져 있는 측백나무 가지와 소나무 가지를 가지고 돌아왔다. 붉은 종이와 먹물도 가져와서는 내게 침대 위에 올라가 자신들이 다 읽을 수 있고 이해할 수 있는 대련을 써 밖에 내다붙

* 鷄精. 닭의 살과 뼈를 갈아 만든 조미료.
** 白米精. 중국 조미료의 일종.

이게 했다. 잠시 생각에 잠겼다가 손이 가는 대로 자연스럽게 붉은 종이에 대련을 적어내려갔다. 상련에는 '언니동생동생언니 언니언니동생'이라고 썼고 하련에는 '부녀간 정이 깊으면 아이들의 정도 깊어진다'라고 썼다. 횡비에는 '천하가 모두 친척이다'라고 썼다. 아가씨들은 내가 쓴 대련을 둘러싸고서 잠시 자세히 살펴보고는 이구동성으로 말했다. "정말 잘 쓰셨어요. 아주 훌륭해요!" 전부가 그녀들이 아는 글자였고 의미도 충분히 이해할 수 있었다. 내가 자신들을 위해 훌륭한 대련을 써준 것에 감사하는 뜻에서 담이 큰 아가씨는 손을 뻗어 내 얼굴을 어루만졌고 담이 작은 아가씨들은 나를 향해 빙긋이 웃어주었다. 씽얼은 자신과 나의 관계가 남다르다는 것을 드러내기 위해 여러 사람이 보는 앞에서 내 얼굴에 입을 맞추기도 했다. 그러나 그 대련을 들고 나가 객실 문에 붙이려 하는 순간, 호텔 객실 문에는 대련을 붙일 만한 문틀이 없다는 것을 알게 되었다. 측백나무 가지를 꽂을 틈새나 구멍도 없었다. 그렇다고 객실 벽에 붙일 수도 없어 아예 대련을 문 안에 붙이기로 했다. 그리고 그 측백나무 가지와 소나무 가지는 문 안의 틈새와 문 뒤에 끼우고 이어 창문 틈새와 침대맡에도 끼웠다. 그리고 화장실 욕조와 수돗물이 나오는 수도꼭지에도 끼웠다. 아가씨들은 집 안에 측백나무와 소나무 가지를 꽂을 수 있는 곳이면 어디든 푸른 나뭇가지를 꽂아두었다. 침대머리와 텔레비전 선반, 창문 유리와 문 뒤, 그리고 다탁과 소파 다리까지 홍지를 붙일 수 있는 곳이면 어디든지 대련이 적힌 홍지를 붙여놓았다. 마지막으로 어디서 났는지 아무도 모르게 내가 폭죽을 하나 꺼내어 불을 붙인 다음 창밖으로 내던지자 팍파박 소리가 요란하게 울려퍼졌다. 이어 우리는 교자를 먹기 시작했다.

야채소가 들어간 교자를 먹었다.

고기소가 들어간 교자를 먹었다.

우아한 아가씨들이라 전부 그릇과 접시를 이용하여 교자를 먹다보니 그것들이 모자랐다. 이리하여 말할 때 목소리도 크고 걸음도 가장 빠른 두 아가씨의 손에 대야 하나가 쥐어졌다. 우리는 먹고 싶은 것은 무엇이든지 먹을 수 있었고 하고 싶은 것도 뭐든지 할 수 있었다. 섣달그믐 황혼 속에서 성내에는 온통 줄폭죽 소리가 그치질 않았고, 우리 열세 사람은 끊임없이 뭔가를 먹어댔다. 침대맡에 앉아 먹는 아가씨도 있었고 다탁 위에 앉아 먹는 아가씨도 있었다. 어떤 아가씨는 애교를 떨기라도 하듯 내 허벅지 위에 앉아 먹기도 했다. 교자를 몇 솥이나 다 먹은 다음 아가씨들은 알뜰하게 솥, 그릇, 젓가락을 설거지해놓은 다음, 거실 소파와 카펫 위 그리고 소파 등받이에 앉아 텔레비전을 보며 밤을 지새우기 시작했다. 이 밤에는 누구도 고향집에 전화를 걸지 않기로 했다. 모든 사람에게 이날은 천당호텔의 이 디럭스 룸이 집이었고 모든 친척이 이 객실 안에 있었다. 아가씨들은 전부 고향집에 전화를 걸려던 생각을 접고 한마음으로 이 객실을 지키면서 자신들이 준비해온 주전부리를 전부 꺼내놓고 먹기 시작했다. 꽈즈도 있고 잣도 있고 땅콩도 있었다. 사탕과 초콜릿, 사과와 호두도 있었다. 온갖 화려하고 빛나는 주전부리가 다탁 위에 산더미처럼 쌓였고 모두들 자신이 먹고 싶은 것을 맘대로 집어먹었다. 먹고 웃고 하다가 텔레비전이 재미없다고 느껴지자 아가씨들은 카드놀이를 하기 시작했고, 카드놀이가 재미없어지자 다시 텔레비전을 보기 시작했다. 텔레비전과 카드놀이 둘 다 재미없다고 느껴지면 문을 열고 나가 객실 앞을 걷거나 아래층으로 내려가 잠시 줄폭죽이 터지는 거리를 바라보기도 했다. 이렇게 밤 열두시가 되자 거리 전체가 폭죽 소리로 가득했고 불빛이 하늘을 메웠다. 거실의 유리창에는 번쩍이는 불빛이 끊이지 않았고 폭죽 소리가 그치지 않았으며 텔레비전 안에는 웃음소리와 박수소리가 가득했다. 이때 갑자기 씽얼이 앞으로 나서 텔레비전을 꺼버리더니 커튼을 획 걷었다가 다시 쳤다.

객실 안이 갑자기 조용해졌다. 외부세계의 소리가 우리에게서 십만팔천 리나 떨어져 있는 것처럼 아예 천당 거리까지는 들려오지 않았고 우리 객실에도 전해지지 않았다. 방 안 등불이 모두 켜졌다. 한낮의 파란 하늘과 흰 구름처럼 밝아졌다. 이 신기할 정도로 조용한 밝음 속에서 열두 명의 아가씨들이 서로의 얼굴을 쳐다보기 시작했다. 너무나도 그윽하고 막막한 눈길들이었다. 모두들 뭔가를 깨달았는지 어딘가를 바라보고 있었다. 하지만 아가씨들이 무엇을 보았고 무엇을 깨달았는지 아는 사람은 아무도 없었다.

갑자기 모든 아가씨의 눈길이 내게로 쏠렸다.

한순간에 방 안에 내려온 기이한 고요함이 벼락이 치고 뇌성을 울리는 것처럼 느껴졌다. 세상이 한순간에 다 죽어버렸다. 우르릉 쾅쾅 요란하게 울려대는 이 순간의 적막 속에서 모든 아가씨의 체취와 화장품에서 나는 요염한 향내가 처음에는 허공에 둥둥 떠다니더니 나중에는 조용히 멈추면서 바람이 잦아들고 파도가 멈추듯 결국 방 안에 한덩어리로 응결되어 화려한 빛깔을 이루어 차갑게 굳어지면서 움직이지 않았다. 오히려 현성의 큰 거리에서는 빠른 속도로 날아오는 폭죽의 화약 냄새와 종이 타는 냄새가, 흑과 홍으로 선명하게 구별되면서, 일 년 내내 바쁘다가 조용해진 천당 거리로 빠르게 날아와 천당호텔의 복도 위에 모이고 또 우리 객실 안으로 모여들어 아가씨들의 몸 위에 멈춰 있던 향기를 다시 흩뜨리면서, 새로운 유동과 확산을 시작하고 있었다.

쓰촨에서 온 아가씨가 말했다. "우리 춤을 추는 게 어때요?"

또다른 아가씨가 말했다. "이 방은 겨우 테이블만 하단 말이야."

쓰촨에서 온 아가씨가 다시 말했다. "그럼 노래는요?"

또 한 아가씨가 말을 받았다. "손님들이랑 그렇게 노랠 부르고도 모자라서 그러니?"

그리하여 또다시 정적이 흘렀다. 이런 정적 속에서 씽얼의 우울한 표정이 어디로 갔는지 사라지고 갑자기 얼굴이 빨개지더니 가벼운 미소와 함께 내게 한 가지 일을 제안했다. 그러면서 큰 거리보다 더 번화하고 화끈한 맛을 보증하겠다고 약속했다. 그러고는 눈길을 거둬들여 방 안에 가득한 사람들을 훑어보더니, 텔레비전 선반 아래 있는 작은 등만 하나 남겨놓고 방 안의 등을 전부 꺼버렸다. 방 안이 갑자기 노랗게 어두워졌다. 해 질 무렵 황혼 속에 마지막 빛줄기가 남아 있는 것 같았다. 다시 돌아와 앉으면서 씽얼이 말했다. "열두시가 지나면 새해 첫날이 돼요. 새해 첫날에는 세배를 해야 하죠. 여기 모인 사람들 가운데 양 교수님만 남자고 나이가 많은 편이에요. 게다가 우리가 받은 손님 가운데 경성에서 오신 분도 양 교수님 한 분뿐이고요. 우리를 별로 건드리지도 않고 몇백, 몇천 위안이나 되는 돈을 주시면서 우리에게 천당 거리를 떠나 고향집으로 돌아갈 것을 권하기도 하셨지요. 그런 은혜를 아는 이상, 그에 보답하기 위해서라도 우리는 양 교수님께 세배를 올려야 한다고 생각해요. 어차피 과거에 학생들도 새해를 맞으면 선생님들께 세배를 올렸고 자녀들은 부모님께 세배를 올렸잖아요. 양 교수님을 우리의 아버지로 여기고 우리들의 어머니, 우리의 스승님으로 생각하면서 세배를 올리자고요. 양 교수님께 제대로 감사의 뜻을 전하려면 우선 교수님을 소파에 앉으시게 한 다음, 우리 모두 옷을 다 벗고 세배를 올려야 해요. 우리 몸의 어느 곳이든지 보고 싶으신 곳이 있으면 다 보시게 하고, 만지고 싶은 곳이 있으면 마음껏 만지실 수 있게 해드렸어야 한다고요. 하지만 오늘밤 교수님은 우리와 그런 일을 할 수 없었어요. 오늘은 이미 새해 첫날이기 때문이에요. 새해 첫날에는 아버지에게 세배를 올려야 하는데 아버지는 당연히 딸과 그런 짓을 할 수가 없잖아요. 선생님께 세배를 올릴 때도 선생님은 학생들과 그런 짓을 할 수가 없는 법이고요."

말을 마친 씽얼은 나를 향해 두 눈을 모으고는 빙긋이 웃었다. 그러고는 주위의 아가씨들을 바라보면서 그렇게 하는 것이 어떠냐고 재차 물었다.

새해 아침에 세배도 안 하고 어떻게 설을 쇠었다고 할 수 있겠느냐고 따져 물었다.

"양 교수님, 어서 소파에 앉아 움직이지 말고 가만히 계세요. 우리 열두 명의 학생들이(『홍루몽』에 나오는 금릉십이채金陵十二釵처럼) 교수님께 세배를 올리겠습니다.

자, 우리 모두 방에 가서 옷을 다 벗고 나이순으로 정렬해서 가장 나이가 많은 사람이 먼저 절을 올리고, 그다음 사람이 두번째로, 또 그다음 사람이 세번째로 절을 올리기로 합시다."

이리하여 모두들 방으로 물러갔다.

거실을 대충 정리한 다음 다탁을 한쪽으로 밀어놓고 베개를 가져다가 내 바로 앞에 내려놓고는, 나를 신이라도 된 것처럼 소파 한가운데에 앉혔다. 그런 다음 방 안에 있는 사람들에게 준비가 다 되었느냐고 물었다. 밖에 먼저 나와 있던 사람이 어서들 나오라고 말하자, 나이가 가장 많은 아가씨(뜻밖에도 씽얼이었다. 사실 그녀는 스무 살도 채 되지 않았다)가 방에서 나왔다. 정말로 몸에 실오라기 하나 걸치지 않은 완전한 알몸이었다. 방에서 천천히 걸어나오다가 텔레비전 옆에서 누군가 키득키득 웃는 모습을 보자, 그녀가 그쪽을 향해 눈을 흘겼다. 즉시 웃음소리가 멈췄다. 방 안 황혼의 불빛 속에는 고요함과 신성함, 올바름과 어지러움, 소동과 불안만이 남아 있었다. 여기에 진한 우윳빛 피부 향기와 선홍빛 입술 향기, 매니큐어 향기가 더해졌다. 씽얼은 입술에 립스틱을 바르지 않았다(설이라 손님을 받지 않기 때문이다. 손톱에도 매니큐어를 칠하지 않았다). 하지만 열 개의 발톱에는 절대로 지워지지 않는 붉은색이 칠해져 있었다. 방 안에서 걸어나온 그녀는 카펫 위로 천천히 걸음을 옮겼다. 열 개의 발톱이 열 개의 성냥에 붙은 불꽃 같았다. 옷을 입었을 때는 약간 통통해 보였고 겨울잠을 자고 있는 토끼처럼 토실토실했는데, 옷을 다 벗고 나니 그녀의 둥근 어깨선과 유방이 그대로 드러났다. 사실 그녀는 그다지 통통한 편이 아니었다. 맨 처음으로 옷을 다 벗은 채 걸어나오다보니 얼굴에 약간의 홍조가 인 그녀는 어디든 바라볼 수 있으면서도 감히 어디에도 시선을 두지 못하고 있었다. 고개를 숙여 여기저기 보던 그녀는 내 앞에 이르러서야 고개를 들어 나를 쳐다보며 말했다. "양 교수님, 교수님께 세배 올리겠습니다."

그러고는 정말로 내 바로 앞에 있는 베개 위에 무릎을 꿇고서 고개를 숙여 절하면서 말했다. "내내 건강하시길 기원합니다."

다시 한번 절하면서 말했다. "사모님도 언제나 건강하시기를 기원합니다."

또다시 절하면서 말했다. "새해를 맞아 모든 일에 행운이 가득하시길 기원합니다."

마침내 무릎을 꿇은 채 고개를 든 그녀는, 내가 뭔가 말을 하면서 자신을 일으켜 세워주기를 기대하는 듯한 눈빛으로 나를 바라보았다. 내이마에 난 수많은 땀방울을 본 그녀가 내게 이마를 닦을 종이를 한 장 집어주었다. 종이를 받아 이마를 닦고는 다시 씽얼을 쳐다보았다. 그녀는 여전히 무릎을 꿇은 채 미동도 하지 않고 있었다. 온몸이 하얗게 빛났다. 마치 내 앞에 하얀 물고기 한 마리가 놓여 있는 것 같았다. 내가 다가가 잡아끌어주지 않으면 그녀는 영원히 그 자리에 무릎을 꿇고 앉아 절대로 일어나지 않을 것만 같았다.

내가 말했다. "그만 일어서."

그녀가 말했다. "제게 세뱃돈을 주지 않으셨잖아요. 학생들이 선생님께 세배를 해도 세뱃돈을 주지 않던가요? 제게 세뱃돈을 안 주시면 전 한 해 동안 줄곧 불길한 삶을 살게 될 거라고요. 한 해 동안의 학업성적이 형편없을 거란 말예요."

황급히 몸을 돌린 나는 짐을 뒤져 '칭옌대학'이라는 글자가 선명하게 찍힌 봉투에서 백 위안(다소 많은 것 같다는 생각이 들었다)짜리 지폐를 한 장 꺼내어 그녀에게 건네며 말했다. "어서 일어서. 네 학업성적이 좋지 못한 건 네가 총명하지 않아서가 아니라 학습에 노력을 기울이지 않았기 때문이야. 앞으로는 칠 할의 노력을 학습에 경주하고 나머지 삼 할의 노력을 다른 곳에 쓰도록 해. 그러면 학업성적이 크게 높아질 수 있을 테니까 말이야."

씽얼이 나를 향해 고개를 끄덕였다.

내가 말했다. "어서 일어나. 선생님이 별다른 얘기가 없을 때는 네가 새로 다가온 한 해에 학업에도 성취가 있고 다른 일들에도 성과가 있기를 기원한다는 뜻이야."

344

씽얼은 고개를 끄덕이면서 곧 베개 위에서 몸을 일으키더니 옆으로 비켜서서는 재빨리 다른 사람들의 옷을 집어 두 다리 사이를 가렸다.

두번째 아가씨 역시 실오라기 하나 걸치지 않은 완전한 알몸으로 방에서 걸어나왔다. 남성용 보건의약품 가게에서 일하는 류꾸이편이었다. 마르고 날씬한 그녀는 허리가 팔뚝만 했고 가슴에 달린 유방도 무척 앙증맞았다. 설 때 살림이 넉넉지 못한 집에서 찐 만두 같았다. 그녀는 방에서 걸어나오면서 어느 곳에도 눈길을 두지 않고 곧장 내 앞으로 다가와 무릎을 꿇었다. 머리칼이 물처럼 어깨 위로 흘러내려 있었다. 고개를 든 그녀가 머리를 뒤로 넘기면서 말했다. "양 교수님, 교수님께 세배 올리겠습니다.

지난 한 해 동안 제게 관심 가져주시고 보살펴주신 데 대해 감사드립니다.

제가 시험에 합격하지 못했을 때마다 항상 제 성적을 우수 또는 양호로 고쳐주신 데 대해 감사드립니다.

설인데도 댁에 돌아가지 않으시고 여기 남아서 저희들과 함께해주신 데 대해 감사드립니다."

내가 말했다. "그만 일어서. 앞으로 공부 잘하고 약도 잘 팔도록 해. 구질구질한 손님들만 받지 않으면 돼." 이렇게 말하면서 그녀에게도 백 위안짜리 지폐를 한 장 건넸다. 그녀도 다시 한번 내게 절을 하고는 옆으로 물러났다.

세번째 아가씨는 몸이 아주 희고 매끄러웠다. 물을 잔뜩 머금은 목면꽃 같은 모습으로 나를 향해 다가왔다. 몸에 머금은 물이 그녀의 몸에서 흘러나와 바닥을 적실 것만 같았다.

네번째 아가씨는 몸이 그다지 희지 않았다. 칠흑같이 검었지만 윤기가 흘렀다. 온몸에 기름을 칠해놓은 것 같았다.

다섯번째, 여섯번째, 그리고 마지막에 이르기까지 아가씨들은 하나같이 알몸으로 내 앞으로 다가와서는 무릎을 꿇고 반걸음 뒤로 물러서면서 내가 손을 뻗으면 닿을 수 있는 거리를 사이에 두고 나를 양 선생님 또는 양 교수님이라고 불렀다. 하나같이 자신이 나의 학부 학생이거나 대학원생이라고 말했다(학위에 대해 잘 모르는 아가씨는 내게 묻기도 했다). 하나같이 자신들에 대한 나의 교육과 훈도에 감사했고 관심과 사랑에 고마워했다. 모두들 내가 항상 건강하고 훌륭한 저서를 많이 저술하여 뛰어난 학문적 성과를 이루기를 기원했다. 아가씨들이 나의 학부생이라고 말할 때마다 나는 백 위안을 건네면서 좋은 회사에 취업하기를 기원한다고 말했다. 아가씨들이 나의 석사 과정 학생이라고 말하면 역시 백 위안을 내밀면서 국가기관에 들어가 간부가 되기를 바란다고 했다. 아가씨들이 나의 박사 과정 학생이라고 말할 때도 역시 세뱃돈으로 백 위안을 건네면서 모두들 전문가나 학자, 과학자나 국가지도자가 되기를 기원한다고 했다. 그렇게 열두번째 아가씨의 차례가 되었다. 열여섯밖에 안 된 이 아가씨도 실오라기 하나 걸치지 않은 알몸으로 걸어나왔다. 귀엽고 앙증맞은 모습이었다. 온몸에 흐릿하게 붉은빛이 감돌았고 피부는 이슬처럼 여리기만 했다. 무릎을 꿇는 순간 나는 그녀의 이마와 어깨, 젖가슴(그녀의 유방은 둘로 갈라놓은 탁구공 같았다), 내 앞으로 약간 내밀어진 무릎에 하얀 솜털이 아주 고르게 나 있는 것을 발견했다. 비단을 햇빛 아래 펼쳐놓자 그 위로 있는 듯 없는 듯 가는 털들이 떠다니는 것 같았다. 무릎을 꿇은 모습이 마치 과거에 자기 할아버지나 할머니께 세배를 올리는 것 같았다.

그녀가 말했다. "새해 복 많이 받으세요."

나는 손을 뻗어 그녀의 이마를 어루만졌다. 내 손가락 끝이 그녀의 이마에 닿는 순간, 비가 내리는 날 수면 위 거품에 손가락이 닿은 듯했다. 내가 지갑에서 이백 위안을 꺼내어 세뱃돈으로 건네면서 말했다. "넌 나이가 가장 어리니까 이백 위안을 줄게." 그녀는 돈을 받으면서 빙긋이 웃고는 다시 한번 머리를 숙여 내게 큰절을 올렸다. 그러면서 말했다. "양 교수님도 언젠가는 총장님이 되실 거예요. 교수님이 이 세상에서 책을 가장 많이 쓰는 분이 되시길 기원할게요."

나도 웃으면서 말을 받았다. "넌 나이가 이렇게 어리니, 설을 쇠자마자 고향집으로 돌아가도록 해. 정 어려우면 내가 차표를 사서 널 데려다줄 수도 있어."

그녀가 말했다. "양 교수님, 교수님께는 이미 학생들이 많잖아요. 저는 그냥 제 일을 하겠어요. 돈도 벌고 즐거움도 누리면서요. 손님을 받을 때마다 저는 상대 남자보다 더 즐겁다니까요."

내가 놀란 눈으로 그녀를 바라보았다.

그녀가 말했다. "손님 받는 일이 세상에서 가장 즐겁고 좋은 것 같아요."

그녀는 그렇게 내 앞에서 몸을 일으켜 이백 위안을 손에 쥐고는 뒤에 있는 알몸들 쪽으로 물러났다. 그 순간 누군가 텔레비전 뒷벽에 붙어 있는 등을 켰다. 방 안이 갑자기 환해지면서 아가씨들의 매끄럽고 하얀 몸이 불빛 속에서 찬란하게 빛났다(손에는 내게서 받은 세뱃돈을 꼭 쥐고 있었다. 벽이 온통 눈처럼 희었다. 눈처럼 희디흰 벽면에 누드화를 잔뜩 그려놓은 것 같았다. 창밖 거리에서는 끊임없이 줄폭죽이 터지면서 커튼 위로 번쩍번쩍 불빛을 뿌렸다. 카메라 플래시가 터지는 것 같았다. 이미 한밤중인데도 우리에게는 이제 막 설날 전야가 시작된 것 같았다.

내가 말했다. "이제들 가서 자야지?"

아가씨들이 일제히 고개를 가로저었다.

내가 다시 말했다. "텔레비전을 더 보고 싶은 거야?"

아가씨들은 나를 향해 일제히 고개를 가로저었다.

내가 물었다. "그럼 우리 이제 뭘 하지?"

잠시 생각에 잠기던 씽얼이(열여섯 살 난 여자애의 손에 든 돈을 힐 끗 쳐다보고는) 그 하얀 밝음 속에서 앞을 향해 잠시 멈춰 서서 아가씨들에게 말했다. "섣달그믐이라 밤을 새야 하는데 벌써 자기에는 너무 이른 것 같아요. 우리 모두 아가씨들이니까 아가씨다운 일을 하는 게 나을 것 같아요. 모두 닭*의 일을 하는 거예요. 남자 손님들을 만족시키는 일이지요. 양 교수님은 우리에게 이렇게 잘해주시는데다 돈도 많고 학문도 높으시니 손님으로서는 최고의 조건을 갖추신 셈이지요. 하지만 양 교수님은 우리들 가운데 누구도 건드리신 적이 없어요. 우리 몸을 제대로 만져보지도 못하셨잖아요. 은혜를 갚는 것은 고사하고 우리가 접대했던 손님들 가운데 양 교수님처럼 점잖은 분도 없었어요. 애당초 교수는 하나도 없었고 경성에서 온 손님도 없었지요." 그녀는 얘기를 계속했다. "언니동생들, 이렇게 하는 게 어떨까요? 어차피 우리는 이미 옷을 다 벗었으니 다들 이대로 계속 서 있도록 해요. 밖에서는 팍팍파박 폭죽 소리가 그치지 않고 사람들은 제법 설을 쇠는 분위기를 내고 있으니 우리도 기분을 내야 하지 않겠어요? 남들은 설을 쇨 때 줄폭죽을 터뜨리지만 우리는 설을 쇠면서도 그 일을 하는 거예요. 양 교수님께 효성과 공경심을 표하고 그 은혜에 보답하기 위해 양 교수님

● '계鷄'의 음이 매춘부를 뜻하는 '기妓'와 같아서 성매매 업종에 종사하는 여자들을 총칭하는 말.

이 마음에 드는 사람이 방 안에 들어가 양 교수님과 자는 거예요. 교수님은 마음에 드는 사람이 하나면 한 사람과 자고 마음에 드는 사람이 둘이면 두 사람이랑 자는 거예요. 마음에 드는 사람이 셋이면 세 명 모두 함께 자면서 양 교수님의 시중을 드는 거예요. 한꺼번에 우리 열두 명 전부 마음에 드신다면 우리 열두 명이 같이 모시면서 모두 양 교수님의 제자들처럼, 또는 양 교수님의 딸들처럼 시중을 드는 거예요."

씽얼은 이렇게 말하면서 가볍게 고개를 치켜들었다. 우리 중문과의 반장이나 바러우산맥의 여촌장과 다르지 않은 모습이었다. 입술과 치아를 빠르게 움직이면서 잽싸고 소박하게 말을 이었다. 바람과 나뭇가지가 허공에서 장난을 치는 것 같았다. 말을 하면서 그녀는 주위에 있는 자매들 표정을 살폈다. 나는 자매들 가운데 그녀의 말을 다 듣고 나서 불쾌해하거나 놀이를 하듯이 껄껄 웃는 사람이 있을 것이라고 생각했다. 하지만 뜻밖에도 아가씨들은 전혀 웃지 않았고 얼굴에 불쾌한 표정을 짓지도 않았다. 평소처럼 편안하고 조용한 표정으로 일제히 몸을 돌려 손에 들고 있던 돈을 어딘가에 놓여 있는 자신들의 옷을 찾아 주머니에 잘 넣어둔 다음, 다시 진지하고 엄숙한 표정으로 돌아와 원래 있던 자리나 더 눈에 잘 띄는 자리에 섰다.

방 안의 등은 전부 켜져 있었다. 방 안팎이 온통 푸른 하늘과 흰 구름이었다. 나는 소파 한가운데에 앉아 있었다. 손바닥이 땀에 젖었고 가슴이 저울추로 내리치는 듯 심하게 뛰고 있었다. 아가씨들은 약속이라도 한 듯이 내 앞에 한 줄로 정연하게 나란히 섰다. 자연스럽게 키가 가장 작은 아가씨가 맨 앞에 서고 가장 큰 아가씨가 맨 뒤에 섰다. 키 순서로 서라고 말한 사람이 없었는데도 아가씨들은 좌우로 곁눈질을 하면서 작은 아가씨가 맨 앞에 서고 큰 아가씨는 맨 뒤에 섰다(훈련

을 잘 받은 군대의 사병들 같았다). 그러는 사이에 아가씨들의 어깨가
서로 부딪혔다. 그렇게 가볍게 미끄러지고 부딪히는 소리가 마치 비단
수건으로 몸을 닦는 소리 같았다. 모두들 선 채로 또 한번의 고요함 속
에 빠져들었다(밖에서 나는 줄폭죽 소리는 들리지 않는 것 같았다. 아
예 소리가 존재하지 않는 것 같았다. 그 고요함은 미풍처럼 우리 방 안
으로 불어와 미끄러져지나갔다. 흐릿한 비린내와 아가씨들의 몸에서
풍기는 진한 유백색 젖내가 그 고요함 속을 휘감고 떠다니거나 흐르다
응고되어갔다. 방 안의 난방기도 창문 밑으로 옮겨져 있었다. 창문을
비집고 들어온 차가운 밤기운이 난방기의 뜨거운 열기를 만나 픽픽 소
리를 냈다. 여름이 끝나고 가을이 시작될 무렵 콩이 익어 터지는 소리
같았다. 아가씨들은 그렇게 한 줄로 서서 물처럼 하얗고 빛나는 모습
으로 내 앞에 서서 말했다.

"양 교수님, 저희들 가운데 누가 가장 마음에 드시나요?

마음에 드는 아가씨가 한 명이면 한 명을 데리고 안으로 들어가시고
두 명이면 두 명을 데리고 들어가세요. 저희들이 전부 마음에 드시면
전부 데리고 들어가셔도 돼요.

양 선생님, 옷을 철저히 다 벗으세요. 보세요. 저희도 다 벗었잖아요.

왜 아무 말씀도 없으세요? 전부 마음에 들지 않으신다는 건가요, 아
니면 전부 마음에 드시는 건가요? 걱정하지 마세요, 양 교수님. 저희
모두 교수님의 학생들이고 교수님의 규녀閨女들이잖아요. 저희는 교수
님께서 하라시는 대로 할 거예요. 교수님도 저희를 하고 싶으신 대로
하시면 돼요. 저희는 원래 이렇게 천한 일을 하면서 먹고살던 사람들
이에요. 저희가 교수님을 비웃을 리도 없고 교수님과의 일을 남에게
발설할 리도 없어요. 저희가 공부를 많이 하지는 않았지만 관원들과

지식인들이 이런 일을 남들이 아는 걸 가장 두려워한다는 건 잘 알고 있어요. 걱정 마세요, 양 교수님. 저희 모두 죽는 일이 있어도 교수님과 저희들 사이에 있었던 일을 발설하지 않을 거예요. 솔직히 말해 부모에서 정부에 이르기까지 저희에게는 교수님이 가장 좋은 분이고, 저희는 또 은혜에 보답할 줄 아는 사람들이라 교수님께 보답하고 싶은 거예요. 이리 와서 저희를 자세히 살펴보신 다음 잘 골라보세요. 교수님은 경성에서 오신 분이고 경성의 유명한 교수님이시잖아요. 누구든지 교수님께 선택되면 큰 복이겠지만 선택되지 못한다 해도 상심하거나 기분 나빠 하진 않을 거예요.

어서 와서 고르세요. 양 교수님, 오늘밤은 섣달그믐날 밤이에요. 전국의 사람들이 집에서 오붓하게 즐거운 시간을 보내고 있으니 우리도 즐겁게 보내자고요. 누가 마음에 드세요? 저희가 어떻게 해드리면 좋으시겠어요? 말씀만 하시면 저희 모두 교수님 말씀대로 할 거예요. 누구든지 교수님이 시키시는 대로 할 거라고요."

밤은 이미 바러우산의 협곡처럼 깊어져 있었다. 시작도 없고 끝도 없었다. 시작도 있고 끝도 있었다. 커튼 위로 끊임없이 번쩍이던 불빛이 점차 잦아들다 희미해지기 시작했다. 줄폭죽 소리도 훨씬 작아졌다. 가끔씩 붉은 폭발과 흰 소리만 어디서인지 창문 안으로 날아들 뿐이었다. 이때 나는 그녀들의 말에 따라 움직이기 시작했다. 그녀들과 하고 싶은 일이 벌레처럼 마음속 깊은 곳에서 꿈틀대기 시작했다. 온몸이 가렵고 펄펄 끓는 것처럼 뜨거워지기 시작했다. 갑자기 피가 내 발에서 두 다리를 거쳐 머리를 향해 몰려드는 것 같았다.

그렇게 나는 반나절이나 아가씨들을 바라보고 있다가 부끄러운 듯이 가벼운 웃음을 지었다. 뜻밖의 한숨이 흘러나왔다. 내가 말했다.

"나는 아주 오래 학생들에게 수업을 하지 못했는데 너희들을 보니 갑자기 내 학교와 학생들이 생각나는군. 너희들을 보니 내 학생들에게 미안한 생각이 드네. 너희들은 모를 거야. 내 학생들도 나이가 너희들과 비슷하지. 본과생이나 대학원 석사 과정 학생, 박사 과정 학생 모두 내 강의를 들으면서 세계적으로 유명한 학자나 과학자의 수업을 듣는 것 같은 태도를 보이곤 했지. 교실 안이 조용해지면 바닥에 핀 하나 떨어지는 소리가 마치 천둥소리 같았고 학생들이 박수라도 칠 때면 그 소리에 교실과 강당 천장을 장식하고 있는 나무판이나 그 위에 붙은 플라스틱 장식물이 흔들릴 정도였지."

내가 말했다. "나의 그 학생들이 그립구나.

그 친구들을 상대로 강의를 하고 싶어.

나는 『시경』이 황하 유역에서 발원하고 쓰인 정황을 고찰하기 위해 바러우산맥으로 온 뒤로 이미 반년이나 수업을 못했어."

내가 말했다. "너희 키 작은 네 명(그녀들의 팔을 만져보니 중국에서 가장 좋은 단연*을 만지는 것 같았다)은 나의 학부생들이니 좀 억울하겠지만 카펫 위에 주저앉도록 해. 키가 중간인 너희 네 명은 내 석사 과정 학생들인 셈이니 그 뒤 소파 위에 앉고, 나머지 키 큰 네 명은 내 박사 과정 학생들이니 소파에 등을 기대고 앉도록 해." 칭옌대학의 계단식 강의실이 꼭 이런 모양이었다. 학생들은 그곳에 한 겹 한 겹 나란히 앉아 사진을 찍듯이 누구도 서로를 가로막지 않았다. 나는 아가씨들을 내가 말한 순서대로 자리에 앉게 했다. 아가씨들은 놀란 눈으로 나를 바라보며 말했다. "양 교수님, 침대 위에서 하는 일을 좋아하지 않으시나요?" 나는 정말로 반년 동안 칭옌대학 학생들에게 강의를 하

● 端硯. 중국 광둥성 판저우에서 나는 단계석端溪石으로 만든 유명 벼루.

지 못했다고 말했다. 아가씨들이 말했다. "맙소사! 세상에 그 일을 싫어하는 남자도 있었네." 내가 말했다. "아무 말도 하지 마. 지금 너희는 모두 대학생들이야. 모두 석사 과정 학생이 아니면 박사 과정 학생들이란 말이야. 우리 모두 정신을 집중해서 고전문학 수업을 진행하도록 하자. 『시경』 감상 수업을 하는 거야."

아가씨들이 말했다. "교수님 학생들은 수업을 할 때 전부 옷을 입고 있었나요 아니면 알몸이었나요?"

내가 말했다. "사람들은 집에서 설을 쇨 때 제각기 즐거운 일들을 하면서 시간을 보내지. 우리도 밖에서 설을 쇠긴 하지만 우리만의 즐거운 일을 할 수 있는 거야. 내가 한 명이 마음에 들면 한 명을 마음대로 할 수 있고 두 명이 마음에 들면 두 명을 마음대로 할 수 있으며 전부가 맘에 들면 전부를 맘대로 할 수 있다고 하지 않았나? 이제 수업을 시작할 테니까 모두들 움직이지 마. 우선 내가 밖에서 교실 안으로 들어오겠다." 나는 이렇게 말하고 방 밖으로 나가면서 열두 명의 아가씨들에게 그 자리에 알몸으로 단정하게 앉아 있게 했다. 그러자 누군가 옷을 끌어당겨 자신의 두 다리 사이와 가슴을 가렸다. 내가 고개를 돌려 그 아가씨를 노려보며 말했다. "수업이 시작됐는데 누가 함부로 몸을 움직이는 거야? 여기는 경성의 최고학부란 말이야, 알아?" 아가씨는 내 한마디에 황급히 몸을 가리고 있던 옷을 한쪽으로 던져놓고 실오라기 하나 걸치지 않은 알몸으로 등불 아래 주저앉았다. 두 다리를 한데 모으고 그 위에 두 손을 얹은 채 눈동자조차 굴리지 않고 정면을 응시했다. 방 안의 고요함은 칭옌대학 강당에서 국제적인 대학자가 강연할 때와 다르지 않았다. 학생들은 모두 고개를 똑바로 들고 소리를 죽인 채 조용하게 집중하여 곧 대학자가 걸어나올 문을 주시하고 있었다. 아가씨들도 고개를 똑바로 들고서 소리를 죽인 채 조용하게 안쪽 방의 입구를 주시하면서 내가 단정한 모습으로 걸어나오기를 기다리고 있었다. 내 손에는 찻잔이 들려 있었고 겨드랑이에는 둘둘 만 신문지가 끼워져 있었다(이것이 바로 내 강의 원고였다). 거실 쪽으로 걸어나온 내가 걸음을 멈추자(교수가 교단에 선 것처럼) 사전에 미리 반장으로 지정된 중학교 학력의 아가씨가 큰 소리로 "기립!"하고 외쳤다. 학생들은 모두 깜짝 놀라 그 자리에서 일어섰다. 방 안의 햇빛이 희고 매끄러운 아가씨들의 피부에 반사되어 반짝였다. 아가씨들은 동시에 한목소리로 "선생님 안녕하세요!"하고 호응했다. 내가 아가씨들을 향해 가볍게 고개를 끄덕이자 모두들 제자리에 앉았다. 아가씨들이 내뿜는 청아한 빛이 한순간 반짝이더니 다시 하나로 뭉쳤다. 호수가 연못으로 변하는 것 같았다. 이어서 내가 그녀들에게서 한 걸음 앞으로 떨어져 서면서 텔레비전 선반을 앞으로 밀었다. 그런 다음 텔레비전을 교탁 삼아 그 뒤에 서서 두 손으로 텔레비전을 붙잡은 채 아가씨들을 바라보며(온통 옥 같은 몸들이 마치 소파 위에 쌓여 있는 구름 같았다) 말했다.

"오늘 우리는 『시경』 감상 수업을 할 것입니다. 『시경』에 담긴 가장 깊이 있는 정신성과 근원성에 관해 설명하는 겁니다.

솔직히 말해 『시경』은 겉으로 보기에는 삼백다섯 편의 시로 구성된 중국 최초의 시집인 것 같지만, 사실은 우리 조상들이 남겨준 삼백다섯 개의 노선표로 구성된 고향으로 가는 길안내라고 할 수 있습니다. 그 안에 담긴 모든 시가 우리가 집으로 가는 길을 잃었을 때 길을 안내해주는 도로표지판이나 암시로 작용할 수 있지요. 자, 내가 눈을 감고 손이 닿는 대로 『시경전석』을 뒤적여 어느 한 쪽이 펼쳐지면 거기에 나오는 시를 연구하고 분석하게 될 겁니다. 그 시에서 고향으로 가는 길에 대한 암시와 지시를 찾을 수 있을 겁니다." 이렇게 말하면서 나는 정말로 눈을 감고 천천히 텔레비전 선반 위에 놓인 신문지 뭉치를 펼치면서 말했다. "여기가 몇 쪽이지요? 아, 『시경전석』 이백구십삼쪽에 있는 내용이로군요. 이 시는 『시경』 「소아」에 나오는 예순다섯번째 시로, 제목은 '도인사都人士'18라고 하지요."

이어 '도인사' 시 원문을 한 번 암송한 다음 시구를 한 구절 한 구절 설명해내려갔다. "이 도시 사람은 말예요. 노란 여우털 외투를 입고 있었어요. 이 공자는 정말 멋있었지요. 여우털 외투가 정말 노란 빛이었어요. 사실 조금도 바꾼 게 없어요. 입에서 나오는 대로 시구가 된 거지요. 번역하면 이렇게 됩니다. 그 모습 한결같고 말하는 본새도 의젓하기만 하네." 나는 시 원문을 어린아이처럼 네 번이나 암송해주고 네 번 암송하듯이 번역해주었다. 그러면서 흥분한 투로 말했다. "이 시는 시가 중에서도 아주 특별한 연가에 속합니다. 시인은 시에 등장하는 배역이 아니라 그저 옆에서 애정극의 한 장면을 지켜보는 위치에 있는 사람이에요. 그러면서 음영과 찬탄을 더해줄 뿐입니다. 이천여 년 전 우리의 조상들은 사랑이 바로 인류 정신의 최종적인 가원家園이자 정신을 잃은 사람들의 가장 근본적인 고향이었음을 알고 있었다는 증거지요." 나는 아가씨들에게 인간의 진실한 삶과 사랑에 관해 분석해주면서 '도인사'로부터 시작하여 『시경』에 나오는 모든 옛사람들의 애정시를 연결하여 분석하기 시작했다. 즐거울 때의 애정시와 슬플 때의 애정시를 설명하고 근심과 걱정 속의 애정시와 적막과 고독 속의 애정시를 설명했다. 그리고 마지막으로 다시 한번 결론을 내리기를, 『시경』에

18 이 책의 101쪽 「도인사」 항목 풀이 참조.

담긴 모든 애정시가 오늘날 우리를 정신의 뜨락으로 안내해줄 도로표
지판이자 암시로서 우리에게 사랑과 애정을 가르쳐주고, 정신적 위기
에 처한 인류에게 위로와 안정을 가져다줄 것이라고 했다. 아울러 깨
달음과 개선의 방법을 제공해줄 수 있는 가장 근본적인 인류의 가원이
바로 여기에 있음을 강조했다. 사랑과 애정 없이는 사랑받을 수 없고,
애정이 없는 사람들은 사실 우리가 살고 있는 현대의 유기된 영아 즉
젖을 먹지 못한 아이들인 셈이라고, 우리처럼 이렇게 설인데도 고향집
에 돌아가지 못하고 호텔에서 새해를 맞는 사람들과 같다고 했다.

　나는 아가씨들 앞에 엄숙한 자세로 고개를 똑바로 세우고 물 흐르듯
이 유창하게 『시경』에 담긴 가정과 사랑을 얘기했고, 나의 저서 『풍아
지송』에 담긴 사랑과 고향의 뿌리에 관한 관점을 설명했다. 그녀들이
다 알아들었는지는 알 수 없다. 하지만 아가씨들이 틀림없이 알아들었
을 거라고 생각했다. 동시에 알아듣지 못했을 거라는 생각도 들었다.
아가씨들은 아주 조용하게 적나라한 알몸으로 앉아서 내 얼굴과 내
입만 뚫어지게 바라보고 있었다. 하나같이 두 눈을 크고 동그랗게 뜨
고 있었다. 갓 대학에 들어온 일학년 학생들이 학교에서 첫 수업을 듣
듯 신선함과 호기심이 가득하여, 그녀들의 눈에 무수한 산과 들판으로
가득 펼쳐져 있고, 그녀들의 몸에 땅과 하늘이 되어 덮여 있는 것 같
았다. 내가 한 소절 강의를 마칠 때마다 아가씨들은 박수를 쳐서 격려
해주었다. 시구를 암송할 때도 박수로 나를 격려해주었다. 몇 마디 철
학적 이치가 담긴 말을 할 때도 아가씨들은 알아듣지 못하면서 뭔가
심오한 것을 깨달은 듯한 표정으로 소리가 십 리, 이십 리 밖으로 퍼
질 정도로 요란하게 박수를 쳐주었다. 나는 그녀들 앞에서 강의를 너
무 심오하게 해서도 안 되고 너무 유창하게 쉬지 않고 해서도 안 된다

는 것을 잘 알고 있었다. 내 강의는 사십오 분을 초과할 수 없었다. 나는 내용의 깊이를 조절해가면서 사십오 분 강의를 삼십 분으로 압축했다. 뜻밖에도 이 반시간 동안 아가씨들은 나를 위해 열두 번이나 박수를 쳤다. 평균 삼 분이 채 못 되는 시간에 한 번씩 나를 위해 박수를 친 셈이다. 박수소리는 너무나 빈번하면서도 빛났다. 언젠가 외국 대통령들이 몇 번 칭옌대학을 찾아와 강연할 때마저도 학생들의 박수소리가 나를 위한 아가씨들의 이것만큼이나 그렇게 열렬하고 빈번하지는 못했다.

강의가 끝나고 텔레비전 선반 뒤에서 걸어나와 그녀들을 향해 감사의 뜻을 표하기라도 하듯 고개를 숙여 인사했다. 아가씨들도 전부 바닥이나 소파 위에서 벌떡 일어나 박수를 치며 내 앞으로 몰려나와 말했다. "양 교수님, 너무 훌륭한 강의였어요. 교수님은 이 세상 최고의 학자세요."

"저희에게 사인 좀 해주세요. 저희는 평생 교수님들의 강의를 들어보지 못했거든요."

"사인 좀 해주세요. 사인을 안 해주시면 초엿새에 집에 갔다 돌아온 자매들에게 저희가 천당호텔에서 아주 멋진 설을 보냈고 대학 강의도 들었다고 말해봤자 어떻게 저희들 말을 믿겠어요?"

하는 수 없이 짐에서 펜을 꺼내어 그녀들에게 기념으로 사인을 해주기 시작했다. 그녀들의 손바닥이나 팔뚝, 배와 등에 말이다. 그녀들의 유방과 허벅지에도 사인을 했을 뿐만 아니라 『시경』에 나오는 시구 일부를 배와 가슴골에 써주기도 했다. 그녀들의 유방과 희고 부드러운 허벅지에도 써주었다.

나는 "예쁘고 착한 아가씨는 군자의 좋은 짝이네窈窕淑女 君子好逑"라는 구절을 씽얼의 가슴에 써주면서 배꼽에도 사인을 해주었다. 또 이번에는「채갈采葛」[19] 시 전문을 가슴이 큰 아가씨의 유방 위에 써주면서 용이 춤추고 봉황이 나는 듯한 필치로 유방 사이의 가슴골에 사인해주었다. 그리고 마지막으로 그 커다란 젖가슴 두 개를 손으로 받친 채 아가씨들을 향해 천고의 절창인 그 시를 낭송해주었다.

彼采葛兮   그가 칡을 캐고 있네.
一日不見   하루를 보지 못했는데
如三月兮!   석 달을 보지 못한 것 같네!

彼采蕭兮   그가 맑은 대쑥을 따고 있네.
一日不見   하루를 보지 못했는데
如三秋兮!   삼 년을 못 본 것 같네!

彼采艾兮   그가 약쑥을 캐고 있네.
一日不見   하루를 보지 못했는데
如三歲兮!   삼 년을 보지 못한 것 같네!

낭송과 동시에 설명을 곁들였다. 낭송이 끝나자 아가씨들은 처음에는 소리 없이 웃다가 나중에는 큰 소리로 마구 웃어대기 시작했다. 그리고 내가 했던 것과 똑같이 그 커다란 젖가슴을 손으로 받친 채 시를 낭송했다. 그러다가 결국에는 그 커다란 젖가슴을 손으로 받친 채 큰 소리로 반복해서 낭송하기 시작했다.

19「왕풍王風」에 속하며, 오랜 세월 불린 절창의 애정시.

하루를 못 봤는데 삼 년을 못 본 것 같네.

하루를 못 봤는데 삼 년을 못 본 것 같네.

하루를 못 봤는데 삼 년을 못 본 것 같네.

그리고 마침내 동쪽이 밝아올 무렵, 힘들게 지새운 섣달그믐날이 지나갔다. 아가씨들은 내 옷을 다 벗긴 다음 나를 잡아끌고서 안쪽 방 침대 위에 거꾸로 눕혔다.

유필

아가씨들의 선물

이 작품은 「노송魯頌」에 수록된 시로, 노 희공僖公과 여러 신하가 연회를 즐길 때 부르는 악곡이다.

有
駜

초엿새가 되었다.

며칠 조용했던 천당 거리는 다시 요란하고 번화해지기 시작했고 굳게 닫혀 있던 점포들의 자물쇠도 풀렸다. 꺼졌던 음식점들의 화로에도 다시 불이 지펴졌다. 설을 쇠러 고향집에 갔던 사람들도 이날 전부 천당 거리로 돌아와 새로운 번화함과 더불어 생계를 꾸리기 시작했다. 어젯밤에 너무 늦게 잔 탓인지 초엿새인 오늘은 정오가 다 되어서야 잠에서 깼다. 방 안에는 사람이 아무도 없었고 인기척도 느껴지지 않았다. 아가씨들 모두 각자 아침 일찍 자기 가게로 돌아갔겠거니 생각했다. 침대 위에서 잠시 뭉개다가 일어나 세수하고 화장실에서 나오는 순간, 뜻밖에도 열두 명의 아가씨들 모두 방 안에 서 있는 모습이 눈에 들어왔다. 모두들 옷을 단정히 입고서 엄숙한 모습으로 서 있었다. 경성의 대학에서 회의에 참석하는 대표들이 내 앞에 서 있는 것 같았다.

아가씨들은 머리 위에 각자 자신들의 옷가지를 접어서 만든 박사모를 하나씩 쓰고 있었다(솜씨들이 정말 대단해 진짜 박사모 같았다). 하나같이 내 졸업생들과 똑같은 모습을 하고 있었다. 얼굴에는 파스텔 톤의 미소가 번지고 있었다. 박사모 귀퉁이는 가느다란 철사와 구부러진 핀으로 고정되어 있었다. 전부 각이 진 상태의 박사모가 당당하고 광명정대하게 아가씨들 머리 위에 얹혀 있었다. 머리 위에 커다란 꽃이 한 송이 피어 있는 것 같았다. 방 안은 사방에 꽃향기로 가득했고 아늑하고 따스했다. 며칠 동안 창문을 열지 않은 집에서 나는 뭔가 썩는 듯한 냄새도 섞여 있었고 음식을 만들 때 나는 기름과 소금 냄새도 섞여 있었다. 그리고 아가씨들 몸에서 나는 특유의 젖비린내와 여자아이들의 경혈 냄새도 뒤섞여 있었다.

나는 화장실 입구에 서서 아가씨들의 머리에 얹혀 있는 박사모를 바라보고 있었다. 그녀들도 침대 앞에 여기저기 흩어져 선 채로 나를 바라보면서 웃기만 할 뿐 말은 하지 않았다. 초엿새의 햇살이 쏟아져들어와 절반은 팬티와 브래지어로 만들어진 화려한 박사모와 그녀들의 얼굴에 가득한 즐거움을 비춰주고 있었다. 아가씨들은 마치 곧 하늘로 날아오르려는 참새들 같았다.

내가 그녀들을 바라보며 말했다. "어허."

아가씨들이 웃으면서 말했다. "저희는 이제 졸업해요. 오늘 모두 일터로 가서 일할 생각이에요."

내가 말했다. "어허."

아가씨들이 말했다. "양 교수님, 집이 있는데도 돌아가지 않으시고 저희들과 함께 설을 보내주셔서 정말 감사해요. 사제이자 부부이며 부녀이자 애인들인 우리는 이제 헤어져야 해요. 저희가 함께 상의한 끝에 각자 오백 위안씩 교수님께 드리기로 결정했어요. 이는 교수님이 저희들에게 천당 거리를 떠나라고 주셨던 돈도 아니고 설을 쇠면서 세 뱃돈으로 백 위안씩 주신 돈도 아니에요. 우리가 헤어지기 전에 학생들이 선생님께 드리는 선물이자 마누라가 남편에게 건네는 용돈이며 딸이 아버지께 드리는 부양비예요."

내가 말했다. "어허."

아가씨들이 말했다. "저희들 모두 교수님께 드릴 말씀이 있어요. 각자 아주 작은 목소리로 한마디씩 할 거예요." 이렇게 말하며 사전에 미리 준비해두기라도 한 것처럼 모두들 일제히 나이가 가장 어린 아가씨에게로 눈길을 돌리자 가장 어린 아가씨가 오백 위안을 꺼내들고 내게 다가와서는 억지로 내 주머니에 돈을 쑤셔넣은 다음 내 어깨를 눌러 몸을 낮추게 했다. 그러고는 내 귀에 대고 현지의 방언과 표준어를 절반씩 섞어서 말했다. "양 교수님, 나중에 천당 거리에 오시면 꼭 저를 찾아주세요. 경성에서 오신 유명 교수님이시니까 돈은 한 푼도 받지 않고 서비스해드릴게요."

이어서 열일곱 살쯤 된 후난 아가씨가 다가와 내 주머니에 돈을 쑤셔넣고는 귀에다 대고 낮은 목소리로 한 무더기 말을 쏟아냈다. 그녀가 말했다. "예전에 저희 아버지가 중풍으로 병상에 누워 있는데다 심장병까지 있어 제가 하는 수 없이 밖에 나와 접대부 일을 해서 가족을 부양하고 있다고 했던 말은 거짓이었어요. 양 교수님, 저희 집은 아주 잘 살아요. 큰 집도 있고 트럭도 두 대나 있어요. 제가 접대부 일을 하는 건 다른 이유에서가 아니라 돈을 더 벌기 위해서예요. 저도 나중에 고향에 돌아가면 그런 업소를 차릴 생각이거든요. 양 교수님, 교수님은 학문이 높으시고 인품도 이렇게 훌륭하시니 나중에 천당 거리에 오시면 꼭 저를 찾아주세요. 평생 저를 찾으셔도 돼요. 평생 제게 돈을 쓰실 필요 없어요. 교수님이 쓰실 돈은 제가 다 벌어서 드릴게요."

나이가 열여덟 반인 쓰촨 아가씨는 내 주머니에 돈을 쑤셔넣고는 귀에다 대고 단 두 마디만 했다. 하나는 내가 경성 억양으로 시를 암송해준 게 너무 듣기 좋았다는 거였고, 다른 하나는 내가 시를 암송할 때 너무나 흥분돼서 그 짓을 할 때와 거의 같은 느낌이었다는 거였다.

또다른 아가씨는 내 주머니에 돈을 쑤셔넣고는 귀에다 대고 단 한마디만 했다. "앞으로 교수님이 보고 싶을 것 같아요. 제가 바로우산 첸스촌으로 교수님을 찾아가도 되겠죠?"

아가씨들은 가장 나이 어린 사람부터 가장 나이가 많은 사람까지 차례로 내 귀에다 대고 하고 싶은 말을 했다. 보건약품점에서 일하는 꾸이펀의 차례가 되었다. 그녀가 천천히 앞으로 한 걸음 나서 내 바로 앞에 섰다. 잠시 말이 없던 그녀는 오백 위안을 꺼내어 내게 내밀었다. 나는 그녀의 손을 한쪽으로 밀치면서 그 돈은 대학 들어간 동생 학비에 보태는 셈 치라고 했다.

그녀는 수중의 돈을 바라보면서 아무 말도 하지 않다가 다른 아가씨들처럼 억지로 내 불룩해진 주머니 속으로 쑤셔넣고는 내 귀에 입을 바싹 가져다대고는 귓속을 향해 가볍게 입김을 불어넣으면서 말했다. "오빠, 저랑 의남매를 맺는 게 어때요?"

이름이 잘 기억나지 않는 아가씨의 차례가 되었다. 그녀가 말했다. "양 교수님, 교수님은 제게 저희 아빠보다 더 잘해주셨어요. 교수님이 저의 양아버지가 되어주시면 안 될까요?"

마지막으로 내 귀에 대고 속삭인 아가씨는 씽얼이었다. 내 귀에 대고 작별을 고할 차례가 된 것이다. 그녀는 조심스럽게 좌우를 살펴보더니 살며시 다가와 내 어깨를 가볍게 누른 채 내 귓불을 자신의 입에 넣어 사탕을 깨물듯 살짝 깨물고는 낮은 목소리로 말했다. "교수님께 모두들 오백 위안씩 드리게 된 건 제가 그렇게 제안했기 때문이에요. 덕분에 교수님 주머니에는 육천 위안이 더 생기게 되었죠. 앞으로 천당 거리에 오시면 항상 저 씽얼을 찾아주세요. 다른 아가씨들은 찾지 마시고요. 아시겠죠?" 내가 고개를 끄덕이자 뒤로 한 걸음 물러서더니 나를 향해 큰 소리로 말했다.

"양 교수님, 앞으로 천당거리에 오시면 저희 열두 자매만 찾으셔야 해요. 다른 아가씨를 찾으시면 절대 안 돼요."

이때, 문 밖에서 때마침 발걸음 소리가 들려왔다(설을 쇠고 나서 디럭스 룸 앞에 우리 열세 명을 제외하고는 처음 울리는 타인의 발걸음 소리였다). 발걸음 소리는 무척이나 무겁고 느렸다. 화장실을 청소하는 사람 같기도 하고 복도 위로 물건을 나르는 사람 같기도 했다. 우리는 모두 새로 다가온 한 해가 이제 막 시작되었다는 것을 알았다. 학문을 해야 할 사람은 바러우산이 있는 곳으로 올라가 학문을 해야 하고, 접대부 일을 해야 하는 사람들은 천당 거리에 있는 각 업소로 돌아가 접대부 일을 해야 했다. 모두가 소리를 모아 큰 소리로 시구를 암송했다. "하루를 보지 못했는데, 석 달을 보지 못한 것 같네. 하루를 보지 못했는데, 석 달을 보지 못한 것 같네." 그러고 나서 각자 헤어져 돌아갔다.

제8권 풍아송 風雅頌

너무나 뜻밖에도 링쩐이 설을 쇠면서 갑자기 세상을 떠났다.

초엿새에 바러우산맥 첸스촌에 돌아온 나는 때맞춰 그녀의 장례에
참석할 수 있었다.

아가씨들로 하여금 천당호텔을 떠나게 한 다음 계산을 마치고 짐을
챙긴 나는 공중전화를 찾아 스촌의 촌장 집으로 전화를 걸었다. 전화
가 연결되자 내가 말했다. "스촌의 촌장님이신가요?"

그가 말했다. "누구시오?"

내가 답했다. "저는 칭옌대학 총장입니다."

그가 말했다. "칭옌대학이라고요? 우리 마을의 양커 선생이 그 대학
에 교수로 있지요. 양커 아시죠?"

"바로 그 양커 교수 일로 촌장님을 찾은 겁니다. 양 교수는 저희 대
학의 훌륭한 학자이자 고전문학 전문가로서 『시경』 연구의 권위자이

지요. 그가 황하 유역인 바러우산맥 일대에서 『시경』의 기원과 창작을 고찰하기 위해 작년에 첸스촌에 가서 몇 달간 머물렀던 적이 있습니다. 올해도 저희 대학에서는 설을 쇤 다음에 양 교수를 다시 고향에 보내어 연구와 고찰을 계속하도록 할 계획입니다. 중국의 위대한 전통문화를 위해 촌장님과 마을 주민들께서 양 교수를 많이 도와주셨으면 합니다."

"양커 씨가 곧 돌아온다고요? 그렇다면 좀 빨리 보내주세요. 우리 마을에 사람이 하나 죽었는데 서둘러 달려오지 않으면 매장을 할 수가 없어요."

"아마 이번에 첸스촌에 가면 오랫동안 머물게 될 겁니다. 일이 년에서 삼 년 아니면 오 년이 될 수도 있습니다."

"그가 오늘 집에 도착할 수 있을까요?"

"오래 머물러야 하는 건 주로 그의 연구 과제가 굉장히 복잡하기 때문이지요. 그 가운데 한 항목은 대략적인 윤곽을 잡는 데만 일 년 반 정도 걸릴 겁니다."

"총장님, 그렇다면 그를 오늘 당장 보내시는 게 가장 좋아요. 늦어도 내일까지는 도착해야 합니다. 그게 어려우시면 그에게 전해주세요. 그가 마을에 살 때 연인이었던 링쩐이 자살했다고요. 양커 씨가 서둘러 돌아오지 않으면 우리는 링쩐을 안장할 수가 없다고 말입니다."

링쩐은 소리 없이 조용히 세상을 떠났지만 나는 요란하게 첸스 촌으로 돌아왔다.

황혼까지는 아직 약간의 시간이 남아 있었다. 햇빛은 하룻밤 지난 찻물처럼 흐리기만 했다. 산맥에는 겨울을 넘긴 적설이 아직 그늘진 산언덕에 하얗고 차갑게 껍질이 한 겹 덮인 채 쌓여 있었다. 날씨가 조금 추운 것 같기도 하고 조금 따스한 것 같기도 했다. 솜외투를 입은 사람도 있고 얇은 겹저고리 하나만 입고 산언덕을 지나가는 사람도 있었다.

나는 해가 서쪽에 걸려 있을 때 서둘러 마을로 돌아왔다. 멀리 마을 어귀에 쳐놓은 영붕과 마을 입구 나무에 걸린 (깃발 같은) 번*이 눈에 들어왔다. 그리고 영붕 앞에서 악대가 불어대는 샤오나와 주샤오**의 흐릿하고 처량한 소리가 눈처럼 누렇게 들려왔다. 구릿빛 음악과 흰 음조가 영붕 쪽에서 흘러나와 산등성이에 잠시 머물다가 멀리 날아갔다.

슬픈 음악을 들으니 마음이 약간 떨렸다.

영붕을 보니 마음이 몹시 흔들렸다.

마을 어귀로 향하는 길 위에 서서 잠시 머뭇거리다가 영붕을 향해 걸어가려 하는 차에 아이 하나가 나무 위에서 기어내려와 소리쳤다. "양 선생님이 돌아오셨어요. 양 선생님이 돌아오셨어요."(나무 위에 기어올라간 건 내가 돌아오는지 살펴보기 위해서였던 것 같다.) 아이는 달리면서 계속 소리쳤다(내가 예전에 시험을 잘 보라고 머리를 쓰다듬어주었던 비쩍 마른 아이였다). 목소리는 무척이나 우렁찬데 몸은 비실한 게 영 어울리지 않았다. 아이는 소리를 지르며 영붕까지 달려가서는 촌장의 팔을 잡아끌며 말했다(촌장은 쉰이 넘은 나이에 몸에 군용 외투를 걸치고 있었다. 하얀 센머리는 약간 짧은 편이고 얼굴과 말투에는 활기가 넘쳤다). "촌장님, 양 선생님이 돌아오셨어요." 촌장은 약간 놀란 듯한 표정이었다. 아이가 말했다. "양 선생님이 길 어귀에 도착하셨어요." 촌장이 고개를 들고 대들보 위쪽을 바라보았다. 아

● '영붕靈棚'은 영구를 안치해 두는 천막을, '번幡'은 상갓집 앞에 내거는 새 깃발을 가리킴.
●● '샤오나嗩吶'는 우리나라의 태평소와 비슷한 악기를, '주샤오竹簫'는 대나무 통소를 가리킴.

이가 말했다. "양 선생님이 곧 마을에 들어서실 거예요." 촌장은 아이가 말하는 양 선생님이 칭옌대학의 나라는 사실을 생각해내고는 어깨를 툭툭 털면서(연극 무대에서 장군이 곧 막사 밖으로 나서려고 준비하는 것처럼) 나를 마중하기 위해 마을 입구로 발걸음을 옮겼다.

　나는 영붕 쪽을 향해 걸음을 재촉했다.

　나보다 몇 걸음 앞서 도착한 촌장이 영붕 앞에서 나와 악수를 나눴다. 내가 말했다. "촌장님, 안녕하세요." 그가 말했다. "양커 선생, 선생네 대학의 총장님께서 직접 전화를 주셨습니다." 내가 말했다. "링쩐이 어쩌다 이렇게 갑자기 세상을 떠나게 된 건가요?" 그가 말했다. "걱정 마십시오. 국가를 위한 일이니까요. 저희는 양 선생님께 잘 협조하면서 선생님의 연구과 고찰이 잘 진행되도록 지원할 겁니다. 게다가 스촌은 선생님의 고향이 아닙니까."

　내가 말했다. "링쩐이 어쩌다 이렇게 갑자기 세상을 떠났나요?"

　촌장이 말했다. "정말 아까운 나이였지요."

　내가 물었다. "대체 왜 그런 거죠?"

　촌장이 말했다. "혼자 남은 열 몇 살 된 딸이 가장 불쌍하게 됐어요."

　그러고 나서 촌장은 내 손에서 짐을 받아들고는 나를 안내하여 영붕 아래쪽으로 내려갔다. 영붕은 나무 장대 몇 개를 세운 다음 그 위에 범포를 얹어 만든 것이었다. 범포에서 나는 칠 냄새가 코를 찔렀다. 막 공장에서 생산되어 나온 듯했다. 범포 아래에 마련해놓은 두 개의 긴 나무걸상 위에 링쩐의 검은 관이 놓여 있고, 관 앞의 작은 탁자 위에는 사과와 만두, 요우자* 등 세 가지 제물이 접시에 담긴 채 놓여 있었다(향촉도 세 개 놓여 있었다). 제물이 차려진 작은 탁자 다리에는 흰색 작

* 油炸. 밀가루 반죽을 기름에 튀긴 음식.

370

은 대련이 붙어 있었다. 상련에는 '마음과 힘을 다하여 고단하게 살다 가다'라고 쓰여 있고, 하련에는 '집으로 돌아가는 길이 끝까지 평안하기를'이라고 쓰여 있었다. 영봉 밖의 커다란 기둥에도 흰 종이에 쓴 큰 대련이 붙어 있었다. 상련에는 '너를 위하고 나를 위하고 그를 위하고 국가를 위하다'라고 쓰여 있고, 하련에는 '흙에서 와서 흙으로 돌아가 집에 가듯 흙에 묻히다'(약간 재미있는 표현이었다)라고 쓰여 있었다. 나는 영봉 앞에 멈춰서 먼저 작은 대련을 읽은 다음 다시 큰 대련을 읽어보았다. 내가 대련을 읽으면서 민망하다는 듯이 웃는 것을 본 촌장이 말했다. "농촌에는 문화가 없지요. 뭐든지 대충 하기 때문에(실은 무척이나 신경을 쓴 것이다) 이렇게 아무렇게나 써붙이고 있습니다. 그냥 성의만 보이는 게지요."

내가 말했다. "그녀가 초나흘에 자살을 한 건가요?"

촌장이 말했다. "이 대련은 모두 어린 학생들이 쓴 겁니다."

내가 말했다. "아주 잘 썼네요."

촌장이 말했다. "초나흘 한밤중에 죽었습니다."

그러고는 나를 관이 있는 곳으로 안내했다.

샤오나 소리가 멈추자 영봉 안은 무척 조용했다. 차가운 바람 소리와 뜨거운 햇빛 소리뿐이었다. 샤오나를 불던 젊은이들은 담배를 피거나 차를 마셨다(술을 홀짝이는 사람도 있었다). 확실히 낯선 눈빛으로 나를 바라보면서도, 마치 예전부터 잘 알고 지내던 사람들처럼 모두가 나를 향해 고개를 끄덕였다. 관 주위 땅바닥에는 두텁게 밀짚이 깔려 있었다. 열 명 내지 스무 명 남짓 되어 보이는 효자°들이 땅바닥에 무릎을 꿇고 앉아 나를 쳐다보았다(마치 내가 수업에 들어갈 때 교실 안

● 孝子. 친상親喪중인 상제.

의 학생들이 고개를 돌려 나를 바라보는 것 같았다). 나를 응시하는 그들 대부분의 눈에 눈물이 보이지 않았다. 그저 관 맨 앞에 무릎을 꿇고 있는 열예닐곱 살쯤 되어 보이는 소녀의 얼굴에만 망연자실한 슬픔이 묻어나왔다. 그녀는 고개를 숙인 것 같기도 하고 든 것 같기도 한 내 얼굴을 빤히 쳐다보았다. 내 얼굴에 달린 눈과 코와 입을 전부 제 눈 속에 새겨두려는 것 같았다(그녀를 알 것 같기도 하고 첸스촌에서 한 번도 만난 적이 없는 것 같기도 했다. 모르는 사이 같은데도 익숙한 두 눈이 따뜻한 느낌을 주었다). 나를 잠시 쳐다보던 그녀가 관 앞에서 일어나면서 말했다. "양커 아저씨죠?" 나는 약간 어리둥절해하면서 그녀를 향해 고개를 끄덕였다. 촌장이 다가와 말했다. "이 아이는 링쩐의 딸 샤오민입니다. 아직 서로 만난 적이 없으시지요?"

나는 샤오민 앞에 멈춰 섰다.

샤오민이 나를 바라보며 쓸쓸하게 웃었다.

내가 다가가 마치 아버지라도 되는 양 손을 들어 그녀의 머리를 어루만졌다.

이 손길에 아이의 눈에서 눈물이 쏟아지기 시작했다. 황급히 손을 내밀어 아이의 얼굴에 흐르는 눈물을 닦아주었다(눈물을 닦아주면서, 절대로 그래선 안 되지만, 천당 거리의 여자애들이 생각났다). 그러고는 아무 말도 하지 않은 채(무슨 말을 해야 할지 몰랐다) 다시 촌장을 따라 관 근처로 걸음을 옮겼다.

눈길을 돌려 관 앞에 이르니 관 뚜껑이 완전히 닫히지 않고 약간 벌어져 있는 게 눈에 띄었다(망자가 숨을 쉬게 하기 위해서인가?). 그리고 틈 안에는 붉은 마를 꼬아 엮은 줄이 끼워져 있었다(음계와 양계를 단절시켜 망자가 시신을 보고 놀라 양계로 뛰어들어오는 것을 막기 위한 것이다. 이천여 년 전에 쓰인 『시경』에도 이처럼 죽은 이를 애도하는 만시挽詩가 있다). 촌장이 내 옆에 서서 링쩬의 관 뚜껑을 살짝 움직이자 관 속에 누워 있던 링쩬의 머리가 환한 빛 속에 모습을 드러냈다. 그녀는 늘 입고 다니던 양털 스웨터 대신 검정색 비단에 수를 놓은 수의를 입고 있었다. 수의의 모든 옷깃은 금색 비단으로 쌓여 있고 (도금을 한 것 같았다), 모든 주머니 입구에는 푸른색 단추가 달려 있었다(옥석 같았다). 옷의 모든 솔기는 (아주 섬세하고 가지런하게) 손바느질을 한 것이었다. 옷깃은 모두 금빛 테를 두른 채 세워져 있었고 (이상할 정도로 가지런했다) 세워진 옷깃 윗부분에는 노란색 국화가 수놓여 있었다(너무나 아름다웠다). 가슴 부위에는 아주 커다란 흰 목련 몇 송이가 수놓여 있었다(진짜 꽃처럼 생동감이 있었다). 비단으로 된 검은색 수의가 빛나고 수실이 반짝여, 관이 사방에 불 켜진 집 안에 놓여 있는 것 같았다. 바로 그 찬란한 빛 속에서 링쩬이 하얗게 수놓인 금빛 베개를 베고 있었다. 얼굴은 흰색 면수건으로 가려져 있고, 머리카락은 가지런하게 빗겨져 베개와 어깨에 늘어져 있었다(머리 곁에 씽얼이 보여주었던 장방형 홍옥 장식함은 놓여 있지 않았다). 촌장이 관 뚜껑을 열고 조심스럽게 링쩬 얼굴을 덮고 있던 흰 수건 한쪽을 벗겨냈다(미풍처럼 가벼운 동작으로 천천히 흰 수건을 벗겼다. 링쩬의 얼굴이 갑자기 양지에 노출되어 햇빛에 화상을 입을까 두려워하는 것 같았다). 덮개를 천천히 위로 들어올리자, 약간 파랗게 변한 링쩬의 얼굴과 이마가 차례로 드러나더니 이어서 눈썹과 (반쯤 감긴) 눈, 그리고 전과 다름없이 반쯤 누운 것 같기도 하고 반쯤 오뚝하게 솟은 것 같기도 한 코가 모습을 드러냈다(마치 촌장이 하나하나 신비한 장막을 여는 것 같았다). 마침내 링쩬의 얼굴이 삼분의 이쯤 드러났다(이

때 영붕 안은 아무 소리도 없이 조용하기만 했다. 모든 사람이 숨을 죽이고 있었다. 무릎을 꿇고 있는 사람 중에 누군가 저린 다리를 조금 움직였는지 바닥에 깔린 밀짚이 사각거리는 소리와 바람에 나뭇가지가 부러지는 우두둑 소리가 요란하게 울렸다). 이때 촌장이 손을 어색하게 허공으로 들어올린 채 공연의 가장 중요한 순간을 응시하는 관객처럼 고개를 들어 나를 바라보았다.

"보셨지요? 양 교수님."

(죽고 난 뒤의 링쩐의 모습을 보자 마음 한구석이 몹시 허전했다. 그늘진 산비탈의 눈처럼 막막했다. 한줄기 서늘한 바람이 관에서 불어와 내 몸을 덮치는 순간 온몸이 몹시 떨렸다.)

"링쩐의 안색이 좋아 보이네요. 양 교수님이 돌아오시니 링쩐 얼굴이 붉어진 것 같습니다."

(옆에 있던 몇몇 사람들이 나와 마찬가지로 관에 바짝 붙어 안을 들여다보았다.)

"양 교수님이 제때 돌아오셨으니 내일은 안장할 수 있겠네요. 이제 링쩐도 편히 묻힐 수 있게 되었습니다."

(촌장이 뭔가 다른 말을 더 한 것 같기도 하지만 자세히 듣지는 못했다.)

"교수님께 상의드릴 일이 한 가지 더 있습니다. 양 교수님, 이 일은 장례의 금기이긴 하지만 링쩐이 생전에 바라던 일입니다. 양 교수님이 그녀의 소원을 들어주신다면 그녀는 더이상 바랄 게 없을 겁니다."

나는 고개를 들어 촌장의 얼굴을 쳐다보았다. 약간 흥분한 중년 인물의 수채화를 보는 것 같았다(내가 촌장을 쳐다볼 때, 그 자리에 무릎을 꿇고 앉아 나를 바라보는 샤오민의 모습이 눈에 들어왔다. 그 눈 속

374

에서 마치 가뭄에 물을 기다리는 듯한 아득한 갈망이 느껴졌다).

"이만 가자." 촌장이 외투 어깨를 툭툭 털면서 고개를 돌려 샤오민에게 말했다. "너도 집에 잠시 다녀와야 하잖아." 샤오민이 다시 몸을 일으키자 촌장이 눈길을 내게로 옮겼다. "이 일은 링쩐의 집에 가서 얘기하기로 하죠. 향장님과 샤오민의 넷째 할아버지가 양 교수님이 돌아오시기를 기다리고 계십니다. 샤오민의 넷째 할아버지는 초조한 마음에 양 교수님이 오시는지 보느라 하루에도 팔백 번씩 대문을 들락거리셨지요."

촌장이 손에 들고 있던 손수건으로 다시 반쯤 파래진 링쩐의 얼굴을 덮었다. 제대로 덮이지 않자 두 손을 관 속으로 뻗어 손수건 양쪽 끝을 잡아당겨 바르게 정리한 다음, 관 뚜껑을 다시 원래의 위치로 돌려놓았다(여전히 손가락만 한 넓이의 틈을 두어 관 속으로 공기가 통하게 했다). 그러고는 고개를 들어 나를 쳐다보았다. 내 의견을 구하는 것 같기도 하고 또 당연한 듯이 내게 분부를 내리는 것 같기도 했다. "이 일은 여기서 얘기하기에는 적절치 않으니 링쩐 집으로 가서 얘기하기로 하죠. 그녀의 집에 가서 보셔야 할 방이 있습니다. 양 교수님께서 꿈에도 생각지 못하셨을, 아니 누구도 생각지 못했을 방 안의 물건들과 배치를 보셔야 합니다." 그러면서 촌장은 내 팔을 끌고 영붕 밖으로 나왔다. 나를 영붕 안에 한 번 들어가보게 한 게 일종의 의식이자 과정인 것 같았다. 링쩐의 모습을 보지 않으면 절대로 안 되는 듯했다. 일단 보았으면 그것으로 끝이다. 이미 지난 일이니 다음 순서를 진행해야 했다.

영붕을 나서니 몇 걸음 먼저 나온 샤오민이 밖에서 나를 기다리고 있었다. 뒤의 시선들이 모두 우리를 쫓고 있었다. 연극의 막이 오르고 연기자들이 징과 북 소리에 맞춰 등장하기만을 기다리고 있는 것 같았다(나는 자신도 모르는 사이에 무대에 올라와 있었다). 샤오민과 촌장을 따라 마을을 향해 몇 걸음 걷지 않았을 즈음, 뭔가 생각난 듯 촌장이 갑자기 걸음을 멈추고는 고개를 돌려 뒤에서 나를 바라보던 시선들을 향해 매섭게 질책을 했다. "어서 곡을 해야지. 곡을 하지 않고 뭣들 하는 거야. 샤오나도 불어. 샤오나를 안 불 거라면 뭐하러 너희들을 데려왔겠어."

아이고아이고 하며 다시 영붕 안의 곡소리가 큰 소리로 울리기 시작했다. 누군가 곡을 하면서 말했다. "링쩐 언니, 언니는 운명도 참 기구하구려. 겨우 몇 년 살 만하다 싶었는데 이렇게 떠나다니. 왜 이렇게 생각이 모자라는 거야? 사람이 왜 이렇게 바보 같아, 링쩐 언니." 또다른 사람이 말했다. "링쩐 아주머니, 어떻게 이렇게 떠나실 수 있어요. 좋은 날만 남았는데 어떻게 이렇게 좋은 날들을 저버리고 가실 수 있는 거예요."

악대도 취주를 시작했다. 악대가 연주한 곡은 장송곡 중에서도 가장 처량하고 슬픈 「대출빈大出殯」이었다. 구리 악기를 연주하는 소리는 링쩐의 수의가 바람에 날리듯 차갑고 검게 빛났다. 듣는 사람들은 그 음악을 따라 또다른 세상을 향해 가는 것 같았다. 이 음악에 나도 『시경』 「진풍」에 나오는 '황조'[20] 시의 첫 세 단락 열여덟 행 서른여섯 구절이 생각났다. 바로 황하 강변 바러우 사람들의 장례의 슬픔을 세밀하게 묘사한 작품이다.

---

20 이 시는 기원전 621년, 진 목공穆公이 죽자 산 사람들을 함께 순장시킨 사건을 묘사하고 있다. 순장된 177명 가운데는 진 나라의 충신인 차車씨 집안의 식솔인 엄식奄息과 중행仲行, 침호鍼虎도 포함되어 있었다. 이에 진나라 사람들은 이 세 충신의 죽음을 애도하면서 비통한 마음으로 이 시를 지었다. 비참함과 슬픔이 읽는 이들로 하여금 모골이 송연하게 한다.

꾀꼬리 꾀꼴꾀꼴 울며 대추나무에 앉아 쉬고 있네.

누가 목공과 함께 갈 것인가? 자차子車 집안의 엄식이로구나.

이 엄식이란 사람은 혼자서 능히 백 명의 적을 상대할 수 있는 용사라.

그의 무덤에 가까이 가니 놀라서 온몸에 전율이 흐르네.

아, 하늘이여. 훌륭한 사람은 하나도 남기지 않는구나.

그의 목숨을 구할 수 있다면 백 사람과도 바꿀 수 있네.

나는 안장을 위한 시인 '황조'를 암송하면서 방금 그곳에 서서 보았
던 링쩐의 모습을 회상했다. 하지만 영붕과 악대, 효자, 관, 수의 등은
생각이 났지만(보였지만), 관 속에 누워 있던 링쩐의 모습은 갑자기 전
혀 생각나지 않았다. 한참이 지나도 떠오르지 않았다. 해가 진 깜깜한
하늘의 구름처럼 흐릿하기만 했다. 그녀의 생전의 모습과 사후의 모
습, 수의를 입고 흰 수건에 덮인 모습이 완전히 내 머릿속에서 흐려져
있었다. 바닥에 쏟아진 국수 삶은 물처럼 끈적끈적하기만 했다.

다시 영붕으로 돌아가 링쩐의 얼굴을 자세히 보고 싶은 생각이 간절
했다.

촌장이 말했다. "효자들이 많지 않은 것은 주로 그녀의 남편인 쑨린
의 집안에 자손이 왕성하지 못하기 때문입니다."

나는 줄곧 고개를 영붕 쪽으로 향한 채 미동도 하지 않았다.

촌장이 말했다. "하지만 링쩐은 생전에 대인관계도 좋고 돈도 많았
어요. 그래서 악대도 바러우산맥에서 가장 좋은 악대로 불러왔습니다.
며칠 전, 현의 국장님 한 분이 돌아가셨을 때도 이 악대가 가서 연주
했죠."

영붕 쪽에서 고개를 돌려보니 샤오민은 이미 마을 골목 중간까지 걸

어가 있었다.

(걸음걸이가 씽얼과 약간 비슷했다. 걸음마다 활기가 넘쳤다.)

"가시지요." 촌장이 말했다. "향의 장 향장님(우리 학교의 총장과 같은 성이었다)은 상당한 실력자로서 저와 사이가 아주 좋습니다. 하지만 아무리 사이가 좋아도 집에서 오래 기다리게 할 수는 없겠지요."

나는 다시 촌장을 따라 골목의 가파른 돌계단을 올라 링쩐 집으로 향했다.

링쩐 집도 영붕과 마찬가지로(사실은 좀 달랐다) 사람들의 출입이 끊이질 않았다. 밥 짓는 사람도 있고 음식 만드는 사람도 있었다. 내일 있을 출상을 위해 조화帛花와 종이로 만든 금산金山, 은산銀山, 동남童男 그리고 잘 자른 각종 지전紙錢을 준비하는 사람들도 있었다. 한쪽에서는 한창 은종이로 원보元寶와 마지막으로 관에 넣을 선물과 부장품들을 준비하고 있었다. 모든 사람이 장례 준비로 바쁘게 돌아치는 분위기가 회의장처럼 혼란스럽고 떠들썩했다. 촌장을 따라 마당 안으로 들어서자 입구에서 사람들에게 담배를 나눠주던 넷째 아저씨가 약간 어리둥절한 표정을 지으며 내게 말했다. "오, 왔나? 상당히 빨리 도착했군!" 획 소리와 함께 거의 모든 사람이 고개를 돌리자 금세 소란하던 분위기가 잦아들었다. 갑자기 무대 위 악대의 현이 끊어지고 북이 찢어지면서 창을 하던 배우가 하는 수 없이 창을 중단한 것 같았다.

해는 이미 조용히 서쪽으로 가라앉고 있었다. 마을 어귀에서는 여전히 메마른 곡소리와 축축한 음악 소리가 들려왔지만, 링쩐 집의 울림과 고요함은 음악이 벽에 부딪힌 것처럼 서로 어울리지 못하는 움직임과 조용함이었다. 모두들 마당 한가운데에 앉았다. 촌장이 향장에게 나를 소개했다. "이분은 경성 칭옌대학의 명교수이자 유명인사이며 대단한 권위자로서, 전 세계에서 『시경』을 아는 사람이라면 누구나 다 아는 양 교수님이십니다." 그러면서 또 내게 물었다. "『시경』은 대체 어떤 책인가요?" 이어서 내게 향장을 소개했다. "이분은 장 향장님이십니다. 링쩐의 장례를 위해 특별히 향에서 이 산골을 찾아오셨지요. 또한 교수님과 링쩐의 출빈에 관해 상의하기 위해 특별히 향에서 와주신 겁니다." 우리는 서로 악수를 나누고 고개를 끄덕이면서 인사를 주고받았다. 내가 한 손으로 향장의 손을 잡고 말했다. 나중에 경성에 오실 일이 있으시면 저를 찾아주십시오. 향장이 두 손으로 내 한 손을 잡으며 말했다. "알겠습니다. 그렇게 하지요. 경성은 수도가 아닙니까. 저는 아직 수도에 가보지 못했습니다."

그가 내게 물었다. "경성은 얼마나 큰가요?

양 교수님 댁은 어디에 있나요?

사모님도 대학 교수님이시지요?

언젠가 꼭 경성으로 양 교수님을 찾아뵙도록 하겠습니다. 한번 꼭 댁으로 찾아가지요. 호텔은 비싸니 양 교수님 댁에서 먹고 자도록 하겠습니다. 우리 산맥의 간부나 기층 간부, 그리고 대단한 인물들도 일단 경성에 가면 경성 사람들이 뀌는 방귀만도 못하겠지요." 그가 또 말했다. "앉으시죠, 양 교수님. 날이 너무 늦었으니 본론부터 얘기하도록 하겠습니다. 샤오민과 그애의 넷째 할아버지에게서 링쩐의 죽음에 관해 들어보시지요." 다들 줄곧 옆에서 기다리고 있던 샤오민과 넷째 아저씨에게로 시선을 옮겼다. 넷째 아저씨는 링쩐의 장례비를 관리했다. 채소를 사고 고기를 구입하고, 술을 들여오고 담배를 나눠주는 등 모든 지출이 모두 그의 손을 거쳐 이뤄졌다. 향장은 그와 샤오민에게 링쩐이 죽게 된 경과를 얘기해달라고 부탁했다. 그때 그는 마당에 놓인 작은 탁자에 몸을 기댄 채 그날 지출한 비용과 장부의 항목을 계산하고 있었다. 향장의 말을 듣고 황급히 몸을 돌린 그는, 촌장의 얼굴을 한 번 쳐다보고는 샤오민을 내 앞으로 살짝 밀었다.

촌장이 말했다. "샤오민, 네가 얘기해보거라."

넷째 아저씨는 몸을 똑바로 세우면서 엉덩이에 깔고 있던 의자를 우리 쪽으로 잡아당겼다. 그리고 어디선가 의자를 가져와 샤오민을 내 맞은편에 앉게 했다. 이리하여 나와 향장, 촌장이 두 사람과 함께 작은 원을 이루어 앉게 되었다. 넷째 아저씨가 고개를 들어 잠시 하늘을 바라보면서 말했다. "샤오민, 곧 식사시간이니 긴 얘기를 짧게 줄여서 아주 상세히 다 말씀드리도록 하거라. 양커 아저씨가 잘 알아들으실 수 있도록 말이다." 샤오민이 또다시 뭔가를 갈구하는 듯한 눈빛으로 나를 바라보며 말했다. "양커 아저씨, 저는 엄마도 안 계시고 아버지도 안 계세요. 아저씨께서 저를 비웃으셔도 상관없어요. 제가 무슨 말씀을 드려도 마음에 두진 마세요. 양커 아저씨, 제 이야기를 듣고 화내실 건가요?" 그녀가 고향 사투리를 잔뜩 써가며 내게 물었다. "전부 생각지도 못한 일들이었어요. 전에는 도시에서 설을 쇠시던 엄마가 올해는 마을로 돌아와 설을 쇠기로 하셨어요. 할머니 댁에 있던 저도 마을로 데려오셨죠. 양커 아저씨, 아저씨는 밖에서는 교수님이지만 고향에 돌아오면 이곳 마을 사람이니, 향장님과 촌장님 앞에서 솔직하게 말씀드릴게요. 사실 엄마가 마을로 돌아와 설을 쇠게 된 건 순전히 아저씨를 만나기 위해서였어요. 지난 일은 말씀드리지 않아도 다 아실 거예요. 저희 엄마와 양커 아저씨는 약혼한 사이셨잖아요. 단지 양커 아저씨께서 경성에 가서 공부하시고 지위가 높아지자 두 분의 혼사는 적당하지 못한 게 되고 말았지요. 두 집안이 서로 어울리지 않았으니까요. 제가 쑨씨 집안의 자손으로서 이런 말을 해서는 안 되겠지만, 부모님 모두 돌아가셨으니 이젠 얘기해도 괜찮을 것 같아요. 보세요. 저희 아버지는 결혼한 적이 있는데다 나이도 엄마보다 열두 살이나 많았어요. 그러니 엄마도 아버지에게 시집오지 말았어야 했지요.

그런데도 엄마는 시집을 오셨어요.

뭣 때문이었을까요? 다름아니라 첸스촌으로 시집오면 양커 아저씨와 가까운 곳에서 살 수 있기 때문이었어요. 아저씨 가족들을 만날 수도 있고 경성에 계신 아저씨의 근황과 소식을 전해들을 수 있으니까요. 바로 이 때문에 엄마는 자기보다 열두 살이나 많은데다 결혼했던 경력도 있는 저희 아버지에게 시집을 왔던 거예요. 엄마는 시집와서 그런대로 잘 지내셨어요. 아버지에게도 잘하셨고요. 양커 아저씨의 아버지인 저희 둘째 할아버지께도 알뜰하게 마음을 쓰셨죠. 아저씨는 경성에 계셔서 모르시겠지만 둘째 할아버지께서 살아계실 때, 매년 겨울마다 엄마가 솜신발 한 켤레씩을 지어서 가져다드리곤 했어요. 솜신발 안에 들어간 건 솜이 아니라 전부 양털과 토끼털이었어요."

넷째 아저씨가 말했다. "양커야, 네 아버지 두 발은 평생 큰 복을 누렸다. 네 아버지가 돌아가셨을 때도 링쩐은 양털 신발을 한 켤레 지어 관 속에 넣어줬단다."

"저희 엄마에게는 양커 아저씨께 시집갈 수 있는 운명이 주어지지 않았나봐요." 샤오민이 말했다. "하지만 엄마는 양커 아저씨 아버님께 며느리로서의 책임을 다하셨어요."

"그렇다고 링쩐이 남편에게 충실하지 않았다고 할 수 있을까?" 넷째 아저씨가 자문자답했다. "더없이 잘했지. 자식을 낳아주고 집안을 일으켰을 뿐만 아니라 쑨린이 차사고를 당했을 때는 이미 죽은 쑨린 머리를 품에 안고 자신도 죽이라며 차로 달려들었지. 어린 자식과 과부만 이 세상에 남겨두지 말고 차라리 자신도 쑨린과 함께 데려가라며 통곡했어. 나중에 샤오민이 땅바닥에 무릎 꿇고 제 어미에게 울지 말라고 애원하고 나서야 링쩐도 간신히 울음을 멈췄지."

넷째 아저씨가 말했다. "이래도 링쩐이 남편에게 못했다고 말할 수 있겠나?

모든 면에서 부족함 없이 아주 잘했지." 넷째 아저씨가 말했다. "정말 부족한 게 없었어."

샤오민이 말했다. "하지만 나중에 아버지를 묻을 때, 풍속에 따라 아버지를 병으로 먼저 세상을 떠난 아내와 함께 안장한 뒤로 엄마는 전과 사뭇 달라졌어요. 엄마는 아버지가 자신의 남편이 아니라 먼저 돌아가신 부인의 남편이라고 생각했어요. 자신과는 더이상 한가족이 아니라고 단정한 엄마는 아버지와 함께 기거했던 안채에서 나와 남쪽에 있는 이 두 칸짜리 곁채에 머물렀어요." 말을 하면서 샤오민은 고개를 돌려 뒤쪽에 있는 곁채를 쳐다보았다. 잠시 말을 멈춘 그녀는 다시 한 번 이미 해가 진 하늘을 바라보고는 급제동을 걸듯이 말했다. "저희 엄마는 그 방에서 여섯 달 남짓 머물렀어요. 그러고는 공부하라고 저를 할머니 댁에 보내놓고 엄마는 성내에 나가 장사를 했지요. 처음에는 채소를 팔다가 나중에는 훈툰°이나 교자를 팔았어요. 그뒤에는 가게를 빌려 위시옌이라는 음식점을 열고 직접 주방에서 음식을 만들어 손님들 상에 나르는 일까지 도맡아 했지요. 밤에는 우씨 성을 가진 뚱보에게 가게를 보라고 맡겼더니 뜻밖에도 악랄한 우씨가 엄마가 이 년 동

● 餛飩. 아주 얇은 피에 소를 넣어 빚은 쟈오즈의 일종.

안 모은 돈을 전부 훔쳐가버렸어요. 경찰이 사흘이나 조사했지만 우씨에게서 그 돈을 찾아내지는 못했지요. 지금도 그 우씨는 현성에서 마음껏 먹고 마시며 잘 살고 있어요. 전부 위시엔에서 훔친 돈 덕분이지요. 이 일이 있고 나서 엄마는 한차례 호되게 병치레를 했고, 병이 나은 다음에는 다시 털고 일어나 가게 이름을 위시엔에서 바러우주가로 바꿨어요. 그때부터 간신히 조금씩 돈을 모으기 시작해 어느 정도 돈을 모으셨지요. 그래서 오늘날 이런 장사를 할 수 있고 이런 집을 갖게 된 거예요.

그리고 바로 그때쯤 양커 아저씨께서 경성에서 돌아오셨어요.

엄마는 양커 아저씨께서 마을에서 설을 쇠실 거라고 생각하고 당신도 설을 쇠기 위해 성내에서 마을로 돌아오셨어요. 하지만 엄마가 돌아오시던 날, 하필 양커 아저씨께서는 설을 쇠러 가신다며 성내에서 차를 타고 경성으로 떠나셨잖아요. 설 직전에 촌장님께서 확성기로 양커 아저씨에게 서둘러 돌아오라고 한 칭옌대학 총장의 지시를 전할 때, 마침 엄마도 서둘러 집으로 돌아오시던 길이라 마당에서 나는 확성기 소리를 들으셨어요. 그런데 초사흘에 외지에서 친척을 만나러 온 분이 있었어요. 천당 거리 어느 가게에서 청소와 야채 다듬는 일 등 잡일을 해주는 분이었는데, 엄마하고는 성내에서 알게 된 분이라 마을 입구에서 우연히 만나 얘기를 나누게 되었죠. 그분이 초이틀에 천당 거리에서 양커 아저씨를 본 것 같다고 했어요. 그리고 양커 아저씨가 회색 옷을 입고 있었고 초이틀 황혼 무렵에 천당호텔에서 나와 어느 작은 가게에서 양초를 산 것 같다는 얘기도 했고요.

이 일은 그냥 이야기로 지나가는 것 같았어요.

그런데 초나흘이 되던 날, 엄마가 갑자기 안채에 있던 저를 부르시는 거예요. 안채에서 자고 있다가 엄마가 부르는 소리에 얼른 밖으로 나왔죠. 그때 엄마 얼굴이 아주 창백한 걸 봤어요. 목소리에 기운이 하나도 없는 것 같았어요. 제가 물었어요. 엄마, 왜 그러세요? 엄마는 그냥 괜찮다고만 하셨어요. 다시 물었죠. 엄마, 무슨 일 있으세요? 엄마는 마당에 있는 두 그루 나무 아래서 잠시 망설이다가 입을 여시더군요. 샤오민, 나 대신 네가 성내에 한번 다녀왔으면 좋겠구나. 천당 거리에 가서 양커 아저씨가 계신지 안 계신지 한번 보고 오렴.

제가 말했어요. 양커 아저씨는 가족들과 함께 설 쇠러 경성 가셨는데 모르셨어요?

엄마는 얼굴이 누렇게 굳어지면서 쓸쓸하게 웃으셨어요. 알고 있지. 그냥 널 성내에 보내서 한 번만 확인해보면 마음의 병이 좀 가실 것 같아서 그래.

저도 엄마와 양커 아저씨 사이에 있었던 일을 잘 알고 있는 터라 엄마에게 말했죠. 이제 엄마도 나이가 드셨고 아버지도 돌아가셨으니 더 이상 양커 아저씨 걱정은 하지 마세요.

엄마는 마당에 조금 더 서 계시다가 얼굴이 석양이 비추는 그늘진 벼랑 밑의 눈처럼 한층 더 창백해져서야 당신이 묵고 있는 남쪽 별채를 향해 몸을 돌리셨어요. 그러고는 두 걸음 가서 다시 고개를 돌려 제게 말씀하셨죠. 성내에 가기 싫거든 관둬라. 제가 말했어요. 양커 아저씨를 찾아가는 일은 절대 다른 사람에게 얘기하지 마세요.

이게 끝이에요.

일은 또 그렇게 그럭저럭 지나갔어요.

그러다가 초나흗날 막 저녁을 먹고 나서 마을을 산책하러 가려는데 엄마가 저를 다시 집 안으로 불러들이시더니 등불 아래서 저를 잠시 처다보시다가 갑자기 물으시더군요. 샤오민, 네 생각에는 양커 아저씨가 그런 분일 것 같니?

제가 되물었죠. 어떤 분요?

엄마는 대답하지 않으셨어요. 저를 잠시 처다보면서 가볍게 미소를 짓더니 갑자기 엉뚱한 말씀을 하시는 거예요. 피곤하구나. 평생 다시는 성내에 가고 싶지 않아. 우리 돈은 전부 남겨두고 정부로에 있는 가게는 정부에 헌납하는 게 어떻겠니? 엄마는 제가 뭐라고 대답하기도 전에 연이어 물으셨어요. 샤오민, 어느 날 내가 죽거든 네 아버지는 첫 부인이랑 함께 묻혔으니 나는 혼자 묻히게 될 거야. 그때 양커 아저씨가 입던 옷을 몇 벌 함께 묻어달라고 하면 양커 아저씨가 허락해주실까?

그때만 해도 엄마 말씀이 무슨 뜻인지 알지 못했던 저는 원망 어린 눈으로 엄마를 처다보며 말했죠. 엄마, 그게 대체 무슨 말씀이세요. 엄마는 아무 말도 하지 않으셨고 저는 밖으로 나가 마을을 한 바퀴 돌았어요.

초나흗날 밤, 저는 넷째 할아버지 댁에 갔어요. 넷째 할아버지 댁에는 학교에서 저와 같은 반인 친척이 하나 있거든요. 저는 넷째 할아버지 댁에서 친척과 밤늦게까지 수다를 떨다 새벽 한시가 넘어서야 집으로 돌아왔어요. 남쪽 별채의 엄마 방에 아직 불이 밝혀져 있는 걸 보고 창문에 대고 엄마를 불렀어요. 엄마, 저 돌아왔어요. 엄마, 아직 안 주무세요? 제가 잇달아 여러 번 불렀지만 대답이 들리지 않기에 마당을 지나 엄마 방으로 들어가봤죠. 엄마는 깊이 잠들어 있었고 한쪽 팔이 이불 밖으로 나와 있는 게 보였어요. 저는 두 번 더 엄마를 부르고는 다가가 이불 밖으로 나온 팔을 안으로 넣어드리려 했어요. 그런데 엄마 손을 잡는 순간 깜짝 놀라고 말았어요. 얼음장처럼 차가웠거든요. 당황한 저는 다시 엄마를 부르며 엄마 몸을 여러 번 당기고 흔들었죠. 하지만 꼼짝도 하지 않으셨어요. 제 손이 엄마 코앞에 툭 떨어지고 말았죠. 심장이 오그라들고 다리가 풀려서 하마터면 방 안에서 그대로 몸이 굳을 뻔했어요.

간신히 벽을 짚으면서 엄마 방에서 나왔어요. 방에서 나오자마자 바람처럼 넷째 할아버지 댁으로 달려갔고요. 달리면서 소리를 지르는 바람에 온 마을 사람들을 깨울 뻔했어요. 넷째 할아버지 댁에 도착한 저는 북을 치듯이 마구 대문을 두드렸죠."

여기까지 말하고 나서 샤오민은 옆에 앉은 넷째 할아버지를 한 번 쳐다보았다. 샤오민의 말을 실증하기라도 하듯 넷째 할아버지(아저씨)가 곁눈질로 샤오민의 말을 이어받아 (이야기를 계속하듯이) 말했다.

"샤오민이 우리 집 나무 대문을 부수기라도 할 듯이 두드리더군. 샤오민이 마을 거리를 뛰어갈 때는 걸음이 하도 재고 급해서 마치 우박이 내리는 것 같았지. 달리면서 소리치고, 소리치면서 울더라고. 이렇게 우리 집까지 달려와서는 힘껏 대문을 두드리면서 나를 불러댔지. 넷째 할아버지, 넷째 할아버지, 어서 나와 보세요. 엄마가 이상해요, 어서요. 엄마가 이상해요. 샤오민의 고함 소리를 들은 난 서둘러 옷을 입고 침대에서 내려왔어. 그런 다음 얼른 대문을 열고 샤오민을 따라 링쩐 집으로 달려갔지. 다들 알다시피 링쩐 집은 마을 뒤편에 있어 내내 오르막길인데다 온통 돌계단이지. 겨울이면 돌계단이 얼어 쇠붙이처럼 차가워진다고. 그런데 그 집에 도착해 링쩐 침대 앞에 가서 설 때까지도, 신발을 안 신고 온 것도 난 몰랐다네. 링쩐을 위해 맨발로 그애 집까지 달려갔던 거지.

나도 이미 예순이 넘다보니 한밤중에 마을길을 달려가는 모습이 마치 산양이 언덕을 뛰어다니는 것 같았을 거야.

하지만 내가 도착했을 때 링쩐은 이미 가망이 없었어.

너무 늦었던 거지.

링쩐은 잠이 든 것처럼 침대에 반듯하게 누워 있었어. 잔잔한 대야 속의 물처럼 평온한 얼굴이었지. 약간 파랗고 투명하면서 차가웠어. 그애 코앞에 손을 갖다대니 마치 얼음 앞에 있는 것 같았어. 온기라고는 조금도 찾아볼 수 없이 몹시 차가웠지.

링쩐은 그날 저녁식사를 마치고 방에서 샤오민과 그런 얘기를 나누고는, 샤오민이 나가자 곧바로 다량의 수면제를 먹고 그렇게 잠든 듯 죽어갔던 거야. 최근 몇 년 성내에서 지내다보니 성내 사람이 다 되었는지 이곳 산골 농촌 사람들처럼 살기 싫다고 우물에 뛰어들거나 절벽에서 뛰어내리거나 DDVP 농약을 마시고 고통스럽게 죽고 싶지는 않았던 모양이야. 결국 아무런 고통도 없이 잠든 것처럼 조용히 죽어갔던 거지.

요컨대 평생 그애 마음속에는 오로지 양커 자네 하나뿐이었던 거야. 평생 자네를 저 자신의 마음에서 놔주지 못했던 걸세. 자네가 천당 거리에 갔다는 말을 듣고는 자네 생각을 떨쳐버리지 못했던 거야. 그래서 수면제를 한 움큼이나 삼켰던 거네. 말해보게. 세상이 어떻게 다시 구사회로 돌아갈 수 있는가? 성내에 어떻게 또다시 천당 거리 같은 곳이 생길 수 있단 말인가?

나는 링쩐이 죽은 뒤에야 왜 그 아이가 안채에서 곁채로 거처를 옮겼는지 이해가 되더군." 넷째 아저씨가 말했다. "안채는 서양식 주택이고 가구도 전부 새것이지. 소파는 새로 지은 솜이불처럼 부드러웠어. 하지만 곁채는 새로 짓긴 했지만 침대를 비롯해 탁자와 의자, 간이 의자까지 하나같이 해묵은 것들이라 여기저기 깨지고 몹시 낡았지. 그런 물건들을 가지런히 진열해놓은 집은 마을 어디에도 없을 걸세." 넷째 아저씨는 얘기를 하면서 뒤쪽 곁채를 힐끗 쳐다보았다. 그러고는 그 방이 여전히 굳게 닫힌 채 자물쇠가 채워져 있는 걸 확인하고서야 조금 마음이 놓였는지 다시 고개를 돌려 내게 뭔가를 말하려다가 이내 입을 다물어버렸다.

해는 이미 저물었고 마을 어귀의 영붕에서는 더이상 곡소리와 음악소리가 들리지 않았다. 둥지로 돌아간 겨울 참새가 담장과 나뭇가지 위에서 붉은 꽃처럼 찬란하게 우는 소리가 빗방울처럼 조밀하고 밝았다. 문 밖에서 전해지는 말소리와 발걸음 소리가 참새들의 울음소리를 상대로 조밀함과 밝음을 겨루는 것 같았다. 또한 소리 사이의 적막함과 음울함을 겨루는 것 같았다.

영붕의 악대와 문상객들은 식사를 하러 서둘러 집으로 돌아갔다.

샤오민이 말했다. "양커 아저씨, 엄마가 돌아가신 방에 한번 가보세요. 보시면 저희 엄마가 평생 얼마나 고통스럽게 사셨는지 아실 거예요."

넷째 아저씨가 말했다. "한번 가보면 알걸세. 링쩐 마음속에는 평생 내조한 쑨린이 아니라 자네뿐이었다는 사실을 알게 될 거란 말일세."

촌장이 말했다. "한번 가보세요. 아마 천지가 감동할 겁니다."

향장이 말했다. "한번 가보세요. 절창絶唱입니다. 그야말로 천지가 감동할 절창이지요."

넷째 아저씨가 허리춤에서 열쇠를 꺼내더니 우리 모두를 데리고 뜰 안에 모여 있는 사람들을 지나 남쪽 별채로 가서는 문을 열었다. 문 앞에 이르러 벽에 달린 흰색 스위치(호텔 입구의 스위치처럼 생겼다)를 켜자 형광등이 몇 번 깜박이더니 방 안이 대낮처럼 밝아졌다. 마루도 다를 것이 없었다. 세숫대야와 세면대, 짙은 빨간색 인조가죽 소파와 십팔 인치 텔레비전은 숲속의 나무처럼 평범하고 초원의 풀처럼 흔한 것이었다. 하지만 방을 두 구간으로 나누고 있는 천으로 된 커튼이 걷히고, 사람들에게 밀려 안으로 들어간 나는 안쪽 방 입구에 서서 뭔가 다르다는 것을 느꼈다.

많이 달랐다.

완전히 달랐다.

곁채 역시 링쩐이 안채의 서양식 건물을 따라 지은 기와집으로 벽과 천장에 성내에서 가져온 흰색 페인트가 칠해져 있었다. 그러나 원래 새하얗고 평평했을 것이 분명한 천장을 링쩐은 군이 갈대로 한 겹 덮어놓았다. 그리고 갈대 장막 위에 새로 삿자리를 깔았다(예전에 마을에 살 때, 내 방에도 역시 갈대로 엮은 달반자가 있었고 천장에 삿자리를 깔았었다). 벽은 분명 먼지 하나 없을 정도로 깨끗했을 것이다. 링쩐은 새하얀 벽면에 다시 누렇게 바랜 낡은 잡지를 바르고(어렸을 때 내 방 벽에도 늘 신문지가 발려 있었다), 그 위에 이십 년 전 달력을 걸어두었다(그때나 지금이나 바러우 사람들은 벽걸이 달력을 거실이나 침실에 걸어두기를 좋아한다). 벽걸이 달력 밑에 놓인 침대는 구식 버드나무 침대로, 머리가 반달 같은 작두 모양이었다. 침대 머리의 붉은 칠은 이미 완전히 벗겨지고 검은 때가 잔뜩 끼어 먼지 같은 회색으로 변해 있었다. 침대 다리 밑에는 다리가 흙바닥에 직접 닿지 않도록 하기 위해 네 개의 벽돌을 깔아두었다(하지만 그녀의 방은 땅바닥이 아니라 시멘트 바닥이었다). 머리맡에는 커다란 쌀독이 있고 독 위에는 나무상자가 놓여 있었다. 상자에는 곡식을 담을 수도 있고 옷을 담을 수도 있었다(링쩐은 그 안에 무엇을 담았을까?). 낡고 오래된 나무상자는 덮개 한쪽이 떨어져나가서 깨진 틈이 그대로 드러났다(생쥐들이 드나들 수 있도록 틈을 남겨둔 것 같았다). 방 안은 세월 속에 말라버린 뒤 반쯤 마르고 반쯤 축축해진 가구처럼 오래된 나무에서 나는 퀴퀴한 냄새로 가득했다. 천장에는 이미 색이 변해 노래진 삿자리와 갈대에서 향기가 났다.

넷째 아저씨가 말했다. "양커, 이 장의자를 다시 한번 살펴보게.

이 의자를 한번 살펴보게.

이 서랍 달린 탁자를 한번 살펴보게."

이렇게 말하면서 넷째 아저씨는 침대머리와 방문 사이의 벽 아래 놓인 서랍 달린 탁자를 두드렸다. 탁자는 두 앞다리 양쪽에 삼각형 무늬가 새겨져 있었다. 탁자 윗부분은 몹시 낡고 지저분했다. 낡은 것을 가리기 위해 링쩐은 탁자 위에 누런 소포 용지를 깔아놓았다(예전에 나도 탁자 위에 자주 이런 종이를 깔았다). 용지 위에는 탁상용 스탠드와 유리로 된 입식 석유 스탠드가 놓여 있었다. 스탠드를 바라보는 순간 가슴이 쾅 하고 울렸다. 황급히 다가가 유리 석유 스탠드를 들고서 이리저리 살펴보았다(과연 스탠드 아랫부분에 갈라진 틈이 있었다).

스탠드를 내려놓고 다시 탁자 위 소포 용지를 들춰보았다.

서랍을 열어보았다.

침대 담요를 걷어내고 침대 깔개맡의 받침대를 살펴보았다.

상자 뚜껑을 밀어보았다.

소포 용지로 덮어놓은 탁자 윗부분에서 이십여 년 전 내가 석유 스탠드를 엎지르는 바람에 불이 나 눌어붙은 검은 흔적이 그대로 남아 있었다. 오른쪽 서랍 안에는 이십여 년 전 밑판이 망가져 쇠못으로 박아둔 두 개의 작은 나무판자가 발견되었다. 침대의 나무받침에는 부러진 받침대를 묶은 녹슨 철사가 그대로 남아 있었다. 상자 귀퉁이에도 생쥐가 파먹은 구멍 세 개가 남아 있었다.

넷째 아저씨가 물었다. "이건 자네가 사용했던 그 책상이지?

이건 자네가 자던 침대 아닌가?

이건 자네 방에 있던 상자지?

보게. 저 쌀독은 자네 침대 머리맡에 있던 게 아닌가?

그리고 독 위의 저 상자도 말일세."

넷째 아저씨는 방 한가운데에 서 있었고, 샤오민은 그 뒤에 서 있었다. 향장은 방 입구에 서 있고, 촌장은 침대 옆에 서 있었다. 모두들 나를 바라보았다. 이십 년의 세월을 잃어버리고 나서 다시 집으로 이사 온 가구를 바라보는 것 같았다. 방 안은 몹시 조용했다. 사람들의 시선이 내 몸 위를 오가며 미세한 바람처럼 울리고 움직였다. 넷째 아저씨가 침대 동쪽 머리맡의 베개(베개 위에는 붉은색 융단 베갯잇이 덮여 있었다)와 침대 위에 덮여 있는 붉은색 바탕에 노란색 꽃이 수놓인 두터운 담요를 가리키며 말했다. "링쩐이 죽을 때 바로 이 베개를 베고 이 이불을 덮고 있었지. 이 베개와 이불, 요 말고도, 양커, 이 방 안의 어느 것 하나 자네가 첸스촌에 살 때 집에서 사용하던 물건 아닌 게 있나?

이 가구들은 자네가 첸스촌에 살 때 자네 집에 있던 것과 똑같은 것들 아닌가?

집이며 정원은 말할 것도 없고 이 방 역시 양커 자네가 이십 년 전에 살던 바로 그 방이 아닌가 말일세?

자네 아버지가 세상을 떠나자 자네 집에는 아무도 살지 않게 되었네. 아버지 장례를 마치고 나서, 자네는 집 방문이며 대문을 전부 굳게 잠그고 경성으로 돌아갔지. 하지만 반년도 채 되지 않아, 아니 석 달인가, 어쩌면 한 달도 되지 않아 누군가 자네 집 대문을 강제로 열었다네. 자네 집 침대를 비롯한 가구는 물론이요, 밧줄 한 가닥, 철사 하나까지 하루에 하나씩 모조리 이집 저집으로 옮겨졌지. 어차피 자네 집에는 아무도 살지 않았고 그 물건들을 그냥 썩히고 있는 셈이었으니 말이야.

물건이란 일단 놀리면 사용할 때보다 더 빨리 망가지는 법이지.

솔직히 말해서 나도 그해에 자네 집에서 솥을 하나 가져왔다네. 지금 우리 집에서 쓰고 있는 쇠솥이 바로 자네 집에서 가져온 걸세.

하지만 링쩐의 이 물건들은 자네 집에서 들고 온 게 아니라네. 모두들 자네 집에 가서 물건을 가져올 때, 그애는 아무것도 가져오지 않았어. 링쩐은 성내에서 장사해서 번 돈으로 마을 곳곳을 다니면서 자네 집에서 사용했던 물건들을 하나씩 사들였다네. 이 의자와 여기 구석의 깨진 가구들, 낡은 물건들을 새것보다 몇 배나 비싼 값에 사들였지. 링쩐은 이렇게 사들인 물건들로 자네가 살던 때와 똑같이 이 방을 꾸며놓은 걸세. 아직도 기억나는군. 링쩐이 막 열여덟 살이었을 때, 내가 매파가 되어 그애를 자네에게 중매했었지. 두 사람이 처음 만났던 곳이 바로 자네 집 곁채였네. 당시 그 방 모습이 바로 이런 모습이었지.

링쩐이 이 방을 이렇게 꾸며놓으리라고는 정말 생각지도 못했네.

그것도 자네가 첸스촌 집에 살 때와 똑같이 말일세.

링쩐은 마을에 돌아와 설을 쇨 때면 항상 이 방에서 잠을 잤네.

샤오민이 오래전에 이미 내게 말해주더군. 쑨린이 죽은 뒤로 링쩐이 더이상 그와 지내던 안채가 아닌 이곳에 묵기 시작했다고 말일세. 링쩐은 성내에서 돌아올 때마다 항상 이곳에서 잠을 잤던 거야. 자네 집에서 살기라도 하는 것처럼 이 방에서 잠을 잤지. 양커, 이건 자네가 전에 자던 침대 아닌가? 아마 그애는 이 침대에서 잠을 자면서 자네와 결혼한 것 같은 기분을 느꼈을걸.

사실 바로 이 방, 이 책상, 이 침대가 그애를 해친 거야.

이 방과 이 침대, 탁자가 그애를 해쳤다고 할 수도 없지. 링쩐은 원래 아픈 곳 하나 없고 아무 탈도 없이 아주 건강했네. 인편에 부탁해 링쩐이 먹던 약을 성내에서 가져다 한의사에게 보여주었더니 병을 치료하는 약이 아니라 보양을 위한 약이라고 하더군. 링쩐은 생전에 아무 병 없이 건강했을 뿐만 아니라 매일 보양도 잘 했다고 했어. 그런데 자네가 설에 천당 거리에 갔다는 얘기를 듣고는 잠시도 그 생각을 떨쳐버리지 못하고 있다가 그렇게 많은 수면제를 먹었던 걸세. 정말이지, 수면제를 그렇게 함부로 팔아서는 안 된다고 하던데, 안 그런가? 샤오민과 내가 링쩐에게 자네는 경성으로 돌아가 아내와 함께 설을 보낼 거라고 얘기했지만 그애는 우리 말을 믿지 않았네. 촌장이 커다란 확성기로 자네 대학의 총장이 학술회의와 관련해 자네를 서둘러 경성으로 돌아오게 했다는 사실을 알렸지만 촌장 말도 믿지 않았지.

링쩐은 자네가 천당 거리에서 설을 보낼 거라고 믿었던 거야.

그리고 잘못된 생각으로 수면제를 한 움큼이나 먹게 된 거지.

너무나 안타까운 일이야. 아직 젊은 나인데.

하지만 수면제를 먹는 게 목을 매거나 우물에 뛰어들거나 절벽에서 뛰어내리거나 독약을 먹는 것보다야 낫지. 고통은 덜할 테니까. 잠들면 그만 아니겠나. 몇 년이 지나 나도 병이 들면 수면제를 먹고 편히 저세상으로 갈 생각이네."

저녁식사를 마치고 모두들 링쩐 집 안채에 둘러앉았다. 서양식 주택의 거실은 칭옌대학에 있는 우리 집 거실의 배는 될 정도로 무척 컸다. 소파와 의자, 다탁 등의 가구를 들여놓고도 여전히 한구석이 텅 빈 것 같았다. 넷째 아저씨가 장례를 치르는 창고에서 땅콩과 호두를 가져오고 거실 중앙에 커다란 숯불 화로를 피웠다. 방 안이 온기로 따뜻해지고 사람들의 미소처럼 불빛도 무척이나 부드러웠다.

마을 입구의 영붕에서는 악대의 연주자들이 좋은 음식과 기름진 고기를 먹고 몇 잔의 술을 걸치고는 다시 돌아가 추위 속에서 뜨겁게 악기를 연주했다. 그들은 〈분상장作喪葬〉도 연주하고 〈환희의 노래〉도 연주했다. 〈눈물을 뿌리는 아픈 사랑〉도 연주하고 〈나뭇가지의 까치〉도 연주했다. 구리와 대나무로 만든 악기로 연주되는 화려한 음악이 한밤중에 부드럽게 울려퍼졌다. 비단이 바람에 끊어질 듯 이어지며 펄럭이는 것 같았다. 모두들 그 음악을 들으며 방 안에서 활활 타오르는 화롯가에 둘러앉아 얼굴과 손이 벌겋게 달아오르도록 불을 쬐었다. 구운 호두를 발아래에 두고 가볍게 밟자 기름향이 방 안 가득 퍼졌다. 향장이 기름이 줄줄 흐르는 구운 호두를 입에 넣으면서 말했다. "양 교수님, 드세요. 경성에서는 이렇게 구운 호두를 먹지 않지만 교수님도 어릴 때에는 집에서 늘 이렇게 드셨겠지요? 다시 링쩐의 일을 상의해야 할 것 같군요. 링쩐이 스촌을 떠나 성내로 가서 장사를 시작할 때는 수중에 돈이 전혀 없었어요. 그래서 향 정부에 대출을 신청했었거든요. 당시에는 향의 재정도 몹시 어렵던 때라 향의 간부들도 석 달씩이나 월급을 받지 못한 형편이었어요. 하지만 링쩐의 특별한 상황을 고려해서 산간지역 농민들이 외지로 나가 많은 돈을 벌 수 있도록 지원하는 게 간부의 직책이자 양심이라는 취지로 무리해서 링쩐에게 대출을 해 줬어요. 링쩐은 총명하고 능력이 있는데다 성실하고 근면해서 금세 대출금을 다 갚고 성내에 위시옌이라는 음식점을 열었습니다. 그러다가 나중에 가게를 확장해 상호를 위시옌에서 바러우주가로 바꾸면서 또다시 자본금을 대출받게 됐어요. 물론 이 대출금도 링쩐이 돈을 벌어 곧바로 정부에 상환했어요. 이에 향에서는 링쩐을 대출받아 부자가 된 모범적인 선도 인물로 세우기도 했고요. 대학에서 장학금을 받는 훌륭한 학생들처럼 말입니다. 그리고 죽기 전, 링쩐이 성내에서 운영하던 바러우주가와 그 저택을 현 업무를 처리하는 향 정부의 사무처로 쓸 수 있도록 기부하기로 결정했어요. 저는 이 일로 향 정부를 대신해서 마을에 감사의 뜻을 전하러 온 겁니다. 양 교수님, 링쩐과 양 교수님의 사랑이 천지를 감동시켰어요. 이에 저도 향 전체 십만여 주민들을 대표하여 양 교수님께서 링쩐이 생전에 바라던 한 가지 염원을 들어주십사 요청하고자 합니다. 부디 링쩐의 부탁을 들어주시기 바랍니다. 링쩐과 함께 묻을 수 있도록 교수님이 입으시던 옷과 구두, 양말을 모두 한 벌씩 내주세요. 링쩐에게 의관장衣冠葬을 치러주고 의관총衣冠塚을 만들어주기만 하면 이생에서 그녀가 교수님과 함께 했던 세월이 결코 헛되지 않을 겁니다. 짝사랑이라 살아서는 한집에 살지 못했지만 죽어서는 한곳에 묻힐 수 있게 되는 셈이죠."

"그리고 자네가 읽던 책도 좀 주게."

넷째 아저씨가 말했다.

"자네는 학자이자 교수니까 말일세. 링쩐 몸은 쑨씨 집안에 가 있었지만 마음은 자네에게 가 있었단 말일세. 그러니 자네가 쓴 책도 몇 권 링쩐의 관에 넣어줄 수 없겠나?"

마을 입구에서 한바탕 음악이 연주된 데 이어 효자들이 곡을 할 차례가 되었다. 음악이 멈추자 요란한 곡소리가 시작되었다. 적막하고 광활한 산맥의 겨울 밤하늘에 별이 떠 있는 것 같았다. 아무리 요란해도 곡소리가 단조롭고 약한 탓에 오히려 적막함과 아득함만 점점 더 뚜렷해졌다. 마당에서는 솥과 그릇들을 정리한 조리사가 내일 있을 출상을 위한 음식들을 준비하고 있었다. 날씨가 도저히 버틸 수 없을 정도로 추워서인지 그는 두 칼로 도마 위 고기와 뼈를 잘게 썰면서 소리쳤다. "내가 널 춥게 만들어주지. 아주 춥게 만들어주겠다. 더 추워졌다가는 하느님마저도 이 도마 위에 얹어놓고 잘게 썰어버리고야 말겠어."

연달아 소리를 지르며 하나 또 하나 고기를 내려칠수록 땀이 나면서 몸이 따듯해졌다. 칼이 고기를 다지는 소리가 도마 위에서 균형 있고 리듬감 있게 울렸다.

촌장은 구운 호두를 먹지 않았다. 그는 줄곧 화롯가에서 땅콩 껍질을 벗기고 있었다. 그가 벗겨낸 땅콩 껍질이 이미 그의 한쪽 발끝을 덮고 있었다. 그가 입가를 닦으면서 발 위의 땅콩 껍질을 앞으로 차냈다. "양 교수님." 촌장이 자리에 앉아 가볍게 발 위의 땅콩 껍질을 차내며 말했다. "산 사람의 물건을 부장하는 건 바러우산맥에서는 아주 큰일이에요. 필경 사람이 아직 살아 있는데 쓰던 물건을 죽은 사람과 함께 묻는 것이니 말입니다. 바러우가 아니라 어디엘 가도 그것은 산 사람에게 불길한 일이 아닐 수 없습니다. 하지만 양 교수님은 외지인 경성에 살고 계시니 미신을 타파하고 과학을 중시해야 한다는 도리를 충분히 이해하실 겁니다. 게다가 링쩐은 양 교수님을 위해 죽은 게 아닙니까. 천지가 감동할 죽음이지요." 촌장은 이런 말로 나를 설득하면서 건

어찬 땅콩 껍질을 발로 무덤 모양으로 다시 모으고는 말을 정리했다. "인생에서 한 여자에게 이처럼 깊은 사랑을 받는다는 건 대단히 가치 있는 일이니까요."

그는 같은 말을 되풀이했다. "정말 가치 있는 일이에요."

그러고는 내게 물었다. "허락해주시겠어요? 양 교수님, 허락하시면 고개를 끄덕여주세요. 허락하지 않는다고 해도 마을 사람들이나 향장님 모두 이해하실 겁니다." 모두의 시선이 내 얼굴에 집중되었다. 모두들 내가 어서 고개를 끄덕이기만을 애타게 기다리고 있었다.

내가 조금도 주저하지 않고(사실은 약간 망설이며) 고개를 끄덕이며 말했다. "알겠습니다. 제 모자를 링쩐의 관에 넣도록 하지요.

알겠습니다. 제 옷을 그녀의 관에 넣도록 하겠습니다.

알겠습니다. 제 구두와 양말을 모두 그녀의 관에 넣지요.

알겠습니다. 제가 쓴 책과 읽고 있던 책도 전부 그녀의 관에 넣도록 하겠습니다.

링쩐의 관에 들어갈 수만 있다면 무엇이든지 넣겠습니다. 제가 죽고 나서 제 아내 루펑이 견디지 못하고 몹시 슬퍼하면서 혼자서는 살아갈 가치가 없다고 느끼지만 않는다면 제 목숨이라도 링쩐의 관에 넣어 마을 사람들이 저와 링쩐을 함께 묻을 수 있도록 하겠습니다. 칭옌대학의 교수님과 학생들, 그리고 수업이 저를 필요로 하지만 않는다면, 진심으로 링쩐과 함께 묻혀 살아서는 그녀와 한집에 살지 못했지만 죽어서는 한곳에 묻히도록 하겠습니다."

방 안이 조용해졌다. 안에 아무도 없는 것처럼 조용했다.

내가 말을 이었다. "샤오민의 진학 문제도 생각해야 합니다. 샤오민도 올해 열일곱 살이니 대학에 가야지요. 그애가 대학에 들어가 공부하기를 원한다면 제가 개인교사가 되어 성적을 올릴 수 있도록 돕겠습니다. 대학시험에 점수가 조금 모자라 합격하지 못한다면 제가 학교와 잘 얘기해보겠습니다. 학교에서도 제 체면을 세워주려 할 겁니다.

샤오민, 경성에 가서 공부할 생각 있니?" 내가 물었다.

"아저씨를 따라 문과를 공부해서 나중에 아저씨처럼 『시경』을 연구해볼 생각 있니?

나처럼 교수나 전문가가 될 생각 있어?"

화로 속에서 숯불이 탁탁 터지는 소리가 나의 물음 사이로 뛰어들었다. 돌과 모래가 구르는 소리가 절벽 아래로 떨어지는 것 같았다. 나는 샤오민에게 물으면서 고개를 들어 사람들을 쳐다보았다. 향장과 촌장, 넷째 아저씨 눈 속에 기뻐하는 기색이 역력했다. 마지막으로 샤오민에게로 시선을 옮기면서 그애의 의견을 구한다는 듯이 바라보았다(조금 전 모두가 나를 바라보던 것과 같은 표정이었다).

샤오민은 방문의 한쪽을 등지고 앉아 있었다. 입고 있는 상복과 상모가 불빛 속에 암홍색 흰빛을 감추고 있었다. 등뒤에 빛나는 해를 거느리고 있는 구름 같았다. 내 말에 감격한 샤오민의 눈빛이 아주 부드럽고 투명했다. 방금 전까지 화로 위로 내밀었던 두 손이 맑고 투명하게 구워져 있는 것 같았다. 손가락 안에 불빛이 들려 있는 것 같기도 했다. 하지만 금세 그 작고 예쁜 두 손을 소매 속에 거두고 고개를 숙인 채 아랫입술을 깨물며 잠시 생각에 잠겨 아무 말이 없었다. 그러다가 갑자기 다시 고개를 들어 나를 바라보더니 내 앞에 무릎을 꿇었다.

쿵 하는 소리와 함께 나를 향해 무릎을 꿇더니 얼굴에 홍조를 띠면서 눈물을 흘리며 말했다. "양 교수님, 아니 양커 아저씨, 저를 아저씨 딸로 받아주세요. 아저씨께서 저를 딸로 받아주실 수만 있다면 저희 엄마의 죽음도 가치 있는 죽음이 될 거예요. 그러면 엄마도 지하에서 편히 눈감으실 수 있을 거예요."

그런 조용함 속에서 모두들 무릎을 꿇고 있는 샤오민을 바라보며 아무 말도 하지 않았다. 내가 뭔가 말하기를 기다리고 있었다. 그러다가 내가 입을 열어 뭔가 말을 하려는 순간, 누군가 마당에서 방 안으로 들어왔다. 방 입구에 서서 음식을 만드느라 어깨 위에 매고 있던 앞치마를 벗고는 그 위에 묻은 눈을 털어내며 그가 말했다. "밖에는 또 함박눈이 내리는데 방 안은 사람들 전부가 관 속에 들어와 있는 것처럼 따뜻하네요."

그 목소리를 따라 고개를 들어보니 과연 밖에는 함박눈이 날리고 있었다.

세상이 온통 하얗게 변했다. 그렇게 밤새도록 눈이 내렸다.

링쩐의 장례는 그다음날 눈 속에서 치러졌다.

마을 사람들은 아침 일찍부터 서둘러 집을 나섰다. 향장이 링쩐이 얘기했던 건물 기부를 최종적으로 사실화하기 위해 직접 링쩐을 안장하는 음양사陰陽師를 맡았다. 그는 밤새 내 속옷과 모자, 목도리, 오리털 점퍼와 회색 바지 등을 안에서 밖으로 순서에 맞춰 링쩐의 왼쪽에 배열했다(좌남우녀였다). 내 구두 한 켤레와 양말 한 켤레는 관에 누운 링쩐의 발 위에 놓였고 우리 집 책상 위에서 가져온 책 몇 권은(그중 한 권은 『시경』이었다) 관 제일 위쪽에 놓였다(씽얼이 내게 보여줬던 그 나무상자는 없었다). 이렇게 조용함 속에서 나와 링쩐이 합장되었다.

눈이 크게 내렸다. 눈은 하늘에서 천천히 원을 그리며 내려왔다. 마을의 모든 나무가 두툼한 흰 줄로 변해갔다. 눈의 무게를 견디지 못하고 부러진 홰나무 가지가 마을 어귀 하늘에 걸려, 영붕 주위에 차갑고도 청옥처럼 순결한 홰나무 향기가 한줄기 풍겼다. 사람들 모두 출상 때문에 분주했다. 모두들 관 주위를 에워싼 채 향장이 내 옷을 하나하나 링쩐 옆에 내려놓는 걸 지켜보고 있었다.

모자를 내려놓을 때 마을 사람들이 말했다. "양 교수니까 허락했지, 다른 사람이었다면 어림도 없었을 거야."

내 목도리를 내려놓을 때 마을 사람들이 말했다. "링쩐의 죽음이 가치가 있었군. 결국 평생 사모하던 사람과 함께 묻히게 됐으니 말이야."

내 오리털 점퍼를 내려놓을 때 마을 사람들이 말했다. "점퍼가 새건데 아깝네. 왜 헌걸 묻지 않는 거지?"

남녀를 합장한 의관관衣冠棺이 가득 채워지고 나(의 옷)와 링쩐의 몸이 착 달라붙어 함께 관에 눕혀졌을 때는, 날이 이미 훤하게 밝아(눈이 많이 내린 날은 오히려 날이 일찍 밝았다) 산간과 마을이 온통 환한 가운데 조용히 굳어가고 있었다. 눈이 끊이지 않고 계속 내렸고, 추운 날씨에 뜨거운 입김을 불자마자 공중에서 얼어붙었다가 다시 구슬처럼 부서져 눈과 함께 땅 위로 떨어졌다. 악대는 눈에 덮인 땅바닥에서 연주를 계속하기 위해 그 눈밭에 커다란 모닥불을 피웠다. 그들은 그 커다란 모닥불을 에워싸고 〈온 세상이 함께 기뻐하네〉와 〈천인합일〉을 연주했다. 연주자들의 머리 위로 뜨거운 땀이 증기가 되어 우뚝 솟은 굴뚝처럼 위를 향해 피어올랐다(그리 높이 올라가지는 못했다). 땀이 정수리에서 뺨으로 흘러내렸다가 다시 턱을 지나 솜저고리 위로 떨어졌다. 그러더니 갑자기 차가워지면서 옷 위에서 점점 더 두꺼운(끝없이 두꺼워지지는 않았다) 얼음 덩어리로 변했다.

향장이 관 위쪽에 놓인 높은 의자 위에 서서 소리쳤다. "이제 칭옌대학 양 교수님의 의관을 입관하겠습니다. 조사弔事가 경사慶事로 바뀌었습니다. 악대는 즐거운 음악을 연주하세요."

악대가 줄폭죽 소리 속에서 경사 때 자주 연주되는 〈온갖 새들이 봉황을 우러르네〉를 연주하기 시작했다.

향장이 소리쳤다. "양 교수님께서 풍부한 학식과 인정으로 자신의 옷을 링쩬의 관에 넣도록 허락해준 것에 감사드립니다. 효자들은 영붕에서 나와 감사의 뜻을 표하시오."

넷째 아저씨가 선두에 서서 오열하는 샤오민을 붙잡고 긴 효자의 대열을 이끌며 영붕 뒤쪽을 돌아 내가 살던 양씨 저택 방향을 향해 무릎을 꿇고 세 번 절을 올렸다.

향장이 소리쳤다. "조사가 경사로 바뀌었습니다. 양 교수님의 부인이 넉넉한 인정으로 링쩬과 양 교수의 깊은 사랑이 이루어질 수 있도록 허락해준 데 대해 감사드립니다. 효자들은 높은 곳에 올라가 궤배跪拜하고 감사의 뜻을 전하시오."

넷째 아저씨가 효자 대열(그 뒤를 악대가 바짝 따라가고 있었다)을 이끌고 산등성이에 올라 경성 방향을 향해 무릎을 꿇고 세 번 절을 올렸다.

향장이 소리쳤다. "이제 링쩬은 편히 잠들게 되었고 양 교수님도 편히 잠들게 되었으니 효자들은 관 앞에서 이들 부부에게 감사의 절을 올리시오."

떨어지는 눈을 머리에 인 효자들이 산등성이에서 천천히 걸어내려와 악대가 연주하는 구리악기 음악의 악조 속에서 관 앞에 무릎을 꿇고 세 번 큰절을 올린 다음 다시 세 번 손을 모으고 머리를 조아려 예를 표했다.

의관총의 의식과 궤배를 비롯한 모든 절차가 향장의 지휘하에 향의 관례에 따라 진행되었다. 그다음은 관을 덮고 향을 피우고 출상 전의 각 등급별 예가 행해졌다. 음악 소리는 높고 길게 이어졌고, 곡소리는 구슬프고 원망스럽게 울렸다. 이야기 소리가 소란스러운 가운데, 눈 내리는 소리는 고요하기만 했다. 새하얀 하늘에 노란 빛이 어른거릴 때쯤(대략 오전 아홉시경) 모든 절차가 마무리되고 출상 준비도 전부 끝이 났다.

향장이 소리쳤다. "인생 백세에 죽지 않는 이가 어디 있겠습니까. 그저 사서史書에 비추어 영명함을 남길 뿐이지요. 링펀은 평범하지 않게 태어나 위대하게 세상을 떠났습니다. 그녀는 어릴 때부터 풀을 베면서 공부하며 초등학교를 졸업했고, 우리 바러우산맥 사람으로는 유일하게 경성에서 대학생들과 석사 과정, 박사 과정 학생들을 지도하는 양 교수님과 정혼했지만, 그뒤로 남과 북, 음과 양으로 멀어지다보니 부부가 될 수 없었지요. 이에 첸스촌의 쑨린과 혼인한 그녀는 딸 쑨샤오민을 낳아 남편을 도와 자녀를 잘 양육하고 근검하며 집안을 일궈왔습니다. 마을에서 밥하고 빨래하고 농사짓는 등 살림도 잘하며 남편을 섬기고 위로 시부모를 공경하며 아래로 자식을 기르면서 현모양처로서의 단정한 품행을 유지했지요. 게다가 양커 교수의 부모님을 자신의 친부모보다 더 극진하게 모셨습니다. 남편 쑨린에게 대단히 충실했다는 것도 마을 사람이 다 아는 사실이지요. 쑨린이 세상을 떠난 뒤에는 남편이 진 빚을 모두 갚고 대출금으로 성내에서 장사하며 야채를 비롯하여 훈툰과 빠오즈, 샤오빙® 등을 팔다가 결국에는 성내에서 새로운 장사를 시작해 바러우산맥의 유명한 사업가가 되었습니다. 또한 자신이 세상을 떠나기 전에는 딸 샤오민에게 일러 바러우주가와 그 건물을

● 燒餅. 밀반죽을 불에 구워낸 중국식 빵.

전부 향 정부에 기증하겠다는 뜻을 밝혔지요. 재산을 정부에 기증하는 의미가 무엇이겠습니까? 다름아니라 자신의 공평무사하고 금처럼 반짝이는 마음을 전달하기 위한 겁니다. 향장인 제가 오늘 직접 음양사를 맡게 된 것도 링쩐의 이러한 진심에 감사하기 위해서지요. 음양사로서 링쩐을 무덤으로 보내면서, 직접 링쩐이 남긴 일생의 업적을 모든 사람에게 보여주려는 겁니다. 링쩐의 일생을 돌이켜보자면 정말이지 범상치 않게 태어나 평범하지 않게 세상을 떠났습니다. 바로 이 점 때문에 중년의 양커 교수님이 기꺼이 자신의 속옷과 모자, 목도리, 겉옷, 신발, 양말 등을 전부 벗어 링쩐의 관에 넣기로 한 거겠지요. 이렇게 해서라도 링쩐과 살아서는 한집에 살지 못했지만 죽어서는 한곳에 묻히고자 한 겁니다. 이리하여 오늘 우리 모두가 지켜보는 의관관이 있게 되었고, 마을 사람들이 앞으로 잊지 못하게 될 바러우 깊은 곳의 의관총이 있게 된 것이지요. 우리 바러우산맥에 수십 년 뒤까지, 아니 영원히 전해질, 천지를 감동시킨 사랑의 이야기가 남게 된 것입니다."

향장의 말은 외침이 되었고 외침은 다시 연설이 되었다. 향장이 관 앞의 의자 위에 서서 연설을 하는 동안 효자들과 악대는 영붕 밖의 눈밭에 서서 그의 얼굴과 몸, 손짓에 시선을 집중하고 있었다. 사람들 속에서는 눈이 내리는 소리 외에 다른 어떤 소리도 들리지 않았다(내가 학교에서 강의할 때도 이렇게 교실이 조용한 적은 없었다). 마을 사람들은 향장의 연설을 한마디도 놓치지 않으려고 몸을 조금도 움직이지 않고 집중해서 경청했다. 추운 날씨 속에서 사람들이 뜨겁게 집중하는 가운데 영붕 안이 갑자기 소란해지면서 불안한 말소리가 들려왔다.

모두가 온통 기쁨과 놀라움에 휩싸였다.

관은 소란한 영붕 안 걸상 위에 단정하게 놓여 있었다. 관 주위에 맨 막대기와 밧줄도 모두 혼란하면서도 질서 있게 매달려 있거나 세워져 있었다. 사람들은 전부 밖에서 향장의 연설과 지휘에 귀를 기울이고 있었고, 관을 맨 사람들만 향장의 연설이 끝나고 관을 영붕 밖으로 내가게 되기를 기다리고 있었다. 바로 이때, 관 아래 쪽에서 담배를 피던 젊은이가 갑자기 관을 가리키며 말했다. "저기 좀 보세요. 저길 보시라고요. 어서 저길 좀 보시라고요."

큰 소리로 외쳤다. "향장님, 어서 이리 좀 와보세요.

향장님, 빨리 와서 여기 좀 보시라고요."

향장이 조금 언짢은 듯 고개를 돌려 그를 바라보았다.

그가 말했다. "장 향장님, 아, 참, 빨리 와서 좀 보시라니까요."

향장과 영붕 안에 있던 사람들 모두 그 장면을 목격했다. 놀라움과 기쁨, 누렇게 뜬 표정이 용과 봉황이 춤추듯 그의 얼굴과 영붕 구석구석에 딱딱하게 굳어 있었다. 처음에 나비 몇 마리가 갑자기 링쩐의 관 위에 내려앉더니 날개를 퍼덕였다. 누군가를 부르는 것 같았다. 젊은이는 나비가 향장을 영붕 앞으로 불러내는 모습을 지켜보고 있었다. 그때 이미 나비는 몇 마리가 아니었다. 몇십 마리, 아니 몇백 마리였다. 하나같이 은행나무 이파리만 한 크기로 은황색 날개 위에 붉은빛이 도는 아름다운 꽃이 아로새겨져 있었다. 나비들은 영붕 곳곳의 틈새를 비집고 영붕 입구로 날아들어와 관 뚜껑과 관을 놓아둔 양쪽 받침대 위로 내려앉았다. 내려앉을 곳이 부족하자 관 주위의 범포와 나무 받침대 위에 내려앉았다. 나비들이 내뿜는 금황빛이 검은 관을 검정 바탕에 꽃무늬가 아로새겨진 방수포처럼 보이게 했다. 관의 검정색 때문에 나비의 은백과 황금빛이 더욱 뚜렷하고 밝게 보였다. 눈과 상복의 흰빛 때문에 나비들의 붉고 푸른 무늬가 더욱 선명하고 투명해졌다. 검은 밤에 갑자기 환한 빛이 나타난 것처럼 선명하고 투명했다. 하나하나 날갯짓하던 나비들이 관 위에 모여들었다. 순식간에 관 위에 눈부신 꽃들이 가득 핀 것 같았다. 검은 관에 오색의 화려한 무늬가 수놓여 알록달록한 꽃관으로 변한 듯했다.

　향장이 영붕 안으로 들어와 관 왼쪽 허리춤에 섰다. 처음에는 그의 얼굴에 약간 기쁜 표정이 어렸다. 매우 기쁜 나머지 몸을 돌려 영붕의 범포를 붙잡고 밖을 내다보았다. 밖은 여전히 함박눈이 내리고 있어 온통 하얀 세상이었다. 눈 내리는 하늘의 한기가 영붕 틈새로 불어와 그의 얼굴을 그었다. 범포를 붙잡은 그의 손이 시퍼렇게 얼어붙고 안색도 어둡게 변했다. 그가 범포를 다시 닫고 관 옆으로 돌아오자 관 위에 나비들이 점점 더 많아지더니 앉을 곳 없는 나비들이 사람들의 정수리와 관 위를 이리저리 날아다녔다. 영붕이 나비들의 세상이 된 것 같았다. 거대한 나비장이 된 것 같았다. 이때 영붕 안은 봄날에 이슬비가 내리듯 나비의 꽃가루 향기와 날갯짓 소리로 가득했다. 밖에 있던 효자들과 출상을 거들 마을 사람들 가운데 절반이 이미 영붕 안에 들어와 관 주위의 나비들을 바라보고 있었다. 나비를 보지 못한 사람들은 안을 향해 밀치고 들어왔고 나비를 본 사람들은 관 옆을 떠나려 하지 않았다. 순식간에 영붕 안이 물샐틈없이 바늘도 들어갈 수 없을 정도로 사람들로 가득차 붐볐다. 연극의 클라이맥스가 다가왔을 때처럼 시끌벅적했다. 사람들은 모두 놀라 소리치며 의아해했다. 놀라움에 의론들이 분분했다.

　"아니, 한겨울에 어디서 나비가 날아온 거지?"

　"세상에나, 저길 좀 봐요. 나비가 관 위에 앉은 모습이 한 폭의 그림 같네요."

"알아요? 이건 링쩐과 양커 교수가 천생연분이라는 의미예요. 살아서는 한집에 살지 못했지만 죽어서는 한데 묻히게 되어 하늘 가득 나비떼가 날아온 거라고요."

밖에 있던 촌장이 사람들 틈을 비집고 안으로 들어왔다. 관 옆에 잠시 서 있던 그가 향장에게 말했다. "큰 경사입니다, 향장님. 하늘이 두 사람을 맺어준 큰 경사란 말입니다."

넷째 아저씨가 뒤에서 사람들 틈을 헤치고 들어와 이 광경을 잠시 바라보더니 사람들을 향해 큰 소리로 말했다. "양커 교수를 좀 불러오세요. 어서 와서 이 장면을 좀 보라고 하세요. 그와 링쩐이 얼마나 잘 어울리는 한 쌍인지 그가 직접 봐야 합니다."

누군가 무리 속에서 재빨리 나와 소리를 지르며 나를 찾았다. "양커 아저씨, 양커 아저씨, 양 교수님, 양 교수님." 그가 이렇게 나를 부르는 사이에 방금 향장의 얼굴에 비쳤던 어두운 기색이 옅어지더니 다시 기쁜 기색으로 바뀌었다. 사람들 속에서 나를 찾아낸 그는 다시 사람들 사이를 비집고 나를 영붕 밖으로 데려갔다. 하늘을 살핀 그는 여전히 눈꽃이 날리고 있긴 하지만 산등성이 햇빛이 노랗게 물드는 것을 보아 출상을 더이상 미룰 수 없다고 판단했는지, 링쩐과 나를 꼭 시간에 맞춰 출발시키기로 결정하고는 뒤에 있던 촌장에게 말했다. "이제 출상을 해야겠지요?"

촌장이 말했다. "경사입니다. 천년에나 한 번 볼 수 있는 경사란 말입니다."

향장이 말했다. "출상을 해야겠지요?"

촌장이 말했다. "과거에 어른들께서 음양이 조화롭게 배합되는 게 경사라고 말씀하신 걸 들었는데 그런 음양 조화의 경사를 오늘에야 보게 되는군요."

향장이 말했다. "출상을 해야겠지요?"

촌장이 하늘을 살펴보고는 대답했다. "그럼 출상을 하시죠."

향장이 영붕 밖 방금 자신이 서 있던 걸상 위로 돌아와 목청을 높여 말했다. "옛날에 양산백과 축영태●는 나비로 변하여 세상에 전해졌습니다. 오늘 우리 바러우산맥의 링쩐과 양커 또한 나비로 변하여 세상에 전해질 것입니다. 살아서는 한집에 살지 못했지만 죽어서는 한곳에 묻히고자 하는 부부의 사랑을 나비가 증명하는 것이지요. 어째서 나비가 함박눈 내리는 엄동설한에 링쩐의 관 위로 날아왔겠습니까? 어떻게 산과 바다를 누비듯 영붕 안을 날아다닐 수 있었겠습니까? 양 교수와 링쩐의 사랑이 천지를 감동시키고 하늘을 놀라게 했기 때문에 하느님이 눈 내리는 날 나비로 하여금 서둘러 영붕 안으로 날아가 관 위를 가득 메움으로써 축하의 인사를 전하도록 한 것입니다.

하늘이 맺어준 인연이란 어떤 것이냐? 이게 바로 하늘이 맺어준 인연입니다.

목숨을 건 사랑이란 어떤 것이냐? 이게 바로 목숨을 건 사랑입니다.

축영태가 나비가 되는 게 어찌된 일이냐? 이것이 바로 축영태가 나비가 된 사연입니다.

살아서는 한집에 살지 못했지만 죽어서는 한곳에 묻히게 되는 게 어떤 거냐? 이것이 바로 살아서는 한집에 살지 못했지만 죽어서는 한곳에 묻히게 되는 겁니다.

천지가 감동했습니다. 천지가 감동했어요.

● 梁山伯/祝英台. 중국 동진東晉시대의 민간 전설에 나오는 남녀 주인공으로, 동양의 '로미오와 줄리엣'이라 불림.

천지가 감동했어요. 정말로 천지가 감동한 겁니다.

세상에 끝나지 않는 주연酒宴은 없습니다. 세상에 분리되지 않는 음양도 없지요. 양 교수와 링쩐의 사랑이 천지를 놀라게 하고 귀신을 울게 만들었지만, 우리는 그들을 땅에 묻어 영원히 헤어지지 않고 편히 쉬도록 해줘야 합니다. 벌써 오전 열시가 다 되어가네요. 맑은 날이었다면 틀림없이 해가 머리 꼭대기에 걸렸을 겁니다. 이제 출상을 해야 할 때가 되었습니다. 더이상 미뤘다가는 때를 놓치고 말 겁니다.

이제 모두들 제 말을 들으세요.

저는 향장입니다. 모두들 제 말을 들으세요.

효자들은 각자 제 위치로 가세요. 문상객들도 각자 제 위치로 가시고요. 상여꾼들과 보조자들도 각각 제 위치로 가세요. 악대도 각자 제 위치로 가서 〈대출빈〉 연주를 준비하세요."

나와 링쩐이 사람들에 들려 나갔다. 샤오민이 앞으로 나와 링쩐의 조상을 안고 상여꾼들이 샤오민의 뒤에서 나비관을 들었다. 관 뒤에는 관을 배웅하는 악대가 연주하는 〈대출빈〉 소리가 하늘에 울려퍼졌다. 그리고 효자들과 구경 나온 마을 사람들이 떠들썩하게 그 뒤를 따랐다. 장례행렬은 혼잡하면서도 질서가 있었고 위풍당당했다. 관과 장례행렬을 따라 춤추는 나비들 역시 위풍당당하게 허공을 오르락내리락했다. 하늘을 날아다니는 오색 깃털 같기도 하고 투명하게 빛나는 금은 종이 같기도 했다. 장례행렬이 지나간 뒤에 하늘과 땅, 산 위와 산아래, 마을 곳곳에 나비의 날갯짓 소리가 남아 있었다.

제9권 아雅

대전大田
거할車舝
습상隰桑
점점지석漸漸之石
소변小弁
상유桑柔
백구白駒
원앙鴛鴦

대전

다시 찾아온 어제

이 작품은 「소아」에 있는 농사시로, 아름다움과 시적 정취가
시인이 묘사하는 전원에 유감없이 표현되어 있다.

大田

봄이 되어 나는 또다시 링쩐을 만나게 되었다.

　그날 샤오민은 수업을 들으러 가는 대신 나를 찾아왔다. 교과서에
실린 『시경』에서 발췌한 「대전」 시에 관해 배우러 왔던 것이다. 설명이
끝났다. 강의도 끝났다. 샤오민은 마당에서 내 빨래를 대신 해주었다.
나는 마당에서 빈터에 심은 채소들을 정리했다. 사실 채소랄 것도 없
이 배추가 대부분이었다. 부드러운 잎에 물이 올라 있었다. 햇살을 받
아 흙을 헤치고 삐죽 솟아나온 노란 잎이 마노처럼 반짝였다. 나는 우
리 집 위쪽의 공터를 채소밭으로 사용하고 있었다. 너비는 석 자 정도
에 길이는 어른 키 하나 정도로 다 합쳐서 일곱 뙈기 되는 밭이었다.
여기에 주로 배추나 부추, 내가 즐겨 먹는 겨자 등을 심어놓았다.

　이제 나는 철저히 첸스촌의 식구가 되어 있었다. 여기가 내 집이고
내 집이 있는 오래된 땅이었다. 여기서 나는 하고 싶은 건 무엇이든 다

할 수 있었다. 아침 일찍 일어나면 마당에 나가 한자가 새겨져 있는 바위 위에 앉아 이를 닦았다. 길을 가던 마을 사람들은 우리 집 마당을 힐끗 기웃거리고는 "양치질하십니까, 양 교수님?" 하고 말을 건넸다. 해가 떠오르면 손에 잡히는 대로 책을 들고 나가 바위 위에 앉아 있었다. 사실은 책을 읽는 게 아니라 느긋하게 앉아 햇빛을 즐겼을 뿐이다. 이럴 때면 마을 사람들은 또 "양 교수님, 책 읽으십니까?" 하고 말을 걸어왔다. 나는 마당의 좁은 땅에 채소를 심었다. 내가 밭을 가는 모습을 본 마을 사람들은 또 "양 교수님, 밭을 가시나요? 땅속에 있는 벌레들은 전부 잡아내셔야 해요"라고 말을 붙였다. 내가 가래에 줄을 매달아 끌면서 고랑을 만들고 있을 때면 "고랑을 꼭 직선으로 만들지 않으셔도 돼요. 물 줄 때 잘 흐르기만 하면 되거든요" 하고 훈수를 두기도 했다.

이른 봄이 되면 어느 집 마당에 하얀 살구꽃이 보름이나 피어 있었고, 또 어느 집에는 화사한 복사꽃이 만개했다가 새하얀 꽃잎으로 지곤 했다. 나뭇가지마다 싹이 텄고 싱그러운 풀 냄새가 가득했다. 물오른 나무들은 제각기 푸르른 기운을 뿜어내고 있었다. 산골에서 한겨울 내내 잠자던 밀 이삭은 어느 날 깨어났는지도 모르게 목을 쭉 빼고 자라나 있었다. 달이 밝은 밤에는 마당에 앉아서 밀이 자라는 소리를 들을 수도 있었다. 그 소리는 모래밭에 흐르는 가는 물줄기 소리 같았다. 달빛이 땅에 떨어질 때 달빛과 땅 위의 사물들이 부딪히는 소리 같기도 했다. 가끔씩 성내에 있는 천당 거리에 가서 잘 아는 아가씨들을 만나는 것(또 때로는 적절한 기회를 잡아 칭옌대학 명의로 촌장에게 전화를 걸어서 내 연구와 건강에 대해 묻기도 했다) 말고는 나머지 시간들을 한겨울 내내 마을을 지키면서 보냈다.

나는 『시경』이 바러우산맥에서 기원하고 창작된 과정을 연구해야 했다.

또한 『시경』에 담긴 민간의 노래와 전래 과정에 대해서도 연구해야 했다.

그리고 한가한 시간에는(매일 한가했다) 『시경』에서 묘사하고 있는 생활을 따라 했다. 샤오민은 이미 고삼이 되었고 열일곱 살이 되었다. 대입시험을 위해 내게 자신의 국어과목을 지도해달라고 했다. 샤오민은 주말마다 외할머니 집에서 첸스촌까지 걸어서 나를 찾아왔다. 우리집에 올 때마다 내 빨래를 대신 해주었다. 그럴 때마다 학교에서 일어났던 일들과 마을에서 일어난 수많은 일들(외할머니 집 뒤에 있는 허우스촌에 관한 일도 있었다)을 얘기해주었다. 그러나 삼월 말인 이날에는 마을 사람들 모두 보리밭에 나가 풀을 베고 거름을 주느라 바빠서, 온 마을은 쥐 죽은 듯 조용하기만 했다. 마을을 한가하게 어슬렁거리며 돌아다니는 강아지들, 나뭇가지에서 신나게 지저귀는 참새, 그리고 다른 곤충들의 울음소리 말고는, 어떤 소리도 들리지 않았다. 나는 샤오민에게 「대전」 시에 담긴 의미와 기교, 특색에 관해 설명해주었다. 아울러 매년 대입시험에서 이 시가 문제로 출제되는 일은 거의 없다고 말하면서 아예 복습을 할 필요도 없다고 일러주었다.

샤오민이 물었다. "어째서 그런 건가요?"

내가 말했다. "이 세상에 이 「대전」 시에 담긴, 땅을 사랑하고 사람과 작물을 사랑하는 시인의 마음을 진정으로 이해할 수 있는 사람이 너와 이 아저씨 말고 누가 또 있겠니?"

샤오민은 책장을 덮더니 아무 생각 없이 책을 창가 쪽으로 던져놓았다.

오후의 햇빛이 머리 위에 걸려 있었다. 따뜻한 봄기운이 더운물처럼 들판과 촌락을 적셔왔다. 만 리에 이르도록 구름 한 점 없는 하늘 아래서, 대문 입구 쪽으로 눈길을 던져보니 십 리 아니 이십 리 밖의 산맥과 밭까지 눈에 들어왔다. 밭에서 풀을 베고 거름을 주는 바러우 사람들의 모습도 보였다. 머리 위로 펼쳐진 하늘이 너무 파랗다보니 햇빛은 그 파란색 속에서 솜털처럼 부드러운 황금빛 띠를 두르고 있는 것 같았다. 샤오민은 마을에 들어가 물을 길어다가 풀 '초^草'자가 새겨진 돌 위에 앉아 링쩐이 물려준 얇은 양털 스웨터를 입고서 내가 겨우내 덮었던 이불보와 베갯잇을 빨고 있었다. 위아래로 기복하는 어깨가 허공에서 미끄러져내려오는 두 개의 둥근 공 같았다. 이때 나는 채소밭의 새싹을 헤집으며 벌레를 잡고 있었다. 잡은 벌레는 곧바로 비틀어 죽이지 않고 병에 집어넣었다. 나중에 그것들을 마을 밖 풀밭에 풀어주어 살아갈 수 있게 해줄 요량이었다. 몸을 쭉 펴다가 무심코 고개를 돌리는 순간, 맞은편에 있던 샤오민의 얼굴이 눈에 들어왔다. 샤오민은 고개를 들어 얼굴에 흐르는 땀을 닦다가 나를 보더니 금세 얼굴이 빨개졌다. 입고 있던 스웨터 색깔만큼이나 빨갰다.

그애의 홍조 띤 얼굴을 보는 순간 나는 넋을 잃고 말았다.

갑자기 심장이 거세게 요동치기 시작했다. 옛날 내 곁에서 발그스레하고 윤나던 링쩐의 얼굴이 생각났다. 그때 그 얼굴도 이렇게 빛이 나고 홍조를 띠었다. 링쩐의 이마에는 항상 땀방울이 맺혀 있고 물기가 촉촉했다. 코도 저렇게 오뚝했다. 입술은 또 얼마나 촉촉하고 부드러웠는지 몰랐다. 입술에서 달콤한 과즙이 영원히 샘솟을 것만 같았다. 나는 그 자리에서 미동도 하지 않고 샤오민을 바라보았다. 샤오민의 머릿결은 옛날 링쩐의 머리와 똑같이 새까맣고 윤기가 흘렀다. 검은 비단이 머리에 드리워져 물결치는 것 같았다. 잠시 넋을 놓고 있다가 문득 샤오민이 이제 다 컸다는 사실을 깨달았다.

쾅 하는 소리와 함께 순식간에 성숙하고 말았다. 그애의 엄마가 나와 결혼을 약속했을 때의 그 모습 그대로 자라 있었다. 가슴도 볼록 솟아올랐고, 이마에는 윤기가 흘렀으며, 어깨에 걸쳐 있는 부드러운 머리칼에서는 소녀들 특유의 머릿기름 냄새가 났다.

손에 쥐고 있던 잡초와 벌레를 담아놓은 유리병이 나도 모르게 스르르 미끄러져 떨어졌다(다행히 샤오민은 넋이 나간 나의 모습을 보지 못했고 병이 떨어지는 소리도 듣지 못했다). 쏟아진 풀 새싹에서 어린아이 잠꼬대 같은 소리가 들리는 것 같았다. 가볍게 부르는 소리와 함께 즙액의 청량한 비린내가 풍기는 가운데, 나는 샤오민을 향해 다가가고 있었다.

내가 말했다. "링쩐, 대충 빨아도 돼."

샤오민이 말했다. "아저씨, 올해 제 나이가 벌써 만으로 열일곱 살이에요."

나는 놀라움을 금치 못했다. "벌써 열일곱이니?"

그애는 나를 바라보면서 가볍게 웃어보이고는 다시 입을 열었다. "빨래는 깨끗이 해야 해요."

내가 말했다. "열일곱 살이 되었다고?"

샤오민이 말했다. "이제 열일곱이 지나 열여덟이 되었어요."

나는 그 자리에 우두커니 서 있었다. 굳어버린 나무토막처럼, 미동도 하지 않고 멍하니 서 있었다. 내가 샤오민이 이미 만으로 열일곱이 되었다는 사실을 의식했을 때, 이제 완전히 성숙했다는 것을 깨달았을 때, 아득히 먼 곳에서 환희의 물결이 밀려와 사방에서 나를 에워쌌다.

순간 내 마음은 어둡고 그윽한 기쁨에 젖어들었다. 황급히 의자를 끌어다놓고 그 아이 앞에 앉으면서 말했다. "맙소사, 네가 벌써 열일곱이 되었구나. 네 엄마랑 아주 똑같은 모습으로 자랐구나."

나는 한 손으로 다른 손에 묻은 흙을 털어내며 말했다. "샤오민, 너는 열일곱 살이 되더니 네 엄마와 똑같아지는구나."

샤오민이 두 그루 나무 사이에 매어놓은 빨랫줄에 다 빤 침대보와 베갯잇을 너는 모습을 바라보다가 그애 뒤를 졸졸 따라가며 말했다. "네가 뜻밖에도 만 열일곱 살이 되었다니. 네가 네 엄마를 쏙 빼닮았다는 사실을 너도 알고 있니?"

샤오민은 침대보와 베갯잇을 다 널고 물이 뚝뚝 떨어지는 내 옷 두 벌까지 널고 나서야 고개를 돌려 나를 바라보며 물었다. "빨래할 게 또 있나요?" 내가 말했다. "가서 거울을 좀 보렴. 너는 생김새가 네 엄마랑 너무 똑같아. 키도 딱 이만하고, 뚱뚱하지도 마르지도 않은 몸매도 너와 똑같았지. 코는 오뚝하고 입술은 도톰한데다 잘 익은 사과처럼 발그스레한 달걀형 얼굴이었어. 네가 어떻게 네 엄마를 이렇게 쏙 빼닮을 수 있는지 모르겠구나?

어떻게 이렇게 네 엄마를 쏙 빼닮은 거지?"

내가 말했다. "샤오민, 나는 네 엄마를 다시 찾은 기분이란다. 네 엄마가 다시 살아나서 내 앞에 나타난 것 같아. 첸스춘의 산맥과 햇빛, 집과 들판, 봄날의 풀잎과 새들까지 모두 이십 년 전 모습을 그대로 되찾은 것 같구나. 우리 집 처마 밑에 걸려 있는 호미나 비스듬히 세워져 있는 쟁기, 벽의 갈라진 틈과 땅의 흙먼지, 문 가장자리의 검정 칠까지 옛날 그대로야. 마당의 느릅나무 몸통에 난 상처나 문 앞에서 우는 귀뚜라미 소리마저 옛날 그대로구나."

하늘이 이십 년 전과 똑같았다.

땅이 이십 년 전과 똑같았다.

나뭇가지와 풀, 닭과 오리, 소와 양들도 이십 년 전 모습 그대로였다.

거할

하늘을 나는 원앙

이 작품은 신혼의 정경을 묘사한 시다.

車
轄

중춘이 다가오자 밀이 갑자기 젓가락처럼 빽빽히 자라나기 시작했다. 거무스름하면서도 푸른 빛깔이 온 산과 들에 넘쳐나더니 이내 하늘을 가리고 땅을 덮었다. 이월 보름 동안 마을에서 오동나무가 가장 먼저 분홍빛 꽃을 피우더니, 삼월에는 회화나무 꽃이 하얗게 피었고 눈처럼 하얀 살구꽃도 만발했다. 사월 초가 되자 하얀 꽃들이 지기도 전에 은 황색 느릅나무 열매가 공중에 가득 매달려 늘어지면서 산맥과 세상 전체를 온갖 향기로 물들였다.

일찍 태어난 말매미들이 밤낮을 가리지 않고 나무 위에서 신나게 울어댔다.

참새가 밤낮을 가리지 않고 나뭇가지 위에서 즐겁게 노래했다.

마을의 수많은 집들이 토담과 담장 아래 해바라기를 심어두었다. 원래 오월에 피는 해바라기지만 올해는 사월 초부터 피기 시작하더니 빨간색, 노란색, 흰색, 분홍빛이 도는 노란색까지 갖가지 색깔의 해바라기가 여기저기 예쁘게 피어났다. 해가 담장을 비추면 선명한 꽃잎이 물감을 칠한 듯 더 도드라져보였다. 마을 사람들은 까치발을 하고서 갈 양쪽 담장을 따라 가득 피어 있는 해바라기를 바라보았고 허공에 걸린 듯한 은황색 느릅나무 열매를 바라보면서 머리 위로 날아가는 은빛 말매미의 울음소리를 들었다. 사람들은 또 길 한가운데나 마을 어귀에서 걸음을 멈추고 말했다. "어, 해바라기가 피었네. 마을 누구 집에 뜻밖의 경사가 났나보군."

사람들이 말했다. "올해는 매미가 이렇게 일찍 우는 걸 보니 봄과 여름이 한데 뒤섞인 것 같군."

사람들이 말했다. "봐요. 기러기가 산등성이 위를 날다가 깃털을 떨어트렸어요. 원래 하얀 털이어야 하는데 어째서 분홍색 털이 떨어진 건지. 큰 경사예요. 마을 어느 집에 큰 경사가 있는 게 틀림없어요."

나는 링쩐과 결혼하고 싶었다.

나는 샤오민(링쩐)과 진지하고 엄숙한 혼례와 의식을 거행하기로 마음먹었다. 어느 수요일, 샤오민은 허우스촌에 있는 할머니 집으로 밥을 먹으러 가지 않았다. 산등성이 쪽에 있는 고등학교에서 곧장 산등성이를 넘어 마을로 돌아온 그애는 우리 집에서 밥을 먹었다. 그런 다음 지난주 토요일에 깜빡 잊고 창틀에 두고 갔던 펜을 가져갔다. 샤오민이 떠나려 할 때쯤 내가 물었다. "내일 시험이 있지 않니?"

샤오민이 대문 입구에서 고개를 돌려 말했다. "아저씨, 저는 이미 만으로 열일곱 살이에요. 실제로는 열여덟 살이나 마찬가지라고요."

내가 말했다. "이마를 한 번 쓰다듬어주마. 내가 이마를 쓰다듬어주면 내일 시험에서 평소와 달리 좋은 성적을 받을 수 있을 거야. 반에서 손가락으로 꼽을 수 있는 등수에 들게 될 거야."

샤오민은 이마를 쓰다듬어달라고도 하지 않았고 만지지 말라고도 하지 않았다. 그저 대문 뒤에서 고개를 돌린 채 나를 바라보기만 했다. 자신이 알지 못하는 글자 하나 또는 책 한 권, 시 한 수를 바라보고 있는 것 같았다. 문은 살짝 닫혀 있었고 담장을 넘은 햇살이 그애의 얼굴을 비추면서 쿼즈 같기도 하고 계란 같기도 한 얼굴을 붉게 물들였다. 얼굴에 발그레한 빛이 한 겹 입혀진 모습이, 아주 크고 윤기 있는 붉은 포도알 하나가 햇살 아래 걸려 있는 것 같았다. 투명하고 환하고 매력적인 붉은빛을 발산했다.

내가 말했다. "샤오민, 이 아저씨는 말이야, 우리 바러우 지역 사람으로는 유일하게 몇십 년 전 경성에 있는 명문대학에 합격한 학생이란다.

그 명문대학의 유명 교수로서 숱하게 거느렸던 석사와 박사들이 느릅나무에 매달린 열매보다 더 많았지.

학문이 그리 대단하다고는 할 수 없지만『시경』연구에서는 감히 나와 견줄 만한 사람이 없어.

주변 마을에서 성적이 안 좋은 아이들은 전부 이 아저씨를 찾아와 이마를 쓰다듬어달라고 졸랐고, 그 결과 그 아이들 모두 성적이 크게 올랐다는 것 모르니?" 이렇게 말하면서 나는 대문 쪽으로 걸어가 샤오민의 윤기 나는 이마를 가볍게 쓰다듬어주었다. 샤오민의 이마는 약간 따스하면서도 차가웠고 매끄러우면서도 촉촉했다. 이마 위로 햇빛에 빛나는 안개가 한 겹 덮여 있는 것 같았다. 샤오민의 매끄럽고 윤기나는 피부에는 있는 듯 없는 듯 아주 가늘고 미세한 솜털이 나 있었다. 회색 같기도 하고 흰색 같기도 한 솜털은 붓 끝에 있는 가늘고 하얀 털

같았다. 내 손이 그 여리고 하얀 털을 건드리자 혀끝이 한줄기 미세한 바람을 만난 것처럼 손가락 끝의 피부가 가늘게 떨렸다. 나는 마음을 단단히 먹고 내 손가락 네 개와 손바닥 절반을 샤오민의 이마에 얹었다. 샤오민이 내 바로 앞에 서자 머리가 내 턱 밑에 닿았다. 위에서 아래를 내려다보니 코끝에 맺힌 샤오민의 땀방울이 보였다. 그 땀방울들이 금구슬이나 마노처럼 반짝거렸다. 이마에서 흘러내려 머리 위로 올라가지 못한 검은 머리칼이 가볍게 내 손가락 위에서 하늘거렸다. 바람을 따라 기복하던 향기가 마을 거리에 흩어졌다.

내가 말했다. "실제 나이가 열여덟이라고 했니?"

샤오민이 말했다. "내일 국어시험이 있어요."

내가 말했다. "걱정할 것 없어. 넌 틀림없이 다른 애들보다 좋은 성적을 얻게 될 거야."

샤오민이 말했다. "사람이 열여덟 살이 되면 어른이 된 거나 마찬가지예요."

이어서 나는 또 내 다섯 손가락을 샤오민의 이마에 갖다댔다. 손바닥 전체를 이마에 댔다. 그리고 오른손으로 그애의 정수리를 밑으로 힘껏 눌러주었다(샤오민의 머리카락이 햇빛 속에서 검은 금빛을 발했다. 약간 따뜻한 느낌이었다. 겨울날 두 손으로 햇볕에 따스해진 이불을 만지는 것 같았다). 두 눈으로는 샤오민의 얼굴을 바라보았다. 그애의 눈과 꼭 다문 입을 바라보았다. 꼭 다물어진 입술 위로 입술의 삼분의 일이 공중에 떠 있는 것 같았다. 홍옥이 햇빛 속에 잠겨 있는 것 같았다. 바로 그때 중춘이 봄의 한가운데를 뚫고 들어왔다. 샤오민의 옥처럼 가는 입술이 햇빛을 받아 반짝였다. 입술은 잠자리 날개처럼 얇았다. 샤오민의 입술에서 발원한 아주 맑고 담담하면서도 짙고 강렬한 웃음기와 향기가 문 뒤와 마당, 그리고 마을 사이로 흩어지면서 흘러가기 시작했다. 나는 그 향기를 맡으면서 가벼운 현기증과 함께 흥분을 느꼈다. 그 자리에 제대로 서 있지 못하고 금방이라도 흐물흐물 주저앉을 것만 같았다. 그 잠자리 날개 같은 입술을 투과하여 희미하게, 얇은 입술 피부 아래에 있는 혈관과 피부조직이 다 보이는 것 같았다. 유동하고 순환하는 피와 열기, 그리고 봄날의 강물 같은 나이에 입술에 축적된 젊음과 팽팽함이 보이는 것 같았다.

그 청초하고 투명한 옥과 마노의 붉음을 바라보면서 내가 말했다. "넌 정말 엄마를 쏙 빼닮았구나."

샤오민이 말했다. "아저씨, 다 만지셨나요?"

내가 말했다. "이제 다 됐다. 내일 시험은 마음 푹 놓고 봐도 될 거야."

샤오민이 해맑게 웃었다. 얼굴이 편안해졌다. 티끌 하나 없는 물을 보는 것 같았다. 내가 손을 이마와 머리칼에서 떼자 샤오민은 다시 한번 빙긋이 웃고는 잠자리처럼 날아갔다. 문을 여는 순간 목 부분의 옷깃이 움직이면서 목과 가슴 사이에 이어진 살결이 살짝 드러났다. 청춘의 풋풋한 기운과 열일고여덟 살 소녀의 싱그러운 살냄새가 밖으로 퍼져나왔다.

나는 샤오민이 문을 나서서 마을길을 달려가는 모습을 바라보았다. 빗방울이 땅에 떨어지듯 발끝만 땅에 살짝 대면서 내 시선에서 멀어져갔다. 갑자기 그애가 사라지면서 내 마음속에서 뭔가를 가져가버린 것 같은 느낌이 들었다. 겨울날 텅 비어버린 산처럼, 내 마음에서 초록빛이 사라졌다. 순수함이 사라졌다. 바람을 피해 햇볕을 찾은 푸른 풀의 숨결도 사라져버렸다. 샤오민이 내 모든 것을 가져가버렸다. 문득 몇 걸음만 쫓아가면 잃어버린 모든 것을 되찾아올 수 있을 것 같다는 생각이 들었다. 갑자기 링쩐(샤오민)과 결혼하고 싶어졌다.

샤오민(링쩐)과 결혼하고 싶어졌다.

나는 상반신만 찍힌 샤오민의 육 인치 사진을 꺼내어 한참을 들여다보았다. 붉은 스웨터 차림에 머리를 두 갈래로 땋은 모습이었다. 한 갈래는 어깨 앞쪽으로 늘어뜨리고 한 갈래는 어깨 뒤로 넘긴 모습이었다. 초목이나 돌처럼 순박한 모습이 얼굴에 그대로 새겨져 있었다. 나는 샤오민(링쩐)과 정정당당하게 혼례를 거행하기로 마음먹었다.

오후로 들어서도 마을은 여전히 조용하기만 했다. 마을이 없는 것 같았다. 사람들의 흔적이 없는 것 같았다. 산맥을 벗어난 젊은이들은 전부 일을 하러 나가고 마을에는 노인과 아이들만 남았다. 아이들을 데리고 밭에 나가 일하는 노인들은 또 마을을 나와, 마을에는 가축들만 남겨졌다. 나와 마을 어귀의 소, 길가의 닭, 담장 아래 드러누운 개가 마을을 지키고 있었다. 우리 집의 낡은 정원을 지키고 있었다. 나는 햇빛 속에 잠시 앉아 있다가 눈을 감고 생각에 잠겨보았다. 다시 눈을 떠보니 보이는 것이라고는 여전히 닫혀 있는 정원의 대문뿐이었다. 몸을 일으킨 나는 잠시 하늘을 바라보다가 다시 가서 대문을 잘 닫은 다음 얼른 돌아와 주저 없이 방으로 들어갔다. 신방을 정리하듯이 나는 바깥쪽 방에 있던 탁자와 의자를 밖으로 내놓은 다음 부엌에서 대야에 물을 떠다가 이 탁자와 의자를 닦기 시작했다. 그다음에는 수분과 습기가 말끔히 가시도록 햇빛 아래 말렸다. 아울러 물을 더 떠다가 가구와 침대 다리, 공기, 거미줄, 문틀을 한 번씩 닦고 바닥의 벽돌과 벽돌 틈새까지 깨끗하게 닦았다. 이어서 안쪽 방 벽과 그 안에 있던 책, 창문, 종이와 펜, 그리고 모든 냄새와 색깔까지 깨끗이 닦았다. 그런 다음 붉은 종이를 가져다 탁자 위에 펼쳤다. 붉은 종이를 탁자 위에 펼친 나는 이를 접고 오려 네모난 쌍 '희囍'자를 만들어 침대 옆 벽에 붙였다. 이어서 침대보와 이불을 걷어낸 다음 옷장에서 샤오민이 빨아놓은 침대보와 이불을 꺼내어 그 자리에 깔았다. 붉은 종이를 한 장 더 꺼내어 대련도 준비했다. 대련의 문구는 『시경』에서 가장 유명한 혼인시였다. 상련은 "원앙 한 쌍이 함께 나니 암수를 구분하지 못하여 작은 그물로 잡고 큰 그물로 잡네"라는 구절이고, 하련은 "말을 마구간으로 받아들여 풀과 꼴을 먹이네"라는 구절이었다. 횡비는 '원앙혼鴛鴦婚'이었다.

이 신혼의 대련을 문틀에 붙였다.

가구를 방 안에 배치했다.

붉은 비단을 마당에 있는 나무에 걸었다.

마지막으로 샤오민의 그 육 인치짜리 상반신 사진을 거울 틀에 끼워넣고 한동안 바라보고 또 바라보았다. 샤오민이 복숭아처럼 붉게, 오얏처럼 하얗게 웃는 모습을 보면서 내가 말했다. "우리 둘이 당장 결혼하자."

샤오민은 여전히 복숭아처럼 붉게, 오얏처럼 하얗게 웃고 있었다.

내가 말했다. "우리 둘이 지금 당장 결혼하는 거야."

샤오민은 여전히 복숭아처럼 붉게, 오얏처럼 하얗게 웃기만 했다.

내가 말했다. "이제 곧 결혼 예식이 거행될 거야."

샤오민이 복사꽃처럼 화사하게 웃자 꽃향기가 은은하게 퍼졌다. 봄날 꽃 피는 계절에 꽃이 피는 것 말고는 아무것도 존재하지 않는 일 같았다. 마을의 거리는 너무나 조용했다. 담장을 따라 늘어선 해바라기가 해를 쫓아 고개를 돌리는 소리가 들릴 것만 같았다. 어느 집 암탉이 신이 났는지 꼬꼬댁꼬꼬댁 하고 요란하게 울어대는 소리가 강물처럼 거세게 흘러갔다. 그 소리에 다른 닭들도 덩달아 울어대며 모이를 쪼아대듯이 꼬꼬댁거리며 이리저리 돌아다녔다. 나는 오른손에 샤오민의 사진을 들고 마당으로 걸어나가 문을 열고 밖을 내다보았다. 밖이 여전히 조용한 것을 확인하고는 다시 문을 닫고 문고리를 걸었다. 앞으로 한 발짝 나아가 혼례의 사회자가 된 나는, 뒤에 있는 바위 위로 두 걸음 뛰어올라 허공에 대고 큰 소리로 외쳤다.

"신부 입장이오. 신부가 가마에서 내립니다."

그런 다음 입으로 줄폭죽 터지는 소리를 냈다. 꽉꽉파박 한바탕 줄폭죽이 터지고 난 뒤에 나는 재빨리 바위 위에서 뛰어내려왔다. 신부를 부축하는 여인의 역할을 하기 위해서였다. 신부를 부축하듯 샤오민의 사진을 손에 들고 반쯤 무릎을 구부려 가마에서 내리는 신부를 부축한 다음 또다시 허공을 향해 외쳤다.

"신부가, 문 안으로 들어섭니다."

이어서 주머니에서 빨간색이 대부분인 오색 종잇조각을 꺼내어 집에 있는 땅콩과 호두, 잡곡을 섞어 하늘을 향해 뿌렸다. 그런 다음 다시 앞다투어 땅에 떨어진 땅콩과 호두를 줍는 아이들이 되어 마당을 이리저리 뛰어다니며 정신없이 호두와 땅콩을 주웠다. 땅콩과 호두를 다 주운 다음에는 다시 마당의 바위 위로 올라갔다.

"신랑신부는 하늘과 땅에 절을 올리시오. 하늘과 땅을 향해 첫번째 절을 올리시오!"

나는 황급히 바위 위에서 내려와 마당 한가운데에 선 다음 샤오민의 사진을 단정하게 받쳐들고 애써 손가락에 깍지를 끼고는 두 손을 모아 절을 올리는 자세를 취했다. 그러고는 하늘을 향해 허리를 깊이 숙여 절을 올렸다.

그런 다음 다시 재빨리 바위 위로 올라갔다.

"부모님을 향해 두번째 절을 올리시오!"

다시 바위 위에서 내려온 나는 첫번째 절을 올릴 때와 똑같은 자세로 우리 집 마당의 그 두 그루 느릅나무(이 나무들은 어머니가 살아 계실 때 아버지가 직접 심으신 나무들이다)를 향해 허리를 깊이 숙여 절을 올렸다.

그러고는 또다시 바위 위로 올라섰다. "신랑신부는 서로 맞절을 올리시오. 서로 사랑하고 은혜를 베풀어 집안에 자손이 가득하고 백년해로 하시오."

또 재빨리 바위 위에서 내려온 나는 미리 준비한 의자에 샤오민의 사진을 조심스럽게 올려놓고 뒤로 두 걸음 물러서서 사진을 향해 허리를 깊게 구부려 절을 올렸다. 그런 다음 이번에는 사진을 들고 내가 의자에 앉았다. 단정히 앉아 사진을 자기 쪽으로 향하게 든 나는 샤오민이 내 앞에서 허리를 구부리는 것처럼 내 몸을 향해 사진을 기울였다. 그리고 이번에는 탁자 위로 올라가 담장 너머 여전히 조용하기만 한 마을과 거리를 살펴보았다. 여전히 새파란 하늘과 우리 집 마당의 나무들을 둘러본 나는 크게 숨을 들이쉰 다음 최대한 목청을 높여 소리쳤다.

"신랑신부는, 동방에 드시오."

나는 조금도 서두르지 않았다. 그저 혼례가 끝나고 난 뒤의 약간 허전한 기분으로 탁자 위에서 내려왔을 뿐이다. 그러고는 내 앞에 놓여 있던 샤오민의 사진을 오른쪽으로 옮겨놓았다. 혼례를 올릴 때 남자가 왼쪽에 서고 여자가 오른쪽에 서는 것처럼 그렇게 서서, 나와 샤오민은 천천히 동방을 향해 걸어갔다. 방문 바로 앞 땅바닥에는 벽돌이 있었다. 나는 이 벽돌을 신랑신부가 동방에 들기 전에 반드시 넘어야 하는 불쟁반火盆으로 삼았다. 나는 그 벽돌 앞에서 걸음을 멈추고 사진을 든 채 불쟁반을 넘듯이 큰 걸음으로 벽돌을 뛰어넘었다. 나와 샤오민의 사진은 함께 문지방을 넘어 미리 잘 꾸며놓은 동방으로 들어섰다. 그런 다음 몸을 돌려 텅 빈 마당을 향해, 마당에 가득한 하객들을 향해 감사의 절을 올리듯 허리를 숙였다. 그러고는 방문을 닫았다.

　샤오민의 사진을 가슴에 꼭 안은 나는 동방 안의 침대를 향해 걸어갔다.

습상

샤오민의 선택

'습상'은 낮은 지대에 있는 뽕나무밭을 말한다. 이 작품은 낮은 지역에 자라는 뽕나무에 기탁하여 아름다운 사랑을 노래한 사랑의 고백이다.

隰
桑

해가 서산에 지려 할 때면, 해가 솟을 때와 마찬가지로 산맥이 온통 따스하고 붉은빛으로 물들었다. 이제 밀은 몸이 튼튼해졌는지 줄기가 쇠처럼 단단하고 곧게 자라나 있었다. 바람과 비도 친절하고 성실하게 생장을 도와주었다. 모든 것이 순조로웠다. 와야 할 때 왔고 가야 할 때 갔다. 해와 비는 서로를 공격하지 않았고 항상 평안하고 무사했다. 해가 오면 비가 조용히 물러났고, 해가 물러가면 비가 왔다. 그다음 비에는 산맥의 맑고 신선한 기운이 냇물처럼 흐르기 시작하여 아무리 미세한 곳도 그냥 지나치지 않았다. 마을 사람들이 모두 말했다. "바람과 비가 순조로운 것이 전부 양 교수님이 경성에서 복을 가져왔기 때문인 것 같아요."

나는 순조로운 바람과 비 속에서 마을 어귀를 향해 걸어갔다. 학교가 파해 돌아오는 샤오민을 맞아 우리 집으로 데려오기 위해서였다.

샤오민은 이미 열여덟 살이었고 곧 있을 대학시험을 앞두고 있었다. 한 달만 지나면 현에 있는 대학입학시험장에 가서 시험을 치러야 했다. 이번 시험을 위해 샤오민은 주말마다 학교에서 곧장 마을로 왔고, 항상 우리 집에서 늦은 저녁을 먹었다. 그런 다음 내게 밤새도록 보충수업을 받고 자기 집으로 돌아가 복습한 다음 잠에 들었다. 다음날이면 다시 교과서와 숙제한 것을 들고 우리 집으로 왔다.

마을 사람들이 이구동성으로 말했다. "샤오민은 대학에 들어갈 수 있을 거야."

나도 말했다. "이 아저씨가 있는데 어떻게 네가 대학시험에 붙지 못할 수가 있겠니?"

나는 샤오민에게 밥을 해주기도 하고 국수를 삶아주기도 했다. 때로는 몇 가지 음식을 만들어주기도 했다. 고기를 볶으면 가늘게 썬 살코기를 젓가락으로 집어 샤오민의 밥 위에 얹어주곤 했다. 닭을 삶을 때도 국물을 그릇에 가득 담아 그애 앞에 놓아주곤 했다. 밥을 다 먹으면 샤오민은 어린아이처럼 손으로 배를 두드리며 말했다. "아저씨, 경성에서 요리를 배우셨나봐요. 요리 솜씨가 제 공부를 도와주시는 솜씨보다 더 훌륭하신 것 같아요." 때로는 샤오민이 먼저 밥을 다 먹고 내가 식사를 마치기도 전에 그릇을 부엌으로 가져다가 자신의 손과 얼굴을 씻듯이 깨끗하고 정갈하게 설거지해 엎어놓기도 했다. 샤오민이 설거지를 하는 동안 나는 황혼이 내린 마당에 나가 앉아 그애가 설거지하는 모습을 보면서 생각했다. 우리는 이미 혼례를 치른 사이니 샤오민이 설거지하도록 내버려두는 것도 당연한 일이야. 세상에 설거지 한번 안 하는 아내가 어디 있담. 나는 느긋한 마음으로 아내의 시중을 받는 남편의 편안함과 행복감을 느꼈다(농작물이 빗물을 누리는 것과 다르지 않았다). 가끔씩 샤오민이 숙제를 하느라 여념이 없고 내가 부엌에 들어가 그릇들을 정리하고 있을 때면 그애가 곧 대입시험을 치러야하는 내 딸이라는 생각이 들기도 했다. 내가 샤오민을 보살펴주지 않는다면 누가 또 그애를 (해가 농작물의 생장을 돕는 것처럼) 보살펴준단 말인가?

또다시 금요일이 찾아왔고 나는 일찌감치 음식 세 가지를 준비했다. 가지계란탕을 끓여놓고 밥을 솥에 앉힌 다음 한참을 기다려 샤오민(링쩐)이 시간에 맞춰 우리(그애) 집에 도착할 때쯤 그애를 맞으러 문 밖으로 나왔다.

마을 어귀로 마중을 나가 샤오민을 데려올 작정이었다.

황혼의 지는 해가 일출 때처럼 붉게 세상을 비추고 있었다. 나는 날이 새기가 무섭게 연인과 약속된 밀회를 위해 집을 나서는 소년처럼 황혼을 밟으며 마을 밖으로 나섰다. 마을 거리의 수목과 담장, 공기의 흐름마저 지는 해 속에서 붉고 힘이 넘쳤다. 아침의 기운과 평안함이 가득했다. 하루종일 길을 돌아다닌 개는 발정이 났는지 몹시 킁킁대며 집으로 돌아가고 있었다. 배불리 먹은 닭은 저녁놀에 쫓기면서도 거드름을 피우며 대문을 넘고 있었다. 문턱을 넘을 때는 미련이 남았는지 누웠다 일어나기를 반복하면서 밖에서 주인이 돌아오는 발걸음 소리에 귀를 기울였다. 마을 사람들도 모두 밭에서 돌아와 있었다. 지금은 바쁜 계절이 아니라 물을 댈 필요도 없었고 잡초를 뽑을 필요도 없었다. 거름을 줘야 하는 때도 아니었다. 밭에 나가는 것은 집에서 한가하게 있다보면 시름이 늘고 몸도 피곤해져 한가해서 생기는 어떤 증상이 있을까봐 걱정돼서 호미질이나 쟁기질이라도 하기 위한 것이었다. 들에 나가 밭고랑을 고르고 밭모퉁이를 정리하거나 밭머리에 호박이나 콩을 좀 심기도 했다(사실 호박이나 콩을 심는 철도 지나 있었다). 그것도 아니면 밭에 나가 일은 안 하고 실컷 잠만 자다 오기도 했다. 요컨대 밭에서 일거리를 찾으러 느린 걸음으로 유유하게 나갔다가 유유하게 돌아오기 일쑤였다. 마음이 여유롭다보니 마을로 돌아올 때는 노래를 부르거나 창을 따라 했다. 아는 사람이라도 만나면 아무 의미도 없고 시작도 끝도 없는 얘기들을 쏟아냈다. 때로는 농작물을 가리키면서 말했다. "저길 좀 봐요. 저 밭머리의 나무가 참 튼실하게도 자랐네요." 가끔은 하늘을 날아가는 새를 보고 이렇게도 말했다. "저 매미가 어찌 저리 크게 자란 걸까요?" 길을 걷다가 발바닥에 솜을 밟는 것처럼 뭔가 물컹물컹한 것이 밟히기도 했다. 그럴 때 얼른 다리를 들어올려 발밑을 내려다보면 커다란 개미가 밟혀 부상을 입고 버둥거리는 것을 볼 수 있었다. 발에 밟힌 개미가 고통스럽게 몸을 버둥거리는 모습을 보노라면 양심의 가책이 느껴져 아픈 마음에 그 자리에 한참을 서 있곤 했다. 그러다가 측은지심이 발동하면 힘껏 발을 밟아 개미가 갈 곳으로 보내주었다. 부상당한 터라 더이상 버둥거리지 않았기 때문에 굳이 마음 아파하며 몸을 뒤집어줄 필요도 없었다. 마을로 돌아가던 그 사람은 더이상 신이 나지도 않았고 창을 흥얼거리지도 않았다. 길을 가다가 사람을 죽이기라도 한 것처럼 불편한 기분으로 조용히 다른 일들을 생각했다. 방금 고통스럽게 죽은 그 개미를 생각하다가 우연히 나를 만나게 된 것인지, 그가 갑자기 걸음을 멈추며 말했다. "양 교수님, 오늘이 양력으로 며칠인가요?"

그러고는 또 이렇게 말했다. "아, 생각났네요. 오늘이 음력 초파일이었군요.

링쩐네 딸아이 샤오민을 데리러 나가시나봐요? 그애가 교수님 같은 분을 만나 큰 복을 누리네요. 올해 대학시험 합격은 따놓은 당상이겠죠. 그애가 대학에 떨어지면 해가 동쪽으로 질 겁니다.

샤오민을 마중하시려면 산등성이 동쪽으로 가세요. 가끔 가까운 지름길로 해서 그쪽에서 올 때도 있으니까요."

하지만 나는 고집스럽게 내 경험에 따라 이전부터 샤오민을 기다리던 길 입구에 서서 기다리면서, 해가 서산의 깊은 골을 향해 철컥철컥거리며 떨어지는 모습을 바라보았다. 먼 하늘 끝에 있는 거대한 골짜기가 해를 강력한 흡인력으로 빨아들이는 것 같았다. 눈앞에 펼쳐진 들판에는 농작물과 들닭 몇 마리가 날아다닐 뿐, 아무것도 없었다. 알고 보니 샤오민을 마중하던 구불구불한 길은 산등성이에서부터 천을 늘어뜨려놓은 것처럼 넷째 아저씨 댁의 밭머리로 이어졌다가 내 발밑의 고랑까지 연결되어 있었다. 나는 그 길 어귀에 서서 샤오민을 기다렸다. 기다리고 또 기다렸다. 가뭄에 몸이 타듯이 눈이 빠지도록 기다렸다. 잃어버린 금붙이를 찾듯이, 떠나간 사랑, 잃어버린 자식의 그림자를 찾듯이 기다리고 또 기다렸다. 산 고랑으로 이어진 길을 뚫어져라 바라보았다. 떨어지는 해가 서쪽의 붉은 산등성이 사이에 걸려 있다가 계곡 사이로 점점 더 깊이 빨려들어가는 모습을 바라보았다. 남은 해 반쪽이 커다란 쟁반이 깨진 것처럼 산 틈새에 걸려 있었다.

해는 마침내 완전히 산골짝으로 떨어졌다. 그러나 뜻밖에도 샤오민은 그림자도 보이지 않았다.

나는 길 어귀에 잠시 서 있다가 앞서 마을 사람이 말해준 서쪽 갈림길 쪽으로 무작정 걸음을 옮겼다. 샤오민이 그 길로 오지 않으리라는 사실도 잘 알고 있었다. 그 길은 지름길이긴 하지만 강을 건너야 하고 비탈길을 올라야 하기 때문에 힘만 들고 시간을 절약할 수도 없었다.

분명 그 길로 오지 않으리라는 걸 잘 알면서도 나는 고집스럽게 그쪽을 향해 걸어갔다. 모기나 날파리들이 산등성이에는 물도 없고 나무도 없고 사람도 없고 쉴 만한 곳도 없고 먹을 것도 없다는 것을 잘 알면서도 황혼 무렵이면 산등성이를 날아다니는 것과 매한가지였다.

그렇게 걷고 있는데 문득 검은 점 하나가 내 눈에 들어왔다.

나는 그 검은 점을 향해 다가갔다. 그 점은 신속하게 커지고 확산되더니 과연 샤오민의 그림자가 되어 윤곽을 드러냈다.

반 리가 조금 넘는 거리에서 나는 그 검은 점을 향해 목청껏 소리를 질렀다. "샤오민, 샤오민 맞지?"

검은 점이 움직이더니 몸을 돌려 나를 바라보았다. 그 모습이 둥글다가 길어지더니 황혼 주위에 샤오민의 모습이 드러났다.

"거기서 뭐하고 있는 거니?

마을로 돌아오지 않고 거기서 뭐하고 있었어?

걷기 편한 저쪽 길을 놔두고 왜 하필 가파르고 험한 이 길로 온 거야?"

검은 점을 바라보면서 나는 잰걸음으로 그 점을 향해 다가갔다. 검은 점이 샤오민이라는 게 분명해지자 이제는 검은 점을 향해 뛰어가기 시작했다. 그애에게 아주 가까이 다가가서는 다시 걸음을 늦추고 땀을 닦으면서 걸어갔다. 걸으면서 계속 묻거나 말을 했다. 샤오민은 서쪽 길 어귀의 산등성이에 서 있었다. 그 양쪽으로 펼쳐진 게 누구네 밭인지 모르지만 밀이 잡초처럼 듬성듬성 자라 있고, 반대로 잡초는 밀처럼 무성하게 자라 있었다(아마도 그 집은 노동력이 성내에 집중되어 있고 농사는 부업인 모양이었다). 하지만 마지막 남은 지력이 작물을 돌봐 잡초 끝에도 드문드문 붉고 빛나는 나락이 맺혀 있었다. 샤오민은 바로 그 길 어귀의 밭 가장자리에 서 있었다. 얼굴에는 뭐라고 말할 수 없는 당혹감과 의심스러운 표정이 가득했다. 집으로 돌아가는 길을 찾지 못한 양처럼 눈가에 슬픔과 말로 설명하기 힘든 야릇한 빛이 어른거렸다. 그날 샤오민은 바러우 사람들이 몇 년 전부터 누구나 입었던 푸른색 교복 치마를 입고 플라스틱 굽을 댄 검정색 천신발을 신고 있었다. 두 가닥으로 땋은 머리는 빨간색 끈으로 동여맸고 이마 위로 늘어뜨린 머리에는 적갈색 작은 핀을 꽂고 있었다.

내가 부르는 소리를 듣고서 샤오민은 고개를 돌려 멀리 산등성이를 바라보았다.

다시 한번 내가 부르는 소리를 들은 샤오민은 천천히 나를 향해 걸어내려왔다.

내 발걸음 소리와 말소리를 들은 샤오민은 파란 책가방을 품에 안고서 좁은 길에서 큰길 쪽으로 나와 길 한가운데에 섰다. 그러고는 손으로 얼굴에 달려드는 날파리떼를 쫓는 동작을 하는가 싶더니 갑자기 미동도 않고 나를 바라보았다. 마침내 내가 찾아와주기를 기다리고 있었던 것 같았다. 나를 만나는 것을 원치 않는 것 같기도 했다. 나를 바라보는 모습이 나를 쎄려보는 것 같기도 했다. 나를 쎄려보는 모습이 고개를 숙여 자기 발밑을 보고 있는 것 같기도 했다.

내가 말했다. "어째서 여기에 와 있는 거야?

무슨 일이라도 있니?

날이 어두워졌는데, 혼자 마을에 돌아오지 않고 있으면 무섭지 않아?"

우리 두 사람은 그렇게 빈 산등성이에 서 있었다. 서로 두세 걸음 정도 가까이 떨어져 있었다. 내가 손을 뻗으면 그애도 손을 뻗을 것 같았다. 그렇게 두 손끝이 닿으면 사랑하듯이 하나가 될 수 있을 것 같았다. 하지만 우리 사이에는 모기와 날파리떼가 새까맣게 날고 있어 샤오민의 얼굴을 제대로 볼 수 없었다. 샤오민이 수시로 손을 들어 날파리떼를 쫓아내는 모습만 보일 뿐이었다. 그렇게 손을 젓다가 또 고개를 숙이고는 뭔가 말하려다가 바람이 멈추고 물이 말라버리듯이 하려던 말을 그녀는 삼켜버렸다.

내가 말했다. "어서 마을로 돌아가자. 여기 서 있으면 뭐해."

샤오민은 또다시 손을 저으면서 날파리떼를 사이에 두고 나를 바라보았다.

"어서 가자. 더 늦으면 밥과 음식이 다 식어."

그래도 샤오민은 미동도 않은 채 나를 바라보기만 했다.

"너 도대체 왜 그러니?

도대체 왜 그래? 왜 한마디도 안 하는 거야?"

"어제 두 과목 시험을 봤는데 둘 다 불합격했어요." 샤오민은 나를 힐끗 쳐다보더니 우물쭈물 말했다. 마침내 엉킨 실타래에서 겨우 실을 뽑아낸 듯이, 간신히 물이 도랑으로 흘러든 듯이, 잠시 머뭇거리다가 머릿속으로 매만지던 말을 이어갔다. "이번만이 아니에요, 아저씨. 지난번 시험 두 차례도 성적이 엉망이었어요. 반 전체에서 끝에서 두번째였단 말이에요. 전교로 따지자면 끝에서 네번째였고요. 전 제가 대학에 붙을 가망성이 없다는 거 잘 알아요. 선생님이 그러시는데, 전교 백 명이 넘는 학생 가운데 앞에서 십등 안에 들어야 도시에 있는 대학에 갈 수 있대요. 중간 정도 성적으로는 대학 근처에도 갈 수 없다고 했어요. 그러니 저 같은 하위권 학생이 어떻게 대학에 붙기를 기대할 수 있겠어요?

대학에 진학하고 싶지 않아요. 저는 이미 열여덟 살이란 말예요.

해가 남쪽에 있을 때부터 줄곧 여기에 앉아 생각했어요. 해가 서산에 지고 아저씨가 절 찾으러 올 때까지 계속 생각했다고요. 이제 분명히 알 것 같아요. 우리 엄마도 글을 모르고 아빠도 일자무식이었는데 제가 어떻게 대학에 합격할 수 있겠어요? 공부하고 숙제를 할 때면 전벌을 받는 기분이었어요. 그나마 빨래하면서 미끌미끌한 비누거품이 손에 감길 때면 무척 기분이 좋았죠. 마음속으로 어릴 때 줄넘기하고 놀 때처럼 즐거웠거든요. 아저씨 집에 가서 야채를 썰고 음식을 만드는 아저씨 모습을 볼 때마다 손이 근질근질했어요. 어떻게든 제가 부엌에 들어가 대신 음식을 만들고 아저씨에게는 나와서 제 숙제를 대신하게 하고 싶었단 말예요.

아저씨, 저 더이상 공부 안 할래요. 전 결혼하고 싶어요.

외할머니가 결혼 상대를 알아봐주셨어요. 성은 리씨고(뜻밖에도 리광즈와 같은 성이었다), 바러우산맥 서쪽에 살아요. 황하에서 몇 리 밖에 떨어지지 않은 곳이고요. 저희 집에서 약 팔구십 리쯤 돼요. 그 집은 해마다 황하가 범람해 수해를 입고 있거든요. 물가에 사는 게 두려워서 차라리 처가살이하고 싶대요. 데릴사위로 우리 첸스촌에 와서 살 생각이고 아이를 낳아도 우리 쪽 성을 따라 쑨씨로 하겠다고 했어요. 리씨가 아니라 쑨씨로 한다는 거예요. 그럼 우리 쑨씨 집안은 대가 끊이지 않고 대대로 향을 피울 수 있게 되죠.

제가 결혼하면 아저씨도 마을에서 직접 밥하실 필요 없이 매일 저희 집에 오셔서 함께 식사도 하시면서 같이 지내요. 아저씨, 언젠가 그 사람이 다시 마을에 오면 아저씨 댁으로 한번 데려갈게요. 키도 아주 크고 희고 말끔한 얼굴이에요. 어딘가 모르게 아저씨를 좀 닮은 것 같기도 해요. 기꺼이 데릴사위가 되겠다는 남자를 찾는 건 쉬운 일이 아니잖아요. 게다가 그 사람은 아저씨를 닮았다니까요. 그저께 외할머니 집에서 그 사람을 만났어요. 저는 한눈에 좋다고 했죠.

어제 대학시험을 위한 첫번째 모의고사가 있었어요. 오늘 성적이 나온 걸 보고는 곧장 결혼하기로 마음먹었어요.

결혼하면 정정당당히 학교에 안 가도 되잖아요. 더이상 숙제나 시험 준비 때문에 노심초사하지 않아도 되고요. 전에는 시험 때문에 생리주기가 불규칙할 정도였단 말예요.

아저씨, 왜 말씀이 없으세요? 저도 아저씨가 젊었을 때 우리 엄마랑 서로 좋아하는 사이였다는 거 잘 알아요. 그래서 저를 친딸처럼 잘 대해주시는 거잖아요. 결혼은 인생에서 가장 중요한 일이라 친척 가운데 다른 사람들하고는 상의해보지 않았어요. 아저씨하고만 상의하려 하는 건데 어째서 한마디도 안 하시는 거예요?

한마디만 해주세요, 아저씨. 동의하시는지 안 하시는지 한마디만 말씀해주세요.

날이 이미 어두워졌네요. 빨리 집으로 돌아가셔야겠어요. 아저씨, 요컨대 저는 학교에 다니지 않고 결혼할 거예요. 이제 더이상 주말마다 아저씨 댁에 가서 폐를 끼칠 일도 없을 거고 아저씨께서 저를 위해 밥을 하고 공부를 돌봐주실 일도 없을 거예요.

저는 허우스촌에 있는 외할머니 댁으로 가요. 아저씨, 날이 어두워졌어요. 어서 집으로 돌아가세요. 여기 비탈에 서 계시지 말고요."

말을 마친 샤오민은 품에 안고 있던 책가방을 내려 손에 들고는 저녁놀이 사라지기 전 산에 남은 적막한 빛을 바라보았다. 그러고는 잠시 망설이는 듯하더니 이내 길을 따라 산 아래로 내려가기 시작했다.

몇 걸음 가다가 고개를 돌려 나를 바라보고 잠시 머뭇거리더니 손을 흔들었다. 그러고는 계속 걸음을 재촉했다.

걸음이 무척 빨랐다. 날이 저물어 산등성이 아래로 내려가지 못할까 봐 걱정하는 것 같았다.

하늘은 정말로 빠르게 어두워졌다. 고요한 소리가 귓가에 선명히 들려 왔다. 나는 홀로 길 어귀에 서서 샤오민의 그림자가 올라갔다 내려갔다, 커졌다 작아졌다 하다가 하나의 점으로 사라질 때까지 지켜보았다. 밤에 둘러싸이자 온몸에 열이 나면서 혈류가 몹시 빨라졌다. 산비탈을 달려 내려가 그애를 품에 안고서 이처럼 사방에 아무도 없는 풀밭에 쓰러져 뒹굴고 싶었다.

하지만 그렇게 생각만 했을 뿐, 여전히 그 자리에 나무처럼 서서 움직이지 않았다(교수인 내가 어떻게 그럴 수 있겠는가? 지식인인 내가 어떻게 그럴 수 있단 말인가?).

드넓은 천지의 막막한 어둠 속에 홀로 서 있자니 창강長江처럼 굵은 눈물이 뺨을 타고 흘러내렸다. 조용히 눈물만 흘리다 이내 어둠 속에 쪼그리고 앉아 엉엉 소리내어 울기 시작했다. 목소리가 갈라지고 온몸에 힘이 빠졌다. 하늘이 무너지고 땅이 갈라졌다. 산과 강이 산산이 부서졌다. 젖을 떼고 나서 필사적으로 엄마 젖을 찾는 아이처럼, 나는 그렇게 목놓아 울었다.

점점지석

다른 사람의 혼례

이 작품은 「소아」에 있는 시로, 동정東征에 나선 장군이 막막한
여정과 피곤함을 한탄하는 내용이다.

漸漸之石

샤오민과 성이 리씨인 그 남자(녀석)는 결혼하겠다고 말한 뒤에 곧장
그 일을 추진했다. 샤오민이 내게 결혼하고 싶다고 말한 순간부터 두
사람이 정말로 결혼할 때까지의 시간은 너무나 짧았다. 한 달도 채 되
지 않았다.

양력 오월, 나는 날마다 대문을 걸어 잠그고 샤오민의 사진을 붙잡
고 있었다. 방에서나 마당에서나, 채소를 심거나 돌보면서 마당에서
손에 호미를 들고 있을 때도 주머니에서 샤오민의 사진을 꺼내어 보곤
했다. 햇볕이 내리쬐는데도 무려 반나절을 사진만 들여다보기도 했고,
때로는 자신도 모르게 사진에 입을 맞추기도 했다. 옛날 바러우 들판
에서 갑자기 링쩐에게 입을 맞추던 것과 다르지 않았다. 나는 내 정신
이 좀 이상해졌다는 걸 잘 알고 있었다. 혼백이 흩어져 날아가버렸다.
샤오민이 다른 남자와 결혼했다는 사실을 떠올릴 때마다 초조하고 불

안했고 정신착란을 일으켰다. 방에 있는 멀쩡한 물병을 깨뜨리거나 탁자를 뒤집어엎기도 했다. 당장 허우스촌으로 샤오민을 찾아가 따져 묻고 싶은 충동이 일었다. 그녀의 약혼자 집이 바러우산 어디에 있는지 알아내어 그 마을을 찾아가 한바탕 주먹다짐을 하고 싶었다(사실 나는 그럴 수도 없었다. 교수인 내가 어떻게 주먹다짐을 할 수 있단 말인가?).

그러던 어느 날, 나는 정말 기세등등하게 허우스촌을 찾아갔다. 원래는 샤오민에게 약혼자 집이 어느 마을에 있는지 물어볼 생각이었는데 그애 외할머니 집에 가보니 목수들 몇몇이 마당에서 샤오민을 위해 가구를 짜고 있었다. 장롱과 침대, 책상 등을 만드는 모습을 보고는 문 앞에서 넋 놓고 서 있는 수밖에 없었다. 바쁘게 손을 놀리던 목수들이 나를 보고는 누굴 찾느냐고 물었다. 내가 말했다. "저는 첸스촌의 양 교수입니다." 목수들은 그런 나를 바라보면서 놀란 기색으로 말을 받았다. "아, 그 양 교수님이시군요!" 내가 물었다. "샤오민은 어디에 있나요?" 바로 그때 샤오민이 빙긋이 웃으면서 방에서 나왔다. "아저씨, 어서 안으로 들어오세요." 내가 말했다. "별다른 일이 있어서 온 건 아니야. 그냥 네가 언제 혼례를 올리는지, 혼수 준비는 잘 되어가는지 궁금해서 왔어." 나는 마음속으로 생각했던 대답을 못하고 생각했던 말도 하지 못한 채, 결국 샤오민 집을 나와 대문 앞에서 땅바닥에 있는 돌을 매섭게 걷어찼다. 집으로 돌아오는 길에는 어느 집 밭인지 모르지만 잔뜩 물을 머금은 밀 새싹을 발로 마구 차버렸다. 집에 돌아와서는 대문을 닫아건 다음 창틀에 놓여 있던 샤오민을 가르치던 책을 마당 가운데로 집어던져버렸다.

어쨌든 나는 샤오민이 한 남자와 결혼하는 것을 막을 수 없었다. 양력 유월 십구일, 음력으로는 오월 초엿새, 전국의 대입시험이 끝나고 열흘째 되는 날, 두 사람은 혼례를 올리고 그애의 엄마 링쩐이 물려준 첸스촌 집으로 가게 될 것이다.

내가 말했다. "샤오민, 그 남자를 사랑하니?"

샤오민이 말했다. "그가 아저씨를 좀 닮았잖아요."

"정말로 그 남자를 사랑하는 거냐고?"

"그는 손재주가 정말 좋아요. 목수인데다 기와공이기도 하죠. 사람들을 부르지 않고도 세 칸짜리 기와집을 지을 수 있다니까요."

"어쩌면 그 친구가 널 좋아하는 게 아니라 네 엄마가 남겨준 집을 좋아하는 건지도 몰라."

샤오민이 겸연쩍게 웃으며 말을 받았다. "그 사람은 제가 교양이 있어서 좋다고 했어요. 전 고등학교를 마쳤지만 그 사람은 초등학교만 나왔거든요. 제가 고졸이라서 마음에 든대요. 그래서 처가살이도 마다 않고 이 먼 곳까지 와서 데릴사위가 되려는 거래요."

오월 초엿새는 음력 오월 초엿새답게 곧 다가왔다. 샤오민이 마을로 돌아와 집을 수리한다는 얘기도 없이 월초에 그저 들릴 듯 말 듯 작은 소리만 들렸는데, 그 집은 어느새 신혼집 동방으로 변해 있었다. 큰 소리는 나지 않았지만 초사흘이 되자 샤오민 집 대문과 현관에 경사를 알리는 소나무 가지와 측백나무 가지가 꽂혔다(작년 설에 내가 천당 거리에서 아가씨들과 함께 있었던 때처럼 사방에 두루 초록빛 나뭇가지가 꽂혀 있었다). 마을 거리에 멀리서 오는 소란스러운 발걸음 소리도 들리지 않았는데 어느새 붉게 치장한 신혼 가구들이 집 안에 들어서 있었다. 아무것도 보이지 않았고 아무 소리도 들리지 않았다. 북적대는 사람들의 말소리도 들리지 않았다. 그러나 그들의 잔치 준비는 오월 초순에 이미 순조롭게, 물 흐르듯 자연스럽게 이루어졌다.

음력 오월 초엿새 전의 하루하루가 날듯이 지나가버렸다. 하루 하루가 커다란 불덩이처럼 찾아와 내 몸 위에서 타올라 낮에는 좌불안석으로 아무것도 하지 못하다가 밤이 되면 또 초초함으로 애태우며 밤새 잠을 이루지 못했다. 샤오민의 사진이 눈에 띄면 갈기갈기 찢어서 하늘에 흩뿌리고 싶은 충동을 느꼈다. 샤오민이 쓰던 찻잔을 보면 산산조각내고 싶었다. 샤오민을 품에 꼭 안고 꽉 깨물어버리고 싶었다. 그녀와 한침대에서 죽도록 뜨거운 하룻밤을 보내고 싶었다. 한 달, 한 해를 함께 자고 싶었다. 이 집의 내 침대 위에서 뜨겁게 보내다 죽고 싶었다.

또다시 천당 거리가 생각났다.

나는 과감하게, 한편으로는 약간 망설이면서, 샤오민이 결혼하기 전에 천당 거리에 한번 다녀오기로 마음먹었다. 재난을 피해 숨듯이 천당 거리에 가서 숨기로 했다(나는 이미 아주 오랫동안 그곳에 가지 않았다. 샤오민이 링쩐을 쏙 빼닮았다는 것을 안 뒤로는 한 번도 가지 않았다).

오월 초나흘, 밤새 한잠도 못 자고 아침 일찍 정신이 몽롱한 상태로 문 앞에 앉아 있었다. 우물에 물을 길러 가던 아주머니가 내게 말했다. "양 교수님, 샤오민 결혼 날짜가 다가오네요. 알고 계시죠?" 나는 문 앞에 멍하니 앉아 아무 대답도 하지 않았다. 마음속으로는 천당 거리만 생각했다. 지나가던 넷째 아저씨가 물었다. "샤오민이 결혼한다는데 자네는 뭘 선물할 생각인가?" 이 한마디에 나는 반드시 천당 거리에 가야겠다고 마음먹었다. 이번에는 타락과 향락을 위해 천당 거리에 가는 게 아니라, 샤오민과 마을 사람들 때문에 어쩔 수 없이 떠밀리듯

442

가는 거라고 생각했다. 천당 거리로 가서 샤오민과 그 목수의 혼례를 피해야 했다.

초나흗날, 아침식사를 마친 나는 넷째 아저씨 집을 찾았다. 가서 천 위안(정말 액수가 크지 않은가! 천당 거리에서 사흘을 보낼 수 있는 돈이다)이 담긴 빨간 봉투를 아저씨에게 내밀면서 말했다. "정말 공교롭네요, 아저씨. 성내에 나가 경성에서 오신 지도교수를 만나 뵈어야 할 것 같아요. 지난 반년 동안 이 마을과 바러우산맥에서 진행한 제 연구 성과에 관한 일 때문이지요. 이 돈을 제 대신 샤오민과 그애의 신랑에게 좀 전해주세요. 그리고 저는 아무래도 혼례에 참석하지 못할 것 같다고 해주세요.

정말 공교롭네요. 샤오민과 그애 신랑에게 양해해달라고 전해주세요. 천 위안이면 적은 돈은 아닐 거예요."

넷째 아저씨는 대문 앞에서 나를 쳐다보았다. 선홍빛 요염한 해를 바라보다가 내 눈을 쳐다보며 말했다. "자네 두 눈이 아주 빨갛네. 밤새 잠을 못 자고 책을 읽은 건가? 자네가 샤오민 혼례에 참석하지 않으면 그애 마음이 얼마나 허전하겠나. 링쩐도 지하에서 마음이 편치 않을걸. 하지만 꼭 가야 한다면 가게나. 샤오민이나 그애 엄마나 둘 다 사리가 밝고 정이 많은 사람들이라 아무리 마을 중대사라고 해도 자네들이 하는 학문만큼 대단한 일은 못 된다는 걸 잘 알 걸세."

나는 이렇게 넷째 아저씨 집을 나와 성내 천당 거리로 향했다.

소변

삼 년 같은 하루

이 작품은 「소아」에 있는 시로, 쫓겨난 아들의 우울한 마음을
노래하고 있다.

小
弁

원래 잃어버리지 말아야 할 물건을 잃어버린 것 같았다. 나는 그 물
건을 찾기 위해 천당 거리를 헤매고 다녔다. 뒤죽박죽 혼란한 마음으
로 이틀 밤낮을 돌아다녔다. 씽얼과 꾸이펀, 후이후이 같은 낯익은 아
가씨들을 찾지도 않았고 침대 위에서 자극적인 모습을 보이던 아가씨
를 찾지도 않았다. 아는 사람을 전부 피해 천당호텔에 방을 잡고 숨어
들었다. 그런 다음 아가씨들을 골라가며 방에 들였다. 완전히 환골탈
태한 나는 아무런 구속도 받지 않고 거리낌 없이 내 멋대로 행동했다.
먹고 나면 곧바로 아가씨들을 안고 잤고, 깨어나면 아가씨들을 허벅지
위에 앉힌 채 또 식사를 했다. 아가씨들이 술을 마시고 싶다고 하면 백
주와 포도주를 마셨고 오줌처럼 노란 국산 맥주와 외국 맥주, 그리고
독일에서 수입한 생맥주를 마셨다. 술에 취하면 울었다. 술에 취하면
웃었다. 술에 취하면 마음에 맞는 여자와 짐승처럼 그 짓을 했다. 처

음 보는 얼굴인데 어딘지 샤오민과 닮은 여자를 만나게 되었다. 내가 말했다. "아가씬 이름이 뭐야? 올해 나이가 어떻게 되지? 올해 대학시험은 안 보고 여기 나와 돈을 벌고 있는 거야? 그것도 나쁘지 않지. 이리 와봐. 새로 왔으니 잘 모르는 게 있으면 말해. 내가 잘 가르쳐줄 테니까." 나는 조금도 절제하지 않고 황음무도하게 나의 모든 학식과 명예, 존엄과 주머니 속의 돈을 쏟아버렸다. 다음날 밤, 침대에서 샤오민을 닮은 아가씨에게 다양한 자세와 동작을 가르쳐주었다. 침대 위에서 하는 자세와 침대 아래에서 하는 동작을 가르쳐주었고 남자가 위, 여자가 아래에서 하는 자세와 남자가 아래, 여자가 위에서 하는 동작을 가르쳐주었다. 왼쪽으로 누워 하는 체위와 오른쪽으로 누워 하는 체위도 가르쳐주었다. 기러기가 남쪽으로 나는 듯한 자세와 까치가 둥지를 튼 듯한 자세, 화살이 연발로 발사되는 것 같은 동작과 호흡이 멎는 듯한 동작도 가르쳐주었다. 손으로 여인의 그곳을 애무하는 동작과 입으로 애무하는 동작, 젖꼭지를 빠는 동작과 젖가슴을 주무르는 동작, 꿈속에서 기러기가 날아가는 듯한 자세와 호흡이 물 위를 떠가는 듯한 자세를 가르쳐주었다. 모든 걸 다 시도하면서 내 생명과 경험, 재능을 다하려 했다. 마침내 아가씨는 미칠 듯한 오르가슴으로 인해 침대 위에서 기절했고 침대보에 피가 흘렀다. 나는 극도로 치친 몸으로 여자를 안고 창문가로 데려가 바람을 쐬게 했다. 샤오민의 이름을 반복해서 부르면서 여자의 머리를 흔들어 깨웠다. 곧 정신을 차린 여자는 감격에 겨운 눈빛으로 나를 바라보며 말했다. "양 교수님, 정말 감사합니다. 오늘밤에 배운 자세와 기술만 있으면 평생 밥은 먹고살 수 있을 것 같아요. 이제 손님 받는 일은 아무 걱정 하지 않아도 될 것 같아요."

음력 오월 초의 이날도 지난밤의 정사로 극도로 피곤해진 나는 천당

호텔 삼층 삼십구호 객실에서 잠을 자고 있었고 샤오민을 닮은 그 아가씨는 이미 가고 없었다. 호텔의 한 층 전체가 텅 비어 적막하기 그지없었다. 아가씨가 내게 남겨두고 간 간식이 침대 머리맡에 놓여 있었다. 그 옆에는 물도 한 잔 놓여 있었다. 나는 흐느적거리는 몸으로 침대에서 기어나와 과자 몇 개를 집어먹고 물을 마셨다. 시간을 보니 오전 열한시였다. 가장 먼저 샤오민의 결혼식이 끝났겠구나 하는 생각이 들었다. 이제 바러우산맥 첸스촌에 있는 내 집으로 돌아가도 될 것 같았다.

전염병으로부터 나를 지켜주기라도 한 것처럼 나는 천당 거리에 대해 무한한 감격과 온정을 느꼈다. 호텔을 떠나면서 직접 방을 정리하고 술병들을 모아 복도 쓰레기통에 넣었다. 그런 다음 계산을 마치고 호텔에서 나와 천당 거리 대로에 서서 천천히 긴 한숨을 내쉬었다. 잃어버렸던 뭔가를 찾은 기분이었다(적어도 절반은 찾은 셈이었다). 이제 바러우산맥에 있는 집으로 가야 했다.

이유는 모르겠지만, 우체국에 가서 칭옌대학과 루핑에게 전화를 걸어봐야겠다는 생각은 들지 않았다. 빨리 바러우산맥의 첸스촌으로 가야겠다는 생각뿐이었다. 호텔을 나온 순간 집으로 돌아가야겠다는 열망은, 이틀 전 맘먹었던 천당 거리에 가야겠다는 열망과 다르지 않았다. 천당 거리의 햇살은 불처럼 뜨거웠고 나무그늘이 우산처럼 드리워져 있었다. 잠시 나무그늘에 들어가 쉰 나는 상점에 들러 생활용품들을 구입했다(치약과 비누, 모기향 등이었다. 여름이 되면 첸스촌에는 모기와 파리떼가 득실댔다). 천당 거리를 떠나면서 문득 바러우산맥의 민가를 흥얼거리고 싶었다. 큰 소리로 「채갈」이라는 시를 낭송하고 싶었다. 하지만 민가를 흥얼거리지도 않았고 고전적 절창인 「채갈」 시를

낭송하지도 않았다. 그저 마음속으로 이 시의 가장 감동적인 구절을
되뇌었을 뿐이다.

하루를 못 봤는데 삼 년을 못 본 것 같네.
하루를 못 봤는데 삼 년을 못 본 것 같네.
하루를 못 봤는데 삼 년을 못 본 것 같네.

상유

강탈은 정당하다

이 작품은 「대아」에 있는 시로, 시대를 한탄하는 내용을 담고 있다.

桑柔

집에 돌아왔다.

바러우산맥으로 돌아왔다.

나는 황도길일*인 이날이 뜻밖에도 내 일생의 변고와 재난이 되리라는 것을 알지 못했다. 이날 첸스촌에서 일어난 일이 우리 마을의 끝이자 말일이 되리라는 사실을 알지 못했다. 겨울인데 여름을 건너뛰고 억지로 다시 봄이 되도록 압박하는 꼴이었다. 아무런 방비도 없는 봄에 겨울이 들이닥친 꼴이었다. 차를 타거나 걷는 동안 계속 발길을 재촉하면서 나는 알 수 없는 불안과 질투심에 휩싸였다. 빨리 첸스촌으로 돌아가 샤오민의 동방을 찾아가 그 (죽일 놈의) 목수와 인사를 나누고 싶어졌다. 걸음을 재촉하여 첸스촌 어귀에 도착했을 때, 해는 정남쪽 하늘을 약간 지나쳐 있었다. 노랗게 이글거리는 빛이 산등성이와

● 黃道吉日. 음양으로 따져 무얼 해도 좋은 길일.

마을 어귀를 온통 금물과 은물로 적시고 있는 것 같았다. 마을 뒤쪽에 자리잡고 있는 샤오민의 신혼집에서 줄폭죽의 종이 파편과 연기 냄새가 노랗게 거리에 흩어져 떠다녔다. 렁쩐이 죽고 나서 반년도 채 지나지 않아 딸이 결혼했으므로, 혼례에 맞춰 현지 풍속에 따라 마을 안팎 백여 곳에 달하는 벽과 나무에 흰 종이 백 장을 붙임으로써 효성을 표해야 했다. 엄마는 세상을 떠났고 외할머니는 연세가 많다보니 샤오민을 돌봐줄 사람이 필요했다(농사일에도 노동력이 필요했다). 결혼도 인지상정을 벗어나지 않는 일이라 종이 백 장을 붙인 곳에 또 붉은 종이 백 장을 덧붙여 붉은 종이로 흰 종이를 전부 가려버렸다. 경사로 조사를 가리고 제압해버린 것이다. 마을의 거리와 나무마다 붙여진 붉은 종이 아래로 흰 종이가 조금씩 드러났다. 붉은 흙으로 덮인 산에 겨울의 잔설과 서리가 남아 있는 것 같았다. 성대했던 혼례는 이미 오전의 봄바람에 날려가듯 끝이 나버렸고, 남은 고요와 쓸쓸함이 아침 뒤에 남은 안개처럼 마을 구석구석에 흩어져 있었다. 마을 어귀에서 마을 가득 붙어 있는 붉은 종이와 그 밑의 흰 종이 테두리(불길했다)를 바라보다가, 나는 샤오민 집 대문에 꽂힌 소나무와 측백나무 가지로 눈길을 옮겼다. 순간 소나무와 측백나무의 향기가 전해져왔다. 측백나무 가지 아래 붉은 대련(길조였다)도 눈에 들어왔다. 혼례를 돕는 마을 사람들이 만두 찌는 솥을 든 채 휘청거리며 샤오민 집에서 걸어나와 마을 쪽으로 비틀비틀 걸어갔다. 날이 저물어 우리로 돌아가는 양처럼 나는 말없이 마을을 향해 걸어갔다. 내 머리 위에서 매미가 맴맴 울어댔다. 양지 바른 곳에는 일찍 영근 밀 이삭이 어느새 노랗게 변해 있었다. 샤오민의 혼례를 도왔던 사람들은 이미 밭에 나가 일찌감치 익어버린 밀을 베고 있었다. 온 산과 들에, 마을과 다리에 가득한 밀 향기가 발끝만으로 내달리는 빗줄기 같았다. 밭에서 밀을 한 다발씩 들고 맥장으로 나르던 사람들은 밀 다발을 나무 아래 내려놓고 물병을 들어 물을 들이켰다. 사람들을 만나면 밀이 익었는지 또는 밀을 베었는지 물었다. 그것도 아니면 샤오민과 그애 남편의 혼례에 관해 이러쿵저러 쿵 얘기했다. 그러면서 손에 든 물병을 건네며 물었다. "물 마실래요? 혹시 그쪽 마을에 대학에 합격한 아이가 있나요?

어느 집 아이가 시험에 합격했어요?

아니, 정말 붙었어요?

에이, 시험에 붙은 아이가 하나도 없다고요?"

이때, 햇빛에 익어가는 밀 냄새와 혼례의 줄폭죽이 남긴 화약 냄새 가 마을 거리에 계속 퍼져나가고 있었다. 전에는 먹이를 찾느라 바쁜 닭들이 모이주머니가 가득차자 마을 어귀에서 한가롭게 꼬꼬댁거리고 있었다. 마을에 들어서자 닭들이 한가롭게 울면서 나를 쳐다보았다. 나무그늘 아래 누워 있던 개도 놀란 듯이 나를 쳐다보았다. 마을 사람 들 가운데 나를 본 사람은 누구나 손에 물건을 든 채로 멍하니 나를 바 라보았다. 나를 피해 숨으려다 들키기라도 한 것처럼, 길 한가운데 나 무처럼 서서 어색하게 웃으며 말했다. "돌아오셨군요? 빨리 집에 가보 세요." 그러고는 황급히 골목 안으로 숨어버렸다. 마을로 돌아온 내 모 습을 본 아이 하나가 황급히 내 쪽으로 달려왔다. 나를 피하지도, 이상 하게 쳐다보지도 않았다. "이제야 오셨네요. 빨리 집에 가보세요. 혼례 에 참석하지 않으신 동안 무슨 일이 일어났는지 한번 보시라고요." 그 러면서 다시 몸을 돌려 우리 집 쪽으로 뛰어갔다. 길을 안내하기라도 하듯 걸음을 재촉하며 나를 이끌었다.

나는 그 아이를 따라 집으로 돌아갔다.

문 앞에 도착하자마자 그대로 멈춰 섰다(그대로 굳어버렸다). 집 앞에는 짐을 싣는 수레 몇 대가 서 있고 그 위에는 첸스춘과 이웃 마을 사람들이 나를 위해 보내준 한자가 새겨진 돌들이 실려 있었다. 그중 한 대에는 글자가 하나만 새겨진 돌 세 개와 성내에서 새로 산 나무상자도 실려 있었다. 그리고 두 사람이 마당에서 '초草'자와 '토土'자가 새겨진 돌을 들어 문 밖으로 나르고 있었다. 또한 돌 위에는 내 등받이 의자(책 읽을 때 주로 앉아 있던 그 의자)를 슬쩍 얹어놓았다. 또 어떤 사람들은 돌을 들어 나르진 않았지만 대신 내 스탠드와 세숫대야를 가져가고 있었다. 그리고 세면대와 내 책상 위에 두었던 청말민초淸末民初 시기의 도자기(역시 마을 사람이 선물한 것이다)를 가져가고 있었다. 우리 집 방과 마당에 마을 사람들과 이웃들이 가득했다. 저마다 손에 물건을 하나씩 들고서 마치 자기 것처럼 밖으로 들어 나르고 있었다. 마을의 아낙네들은 가져갈 것이 없는지 살피다가 부엌으로 들어가서는 냄비와 밥그릇, 칼, 대접, 도마, 젓가락 등속을 가져갔다(훔쳐갔다). 사실 훔치는 것도 아니고 맘대로 나눠 갖고 있었다. 모두들 내 집 안에서 화기애애한 표정으로 내 재산을 나눠 갖고 있었다.

나는 나무처럼 마당 입구에 멍하니 서 있었다.

갑작스러운 나의 출현은 일 년 전 내가 갑자기 집에 돌아가 루핑과 리광즈가 알몸으로 침대 위에서 뒹구는 모습을 보았을 때와 다르지 않았다(그 두 사람에게 정말 미안했다). 이번에도 갑작스럽게 나타난 것이 마을 사람들에게 못내 미안했다.

나는 사람들에게 손을 쓸 충분한 시간을 주지 못했다.

마을 사람들은 무덤에서 튀어나온 귀신을 보기라도 한 것처럼 놀란 눈으로 나를 쳐다보았다. 해는 막 서쪽으로 기울고 있었다. 후텁지근하고 조용했다. 마을이 산맥에 쌓여 있는 진흙더미 같았다. 팔꿈치로 그릇과 대야를 받치고 있던 사람이 나를 보더니 물건들을 떨어뜨리고 말았다. 그릇이 깨지는 소리가 정적을 깨뜨렸다. 허공에 걸린 종을 쇠 막대기로 후려친 것 같았다. 내게서 가장 가까운 곳에서 돌을 나르던 이웃 마을 사람들, 젊은이 하나와 늙은이 하나가 겸연쩍은 표정으로 바위를 내려놓았다. 어깨에 걸고 있던 갓대도 내려놓았다. 그중 한 사람이 말했다. "양 교수님, 돌아오신다고 하더니 정말 돌아오셨네요? 우리 집 아이는 교수님이 이마를 쓰다듬어주셨는데도 올해 대학시험에 떨어졌지 뭡니까. 어쨌든 이 돌들은 여기 놔둬봐야 쓸모가 없으니 가져다가 집 지을 때 주춧돌로 쓸까 합니다."

또 한 사람이 말했다. "우리 집 외손자도 대학시험에 떨어졌어요. 다행히 우리 조상님들이 찾아낸, 글자들이 가득 새겨진 계란만 한 돌들이 쌓여 있는 곳을 알려드리지 않았죠. 그걸 알려줬다간 큰 손해를 입을 뻔했습니다." 또다른 사람이 말했다.

"맞아요. 전에 그때 교수님께서 아이들 머리를 쓰다듬어주기만 하면 성적이 일취월장하여 고등학교나 대학교 입학은 문제도 없다고 하셨죠. 그래서 저희 집에서는 땅콩을 세 번, 호두를 두 번이나 보내드렸잖아요. 그런데 교수님께서 우리 손자 이마를 세 번이나 쓰다듬어주셨는데 어째서 중학교도 못 들어갔을까요? 고등학교에 보내려면 삼백 위안을 내라고 하던데 이게 어찌된 일입니까?"

"양 교수님, 사람들이 그러더군요. 교수님이 이 마을을 떠났다고, 다시는 안 돌아온다고 말예요. 그렇지 않다면 어떻게 이틀이나 현관문을 활짝 열어두고 방문도 잠그지 않을 수 있냐고요. 저희는 누군가 교수님 댁에서 물건을 가져가는 걸 보고 따라나선 겁니다. 누군가 그러지 않았더라면 이렇게 몰려오지 않았을 거라고요."

"가장 중요한 사실은, 누군가 교수님께서 천당 거리에서 노는 모습을 보았다는 겁니다. 성내 천당 거리에서 교수님을 봤답니다. 저에게 교수님이 정말 그곳에 갔더냐고 묻더군요. 사실을 말씀해주세요. 정말로 천당 거리에 가서 노셨습니까? 사람들 말로는 교수님께서 성내에 가실 때마다 일반 여관에 묵지 않고 천당 거리에 가서 몸 파는 여자들과 함께 묵었다더군요."

"정말입니까? 양 교수님."

"정말 자주 천당 거리에 가서 아가씨들을 찾으셨습니까?"

"그 아가씨들은 전부 창녀들이지요. 그런 데 가서 여자를 찾다니 교수님은 대체 어떤 분입니까? 교수입니까 아니면 한량입니까? 그 아가씨들은 전부 창녀들이에요. 그런 여자들을 찾아다니면서 어떻게 지식인이니 선생이니 할 수 있습니까?"

사람들은 이런 말을 하면서 손에 들고 있던 바위를 전부 땅에 내려놓았다. 밖으로 나르던 물건들도 전부 나무와 담장 아래 그대로 내려놓았다. 그들은 어색한 표정으로 서 있었다. 내가 천당 거리에 간 게 스스로를 망가뜨린 일이라고 말하는 것 같았다. 물건을 가져가는 도중에 내가 왔기 때문에 내 몸에 있는 허물을 들춰낼 수밖에 없다는 태도였다. 사람들은 그렇게 나무처럼 마당에 선 채 시선을 내 얼굴에 고정시켰다. 내게 양해를 구하면서 물건을 가져간 데 대한 정당성을 찾으려는 듯한 표정들이었다. 서쪽으로 지는 해가 비스듬히 빛을 던지고 있었다. 모든 빛줄기가 하나하나 마당에 서 있는 사람들의 얼굴에 모아졌다. 수치심과 양심의 가책을 느껴 난처해하는 표정들을 비춰주었다. 고개를 푹 숙이고 있는 사람도 있었고 아예 고개를 돌려 내 시선을 피하는 사람도 있었다.

내가 말했다. "정말로 아이들이 한 명도 대학시험에 붙지 못했단 말입니까?

정말로 고등학교에 가는 데 돈을 내야 한답니까?

저는 정말 천당 거리에 갔습니다. 거기서 아가씨들과 함께 먹고 마시며 미친 듯이 놀았습니다. 여러분 아이들이 정말로 대학시험에 합격하지 못했고 정말로 우리 집 물건들이 필요하시다면 맘대로 가져가십시오."

마을 사람들은 일제히 부끄럽다는 듯한 눈빛을 내 몸에 모으면서 물었다. "정말로 천당 거리에 가셨군요? 어떻게 그럴 수가 있습니까? 양교수님, 가지 않으셨으면 안 갔다고 말씀하세요. 교수님이 천당 거리에 간 게 사실이라면 정말 이 물건들을 가져갈 겁니다."

모두들 눈빛이 칼날처럼, 날이 선 듯 날카로워지더니 충분한 이유와 근거를 가지고 나를 옥죄고 압박하기 시작했다. 묻는 것 같지만 사실은 묻는 게 아니었다. 사람들이 내 집에 들어와 물건을 가져가려는 이유가 정말로 내가 천당 거리에 갔기 때문인 것 같았다. 내가 정말로 천당 거리에 발을 들여놓지 않았다면 그들은 절대로 우리 집으로 몰려오지 않았을 것 같았다. 그렇게 모두들 눈빛으로 나를 몰아붙이고 있었다. 내가 천당 거리에 갔는지 안 갔는지를 최종적으로 확인해주기를 기다리고 있는 것 같았다. 갔다면 우리 집 물건을 가져갈 것이고 그렇지 않다면 내 물건들을 도로 내려놓을 것이다.

지는 햇빛 속에서 모두들 우두커니 내 마지막 한마디를 기다리고 있었다.

내가 말했다. "갔어요. 정말로 갔습니다."

나를 바라보는 그들은 모든 눈빛이 처음에는 놀라고 못 믿는 것 같더니 나중에 내가 천당 거리에 갔었다는 사실을 재삼 인정하자 어쩔 수 없다는 듯 나를 향해 매서운 눈초리를 보내며 말했다. "천당 거리에 안 갔다고 말해주실 수는 없는 건가요? 마을 사람들이 교수님 물건을 함부로 가져갈 수 있는 마지막 계단을 없애주실 수는 없는 건가요?"

내가 말했다. "정말 갔습니다. 마을 사람들을 속이려는 게 아니에요. 정말 천당 거리에 갔습니다."

글자가 새겨진 돌을 들고 있던 두 젊은이가 나를 힐끗 쳐다보고는 말했다. "우리가 욕심 때문에 이 물건들을 가져가는 게 아니라 교수님이 우리를 화나게 하고 흥분시켜서 이렇게 들고 가는 수밖에 없는 겁니다." 그러고는 다시 글자가 새겨진 돌을 들어올리더니 내 옆을 스쳐 문 밖으로 걸어나갔다. 이 두 젊은이가 또다시 몸을 움직이기 시작하자 금세 소강 국면이 깨졌다. 모든 사람이 누가 먼저랄 것도 없이 내려놓았던 탁자를 짊어지거나 의자를 집어들었다. 그러고는 물고기가 줄줄이 엮이듯 내 옆을 스쳐지나갔다. 떳떳해하는 것 같기도 하고 겸연쩍어하는 것 같기도 했다. 모두들 하나같이 동작이 민첩하고 날쌨다. 돌을 들고 가던 사람이 그만 문틀에서 돌을 떨어뜨리고 말았다. 문턱에 돌이 부서지면서 하얀 가루가 흩어졌다. 마치 뼛가루를 흩뿌려놓은 것 같았다. 스탠드와 도자기를 집어가던 아주머니는 내친 김에 간이의자까지 집어들었다. 도자기에는 내가 잠잘 때 침대를 정리하는 데 쓰던 갈색 빗자루까지 들어 있었다. 내 앞을 지나칠 때 마침 갈색 빗자루가 땅에 떨어졌다. 여자가 미안하다는 듯이 나를 향해 웃으며 말했다. "양 교수님, 교수님은 대인이시니까 저 같은 소인에게 아량을 좀 베푸세요. 수고스러우시겠지만 이 빗자루 좀 주워서 다시 이 도자기에 꽂

아주세요."

그녀가 말했다. "도자기는 집에 가져가 소금을 담을 때 쓰고 빗자루
는 아이에게 침대를 정리할 때 쓰게 할 작정이에요." 그러고는 나를 쳐
다보면서 난감해 죽겠다는 듯이 얼굴을 붉혔다. 나는 급히 허리를 구
부려 갈색 빗자루를 주워 다시는 땅바닥에 떨어지지 않도록 도자기에
잘 꽂아주었다.

이렇게들 가버렸다.

모두들 가버렸다.

간다고 하더니 가버렸다.

나는 재빨리 몸을 다른 쪽으로 돌렸다.

마을 사람들은 물고기를 엮어놓은 것처럼 몰려왔다가 물고기를 엮
어놓은 것처럼 물러갔다. 아주 떳떳하고도 당당하게 우리 집 물건들을
싹쓸이해서 바로 내 옆을 스쳐가버렸다. 다행히 줄곧 침대 옆에 놓여
있던 책과 창가에 놓아둔 『풍아지송』 원고는 건드리지 않았다. 책과
원고는 제자리에 꼼짝도 하지 않고 남아 있었다. 이런 사실에 적이 위
안을 느끼며, 나는 천천히 방바닥에 주저앉았다. 몹시 목이 마를 때 누
군가 나를 위해 달콤한 물 한 그릇을 남겨둔 것 같았다.

백구

네가 없어선 안 돼

이 작품은 「소아」에 있는 시로, 손님을 떠나보내는 석별의 안타까움을 노래하고 있다.

白
駒

그날은 내 운명에 대단히 의미심장한 날로 정해져 있었다.

황혼 무렵의 햇살이 흐르는 물처럼 마을을 비추고 있었다. 집에서 사람들이 남긴 어수선함을 정리하면서, 여기서 잠시 멍하니 서 있다가 저기서 잠시 멍하니 서 있곤 했다. 집집마다 부엌에서 밥 짓는 연기가 피어오르기 시작했다. 마당에서 그 연기들을 바라보고 있었다. 내 마음속에는 모든 걸 빼앗겼다는 상실감도 없었고 앞으로 어떻게 하겠다는 계획이나 걱정도 없었다. 그저 진즉에 이럴 줄 알았더라면 차라리 천당 거리에서 돌아오지 말걸 그랬다는 생각이 들 뿐이었다.

망연자실하게 서서 연기가 피어오르는 광경을 보고 있자니 문득 저녁식사를 할 때가 되었다는 생각이 들었다. 뱃속이 텅 빈 개집 같았다. 이때 현관에 검은 물체 하나가 스치는 것 같아 돌아보니, 대입시험에서 떨어진 쾅아이산이었다. 우리 집 문 앞에서 이상한 자세로 마당 안

제9권·아 457

을 들여다보고 있었다. 시선을 내 몸에 던진 채 그애가 말했다. "양 교수님, 말해선 안 될 것 같지만, 한 가지 드릴 말씀이 있습니다. 교수님이 천당 거리에 갔기 때문에 더이상 이 마을에서 사시기 어렵다는 거, 잘 알고 있습니다. 이 마을에 살지 않으시면 이 집과 마당도 필요없지 않겠습니까? 사실대로 말씀드리자면 저는 원래 학교에서 공부를 아주 잘했고 학업성적이 가장 우수한 재수생이었습니다. 모든 선생님이 제가 대학시험에 붙을 거라고 말씀하셨죠. 하지만 교수님이 제 이마를 쓰다듬으신 뒤로 성적이 곤두박질치더니 끝까지 추락하고 말았습니다. 우물 아래로 떨어진 두레박처럼 한 번 내려가서는 다시는 올라오지 않았어요. 결과가 어땠냐고요? 커트라인에서도 무려 백이십 점이나 모자랐습니다.

떨어진 건 그만이라고 생각할 수도 있어요. 교수님을 탓하고 싶지도 않습니다. 저는 이미 삼 년째 대입에 실패했고 그사이 나이가 스물둘이나 됐으니까요. 이 나이를 먹었으니 더이상 대입공부를 할 생각도 없습니다. 하지만 대입공부는 못하더라도 결혼은 꼭 해야겠어요. 그런데 결혼하려 해도 저희 집에는 그럴듯한 집 한 칸도 없어요. 교수님이 제 이마를 쓰다듬는 바람에 대학시험에 떨어지긴 했지만 그래도 전 공부해본 적이 있는 사람이라 남들처럼 함부로 물건을 가져가는 짓은 안 했습니다.

전 결혼할 겁니다. 양 교수님, 교수님 집에서 결혼하고 싶습니다. 천당 거리에 다녀오셨으니 어차피 이 마을에서는 살기 어려우실 거예요. 마을 사람들이 가만두지 않을 거거든요. 그리고 일단 첸스촌을 떠나시면 절대 다시 안 오실 거라는 것도 잘 압니다. 그러니 제가 결혼해서 여기서 살도록 허락해주시는 게 어떠세요?

제가 교수님 집을 빌리는 셈 치세요. 세 들어 사는 셈 치시라고요. 경성에 사시면서 고향집을 세놓는다는 게 얼마나 좋은 일입니까?

임대하는 거니까 제가 한 달에 얼마를 드려야 하는지 말씀해보세요. 돈이 없으면 매달 양식으로라도 보내드릴게요.

교수님이 제 이마를 쓰다듬으시는 바람에 제가 대학에 못 간 거란 말입니다. 전에는 이런 일을 언급하지도 않았잖아요. 교수님은 경성으로 가시고 이 집과 마당을 제게 임대하시면 교수님이나 저나 둘 다 만족할 수 있지 않겠어요?

날이 이미 어두워졌어요. 한번 잘 생각해보세요, 교수님. 정말로 천당 거리에 가셨다면 집을 제게 주세요. 선생님이 학생에게 은혜를 베풀어 보상하는 거라고 생각하시면 되잖아요."

나는 마당에 서서 그를 바라보았다. 천당 거리에 갔다고 말하고 싶었다. 천당 거리에 있는 아가씨들을 사랑할 뿐만 아니라 언젠가는 그곳에서 가장 어린 아가씨를 데려다 이 집, 이 정원에서 함께 지낼 거라고 말하고 싶었다. 그러나 이런 말을 꺼내기도 전에 콰이아이산이 갑자기 고개를 돌려 뒤에 있는 뭔가를 쳐다보았다(그가 무엇을 본 걸까?). 그러고는 다시 황급히 고개를 돌리면서 내게 말했다. "잘 생각해보세요, 양 교수님. 떠나시는 수밖에 없다면 집을 제게 빌려주세요. 제가 흰 종이에 검은 글씨로 분명하게 임대계약서를 작성할게요."

말을 마친 그는 가버렸다. 바람처럼 문 앞에서 사라졌다. 뭔가를 쫓아가는 것 같았다.

그가 간 뒤에도 나는 여전히 나무처럼 마당에 서 있었다. 마당에 남은 바위(글자가 새겨진 바위는 아니었다)에 앉아 나무에 몸을 기댄 채 고개를 들어 하늘을 바라보았다. 나뭇가지 사이로 황혼의 노을빛이 새어들어왔다. 초봄에 떨어지는 느릅나무 열매처럼 차가우면서도 한여름 밤 향기가 배어 있었다. 참새가 나무 위에서 똥을 누자 이슬처럼 맑고 비릿한 냄새가 났다. 나는 이래도 그만, 저래도 그만이라는 태도로 무기력하게 고개를 들어 한밤의 수관 속에 숨은 참새를 쳐다보았다. 하지만 눈에 보이는 건 참새가 아니라 넷째 아저씨였다. 아저씨는 몸을 흔들며 황혼을 밟고 내 앞에 나타났다. 나를 한참이나 바라보더니 차갑게 쏘아붙였다.

"양커, 사실대로 말해보게. 정말로 그 천당 거리에 자주 갔었나?

여자 생각이 나서 그런 건가 아니면 경성과 자네 아내와의 관계가 좋지 않아서 그런 건가?

난 자네 아저씨인데다 나이도 스무 살이나 더 먹었네. 그런 내가 자네에게 단도직입적으로 할말이 있네. 내가 보기에 자네는 경성에서 이곳 고향으로 연구하러 온 게 아닌 것 같네. 자네 말로는 과거 선조들이 바러우산맥과 황하 일대에서 부르던 노래에 관해 연구하러 왔다고 하는데, 누구나 다 아는 사실이지만 조상들이 노래를 하고 노래를 짓던 일은 모두 옛날 바러우산 서쪽 끝 황하 연변에서 이루어졌네. 그리고 그곳에는 집집마다 글자가 새겨진 돌들이 있지. 그런데 자네는 노래를 연구한다면서 어째서 그곳에 한 번도 가보지 않는 건가?

그곳에 가본 적이 있나? 한 번도 없지? 이 아저씨한테 솔직하게 말해보게. 경성을 떠나 이곳에 온 이유가 뭔가? 이혼이라도 했나? 아니면 학교에서 쫓겨난 건가? 이혼도 안 했고 쫓겨난 것도 아니라면 경성으로 돌아가도록 하게. 정말로 자네가 말하는 학문을 할 생각이라면 바러우 서쪽 끄트머리의 황하 연변으로 가게나. 조상 대대로 전해지는 바에 따르면, 이곳 마을에 사는 사람들도 전부 그쪽에서 왔다더군. 글자가 새겨진 돌들도 전부 그곳에서 옮겨온 것들이고 말이야. 그러니 그쪽에 가서 연구하도록 하게. 이 마당과 집은 이 아저씨한테 넘기게. 내가 자네 대신 이 집과 마당을 잘 돌봐주겠네. 과거에 링쩐도 성내로 가면서 집 열쇠를 내게 넘겨주지 않았나. 나는 링쩐 대신 집을 돌보면서 한 푼도 요구하지 않았네. 링쩐 집에 있던 풀 한 포기 종자 한 알조차 없애지 않았지.

집과 마당의 열쇠를 내게 넘기게. 자네가 가면 이 마당에 소를 몇 마리 먹일 생각이야. 지금 송아지나 소 고깃값이 꽤 높은 편이거든. 자네 방 두 칸에는 소를 들여놓지 않을 걸세. 소가 살기에는 방이 너무 아깝지. 차라리 내가 들어가 사는 게 밤에도 일어나 소를 먹이는 데 편할 거야.

열쇠 어디 있나? 어서 이리 주게. 난 자네 아저씨가 아닌가. 열쇠를 내게 맡기는 게 다른 누구에게 맡기는 것보다 더 마음 놓일 걸세. 몇 년 지나, 마을 사람들이 자네가 이마를 쓰다듬어주었는데도 대학시험에 떨어진 일을 잊고 난 뒤, 자네가 천당 거리를 쉴새없이 드나들었던 일을 잊고 난 뒤, 마을에 다시 돌아오고 싶으면 얼마든지 돌아오게. 그때 이 집과 마당을 깨끗이 치워놓도록 하지. 천당 거리 호텔처럼 아주 말끔하게 청소해놓겠단 말일세.

열쇠 어디 있나? 어서 집과 대문 열쇠를 내주게.

어서 집과 대문 열쇠를 달란 말이야."

넷째 아저씨가 가고 나자 뜻밖에도 샤오민이 나타났다.

황혼 속에서 샤오민은 너무나 아름다운 자태로 내 앞에 나타났다. 새로 산 빨간 미니스커트에 오렌지빛 상의를 입고 한 가닥으로 땋은 머리를 어깨 위로 부드럽게 늘어뜨리고 있었다. 샤오민이 마당에 들어서는 순간 내 앞에 불꽃이 서 있는 것 같았다. 샤오민이 오리라고는 생각지도 못했다. 하지만 그애가 왔고, 웃음을 머금은 채 거기에 서 있었다. 얼굴 가득 신혼에만 가질 수 있는 부드러움과 홍조를 띠고 있었다. 마지막 저녁놀이 때맞춰 그녀의 모습을 비춰주었다. 나는 그녀의 어깨 위에서 시선을 거두었다.(샤오민이 말했다. "아저씨, 성내에서 돌아오셨군요?") 나는 마을 서쪽 하늘에 노을빛이 조금 남아 있는 것을 바라보았다. 불처럼 하늘에 걸려 있었다. 먼지 한 점 없이 투명한 붉은빛이 맑고 붉은 물을 하늘에 흩뿌리고 있는 것 같았다. 하늘에서 날아오는 것인지 아니면 샤오민의 몸에서 나는 것인지 모를, 그 계절의 풀 향기인지 아니면 결혼으로 무르익은 소녀의 향기인지 모를, 야릇한 향기가 한 가닥 한 가닥 나를 에워싸면서 밀 냄새처럼 진하게 풍겨왔다. 나는 하늘에서 시선을 거둬들여(그녀가 말했다. "아저씨, 아저씨가 결혼식에 오지 않아서 하루종일 불안했어요. 제가 아저씨께 잘못한 일이라도 있었나요? 그래서 제 혼례를 피하셨던 건가요?") 샤오민의 얼굴을 바라보았다. 그녀의 가슴과 몸을 바라보았다. 순간 샤오민의 코 옆에 깨알처럼 검고 푸르스름한 점이 눈에 들어왔다. 밤하늘에 수정처럼 빛나는 푸른 별 같았다. 너무나 아름다웠다.

내가 말했다. "샤오민, 그동안 네게 이런 미인점이 있다는 걸 왜 내가 몰랐지?"

그녀가 말했다. "아저씨, 제 혼례에는 꼭 오셨어야 했어요. 아저씨 말고는 첸스촌에 다른 친척이 없잖아요."

내가 말했다. "결혼을 했으니 지하에 있는 네 엄마도 마음을 놓을 수 있을 거다."

"방금 들은 얘긴데, 아저씨가 안 계시는 동안 마을 사람들이 아저씨 집에 들어와 물건을 마구 훔쳐갔다면서요. 자기네 자식들이 대학에 떨어진 걸 아저씨 탓으로 돌린다면서요? 어떻게 그걸 아저씨 탓이라고 할 수 있어요?" 이렇게 말하는 샤오민의 얼굴에 불안과 분노가 스쳤다. 그녀는 어른이 아이가 잃어버린 물건을 찾아주듯이 집 안 여기저기를 살펴보고 방을 한 바퀴 둘러보았다. 그러고 나서 말했다. "아저씨, 한 가지 상의드릴 일이 있어요.

모두들 그러는데 아저씨가 곧 마을을 떠나실 거라면서요. 그래서 대문과 방문도 잠그지 않은 거라면서요. 기왕에 떠나실 거라면, 또 마을에 다른 친척이나 친구가 없으시다면, 이 집과 마당을 제게 주시면 안 되나요? 제 신랑은 첸스촌에 데릴사위로 왔어요. 결혼 전에는 목수였지요. 목기 가공공장을 운영했어요. 아저씨가 떠나실 때 이 마당을 제게 주시면 여기에 목기 가공공장을 새로 지어 주변 마을을 위한 가구를 전문적으로 생산할 생각이에요. 아저씨가 나중에 첸스촌에 오시게 되면 저희 집에 묵으시면 되잖아요. 어때요?

안 되나요?" 샤오민이 말했다. "아저씨는 저희 집 서쪽 채에 묵으시면 돼요. 그곳은 저희 엄마가 아저씨를 그리워하면서 아저씨 집에 있던 낡은 가구들로 꾸민 방이에요. 거기 묵으시면 아마 자기 집에 돌아온 듯한 느낌이 드실 거예요."

곧이어 서쪽에서 마침내 황혼이 퍼지기 시작했다. 거대한 붉은 천이 서쪽을 덮고 있는 것 같았다. 마을에 깊고 두껍게 정적이 내려앉았다. 우리 집에도 정적이 깊어졌다. 샤오민이 그렇게 말하고 나서 마당을 지나가는 발걸음 소리가 빛 속에서 부드럽게 울렸다. 나뭇잎이 수면 위로 떨어지는 것 같았다. 나는 샤오민의 뒷모습을 보면서 문까지 배웅했다. 붉은 치마 밑으로 드러난 부드러운 종아리가 옥수수 이삭처럼 아름다웠다. 밖으로 드러난 피부는 백옥처럼 매끄럽고 깨끗했다. 하얗고 발그스레한 부드러움과 탄탄함이 눈부시게 빛났다. 걸음을 뗄 때마다 다리에서 달콤한 소녀의 향기가 뿜어져나왔다. 그 향기가 길에 뿌려지고 마당에 뿌려졌다. 순간 나는 또다시 달려가 그녀의 다리를 부둥켜안고 싶은 충동을 느꼈다. 엄마에게 가지 말라고 떼를 쓰는 아이처럼 불쌍하게 매달리고 싶었다.

하지만 내가 정말로 달려가 안으려 했을 때, 샤오민은 이미 마당을 지나 현관을 넘어 마을길을 걸어가고 있었다.

원앙

사신의 신혼 침대

이 작품은 「소아」에 있는 시로, 신혼을 축하하는 노래다.

鴛
鴦

뭔가를 먹었는데도 아무것도 먹지 않은 것 같았다.

한숨 자고 났는데도 잠을 자지 않은 것 같았다.

나는 줄곧 마당의 밤기운 속에서 줄곧 침대에 누워 있는 것처럼 몽롱하게 앉아 있었다. 한밤중이 되어 하늘에 달과 별이 가득해져서야 머리가 전례 없이 맑고 차가워지는 것을 느꼈다. 방으로 돌아와 전등을 켜고 어수선한 방을 둘러본 나는 바닥에 넘어진 의자와 벽에 걸린 그림, 누군가 손을 댄(나는 오히려 오랫동안 건드린 적이 없는) 책들을 정리하려 했다. 하지만 몸이 말을 듣지 않아 곧장 침대에 가로누웠다. 밤이 깊어갔다(아마도 아주 깊어지지는 않은 것 같았다). 창 밖에서 비쳐 들어오는 달빛이 물에 젖은 종이 같았다.

마을길을 걷는 발걸음 소리는 샤오민의 집 쪽에서 들려왔다. 말소리에 웃음소리가 섞여(아마도 동방을 훔쳐보려는 소란스러운 소리였을 것이다) 마을 쪽으로 울려왔다. 그 소리에 옥수수 이삭처럼 통통하게 빛나던 샤오민의 종아리가 생각났다. 링쩐을 닮아 발그레한 우윳빛 얼굴이 떠올랐다. 예전에 링쩐도 그랬듯 말을 할 때마다 볼록 솟아오른 가슴이 들썩이던 모습이 생각났다. 그리고 입매와 콧날, 비단처럼 검은 머리와 백옥처럼 하얀 목이 밤의 협곡처럼 깊고 그윽하게 나를 샤오민의 몸 곳곳으로 인도했다. 샤오민도 협곡에서 나를 끌어내어 그녀의 몸 깊숙한 곳으로 이끌었다. 천당 거리에서 이틀 밤낮을 방탕하게 보냈지만 샤오민에 대한 그리움은 조금도 떨어내지 못했다. 샤오민의 그림자가 내 눈앞에 어른거리면 한 남자—한 번도 본 적이 없는 샤오민의 신랑—의 모습이 흐릿하면서도 또렷하게 내 눈앞에 나타났다. 애써 생각하지 않으려 해도 남자의 생김새와 샤오민 앞에서 보이는 말과 행동이 자꾸만 뇌리에 떠올랐다. 두 사람이 신방에서 벌일 일들을 떠올리자, 갑자기 마음속에 파리떼가 날고 구더기 수천 마리가 기어다니는 것 같은 느낌이었다. 샤오민은 그 남자가 키가 크다고 말했다. 나는 기골이 장대하고 우람한 모습(촌스러운 목수!)을 떠올렸다. 샤오민은 남자의 얼굴이 하얗고 깨끗한 것이 어쩐지 나를 닮은 것 같다고(샤오민이 어딘지 엄마를 닮은 것처럼) 말했다. 나는 하얀 얼굴을 떠올리면서도 틀림없이 얼굴에 검은 기미가 있을 것이라고 생각했다. 검은 기미가 없다면 오관이 단정하지 않을 것이라고 생각했다. 입이 비뚤어지거나 코가 기울어졌거나 다른 문제점들이 있을 것이라고(이렇게 편벽한 시골의 목수에 불과했다!) 생각했다. 그놈의 형상을 떠올리는 동안 가끔씩 거리에 발걸음 소리가 들렸다. 마을 사람들이 우리 집 근처에서 큰 소리로 떠드는 것 같은 소리가 들렸다. 하지만 나는 한마디도 알아들을 수 없었다. 결국 하는 수 없이 또 세밀하고 철저하게 샤오민과 그 목수 놈이 동방에서 벌일 일들을 떠올리게 되었다.

어쩔 수 없이 샤오민과 그놈이 침대 위에서 벌일 정사를 떠올리고 말았다.

어쩔 수 없이 그런 동작들을 떠올리고 말았다.

낮 놓고 기억 자도 모르는 목수 놈이 동방에서 너무나 당연하게도 알몸으로 샤오민의 몸 위에 올라가 있는 장면을 떠올리는 순간, 나는 침대에서 벌떡 일어나 앉았다. 덮고 있던 얇은 담요를 땅에 내팽개쳤다. 그런 다음 신발을 신고 누런 담요를 발로 밟으면서 문을 나섰다.

그렇게 한밤중에 샤오민 집을 향해 걸어갔다.

달빛이 옅어졌다. 물빛처럼 빛나던 달에 검은 먹물 몇 방울이 스며든 것 같았다. 마을 뒤로 통하는 느릅나무 후통에는 줄폭죽에서 나는 종이 탄내가 한밤중 마을 밖의 풀과 밀 향기처럼 옅어지고 있었다. 축축한 밤 습기만이 골목길 가득 흘러넘쳤다. 나는 한 걸음 한 걸음 샤오민 집으로 다가갔다. 가는 길 내내 도둑처럼 수시로 전후좌우를 살폈다. 그리고 마침내 샤오민 집 앞에 도착했다. 가볍게 마당 문을 밀었다. 문은 석판처럼 육중하고 견고하게 닫혀 있었다. 나는 담장을 빙 돌아 집 건물 뒤쪽에 이르렀다. 벽돌로 된 두꺼운 담장에 귀를 갖다대고 뭔가 말소리라도 들리기를 기대했다. 하지만 들리는 것이라고는 하루 종일 햇빛을 받은 벽돌이 밤이 되어 식으면서 나는 지지직 소리뿐이었다. 집 뒤에서 졸졸졸 늦게 익은 보리에 물 대는 소리가 들려왔다. 배고픈 것처럼 메마른 땅에 물이 흐르는 것 같았다. 나는 집 뒤 담장의 식어버린 벽돌에서 귀를 떼고, 소리가 들리지 않는 것에 대해 안도의 한숨을 내쉬었다. 그리고 다시 벽돌담 밑을 북쪽에서 남쪽으로 걸어가 담 모퉁이를 돈 다음 다시 서쪽에서 동쪽으로 걸어갔다. 이렇게 아무 일도 없었다고 생각하고 있을 때쯤, 어디선가 미세하게 삐걱거리는 소리가 울렸다. 간헐적으로 들리는 소리는 나뭇단에 불을 붙인 것처럼 거세게 내 귀를 휘감고 타올랐다.

순간 나는 그 자리에 멈춰 섰다.

이 소리가 내 근처 어디에서 나는 것일까?

재빨리 몇 걸음 다가가봤지만 소리의 행방을 찾지 못하고 다시 되돌아왔다. 샤오민 집 가장 남쪽 담장으로 가서 발뒤꿈치를 들어올려 귀를 갖다대보았다(담장에 귀를 붙인 것 같았다). 순간 찬바람에 처량하게 뿌리는 빗소리 같은 소리가 간헐적으로 들려왔다. 소리는 분명 샤오민 집 남쪽 방에서 새어나오고 있었다. 침대 위에서의 뜨거움과 방탕함이 차가운 밤에 부딪혀 뜨거웠다 차가워지기를 반복하면서 놀라 소리를 지르고 있었다. 나는 다시 왼쪽 귀를 담벼락에 바싹 (붙여서) 대고 귀로 담장을 감싸 마침내 소리를 가려냈다. 샤오민과 남자가 내는 침대 위에서의 격정과 환락의 소리였다. 두 사람이 미친 듯이 침대를 흔들어대는 바람에 침대 다리와 침상이 끊어질 듯 갈라지는 소리였다. 두말할 필요도 없었다. 두 사람이 자는 신혼 침대는 바러우산에서 가장 견고하다는 늙은 느릅나무로 만든 것이 분명했다. 소리는 날카롭지만 섬세하고 부드럽지만 견고한, 쇠가죽으로 만든 채찍처럼 한밤중에 한 가닥 한 가닥 뽑아져나왔다. 둔탁했다가 가늘어지고 강인하면서도 부드러운 소리를 따라 내 귀는 벽돌담 쪽으로 더욱 가까워졌다(벽돌로 된 담장을 뚫고 그 안쪽 벽에 도달한 것 같았다). 바람을 잡고 그림자를 훔치듯이 그 남자 몸 아래서 가쁜 숨을 몰아쉬고 있는 샤오민의 신음 소리를 들었다(천당 거리의 여자들이 남자 밑에서 꾸며내는 교성과 조금도 다르지 않았다). 소리는 자극적이고 붉었다. 불에 달궈진 붉은 바늘처럼 담장 틈새를 뚫고 한 번 또 한 번 내 고막을 찔러댔다. 순간 나는 본능적으로 담장에서 귀를 뗐다. 소리가 귓가에서 멀어지자 두 사람의 신혼 침대가 시골의 풍습에 따라 어디쯤 놓여 있는지 유추하기 시작했다. 뒤로 한 걸음 물러선 나는 방향을 바꿔 오른쪽 귀를 한 치의 틈도 없이 샤오민 집 남쪽 담장에 바싹 갖다댔다.

이번에는 소리가 훨씬 또렷하게 들렸다.

새하얗게 찢어지는 나무 소리가 붉은 칠을 한 침대 다리에서 울려나오는 것을 나는 조금도 흘리지 않고 확실하게 들었다. 한 남자가 땀을 흘리며 헉헉대는 가쁜 호흡 소리와 샤오민이 쾌락에 겨워(뜻밖에도 쾌락에 겨운 소리였다!) 내지르는 교성과 숨소리가 함께 들려왔다. 붉으면서도 하얀 소리였다. 절반은 땀냄새였고 절반은 남녀의 몸이 엉키면서 나는 향기와 비릿하고 달짝지근한 냄새였다. 이런 냄새가 벽 쪽에 모여 있다가 새어나와 내 귀와 코에 내려앉아 엉켜 있다가 흩어졌다. 소리와 냄새가 구름처럼 뿌옇게 나를 포위했다. 그 뜨겁게 달아오른 소리와 냄새에 온몸이 쏠린 채 나는 입술을 굳게 닫고 있었다. 두 손에서는 땀이 배어나왔고 귀는 담벼락에 붙어 있었다. 마침내 내 귀마저 벽돌이나 시멘트가 되어 벽 안에 녹아들어가 그 소리를 듣고 그 장면을 목격하고 있는 것 같았다. 너무나 긴장하여 어쩔 줄 모르고 있는 순간, 갑자기 폐부를 찌르는 듯한 샤오민의 교성이 들려왔다. 완전히 불에 새빨갛게 달궈진 쇠꼬챙이 같은 소리가 갑자기 귓속으로 강력하게 돌진해 들어오자 나는 다시 한번 본능적으로 뒤로 물러섰다. 이제 벽에 귀를 가져다 댈 필요도 없이 황홀경에 젖은 샤오민이 내는 뜨겁고 요염한 소리가 또렷이 들려왔다. 산이라도 넘을 듯이 벽을 뚫고 담을 넘어 거침없이 내 몸을 감싸면서 온갖 소리가 멎어 있던 밤공기 속에 울려퍼졌다.

달빛과 별빛의 도움을 받을 필요도 없이, 나는 환락의 절정에서 내지르는 기다란 소리와 덩어리진 소리를 들을 수 있었고 손을 뻗어 침대보의 줄무늬와 구부러진 나무 소리를 잡아낼 수 있었다. 샤오민이 쾌락에 젖어 내지르는 날카로운 소리와 육중한 소가 뿜어내는 것 같은 남자의 땀 배인 거친 숨소리, 갑자기 커진 그 소리에 나는 또다시 뒤로 밀리고 움츠러들었다. 소리를 피하려는 것 같기도 하고 그 소리를 잡아낼 방법을 찾으려는 것 같기도 했다. 환락의 소리는 점점 커지고 집약되어 날아오르더니 소나기처럼 미친 듯 쏟아져내렸다. 뒤쪽 담장에 서 있는 나를 향해 쏟아져내리는 비에 나는 거의 질식할 지경이었다. 숨조차 쉬기 힘든 순간, 문득 집 뒤쪽 담벼락에 붙어 세워져 있는 사다리가 눈에 들어왔다. 사다리 맞은편 담장 쪽에는 둥치가 꽤 큰 나무 한 그루가 서 있었다. 달빛은 밝고 두터웠고 공기는 물에서 건져낸 실처럼 축축했다. 이런 달빛 속에서 나는 그 나무 사다리를 바라보았다. 나무 사다리가 동방에서 나는 소리를 엿듣고 싶은 아이들이 닦아놓은 길이라는 사실을 모르지 않았다. 사다리를 바라보고 있던 나는 자신도 모르게 저절로 그쪽으로 발걸음을 옮기고 있었다. 버드나무로 만든 사다리는 낡을 대로 낡아서 중간 부분이 부서져 철사로 덧대놓았다. 권위 있는 교수이자 중년의 『시경』 연구 전문가인 나는 도둑처럼 살금살금 사다리를 기어올라갔다. 잠시 벽 쪽에 귀를 기울이다가 조심스럽게 마당에 있는 나무를 타고 내려갔다(참죽나무 같았다. 미끄러져내려갈 때 나무껍질이 죽간처럼 부드러웠다). 마당에 내려선 나는 발소리를 죽여가며 살금살금 동방을 향해 다가갔다.

동방은 링쩐의 집 아래층 남쪽에 있었다. 창가에 도착하기도 전에

470

샤오민과 침대, 그리고 그 젊은 목수가 쏟아내는 질펀한 환락의 소리
가 창밖으로 흘러넘쳤다. 그 소리는 미친 듯이 뒤집히며 강력한 회오
리바람이 되어 나를 휘감고 밀어내더니 파다닥하고 후려쳤다. 그 순간
일 년 전 모래폭풍과 싸웠던 일이 떠올랐다. 나는 담을 넘어가 내가 어
떤 일을 해야 하는지 잘 알고 있었다. 귀신처럼 해치워야 하는 일이 무
엇인지 잘 알고 있었다. 몸 안에 가득했던 초조함과 어지러움이 점점
사라지고 대신 진정과 평정이 찾아왔다. 그 유리창 앞에 서서 나는 갑
자기 방 안의 동정에 귀를 기울였다. 삽시에 풍랑이 잦아든 것 같았다.
조용함이 방 안을 빠져나와 방 밖으로 펴져나가고 있었다. 엄지손가락
만큼이나 짧은 이 정적 속에서 목수가 웅얼웅얼 뭔가를 말하자 샤오민
이 스스럼없이 웃어댔다(스스럼없고 자연스러운 것 같았다. 뜻밖에도
너무나 자연스럽고 스스럼없었다!). 조용하게 멈춰 있던 침대가 다시
소리를 내기 시작했다(샤오민의 스스럼없는 웃음소리만 없었으면 좋
았을걸. 침대가 또다시 소리를 내지 않았으면 좋았을걸. 그랬다면 사
태는 또다른 국면으로 이어질 수 있었을 것이다. 또다른 상황과 결과
를 만들었을 것이다. 하지만 이번에는 그 소리가 더 격렬하게 광란에
젖어들었다. 한 무리의 말들이 침대 위를 요란하게 내달리고 있는 것
같았다). 나는 더이상 주저하지 않았다. 한 점의 망설임도 없었다. 가
벼운 몸으로 앞으로 다가갔다. 문 앞에 이르러 살짝 문을 밀어보았다.
붉은 옻칠을 한 나무문 두 짝이 서서히 밀리더니 틈이 벌어졌다(세상
에, 뜻밖에도 문은 잠겨 있지 않았다. 정말 열려 있었다. 문이 잠기지
않은 까닭은 두말할 것도 없이 목수 녀석이 야수처럼 게걸스럽게 사랑
에 덤벼들다보니 대문만 잠그고 방문 잠그는 걸 잊었던 것이다). 두 사
람은 내가 오기를 기다리기라도 한 것처럼 문을 안에서 걸어 잠그지

않았다. 촉박한 결말을 위해 문을 잠그지 않았을 것이다. 문이 열렸지만 나는 나무처럼 한밤중에 문틈과 함께 서 있었다. 그 순간 내 머릿속에 가장 먼저 든 의심은 방 안에 있는 신랑이 틀림없이 나쁜 놈이라는 것이었다. 그놈은 돼지요 개였다. 소나 말처럼 들판을 떠도는 축생이었다. 그놈은 마지막으로 동방을 엿보던 촌놈(아이)이라 당장 쫓아낸 다음 문을 잠가놔도 굶주린 이리처럼 동방 주위를 맴돌았을 것이다. 그러다가 문을 대충 잠가놓고 빗장을 걸지 않았더니 재빨리 동방으로 돌아온 것이다(어쩌면 너무나 조급한 나머지 문을 잠그지 않은 게 샤오민일지도 몰랐다. 하지만 샤오민을 탓할 생각은 추호도 없었다). 샤오민의 신랑이라는 그놈은 나의 정적이자 원수였다. 나와는 같은 하늘을 이고 살 수 없는 촌놈이었다. 엄격히 따지자면 동방에서 샤오민과 자야 할 사람이 나인 건 아니다. 그렇다고 바러우 산골의 촌놈인 저 목수도 아니다.

이 죽일 놈의 목수 리씨!

이 목수 리씨 이놈!

나는 더이상 주저할 수 없었다.

조금도 주저하지 않았다. 문틈으로 새어나오는 환락이 또다시 내 몸을 덮쳤다. 나는 자신이 동방의 주인인 양 거침없이 방 안으로 뛰어들어갔다.

문이 열리는 소리와 내 발걸음 소리가 방 안에 요괴가 나타나기라도 한 듯 동방의 환락을 제압해버렸다. 한순간에 집 안의 경악과 적막이 뇌성처럼 집 안팎, 마을과 산, 천하의 동서남북 모든 구석으로 퍼져나갔다.

나는 아주 익숙한 걸음으로 남쪽에 있는 동방을 향해 걸어갔다(내 발에 차인 의자 하나가 어둠 속에서 우당탕탕 소리를 내며 동방문 앞으로 굴러갔다). 이어서 샤오민과 그녀의 남자가 동시에 놀라 외치는 소리가 들려왔다. "누구세요?!" 굵은 목소리와 가는 목소리가 함께 벽돌이 되어 내 얼굴에 부딪혔다. 대답도 하지 않고 걸음을 멈추지도 않은 나는, 곧장 문발을 걷어 젖혔다(잊지 말아야 할 사실은 중국 북방의 농촌에는 보통 방문이 없다는 거다). 마치 자기 방에 돌아온 사람처럼 양쪽 벽으로 손을 뻗어 전등 스위치를 켰다(잊지 않았겠지만 링쩐이 살았을 때나 죽은 뒤에도 나는 이 방에 여러 번 왔었다). 스위치를 켜자 동방의 어둠은 순식간에 사라지고 대낮처럼 밝아졌다.

일은 이렇게 벌어졌다. 천둥에 번개가 뒤따르듯이 빠르게 이루어졌다. 사다리를 기어올라 마당으로 들어서고 동방 담벼락을 거쳐 침대까지 오는 데 일 분도 채 걸리지 않았다. 일 분 안에 모든 일이 분명해졌다. 복잡하게 얽혀 있던 생각과 행동이 마침내 분명해졌다. 새로 꾸민 동방의 등불이 사방을 눈처럼 하얗게 비춰주었다. 천지에 온통 눈이 내린 양 추위가 느껴졌다. 벽 아래로는 장롱과 탁자, 의자 등 신혼 가구들이 가지런히 놓여 붉게 빛나고 있었다. 벽 아래 횃불을 밝혀놓은 것 같았다. 뒤쪽 벽에 놓인 침대도 물론 붉은 옻칠을 한 새 침대였다. 침대 머리에는 붉고 큰 쌍 '희囍'자가 붙어 있었다. 침대 다리와 의자 등받이 등 곳곳에 신혼의 복을 기원하는 희련囍聯이나 축하의 의미가 담긴 글자가 붙어 있었다. 바닥에는 동방에 들어갈 때 뿌린 듯한 붉은 종이와 오곡 가루(침대 밑에는 커다란 호두가 한 알 뒹굴고 있었다)가 그대로 남아 있어 온기를 발산하면서 신혼의 특별함을 더해주고 있었다. 경사스러운 온기 속에 신혼 이불은 신랑에 의해 밀쳐져 있었다. 새 침대보와 새 이불, 그리고 신선한 붉은색 베개와 베갯잇이 신랑신부의 흥분된 격정으로 마구 뒤엉켜 구겨져 있었다. 아마도(사실상) 방금 침대 위에서 격렬한 전투를 벌이거나 오랜 시간 축하연을 벌이거나 운동을 한 것 같았다. 침대 앞에 서자 얼음처럼 차가운 등불이 내 눈을 비췄다. 반사적으로 내 눈이 게슴츠레해졌다. 그제야 나는 비로소 방 안의 광경을 찬찬히 훑어본 데 이어 침대 위에 발가벗고 있는 목수 놈과 링쩐을 꼭 닮은 그녀의 딸 샤오민의 모습을 똑똑히 쳐다볼 수 있었다. 당황스럽기도 하고 생각한 그대로의 광경이기도 했다. 침대에 알몸으로 앉아 있는 샤오민의 순백으로 빛나는 몸에 부끄러운 홍조가 도는 순간, 침대 위에 내 앞에 누운 적이 한 번도 없었던 링쩐이 옷을 벗고 누워 있는 듯한 착각이 들었다. 하지만 발가벗은 몸 위에 엎드려 있는 사내는 내가 아니라 초등학교도 제대로 마치지 못한 바러우 산골의 촌놈 목수였다(게다가 이놈의 성도 '리'씨였다). 그놈은 건장했고 피부는 검붉었으며 어깨는 대문짝처럼 넓었다. 깔끔하게 면도한 얼굴에는 이렇다 할 특징이 없었고, 단지 각이 진 턱과 코가 좀 두드러져보였다. 그놈은 어떻게 된 영문인지 모르고 앞으로 무슨 일이 벌어질지도 모른 채, 갑작스러운 나의 출현에 넋이 나가 있었다. 엎드린 것 같기도 하고 앉은 것 같기도 했다. 일어난 것 같기도 하고 누운 것 같기도 했다. 그런 자세로 샤오민의 몸 위에서 굳어져 있었다. 그때 내 표정이 어떠했는지는 알 수 없다. 표정과 얼굴빛이 어땠는지, 어떤 시선과 자세를 보였는지, 질투와 분노로 얼마나 일그러져 있었는지 알 수 없다. 방 안은 쥐 죽은 듯이 고요했다. 놀라움만 가득했다. 겉으로 드러난 샤오민의 하얗게 빛나는 젖가슴이 빛처럼 환했다. 비릿하고 달콤한 향기가 구역질이 날 정도로 두 사람의 몸에서 뜨겁게 뿜어져나와 침대 옆으로 퍼졌다. 축축한 밤공기가 동방 안을 무겁게 맴돌면서 응결되어갔다. 한

겨울의 뜨거운 입김과 추위를 어깨에 지고 있는 것 같았다. 나는 침대 위에 있는 두 사람을 간통 현장에서 붙잡힌 음부와 탕녀를 바라보듯이 분노와 질투로 이글거리는 눈빛을 하고 노려보았다. 아주 오랫동안 내 딸과 내 아내, 내 애인을 강간해온 짐승을 붙잡은 것 같았다(문득 자오루핑과 리광즈가 내 침대 위에 누워 있던 정경이 떠올랐다). 내 눈길은 몹시 차가웠고 입술은 부들부들 떨렸다. 앞니로 아랫입술을 깨물어야 했다. 너무나 뜨거워 몸이 마비되고 고통이 밀려왔다. 문틈에 손가락이 끼었을 때처럼 얼얼했다. 팔뚝은 뻣뻣해졌고 움켜쥔 손에는 잔뜩 힘이 들어가 있었다. 팔에 쇠로 된 심을 박아놓은 것 같았고 주먹은 돌이나 쇠로 된 추로 변한 것 같았다. 바로 이때, 그렇게 내 두 눈이 침대 위 실오라기 하나 걸치지 않은 두 사람과 뜨거우면서도 차갑게 대치하고 있을 때, 샤오민이 입을 열었다.

샤오민은 귓불까지 빨개진 얼굴로 나를 '아저씨'라고 불렀다. 그러고는 부끄러웠는지 눈길을 아래로 떨어뜨리며 말했다.

"아저씨, 아저씨가 어떻게? 어떻게 여길 오신 거예요?"

어쩌면 이때, 샤오민은 나를 부르지 말았어야 했다. 어떻게 왔느냐고 묻지 말았어야 했다. 그 말 한마디와 질문 때문에 방 안의 경직된 국면이 와르르 무너지고 말았다. 차갑게 언 유리에 금이 간 것 같았다. 그녀의 신랑이자 남편인, 외모가 그럴듯한 바러우의 목수가 뭔가 알아차린 것 같았다(그는 처음에 나를 동방을 훔쳐보러 온 사람으로 여긴 것 같았다). 그가 갑자기 어색한 눈빛으로 나를 바라보면서 웃더니 몸을 일으켜 침대 머리에 있는 옷을 집으려 했다(이 장면은 내 아내 루핑이 리광즈와 함께 내 침대 위에 있는 모습을 보았을 때와 어딘지 묘하게 닮아 있었다). 그 순간 나는 그놈의 양물(그 추악한 물건)을 보고 말았다. 그 순간, 내가 그놈의 추한 물건을 본 순간, 모든 폭발이 그 추한 양물에서 시작된 것 같았다. 나는 본능적으로 목구멍 깊숙한 곳에서 독한 기침을 토해낸 후 침대를 향해 돌진했다. 신랑의 목을 두 손으로 꽉 움켜쥐었다. 그놈을 침대에 때려눕혀 그 위에 올라탔다. 그런 다음 그놈의 머리를 침대 옆 벽에 힘껏 밀쳤다. 한 치의 오차도 없이 그놈의 목을 누르고서 한편으로는 머리를 연달아 벽에 사정없이 찧어대면서 입으로는 연달아 거칠게 소리를 질러댔다.

"네 놈이 결혼을 해, 이 촌스러운 목수 새끼!

네 놈이 결혼을 해, 이 촌스러운 목수 새끼!

네 놈이 동방에서 황홀경을 즐기고 있는 거야?! 글도 모르는 이 리씨 목수 새끼야!"

나는 입으로 욕을 하면서 그놈의 머리를 연신 벽에 찧어댔다. 동시에 그놈의 숨통을 누르고 있던 엄지손가락 끝에 온 힘을 실었다. 내가 얼마나 힘을 썼는지, 그놈의 머리를 얼마나 흔들어댔는지 알 수 없었다. 놈의 목을 조르고 머리를 찧어대면서 얼마나 많은 욕을 해댔는지 알 수 없었다. 요컨대 나는 마침내 한순간 지금껏 경험해보지 못한 짜릿한 쾌감(오르가슴 같았다)을 느꼈다. 내 몸은 편안하고 가벼워졌다. 몸 안에 쌓여 있던 원한들이 일순간에 사라지는 기분이었다(가슴에 맺혀 있던 울혈이 말끔히 씻겨나가는 것 같았다). 내가 소리쳤다. "빌어먹을 놈의 사랑, 빌어먹을 놈의 학문, 빌어먹을 체면일랑 전부 꺼져버려! 전부 죽어버리라고!" 소리치면서 목을 조르고 욕을 하면서 머리를 찧어댔다. 내 밑에 깔려 버둥거리던 신랑은 두 손을 들어올려 필사적으로 내 팔목을 잡아당겼다. 자신의 목을 누르고 있는 내 두 손을 떼어내려고 발버둥쳤다. 하지만 잠시 후 내 팔목을 잡은 두 손에 힘이 빠지더니 천천히 풀리면서 옆에 있는 침대보에 얌전히 놓였다. 솜뭉치나 나무토막이 된 그놈을 나는 마음껏 조르고 흔들고 욕을 해댔다. 그러다가 살기에 놀라 넋을 잃은 채 침대맡에 앉아 있던 샤오민이 정신을 차렸다. 온몸을 사시나무 떨듯 떨면서 베개를 품에 안은 채 침대맡에 웅크리고 앉아 눈을 커다랗게 뜨고 큰 소리로 외쳤다.

"아저씨, 아저씨가 그이를 목 졸라 죽였어요.

아저씨, 아저씨가 그이를 목 졸라 죽였다고요.

아저씨, 아저씨는 교수이고 전문가라면서, 사람을 죽이면 목숨으로 갚아야 한다는 거 몰라요?!"

그 순간 나도 갑자기 정신이 들었다. 손에 힘을 빼고 반자루의 양곡처럼 침대 위에 축 늘어진 신랑의 몸을 보면서 나는 서둘러 침대에서 내려왔다.

샤오민은 침대맡에서 나를 바라보다가, 또 침대 위에 쓰러져 눈을 멀겋게 뜬 채 미동도 하지 않는 신랑을 바라보면서 물었다. "아저씨, 저 사람 아직 살아 있죠?"

내가 오히려 못마땅한 듯 중얼거렸다. "씨발, 누구든지 지식인을 쉽게 속일 수 있다고 생각하지 말란 말이다."

샤오민이 말했다. "아저씨, 아저씨, 가지 마세요. 빨리 이 사람이 아직 살아 있는지 봐주세요!"

내가 또 중얼거리듯 말했다. "너도 얼른 가서 자라. 너무 늦었어. 누구든지 지식인을 쉽게 속일 수 있다고 생각해선 안 되지."

샤오민은 막막한 눈빛으로 나를 쳐다보았다.

나는 몸을 돌려 문 쪽으로 걸어가면서 계속 중얼거렸다. "누구든지 교수나 전문가, 지식인을 우습게 봐선 안 돼. 지식인의 머리에 오줌을 갈겼다가는 이런 대가를 치르게 된단 말이다."

나는 계속 중얼거렸다. 걸으면서 계속 말했다. 거지가 은화를 준 것처럼, 그리고 그 은화를 돌로 삼아 부자의 머리를 내리친 것처럼, 천천히 당당하게 걸어나갔다. 샤오민이 무슨 말을 하는지, 뭐라고 외치는지 신경쓰지 않고 밖으로 걸어나갔다. 내가 유유히 걸어나가고 있을 때 샤오민이 또다시 큰 소리로 나를 불렀다. 내가 본능적으로 고개를 돌리는 순간, 작은 상자 하나가 눈에 들어왔다. 링쩐이 살아 있을 때 쓰던 너비와 높이가 각 삼 촌이고 길이가 팔 촌 내지 한 자 정도 되는 붉은 나무상자였다. 그 상자는 샤오민과 그 남자가 방금 전까지 정욕을 불태우던 베갯머리에 놓여 있었다. 나는 다시 돌아가 조각된 나무에 옥이 상감되어 있는 상자를 가져와야 할지 말지 몰라 잠시 고민했다. 순간 샤오민이 앞으로 엎어지면서 남자의 머리를 감싸안고는 나를 향해 큰 소리로 울부짖었다. "아저씨, 가지마세요. 빨리 이 사람 좀 살려주세요.

아저씨, 가지 마세요! 빨리 이 사람 좀 살려주세요."

샤오민의 절규 속에서 그녀의 팔에 기대어 축 늘어져 있는 목수의 얼굴이 보였다. 죽은 것 같기도 하고 살아 있는 것 같기도 했다. 그제야 나는 마음이 서늘해지면서 도망치듯 바깥채 쪽으로 걸어나왔다(달려나왔다). 빠른 걸음으로 정원에 이르렀다. 고요한 정원에는 달빛이 옅게 깔려 있고 밤바람이 부드럽게 속삭이고 있었다. 한줄기 서늘한 바람이 불어왔다. 나는 본능적으로 걸음을 늦추고 고개를 들어 짙푸른 밤하늘을 올려다보았다. 샤오민이 울면서 "사람 살려요! 사람 살려요!" 하고 외치는 소리가 들려왔다. 소리는 파랗고 하얗게 동방에서 들려왔다. 나는 자신도 모르게 고개를 돌려 창틀과 문틈으로 새어나오는 불빛과 샤오민이 외치는 모습을 보았다. 갑자기 온몸이 부르르 떨려왔다. 그제야 무슨 일이 벌어졌는지, 내가 무슨 일을 저질렀는지 분명히 깨달았다. 갑자기 다리가 풀리면서 마당 한가운데에 주저앉을 뻔했다. 그렇게 넋이 나갔다가 다시 정신을 차리자 샤오민의 푸르고 하얀 외침 소리가 다시 들려왔다. 그 소리가 동방의 침대 위에서 침대 밑으로 내려왔을 때(샤오민이 울면서 소리치며 문 밖으로 나오는 것 같았을 때), 나는 샤오민의 집 마당을 지나 대문을 향해 달려나가고 있었다.

굳게 잠긴 대문을 열고 바람처럼 샤오민의 집을 빠져나가고 있었다.

제10권 송^頌

반^般
천작^{天作}
시매^{時邁}
유고^{有瞽}

般 도망범

이 작품은 「주송周頌」에 있는 시로, 산천의 신들에게 제사할 때 부르던 노래다.

般

나는 바러우산맥 서쪽을 향해 달려갔다.

이번에는 정말로 범죄자가 되었기 때문에 떠나지(도망치지) 않을 수 없었다. 앞길이 막막하기만 했다. 무얼 어떻게 해야 좋을지 몰랐다. 샤오민의 집에서 막 뛰어나오려던 차에 갑자기 살려달라고 외치는 샤오민의 목소리가 아주 선명하고 또렷하게 마당에서 나를 따라오고 있었다. 나는 손발을 쉬지 않고 움직여 우리 집으로 향하는 좁은 길을 내달려 돌아왔다. 집에서 황급히 몇 가지 옷과 치약, 칫솔, 탁자 위에 놓여 있던 책 몇 권, 그리고 『풍아지송』 원고가 들어 있는 누런 서류 봉투(안에 들어 있던 종이는 이미 누렇게 색이 변하고 변질되어가는 소리가 들렸다)를 챙겨 마구잡이로 경성을 떠나 바러우로 올 때 들고 왔던 여행가방에 쑤셔넣었다. 황급히 사방을 둘러본 나는 얼른 전등을 끄고 문을 닫은 다음, 빠른 걸음으로 대문 쪽으로 달려갔다. 그러고는 한 꾸러미의 열쇠를 맨 가운데 자물쇠 고리에 걸어놓고(이 방과 마당을 원하는 사람이라면 누구든지 차지하라는 뜻이었다) 마을 어귀를 향해 걷다가 달리기를 반복하면서 도망쳤다.

마을을 떠날 때, 수많은 발걸음이 샤오민 집을 향해 달려가는 소리가 들렸다.

산등성이 길가에 이르렀을 때는, 샤오민의 집이 불타면서 날카로운 소리와 함께 무너져내리는 소리가 들렸다.

그 요란한 아우성과 살려달라는 고함 소리가 선명하게 귓가에 들려왔을 때, 나는 두 다리를 움직여 큰 걸음으로 산등성이의 정서 방향으로 도망치고 있었다. 그때 달은 이미 구름 속에 가라앉아 있었고 산등성이는 푸르스름한 회색빛으로 몽롱하기 그지없었다. 흐릿한 물빛에 비친 것 같았다. 길 양쪽의 보리밭과 황무지, 보리를 벤 밭머리에는 아침 이슬과 보리 향기가 남아 있었다. 아직 베지 않은 보리밭과 황무지도 한 덩어리로 이어져 산등성이에 펼쳐지고 기복하면서 천천히 번져가고 있었다. 수면이 큰 바람에 흔들리는 것 같았다. 나는 산등성이 길을 따라 정서 방향으로 미친 듯이 달렸다. 가는 길 내내 온몸에 땀이 비 오듯 흘렀다.

언제부터인지 마을이 내 등뒤로 멀어지기 시작했다. 언제부터인지 첸스촌에서 사람 살리라고 하늘과 땅이 울리도록 외쳐대던 소리가 내 발걸음 소리에 이리저리 밟혀 점점 작아지더니 마침내 전혀 들리지 않게 되었다.

아마도 밤새 산등성이 길 몇십 리를 단숨에 달려온 모양이었다. 아마도 산등성이 길을 정서 방향으로 한 시간에 몇십 리(어쩌면 겨우 몇 리에 불과할지도 모른다)나 달린 모양이었다. 나는 이미 더이상 교수도 아니었고 전문가도 아니었다. 더이상 『시경』을 전문으로 연구하는 가장 유명한 대학의 권위자도 아니었다. 명실상부한 살인범으로서, 처벌을 피하기 위해 가장 편벽하고 황량하며 사람도 없고 밥 짓는 연기도 없는 곳을 향해 달려가고 있었다. 내 손발이 쉬지 않고 움직였다. 걷다가 달리고 달리다가 걷기를 반복했다. 땀이 광풍에 쏟아지는 폭우처럼 길 위에 뿌려졌고 헐떡헐떡 거친 숨소리가 내 입에서 쏟아졌다. 가슴을 계속 두드려야 했다. 번갈아가며 가슴을 두드리는 두 손이 멈추지 않았다. 마침내 손을 바꿔가며 들었던 짐을 내려놓았다. 앞으로 나아가기 위해 이미 들린 발 위로 내려놓았다. 끝이 조금 찢어진 여행가방을 땅에 내려놓는 순간 산등성이에는 대야로 물을 퍼붓는 듯한 폭우가 쏟아지고 있었다. 정말 더이상 달릴 수도 없고 걸을 수도 없어 그 자리에 주저앉았다. 몸을 돌려 뒤쪽을 여기저기 둘러보았다. 첸스춘은 오래전에 시야에서 사라지고 없었다.

허우스춘도 시야에서 사라진 지 오래였다.

내게 익숙했던 마을들이 전부 내 발걸음 때문에 지워져버렸다. 멸살되었다. 산맥에는 밭과 황무지, 그리고 골짜기밖에 없었다. 길 양쪽에는 이미 벤 보리밭이 흐릿한 아침 안개 속에서 한밤중의 마른 풀포기와 푸른 풀, 그리고 적갈색 흙에 촉촉하게 젖어 따스하면서도 상쾌한 황무지 냄새를 흩뿌렸다. 설산에 해가 내리쬐듯 잔혹하면서도 따스했다. 잠시 동안 혼자 산맥 위에 서서 일망무제의 드넓음과 적막함을 바라보았다. 사람의 흔적이 없는 황량함과 쓸쓸함을 바라보았다. 집을 나온 아이처럼 모든 것으로부터 벗어났다는 해방감에 젖어 아주 긴 숨을 내뱉었다. 그런 다음 다시 서쪽을 향해 천천히 걷기 시작했다.

걷다보니 등이 따스해지는 게 느껴졌다. 누군가의 손이 내 등을 가볍게 어루만지는 것 같았다.

걸음을 멈춰 몸을 돌렸다.

그러자 갑자기 내 몸 바로 동쪽에서, 핏빛 붉은 광채가 아주 먼 곳의 산봉우리 사이로 솟아오르는 게 눈에 들어왔다. 물처럼 얇게 산등성이에 바싹 붙어 있는 구름이 눈 깜짝할 사이에 붉게 물들어 있었다. 부글거리는 쇳물이 구름 위에서 응고되면서 동쪽의 산맥과 밭이 전부 황금빛으로 빛나는 것 같았다. 사방으로 빛이 반사되면서 붉고 밝게 흔들리는 것 같았다. 은은하게 보이는 나뭇가지와 농가 지붕도 붉은빛 속에서 바람에 흔들리고 펄럭이는 것 같았다. 나는 감정을 가라앉히고 길 한가운데에 몸을 바로 세운 채, 햇빛에 익은 흰 구름에서 풍기는 조수의 냄새를 맡았다. 냄새는 동쪽에서 내 코로 불어왔다. 물처럼 출렁거리는 그 붉은빛이 바람 속에서 출렁거리는 호수처럼 영원히 동쪽의 하늘 아래 굳어 있을 것 같았다. 그러나 눈을 깜짝여 보니 그 붉은 구름과 산맥이 갑자기 한데 모이고 하나로 달라붙기 시작했다. 누군가 구름과 산맥의 배꼽을 칼로 누른 것 같았다. 펑 하는 소리와 함께 둥근 해가 구름과 산맥 사이를 뚫고 모습을 드러냈다. 순식간에 동쪽 산의 절반, 동쪽 하늘의 절반, 그리고 동쪽으로 펼쳐진 삼분의 이의 대지가 왕성한 핏빛으로 물들었다.

황금빛 찬란한 하늘과 땅의 모습에 놀란 나는 그 자리에 그대로 몸이 굳어버렸다. 도망범인데다 이미 중년이었지만, 그 순간만큼은 어린아이와 다르지 않았다. 손에 들고 있던 짐을 길에 버려둔 채 동쪽 하늘 끝 불타는 듯이 찬란한 모습을 바라보며(나는 정말 아이 같았다) 내추한 물건을 꺼내어(더이상 교수다울 필요가 없었다) 정동 방향을 향해 오줌을 갈겼다. 오줌을 다 갈긴 다음 추물을 다시 집어넣고 동쪽 하늘을 향해 목청을 높여 큰 소리로 외쳤다.

"나 양커야. 교수인데다 대단한 전문가지. 너희들이 그걸 알아?

너희가 감히 내 집 물건을 뺏아가고 내 집을 차지하려 들며 감히 내게 자신들이 이겼다고 서너 번씩 우겨댈 수 있는 거냐?

푸링쩐, 쑨샤오민, 나는 너희 두 사람을 사랑했어. 하지만 너희 모녀 두 사람 가운데 누구도 내게 몸을 주려 하지 않았지. 너는 죽었고 그애는 시집을 갔어. 글자도 모르는 형편없는 목수에게 시집을 갔어. 뜻밖에도 그 목수는 감히 성이 리씨더군. 그의 성이 리씨기 때문에 이런 결과가 생긴 거라고.

이게 더 잘된 일이야. 잘됐다고. 목수 리씨를 죽게 한 건 잘된 일이란 말이야. 샤오민, 네가 과부로 살게 된 건 잘된 일이야. 너희 첸스촌과 허우스촌, 그리고 샤오리장과 전후좌우에 흩어져 있는 여러 마을의 아이들 모두 대학에 가지 못하게 되다니! (지식인인) 나에게 불경했던 바러우산맥과 이 세상의 모든 사람이 콩 심은 데 콩 나고 팥 심은 데 팥 나듯 인과응보를 누리게 될 거야. 해마다 바람과 비가 순조로울 것이고 양식이 풍부할 것이며 몸이 건강하고 복이 동해처럼 차고 넘치며 백세까지 장수하게 될 거야."

나는 목이 쉬어라 소리를 질러댔다.

그런 다음 일출의 밝은 빛과 황야의 붉은 청신함을 몸에 지닌 채 산맥 위를 달리는 말들처럼 미친 듯이 뛰고 달리기 시작했다.

천작

광적인 즐거움

이 작품은 주나라 왕이 치산岐山에서 제사를 지낼 때 연주하던 노래다.

天作

모든 일이 급속도로 발생하고 역전되고 변화하고 있었다.

목수 리씨는 죽은 것 같았다(어쩌면 정말로 죽었을지도 몰랐다. 생명이란 원래 소 입에 들어간 풀처럼 연약한 것이다). 이처럼 갑작스러운 상황이 나를 순식간에 교수에서 살인범으로 바꿔놓았다. 더이상 갈 곳이 없는 도망자로 바꿔놓았다.

왕위에서 밀려난 원숭이가 가장 외진 곳으로 갈 수밖에 없듯이 나는 줄곧 바러우의 깊은 산맥을 향해 걸어갔다.

(일 년 전, 내가 『시경』의 기원을 찾는다는 명목으로 글자가 새겨진 돌을 찾을 때, 이 방향으로 하루이틀만 더 걸었다면 좋았을 것이다. 하루이틀만 더 걸었다면, 오늘의 재난은 일어나지 않았을 것이다. 당시 나는 고대의 한자가 새겨진 돌들을 중원의 역사와 사원들이 바러우 사람들에게 남겨준 기념품이라고 여겼다. 뜻밖에도 오늘 내가 재난을 피

488

하려 할 때, 결국 나를 구해준 것도 이 글자가 새겨진 돌들이었다. 뜻밖에도 글자가 새겨진 돌들이 나의 운명과 『시경』에 깊이 연관되면서 그토록 깊은 연결과 드러나지 않는 결합을 이루고 있었다.)

나는 계속해서 서쪽을 향해 걸어갔다. 전설 속의 사나이처럼 산을 넘고 물을 건너도 피곤하지 않을 줄 알았다. 하지만 단 하루 만에 녹초가 되어 현성으로 되돌아가고 싶게 될 줄은 미처 생각지 못했다. 천당거리로 돌아가고 싶었다. 그 아가씨들이랑 즐겁게 지내고 싶었다. 다시 얼굴에 철판을 깔고 새로이 세상 속으로 돌아가고 싶었다. 아니면 차라리 경성으로 돌아가고 싶었다. 하지만 이런 생각이 내 머릿속에서 자라나 싹을 틔우기도 전에 우르릉 쾅 하고 해가 져버렸다.

바러우 깊은 곳, 곧고 구불구불한 황톳길 위에서 우연히 성내 장에 다녀오는 중년 남자와 마주쳤다. 그는 나귀를 끌고 있었고 나귀 등에는 온갖 생필품과 솥이 하나 실려 있었다. 내가 물었다. "성내에 다녀오시는 길인가요?"

그는 발에 묻은 먼지를 털면서 석양을 바라보고 나서 말했다. "선생은 어디로 가십니까? 보아하니 우리 바러우산맥 사람은 아니신 것 같은데."

내가 물었다. "돌아오는 길에 혹시 첸스촌과 허우스촌을 지나오셨습니까?"

그가 말했다. "선생은 스촌 사람이시오?"

나는 약간 놀랐다. "스촌에 무슨 일이 일어났는지 아세요?"

그는 이해가 되지 않는다는 눈으로 나를 쳐다보았다. "마을에 물을 마시러 들어갔는데 어느 집 물통이 우물에 빠져 있더군요."

"혹시 마을 어귀에 백번白幡과 영붕이 세워져 있던가요?"

"목수 하나가 관을 짜기 위해 굵은 나무를 한 그루 베고 있더군요."

"효자들이 입는 흰 상복을 입은 사람들이 있던가요?"

"마을에 세상이 떠나갈 듯이 곡소리가 울리는 걸 들은 것 같습니다."

말없이 나는 다시 서둘러 서쪽을 향해 걸음을 재촉했다. 다양한 모습으로 펼쳐진 길을 따라 걷다가 이튿날 정오쯤에 또다시 성내에서 돌아오는 사람을 만났다. 그에게 물었다. "돌아오는 길에 스촌을 지나오셨나요? 스촌에 들러 물을 마셨나요?

마을에서 흰 상복을 입은 사람을 보셨나요?

혹시 첸스촌에서 누가 죽었다는 얘기 못 들으셨어요?"

그가 말했다. "어느 마을에선가 누군가가 죽은 걸 본 것 같은데요. 곡소리를 들은 것 같아요. 한 장 길이의 백번이 어느 집 앞 나뭇가지에 걸려 있는 걸 본 것 같네요." 이리하여 나는 계속해서 바러우의 깊은 곳을 향해 걸어갈 수밖에 없었다. 약간은 도망자 같았지만 더이상 도망자는 아니었다. 약간은 교수 같았지만 더이상 교수도 아니었다. 여전히 마음이 조마조마하긴 했지만 당황해서 허둥대지는 않았다. 내 모습은 바러우산맥을 한가로이 거니는 사람(최대한 그럴듯하게 묘사한 것이다) 같기도 하고 조사하러 온 사람(나는 누구를 만나든 자신을 이렇게 소개했다) 같기도 했다. 목이 마르면 물을 찾고 배가 고프면 마을을 찾아가며 서쪽을 향해 걸음을 재촉했다. 가끔씩 나를 향해 있는 방향만 바라볼 뿐이었다. 또다시 해가 서산에 질 무렵, 나는 황야의 오솔길을 따라 앞에 펼쳐져 있는 마을을 향해 걸어갔다. 마이장이라 불리는 마을로, 내가 이틀 동안 걸어온 바러우산맥 서쪽 지역의 열한번째 마을이자 나의 마지막 위대한 발견을 비추는 길 위의 등불이었다. 마을 어귀에서 밭에서 돌아오는 노인들과 몇 마디 이야기를 나눈 뒤에,

나는 그를 따라 마을 한가운데에 자리잡고 있는 그들의 집으로 갔다.

그들이 내게 물었다. "그렇게 고생스럽게 어딜 가시오?"

내가 대답했다. "혹시 경성에 가보셨습니까? 저는 경성에 있는 칭옌 대학 교수입니다."

그들이 말했다. "마이장은 예전에 말을 쉬게 하던 역참이라서 붙여진 이름이라오."

내가 말했다. "저는 이천여 년 전 황하 유역에서 『시경』이 생성되고 전래된 과정에 대해 연구하기 위해 이곳에 왔습니다. 이곳에도 예전에 옛 노래들을 따라 부르는 풍습이 있었나요?"

그들이 말했다. "좀 앉으시구려. 힘들게 서 있지 말고 어서 앉아요."

그들 가족과 함께 마당에 놓인 돌로 된 탁자에 앉아(나는 황토가 가득 묻은 여행가방을 내려놓았다) 그 집에서 만든 밀가루빵과 호박볶음, 야채볶음을 먹었다. 음식을 먹고 있는데 마을에서 귀를 찌르는 날카로운 비명 소리가 살벌하게 들려왔다. 화들짝 놀란 나는 손에 들고 있던 밥그릇을 그만 마당 땅바닥에 떨어뜨리고 말았다.

노인이 나를 쳐다보면서 물었다. "왜 그러시오?"

내가 말했다. "맙소사, 비명 소리가 정말 크네요."

노인이 말했다. "마을 어귀에 있는 묘당 옆에서 돼지를 잡는 모양이구려."

내가 물었다. "묘당이라고요? 어떤 묘당인가요?"

노인은 갑자기 뭔가 생각났는지 들고 있던 그릇을 탁자에 내려놓고는 석양을 틈타 마을 뒤편의 무너질 듯한 작은 묘당으로 나를 끌고 가서 전형적인 시골 보살묘를 내게 구경시켜주었다.

그 묘당은 마을에서 반 리쯤 떨어진 산비탈 중턱에 자리잡고 있는 세 칸짜리 건물로, 금방이라도 무너질 것 같으면서도 굳건하게 그 자리에 서 있었다. 묘당 안에는 흙으로 빚은 보살상 하나 외에 향로 세 개와 향을 태운 재, 그리고 영원히 비어 있을 것 같은 망가진 시주함이 놓여 있었다. 나는 그 묘당 앞에서 이것저것 물어보면서 향불에 새까맣게 그을린 돌담을 바라보다 마지막으로 노인이 손가락으로 가리키는 곳을 따라가보았다. 담벼락의 삼분의 일정도의 돌이 전부 광주리만한 크기에 네모난 형태였다. 벽 안이든 바깥이든 할 것 없이 모두 한쪽면에 몇 개씩 글자가 새겨져 있었다. 글자가 하나 또는 두 개 새겨진 것도 있고 세 개 내지 다섯 개가 새겨진 것도 있었다. 모든 글자가 투박한 전각체로 크기는 만두 하나만 했다. 그 가운데 절반은 전혀 식별이 안 되었으므로 판독은 더더욱 불가능했다. 그러나 묘당의 산장* 밖에 있는 두 자 정도 크기의 네모난 회색 돌에 뜻밖에도 "天○高山 ○○荒之"라는 두 구절이 새겨져 있었다. 나는 불현듯 이 두 구절이『시경』의「송頌」에 나오는 '천작'의 두 구절 "天作高山 大王荒之(하늘이 높은 산을 만들었고 대왕께서 이를 개척하셨네)"라는 구절이라는 사실이 떠올랐다. 돌에 새겨진 이 시구의 글자체는 내가 첸스촌에서 수집하고 발견했던 돌 위의 글자체와 동일했다. 크기가 좀 다를 뿐 하나같이 소박하고 서툴렀으며, 반은 각이 지고 반은 둥그런 것이 부서진 조롱박 몇 개를 늘어놓은 것 같았다. 또는 하늘을 향해 마구 엉켜 있는 나뭇가지 같기도 했다. 시골 서생이 쓴 글씨를 시골 석공이 새긴 게 분명했다. 그 돌들은 전부 바러우산맥의 사암석이라 풍화와 침식작용이 진행된 탓에 두 구절에서 세 글자가 이미 사라져버렸던 것이다(마른 나뭇가지가 세월 따라 바스러지듯이). 문득 첸스촌의 노인이 했던 말이 떠

● 山牆. 지붕이 '人'자형인 가옥 양측의 높은 벽.

올랐다. "내 외손자가 대학에 들어갈 수 있게만 해주면 글자가 새겨진 돌무더기가 어디에 있는지 알려주겠소."

손을 들어 돌 위의 새겨진 글자를 만져보니, 햇볕에 뜨거워진 열기가 피가 흐르듯 내 손가락 끝을 따라 혈액 속으로 흘러들어오는 것 같았다. 놀란 얼굴로 옆에 있는 노인을 바라보면서 약간 떨리는 목소리로 물었다.

"마을에 이런 돌이 더 있나요?

다른 마을에도 이처럼 돌로 된 묘당이 있어요?

이곳이 황하에서 얼마나 떨어져 있죠?

돈을 드릴 테니 방금 말씀하신 그곳으로 저를 좀 데려다주실 수 없겠습니까?"

시매

석두기 石頭記

이 작품은 하늘과 산천에 제사를 지낼 때 부르던 노래다.

時邁

이틀 전, 나를 서쪽으로 이끈 것은 살인에 대한 두려움과 도망이었다.

셋째 날, 나를 황하 연변으로 이끈 건 마을에서나 묘당에서나 끊임없이 나타나는, 고대의 한자가 새겨진 커다란 돌들이었다. 회백색 돌도 있고 연청색煙青色 돌도 있고 진한 검정색 돌도 있었다. 이 돌들은 주로 묘당이나 마을 어귀, 어느 집 돼지우리 담벼락이나 마당을 둘러싸고 있는 담장 밑에서 발견되었다. 글자는 시골 문인의 반해서체半楷書體도 있고 거친 매화소전체梅花小篆體도 있었다. 글자들은 진흙에 묻히거나 땔나무에 가려 있기도 했고 돼지똥이나 소똥에 부식되어 희미해져 있기도 했다(황금이 천 년 동안 흙 속에 숨어 내가 알아봐주기를 기다리고 있었던 것 같았다). 이 글자들을 발견하는 순간 혈류가 빨라지고 두 손에서 땀이 났다. 문득 마을 노인이 말했던, 그의 조상이 보았다던 고문자가 새겨진 돌무더기가 있는 곳이 떠올랐다. 나는 어렴풋이나마 노

494

인이 말한 바로 그곳에 가까워지고 있음을 직감했다. 더 중요한 것은, 끊임없이 고문자가 새겨진 돌을 발견하는 게 아니라, 새로운 고문자가 새겨진 돌을 발견할 때마다 그 돌에 새겨진 글자와 『시경』에 실린 시와의 연관관계와 암호를 내가 빠르게 찾아내고 있다는 사실이었다.

이런 연관관계를 찾는 일이 내게는 고난과 우여곡절의 과정이기도 하고 너무나 손쉬운 거동이기도 했다(봄날에 날씨가 따스해지면 꽃이 피듯 기대하지 않고도 만날 수 있는 것이었다). 그토록 복잡하면서도 단순하고, 우연이면서도 필연인 일이었다. 나는 항상 저 앞에 위대한 발견이 나를 기다리고 있을 것이라고 생각했다. 항상 예순의 농부가 작물을 저장할 땅굴을 파다가 세상을 놀라게 한 시징*의 병마용을 발굴해냈던 일이 떠오르곤 했다. 열두 살의 아이가 산속 동굴에 들어갔다가 날카로운 비명 소리와 함께 경성 쟈오현의 베이징원인**을 발견했던 일이 떠오르곤 했다. 이탈리아의 한 도관공이 수도를 파다가 화산재 속에 천이백 년 동안 묻혀 있던 폼페이 고성을 발견한 것과 같았다. 독일의 한 남자아이가 여섯 살 때 우연히 불에 탄 트로이 성의 그림을 보고 마흔일곱 살이 되어 고대 그리스에서 지하에 깊이 묻혀 있던 트로이를 발굴해낸 것과 같았다.*** 하지만 나의 발견은 그들에 비해 개미가 산을 옮기는 것만큼 힘들었고 조각배로 바다를 건너는 것처럼 우여곡절이 많았다. 나의 출생과 나의 학문, 나의 전반생은 『시경』의 교학과 연구에 바쳐졌고, 그다음에는 처자식과 헤어져(나는 아직 아이가 없었다) 옛 땅을 돌아다니며 그 흔적을 찾아 되새기느라 엄청

● 西京. 즉 시안西安으로, 진시황의 능이 있으며 그 동쪽에서 1974년 병마용兵馬俑이 발견됨.
●● 1920년대 초에 베이징에서 발견된 호모 에렉투스 단계의 화석인류.
●●● 1870년부터 트로이 유적지를 발굴한 독일의 고고학자 하인리히 슐리만을 가리킴.

난 굴욕을 당해야 했다. 이 모든 게 내가 마흔이 넘어 바러우산맥 첸스촌으로 돌아오도록 하기 위해, 그런 다음 마침내 내 인생의 가장 위대하고 찬란한 길을 걷게 하기 위해 사전에 예정되어 있었던 듯했다. 나는 이제 더이상 내가 샤오민의 신랑인 목수 촌놈을 목 졸라 죽인(정말 죽었을까?) 것에 대해 두려움을 느끼지 않았다. 그가 샤오민과 결혼한 것이, 나로 하여금 두 사람의 신혼 첫날밤에 그를 목 졸라 죽이게 하기 위한 것이었다고, 죽인 다음에(정말 죽었을까?) 서쪽을 향해 걷다가 닷새 뒤에 그곳에서 나를 기다리고 있는 천여 년 전의 위대한 폐허와 문화를 발견하게 하기 위한 것이었다고 생각했다.

그것들이 마침내 나를 기다리고 있었다.

마침내 나는 그것들을 발견했다.

황하의 진흙 속에 천이백 년 동안 묻혀 있던 석성(石城)이, 내 온몸이 지쳐서 극도로 피곤하고 죽을 것처럼 고단했던 닷새째 되던 날에, 황하 연변 바러우산맥 끝자락의 인적 없는 허허벌판에 나타났다. 그때도 마이장에서 벽이 돌로 된 아주 오래된 묘당을 구경했을 때와 마찬가지로, 지는 해가 산맥 위로 붉게 번져가고 있었다. 인적이 없는 황무지라 저무는 햇빛이 오히려 처연하고 차가웠다. 산맥과 황야에 물을 쏟아놓은 듯했다.

혼자 꼬박 닷새를 걸은 터라, 나는 살아 있는 건지 죽은 건지 구분할 수 없을 정도로 만신창이가 되어 있었다(천당 거리에서 황음무도한 닷새를 보냈을 때와 다르지 않았다). 밤이 되면 마을에서 자거나 혹은 마을에서 멀리 떨어진 산속의 황톳굴인 요동(窯洞)에서 잤다. 목이 마르면 도랑물을 마시고 배가 고프면 마을에서 먹을 것을 구걸했다. 글자가 새겨진 돌을 발견하면 돌에 새겨진 글자 모양과 발견 장소를 기록

해두었다. 종종 식별하기 어려운 글자를 보게 되면(다 합쳐서 열 개 남짓 되었다) 그 글자 모양을 조롱박을 보고 바가지를 그리듯 공책에 잘 묘사해두었다. 닷새 가운데 마지막 날, 나는 이미 그 목수 촌놈을 목 졸라 죽이고 도주중인 교수이자 전문가라는 사실을 잊고 있었다. 어렴풋한 가운데 나는 순수해지고 성결해졌다. 성결해지고 위대해졌다. 위대한 고고학자처럼 장엄해졌다. 닷새째 되던 날, 해가 뜨고 쿵징촌 이라는 마을을 떠날 때, 나는 공책에 이런 구절들을 적어놓았다. 쿵징촌, 바러우의 맨 서쪽 끝에서 남쪽으로 치우친 산맥 위에 위치하고 있다. 전하는 바에 따르면, 공자가 『시경』의 편장들을 정리하기 위해 산둥을 떠나 허난으로 오는 길에 이곳에서 걸음을 멈추고 쉬면서 물을 마셨다. 때문에 마을 이름이 쿵징촌이 되었다. 쿵징촌이 내가 만난 산맥의 마지막 자연촌락이 되리라고는 생각지도 못했다. 물도 없고 마른 식량도 없이 황량한 땅과 고개를 따라 황하 연변을 향해 걸어가는 동안 나는 갈증과 허기로 인해 하마터면 산속에서 의식을 잃을 뻔했다. 마지막에는 하는 수 없이 개천가에서 들풀을 뜯어 허기와 갈증을 채워야 했다. 그런데 이날 작열하던 해가 남쪽을 지나면서 붉은 덩어리로 변해갈 때쯤, 내가 찾던 글자가 새겨진 돌들의 촌락, 세상을 깜짝 놀라게 할 『시경』의 고성古城을 발견하게 되었다. 밤중에 길을 잃고 헤매다 등불 하나를 발견한 것 같았다. 바러우 제일 끝에 서서 먼 곳을 내려다보았다. 마을이나 작은 하천을 찾으면서 주위의 황망한 산기슭과 황갈색 골짜기, 그리고 광활한 대지를 바라보았다. 다시 몸을 반쯤 돌려 산맥 끝 벼랑 아래로 끝없이 펼쳐진 평원을 바라보았다. 동서로 뻗어 있는 평원은 광활하여 끝이 보이지 않을 정도로 길었다. 잡초와 작은 야생 수목들이 성기게 짠 녹색 양탄자처럼 평원 위를 가득 뒤덮고 있었다. 풀밭에서 진흙처럼 누런 습기가 벼랑 위로 풍겨와서는 여름날 비가 내리기 전의 축축함처럼 내 주위를 온통 휘감았다. 입을 벌려 습기를 한 모금 들이마신 다음 반 리 밖의 녹지로 시선을 옮겨 습기의 원천을 찾으려는 순간, 풀밭 사이에서 반쯤 무너진 돌담이 나타났고 내 시선은 그곳에 멈췄다.

돌담은 허리 정도 오는 잡풀과 같은 높이로 검정이 섞인 진녹색이었다. 무너진 담벼락 위에 돌이 하나 우뚝 서 있는 모습이 마치 세월 한가운데에 서 있는 이정표 같았다. 원래부터 양커라는 교수가 와서 불러주기를 기다리면서 천 년이 넘는 세월 동안 그곳에 그대로 서 있었던 것 같았다. 천 년이 넘게 기다린 것 같았다. 그 돌을 바라보는 순간 마이장의 돌담으로 된 작은 사당과 쿵징촌의 오래된 돌우물이 떠올랐다. 나는 아무 생각 없이 구르고 기면서 허둥지둥 벼랑 아래의 무너진 담장을 향해 달려갔다.

천 년 전의 『시경』 고성을 향해 달려갔다.

담장이 아니었다.

풀과 흙 속에 묻힌 담장의 토대와 돌들이었다. 그 담장의 토대와 어지럽게 흩어진 돌들 사이로 미친 듯이 달려들려는 순간, 반쯤 옆으로 기울어 누워 있는 돌 하나가 내 시선을 가로막았다. 수풀 속에 파묻혀 있던 이 돌에 글자가 음각되어 있는 것 같았다. 글자의 필획 대부분이 흙으로 채워져 그 안에 풀까지 자라나 있었다. 빗물에 씻긴 가로획 하나만 석양 아래서 강직한 모습을 드러내고 있었다.

나는 얼른 가까이 다가가 돌 위의 풀과 흙을 모두 한쪽으로 쓸어냈다. '혜彗'자 하나가 내 눈앞에 나타났다.

'도彗'자가 내 눈앞에 나타났다.

'직稷'자가 내 눈앞에 나타났다.

시 몇 구절이 내 눈앞에 나타났다. "위엄을 한번 떨치시니 두려움에 떨지 않는 자 없네. 여러 신하를 달래어 황하와 높은 산에 제사하시네薄言震之, 莫不震疊. 懷柔百神, 及河喬嶽." 나는 어지럽게 쌓여 있는 돌무더기 옆에 서서 내가 잡석과 수풀 속에서 찾아낸, 돌 위에 새겨진 「시매」 시의 한 구절을 살펴보았다. 죽어도 믿기 힘든 일이었다. 그 순간 나는 마을 노인이 말했던, 그의 할아버지의 할아버지가 보았다던 그곳을 찾아냈다. 전설 속의 바러우산맥 황하 연변의 시성詩城을 발견한 것이다. 이처럼 위대한 발견을 내가 해냈다는 사실이 믿어지지 않았다. 어떤 사람이 길을 걷다가 실수로 넘어졌는데 일어날 때는 손에 보물창고의 열쇠를 쥐게 된 것과 같았다. 두 손에 땀이 나고 온몸이 부들부들 떨렸다. 그때, 내 옆에는 팔뚝만 한 버드나무가 뜰 안 담장 모퉁이에 자라나 있었다. 나는 그 무너진 담장 모퉁이에 서서 버드나무 가지를 붙잡고 비석 같은 푸른 돌을 바라보았다. 그 짧은 시 몇 구절을 읽으면서, 글자가 가득 새겨진 크고 작은 돌무더기를 바라보았다. 흥분으로 인해 손이 떨렸다. 온몸에 가벼운 전율이 그치지 않았다. 결국 참지 못하고 또 한번 바지에 오줌을 지렸다.

유
고

『시경』의 고성

이 시는 제사에 사용되던 노래로, 송頌 전체를 통틀어 상당히
뛰어난 작품으로 평가되고 있다.

有
瞽

석 달이 지난 어느 가을날, 나는 시성의 유적을 모두 정리해냈다.

첸스촌과 허우스촌은 완전히 잊었다. 경성과 대학도 잊었다. 현성과
천당 거리도 잊었다. 샤오민과 내가 죽였는지 안 죽였는지 모르는 그
신랑의 관도 잊었다. 더이상 내가 범죄자나 도망자라는 사실을 생각하
지 않았다. 오로지 이 위대한 발견과 장거壯擧만을 생각하면서 매일 유
적들을 정리하고 베끼는 일에 몰두했다.

사실 시성 유적지의 정확한 위치는 바러우산맥 서단에서 남쪽으로
십 리 정도 떨어진 지점이었다. 서쪽으로 다시 이 리 정도만 가면, 여
름이면 넘치고 겨울이면 마른다는 옛 황하가 자리잡고 있었다. 황하
는 그곳에서 세찬 물살로 구불구불 흘러갔다. 폭이 가장 넓은 곳은 십
여 리에 달했고, 가장 좁은 곳은 이삼 리 남짓에 불과했다. 천백 년의
세월 동안 항상 강물이 격동하고 가뭄과 장마가 반복되면서 강 양안의

촌락은 세월을 따라 다른 곳으로 이주해갔지만, 바러우산맥 꼭대기의 드넓은 평원에 남겨진 황하는 해를 반복하며 거세게 흘러갔다. 남쪽의 상류로 가면 백여 미터 높이의 사석암沙石巖이 높이 솟아 있어 소머리처럼 물길을 서쪽으로 몇 리 더 끌어가기 때문에, 이 절벽의 북쪽 끝에는 커다란 완충지대가 나타났다. 시성은 바로 이곳 강가 절벽 아래의 완충지대에 위치하고 있었다. 이 완충지대는 바러우 산언덕을 등지고 황하의 수로를 발아래 두고 있었다. 또한 왼쪽으로는 절벽 꼭대기가 물의 흐름을 막고 있고, 오른쪽으로는 넓은 평지와 비옥한 밭이 펼쳐져 있었다. 여름만 되면 범람하는 황하의 강물을 막기 위해 일찍이 선조들은 성 앞에 둑을 쌓았었다. 그리고 오늘날 그 둑의 유적지는 서쪽으로 반 리 떨어진 곳에 보일 듯 말 듯 흙 둔덕과 돌무더기로 남아 있었다. 이 유적지의 지형과 지세로 볼 때, 아주 오래전에는 황하의 물줄기가 비교적 유순했고 물줄기도 아주 맑았다는 것을 확인할 수 있다. 선조들은 강줄기를 따라 거주하면서 풍족한 물과 비옥한 토지에 의지하여 생활했다. 그 긴 세월 동안 오늘날에는 수수께끼처럼 여겨지는 민요와 옛 노래를 널리 부르다가, 마침내 이곳 바러우 일대의 황하 유역에 이러한 시의 고성을 남기게 된 것이다. 하지만 오랜 세월 시간이 천천히 흐르면서 세월이 바뀌어감에 따라 결국 어느 여름날 황하가 범람했고 성 앞의 둑이 무너졌다. 홍수가 곧장 시성을 휩쓸어 시성의 건물과 가옥이 전부 무너지게 되었다.

시성은 황하의 물살과 진흙 속에 사라져버렸다.

나는 수십 리 떨어진 쿵징촌으로 돌아가 십여 명의 사람들을 불러왔다. 그들에게 매일 약간의 수고비를 주면서(이때 내 월급은 아무리 많아봤자 장작 한 수레에 물 한 잔 붓는 정도에 불과했다) 무수한 약속과

감언이설로 설득해서 우선 그들과 함께 시성의 거리를 살펴보고, 거리 위에 쌓인 황하의 진흙을 수레를 이용해 멀리 떨어져 있는 물웅덩이 속으로 밀어넣었다. 그런 다음 다시 판석이 깔린 거리 양쪽의 골목을 파들어갔다. 모든 집의 문 앞까지 파들어갔다. 골목 양쪽의 마당을 향해 파들어갔다. 이렇게 한 달이 지나자, 판석이 깔린 거리가 모습을 드러냈다(그 거리는 대체로 지금의 바러우산맥 향진鄕鎭에 있는 거리와 비슷했다. 단지 보통 거리보다 조금 좁아 마차 두 대 또는 소가 끄는 커다란 수레가 지나갈 수 있을 정도였다). 거리 양쪽으로 늘어선 집들은 지반을 크고 무거운 돌을 쌓아 만들었을 뿐만 아니라, 집집마다 담장도 모두 집 꼭대기까지 또는 사람 키 높이까지 돌을 쌓아 만들었다. 흙벽돌을 사람키보다 높이 쌓아 만드는 흙돌담은 오늘날까지 이 지역 특유의 담장 형태를 형성하고 있었다(오늘날까지도 수로에서 그리 멀지 않은 바러우산맥의 촌락들은 하나같이 흙돌담을 사용하고 있다). 열 집 넘게 마당을 파내자 집집마다 강물에 휩쓸려 어지럽게 널려 있는 돌들 가운데 너비와 두께가 똑같고 길이가 네 자 정도 되는 길쭉한 형태의 돌대문 기둥이 발견되었다. 집집마다 돌대문 기둥에 『시경』에 나오는 옛 노래의 제목이 새겨져 있었다(오늘날 집집마다 자기 집 대문 기둥에 문패—장가張家, 리가李家, 왕가王家 등—혹은 문구—식구가 많아진다人丁興旺, 동쪽에서 상서로운 기운이 몰려온다紫氣東來 등—가 붙어 있는 것과 다르지 않았다. 오늘날 바러우 사람들이 문 앞에 이름을 새기는 습속을 즐기고 있지만, 이 역시 그 시기 황하 유역 시성 일대 사람들이 옛 노래를 즐겨 부르고 그 가운데 한 곡의 제목을 대문 기둥에 새기던 것에서 유래한 것이다). 당시 시성 사람들은 자신들이 좋아하던 노래의 제목을 대문 기둥에 새겼다. 이 노래들은 대부분 이천여 년 전 주나라 때의 노래로, 궁중에서 성행하던 악가로서 민간에 전해지자 사람들이 이를 대문 기둥에 새김으로써 복을 기원하고 천지에 평안을 비는 수단으로 삼았던 것이다.

글자가 새겨진 돌기둥은 그 거리에서만 이미 스무 개가 출토되었고, 새겨진 글자를 전부 합치면 마흔여섯 자에 달했다. 나는 돌기둥에 일일이 번호를 매기고 각 돌기둥 또는 돌덩이에 적힌 글자를 모양에 따라 공책에 옮겨적는 동시에 그 글자가 음각인지 양각인지, 글자체 형태는 어떤지, 돌기둥 길이와 두께는 어떤지 일일이 분명하게 기록해두었다. 나는 완벽한 고고학자였다. 마을 사람들과 함께 흙을 파고 함께 흙을 날랐으며, 함께 돌을 운반했다. 함께 식사를 하고 함께 잠을 잤으며 함께 감기에 걸려 기침을 했다. 나는 『시경』 삼백다섯 수의 범위를 초월할 뿐만 아니라 내가 알지 못하는 글자가 새겨진 돌기둥이 발견되기를 갈망하고 있었다. 단순히 시 제목이 아니라, 한 편의 시가 원문 그대로 새겨진 돌덩이가 발견되기를 갈망하고 있었다. 그러다가 정말로 어느 집 문 앞 어지럽게 널린 돌무더기에서 너비 한 자 반, 두께 한 자 반에 길이가 여섯 자쯤 되는 커다란 돌기둥을 찾아냈다. 게다가 이 돌기둥에 새겨진 글자는 음각이 아니라 양각이었다. 새겨진 글자는 가로획도 평평하고 세로획도 아주 곧았으며 필체가 단정하고 힘이 있었다. 가로획이 세로획보다 두껍고 왼쪽 삐침과 오른쪽 삐침이 모두 가볍지만 섬세했다. 또한 필치가 완만하고 무게감이 있었다. 이런 글자체는 일반 시골 문인이나 석공의 솜씨가 아니라, 당시 바러우산맥 일대의 명망 있는 문인의 서예작품임에 틀림없었다(그럴 가능성도 있었다). 게다가 글씨를 새긴 석공의 솜씨도 대충 모양만 보고 따라 그린 수준이 아니었다. 양각의 점과 획에 끌 자국을 남기지 않은 것으로 보아, 석공의 수준이 건물이나 나무보다 높고 바러우산맥에서 가장 높은 산등성이만큼이나 높았음을 알 수 있었다. 내가 칫솔로 돌기둥 위의 황토를 깨끗이 제거하자, 정말로 돌기둥 한가운데에 새겨진 대접보다 큰 글자가 뚜렷하게 모습을 드러냈다. 게다가 그 글자는 시의 제목 또는 전래되는 노래의 제목으로,『시경』에 등장한 적이 없는 '여女'자였다.

'女'자가 양각된 돌기둥 옆에서는 또 한 면은 평평하고 나머지 면은 전부 울퉁불퉁한 거대한 산석이 발견되었다. 짙은 녹색과 옅은 붉은색이 섞여 있고 높이가 사람 키만 한 이 산석은, 양쪽이 뾰족하면서도 가운데가 둥글게 부풀어 있었다(오늘날 우리가 도처에서 볼 수 있는 유형의 자연석과 흡사했다). 바로 이 자연석의 평평한 한쪽 면 위에 한 글자도 빠지지 않은 2연 8행의 시가 세로로 새겨져 있었다.

於洛之陽	낙양의 양지에서
以南至於邊柳	남쪽으로 길가에 버드나무나 늘어선 이곳까지
鮮且美眉	빛나는 사람들의 아름다운 용모
曰我卽旣	아! 나는 이미 나를 그대에게 주었네.
執子之手	그대의 손을 잡고
與子偕老	평생을 함께하리
吁嗟闊兮	강물이여, 이렇게 넓어 건너기 어렵구나
不我活兮!	그녀를 볼 수 없으니 나는 어떻게 산단 말인가.

나는 그 십여 명의 마을 사람들을 전부 그늘에 가서 쉬게 한 다음,

혼자서 여덟 구절의 시구를 응시하면서 속으로 음미하고 연구했다. 웬일인지 익숙하면서도 낯선 시구라 그 맛이 무궁무진했다. 문득 구름이 걷히고 해가 나오듯 「낙양부洛陽賦」가 생각났다. 이어 「산씨반散氏盤」과 「모공정毛公鼎」이 떠올랐다. 그리고 『시경』과 『초사楚辭』에 담긴 모든 시가 생각났다. 하지만 또 어쨌든 달이 지고 별들이 희소해지듯이, 이 시를 어디서 읽었고 어디서 보았는지는 기억나지 않았다. 나는 이 대문 돌기둥 위의 글자 '女'가 바로 이 애정시(노래)의 깊은 우의寓意를 담은 제목이라고 단정지었다. 하지만 이 시의 출처와 기원은 물론, 이 시가 내가 시성에서 발견한 『시경』 삼백다섯 수 이외의 첫번째 시라는 사실은 단정할 수 없었다. 이미 중천에 뜬 해가 그 자연석 위를 비추는 모습이, 마치 투명한 황금물결이 돌에 새겨진 글자 위를 흐르며 씻어주고 있는 것 같았다. 돌 더미 틈새를 비집고 기어나온 검고 빛나는 귀뚜라미 한 마리가 자신의 집인 양 돌에 새겨진 글자의 가로획 안에 엎드려 축축한 몸 위로 비치는 햇살을 즐기고 있었다. 귀뚜라미는 네 다리를 활처럼 당기고는 날개로 귀뚤귀뚤 아득하고 맑은 소리를 냈다. 두 마리의 보기 드문 들나비(이것을 본 순간, 링쩐을 안장하던 날의 정경과 양산백과 축영태의 전설이 떠올랐다)가 주위의 풀밭을 날아다니다가, 그 돌 꼭대기에 가볍게 내려앉아 잠시 휴식을 취하고는 이내 문 안의 무너진 뜰을 향해 날아갔다.

  상상했던 것과는 달리 나는 이 높고 큰 저택 문 앞의 자연석 위에 새겨진 애정시 「여女」를 시작으로 북쪽 방향으로 거리를 따라 정리해나가는 과정에서 집집마다 대문 앞 돌기둥에서 『시경』에 수록된 시들의 제목을 발견했을 뿐만 아니라, 몇몇 집 입구와 마당 안에서 애정시 「여」가 새겨진 자연석과 크기가 비슷한 돌 위에 새겨진 아름다운 노래의 구절을 발견했다. 「비飛」라는 제목의 이 노래에는 너무나 절묘하고 뛰어난 네 구절이 담겨 있었다. "새는 해가 뜨면 나갔다가 해가 지면 돌아오네. 해가 뜨면 끝내 나가려 하고, 해가 지면 끝내 돌아오려 하네 雀行於日, 雀行於落. 有日終去, 有落終歸." 그리고 한 단락이 3행으로 모두 세 단락으로 이루어진 「유계有季」라는 제목의 시도 있었다.

滴落兮	봄비가 똑똑 떨어지네
有粒歸土	씨앗이 땅속으로 들어가더니
有禾離土	푸른 싹이 되어 흙 밖으로 나오네.

風過兮	봄바람이 부네
禾生大田	곡식이 넓은 밭에서 자라고
稔熟大田	곡식이 넓은 밭에서 익어가네.

黃葉兮	가을낙엽이 바람에 날려 떨어지네
飄寒○季	바람이 불고 추운 ○의 계절
○○○季	○○○○○의 계절이네.

이런 식으로 시성의 폐허를 삼분의 이쯤 정리하자 판석이 깔린 중심 도로가 어느 집 담장을 지나면서 갑자기 확 넓어졌다. 순간 무너지지 않은 그 담 모퉁이를 시작으로, 돌담은 더이상 남북으로 곧게 뻗어나가지 않고 사람 키만 한 높이로 완만한 곡선을 이루고 있었다. 벽 위의 돌들도 더이상 커졌다 작아졌다 하는 게 아니라 모두 일률적으로 석공의 다듬질을 거쳐 한 자 한 치의 너비와 두 자 두 치의 길이를 유지했

고, 돌 틈새는 쌀로 쓴 풀을 매겨 메워져 있었다. 원래 거리의 나무와 풀숲 속에 묻혀 있던 돌덩이들은 사라지고, 느닷없이 커다랗고 평평하면서 둥근 (농구장 반만 한 크기의) 웅덩이가 나타났다. 십여 명의 마을 사람들이 바퀴가 다섯 개 달린 운반용 수레를 이용해 쉬지 않고 이십팔 일을 밀어내고 정리한 뒤에야, 비로소 이 둥글게 움푹 파인 웅덩이에 쌓인 흙을 모두 제거할 수 있었다. 흙을 제거하자, 한 방울 한 방울이 쌓여 산이 무너지고 바다가 요동치는 기적을 이루듯이, 움푹 파인 곳에서 갑자기 해가 떠오르듯 경이로운 장관이 펼쳐졌다. 알고 보니 이 움푹 파인 공간이 시성의 극장이자 회의장이었다. 장날에는 장터가 되기도 했다. 농구장 절반 크기의 돌이 깔린 공터 주위에는 동일한 크기의 사석이 빈틈없이 깔려 있고 지면 위에도 일정한 크기의 판석이 깔려 있었다. 이 원형의 공간 한가운데를 관통하는 거리에 남북으로 마주보는 통로가 마련되어 있었다. 이 통로의 서쪽을 둘러싼 담장 아래에는 두 줄로 가지런히 세워진 돌받침대가 있었다(이 돌받침대는 사람들이 앉아서 구경할 수 있도록 설치된 게 아니라, 오늘날의 시장처럼 사람들이 채소를 사거나 물건을 교환할 때 그 물건들을 진열해놓는 받침대라는 것을 한눈에 알 수 있었다. 오늘날의 진열장처럼 돌받침대 아래에는 상인들이 저마다 물건을 담아두던 작은 굴이 마련되어 있었다). 통로의 중축선 한가운데, 그 원형 공터의 중심 지면 위에는 석판으로 된 한 자 여섯 치 높이의 이층 계단이 세워져 있다. 방 한 칸 반 정도의 크기인 이 계단은, 마을 사람들이 집회할 때 청중들은 주위에 둘러앉고 이야기하는 사람은 중심의 원형 무대 위에 서서 연설하는 용도로 사용했던 게 분명해 보였다. 마을 사람들이 집회에서 집단으로 노래를 하거나 주고받는 노래를 하거나^{對歌} 노래 경연을 벌일 때,

노래하는 남녀 역시 이곳 원형 무대 위에 섰을 것이 분명했다. 이 원형 무대의 동쪽 반원 안은 지세가 산맥에 인접해 있어 시성 사람들은 산에 기대어 이 무대를 건설하고, 그 산세에 따라 움푹 파인 반원 지형을 만들어 이 반원의 산언덕에 또 한 층 한 층 관람석처럼 계단을 만들었던 것이다. 이 계단 위에는 또 일률적으로 사암석 재질의 누런 돌과 화강암 재질의 회백색 돌을 쌓아 그 동쪽 반원의 산세를 자연스럽게 극장의 관람석으로 조성해놓았다. 이 원형극장은 맨 아래층부터 맨 위층까지 모두 스물아홉 개의 층이 있고, 이십팔층의 관람석에 곧게 세워진 입석 위의 사암석 사이마다 전자체로 두세 구절의 시가 새겨져 있는 커다란 돌이 몇 개씩 발견되었다. 시구는 대부분 세 글자나 두 글자로 이루어져 있고 다섯 또는 여섯 구절로 되어 있었다. 『시경』 삼백다섯 수에 들어 있는 시편 구절인 것도 있고 그 이외의 노래나 시편의 단락인 것도 있었다. 일률적으로 음각필법으로 새겨진 시구의 글자들은 하나같이 가늘고 긴 유사자*였다. 또한 일률적으로 산언덕 표층에 붙어 있어 돌 속으로 들어가지 못하고 표토 위로 떨어져나와 있었다. 세월과 빗물의 풍화작용으로, 원래 벗겨지기 쉬운 사암석인데다 오랜 세월을 거치다보니 시구가 새겨진 돌들은 대부분 표층이 벗겨져 있었다. 미모사 같은 꽃과 잡풀은 글자가 새겨진 틈을 통해 돌무대에 쉽게 뿌리를 내릴 수 있었다. 돌무대는 산 정상으로 갈수록 풍화 정도가 심해 새겨진 글자 대부분이 필획이 지워지고 그저 가로세로의 획과 삼각형, 원의 형태만 희미하게 남아 있을 뿐이었다. 진흙이 많고 두터운 곳으로 굴러떨어진 돌들만이 시구의 단편적인 흔적을 선명히 드러내고 있었다. 맨 아래의 다섯번째 층부터 첫번째 층까지는 모두 강물의 진흙

● 柳絲字. 버드나무 가지를 늘어뜨린 듯한 전자체의 서체를 빗댄 말.

속에 묻혀 있었기 때문에, 새겨진 글자의 절반 또는 삼분의 이 정도가 방금 새긴 것처럼 아주 선명한 상태를 유지하고 있었다.

　그 회색 돌무대를 정리하기 시작할 때부터 나는 정리해낸 시구들을 발견한 순서에 따라 공책에 잘 적고 베껴두었다. 가지고 있던 두 권의 공책이 가득차서, 추가로 발견한 시구들을 『풍아지송』 초고 뒷면에 기록했다. 내 공책과 초고지는 『시경』 이외의 구절과 단락으로 가득찼다. "콩을 따네, 콩을 따네. 또 가을이 왔네, 가을이 왔네采菽采菽, 亦秋亦秋……하락의 강 위에 배를 띄우니 ○○강에 있네汎舟河洛, 在○○河/○가 나를 ○○하니, 누가 남을 ○할까○○○我, 誰○人噫……물에 ○한 파도가 이는 것을 바라보니, 그 물은 끝이 없고, 그대는 수레에 ○하여, 물의 고향을 ○○하네瞻水○濤, 他水泱泱, 君○車座, ○○水鄕……" 이렇게 끊어질 듯 말 듯 이어지는 시구들은 여름 보리 수확이 끝난 뒤에 밭에 떨어진 보리알만큼이나 많아, 어느 해 어느 달에 새겨진 이천여 년 전의 시문을 도처에서 발견할 수 있었다. 이천여 년 전에 유실된 장구章句와 운미韻味도 도처에서 찾아볼 수 있었다. 가장 놀랍고 가장 중요하며 가장 방대한 것은, 관람석 맨 아래 다섯번째 열에서 두번째 열까지 삼백스물한 개의 돌덩이 위에 새겨진 오백여든여섯 구가 한 편을 이룬 사언시였다. 이 시를 구성하고 있는 삼천삼백마흔네 글자 가운데 천삼백스물일곱 자가 식별이 전혀 불가능할 정도로 희미했다. 나머지 천열일곱 글자 가운데 삼백서른한 자는 왼쪽이나 오른쪽 또는 상단이나 하단의 절반만 남아 있었다. 그리고 나머지 식별이 가능한 육백여든여섯 글자에는 스물두 종의 식물 명칭과 열네 종의 조류 명칭이 포함되어 있었고, 현재는 유실되어 전해지지 않거나 아직도 사용되고 있는 지명과 산과 강의 이름들도 섞여 있었다(나는 혹시 이것이 시로 기록한 사지문史志文이나 지리문地理文이 아닌가 의심했다). 산 정상의 주춧돌에서부터 시작해 하루에 한 줄씩 마지막으로 가장 긴 지리시까지 베꼈을 때, 나는 나 양커의 위대한 발견을 이해하고 『시경』 이외의 시편에 대한 발견과 연구에 따라 장차 내가 이 나라와 민족의 문화사 및 고전문학사, 심지어 일부 식물학적 역사지歷史志까지 다시 쓰게 되리라는 것을 분명히 깨달았다. 그날, 오백여든여섯 구에 이천삼백마흔네 글자로 이루어져 있고, 『시경』에 수록되지 않은 단일 시편으로는 길이가 가장 긴 사언시를 정리하기 전에, 나는 관람석 위에 두루마리처럼 펼쳐진, 오른쪽의 제목과 왼쪽의 연월 낙관이 부식된 〈청명상하도〉● 같은 시를 바라보면서, 처음에는 마음속에 놀라움과 기쁨, 흥분만 가득했다(보리이삭을 줍던 아이가 우연히 아무도 수확하지 않은 바다처럼 넓은 보리밭을 발견한 것 같았다). 하지만 첫번째 구절—"그 물의 동쪽에, 옆으로 마을이 ○했다他水之東, 橫○村落"—부터 한 구절 한 구절 읽어나가면서, 이 시가 황하 연변의 시성을 중심으로 이천여 년 전 백성들의 파종과 경작, 방목, 풍습, 노래, 혼인, 제사, 토템 등의 생활 풍경과 그 방식을 중점적으로 기록하고 있다는 사실을 알았을 때, 나는 이천여 년 전의 백과전서를 발견했다는 사실을 깨닫게 되었다. 이천여 년 전 바러우 사람들이 시로 그린 〈청명상하도〉를 발견한 것이다. 한 민족이 이천여 년 전에 남긴 한 권의 『성경』 같은 시를 발견한 것이다. 시에서 "그 물을 우리 사람들이 먹고, 강이 인생을 ○하네. 용이 ○ 산에 내리고, 아아! 나라가 백성들을 낳았네他水吾人, 河○人生, 龍降○山, 噫國生群"라는 구절을 읽었을 때, 나는 내가 우리 중국인이 물에서 나왔고 산에서 태어났다는 기원과 가장 정확히 일치하는 문자 기록을 읽은 것이라는 사실을 모르지 않았다.

● 淸明上河圖. 중국의 십대 명화 중 하나로 북송 시기의 도시 풍경과 생활 모습을 묘사한 풍속화.

나 자신이 발견한 시성과 이 반원 형태의 공연장이 세상에 공개되면 십억이 넘는 인구를 가진 이 나라가 얼마나 대단한 진동과 흥분에 휩싸일지, 전 세계의 한자를 아는 사람과 한자를 모르는 사람들이 새로 로마와 그리스, 이탈리아의 폼페이를 발견하기라도 한 것처럼 얼마나 요란하게 떠들어댈지 모르지 않았다. 나는 다소 불안한 마음으로 관람석 아래에 서서 기다란 두루마리 같은 지리 기원시에 놀라움을 금치 못하고 있었다. 음산한 날씨가 뚜껑처럼 덮고 있는 바러우산맥과 시성 유적지에서 구장처럼 움푹 파인 환형環形 무대에 서자, 축축하고 서늘한 사암석의 기운이 움푹 파인 환형 관람석 위로 나를 향해 덮쳐왔다. 지난 이십팔 일 동안 쉬지 않고 이 공연장과 관람석을 정리해온 쿵징촌의 마을 사람들이 내 뒤에 세워져 있는 진흙을 나르던 수레와 큰 돌, 삽과 곡괭이 나무 자루 위에 앉아 두루마리 시 앞에서 얼떨떨한 표정으로 서 있는 나를 쳐다보면서 말했다.

"양 교수님, 교수님도 여기 앉아서 좀 쉬세요."

"양 교수님, 오늘은 비가 안 오겠죠?"

"양 교수님, 오늘이 무슨 날인지 아시죠?"

놀라움에 멍하니 서 있던 나는 반쯤 정신을 차린 채 고개를 들어 오늘이 무슨 날인지 생각해보았다. 하늘을 바라보니 검게 드리운 먹구름이 먹물처럼 바러우산맥 상공에서 몰려오기 시작했다. 마을 사람들과 함께 공연장 관람석 앞에 서서 산 중턱의 돌무대를 바라보았다. 눈 깜짝할 사이에 초가을의 끈적끈적한 무더위가 산 위와 황하의 강변에서 사라지고 서늘한 기운이 조수처럼 유적지와 공연장, 관람석을 향해 빠른 속도로 덮쳐왔다. 마을 사람들을 바라보며 말했다. "곧 비가 올 것 같군요. 무대 위의 흙을 모두 파내면 관람석이 비에 쓸려 무너지지 않을까요?"

재차 말했다. "저는 이 장시를 베껴야 하니 여러분은 우선 동굴로 돌아가 쉬세요. 모두 어서 가세요. 여러분이 여기 서 있어서 뭐하겠어요."

사람들은 내 옆에 꼼짝도 않고 서서 하늘을 쳐다보고 내 옆에 있는 돌 위에 새겨진 글자와 물방울을 쳐다보았다. 사람들이 어두운 표정으로 말했다.

"벌써 또 월말이에요. 관람석 파내는 일이 끝나면 이번 달 임금을 준다고 하시지 않았습니까. 이달 내내 모두들 쉬지 않고 아침 일찍부터 밤늦게까지 관람석을 정리했으니, 두 달 치 임금을 주셔야 합니다."

"양 교수님, 벌써 월말입니다. 임금을 주셔야지요."

"양 교수님, 돈을 주실 겁니까 안 주실 겁니까? 더이상 돈을 안 주시면 저희도 거칠게 나오는 수밖에 없습니다. 다 때려치우고 집으로 돌아가는 것은 물론이고, 교수님께 예의를 갖추지 않을지도 모릅니다."

"말해보세요, 양 교수님. 말 안 하시면 우리가 이대로 가만있을 줄 아십니까?"

"말해보세요. 한마디만 해주세요. 돈을 줄 건지 안 줄 건지만 말해봐요."

"당초에 이곳 시성의 돌과 흙을 정리하는 일을 우리한테 맡기면서 약속하셨잖아요. 언젠가 이곳이 문화유적지이자 문명의 성지가 될 거고, 이곳을 구경하러 찾아오는 사람들의 행렬이 끊이지 않을 거라고 하셨잖아요. 그때가 되면 이곳 시성이 시징의 병마용이나 경성의 고궁, 빠다링八達嶺, 외국의 피라미드나 로마처럼 된다고 하셨잖아요. 그때가 되면 우리를 모두 시성의 문화관리원으로 고용하여 매달 천 위안이 넘는 임금을 주시겠다고 하셨잖아요. 하지만 지금 우리는 죽도록 피곤하고 지쳤는데도 교수님은 한 달에 이백 위안의 임금조차 제때 주지 않고 있으니, 이게 말이나 된다고 생각하십니까.”

“그러면서 빌어먹을 무슨 교수라는 거야!”

“빌어먹을 미친놈, 사기꾼, 정신병자 같은 새끼. 돈이 없으면 경성으로 돌아가. 네 그 망할 놈의 대학으로 돌아가서 반년의 기한을 줄 테니 우리한테 빚진 돈을 전부 가져오도록 해. 돈을 가져오지 않으면 글자가 새겨진 돌들을 전부 부숴버리거나 성내로 가져가 팔아버릴 테니까. 당신이 말해주지 않아도 우리도 다 알아. 이 돌들을 경성에 가져다 팔기만 하면 돌 하나가 당신이 주는 한 달 치 임금보다 많을 거란 걸 말이야.”

“도대체 돈을 줄 거야 말 거야?”

“말을 해보라고. 경성 가서 돈을 가져올 거야 말 거야?”

“빌어먹을, 도대체 경성 가서 돈을 가져온다는 거야 만다는 거야?!”

제11권 풍風

동산 東山
초충 草蟲
감당 甘棠
환란 瓦蘭
갈류 葛藟

동산

새집

이 작품은 「빈풍豳風」에 속한 시로, 증인이 집으로 돌아가는 길에 집을 그리워하는 내용을 담고 있다.

東
山

저녁에 출발해 아침에 도착하는 기차를 타고 경성에 이르니, 중추의 이른 아침이 기차역에서 나를 공손히 맞아주었다. 기차에서 내려 역사 밖을 내다보니, 낯익은 바러우산맥의 초목과 집처럼, 경성의 기차역과 광장도 전혀 낯설지 않았다. 갑자기 또다시 두 다리 사이가 팽팽히 당기면서 불안한 기분이 들었다. 화장실에 가고 싶은 충동이 또 한차례 맹렬하게 내 온몸을 기습해오는 것 같았다. 광장 끝에 있는 가로등 기둥을 급하게 부둥켜안고서 오줌을 지릴 것 같은 기분을 온몸으로 누그러뜨리고 난 후에야, 나는 비로소 칭옌대학 정문으로 가는 버스에 오를 수 있었다.

예전 그대로 가을날의 누런 해가 칭옌대학 정문을 비추고 있었다. 차에서 내린 나는 반사적으로 짐을 내려놓고 칭옌대학에 돌아오기 위해 특별히 차려입은 옷매무새를 고쳤다. 예전에 강단에 설 때만 입었던 질은 색상의 중산복* 정장 차림에 머리도 단정하게 이발을 했던 것이다. 신발도 가죽구두로 바꿔 신었다. 수염도 매끈하게 깎았다. 칭옌대학은 내 직장이었지만 학교를 떠난 지 일 년 반이나 되어서인지 학교로 돌아와도 어쩐지 낯설다는 느낌을 떨칠 수 없었다. 오랫동안 실종되었던 아이처럼, 모든 사람이 나의 실종과 사라짐에 대해 이미 익숙해져 있는 상황에서, 갑자기 돌아와 나타난 것이 어쩐지 어색하다는 생각에 내 마음도 자유롭지 못했다. 학교 정문 앞에 있는 늙은 홰나무 아래 가만히 서서 녹색과 붉은색으로 칠한 학교의 고색창연한 대문을 물끄러미 바라보았다. 학생들이 책과 가방을 옆구리에 끼고서 대문으로 들어가는 모습을 보고는 나도 출장했다가 돌아온 사람처럼 얼굴에 철판을 깔고 학교 안으로 들어갔다. 다행스러운 것은 학교 안으로 들어가는 한 무리의 학생들 가운데 가장 먼저 중문과 석사 과정 학생 하나가 나를 알아보았다(정말 다행이다. 내가 먼저 그를 알아보지 않고 그가 먼저 나를 알아보았으니 말이다. 이는 칭옌대학이 아직도 나 양커가 소속된 학교이고 또한 학교 안에 있는 교직원 숙소 구역의 4동 3단원 306호가 여전히 내 집임을 예시해주는 일이다). 내 앞을 지나 교문을 들어서려는 던 학생이 순간 갑자기 몸을 돌려 내게 말을 건넸다.

"양 교수님, 정말 교수님이시죠? 양 교수님, 일 년 넘게 어디를 다녀오셨어요?

이렇게 다시 돌아오시지 않으셨다면 어쩌면 저희도 교수님을 잊어버렸을 거예요."

웃으면서 허둥지둥 앞으로 두세 걸음 쫓아갔지만 그 석사 과정 학생의 이름이 정확히 생각나지 않았다. 하지만 아주 다정하고 친근한 태

● 中山服. 일명 '마오룩'으로 불리는 쑨원이 고안한 인민복.

도로 그에게 대답해주었다. "외부에서 현지조사를 했네. 중원에 있는 황하 유역 바러우산맥에 가서 일 년 넘게 현지조사를 진행했지. 자네가 믿을지 모르겠지만, 황하 유역 일대에서 이천 년도 넘게 전해졌던 『시경』 이외의 시들을 발견해냈다네. 어떤 시들은 오늘날의 『시경』에 실린 시보다 훨씬 더 아름답고 심오하고 흥미롭지." 말을 하면서 나는 자랑스럽게 손에 들고 있던 짐을 허공에 높이 쳐들었다(그 안에 담긴 게 전부 내가 시성에서 발견하고 베껴쓴 시들이었다). 신비한 모습으로 그들에게 두둑한 범포 가방을 보여주고서는 다시 신비한 모습으로 짐을 내려놓았다(그들이 내 짐을 빼앗아 도망가기라도 할까봐 두려워하는 모습이었다). 나의 본의는, 내가 일 년 넘게 실종되었던 것이 그냥 사라졌던 게 아니라 학교에서 바러우산맥에 있는 내 고향으로 파견되어 연구와 고찰을 진행했던 것임을 증명해주는 것이다. 그러나 뜻밖에도 짐을 챙겨 돌아왔을 때 그 석사 과정 학생이 내 앞에서 놀란 모습으로 서 있었다. 열흘 전 오래된 시성 공연장의 무대와 관람석에서 오백팔십여섯 구, 이천삼백사십사 자로 이뤄진 긴 두루마리의 사언시를 앞에 놓고 내가 놀라움을 금치 못했던 것과 같은 모습이었다.

그와 함께 가던 몇몇 학생들(알고 보니 모두 중문과 학생들로 전부 내 수업을 들었던 학부생들이었다) 역시 갑자기 제자리걸음을 멈추고는 몸을 돌려 이상한 눈빛으로 나를 쳐다보면서 무슨 말을 하는 거냐고 물었다.

"정말이세요? 그럴 리가요?"

"교수님께서 일 년 넘게 중문과에 계시지 않았던 게 원래 현지조사를 하러 가셨던 거라고요? 맙소사, 정말로 공자가 제외시켜 『시경』에 수록되지 못했던 시 이백여 수를 발견하셨단 말이에요?"

학교 안은 예전 그대로였다. 건물과 나무들이며 광고와 조각상도 그대로였고, 길 위의 균열과 건물 벽의 거미줄, 교정 상공에 가로로 뻗어 있는 전선까지 하나도 변한 게 없이 그대로인 것 같았다. 중추의 냄새는 교정에 있는 각종 건물의 낡은 벽돌 냄새와 누렇게 단풍이 든 회화나무의 나뭇잎 향으로 이뤄져 있었다. 또한 나무 아래 밀집해 있는 회화나무에 살고 있는 푸른 벌레의 비린내와 사방에 깔려 있는 벌레들의 배설물에서 나는 지린내도 섞여 있었다. 회화나무는 벌써 낟알 모양의 작고 노란 꽃이 만개해 바닥에 떨어져서는 사람들의 발에 밟히고 있었다. 비가 내린 직후의 시성의 진흙탕 같았다. 내게는 그 냄새가 다소 낯설면서도 익숙했고 흔히 보았으면서도 드문 것이었다. 맡아본 것 같기도 하고 못 맡아본 것 같기도 했다. 이런 냄새 때문에 나는 학교 안을 걷지 않을 수 없었고 감격과 흥분에 젖지 않을 수 없었다(집으로 돌아가야 했다. 그리고 아내 루핑을 만나야 했다. 어젯밤에 기차에 오르면서 줄곧 루핑을 만나면 가장 먼저 무슨 말부터 꺼내야 좋을지 생각했었다. 하지만 기차에서 내릴 때까지 그녀를 만나서 맨 처음 꺼내야 할 말을 나는 생각해내지 못했다). 하지만 이제 드디어 루핑을 만나 가장 먼저 해야 할 말이 생각났다.

"나 왔어. 믿지 못하겠지? 내가 『시경』에 수록되지 않은 시를 이백 수 넘게 찾아냈단 말이오."

얼굴에 흥분된 누런 미소를 띤 채 교정 안 중축선인 주도로 위를 걸으면서, 누구든지 보이기만 하면 먼저 자발적으로 앞서 달려가 사람들에게 인사를 건넸다. 사람들이 목례를 하면 나 역시 고개를 끄덕여보였고 사람들이 놀라움을 금치 못하면서 걸음을 멈추고 "교수님, 양 교수님 맞으세요? 일 년 넘게 어딜 가셨어요?" 하고 물으면 도로 한가운데에 똑바로 서서 조금도 귀찮아하지 않으면서 모든 사람에게 지칠 줄 모르고 자초지종을 설명해주었다. 중원의 황하에 가서 현지조사와 발굴작업을 진행하다 왔습니다. 사람들이 나를 전혀 알아보지 못해도 나는 아주 자연스럽게 적극적으로 사람들에게 인사를 건넸다.

"잘 있었나? 자네 내가 일 년 동안 어디에 갔었는지 알아?"

"안녕들 하시오? 현지조사와 연구를 마치고 돌아왔습니다. 지금 어디들 가십니까?"

"이봐요, 우 선생. 아침 운동 하시나? 믿어져요? 내가 『시경』에 수록되지 않은 시를 이백 수 넘게 발견했단 말이오."

교정에는 학생들이 그다지 많지 않았다. 아직 오전 수업 때가 아니어서 그런지 일찍 일어난 몇몇 교수들과 학생들만이 나무숲이나 공터에서 책을 읽거나 체조를 하고 있었다. 나는 정말로 출장으로 현지조사를 다녀온 사람처럼 흥분해 마지않았고, 객지를 떠돌며 고생한 사람답게 교정 안을 이리저리 한가롭게 돌아다녔다. 온몸에 따스한 열정이 감돌면서 적극적인 마음자세를 갖게 되었다. 부용꽃이 피어 있는 호숫가 옆길에서 중문과에서 현대문학을 가르치는 류 교수를 만나 말을 걸었다. "안녕하세요? 류 교수, 제가 황하 유역에서 오래된 시성을 발견했습니다. 옛날 공연장도 찾아냈지요. 『시경』에 수록되지 않은 시를 이백 수 넘게 발굴했고요. 그 가운데 한 수는 완벽하게 시구로 쓴 〈청명상하도〉 또는 시구로 쓴 『성경』이라고 할 수 있는 시도 있답니다." 류 교수는 처음에는 반갑고 놀라운 표정으로 나를 맞아주면서 호숫가에 서서 나와 더 많은 얘기를 나누려 했다. 그러나 내가 그의 시간 몇 분(정말 단 몇 분이었다)을 독차지하면서 직설적으로 모든 얘기를 빠르게 늘어놓자 이내 생소하고 의심스럽다는 듯한 눈빛으로 변하더니 나를 위아래로 훑어보면서 입을 열었다. "돌아왔군요? 난 호숫가에서 산책이나 좀 할 생각입니다." 그러고는 나를 그대로 남겨둔 채 호숫가를 따라 서쪽 방향으로 걸어가버렸다.

한참 멀어진 뒤에야 그는 다시 고개를 돌려 나를 쳐다보았다.

부용꽃 호수의 한쪽 수면 위로 지치紫草와 부패물들이 떠 있어 호숫물이 새까맣게 보였다. 그래도 호수 절반을 차지하고 있는 부용꽃은 눈처럼 새하얀 구름송이가 흩날리듯 아름답게 피어 있었고, 꽃잎 또한 머리 위에 있는 하늘처럼 푸르렀다. 나는 그 호숫가에서 만나는 모든 사람에게 내 지난 일 년을 설명하고 얘기하면서 이윽고 숙소 건물 4동 3단원 건물 계단에 도착했다. 마침 우 교수댁 노부인이 옆 단원 입구에서 걸어나오고 있었다. 한 손에는 야채를 살 때 드는 공예품 꽃대바구니를 들고 있었다. 내가 말했다. "안녕하세요, 찬거리를 사러 가시나봐요?" 그녀는 건물 아래 서서 나를 멍하니 바라보았다. 나를 알아보지 못하는 것 같았다. 다시 말했다. "저 양 교수예요. 외부에 현지조사를 나갔다가 이제 막 돌아왔습니다." 그제야 그녀는 놀란 표정으로 잠시 넋 놓고 섰다가 나를 정확히 알아보고서야 내 쪽으로 천천히 걸어와 앞에 멈춰 서서 물었다.

"선생 댁이 다른 데로 이사한 것 모르세요?

선생 댁은 학교의 고급지식전문가 빌딩으로 이사했다고요. 그 건물은 전문적으로 국가를 위해 특수한 공헌을 한 지식인들을 위해 지어졌다고 하던데, 정말 모르셨어요?

어서 그리로 가보세요. 여기 4동에 있던 선생 댁은 새로 전근해온 다른 선생님이 살고 계시거든요. 설마 선생 부인께서 이런 사실을 안 알려주지는 않았을 텐데요?"

우 교수의 노부인이 놀란 얼굴로 뭐라고 말했든 간에(여인네의 말이었고 가정주부의 생각이었다) 나는 한사코 내 고집대로 3단원 입구로 들어서서 삼층까지 뛰어올라갔다. 그런 다음 내 여행가방 안에서 일 년 반 동안 잠자고 있던 열쇠를 꺼내어 익숙하게 가장 큰 걸 집어 열쇠 구멍에 꽂았다. 좌로 한 번, 또 한 번 열쇠를 돌렸지만, 예전에 힘 한 번 주면 쉽게 열리던 문이 열리지 않았고 열쇠도 돌아가지 않았다. 고개를 숙이고 문에 달린 황동 자물쇠를 자세히 살펴보려던 순간, 오히려 안쪽에서 먼저 문이 열렸다. 문틈 사이로 마흔 남짓한 중년 부인이 서 있었다(다소 교양을 갖춘 모습이었다). 손에 갓 데운 우유를 받쳐들고(냄새가 신선하고 향긋했다) 하얀 플라스틱 젓가락(상아 같았다)을 든 채 나를 바라보는 눈빛이, 마치 방문판매원을 바라보는 것 같았다.

"누굴 찾으세요?

자오루펑은 전문가 빌딩으로 이사했어요. 2단원 19호에 산다고 하더군요.

선생이 그녀의 남편이세요? 정말로 그분 남편 맞아요?"

이렇게 묻는 순간 그녀의 손에 들려 있던 우유잔이 약간 흔들리더니 하마터면 놀란 그녀의 손에서 떨어질 뻔했다. 나에게 무례하게(반대로 제 처지를 정확히 알고 있다는 것 같았다) 대했다는 사실을 재빨리 깨달은 그녀가 얼른 곁눈질하던 시선을 거두고는, 미소 띤 얼굴로 자신의 이름은 민슈원이고 이번에 새로 중문과에 부임해 고전문학을 가르치고 있으며 전공인 『초사』를 연구하고 강의하고 있다고 소개했다. 그러고는 계속 말을 이었다. "양 교수님, 양 교수님 댁은 전문가 빌딩으로 이사했어요. 집도 아주 크고 훌륭하던데요. 선생님 부인은 젊고 아름다우신데다 학문 또한 최고 수준이시지요." 나는 원래 내 집이었던 문 앞에서 그렇게 잠시 서 있었다. 한 사람은 문 안에, 한 사람은 문 밖에 선 채 민 교수와 잠시 이야기를 나눴다. 바러우산맥에 가서 현지조사와 연구작업을 진행했었다고 간단히 설명하면서 그 지역이 워낙 외진 곳이라 교통과 통신 모두 불편한데다 새로운 연구와 답사로 너무 바빠서 오랫동안 아내 자오루핑과 연락을 못했다고 내가 둘러댔다. 우리 집이 이사한 사실도 몰랐다고 말했다. 그래서 이렇게 갑자기 돌아오는 바람에 집을 잘못 찾아왔다고 했다.

몹시 미안해하면서 3동 건물에서 나온 나는, 누군가에게 따귀를 한 대 얻어맞은 듯한 얼굴로 멍하니 숙소 입구에서 한참이나 넋을 잃고 서 있었다. 그러다가 낯익은 이웃이 건물 아래로 내려오는 것을 보고서야 도둑처럼 잽싸게 예전에 우리 집이 있던 교직원 숙소 건물을 빠져나왔다.

나는 더이상 아는 사람과 마주쳐도 내가 중원 황하 유역에 가서 현지조사를 했으며 시성과 고대의 공연장, 그리고 이천 년도 더 된 『시경』에 수록되지 않은 대량의 시를 발견했다는 둥의 설명은 하지 않았다. 고개를 숙인 채 사람들을 피해(상갓집 개처럼) 부용꽃 호수 동쪽에 있는 숲을 향해 걸었다. 그들이 말해준 전문가빌딩을 나도 잘 알고 있다. 바로 부용꽃 호수에서 북쪽으로 십여 미터 떨어진 곳에 있었다. 학교를 떠나기 전 그 건물은 거의 완공을 앞두고 있었다. 부용꽃 호수는 중추의 날씨 덕분에 수면은 더러웠지만 화초는 푸르기만 했다. 꽃잎은 새카맣고 순백의 부용꽃은 구름처럼 하나하나 줄기에 얹혀 공중에 들려 있었다. 진주처럼 아주 작은 물방울들이 둥근 잎사귀와 꽃잎 위를 굴러다니다가 하나로 엉겨붙곤 했다. 산책하는 학생들이 한가롭게 그 호숫가를 천천히 거닐고 있었고, 이른 아침부터 밖에서 만나기로 약속한 남녀

학생들이 호숫가 바위 위에 서로를 끌어안은 채 앉아 있었다(서로에게 깊이 빠져 더없이 행복해 보이는 그들을 바라보니 천당 거리에서의 일이 떠올랐다). 이들을 피하기 위해 나는 호숫가 외곽의 소나무와 측백나무가 뒤섞여 있는 숲을 우회하여 고급지식전문가 빌딩에 도착했다.

빌딩 아래에 잠시 서 있다가 맑고 조용한 순간을 골라, 민 교수가 내게 알려준 건물 입구로 들어섰다.

조심스럽게 엘리베이터를 타고 십층으로 올라간 나는 다시 엘리베이터에서 내렸다(다행히 엘리베이터를 관리하는 사람과 마주치지는 않았다. 어쩌면 처음부터 엘리베이터에서 일하는 사람이 없는지도 모른다). 아직도 페인트 냄새가 진하게 풍기는 방범용 철문 앞에 서서 회의실 문 앞처럼 넓찍한 공간을 둘러보다가(학교 당위원회 회의실처럼 깨끗했다) 건물 층수와 방 호수를 확인한 나는, 아주 예의바르게 초인종을 눌렀다. 그런 다음 다시 문을 몇 번 두드렸다.

문 안쪽에서 아주 익숙한 바람처럼 루핑의 목소리가 새어나왔다.

그녀가 물었다. "누구세요?"

내가 대답했다. "나요."

이어서 잠시 기이한 정적이 흘렀다(무덤 속 죽음 같은 정적이었다). 나 자신도 감지할 수 있는 한동안의 망설임 속에서, 루핑이 먼저 붉은 칠을 한 안쪽 나무문을 열더니 다시 문 밖의 녹색 칠을 한 방범용 강철문을 열었다. 정말로 나인 것을 확인하는 순간, 낯빛이 질려 하얗게 변한 그녀는(정말로 여전히 젊고 아름다웠다) 다소 놀란 표정으로 문 입구에 멍하니 선 채 '돌아왔군요? 어서 들어와요'라는 말도 하지 않았고, '어째서 나한테 말도 하지 않고 이렇게 갑자기 돌아온 거예요? 먼저 전화라도 한 통 해주면 안 돼요?'라고 나무라지도 않았다. 그렇게 놀란 모습으로 문 앞에 그대로 굳어져 있더니 고개를 돌려 안쪽을 한 번 쳐다보고는(그녀가 뭘 쳐다보고 있었던 것일까?) 또다시 그대로 멈춰 서서 옆으로 비켜섰다. 그러다가 쌀쌀하고 냉담하게 문 뒤에서 슬리퍼 한 켤레를 꺼내어 문 앞에 내려놓고는 뒤로 한 걸음 물러났다.

내가 돌아온 게 그녀에게는 뜨거운 물이나 차가운 바람 같은 일이라는 사실에는 의심의 여지가 없었다. 도저히 받아들이기 싫은 일이었다. 그렇게 한참 동안 문 안팎에 정적이 흘렀다. 엘리베이터 두 대가 미끄러지듯 움직이는 소리마저도 그 정적 속에서 기차가 내달리듯 요란하게 들릴 정도였다. 그 순간 갑자기 내가 문지방을 한걸음에 넘어서서 집 안으로 들어설까봐, 또한 맞은편 집에 사는 사람이 갑자기 불쑥 문을 열고 나와 마주치게 될까봐 그녀가 두려워하고 있다는 사실을 나도 모르지 않았다. 그렇게 낙담한 채 문 앞에 나무처럼 뻣뻣하게 서 있다가 다시 고개를 돌려 안쪽을 한 번 쳐다본 그녀는(그녀가 뭘 쳐다본 것일까?), 그제야 겨우 나를 집 안으로 들여야 한다는 이치를 깨달은 것 같았다(이제야 비로소 난 집으로 돌아온 것이다).

다소 꺼림칙한 표정으로 그녀를 한 번 쳐다보고는, 웃으면서 조용히 말했다. "루핑, 나 왔어. 내가 황하 유역에서 뭘 발견했는지 알아?『시경』에 수록되어 있지 않은 수많은 시들을 발견했어."

잘못을 저지른 아이가 공을 세워 속죄를 받으려는 것처럼, 나는 먼저 자신의 고생과 공적을 과장해 말하면서 문 안으로 들어섰다. 그런 다음 문을 닫고 루핑이 준 면슬리퍼로 갈아신고서(예전에 고급 호텔에서 신었던 것처럼 부드럽고 뽀송뽀송했다) 가방을 현관 바닥에 내려놓았다. 그러나 신을 갈아신는 사이 루핑이 내 가방을 들어올리더니 가방에 묻은 먼지를 몇 번 털어내고는 문 뒤쪽 구석으로 옮겨놔버렸다(주인이 손님 짐을 남의 눈에 잘 띄지 않는 구석에 옮겨두는 것 같았다). 그러는 사이 마침내 이 집에 방이 다섯 칸이고 마루가 세 개나 된다는 것을 정확히 알게 되었다. 거실은 무도장의 플로어만큼이나 넓고, 유백색 벽은 일반적인 가정집 인테리어에 쓰이는 흰색 회칠이 아니라 아주 희귀한 수입 도료로 칠해져 있었다. 우윳빛 벽면은 화려하면서도 온순했고 빛나면서도 부드러웠다. 지나치게 호화스럽지도 않았고 눈에 거슬리지도 않았다. 일종의 함축적인 백색으로 은은하고 그윽한 빛을 냈다. 천장 주위에는 한 자 간격으로 물이 흐르는 듯한 장식이 구불구불 이어져 있고 곡선과 직선이 효과적으로 조화를 이루고 있었다. 네 귀퉁이에는 기하학적 도형 같기도 하고 꽃모양 같기도 한 도안이 장식되어 있어 거실에 가정적인 아늑함을 줄 뿐만 아니라 일반 지식인들의 조잡하고 용속한 분위기를 완전히 씻어주었다. 거실 한가운데에 있는 커다란 등 역시 매달려 있긴 하지만 천장에 잘 고정되어 있었고, 예스러움이 가득한 문양이 새겨진 홍목으로 된 등 테두리는 거실의 품위와 분위기를 수수하면서도 고풍스럽게 더해주면서도 현대적인 멋과 잘 어우러졌다(모던함 속에 깊이 배어 있는 전통의 맛이라고 할 수 있었다). 그 문 앞에 서 있었을 때, 루핑이 내게 문을 열어주고 슬리퍼로 갈아신으라고 하지 않았더라면, 중앙의 문서가 내 눈앞에 있다 해도 나는 이것이 우리 집이라는 사실을 감히 믿지 못했을 것이다.

다소 얼떨떨한 표정으로 슬리퍼로 갈아신은 나는, 현관 신발장 앞에 손님들이 신발을 갈아신도록 깔아놓은 신장산 카펫 위에 넋을 잃고 서 있었다. 그러다가 고개를 돌려 사방을 둘러본 다음 웃으면서 말했다. "세상에, 정말 넓군. 이 칠한 벽면은 꼭 면과 비단을 섞어서 짠 천 같네." 그러고 나서 다시 조심스레 발을 들어 신을 갈아신던 신장 카펫 위에서 내려와서는 온통 원목으로 마감된 마룻바닥 위를 걸어보았다(마룻바닥은 갈색도 아니고 붉은색도 아니면서 갈색이기도 하며 붉은색이기도 했다. 색깔이 혼합된 나뭇결이 생생하게 살아 있으면서도 표면이 아주 매끄러워 가짜 같기도 하고 완벽한 진짜 같기도 했다. 누구든지 이 나뭇결을 보면, 무수히 많은 공정을 거쳐 제작되어 나온 것이 아니라, 나무에서 평생토록 자란 것을 그대로 가져온 바로 그 색이고 그 무늬라고 생각했을 것이다). 거의 원시적인 자연목 무늬 속에는 삼림에서 곧장 날아온 듯한 붉은색과 흰색이 엇갈린 나무 향기가 있어 자연스럽게 방 안을 가득 채우고 있었다. 발코니 쪽에서 쏟아져들어오는 햇빛은 넉넉하고 부유했다. 큰 화분 안에 있는 행운목과 아프리카산 나무들, 그리고 흔히 볼 수 없지만 또 흔히 볼 수 있을 것 같은 꽃들이 벽 모퉁이와 크림색 천연가죽 소파 양쪽에 진열되어 있었다. 신상품인 텔레비전과 음향기기들(나로서는 도무지 가전제품의 명칭과 특색을 표현할 수 없다. 시성 유적지 건축물의 풍격과 공연장의 설계 특징을 총괄해서 말할 수 없는 것과 같은 이치다)과 벽 여기저기에 걸려 있는 유화들(러시아 풍경이었다), 유명한 서예작품들, 일부 추상 사물의 예술품들, 그리고 거실을 과도하게 넓게 하기 위해 반드시 있어야 할 빈 공간과 나무 선반에 놓인 정확히 연대를 알 수 없는 자기들(화병과 토용, 도무지 모조품인지 진품인지 알 수 없는 한대의 항아리와 청동기, 하지만 나는 이 모든 게 진품일 거라고 확신한다), 이 모든 물건이 반드시 있어야 할 곳에 있었고, 있어선 안 되는 곳에는 절대로 군더더기처럼 나와 있지 않았다.

우두커니 현관문 안에 들어서자 내가 집을 잘못 찾아온 게 아닌가 하는 생각이 들었다. 하지만 분명히 루핑이 내 곁에 서 있었다. 그녀의 표정은 난처하고 경직된 모습에서 이미 상당히 완화된 상태로 돌아와 있었다. 물이 밀려오면 흙으로 막고 병사들이 공격해오면 장수가 나가서 막듯이 평온하고 의연한 모습이었다. 내가 말했다. "이 집이 언제 우리에게 배정된 거요?" 그녀가 말했다. "양커, 예의를 좀 갖춰요. 이렇게 갑자기 찾아올 거면 미리 우리에게(우리라고?) 연락을 해줬어야죠." 내가 말했다. "이렇게 멋지게 인테리어를 하려면 돈은 얼마나 들지?" 그녀가 말했다. "돌아온 것도 잘한 일이에요. 우리가 함께 얘기해야 할 일들이 아주 많으니까요." 그러면서 그녀는 거실 맞은편에 있는 주방으로 걸어갔다. 가을을 향해 한바탕 바람이 부는 것 같았다.

주방은 거실과 다른 높이로 설계되어 있어 거실보다 두 계단 높았고 나무 난간으로 장식되어 있었다(이는 경성의 수많은 장관들 집에서 해오던 장식과 설계다). 내 시선은 루핑의 그림자를 쫓아가다가 그제야 (그 순간이 되어서야) 총장 리광즈가 주방 식탁에 앉아 있는 걸 발견하게 되었다. 그는 붉은색 얇은 융으로 된 잠옷을 입고서 식탁에 앉아 아침식사(우유와 빵이었다)를 하고 있었다. 이미 내가 온 것을(돌아온 것을) 알고 있었던 게 분명했다. 나를 바라보는 눈빛이 마치 식사시간에 딱 맞춰 자기 집으로 찾아와 문제를 해결해달라고 부탁하는 교직원을 바라보는 것 같았다. 다소 귀찮긴 하지만 하는 수 없이 친절을 베푸는 척하는 표정이었다.

"왔어요?" 리광즈가 식탁에서 일어서더니 루핑의 몸에서 시선을 떼어 나를 쳐다보았다. 얼굴에는 환영하는 듯한 친절함과 숨기고 있던 몸을 애써 빼내는 듯한 냉대와 무관심이 역력했다. "아직 아침식사를 안 했겠네요? 안 했으면 여기서 하세요." 다시 시선을 루핑에게 향하면서 그가 말했다. "루핑은 가서 양 교수에게 우유 좀 한 잔 따라줘요. 나는 오전에 회의가 있어서 두 사람과 함께 시간을 갖지는 못할 것 같군."

이렇게 말하면서 그는 식탁 앞쪽에서 나와 거실을 가로질러 다시 침실로 들어갔다(그가 신은 슬리퍼 역시 융으로 만든 것이었다). 문을 닫고 옷을 갈아입은 다음 다시 침실에서 나온 그는 학교의 고위 관리들이 출근할 때마다 항상 들고 다니는 검은 가죽으로 된 서류가방을 들고서 내 앞으로 다가와 말했다. "양 교수, 몸이 좀 마른 것 같군요. 돌아왔으니 몸보신을 좀 해야겠어요. 혹시 집에서 머무는 게 불편해서 싫으면 호텔에서 묵고 영수증은 루핑한테 주도록 해요."

그러면서 그는 문 쪽으로 갔다. 현관으로 가서 구두로 갈아신던 그가 다시 고개를 돌려 나에게 손짓을 하면서 말했다. "좀 앉아요, 양 교수. 뭐하러 거기 그렇게 계속 서 있어요."

리광즈는 집 주인이 밖에 외출하듯 그렇게 밖으로 나갔다.

문 닫는 소리가 부드러우면서도 생경했다. 철판 하나가 무겁게 말랑말랑한 땅 위로 떨어진 듯했다. 나는 여전히 길을 잘못 들어 문을 잘못 연 사람처럼, 거실 소파 옆에 우두커니 서 있었다. 앉아야 할지 서 있어야 할지 모르고 있었다. 리광즈가 떠나자 내내 주방 끝 난간 옆에 서 있던 루핑은 마음이 다소 편해 보였다. 그녀는 내게 우유를 따라주지 않고 대신 유리잔에 간단하게 마오젠차를 우려주었다(손님에게 차를 대접해주는 것 같았다). 압축되어 있던 찻잎이 끓인 물속에서 팽창하기 시작하자 윤기가 흐르고 생기가 넘쳤다. 물에 풀어지면서 옅은 푸른색으로 변한 찻잎이 뜨거운 물속에서 꽃이 피고 지듯 소리와 향을 내뿜었다. 그러더니 찻잎 끝 부분이 전부 위를 향하여 곤두서서는 잔 안에서 숲을 이루었다. 루핑이 말했다. "차 들어요. ……당신이 한 번도 맛보지 못한 찻잎이에요. ……올해 제가 쓴 논문이 전국에서 유일하게 국가학술위원회 최고상을 받았어요. 학교에서도 제게 국가에 특수 공헌을 한 사람이라며 특례를 주었고요. 그래서 이 집을 배정받게 된 거예요." 말을 하던 그녀가 고개를 들어 거실 한구석에 있는 홍목으로 된 커다란 괘종시계를 바라보더니 다시 말을 이었다.

"사실 당신도 봤잖아요. 리광즈가 없었다면 이 집도 없었을 거예요. 리광즈가 없었다면 저의 최고학술상도 없었을 거라고요.

전 해명할 게 아무것도 없어요. 어차피 일은 이렇게 된 거고, 그와 전 이제 완벽히 함께 지내요.

우리는 서로 사랑하면서 은혜를 베풀고 있고 서로 상부상조하고 있어요. 그는 지금 학교 총장이 됐고요. 전에 있던 총장이 정년퇴직하기 전에 후보자 네 사람이 총장 자리를 두고 경쟁을 벌였죠. 여기저기 선물도 보내고 고위층을 찾아가기도 했어요. 저 루핑이 없었더라면 그 역시 중국 최고 명문대학의 총장이 되지는 못했을 거예요.

기억나요? 우리 과 여학생 말예요. 대학입학 성적이 삼백 점도 못 넘었던 애 있잖아요. 제가 파격적으로 전례를 깨고 그 여자애를 예술과에 입학시켰잖아요. 뽑고 나니까 그애 아빠가 아래쪽 성˚에서 경성의 붉은 담장˚ 안으로 들어와 근무하게 됐지 뭐예요. 리광즈가 교장이 되기 위한 가장 결정적 순간에 그애 아빠가 몇 마디 거들어줬거든요."

이런 얘기를 하면서 루핑은 방금 리광즈가 들어갔던 침실로 들어가서는 집에서 입고 있던 화려하고 편한 잠옷을 벗은 다음, 수업하러 갈 때 입는 옅은 회색의 명품 바지와 당시 경성에서 연기하는 부류의 여자들이 누구나 즐겨 입었던 품이 넉넉하고 여기저기 별과 달이 수놓인 벨벳 옷으로 갈아입고 나왔다. 머리는 마음 내키는 대로, 하지만 진지

● 붉은 칠을 한 담장으로 둘러쌓인 중난하이의 고위관리직을 빗댄 말.

하게 빗어 뼈로 만든 핀으로 머리 뒤에 잘 고정시켰다. 그러고는 내게 석간신문을 건네주듯 책 한 권을 다탁 위에 내려놓았다(다탁은 사각형인데다 아주 컸다. 홍목 받침에 반듯한 정사각형의 커다란 강화유리를 얹어놓은 것이었다). 그런 다음 내게 말했다. "저 출근해요. 편할 때 이 책 읽어보든가요. 당신이 이걸 읽고 내 글이라고 생각하지 않을 거라고 믿지만요."

내가 말했다. "루핑, 내게 이 집 열쇠는 안 줄 생각이오?"

그녀가 말했다. "저 자오루핑이 당신에게 잘못했다고 쳐요. 양커, 잘 좀 생각해봐요. 어떤 요구사항이나 조건이 있으면 다 얘기해도 돼요."

내가 말했다. "어느 방이 내 방이지?"

그녀가 말했다. "저 수업하러 가요. 무슨 일 있으면 내 사무실로 전화해요."

다시 말했다. "열쇠를 안 주면 밖에 나가고 싶을 때 어떻게 하란 말이오?"

그녀가 답했다. "이번에 당신이 돌아온 것도 하나의 기회인 셈이에요. 지금 전 영화영상학과 학과장이란 말예요. 직위도 있고 명예도 있는데다 돈까지 있어요. 요구사항이 있으면 뭐든 다 말해봐요."

그리고 나서 루핑은 잰걸음으로 리광즈의 뒤를 쫓아 뛰어나갔다. 현관에서 그녀는 다시 고개를 돌려 말했다. "밥은 당신이 직접 해먹어요. 먹고 싶은 게 있으면 뭐든지 직접 해먹으라고요. 자고 싶으면 현관문 쪽에 있는 방이 손님방이니까 그 방에서 자요. 배도 안 고프고 잠도 안 오면 내가 준 그 책이나 읽어보든가요."

이어서 두 겹으로 된 문이 처음 것은 부드럽게, 다음 것은 거칠게 소리를 내면서 닫혔다. 집 안에는 죽도록 고독한 나 양커만 남게 되었다.

양커는 환영받지 못하는 손님처럼 주인집의 크고 호화스러운 거실에 쓸쓸하게 남겨졌다. 문 밖에서 엘리베이터가 미끄러지는 소리가 들리자 그는 힘없이 주저앉았다. 엉덩이가 닿은 그 소파는 놀랄 정도로 푹신푹신했다. 갑자기 엉덩이가 운무 속으로 푹 꺼지는 것 같았다.

초충

가원家園의 시

이 작품은 「소남召南」에 있는 시로, 아내를 그리워하며 부르는
노래다.

草
蟲

오전 수업이 시작할 시각, 요란하게 어딘가 달려가는 잰걸음 소리가
들렸다. 한바탕 구름이 몰려간 뒤처럼 복도와 건물 입구, 교정 전체가
비 온 뒤 갠 하늘처럼 조용하기만 했다. 소파에 앉아서 손을 뻗어 부드
럽고 매끈매끈한 소파 가죽을 만져보았다(천당 거리에 있는 아가씨들
의 피부 같았다). 그런 다음 루핑이 준 차를 한 모금 마셔보았다(깨끗
하고 진한 향기가 혀끝에 닿자 가벼운 바람에 날리는 여린 잎처럼 혀
끝을 더없이 가볍고 편안하게 해주었다). 입속에 들어와 앞니에 닿은
찻잎 하나를 씹었다. 비릿하고 달달한 맛이 입속에 가득 번지는 것을
느끼면서 찻잎을 뱃속으로 삼켜버렸다.

　꿀꺽꿀꺽 단숨에 차 반 잔을 마시고 나니 문득 주방에 가서 먹을 것
을 찾아봐야겠다는 생각이 들었다(내가 직접 새로 밥을 지어도 괜찮을
것 같았다). 하지만 그곳이 남의 집이고 남의 주방이라는 생각이 들자

직접 밥하기가 불편했다. 몸을 일으켜 각 방들(특히 루핑과 리광즈가 들어가 옷을 갈아입었던 그 방)을 들여다보고 싶은 생각도 있었지만, 한편으로는 남의 집 침실에 함부로 들어가서는 안 된다는 생각도 들었다. 충분히 밝은 방 안의 햇빛은 세 방향에서 쏟아져들어오고 있었다. 거실 안에 빛이 지나치게 풍족하여 허공에 쌓이고 있는 것 같았다. 나는 그 은백색 투명한 공간을 주시하면서 그토록 환한 빛 속에서 공기가 움직이는 소리를 들었다. 고요하면서도 따사로웠다. 가을날 외로운 이파리 하나가 빗물에 생긴 고랑 속에서 햇볕을 쬐고 있는 것 같았다. 인테리어를 새로 한 집이라 그런지 페인트 냄새가 났다. 창을 넘어들어와 환히 비추는 햇빛 때문에 집 안 색채는 더욱 진하고 선명했고, 그것들은 가볍게 그림을 그려놓은 듯 방 안을 이리저리 떠돌고 있었다. 그렇게 그곳에 앉아 조용히 기다렸다. 거실 안을 돌아다니고 싶었지만 남의 집 마룻바닥이 더러워질까 두려웠다. 가서 창문을 열고 바깥 가을바람으로 환기를 시키고 싶었지만 그 바람이 남의 집안과 소파, 벽, 식탁과 공기를 어지럽히지나 않을까 걱정이 되었다. 하는 수 없이 그렇게 가만히 앉아 밝은 데서 시선을 거둬들인 나는, 루핑이 나가기 전 다탁에 놓아두고 간 걸 물끄러미 바라보았다.

책은 삼십이절 크기로 무척 큰데다 두께도 벽돌만 했다. 크림색 책 뒤표지는 다탁의 햇빛 속을 타고 올라가 부드럽고 아름다운 빛을 발했다. 새 책에서만 맡을 수 있는 인쇄된 잉크 냄새가 풍겼다. 손을 뻗어 책을 손에 들자 묵직한 것이 나도 모르게 손이 아래로 늘어질 것만 같았다(뜻밖에도 아트지로 인쇄되어 있었고 분량이 사백오십 쪽이나 됐다). 나는 여전히 그 책 무게를 가늠하고 있었다. 그러다가 문득 검은색 해서체로 쓰인 책 제목과 작가의 서명이 눈에 들어왔다. 그 순간 내 눈동자에 불에 덴 듯한 통증이 일었다. 눈을 깜빡일 틈도 없이, 도저히 믿을 수 없다는 듯한 표정으로 눈이 번쩍 뜨였다.

책 제목은『가원의 시』였다.

책의 부제는 뜻밖에도 '예술정신의 근본에 관한 연구'(나의『풍아지송—「시경」정신의 근원에 관한 연구』와 아주 흡사했다)였다.

저자는 자오루핑이었다.

배고플 때 음식을 가리지 않고 도망갈 때 길을 가리지 않듯 황급히 목차부터 펼쳐보니, 내 저서『풍아지송』목차를 보고 있는 듯한 착각이 들었다. 자세히 한 구절 한 글자씩 아래로 내려가면서 살펴보니, 내 저서의 목차와 확실히 똑같은 부분도 있고 확실히 다른 부분도 있었다.

내 저서 제1장의 제목은 '들어가는 글—『시경』에 나타난 정신적 근원의 기초'였고, 그녀의 책 제1장 제목은 '들어가는 글—예술정신 근원의 기초'였다. 내 책 제2장 제목은 '『시경』에 나타난 물질적 존재의 기초'였고, 그녀의 책 제2장 제목은 '예술에서의 물질적 존재의 기초'였다. 내 책 제3장 제목은 '『시경』의 내재적 정신의 존재성'이었고, 그녀의 책 제3장 제목은 '예술의 내재적 정신의 가원성'이었다. 내 책 제4장의 제목은 '『시경』의 종교적 근원성'이었고, 그녀의 책 제4장 제목은 '예술의 종교적 근원성'이었다. 내 책 맨 마지막 장 제목은 '결론—『시경』에 나타난 한민족^{漢民族}의 마지막 정신적 근원'이었고, 그녀의 책 맨 마지막 장의 제목은 '나오는 글—예술에 나타난 중화민족의 마지막 정신적 근원'이었다.

그녀의 책『가원의 시』를 들고 있는 내 두 손이 빨갛게 달아오른 쇠를 든 것 같았다. 미친 듯이 목차의 맨 첫 글자부터 맨 마지막 글자까지 읽은 나는, 차근차근 맨 마지막 글자부터 맨 앞에 있는 글자까지 다시 한번 읽어보았다. 그사이 앞표지에 금박을 입힌 하드커버가 내 손에서 부들부들 떨렸다. 자동적으로 책을 두세 번 펼쳤다 닫기를 반복하는 동안, 나는 분명히 목차를 두세 번씩 자세히 읽었다. 그러다가 손에 닿는 대로 그 책 백이십쪽을 펼쳤다. 제2장 제3절에 해당하는 부분이었다. 내 책 제2장 제3절은 『시경』에 나타난 물질의 심미의 구축에 관한 논술로서, 주요 내용은 은주殷周 시기의 평원의 다채로운 채집 생산이었다. 예컨대 채집 범위의 계승성과 창조성, 채집 생산의 장소와 형식 등이었다. 또한 맨몸으로 호랑이를 때려잡는 수렵의 영상과 들판의 목장에서 소와 양을 치는 평화로운 모습, 봄철에 뽕나무를 따서 양잠을 하는 노동과 거친 갈포나 비단을 짜는 방직의 장면이 묘사되어 있었다. 한편, 그녀의 책 제2장 제3절에서는 중국 고대에 존재했던 문명과 노동에 관해 논술하고 있었다. 예컨대 영화 속에 나타나는 원시인류의 채집 장면과 오늘날의 채집 장면 비교, 영화 속의 수렵 영상, 암각화에 나타난 소나 양의 도축 장면, 고분벽화에 그려진 양잠과 방직 장면을 설명하고 있었다. 내 책 이 부분의 서두에는 『시경』에서 은주 시대 사람들을 아주 근면하고 지혜로운 민족으로서 아름다움과 창조에 의해 고무된 인류로 설명하고 있다고 지적했다. 한편 그녀의 책이 부분의 서두에는 모든 예술작품 즉 암각화나 벽화, 고분벽화, 그리고 시가(예컨대 『시경』) 등에 나타난 고인들은 전부 근면하고 지혜로운 우리의 조상들로서 아름다움과 창조성에 고무된 위대한 민족 가운데 하나라고 설명하고 있었다. 나는 그녀의 새 책을 한 쪽 한 쪽 넘기다가 손이 멈추는 대로 아무 데나 한 쪽 읽어보았다. 그녀의 『가원의 시—예술정신의 근본에 관한 연구』를 읽어보니 내 책 『풍아지송—「시경」 정신의 근원에 관한 연구』를 읽는 느낌이었다. 책에 담긴 글자와 단어, 단락, 장과 절, 논리, 책에서 거론하고 있는 예시와 증명, 이치 분석, 언어의 정취와 분위기까지 전부 내 책 『풍아지송』과 너무나 흡사했다. 전혀 다를 바가 없었다. 내 책 『풍아지송』 원고의 말미에는 이런 내용이 있었다. "동양인들의 가장 근본적인 정신은 오늘날 크게 발전하고 있는 도시와 향촌, 그리고 보고 만질 수 있는 현대적 건축에 있는 것이 아니라 만질 수 없는 『시경』의 기억과 『시경』 속에서 소실된 자구와 시간에 있다." 한편 그녀의 책 『가원의 시』 맨 마지막 부분은 이런 문구로 마무리되어 있었다. "우리의 가장 근본적인 정신은 오늘날 크게 발전하고 있는 향촌과 도시, 현대적 건축물에 있는 것이 아니라 손으로 만질 수 없는 예술의 기억과 예술의 토양 속의 사라진 시간에 있다."

맨 마지막 쪽의 마지막 구절을 읽고 나서 나는 그녀의 책 『가원의 시』를 덮어버렸다.

그제야 이 잘 인쇄된 학술 서적을 읽는 동안, 마치 남의 신방 안에 들어앉아 신랑신부를 훔쳐보듯(나는 샤오민과 목수 리씨의 신혼 첫날, 내가 살인을 저질렀던 그날 밤을 떠올렸다) 손에서 난 내 땀에 책표지가 흥건히 젖어 있다는 사실을 알았다.

나무처럼 멍하니 소파에 앉아 그녀의 책 『가원의 시』를 뚫어져라 쳐다보다가, 햇볕 속에서 무수한 먼지들이 우아한 자태로 뛰놀고 춤추고 속삭이면서 금빛 찬란한 시적 정취를 한 획, 한 자 촘촘히 방 안에 쓰고 그리고 있는 광경을 바라보았다. 『가원의 시』에서 풍겨나오는 잉크 향기는, 내리쬐는 햇볕에 화창한 봄날 꽃이 피듯 다탁 위에 뿌리를 내리고 열매를 맺어 바러우산맥 끄트머리와 황하 기슭에서 내가 찾아낸 『시경』 고성의 들풀과 야생나무 냄새로 변해 있었다. 문 밖 엘리베이터 쪽에서 여자의 하이힐 소리가 들렸다. 세상의 고요함과 아늑함을 두드려 깨는 소리였다. 승려가 사원에서 목탁을 두드리는 듯 성결한 소리였다. 나는 또 그렇게 잠시 멍하니 앉아 있었다(하늘처럼 드높고 땅처럼 기다랗게 멍하니 오래오래 앉아 있었다). 처음에는 머릿속이 하얘지면서 아득하고 황망했지만, 나중에는 꽃이 피고 풀이 돋아나듯, 봄이 오고 여름이 오듯 변해가고 있었다.

그녀의 책『가원의 시』를 응시하다가 갑자기 웃고 싶어졌다(하마터면 웃음이 밖으로 터져나올 뻔했다). 하이힐 소리가 또각또각 사라져갈 때쯤, 내 막막하고 아득해진 머릿속에 한줄기 봄바람이 스쳐지났다. 혹한의 한겨울이 지나갔다. 문득 그 책『가원의 시』표지 왼쪽 상단 담황색 부분에서, 나는 저자의 이름이 자오루핑으로 명기되어 있을 뿐만 아니라, 암황색으로 '편집자 리광즈'라고 쓰여 있는 것을 발견했다. 이 두 사람의 이름과 이 책에서, 살짝 열린 성문 틈새로 한줄기 빛이 새어들어오는 게 보였다.

법관이 증거를 정리하듯이 그 책을 수습해놓고, 나는 기세등등하게 자리에서 일어나 두 사람의 침실 안으로 들어갔다(독자들의 눈을 더럽히지 않기 위해서 이 침실에 관한 묘사를 아주 간략하게 축약하는 것을 양해하시기 바란다). 앞뒤 가릴 것 없이 두 사람의 침실 안으로 들어가 여기저기 뒤적거린 끝에, 그들이 어딘지 모르는 해변에서 수영복 차림으로 서로 껴안고 찍은 사진 몇십 장을 찾아냈다. 침대 머리맡에 보관해둔 그들의 콘돔 두 곽도 찾아냈다. 또한 한데 뒤섞여 있던 리광즈와 루핑의 옷이며 팬티며 와이셔츠를, 화장실에 놓여 있던 칫솔과 치약과 면도칼을 나는 찾아냈다. 이 물건들을 루핑의 책『가원의 시』와 함께 흰색 비닐봉지에 담아 내 여행가방 안에 넣었다.

그런 다음 짐을 들고 문을 나섰다.

그녀의 집 문을 잠그고 그녀의 집 엘리베이터를 나서면서, 내 발걸음은 바람처럼 가벼웠다. 바러우산맥의『시경』고성을 연구하고 발굴하려는 내 계획이 이미 절반 이상 성공했다는 판단이 들었다. 이제 리광즈와 그의 칭옌대학은 내 모든 조건과 요구를 받아들이는 동시에 내 발굴과 연구에 전폭적인 지지를 해주지 않으면 안 되는 처지가 되었다. 만일 그와 학교가 내 생각에 조금이라도 주저하거나 최선을 다하지 않는다면, 나는 내 짐 속에 있는 그 더러운 증거들을 있는 대로 다 까발릴 작정이었다. 그가 편집을 맡은 자오루펑의 책과 내 저서『풍아지송』의 친필 원고를 한 장, 한 절씩 대조해 교정의 광장과 길가에 전시할 작정이었다.

두말할 것도 없이, 아주 재미있는 연극의 막이 내 손에 의해 올려졌다. 두 사람의 마지못한 공연이 이제 곧 정식으로 시작될 터였다.

감당

또 한번의 거수표결

이 작품은 「소남」에 있는 시로, 어진 신하에 대한 그리움을 노래하고 있다.

甘
棠

리광즈는 (겉으로는 임원이지만 능력과 자격을 갖추지 못한) 학교 임원들을 소집하여 회의를 열고 있었다. 가을이 오면 나뭇잎이 떨어질텐데, 대학 구내 도로를 대나무 빗자루로 쓰느냐 풀 빗자루로 쓰느냐하는 문제를 논의하고 있었다. 또 학교 매점에서 파는 식초가 항상 시지 않고 설탕 역시 별로 달지 않다는 문제를 논의했다. 또 어떤 부교수들이 교수로 진급하고 어떤 일반 교수들이 고급 교수로 진급해야 하는지 상의했다. 다음해 국제학술논문상에 어떤 책을 신청해야 하는지, 어떤 책을 영어로 번역하는 데 투자해야 하는지, 먼저 사람들을 미국의 하버드나 영국의 케임브리지 대학으로 파견하면서 명목상 수행원으로 먼저 가는 심사위원들을 만나 그들에게 중국 골동품이나 명청 시기의 관요官窯 자기를 선물로 주는 건 어떤지 하는 문제들도 논의했다. 그들에게 선물을 주러 온 게 아니라, 단지 다른 국제학술회의에 참가

하러 온 김에 그들을 만나 커피를 마시면서 얘기를 나누거나 식사나 한 끼 하려는 것이라는 인상을 주어야 한다는 점도 언급되었다.

한창 이런 문제들을 연구하고 있을 때, 내가 문을 박차고 안으로 들어갔다. 손에 (그들의 모든 증거가 담겨 있는) 짐을 든 채로, 무사 하나가 갑자기 들이닥쳐 흩어져서 성을 지키고 있던 병졸들 앞에 나타나듯 그들 앞으로 들이닥쳤다.

때는 오전 열시라 학교 본관 팔층 복도로 햇살이 쏟아져들어오고 있었다. 리광즈와 루핑의 집 안에 가득하던 햇빛 같았다(내가 엘리베이터에서 내려 팔층에 도착했을 때는 햇살이 마치 따뜻한 물이 흘러내리듯 쏟아져들어왔다). 복도 양쪽 벽에 걸려 있는 초상화 속의 성인들, 예컨대 공자와 노자, 장자, 니체, 루소, 괴테, 셰익스피어, 다윈, 톨스토이, 그리고 루쉰 등이 갖가지 표정과 눈빛으로 학교 팔층 회의실로 가고 있는 나를 바라보고 있었다. 모두들 햇빛 속에서 눈빛과 표정으로 나를 위해 박수를 치고 있었다. 그 고요한 복도에 햇빛 소리와 성인들이 주고받는 말소리, 빛 속에서 먼지들이 춤추는 소리, 그리고 내가 가볍게 발을 내딛는 소리가 울려퍼지는 것 같았다. 기악을 공연하는 양 음악 소리가 편안하게 퍼지는 가운데, 강함과 부드러움이 엇섞인 북소리가 둥둥둥 울리면서 내 걸음에 앞서 복도를 무대로 변화시켜주고 있는 듯했다. 복도 중앙에 있는 회의실(다행히 나는 이미 여러 차례 들어가본 적이 있었다) 입구에는 언제든지 들어가 물을 따르기 위해 준비하고 있는 직원(학부 졸업생으로 학교에 남아 있는 학생이었다)이 서 있었다. 그녀는 천당 거리 가장 북쪽에 있는 보건약품점(성매매까지 겸하고 있었다)의 꾸이편만큼이나 날씬하고 예뻤다.

나는 그녀를 향해 걸어갔다. 그녀가 물었다. "누구를 찾으세요?"

내가 말했다. "꾸이펀, 잘 있었어? 나 양 교수야. 기억 안 나? 몇 달 전 우리 둘이 함께 하룻밤을 보냈잖아."

그녀가 말했다. "임원들은 지금 회의를 하고 계십니다. 누구도 들어갈 수 없습니다."

내가 말했다. "최근 천당 거리와 너희 가게는 장사가 좀 어때?"

그녀가 말했다. "양 교수님, 저는 교수님 수업을 들은 적이 있으니 교수님 제자인 셈이에요. 교수님이 들어가시면 학교에서 저의 이 일자리마저 빼앗아갈 겁니다."

내가 말했다. "금방 나올 거야. 들어갔다 나오면 우리 함께 지난 일들을 얘기해보도록 하자." 그러고는 곧장 문을 박차고 안으로 들어갔다. 처음에는 상징적으로 예의바르게 회의실 문을 몇 번 두드렸다. 그러고는 회의실에서 대답하는 소리가 나기도 전에, 진홍색으로 칠한 문을 열어젖히고 안으로 들어갔다(문을 부술듯이 박차고 들어갔다). 들어간 뒤에는 손이 닿는 대로 회의실 문을 쾅 닫아버렸다(꾸이펀처럼 생긴 직원을 문 밖에 가둬버렸다). 그런 다음 문 뒤쪽에 떡 버티고 섰다. 어리둥절해하는 유약한 부상병들 사이에 선 영웅 같았다. 그 시각 리광즈와 부총장 등은 외국에 있는 심사위원들에게 보낼 관요 자기를 건륭* 연간의 청화병으로 할지 아니면 명대 궁궐에서 사용하던 연화 쟁반으로 할지를 의논하고 있었다. 화병과 쟁반의 내원과 가격을 얘기하면서 어떤 논문이 외국 심사위원들의 구미에 잘 맞아 상을 탈 수 있을지 논의하고 있었다. 바로 이때, 바위가 부서지고 하늘이 놀랄 정도로 요란하게 내가 들이닥친 것이다.

그러고는 하늘을 떠받치고 땅에 우뚝 선 것처럼 그들 앞에 섰다.

● 乾隆. 중국 청나라 고종 때의 연호(1735~1795).

가장 먼저 나를 본 사람은, 원형 탁자 맞은편에 앉은 부총장이었다. 그가 갑자기 몸을 돌려 버럭 화를 내면서 큰소리를 쳤다. "누가 여기 들어오라고 했소? 지금 임원들이 회의하고 있는 게 안 보여요?" 하지만 말을 다 마치기도 전에 그는 곧 내가 누구인지를 알아보았다. 문제의 심각성과 중대함을 알아차렸는지 잠시 멍한 표정을 짓더니, 몹시 놀라 경직되고 나약한 표정을 지으며 추풍낙엽처럼 서둘러 시선을 돌려 회의실 탁자 맨 끝에 앉은 리광즈를 쳐다보았다.

갑자기 쥐 죽은 듯이 고요해진 커다란 회의실 안에 대치 국면이 조성되었다. 학교 임원들은 모두들 내가 왜 왔는지 잘 알고 있는 것 같았다. 그들의 표정은 눈 깜짝할 사이에 기름솥 안에서 튀겨진 양 딱딱하게 굳어져 당장이라도 바스라질 듯 무력했다. 모두들 낯빛이 일제히 노래지고 붉게 굳어지면서, 시선을 리광즈의 얼굴과 몸으로 향했다.

리광즈는 처음에는 약간 놀라더니 이번에도 심상치 않은 상황에서 짐짓 태연자약한 모습을 보이며 고개를 들어 잠시 눈을 깜빡거렸다. 굳어 있는 얼굴 표정이 태연한 척하는 그 모습에 묻혀버렸다(하지만 그 표정 아래서 나는 허둥대고 불안해하는 그의 모습을 알아보았다. 강줄기의 고요한 수면 아래 있는 불안정한 난류 같았다). 비록 얼굴에는 환영한다는 의미의 옅은 미소를 띠고 있지만, 찻잔을 들고 입술 가까이 가져가려던 그의 손은 찻잔과 함께 허공에서 가볍게 떨리며 그대로 멈춰 있었다. 찻잔에서 찻잎이 떨리면서 물이 출렁대는 소리가 들렸다(무슨 찻잎일까? 루펑이 내게 우려준 것과 똑같은 룽징차일까?). 녹색의 멍청한 찻잎이 반쯤 차 있는 찻잔 속에서 요동치며 떠다니는 게 보이는 것 같았다. 그렇게 십수 명의 학교 임원들의 시선 한가운데에 내가 서 있었다. 그들도 나를 쳐다보고 나 또한 적수인 리광즈를 쳐다보고 있었다.

이때, 리광즈가 손에 들고 있던 찻잔을 탁자에 내려놓았다.

그러고는 내 손에 들린 짐을 힐끗 쳐다보면서 말했다. "어, 양 교수, 어떻게 돌아오게 됐나요?"

(내가 이미 당신 집에 갔다 오지 않았나?)

그러고는 물었다. "지금 고향인 바러우산맥에서 곧장 학교로 돌아온 거요?"

(뻔히 알면서도 일부러 묻다니, 왜 멍청한 척하는 거지?)

그러고는 다시 말을 이었다. "일 년여 전에 병원에 아무 말도 하지 않고 나가는 바람에 학교와 병원 모두 몹시 애를 태웠어요. 나중에서야 양 교수가 고향에서 요양하고 있다는 걸 알고 모두들 안심했지요.

임원들이 회의를 하고 있으니 용무가 있으면 잠시 기다렸다가 우리 단독으로 따로 약속 잡고 얘기를 나누면 어떨까요?"

나는 대답도 하지 않고 들은 척도 하지 않았다. 아무 말도 하지 않고 이미 모든 마음의 준비를 끝낸 것처럼 짐을 든 채로 그 타원형 탁자 앞으로 걸어갔다(정말로 영웅처럼 위풍당당하게 걸어갔다). 리광즈의 친절과 요청에 아랑곳하지 않고(나는 그가 말할 때 목소리가 약간 떨리는 걸 감지했다. 나를 보는 시선에도 환심을 사고자 애원하는 기색이 가득 담겨 있었다) 한 걸음씩 당당하고 착실하게 큰 인물이 장엄한 연단에 오르듯 걸어갔다. 눈길을 들어 모든 사람을 둘러보면서, 유독 내 맞은편에 앉아서 허둥대는 리광즈만 쳐다보지 않았다. 문에서 가장 가까운 회의실 테이블에 이르렀을 때, 부총장과 교무부장은 본능적으로 몸을 양쪽으로 비켜 내게 틈을 벌려주었다. 그 틈새에 서서 전혀 당황하지 않은 표정으로 손에 들고 있던 짐을 공중으로 높이 들어올렸다가 쿵 하는 소리와 함께 회의 테이블 위에 내려놓았다(거대한 법관이 손에 들고 있는 법정용 망치로 탁자 위를 무겁게 두드리듯 말이다). 그러고 나서 다시 눈으로 모든 사람을 한 번 훑은 다음(장군이 거만하게 그의 모든 부하를 쳐다보듯) 마지막으로 눈길을 회의용 테이블 한가운데 빈 공간에 키우고 있는 보랏빛 행운목 화분 몇 개에 멈춰두고서, 빠르지도 느리지도 않은 낭랑한 목소리로 입을 열었다. "죄송합니다. 오늘 제 행동이 좀 거칩니다. 지식인 같지도 않고 교수답지도 못하죠. 제가 이렇게 거칠고 경솔하게 회의실에 뛰어든 것은, 다름아니라 최근 일 년 넘게 제 고향 바러우산맥의 황하 연변에서 바쁘게 뛰어다니며 고찰한 결과, 마침내 제가 중요한 발견과 수확을 이루었기 때문입니다. 이런 발견에 관해 얘기를 꺼낼 때마다 너무 흥분해서 말에 조리가 없어지곤 해요. 임원 여러분께서 제 심정과 구변을 이해해주시기를 바랄 뿐입니다. 여러분이 공무로 꽤 바쁘고 고심해야 할 일들이 너무 많다는 것도 잘 압니다. 하지만 지금 이 자리에서 여러분의 시간을 몇 분, 아니 십여 분 혹은 삼십 분 정도만 빼앗겠습니다. 저는 지금 제 중대한 발견을 임원 여러분께 아주 짧고 간단하게 보고하고 설명드리고자 합니다."

나는 간단명료하게 설명을 시작했다. "제가 인적이 드문 중원의 황하 유역에서 이탈리아의 폼페이 고성과 유사한 『시경』의 고성을 찾아냈습니다. 저의 초보적인 고찰과 연구에 따르면, 이 『시경』 고성은 지금으로부터 천이백 년 내지 천삼백 년 전의 도시로서 중당中唐 시기의 한 군郡으로 추정됩니다. 천이백 년 내지 천삼백 년 전에 조성되어 오대십국五代十國 시기인 서기 팔백년에서 구백년 사이에 소실된 것으로 보아, 약 사오백 년 동안 존재했음을 알 수 있지요. 이렇게 추정하는 원인은 아주 간단합니다. 이천여 년 전의 황하 유역은 토양이 비옥하고 물이 풍족해서 많은 사람들이 강기슭을 택해 이주해와 살았을 것입니다. 인간이 누릴 수 있는 가장 조화로운 농경 및 경작 생활을 유지한 거지요. 당시에는 노래를 만들고 읊조리는 게 사람들의 주된 문화양식이었을 테고, 자연스럽게 『시경』에 수록된 시가들이 창작된 최초의 토양이 되었을 것입니다. 도서관에 있는 『시경의 기원』이라는 책 이백이십육쪽의 기록을 보면, 이천여 년 전에 황하와 바러우산맥 인접 지역에서 일찍이 『시경』의 수많은 시들이 창작되었고 이 지역에 옛 시성에 대한 기록과 묘사가 남아 있다고 서술하고 있음을 알 수 있습니다. 하지만 그후로는 황하가 자주 범람하고 물길이 바뀜에 따라 이 일대에 살던 사람들이 사방으로 흩어지면서 문화가 실전되고 시성도 소실되고 말았던 겁니다. 하지만 이제 이 옛 시성이 다시 나타났습니다. 제가 폐허가 된 시성을 발견하고 정리했지요. 지금도 그 시성에는 청석 주택과 도로가 폼페이 고성의 주택과 도로처럼 온전하게 남아 있습니다. 정원과 담장도 완벽하게 보존되어 있고요. 수많은 가옥의 대문 대들보에도 『시경』에 있는 옛 시가의 석각문이 남아 있습니다. 옛 시성 한가운데에는 고대 그리스의 극장과 유사한 거대하고 둥근 극장이 있지요. 노래와 시 낭송을 위한 무대와 반원형 관람석이 있습니다. 그리고 채집되긴 했으나 『시경』에 수록되지는 못한 고시와 노래들도 있습니다. 이천여 년 전에 공자가 채집하지 못했거나 채집되긴 했지만 『시경』 편찬 과정에서 삭제된 모든 시가, 지금 시성과 시성 주변에 아직 발굴되지 않은 채 옛 촌락의 바위들에 새겨져 있을 가능성이 높습니다." 설명을 하면서 나는 내 여행가방 안에 있던 시성에서 발굴하여 베끼고 기록한 모든 자료를 전부 꺼내놓았다(물건을 꺼내는 과정에서 리광즈와 루핑의 간통을 증명하는 더러운 증거물들이 담긴 비닐봉지에 손이 닿았다. 속으로는 불에 데인 것처럼 참기 어려웠지만 옛 시성과 나의 위대한 발견을 위해 그 더러운 물건들을 여행가방 한쪽 귀퉁이로 밀어놓았다. 이 물건들은 그 자리에서 화살이 활시위에서 발사되기를 기다리듯 내 지시와 명령을 기다리고 있었다).『풍아지송』원고(증거물이다) 뒷면에 적어놓은 번호와 도안, 오자, 벽자, 동음자, 삼음자三音字 등의 요점과 기록들을 전부 꺼내놓았다. 오래된 공책과 누렇게 바랜 원고지, 그리고 당시에는 종이가 없어서 하는 수 없이 손수건이나 자전 같은 공구서적에 적어두었던 어수선하고 자잘한 기록들도 전부 늘어놓았다. 어린 아이가 뭔가를 찾기 위해 잡동사니가 가득 든 책가방 속 물건들을 전부 책상 위에 쏟아놓은 듯했다. 그런 다음 손 가는 대로 공책 한 권을 집어들고는 스물일곱번째 집 문 앞에서 발견한『시경』에 없는 「갈초葛草」라는 시를 한 수 읽어주었다. 그리고는 다시 친필 원고 몇 쪽을 들어, 옛 공연장에서 발견된 가장 진귀하고 유창하며 글자와 행이 하나도 빠지지 않은 무명의 긴 두루마리 시 가운데, 두 단락의 열여덟 구를 읽어주었다. 마지막으로 눈으로 그 자리에 있던 모든 사람의 얼굴을 훑은 다음, 다시 시선을 리광즈의 얼굴로 향했다. 그리고는 다소 득의양양하게, 또한 다소 오만하게, 사람들을 향해 째려보듯 비스듬히 눈동자를 굴리면서 입을 열었다. "여러분 모두 학교 임원이시고 뛰어난 수재이시며, 중국 지식인 중의 지식인이자 전문가이십니다. 여러분은 제가 중원의 황하 유역에 있는 이 옛 시성에서 발견한 것들이 최근 백 년 동안의 중국 문화를 통틀어 가장 중요한 발견이라고 생각되지 않으십니까?

『시경』과 중국의 전통 국학 연구를 통틀어 가장 중대한 공헌이라고 생각되지 않습니까?

황하 문화의 발원과 풍부함에 대한 공전의 실물적 증거이자 자료로서의 의미를 갖는다고 생각되지 않습니까?

갑골문이나 삼성퇴三星堆, 베이징 원인, 반포半坡문화, 그리고 병마용 같은 유적의 발견은 저의 시성 발견보다 더 중요하고 훌륭하다고 할 수 있지만 하나같이 일순간에 빛을 잃어 희미해지지 않았습니까?"

나는 청산유수처럼 거침없이 일언일구 또박또박한 소리로 맛과 울림을 다하여 운치 있고 설득력 있게 뜨거운 웅변을 쏟아냈다(발굽을 떼어난 야생마가 마구 들판을 내달리는 것 같았다). 그 순간, 내 말이 회의실의 햇빛 속에서 사방으로 꽃을 피우고 향기를 흩뿌리는 것을 보았다. 눈 깜짝할 사이에 겨울이 가고 봄이 와 만물이 꽃을 피워 온 세상, 온 천하에 울리는 내 말소리에서 꽃과 음조의 향기가 피어나고, 단어와 단어 사이에는 나풀나풀 윙윙 오르락내리락하며 날아다니는 나비와 벌이 가득한 듯했다. 나는 나를 응시하면서 나와 내 말의 음조에 취한 듯, 홀린 듯 멍하니 앉아 있는 리광즈와 칭옌대학의 수재들, 학교 임원들, 그리고 강렬한 호방함과 의기양양함이 물밀듯이 거세게 솟구쳐나와 회의실 전체를 침몰시키고 있는 것을 바라보았다. 칭옌대학 전체가 침몰되었다. 나는 곁눈질로 그들의 얼굴을 한 번 훑어보고 나서 다시 말을 이었다. "저는 여러분께 특별히 격식과 예의를 갖추지 않고 말씀드렸습니다. 사실 저의 발견은 곧 우리 칭옌대학의 발견이고, 저의 연구 성과는 곧 우리 칭옌대학의 성과입니다. 중국의 국학 문화에 대한 제 공헌은 곧 동양 문화와 고대문학 연구에 대한 우리 칭옌대학의 공헌이라고 생각합니다. 따라서 칭옌대학이 이런 기회를 놓치지 않고 더욱 박차를 가해 즉시 자금과 인력을 동원하여 소수 정예의 숙련

된 연구팀을 조직하고 저와 함께 허난의 바러우산맥 황하 유역으로 보내주실 것을 희망합니다. 그렇게만 해주신다면 제가 인력과 경비를 잘 관리하여 한 달 내에 이번 탐사와 발굴을 보다 철저히 진행하고 그 결과를 신속하게 세상에 공포해서 전국은 물론, 전 세계가 놀라움을 금치 못하게 할 것이고, 아울러 우리 칭옌대학과 중국 고문화를 새롭게 인식할 수 있도록 하겠습니다. 그렇게 되면『시경』과 중국 문화에 대한 연구 열기가 전 지구적으로 크게 자극될 것입니다." 이렇게 말하면서 손에 들고 있던 공책과 친필 원고지, 손수건과 공구서적에 적은『시경』에 수록된 시와 수록되지 않은 시를 옆에 앉아 있던 부총장과 교무부장에게 내밀었다. 심혈을 기울인 연구와 기록을 보여주면서 나의 거대한 발견이 가져다주는 흥분과 즐거움을 함께 누리기를 원한다는(함께 누리는 데 동의한다는) 표시였다. 언젠가는 결국 역사박물관의 가장 귀중한 진열품이 될 나의 이 공책과 원고, 기록물들을 그들 앞에 내밀면서, 다소 고압적으로 명령하듯이 말했다. "저는 지금 이 자리에서 세 가지를 요구하고자 합니다. 임원 여러분께서 곧장 대답해주시기 바랍니다. 첫째, 옛 시성의 발견과 연구는 제가 진행한 것인 만큼 앞으로 이 시성이 저 양커의 이름으로 명명될 수 있기를 바랍니다. 둘째, 저 양커가 마침내 황하 유역에서 돌아오면 학교에서 저를 위해 시경학연구소를 하나 설립해주실 것을 기대합니다. 물론 소장은 제가 맡을 것이고, 연구원들도 직접 선발할 것이며, 시경학 석사 및 박사 과정 대학원생들도 제가 직접 뽑을 것입니다. 아울러 학교에서는 매년 일정한 연구비와 물적 지원(건물과 자동차, 전자동 사무기기 시스템 등을 지원하되 이 모든 경비와 실물 지원 역시 저 양커가 관리하고 집행할 수 있어야 합니다)이 보장되는 프로젝트를 개설해주시기 바랍니다. 셋째,

최근에 들은바 노벨상위원회에서 수학상과 문화학술상을 신설한다고 합니다. 특히 문화학술상은 동양의 학술과 연구를 격려하기 위해 동양인에게 편중하여 수여한다고 합니다. 그렇다면 칭옌대학에서 가장 빠르고 신속하게, 공정하고 합리적인 절차를 거쳐 저와 저의 연구 성과를 노벨상위원회에 추천하고 보고해주시기 바랍니다. 제가 정말로 노벨학술상을 받게 된다면 저는 상금 전액을 우리 칭옌대학의 학술 기금과 상금으로 기부할 생각입니다."

세 가지 조건을 다 말하고 나서, 나는 정치인이 자신의 근사한 장편 논설을 완성하기라도 한 양 본능적으로 손을 들어 허공에 잠시 흔들어보인 다음, 다시 한번 시선을 돌려 모든 사람의 얼굴을 훑었다. 그러고는 기세등등한 표정으로 그들을 노려보았다. 그리고 마지막으로 몹시 무례한 눈길로 리광즈의 수척해진 (또 약간 멍한) 얼굴을 응시했다. 손은 여행가방 안에 들어 있는 그 증거물 봉지에 가 있었다. 그를 비롯한 모든 사람이 즉각 내 요구에 답변해주지 않거나 나의 세 가지 요구를 전부 받아들이지 않을 경우, 나는 기회를 놓치지 않고 그 증거물들을 전부 꺼내어 회의실 탁자 위에 펼쳐놓을 작정이었다(물론 나는 그렇게 할 수 있었다. 회의실로 뛰어들기 전에 이미 궁지에 몰리면 이렇게 하는 수밖에 없다고 결심한 터였다). 리광즈를 주시하고 있던 나는 그가 얼굴 가득 불그스레한 흥분과 희열의 기색을 띠는 것을 보고서, 뜻밖에도 내 발견에 대해 놀라움을 금치 못하면서 즉시 내가 내민 연구와 기록을 살펴보고 곧장 내 요구와 계획 전부를 수락해줄 것이라고 생각했다. 하지만 내가 그를 바라보는 동안 그 또한 나를 이상한 눈빛으로 바라보고 있었다. 경성의 대로를 돌아다니는 미치광이나 관중들 앞에서 옷을 벗고 있는 정신이상자를 바라보는 것 같았다. 묵묵히 한참을 아무 말도 않다가 마침내 서로 무장충돌이 일듯 나와 눈빛이 마주쳐 허공에서 한참이나 서로를 응시하고서야, 그는 자신이 졌다는 듯 시선을 거두고 잠시 생각에 잠겼다. 그러더니 다시 시선을 회의실 테이블에 앉아 있는 부하 직원들의 얼굴로 향했다(다른 사람들의 의견을 구하는 것 같았다). 회의실 안에는 밝게 빛나는 고요와 어두운 침묵이 흘렀다. 또다시 회색빛 시선들이 소곤거리기 시작하더니 백 제곱미터가 조금 넘는 회의실 안이 이내 쥐 죽은 듯한 고요와 답답함으로 가득 채워졌다. 방금 도굴된 제왕의 능묘를 파헤친 것처럼 텅 빈 느낌이었다. 황량하기 이를 데 없는 죽음의 기운이 실내 전체를 옥죄어왔다. 이렇게 지루하고 긴 황량함과 공허함 속에서, 내가 가방에서 리광즈와 루핑의 간통을 증명하는 증거물이 담긴 봉지를 꺼내려 하는 순간, 리광즈가 마침내 입을 열었다.

그의 쉰 듯한 목소리는 여전히 낭랑했고 자석 같은 흡인력을 지니고 있었다. 여러 사람에게서 눈길을 거둬들인 그는 몸을 곧게 세우고 입을 열었다.

"우리 칭옌대학은 중국의 여러 대학 가운데서도 피라미드의 맨 꼭대기에 해당하는 학교이고, 여러분 모두 중국 지식인 가운데서도 최고 수준의 엘리트들입니다. 우리는 공개적이고 민주적이며 투명한 검증과 감독을 시행해야 하지요. 양커 교수는 약 일 년 육 개월 전에 칭옌을 떠나 우리 학교의 부설병원인 정신질환전문병원으로 가서 요양을 하게 되었습니다. 그곳에서 정신질환 환자들을 상대로 몇 차례 『시경』과 국학에 관한 강연을 했고, 효과도 매우 좋았지요. 모든 사람에게서 환호와 갈채를 받았을 뿐만 아니라 심지어 일부 환자들에게서는 몇 년 동안 낫지 않았던 심리상태와 정신질환에 예상치 못한 치료효과와 약물

효능을 나타내기도 했습니다. 그 때문에 정신병원에서는 이미 세 차례나 양커 교수를 정신병원으로 전근시켜 환자들의 문화심리 담당교수가 되게 해달라는 희망을 밝혀왔지요. 이제, 양 교수를 정신병원으로 전근시키는 조치에 동의하시는 분들은 손을 들어주시기 바랍니다."

리광즈는 말을 마치자마자 누구보다 먼저 자신이 앞장서서 오른손을 허공에 높이 들어올렸다.

곧이어 (나를 제외하고) 회의실 안에 있던 모든 사람이 서로의 얼굴을 쳐다보면서 잠시 토론을 하는 것 같더니 약속이라도 한 듯 일제히 오른손을 허공에 들어올렸다. 숲속에 있는 모든 나무가 햇빛을 따라 일제히 허공을 향해 가지를 뻗는 것 같았다. 잠시 후, 회의실 안의 분위기가 숙연해졌다. 급작스러운 바람과 구름에 예측할 수 없는 신비감이 가득했다.

무거운 엄숙함이 회의실 안에 차갑게 응축되었다 흩어졌다. 이런 엄숙함 속에서 리광즈가 사람들을 곁눈질로 훔쳐보며 말했다. "모두들 동의하셨으니 이 문제는 그렇게 결정하는 걸로 하겠습니다. 그러고 나서 속전속결로 밀어붙이듯이 말했다. 회의를 마치겠습니다. 모두들 돌아가셔서 처리할 일들을 마무리하십시오."

사정은 이렇게 바람과 구름이 돌변하듯 급전직하로 흘러갔다. 질주하던 기차가 일순간 선로에 멈추더니 다시 반대 방향으로 달리기 시작하는 것 같았다. 나로서는 너무나 예상 밖의 국면이라 막으려 해도 막을 수 없었고 미처 손을 쓸 틈도 없었다. 정말로 길을 잘못 들어 여자화장실로 들어갔을 때 마침 그 안에 여자가 있었던 것 같았다. 이때, 회의실 안에 흩어진 햇빛 조각이 내 앞에서 마구 요동치기 시작했다. 무수한 불씨들이 내 눈앞을 날아다니고 있는 것 같았다. 학교의 부총장과 조직부장, 교무부장들이 모두 그 빛 조각 사이에서 의자를 밀어 놓고 회의실 바깥으로 나가기 시작했다.

눈 깜짝할 사이에 회의실 안에는 나와 리광즈 둘만 남게 되었다.

그는 회의실 테이블 저쪽 끝에 앉아 있었고, 나는 이쪽 끝에 앉아 있었다. 우리는 서로를 바라보고 있었다. 회의실 테이블 위에 있는 나의 누런 범포 가방 안으로 손을 집어넣어 그 안에 가득 들어 있는 온갖 증거물들을 집었다. 폭탄의 도화선을 잡고 있는 것 같았다. 하지만 이때, 나는 리광즈의 눈 속에 번쩍이는 한 가닥 근심과 당황의 흔적을 발견했다. 그의 낯빛이 누렇게 변했다. 과도하게 피를 흘린 환자 같았다. 미세한 땀방울 하나가 그의 코끝에 걸려 있었다.

갑자기 그가 불쌍하게 느껴졌다. 그에 대한 동정심이 일었다.

이런 가련함과 동정이 내 깊은 사색의 침묵 속에서 점차 마음을 넉넉하고 편안하게 해주었다. 망설이던 나는 손에서 그 증거물들을 잠깐 내려놓았다가(꽤 긴 시간이었다. 어쩌면 아주 잠시 동안이었는지도 모른다) 마침내 다시 증거물들을 집어 꺼내놓았다. 그를 향해 잠시 차가운 웃음을 보이고 나서 내가 말했다. "오늘 같은 날이 오리라는 걸 일찌감치 알았다면 애당초 그런 짓을 하지 말았어야 했소. 나 양커는 군자라 소인이 저지른 잘못을 문제삼지 않기 때문에 한번 더 눈감아줄 수 있어요. 당신이 최대한 빨리 교수 양커의 지식인으로서의 존엄과 가치를 인식하고 아울러 내가 발견한 『시경』 고성의 문화적 가치와 의의를 알아주길 바랍니다. 리광즈, 당신에게 한번 더 기회를 주겠소. 칭옌대학과 이 나라, 이 민족을 위해 내가 주는 이 기회를 잘 받아들여 당신들의 그 방귀 같은 연구와 결정을 철회하고, 다시금 학교 전체 임원들의 정력을 『시경』 고도와 시경학에 쏟아붓도록 하시오. 우리 모두가 사랑하는 이 나라의 국학과 고대문화 연구에 주력하란 말이오. 그렇게 하지 않으면 평생을 후회하면서 보내게 될 겁니다."

리광즈를 노려보면서 말했건만, 그는 애당초 내 말에 아랑곳하지 않았다. 내게 한마디도 하지 않고 그저 나를 힐끗 곁눈질로 쩨려볼 뿐이었다. 더럽고 남루한 옷차림의 미치광이를 쳐다보듯 힐끔거리다가 씩 웃어보이더니 결국 회의실에서 나가버렸다.

빌어먹을, 뜻밖에도 그가 나가버렸다. 나를 혼자 그곳에 남겨두었다. 가을이 누런 낙엽 하나를 들판에 남겨둔 것 같았다.

환란 | 버드나무 아래서

다년생 넝쿨풀의 일종이다. 이 시는 환란을 주제로 아름다운
남녀의 첫사랑 장면을 간단하게 묘사하고 있다.

芄
蘭

마지막으로 나는 결국 부용꽃 호숫가에서 루핑에게 하고 싶은 말을 해
보라고 했다.

내가 말했다. "말해봐. 어서 말해보라고!"

호숫가의 가을, 물가에 핀 홰나무가 연한 청색과 노란색으로 꽃을
피우고 있었다. 호숫가 멀리 보이는 수양버들은 이미 낙엽이 된 잎새
들을 주렁주렁 매달고 있었다. 우리 두 사람은 호숫가 버드나무 아래
에 서 있었다. 이미 속이 마구 헝클어진 여행가방은 여전히 원래 있던
물건들을 담은 채로 우리 옆에 있는 벤치 위에 놓여 있었다. 내가 말했
다. "말해봐, 루핑, 괜찮으니까 하고 싶은 말 있으면 주저 말고 다 하란
말이야."

그녀가 나를 쳐다보았다.

나를 쳐다보고 있는 그녀에게 다시 말했다. "말해봐, 어디 말 좀 해

보라고!" 숨이 막히는지 그녀의 얼굴이 파래졌다가 다시 붉어졌다. 내가 다시 말했다. "도대체 말을 하겠다는 거야 안 하겠다는 거야? 뭐 그리 대단한 일이라고 그래." 그녀는 또다시 한참 동안 나를 쳐다보더니 마침내 입을 열었다.

그녀가 말했다. "양커, 우리 이혼해요.

그냥 합의이혼 서류에 사인만 해주면 돼요. 그러면 내가 돈을 드릴게요. 그 돈이면 병원에 입원해서 치료받고도 남고 적지 않은 돈을 저축할 수도 있을 거예요.

집도 하나 얻어줄게요. 병이 다 나으면 교외로 가거나 고향에 내려가거나 도시에서 살 수도 있어요.

그리고 또 당신이 어디에 있든 일반 교수에서 고급 교수로 승급할 수 있도록 제가 보장해드릴게요.

생각 좀 해봐요. 잘 생각해본 다음에 점심시간 지나 학교 정문에 있는 커피숍에서 만나요." 말을 마친 그녀는 처량하지만 아름다운 눈빛으로 나를 잠시 바라보고는 부용꽃 호숫가를 떠났다.

나만 그곳에 남겨두었다. 가을이 낙엽 하나를 호숫가에 남겨둔 것 같았다.

갈류

번화한 황혼

갈류는 일종의 만생식물이다. 「왕풍王風」에서는 갈류를 주제로 한 방랑자가 스스로 토로하는 비참함과 고통을 묘사하고 있다. 시에서 묘사된 갈류는 그나마 강변에 뿌리를 내려 삶을 기탁하고 있지만, 사람은 오히려 타향을 떠돌 뿐이고 친척들은 여기저기 흩어져 살고 있다. 남을 아버지 어머니라고 부르며 애걸하지만 그래도 동정을 얻지는 못한다. 이 시는 무거운 감정으로 비참하고 고통스러운 영혼을 노래하고 있다.

葛
藟

평생 인연을 맺었던 칭옌대학과 내가 평생 목표로 삼아 분투해온 명청 시기의 고도 경성, 그 번화한 대도시를 떠나기 전에 나는 세 곳을 찾아갔다.

그 세 곳을 찾아가 아주 간절하게 얘기했다.

첫번째로 찾아간 곳은, 학교 정문의 커피숍이다. 가게 안은 조명이 침침했고 주인의 취향에 따라 고색창연하고 오래되어 보이는 자홍색 박달나무 풍격으로 장식되어 있었다. 점심시간이 지나 나는 루핑에게 전화를 걸었다. 우리 두 사람은 커피숍 구석 자리를 골라 앉았다(짐은 내 발 옆에 내려놓았다). 그녀는 한창 유행하는 브라질 커피 한 잔을 주문했고, 나는 내 속마음과 딱 맞아떨어지는 냉수 한 잔을 주문했다. 우리는 마주 앉아 서로 얼굴을 맞대고 있었다. 그녀의 얼굴에 편안하면서도 다소 흥분한 듯한 기색이 엿보였다. 그녀가 말했다. "양커, 당신이 아는지 모르겠지만 다음달에 학교 부용꽃 호숫가에 새로 학교 명사 열 명의 조각상을 세우기로 했어요. 그 가운데 일곱 명은 이미 고인이 된 사람들이고, 나머지 세 명은 살아 있는 사람들이에요. 그리고 그 살아 있는 세 사람 가운데 하나가 바로 저예요. 그 책 『가원의 시』로 국가학술대상을 받은 덕분이지요." 이렇게 말하면서 그녀는 이미 작성해온 합의이혼 서류를 꺼내어 맛은 쓰지만 향기는 그윽한 커피를 내밀듯 내 앞에 내밀었다. 나는 합의이혼 서류를 개미가 이사 가듯 급하게 한 번 훑어보았다. 그러고는 두 장으로 된 똑같은 서류 세 부(한 부는 내 몫이고 한 부는 그녀의 몫이었다. 나머지 한 부는 이혼과 결혼을 담당하는 정부의 가도사무처에 제출될 것이었다)를 탁자 모퉁이에 내려놓았다. 내가 말했다. "여기 구두점 두 개랑 글자 세 개가 틀렸는데 설마 못 알아본 건 아니겠지? 이렇게 오자가 많은 서류에 서명하라는 건 나를 망신시키려는 의도로밖에 해석할 수 없군."

그러고는 다시 말을 이었다. "루핑, 내가 사실대로 말해줄게. 사실 나는 당신보다 훨씬 잘 지냈어. 안 믿어지지? 고향 현성의 천당 거리에서는 내가 손만 한번 흔들면 서너 명, 아니 열 명도 넘는 아가씨들이 나와 자겠다고 서로 다투곤 했어. 전부 스무 살도 안 된 아가씨들이지. 아가씨들 몸은 항상 물고기처럼 매끈하고 얼굴에는 주름 하나 찾아볼 수 없었어. 안 믿어지지? 때려죽인다 해도 믿지 못할 거야. 나 양커, 양 교수는, 고향에서 사람도 한 명 죽였어. 손으로 목을 조른 다음 그놈 머리를 계속 벽에다 밀어붙여 찧었지. 그의 두 눈이 하얗게 뒤집힐 때까지 조르고 밀어댔어. 바닥에 내동댕이친 홍시처럼 신혼집 벽에 피가 가득 튀었지."

애기를 마치고 오만한 표정으로 그녀의 얼굴을 자세히 들여다보았

다. 어두침침한 불빛 아래서 보니 그녀의 얼굴에 경직된 기색이 역력
했다. 일순간 그녀가 내 말을 의심하고 믿지 않을까봐 두려웠다. 노랗
게 질려 경직된 그녀의 얼굴이 갑자기 나에 대한 무시와 경멸로 바뀔
까봐 두려웠다. 그 순간 손을 내밀어 경악하여 넋을 놓고 있는 그녀의
옷섶을 움켜쥐고 커피숍 자리에서 일으켜세우면서 말했다. "말해봐.
내 말을 못 믿겠어? 사실 나야말로 아무 여자나 마음대로 즐기는 패륜
아라고. 나와 결혼한 몇 년 동안 루핑이 이런 나에 대해 전혀 눈치채지
못했다는 거 잘 알아. 사실 내가 루핑보다 천 배는 더 잘 지내고 있었
다는 걸 루핑은 알아채지 못했어.

난 정말로 살인범이야, 안 믿어지지?

정말로 내 고향인 황하 유역에서 옛 시성을 찾아냈다고. 언젠가 너
와 리광즈 그리고 칭옌대학이 나를 정신이상자로 만들어 정신병원에
보낸 걸 후회하게 만들고 말 거야."

말을 마친 나는 도망치듯 짐을 들고 커피숍을 나왔다. 루핑을 혼자
그곳에 남겨두었다. 바람이 불어와 낙엽 한 장을 그 구석에 내버려둔
것 같았다. 한입 크게 입김을 불어 공기 속으로 날려버린 것 같았다.

이어 나는 짐을 들고 학교 북쪽에 있는 국가문물고고연구원을 찾아
갔다. 그곳은 칭옌대학과 겨우 벽 하나를 사이에 두고 있었다(담장 안
에 있는 학교의 나뭇가지들이 전부 연구원 뜰 안으로 뻗어 있었다). 연
구원 원장은 내가 잘 아는 분으로, 원래 학교 문물학과의 부학과장이
었다(내가 고전문학 석사 과정 학생일 때, 학교에서는 그분을 초빙하
여 대학원생들을 지도하게 했다). 곧장 고목이 하늘 높이 치솟아 있는
작은 정원으로 들어간 나는, 고고학연구원 원장의 사무실로 찾아가 내
발견과 기록, 자료들을 전부 꺼내어 그의 사무실 탁자 위에 펼쳐놓으

며 말했다. "믿어지세요? 제가 중원 황하 유역의 인적이 드문 곳에서 폼페이의 고성과 같은 『시경』의 고성을 발견했습니다. 믿어지세요? 믿으실지 모르겠지만 공자가 『시경』에서 누락한 엄청난 양의 노래들이 아직도 그 고성에 있는 돌에 새겨져 있습니다. 그 시성 주변에는 쿵징촌이라는 마을이 있어요. 전해지는 바에 따르면 공자가 백성들 사이에 유전되던 노래들을 채집할 때 목이 말라 그 우물의 물을 마셨다고 합니다. 원장님, 절 그런 눈으로 쳐다보지 마세요. 못 믿으시겠다면 사람들을 저와 함께 보내어 황하 유역의 그 지역에 가서 조사를 진행하게 해보시면 되잖아요. 원장님, 사실대로 말씀드리자면 그 옛 시성을 찾기 위해 저는 제 고향 마을에서 사람도 한 명 죽였습니다. 지금 원장님 앞에 서 있는 사람이 사실은 살인범이란 말입니다."

나는 그 뚱뚱하고 늙은 곰 같은 원장에게 정신병자 취급을 받고 쫓겨났다. 그는 내 발견과 짐을 쓰레기를 버리듯 내 발밑에 내던졌다. 먼지가 묻은 건 아니지만 그것들을 집어들어 계속 두드려 먼지를 털어내면서, 그 멍청한 고고연구원 원장을 향해 웃으며 말했다. "제 고향에는 천당 거리라는 곳이 있습니다. 그곳에 가면 남자들의 삶이 천당에 올라간 것처럼 행복해지지요. 언젠가 천당 같은 생활을 해보고 싶다면 언제든 그곳에 와서 저 양커 교수를 찾으세요."

국가고고연구원을 나온 나는 정문 앞 길가에 잠시 서 있었다. 가을 오후의 햇살 속으로 시원한 바람이 훈훈하게 대로를 따라 불어와 길가에 있는 홰나무 잎들을 말아올렸다. 나뭇잎들은 가볍게, 또 무겁게, 동전처럼 바닥에 떨어져 뒹굴었다. 경성 사람들은 스웨터나 오리털 외투를 입고 다녔다. 여전히 허벅지와 종아리가 다 드러나는 다양한 길이의 치마를 입고 있는 사람들도 있었다. 사람들은 모두 길가에 서 있는 나를, 나무가 또다른 나무를 쳐다보듯 바라보고 있었다.

똥 한 무더기가 다른 똥 한 무더기를 바라보는 것 같았다.

그렇게 총총히 왔다가 다시 총총히 사라지는 사람들을 바라보면서 나는 몸에 냉기가 도는 것을 느꼈다. 갑자기 어딘지 가서 소변을 보고 싶다는 생각도 들었다. 아침에 기차에서 내린 뒤로 지금까지 하루종일 한 끼도 먹지 않았다는 게 떠올랐다. 하지만 먹는 것보다야 물을 마시고 싶었다. 소변도 보고 싶었다. 다시 칭옌대학 안으로 돌아가 사람들이 가장 많은 곳에 서서 소변을 보고 싶었다(특별히 칭옌대학의 사무동 건물 앞에 있는 광장에서 시원하게 오줌을 갈기고 싶었다). 하지만 또 이 소변을 잠시 남겨두었다가 경성에서 가장 번화한 지역에 가서 방자하게 갈겨대고 싶다는 생각이 들었다(예컨대 시단이나 왕푸징 같은 번화가가 좋을 것 같았다). 이렇게 망설이고 있을 차에 택시한 대가 다가와 부드럽게 내 앞에 멈춰 섰다. 기사가 쥐를 바라보는 고양이 머리처럼 차창 밖으로 머리를 내밀더니 눈이 빠져라 나를 쳐다보았다.

새로 뽑은 듯한 택시에 오르자 새 차 특유의 페인트 냄새가 변소에서 나는 나프탈렌 냄새와 유황 냄새처럼 코를 찔렀다. 하지만 희고 깨끗한데다 이제 막 빨아서 풀을 먹인 듯한 시트에서는 오히려 눈처럼 하얀 향기의 비누 냄새와 세탁한 뒤에 풀을 먹인 냄새가 풍겨나오고 있었다. 기사는 그렇게 나를 태우고 동서로 돌고 방향을 꺾어가면서 쉴새없이 내달렸다. 사환[•]을 돌아 삼환으로 진입한 뒤 마침내 이환을 돌아 창안가에 도착하자, 택시미터에 나타난 숫자는 백이 훨씬 넘어 있었다. 기사가 차를 갓길에 있는 백양나무 아래 대면서 말했다. "여기

● 四環. 베이징시 중심에서 외곽으로 동심원을 그리며 조성된 네번째 순환도로.

가 가장 번화한 곳입니다. 앞에는 톈안문이 있고 뒤에는 왕푸징이 있지요. 오른쪽에는 둥화문과 오성급 호텔인 경성대반점이 있고 왼쪽에는 국가공안부가 있고요. 저기 보이는 대로에서 안쪽으로 걸어가시다 보면 얼마 안 가서 바로 국가최고인민법원이 나올 겁니다."

요금을 내고 차에서 내린 나는 여행가방을 들고 휘황찬란한 조명이 시작되는 창안가에 그대로 서서, 눈앞에 펼쳐진 자동차 물결과 인파가 바쁘게 달려가는 사자와 쥐떼처럼 동에서 서로, 또 서에서 동으로 분주히 지나가고 있는 모습을 바라보았다. 내 등뒤로 그리 멀지 않은 곳에는 빽빽하게 탑을 이루고 서 있는 측백나무와 붉게 칠한 크고 높다란 공안부 담장이 가로놓여 있었다. 나는 잠시 망설이다가 숲처럼 오밀조밀한 측백나무 뒤쪽으로 걸어갔다. 그러고는 물건을 꺼내어 그 담장 아래에 오줌을 누려 했다(사실 그 나무 뒤쪽과 담장 아래에는 원래 누군가 대변을 보고 소변을 갈긴 물기와 흔적이 남아 있었다). 그때 갑자기 누군가 내 어깨에 두 손을 얹었다.

나는 진저리를 치면서 막 나오려던 오줌을 도로 집어넣어버렸다.

경찰이었다.

그가 말했다. "뭐하시는 겁니까?"

내가 말했다. "저는 교수입니다."

그가 말했다. "어느 지방 사람입니까?"

내가 말했다. "나는 정말로 『시경』 고성과 도처에 고시가 새겨져 있는 돌이 있는 옛 촌락을 발견한 사람이에요. 못 믿겠다면 나와 함께 사람들을 보내어 한번 조사해보면 되잖아요. 녹화를 하든 사진을 찍든 세상에 공개하면 반드시 세계 제8대 불가사의가 될 겁니다. 못 믿겠어요?"

"그냥 오줌 누세요." 그가 말했다. "보아하니 배운 분이신 것 같은데 얼마나 참기 어려웠으면 이러시겠어요. 이번 한 번만 여기에 볼일을 볼 수 있게 해드릴 테니까 다음부터는 그러지 마세요."

나는 오줌을 누려고 아랫배에 힘을 주었다. 하지만 젖 먹던 힘까지 다 써보아도 너무 긴장하여 떨었던 탓인지 찬바람이 내게 날아와 몸에 달라붙은 것처럼 추워서 한 방울도 나오지 않았다. 오줌이 팽팽하게 압박하면서 바짓가랑이 사이가 아팠다. 불처럼 뜨거웠다. 하지만 방광은 여전히 물이 끓어 다 졸아버린 솥 같았다. 오줌이 나오지 않자 하는 수 없이 탑을 이루고 있는 측백나무 숲에서 밖으로 나와야 했다. 바싹 말라 북을 넣어 다니는 쪼글쪼글한 주머니 같은 여행가방을 들고서 황혼의 길가 등불 아래 서 있던 나는, 갑자기 고개를 돌려 내 등뒤에 있던 키 큰 경찰에게 큰 소리로 말했다. "못 믿겠어요? 나는 여자를 밝히는 한량인데다 사람을 한 명 죽였다고요." 그 경찰은 나를 거들떠보지도 않았다. 그는 나를 한 번 힐끗 쳐다보고는 커다란 입을 벌려 가래침을 뱉는 것 같더니, 나만 그곳에 남겨둔 채 번화한 황혼을 밟고 창안가의 다른 곳으로 가버렸다.

제12권 풍아송 風雅頌

바러우산맥의 서쪽 끝과 인적이 드문 황하 기슭으로 돌아왔을 때는 이미 늦가을과 초겨울을 구별하기 어려웠다. 오는 도중 현성을 지나치지 않을 수 없어 부득이하게 다시 한번 천당 거리를 지나게 되었다.

하지만 예상했던 것과 달리, 천당 거리는 이미 더이상 예전의 천당 거리가 아니었다. 나 역시 석 달 넘게 『시경』 고도에서 바쁘게 지내느라 그 거리를 다시 찾을 인연이나 기회가 없었다. 그래서 이번에 천당 거리에 갔을 때, 그곳의 냉랭한 적막과 광포하고 조악한 모습이며 포악하게 변한 그 모습을 예상할 수 없었다. 길 어귀 첫번째 가게인 성인 보건용품을 파는 약국 간판도 사라지고 없었다. 단지 그 문 입구 쪽 벽에만 석회로 쓴 '약국'이라는 두 글자가 남아 있을 뿐이었다. 입구에 연인들이 입맞춤하는 그림이 그려져 있던 이발소는 '이발소'라는 글자만 벽에 남아 있었다. 하지만 머리가 흩날리고 있는 듯한 연인들의 모습 위에는 신문지 두 장이 발라져 있었다. 또한 마사지업소 벽에 못을 박아 고정시켰던 커다란 철제 글자는 무엇 때문인지 아예 한쪽으로 비틀려 있었다. 어떤 글자는 입구 바닥에 떨어져 있고 획이 빠진 어떤 글자는 그대로 벽에 붙어 있었다. 벽에 나뭇가지를 엮어 만든 커다란 광주리를 걸어놓은 것 같았다.

천당 거리는 재난을 당한 것처럼 길 양쪽이 더없이 한산하고 적막하기만 했다.

나는 밤차를 타고 현성에 도착했다. 원래는 천당 거리에서 푹 자거나 여기저기 돌아다니며 질펀하게 놀다 갈 생각이었으나, 거리 입구에 도착해보니 그런 모습을 하고 있었던 것이다. 때는 날이 서서히 밝을 무렵이라 푸르스름한 햇살이 거리를 비춰오고 있었다. 예전에 밤낮으로 꺼지지 않던 화려한 등불은 온데간데없고 이제 암흑으로 변해 있었다. 온갖 상처로 만신창이가 된 거리에는 몇몇 집들만 정상적으로 영업을 하고 있어(담배나 맥주를 파는 작은 가게들이었다) 그나마 몇 줄기의 노란 불빛으로 천당 거리의 썰렁함과 적막감을 지탱해주고 있었다.

이 거리에서 무슨 일이 일어난 게 틀림없다고 직감한 나는, 이른 아침 썰렁한 거리 입구에 멍하니 서서 보건용품을 파는 약국 문을 두드려 꾸이펀에게 물어봐야겠다고 생각했다. 그때 등뒤에서 자동차 헤드라이트가 내뿜는 빛기둥이 거리 입구를 비춰왔다. 이어서 차들이 달리는 요란한 소리와 사람들이 뛰어가는 발걸음 소리가 요란하게 들려왔다. 나는 본능적으로 길가로 몸을 숨겼다. 이어서 가을바람이 낙엽을 쓸고 가듯 어수선함과 다급함, 집이 무너지는 듯한 아우성과 번쩍이는 불빛이 보였다. 눈 깜짝할 사이에 천당 거리가 환해지더니 마구 북적

거리기 시작했다. 사방에서 차가운 바람이 불기 시작하면서 천지가 눈과 얼음에 뒤덮인 듯 추워졌다. 길 위로 아주 빠르게 회의가 끝나고 사람들이 흩어지듯, 연극을 보러 온 사람들이 입장하듯, 요란한 발걸음 소리와 문 두드리는 소리가 울렸다. 현 공안국 사람들이 강적을 마주하여 긴장하고 흥분한 상태로 돌격하고 있었다. 그들은 한 무리씩 천당 거리로 쏟아져들어왔다. 천당 거리의 점주들과 아가씨들은 하나같이 이리를 만난 양떼처럼, 화살에 놀란 새처럼, 각자의 점포에서 뛰쳐나와 현성의 골목과 샛길로 내달렸다. 하지만 빨리 뛸 수도 없고 날아봤자 위로 올라갈 수도 없는 터라, 새파랗게 질린 채 놀라 소리만 질러댔다. 그렇게 허둥대며 허공에 부딪치고 날뛰고 몰려다녔다.

정부는 엄숙하고 단정했다.

한차례의 정벌전쟁을 통해 천당 거리를 다시 석권한 양 엄숙했다 (나중에 안 사실이지만 이는 전국적인 불법성매매 퇴치 대혁명이었다). 한때 다양한 형태의 아가씨 장사를 하던 업주와 상인들, 이른바 사장들은, 자기 집 문 앞의 눈을 치우듯 일찍이 자신들을 위해 많은 돈을 벌어주었던 소녀와 아가씨들을 신속하게 가게 밖으로 내몰고 있었다. 어린 아가씨들의 보따리와 옷가지, 양치용 컵, 립스틱, 눈썹연필, 향수, 신발과 양말, 울음과 아우성을 큰길 밖으로 아무렇게나 내던지고 있었다. 경성의 환경미화원들이 쓰레기차에 내던지는 쓰레기봉투 같았다. 소녀들은 주인집 앞 길거리에서 자신들의 옷과 바지, 슬픔과 우울, 그리고 여자들에게 필요한 갖가지 크고 작은 물건들을 가방과 보따리에 주워담고 있었다. 주우면서 큰 소리로 울부짖었다.

"저희더러 어디로 가란 말예요? 저희에게 어디 가서 숨으라는 거예요?"

나는 그 아우성을 듣고 그 광경을 지켜보면서 재빨리 길가에서 나무 뒤로 몸을 피했다. 머리 위의 플라타너스는 가을 추위와 밤 습기에 밤새 축축해진 탓인지, 나뭇잎들은 허공을 향해 맹목적으로 왕성한 생명력을 발휘하고 있었지만, 밑동에서는 이미 누렇게 시든 부패한 식물 냄새가 길가에 가라앉아 사방으로 퍼져가고 있었다. 그 어두운 나무 그림자 속에서 경찰들이 베틀에 북 나들듯 천당 거리 점포들 안으로 하나하나 들락날락하는 모습을 바라보고 있었다. 경찰이 들어간 집에서는 여지없이 남자와 여자 들의 놀란 비명 소리가 터져나왔다(내가 잘 아는 아가씨의 목소리도 섞여 있는 것 같았다). 이들은 이불 속의 온기를 그대로 몸에 지닌 채, 방 안 침대에서 튕겨나와 백 미터 달리기 경주를 하듯 천당 거리 석판 위를 내달렸다. 나는 놀라움을 감추지 못한 채 거리 한구석에 서서 씽얼(아무래도 씽얼인 것 같았다)이 천당호텔에서 보따리를 들고 뛰어나오는 모습을 보았다. 그녀의 호흡은 땔나무처럼 한 토막 한 토막 끊어져 지면 위에 내리꽂히고 있었다(나무망치가 불규칙하게 돌로 된 북을 두드리는 것 같았다). 그사이 본능적으로 나무 뒤 어두운 그림자 속에서 앞으로 한 걸음 나온 나는 낮은 목소리로 그녀를 불렀다.

"빨리, 빨리 이리 와서 숨어. 어서 이리 와!"

낮고 굵은 목소리로 외치는 내 목소리에 나를 향해 한 번 고개를 돌리던 그녀는 곧바로 어딘가에 숨어 있던 경찰에 의해 끌려가버렸다.

나는 후이후이를 보지 못했다.

샤오훙도 발견하지 못했다.

첫번째 가게인 보건용품점 꾸이펀도, 내가 아는 다른 아가씨들도 보지 못했다. 나무 그림자 속에 숨어 있던 나는 건축공사 현장의 골조 뒤로 몸을 숨긴 다음, 도망치는 아가씨들을 눈에 띄는 대로 즉시 공사현장 쪽으로 잡아끌었다. 내가 경성에서 돌아온 게 이 소녀들과 아가씨들을 구하기 위해서인 듯했다. 나무 골조의 검은 그림자 속에서 놀라고 당황하여 어찌할 줄 모르는 아가씨들을 볼 때마다, 재빨리 그림자 밖으로 뛰쳐나가 공사현장 쪽으로 끌고 와서는 내 몸 뒤로 밀어붙인 다음, 아직 다 지어지지 않은 채 줄지어 늘어서 있는 상가 건물과 골조 사이 틈 안에 그녀들을 숨겼다.

내가 구한 아가씨들은 모두 합쳐 서른 명이 넘었다. 동이 트기 전 아가씨들을 현성 동쪽에 있는 공터로 데려가서, 집에 돌아가고 싶어하는 사람들은 서둘러 정류장으로 가서 차표를 사게 했고, 집으로 돌아가고 싶지 않거나 밖에서 접대부가 되어 몸을 팔았던 사실을 집안에서 알고 있어 돌아갈 집이 없어진 아가씨들은 모두 나를 따라 잠시 황하 기슭의 『시경』 고도에 머물게 했다.

마지막까지 남은 열여덟 명의 아가씨들을 데리고 사람들의 눈을 피해 여러 마을을 우회한 다음, 경운기 두 대를 빌려 하루를 꼬박 덜컹거리면서 나는 달렸다. 이어 또 하루를 꼬박 걸어서 이틀 후에야 마침내 황량한 『시경』 고도에 도착했다. 황하 일대의 기온이 가장 낮은 계절이라 그런지 겨울 추위가 먼저 그곳에 달려와 있었다. 우리가 그곳에 도착했을 때, 마지막 푸르름과 무성함을 간직하고 있던 성 안의 나무들은 몇 안 되는 낙엽을 금처럼 소중하게 가지에 매달고 있었다. 나머지 잎들은 우리 신세처럼 한 푼의 가치도 없이 땅바닥에 떨어져 뒹굴고 있었다. 그날 황량하고 적막한 바러우산맥에서 하나씩 밀려오는 파도 같은 산과 고개 들은 질주해오는 소떼의 누런 등처럼 보였다. 입동을 맞기 전의 산맥에는 천지를 뒤덮은 나무와 건초가 고층빌딩처럼 무성하게 자라나 있었고, 고산준령의 등성이에는 반은 노랗고 반은 회색인 풀 내음이 어지럽게 흩날리고 있었다. 꽃들도 비단처럼 아름답게 피어 있었다. 황금빛과 은백색의 햇살 한 겹이 산맥 위를 약동하며 날아다녔다. 아가씨들은 『시경』 고성에 인접한 산봉우리에서 기습을 당해 내달리다가 마침내 목적지에 도달한 사슴떼처럼, 초조한 심정으로 벌판에 펼쳐진 황금빛과 은백색 물결을 바라보았다. 마른 풀 냄새가 가득 흩날리는 옛 시성에는 황폐하지만 견실한 청색 돌담이 드넓게 펼쳐져 있었고 그 사이를 누런 돌길이 이어주고 있었다. 누런색과 녹색이 반반 섞인 석성의 풍경과 시를 읊던 거대한 원형 공연장을 바라보면서, 아가씨들은 자신도 모르게 손에 들고 있던 짐 보따리를 내려놓고는 과장된 몸짓으로 팔을 들어올리며 끝없이 펼쳐진 들판과 『시경』의 고도를 향해 야호야호 미친 듯이 날카로운 소리를 질러댔다. 한바탕 소리를 지르고 나자 그 외침 속에서 누구인지는 모르지만 한 아가씨가 부들부들 떨리는 두 손으로 자신의 하반신을 가리며 반은 수줍고 부자연스럽게, 반은 흥분에 젖어 고개를 숙였다가 다시 쳐들고는, 오랫동안 폐허가 되어 있던 고성을 향해 거침없이 소리를 내질렀다. "절정을 느낄 것 같아. 아, 절정을 느낄 것 같아."

그녀의 외침은 산맥과 고성의 상공에서 가을의 색과 빛, 그리고 초겨울의 포근함을 드러내면서, 막히는 것 없이 석양 속을 비상하고 나부꼈다. 이어 모든 아가씨가 그녀를 따라 신들린 것처럼 허리를 숙여 자신들의 하반신을 가리고는 고성을 향해 호각을 불기라도 하듯 소리를 내질렀다.

"절정에 이를 것 같아. 아, 절정을 느낄 것 같아."

이리하여 천당 거리에서 데려온 열여덟 명의 꽃다운 아가씨들(안타깝게도 내가 잘 알고 있고 잘 대해주었던 씽얼과 꾸이펀, 샤오홍, 후이후이는 없었다)은 장기간 『시경』 고성에 머물게 되었다. 우리는 먼저 옛 시성 주변의 쿵징촌 사람들이 살았던 요동에 들어가 살다가, 나중에는 우리 스스로 시성의 아직 무너지지 않은 오래된 돌담에 기대어 놀이를 하듯 진지하게 초가집을 짓기 시작했다. 원래 있던 평평한 돌을 침상 삼아 그 위에 몇 촌 두께로 짚을 깔고서 상고시대(포스트모던)의 삶과 세월을 보냈다. 겨울이 확연히 다가올 무렵, 이곳에 남자가 한 명 늘어났다. 중국에서 나고 자란 예순두 살의 과학자로서, 로켓 발사와 관련된 실험에 실패한 데 대해 책임을 지고 속죄양이 되어 결국 평범한 사람으로 전락한 사람이었다. 그는 피할 수 없는 누명을 쓰고 감옥에 수감되는 실형을 선고받게 되었다. 감옥에 가기 직전 칭옌대학 물리과에 있는 동창생을 찾아가 자신의 억울함을 하소연하던 중에, 그는 나의 내력과 전설의 자허오유* 같은 옛 시성에 관한 이야기를 듣게 되었다.

하지만 그는 그 이야기를 그대로 믿었다.

그리하여 곧바로 집과 도시를 버리고 이 외지고 낙후된 황하로 온 것이다.

이어 쉰세 살의 수학자가 찾아왔다. 평생 국가로부터 높은 봉급을 받았으므로 이십팔 년 동안 전 세계의 스물한 개 연구소에서 연구하는 수학적 난제들에는 도전해볼 엄두를 내지 못했다. 하지만 그는 수면중인 인간의 경락박동 수와 병이 났을 때의 신경통증 지수를 근거로

● 子虛烏有. 전한시대의 문인 사마상여가 지은 「자허부子虛賦」에 나오는 가공의 이야기 속의 허구적 인물들인 자허와 오유를 가리킴. '있지도 않은 허구'를 뜻하는 고사성어로 쓰임.

대략적인 인간 수명을 추산해냈다. 그가 자기 연구소의 한 남성 연구원에게 장난처럼 많이 살아봐야 석 달을 못 넘길 거라고 말한 적이 있었다. 공교롭게도 그 연구원은 셋째 달 하순에 갑작스러운 심장발작으로 급사하고 말았다. 그뒤에는 또 평소 편두통을 앓고 있는 연구소 소장의 부인을 한 번 살펴보고는 소장에게 부인이 오래 살아야 한 달 정도밖에 살지 못한다고 말해주었다. 뜻밖에도 이십팔 일이 지나자 당시 겨우 마흔두 살이었던 부인이 갑작스러운 뇌종양으로 역시 세상을 떠나고 말았다. 자신의 예언이 여러 번 적중하자, 그는 소장을 찾아가 자신의 자리를 생명의학연구소로 옮겨달라고 요구하려 했다. 그러자 연구소에서는 그의 가족들에게 차를 보내어 감지덕지하게도 그를 이 도시의 정신병원으로 보내버렸다(나와 똑같은 처지였다). 입원하고 이년이 지나 병원에서 나온 그는 마침내 들리는 소문을 따라 『시경』의 고성을 찾아오게 된 것이다.

청옌대학에서 명성이 가장 높았던 철학가와 칭화대학에서 가장 유명한 토목공학과의 뛰어난 노령의 건축가 두 명, 그리고 평생 주로 불교를 연구했지만 결국 현세와 내세의 복잡한 관계 때문에 곤경에 빠진 종교가도 있었다. 이들 중 가장 나이가 많은 사람은 여든 살이었고, 가장 젊은 사람은 쉰두 살이었다(나보다 몇 살이나 더 많았다). 이와 비슷한 사연을 지닌 사람들 열 명 남짓(하나같이 저서가 자기 키만큼이나 되는 저명 교수들로서 명실상부한 거물급 지식인들이었다)이 엄동설한이 다가오기 전에 모두들 줄줄이 『시경』의 고성을 찾아와 이 대가족의 새로운 일원이 되었다.

또한 수용소에서 도망쳐나온 일고여덟 명의 아가씨들도 찾아왔다. 말하자면 그녀들은 거리에서 몸을 팔던 창녀와 접대부, 그리고 또다른 형태로 성을 파는 여자들이었다. 간단히 말해 이 태평성세의 성적 근로자라고 할 수 있는 부류였다. 이들은 이미 마른 나무에는 싹 틔우기 힘들 듯 모든 것이 불가능한 사람들이었다. 책상으로 쓴 나무를 땅으로 돌려보내어 다시 나무로 자라 꽃을 피우게 하는 게 불가능하듯이 말이다. 중요한 사실은, 이 여자들이 자매들의 족적을 찾아 『시경』 고성에 온 터라 이곳에 온 게 집에 돌아온 거나 마찬가지라는 것이다. 아가씨들은 자신들의 단점을 피하면서 자신들만의 일을 했다. 남자들은 자신들의 장점을 살려 자신들만의 일을 했다(나는 여전히 매일같이 신체 활동을 자원하는 교수들 몇 명을 데리고 옛 시성 이남 지역에서 광범위한 발굴작업을 진행했다. 무너진 곳과 진흙더미를 헤쳐가면서 흥미진진하게 장엄하고 신성한 내 연구와 고증을 진행해나갔다). 뜻밖에도 사람들은 모두들 『시경』 고성에서 즐겁고 화기애애한 생활을 했다. 꿀벌과 나비가 봄 하늘을 날아다니듯, 자유롭게 휴식을 취하듯이 지냈다. 칭화대학에서 온 두 건축학자는 천 년도 더 지난 이 고성 설계에 광적으로 심취해 있었다. 그들은 시를 낭송하기 위해 만든 원형 공연장에서 무대와 관람석이 완벽하게 하늘을 마주하고 있으면서도, 오늘날의 호화로운 강당이나 극장에서는 볼 수 없는 탁월한 음향시설 효과를 발휘한다는 사실을 발견해냈다. 그들의 설계대로 지도하자 모두들 손쉽게 커다란 돌을 날라다가 무너진 담장을 새로 쌓을 수 있었고, 당시의 것과 크게 다르지 않은 돌담과 초가집을 새로 지을 수 있었다. 국가농업과학기술원에서 온 고급 농업 엔지니어는 『시경』 고성에 온 다음날부터 아가씨들 몇 명을 데리고 얘기와 웃음을 주고받기 시작하더니, 금세 바람을 피하고 햇볕을 쐬기 위해 만든 고성 앞 움푹 파인 땅을 간척해나갔다. 아가씨들이 더이상 입지 않는 흰 베 재질의 블라우스와 비닐종이, 비닐봉투 등을 한데 엮어 천을 만들고 이를 땅에 깔고 덮어, 마침내 겨울철에도 푸른 채소가 자랄 수 있게 했다. 의학에 관심이 많은 수학자도 한 명 있어서 사람들의 모든 병과 불편함에 대응해줄 수 있었다. 그는 모든 병에 대해 항상 변치 않는 처방전을 내려주었다. 흰 구름 일 전●에 공기 이 전, 햇빛 삼 전, 달빛 사 전, 꽃향기 오 전 등이라는 식으로. 다른 점이 있다면 증상에 따라 보조 약재가 계속 변한다는 것이다. 새의 호흡을 이용해서 만든 보조 약재가 있는가 하면, 벌꿀의 단맛을 이용해서 만든 보조 약재도 있고, 돌에서 찾아낸 나무와 그 나무에 핀 겨울 꽃을 이용해서 만든 보조 약재도 있었다. 어쨌든 약을 먹기만 하면 곧바로 나았으므로 모든 사람이 아주 건강하고 편안하게 생활했다. 칭엔대학 출신 철학자는 모든 아가씨가 알아들을 수 있는 철학의 우스운 이야기와 우스운 이야기 속의 철학을 얘기해주었다. 아가씨들은 그 얘기를 들으면서 몸을 앞뒤로 흔들어가며 박장대소하기도 했다. 그가 말하는 우스갯소리들은 하나같이 교양 있는 내용이면서도 재미있었다. 온 세상의 모든 한량이 얘기하는 음담패설보다 훨씬 더 재미있었다.

　서른 명이나 되는 교수와 전문가 들은 전부 높은 임금을 받아 여유 있는 생활을 하던 사람들이었다. 거의 서른 명에 가까운 아가씨들도 월급은 안 받았지만 모두들 어느 정도 모아둔 돈과 귀중품들을 지니고 있었다. 돈이나 음식 때문에 크게 걱정할 필요가 없는 이곳 상황에서 정말로 필요한 것은, 한 집안의 가장처럼 자신들을 책임지고 돌보며 자신들의 일상과 자질구레한 일들을 처리해줄 사람이었다. 이리하여 모두들 나를 이 집안의 가장으로 추천했다. 이로써 나는 이곳에서 생

● 錢. 중량의 단위로 10전이 1냥임.

활하는 모든 한가한 사람의 책임자가 되었다. 쌀이나 밀가루가 떨어지면, 나는 남자 한 명 또는 여러 명을 황하 맞은편 기슭에 있는 작은 진에 가서 사오게 했다. 옷과 일상용품이 필요하면, 손재주가 좋고 영민한 아가씨들에게 마술처럼 옷과 일용품들을 만들어내게 하거나 직접 손으로 짜게 했다. 나는 사람들을 관대하게 다스렸고 상황에 따라 편안하게 대처했다. 적적해하는 아가씨가 있으면 모 교수가 밤중에 그녀의 방에 들어가서 함께 밤을 보내는 것을 묵인해줬다. 쓸쓸해하는 교수가 있으면 자유롭게 맘에 드는 아가씨를 고를 수 있게 했다.

이렇게 보름이 지나고 스무 날이 지나자 추위가 오면 겨울이 오듯이 자연스럽게 일이 생겨났다. 문제는 닭털처럼 아주 소소하면서도 대단히 심각하고 복잡했다. 매일 사람들을 위해 밥하는 아가씨 하나가 나를 찾아와 말했다. "어째서 제가 매일 다른 사람 밥까지 지어야 하는 거죠? 제가 매일 밥을 짓는데도 돈이 가장 많고 가장 돈을 잘 쓰는 교수들은 저를 무시한단 말예요. 매일 다른 사람들은 부르면서 저는 자기들 방으로 부르지 않아요." 항상 사람들에게 털양말이나 장갑을 떠주는 아가씨가 나를 찾아와 말했다. "어째서 이렇게 젊고 예쁜 저에게 다른 사람들의 시중을 들게 하는 거죠? 다른 건 못하게 하면서 왜 그 교수들의 손발이 되게 하는 건가요?" 하지만 이보다 훨씬 중요한 문제는, 이곳에 서른 명의 교수가 있지만 아가씨들은 스물일곱 명밖에 없어 골고루 짝지워줄 수가 없다는 것이다. 매일 밤 어떤 교수를 혼자 자게 해야 한단 말인가? 문제는 아주 많고 복잡한데다 자질구레했다. 한 우충동이었다. 이 계절에 아침 일찍 일어나보니 온 세상이 눈으로 덮여 있는 것 같았다. 각각의 문제와 사건마다 신선하고 코를 자극하는 공기를 마신 듯 새롭기만 했다.

사람들은 내게 묻고 질의했다.

"이곳에 오면 진정한 천당이 있다고 얘기하지 않으셨나요?"

"이곳에서는 평등하고 자유로우며 존엄이 가득하다고, 아무도 남을 속이지 않는다고 하지 않으셨나요?"

"이곳에는 원하는 모든 것을 얻을 수 있고, 꿈에서 본 것들도 다 얻을 수 있다고 하지 않으셨나요?"

나는 칭옌대학에서 이십 년을 보냈고 교수로만 꼬박 십 년을 보내면서, 항상 사람들의 인도를 받거나 파견되었고 질책을 당하거나 비난을 받았다. 항상 다른 사람들을 찾아가 문제를 해결하고 어려움을 줄여달라고 부탁하곤 했다. 지금처럼 모든 사람이 나를 찾아와 부탁하면서 내게 자신들의 문제를 해결해달라고 한 적은 단 한 번도 없었다. 여태껏 이런 영광과 책임감을 느껴본 적이 없었다. 어깨를 무겁게 짓누르는 그런 자긍심을 예전에는 느껴본 적이 단 한 번도 없었다. 그달의 마지막 날, 나는 담임선생님처럼 모든 아가씨와 교수의 이름을 내 공책에 적었다. 모든 사람의 문제를 분류하고 정리한 다음, 마지막으로 그런 문제들을 한마디로 요약했다. 다름아니라 『시경』 고성에서 생활하면서 가급적이면 모든 사람의 요구와 바람을 만족시켜야 한다는 것이었다.

월말인 그날, 고성 안의 햇볕이 무척 노랗고 따스했다. 도처에 난로를 피워놓은 것 같았다. 그날 나는, 그 따스함을 이용해 모든 사람을 각자의 초가집과 마당에서 불러냈다. 아가씨들과 교수들을 고성 한가운데에 있는 공연장에 집합시킨 다음, 그들을 전부 무대와 가장 낮은 계단 앞에 모여 앉거나 서게 했다. 진지하게 회의를 시작했다. 사람들은 시를 낭송하는 무대와 계단에 모여 있었다. 어떤 아가씨는 자신이 좋아하는 교수의 허벅지 위에 앉아 있었고, 어떤 교수는 품에 자신이 좋아하는 아가씨의 허리와 머리를 감싼 채 안고 있었다(마치 자기 아이나 아내를 안고 있는 것 같았다). 내 연설을 듣는 그들의 모습은 학생이 선생님의 수업을 듣는 것 같았다. 교수들이 총장의 연설을 듣는 것 같았다.

내가 말했다. "솔직히 말해서, 모두들 이곳이 공기가 좋고 자유롭다고 합니다. 솔직히 말해서, 이곳은 아무런 속박도 없는 곳이라 아무도 여러분을 간섭하지 않습니다. 솔직히 말해서, 모두 이곳이 그 어느 곳보다 좋다고 합니다.

제가 이 옛 시성을 발견했고, 여러분을 이 『시경』 고성으로 데려왔습니다. 저는 여러분에게 이곳에서는 『시경』에 나오는 애정시와 같은 새로운 삶을 살 수 있을 것이라고 말했습니다. 여러분 모두 저 양커, 양 교수를 이 새로운 삶의 창시자로 삼아, 저를 학교 교장처럼, 마을 촌장처럼, 성의 성장처럼 여기게 되었지요. 그렇다면 제가 여러분께 몇 가지 묻고 싶습니다. 여러분이 어떤 사람이어도 좋습니다. 과학자여도 좋고 수학자여도 좋습니다. 철학자나 물리학자, 아니면 건축학자 또는 역사학자, 그것도 아니면 아예 처음부터 일자무식이라 해도 좋습니다. 그저 천당 거리 어느 여관에서 일하던 아가씨여도 좋습니다. 작은 이발소의 미용사였어도 좋고, 도시 밖 외지로 나가 청춘을 팔았던 판매원이어도 좋습니다. 이곳 『시경』 고성에 오신 이상, 여러분은 누구나 이곳의 새로운 일원입니다. 모두들 이곳 공동체의 일원으로서 새로운 삶의 개척가이자 실천가들입니다.

이 공동체의 일원이 되고 싶지 않은 분이 계시면 지금 손을 들어주십시오.

여러분 중에 저의 조직과 지도력에 이의가 있으신 분이 있으면 손을 들어주십시오.

이곳에서 살고 싶지 않거나 『시경』 고성을 떠나고 싶으신 분이 있으면 손을 들어주십시오."

아가씨와 교수들 모두 전부 나를 쳐다보면서 얼굴에 즐거운 표정을 띤 채로 가만히 있었다. 아무도 손을 들지 않았다. 남자나 여자 할 것 없이 아무도 오른손이나 왼손을 들지 않았다. 모두들 새로운 삶에 내재되어 있는 바람과 요구에 대해 희열과 참신한 침묵으로 내게 동의하고 있었다. 나의 이토록 오래된 사색과 계획, 오랜 안배와 기획을 지지해주고 있었다.

"여러분 모두 제 말에 동의해주시고 모두들 제 의견과 계획을 지지해주신 이상, 우리는 단호하고 신속하게 곧바로 실행해나갈 것입니다. 지금 당장 여러분 모두의 의견과 요구사항을 해결하고 만족시키고자 합니다. 하루에 한 번씩 작은 즐거움을, 사흘에 한 번씩 중간쯤 되는 즐거움을, 일주일에 한 번씩 커다란 즐거움을 누리고 싶어하는 여러분의 이상과 바람을 실현하고자 합니다. 여러분 모두 제 말에 잘 따라주시기 바랍니다. 여러분이 대학에서 총장의 얘기를 들었듯이, 여관과 이발소에서 주인의 말을 들었듯이 말입니다." 나는 잠시 말을 멈췄다가 다시 입을 열어 얘기를 계속했다. "저는 여러분이 직면한 문제들에 대해 전부터 심사숙고하면서 계획을 세우고 있었습니다. 적절한 조치를 준비하고 있었지요. 우리 모두 이곳 시성에 온 사람들로서, 전부가 특별한 사람들이고 모두 남들과 다른 사람들입니다. 평생 자유와 공정, 과학과 진리를 추구해온 사람들입니다. 모두 공정과 자유, 과학, 진리, 사랑 같은 단어들을 인생의 최고 경지로 삼고 이에 대한 기대를 갖고 있는 사람들입니다. 우리는 모두 특별한 사람들인 동시에 남들과 다른 사람들입니다. 때문에 이런 문제와 갈등을 해결하는 데 있어서도 일반적이고 관례적인 보통 방법을 사용할 수 없습니다. 우리가 『시경』 고성에 오기 전에는 모두가 가장 겁 많은 사람들이라, 길을 걸을 때도 고개를 숙이고 다녔습니다. 급히 오줌이 마려울 때 대로를 향해 오줌을 갈길 용기조차 없었지요(특히 내가 그랬다). 하지만 이곳 『시경』 고성에 온 뒤로는 모두들 담이 커지고 겁이 없어졌습니다. 어떤 구속도 없어지고 모두가 자유롭고 평등해졌지요. 따라서 남녀 배합과 돌아가면서 배우자를 교체하는 문제를 해결하기 위해, 절대로 이전 사회에서 사용하던 제비뽑기 방법은 사용할 수 없습니다.

이곳에 오기 전 우리는 오줌도 함부로 갈기지 못하는 사람들이었습니다. 하지만 이제는 모두가 편한 마음으로 대담하게 오줌을 갈길 수 있지요. 시합을 하면서 마음껏 오줌을 갈길 수 있습니다. 남자들은 누가 오줌을 더 높이 갈기는지를 겨룰 수 있고 아가씨들은 누가 오줌을 더 멀리 갈기는지를 겨룰 수 있지요. 남자들(교수들) 가운데 오줌을 가장 높이 갈기는 사람이 일번이 되고 그다음으로 높이 갈기는 사람이 이번이 됩니다. 아가씨들 가운데서는 오줌을 가장 멀리 갈기는 사람이 일번이 되고 그다음 멀리 갈기는 사람이 이번이 되지요. 사흘에 한 번씩 오줌 갈기기 시합을 할 겁니다. 매번 가장 높이 오줌을 갈긴 교수님이 가장 먼저 아가씨들 가운데 자기 마음에 드는 아가씨를 골라 잠을 자고, 이등을 한 교수님이 그다음으로 아가씨를 골라 함께 밤을 보내는 겁니다. 맨 꼴찌를 하신 세 분은 사흘 동안 빈 침상을 지켜야 하겠지요. 가장 멀리 오줌을 갈긴 아가씨는 가장 먼저 마음에 드는 남자를 골라 밤을 보낼 수 있고, 그다음으로 멀리 갈긴 아가씨는 두번째로 좋아하는 교수님을 골라 잠을 잘 수 있습니다. 아가씨들에게 선택받지 못한 마지막 세 분은 사흘 후에 다시 기회를 쟁취하는 수밖에 없겠지요. 문명과 존중, 여권과 존엄을 실현하기 위하여, 첫번째 경기에서는 여자들이 먼저 남자들을 고르고, 두번째 경기에서는 남자들이 여자를 고르는 걸로 하겠습니다. 격려와 경쟁, 평화와 자유를 실현하기 위하여, 공평 속에 부정과 불의가 개입하지 않게 하기 위하여, 우리의 신분과 문제에 가장 적합한 방법은 사흘에 한 번씩 오줌 갈기기 시합을 벌이는 겁니다. 이런 식으로 매번 맨 꼴등을 차지하는 사람에게는 하루 내내 뛰어다니는 벌칙을 줄 겁니다. 어떤 날은 양식을 사러 가게 할 수도 있겠지요. 멀리 있는 마을로 양식을 사러 갈 수도 있고, 황하 맞은편 기슭에 있는 진에서 열리는 장에 가서 물건을 사와야 할 수도 있습니다. 쌀이나 밀가루를 살 필요도 없고 강을 건너가 장을 봐야 할 필요도 없을 경우에는, 옛 시성의 발굴과 보호를 위해 힘을 보태야 합니다. 시합에서 꼴찌를 한 아가씨는 사흘 동안 주방에 들어가 사람들을 위해 채소를 씻고 밥을 지어야 합니다. 사흘 내내 솥과 그릇을 씻는 등 취사를 책임지는 겁니다.

또한 앞에서 삼등과 사등, 뒤에서 이등과 삼등, 사등을 한 사람들에게도 상응하는 상과 벌이 주어집니다." 나는 사람들 앞에서 시 한 구절이 새겨져 있는 바위 위에 올라가 이러한 배열과 조합, 앞뒤의 순서와 상벌조치를 상세하게 말해준 다음, 큰 소리로 물었다. "이렇게 해도 되겠습니까? 이렇게 하는 게 가장 공평하고 합리적이며, 정취 있는 방법이 아니겠습니까? 이렇게 되면 우리는 지금 당장 첫번째 오줌 갈기기 시합을 시작할 수 있습니다."

내가 이렇게 한차례 묻고 몇 마디 설명을 추가하자 모두들 박수를 치면서 몸을 앞뒤로 흔들고, 뒤로 대자로 넘어지면서 말했다.

"그거 정말 좋은 생각이네요. 정말 새로운 방법이에요." 그리고 내게 말했다. "양 교수님, 이런 생각도 교수님이 내셨고 이곳에서의 새 삶도 교수님이 개척하셨으며 우리 모두 이곳에서 교수님의 인도를 받고 있습니다. 그래서 말인데 오줌 갈기기 대회를 할 때 사람들 앞에서 바지를 내리고 오줌을 갈겨야 하나요?"

내가 말했다. "그렇습니다. 반드시 그렇게 해야 합니다. 여기서는 감히 하지 못할 일이 없습니다."

그러고는 곧장 나뭇가지를 하나 주워 그 위에 금을 새긴 다음, 공연장 한가운데에 있는 무대 옆으로 내려놓았다. 그런 다음 그 나뭇가지 아래에 의자를 하나 배치해두었다. 모두들 시를 낭송하고 경청하는 무대 위에서 나를 바라보고 있었다. 아무런 두려움 없이 후안무치하게 사람들의 주목을 받으면서 급하지도 않고 당황스럽지도 않게 (약간 긴장은 됐지만) 그 의자에 올라서서 사람들을 등진 채 나는 바지를 내렸다. 그런 다음 자유롭게, 더없이 방자하고 시원하게, 나뭇가지를 향해 오줌을 갈겼다. 그러고는 내가 오줌을 갈긴 높이를 손에 들고 있던 작은 공책에 기록했다.

이어서 최고령의 교수가 두번째로 의자에 올라섰다.

세번째 사람이 의자에 올라섰다.

네번째 사람이 의자에 올라섰다.

한 사람 한 사람 차례로 의자에 올라 허공을 향해 마음껏 오줌을 갈겼다.

남자 교수들이 맨 마지막 사람까지 이처럼 대담하게 아무런 두려움 없이(하지만 하나같이 관중인 아가씨들을 등진 채였다) 오줌을 갈기는 것을 보고, 수십 명의 아가씨들은 헤헤 웃으며 우르르 무대 위로 올라왔다. 아가씨들은 무대 위 지붕처럼 마련된 환형 관람석에 올라가 서로 일 미터 간격을 유지하면서 쪼그리고 앉아 쏴아 하고 관람석 아래를 향해 오줌을 갈겼다. 아가씨들이 뿜어낸 오줌이 파란 돌로 된 관람석을 따라 아래로 흘러내렸다. 누가 멀리 갈겼는지 겨루기에 충분한 오줌이었다. 가장 멀리 날아간 오줌이 가장 많은 돌계단을 적셨다.

아가씨들은 자신들의 희고 청결한 오줌을 가장 높은 곳에서 가장 낮은 곳으로 흘려보내어 돌에 새겨진 두루마리 시를 적셨다. 한차례 비가 내려 이천 년 된 시를 적신 듯했다.

이렇게 이름과 순서, 법률과 질서에 따라 고성의 신생활 속에서 사흘에 한 번씩 새로운 배열과 조합이 이루어졌다(수학자가 나를 도와 이러한 진행에 있어 정확한 안배와 계산을 해주었다). 모든 사랑과 자유, 과학과 진리, 존엄과 공정이 수면 위로 드러났다. 먹고 자고 일하는 것 역시 공정하고 합리적으로 변했고, 모든 문제와 갈등이 겨울이 가고 봄이 오듯 꽃향기를 풍기며 아름답게 변해갔다.

사흘마다 한 번씩 오줌 갈기기 시합을 할 때마다, 교수들 가운데 맨 꼴찌를 하는 것은 바로 나였다. 그 사흘 동안 나는 빈 방과 빈 침대를 지키는 수밖에 없었다. 사흘이 지나 여자들이 오줌 갈기기 시합을 하여 앞의 등수를 차지한 아가씨들이 나를 선택할 때에도, 나는 머리가 아프고 허리도 아프고 온몸이 편치 않다고 하면서 나를 선택하지 말고 다른 교수들을 고르게 했다. 때문에 대부분의 밤을 나는 홀로 외롭게 보내야 했다. 어떤 아가씨도 나와 잠자리를 하지 않았고, 나는 사흘에 한 번씩 쌀과 밀가루, 기름과 소금을 사러 다녀야 했다. 물론 이런 물건들을 살 필요가 없을 때는 벌칙으로 사람들을 데려가서 아직 진흙

속에 묻혀 있는 시성 발굴을 진행했다.

당연하게도 나는 그들 사이에서 가장 운이 없는 사람이 되었고, 끊임없이 교수들과 아가씨들의 조소와 공경을 함께 받았다.

이렇게 한 달이 지나고 또 한 달이 지났다. 이곳 『시경』의 고성으로 계속해서 새로운 교수들과 아가씨들이 몰려왔다. 수도인 경성과 후샹, 양청, 난징, 시징, 청두 같은 대도시의 거물급 교수와 유명 교수들, 사회 각 연구기관의 지식인들이 도망치거나 실종되었다는 소식이 우후죽순처럼 늘어났다. 『시경』 고성을 찾아온 각 분야의 교수와 연구원들이 백 명이 되었을 때, 각지에서 이곳으로 몰려온 아가씨들이 팔십 명이 넘었을 때에도, 중은 많고 죽은 적은 문제가 여전히 존재했다. 이 신생활 속에서 남자가 있는 곳에 여자가 있고 여자가 있는 곳에 남자가 있어야 하며, 감정이 있는 곳에 이성이 있어야 하고 이성이 있는 곳에 감정이 있어야 하는 문제를 해결하기 위해서, 우리는 사흘에 한 번씩 오줌 갈기기 시합을 하지 않고 다소 귀찮더라도 좀더 과학적인 방식과 방법을 채택한바, 매일 한차례씩 오줌 갈기기 시합을 벌여 남자가 여자를 고르고 여자가 남자를 선택하는 안배와 활동을 진행해나가기로 했다. 이리하여 전날 아가씨와 잠을 자지 못한 교수에게는 다음날 밤에 아가씨의 차례가 돌아갔다. 아무리 늦어도 다음, 그다음날 밤이면, 반드시 중재가 이루어져 침상에 아가씨가 나타나게 되었다.

하지만 그때까지도 나는 여전히 가장 운이 없는 교수이자 남자였다. 시합을 벌일 때마다 항상 맨 마지막 번호였다. 나와 자고 싶어 나를 선택하는 아가씨들에게 나는 줄곧 머리가 아프고 허리도 아프고 온몸에 힘이 없다고 했다. 나는 대부분의 밤을 항상 침대에서 혼자 보냈다. 낮에는 또 사람들을 이끌고 발굴에 나서거나 시성의 진흙과 잔해들을 치웠다.

이곳에도 역시 새해의 양력 일월, 음력 섣달이 다가왔고『시경』의 고성에도 한바탕 눈이 내렸다. 사흘 밤낮을 줄기차게 큰 눈이 흩날렸다. 모두들 남녀의 배합과 순서에 맞춰, 돌과 짚으로 만든 집 안에서 줄지어 음란하게 사흘 동안 종일 잠자리를 가졌다. 눈과 바람이 그친 사흘째 되는 새벽, 교수와 아가씨 모두 여전히 이불 속에서 잠을 자고 있을 때, 나는 그 줄지어 늘어선 돌집을 나섰다. 곡괭이와 가래를 짊어진 채로 혼자 시성 남쪽 지역으로 가서 그 무너진 곳에 묻혀 있는 시편들을 발굴하고 정리했다. 그러다 그 새하얀 눈밭에서 나는 씽얼과 꾸이펀, 후이후이, 그리고 천당 거리에 살았던 낯익은 아가씨들 십여 명이 각자 짐을 메고 진 채로 바러우산 꼭대기에 나타난 것을 보게 되었다(매화가 벼랑 끝에 만발한 것 같았다). 속으로 잠시 기뻤다가 또 잠시 놀라움을 금할 수 없었다(가장 행복하고 문제가 많았던 천당 거리 생활이 아니었던가). 나는 그녀들 모두가 나를 위해 천신만고 끝에 어딘가를 떠나 이곳『시경』의 고성으로 찾아왔다는 사실을 알게 되었다. 그녀들이 이곳에 와 더이상 중은 많고 죽은 적은, 밭은 마르고 물은 부족한 상황이 벌어지지 않으리라는 것을, 나는 잘 알고 있었다. 그녀들이 고성에 도착한 첫날부터 내 삶이 천당 거리에서와 똑같을 것이라는 것도 모르지 않았다. 그리하여 그 고성 최남단에 있는 돌무더기 위에 서서 잠시 생각에 잠겼다. 그런 다음 여전히 곡괭이와 가래를 짊어진 채로 황하 하류의 훨씬 더 멀고 훨씬 더 추운 곳을 향해 걸어갔다.

깊은 눈 속에서 무릎을 빼내면서 바스락거리는 소리와 함께 나는 쓸쓸히 걸어갔다. 새로운 시성과『시경』에 누락된 옛 시와 노래를 찾으러 갔다. 이곳 시성보다 훨씬 더 멀고 귀신도 모를 외진 곳으로 가다보면 이곳보다 훨씬 더 휘황찬란한 『시경』의 고성과 시편들이 있을 것이라는 사실을, 나는 잘 알고 있었다. 공자가 『시경』에 수록하지 않고 삭제해버린 시가 거의 삼천 수 정도 되는데, 내가 이곳에서 찾은 것은 겨우 이백 몇십 수밖에 되지 않기 때문이다. 아직도 유실된 채 찾지 못한 시 수천 편이 어디선가 외롭게 또는 호호탕탕하게 나를 기다리고 있을 것이 분명했다(내가 외롭게 그것들을 기다리고 있는 것과 마찬가지였다).

나는 이렇게 떠났다. 홀로 그림자만 남기고 떠났다. 흰 눈이 교교한데, 옛 시성은 연기처럼 사라지듯이 내 뒤로 멀어져갔다.

2007년 3월~11월 초고 완성.
2007년 12월 다롄大連 국제펜클럽 저작센터에서 수정.
2008년 설 뤄양洛陽대학에서 탈고.

부록

1. 겉돌기와 귀향

『풍아송』 초고를 읽고 나서 어떤 사람이 말했다.

"옌롄커, 당신은 중국 당대 지식인들의 환한 얼굴에 혐오스러운 가래침을 뱉고 그들의 누추한 바짓가랑이에 죽기 살기로 발길질을 해대고 있군요." 내가 말했다. "아닙니다. 제게는 그렇게 대단한 능력도 없고 그럴 만한 힘도 없습니다. 저는 그저 저 자신의 얘기를 쓸 뿐입니다. 저 자신의 겉돌고 있는 속마음을 묘사할 뿐입니다. 저는 항상 자신의 무능과 무력감에 대해 가슴속 깊은 곳에서 우러나오는 혐오감을 느껴 왔습니다."

나는 대학에 대해 잘 모른다. 대학에 있는 사람들이 대학이 대체 어떤 것인지 모르는 것과 마찬가지다. 내가 『풍아송』에서 쓰고자 한 건

'나의 대학'과 '나의 시골'이었다. 하지만 나의 시골은 사람들이 흔히 말하는 사회 하층서사 속의 시골이 아니다. 이 시골은 대학의 배후가 되고 있는 위대한 전통과 연결되어 있다. 나는 이러한 전통에 머물러 있거나 혹은 전통을 견뎌낸 전적^{典籍} 속의 대학을 상상하고 있는 것이다. 때문에 나의 '시골'과 '대학'은 확실히 구분할 수 없는 애매한 것이 되고 만다.

나는 자신이 지식인이 아니라는 것을 잘 알고 있다. 나는 무력하고 허풍이 심하며 권력을 숭배한다. 책임감도 부족하여 갑자기 내 앞에 떨어지는 재난을 피하기에 급급하고 마땅히 짊어져야 할 책임으로부터 도망치려고 발버둥질한다. 심지어 생활 속에서 흔히 접하게 되는 성매수자들이나 도둑들에 대해서도 경외의 마음을 갖곤 한다. 나와 잘 알고 지내는 동료나 친구들, 그리고 자주 왕래하는 박학다식한 지식인들과 비교해볼 때, 그들이 지닌 단점이 내게도 있고 그들에게는 없는 단점도 내게 있다는 사실을 잘 알고 있다. 나와 그들의 차이점은, 나 자신을 무능하고 무용지물인 인간으로서 하릴없이 빈둥대는 잉여인간이라고 마음속 깊이 믿고 있다는 점이다. 이런 무능 때문에, 이런 잉여성 때문에, 그리고 말하자면 내가 작가이기 때문에, 나는 시골에 있는 내 조카들을 외지에 나가 일하게 해줄 수 있는 능력조차 갖추고 있지 못하다. 또한 갑자기 내 인생 전반이 이처럼 무의미하다는 생각이 들기도 한다. 스무 살도 안 된 나이에 외지로 나가 세상을 떠돌며 경험을 쌓던 씩씩한 인생과 삼십 년 동안 분투한 노력이, 온몸에 피로와 질병을 가져다준 것 말고는 얻은 것이 아무것도 없고, 남은 것이라고는 처음부터 비난을 자초할 수밖에 없었던 글밖에 없다는 생각이 드는 것이다.

최근 얼마 동안 베이징을 떠나 고향으로 돌아가 남은 인생을 보내야겠다는 생각이 끊임없이 머릿속을 맴돌았다. 나는 '귀향'이 단지 마음속으로만 오랫동안 겉돌았던 생각이라는 것을 잘 안다. 나의 나약하고 우유부단한 성격과 정말로 고향으로 돌아가는 것 사이에는 하늘과 땅 사이만큼의 거리가 있다. 하지만 '고향'으로 돌아가고 싶은 바람은 아주 오랜 세월 내 마음속에 뿌리내려 꽃을 피우고 있었다. 이 소설의 토양은 바로 오랫동안 유지해온 '귀향에 대한 염원'이다. 심지어 소설의 원래 제목도 『귀향』이었으나, 초고를 본 친구들마다 모두 적당하지 않다고 말하는 바람에 친구들의 생각을 모아 물이 모여 도랑을 이루듯 『풍아송』이라는, 미묘하지만 겉으로 보기에는 사람들의 인기를 끌기에 충분한 제목으로 자연스럽게 바뀌게 되었다. 나 자신이 지식인이 아니기에, 이렇게 하면 지식인들의 풍류와 우아한 습속에 한데 묻어가려는 게 아니냐는 혐의를 피할 수 없다는 사실을 잘 알고 있지만, 당장 이보다 더 잘 어울리는 제목을 생각해낼 수 없어 그냥 이를 제목으로 하였다.

2. 존재하지 않는 존재

어떤 일들에 대해 나는 이야기도 하고 글로 쓰기도 했다. 일부 대학의 강당이나 문학적 대담의 자리에 설 때마다, 항상 반복적으로 언급하고 얘기하고 또 글로 쓴 일들이 있다. 수다스러울 뿐만 아니라 사람들을 싫증나게 하는 일임에 틀림없다. 하지만 여기 후기에서 한 가지 일을 또다시 얘기하고자 한다. 그 일이 이 소설의 구상과 앞으로의 내 글쓰기에 있어 피할 수 없는 중요한 의미를 지니기 때문이다.

2004년 늦겨울과 초봄 사이, 팔순의 큰아버지께서 병환으로 돌아가셨다. 나는 서둘러 장례에 참석하기 위해 고향으로 내려갔다. 출상하는 과정에서 이상한 일이 일어났다. 큰아버지의 여섯째 아들이 이십여 년 전에 입대하여 멀리 신장으로 배속되었다가 부대 안에서 불의의 사고로 스무 살이 채 되기 전에 짧은 생을 마감하고 말았던 것이다. 우리 고향의 습속에 따르면, 아버지가 살아 있을 경우 먼저 세상을 등진 자식들은 조상들의 무덤에 함께 묻힐 수 없었다. 이리하여 미혼인 사촌동생은 물에 빠져 익사한 같은 마을의 아가씨를 구해 영혼혼례를 올리고 고향의 마을 입구에 합장되었다. 그러다가 이십여 년이 지나 큰아버지께서 병환으로 돌아가시자 이제 내 사촌동생도 조상의 무덤에 함께 묻힐 수 있게 되었다. 애당초 사촌동생이 영혼혼례를 올릴 때에는 제대로 '혼례' 의식을 치르지 않았기 때문에, 이번의 출상을 기회로 두 사람에게 늦었지만 혼례식을 치러주기로 했다. 출상하는 바로 그날, 우리 고향에는 살이 에일 듯한 매서운 한풍이 불어왔고 큰 눈이 내려 온 세상을 하얗게 덮어버렸다. 하지만 내 사촌동생과 그 '아내'의 영구를 안치해 둔 영붕 안에서는 장례와 혼례를 주관하는 사람들이 그 두 개의 작은 관 위에 혼례를 상징하는 새빨간 천을 덮어주고 영혼혼례를 축하하는 의미의 대련을 붙여주었다. 그날 아침 출상 과정에서 백 명이 넘는 우리 효자들이 상복을 입고 허리에 삼끈을 맨 채 눈보라를 무릅쓰고 삼배구고*의 예를 행하고 있을 때, 여동생 하나가 내게 다가와 작은 목소리로 놀라운 사실을 알려주었다. 뒤쪽 사촌 동생의 영붕 안에 안치된 두 개의 관 위로 화려한 색깔의 나비들이 무수히 날아와 가

● 三拜九叩. 세 번 절하고 그때마다 세 번씩 머리를 땅에 대는 행례의식.

득 내려앉아 있다는 것이었다.

나는 놀라움을 금할 수 없었다.

황급히 뒤쪽에 있는 영붕 안으로 뛰어들어간 나는 정말로 축하의 의미로 붉게 치장해놓은 관 위와 범포 위, 그리고 영붕의 허공에서 수백 마리의 동전만 한 크기의 노란색과 빨간색, 분홍색 나비들 모습을 확인할 수 있었다. 나비들은 무리를 이루어 위아래로 춤을 추듯이 날아다니고 있었다. 그에 반해 앞쪽에 안치되어 있는 큰아버지의 흰색으로 가득한 영붕 안에는 나비의 그림자조차 볼 수 없었다. 이렇게 무리지어 날아다니던 형형색색의 나비들은 내 사촌동생의 영붕 안에서 잠시 머물며 춤추듯 몇 분간을 날아다니다가, 이내 신기하게 바라보는 수많은 사람의 눈길 속에서 또다시 소리 없이 영붕 밖으로 날아가더니 흰눈이 펄펄 내리는 추운 허공으로 사라져버렸다.

그러고 나서, 방금 사라져버린 희한한 광경 속에 멍하니 서서 생각해보았다. 혹한의 날씨에 눈송이마저 흩날리는데 이 나비들은 대체 어디에서 날아온 것일까? 또 어디로 날아간 걸까? 왜 내 동생의 영혼혼례를 치르고 있는 영붕 안에만 내려앉고 바로 옆 큰아버지 장례를 위해 마련된 순백의 영붕 안에는 내려앉지 않은 것일까? 중년이 되어 이미 뚜렷한 인생관과 세계관, 문학관이 형성되어 변하기 어려운 이 시기에, 어째서 내가 이처럼 '진실이 아닌 진실', '존재하지 않는 존재'의 장면을 만나게 된 것일까? 이 한 컷의 진실과 기이한 장면은 앞으로 나의 세계관과 문학관에 어떤 형태의 영향을 미치고 어떤 기능을 하게 될 것인가? 이것이 나의 글쓰기가 더이상 갈 곳이 없는 미궁에 빠져 있을 때, 하늘이 내게 처음으로 열어준 문학적 깨달음인 것은 아닐까?

3. 왜 글을 써야 하는가, 어떤 소설을 써야 하는가?

나는 항상 내가 왜 글을 써야 하는지를 묻곤 한다. 언젠가 말했듯이 처음에는 왜 글을 쓰는지 알았지만, 나이가 들수록 왜 내가 글을 써야 하는지 잘 모르겠다.

이제부터는 더이상 묻지 않기로 한다. 왜 글을 쓰는가 하는 문제에 관해 더이상 스스로 추궁하지도 않고 다른 사람들의 생각도 신경쓰지 않기로 한다.

1958년에 태어나『풍아송』을 완성한 올해 음력설에 이르는 사이, 나는 이미 쉰 살의 문턱에 들어서 있다. 예전에 살던 내 고향에서는 쉰이 넘은 사람들이라면 자신을 중년이라 칭하면서 사람들과 만날 때마다 여유 있게 우스갯소리를 주고받았다. 그곳에서는 예순이면 이미 노인으로 취급받았다. 예로부터 일흔 넘은 사람은 드물었기古來稀 때문이다. 이렇게 나이를 의식하기 시작하면서 사후에 대한 두려움을 나는 느끼곤 한다. 등골이 오싹해지는 무력감을 느끼곤 한다. 하지만 나이가 들어간다고 해서 생명의 필연적인 소실에 대한 두려움 때문에 삶의 행보를 늦추거나 멈출 수는 없을 것이다. 때문에 나는 더이상 왜 글을 써야 하는가 하는 추상적인 문제로 고민하지 않기로 했다. 이리하여 사람들이 왜 사는가, 어째서 필연적인 죽음 때문에 상심하는가 하는 문제에 대해서도 지나친 집착을 피할 수 있게 되었다. 어쨌든 나는 이미 쉰 살이 되었다. 그리고 어찌 됐건 내가 할 수 있는 일이라고는 글쓰는 것뿐이다. 글쓰기만이 나의 앞으로의 생명인 것이다. 그렇다면, 이렇게 바쁘게 살면서 천천히 읽고 많이 쓰는 것밖에 다른 길이 없다. 누가 더 잘 쓰는지 절대로 다른 사람과 비교하지 말고, 누구의 작품이 더 많이 팔리는지 비교하지도 말 일이다. 작가로서의 명성과 재산에 대해서도 생각지 말고, 나와 내 작품에 대한 사람들의 비평과 의론에 지나치게 민감한 태도도 최대한 보이지 말아야 한다. 오로지 앞으로의 글쓰기만 생각하고, 어떤 소설을 쓸 것인지에 관해서만 생각해야 한다. 내 작품 속에서 나에게 속한 그 '나'를 어떻게 하면 훨씬 더 완벽하게 표현할 수 있는지에 관해서만 생각해야 한다.

그렇다. 나는 더이상 내가 왜 글을 쓰는지 묻지 않는다. 하지만 내가 어떤 소설을 써야 하는지에 대해서는 묻지 않을 수 없었다. 한가할 때면 항상 이렇게 자신을 추궁하고 심문하곤 한다. 이는 스스로를 통제하지 못해 도둑질을 한 아이를 법관이 위엄 있게 심문하고 압박하는 것과 같다. 어쩌면 그 법관이 아이에게서 이상적인 대답을 얻어낼 수 있을지도 모른다. 어쩌면 아이는 아무리 압박해도 자신이 왜 도둑질을 했는지 적절한 대답을 하지 못할지도 모른다. 하지만 스스로 자신을 오랫동안 추궁하다보면, 이 문제를 점점 더 확실히 알 수 있게 될 것이다. 따지고 보면 글을 쓴다는 것도, 어쩌면 인생에 대한 일종의 도둑질인지도 모른다. 어쩌면 죽음이 엄습한 곳에서 생명을 도둑질하는 과정일지도 모른다. 따지고 보면 내가 멈추지 않고 계속 글을 쓰는 것은, 이런 소설을 쓰기 위한 것이다. 남들이 읽었던 것 같기도 하고 또 한 번도 읽어보지 못한 것 같기도 한 소설, 언젠가 내가 썼던 것 같으면서도 또 여태껏 한 번도 써 본 적 없는 그런 소설을 쓰는 것. 그런 소설은 그젯밤에 하늘에서 떨어진 운석처럼, 그 돌이 어디서 인간세계로 왔는지 모르지만 어쩐지 눈에 익으면서도 낯설게 느껴질 것이다. 그런 소설은 바다나 숲속을 걸어다니는 괴수처럼, 사람들이 이전에 생각했던 것과 비슷하기도 하지만 또 한 번도 그 생김새를 생각해본 적 없는

것 같기도 하고, 어디선가 본 것 같기도 하지만 또 확실히 그 모습을
본 적이 없는 것 같기도 할 것이다. 따지고 보면 내가 이런 소설을 쓰
고 싶어하는 게 건방진 일인지도 모른다. 따지고 보면 내가 정말로 오
만방자하게 잘난 척을 하고 있는지도 모른다. 어떤 일이 절대로 일어
날 수 없다는 것을 잘 알면서도, 자신에게 그 일을 해낼 수 있는 능력
이 있는지 시험해보는 것인지도 모른다. 어쨌든 사정도 그렇고 방법도
이미 그렇기 때문에, 영원히 일어나지 않을 그 일이 나의 글쓰기를 이
끌어왔을 뿐이다. 남들이 뭐라고 하거나 심지어 욕을 한다고 하더라도
그것 역시 그들의 일로 맡겨두기로 한다. 어쨌든 이미 이런 것들에 익
숙하다.

　나는 암암리에 『풍아송』의 출판이 불러오게 될 엄청난 매도와 욕설
을 예감하고 있다. 하지만 나는 분명히, 죽어가는 생명 위에서 춤추듯
날아다니는 분홍색 나비를 보았다. 눈송이가 하늘과 땅을 가득 메우
는 것도 보았고, 눈이 내린 뒤 맑게 갠 하늘도 보았다.

2008년 3월 1일 베이징에서

옌렌커 씀.

598

16세기의 영국 철학자 프랜시스 베이컨은 '아는 것이 힘'이라고 말했다. 분명 아는 것은 힘이다. 힘이 되지 못하는 앎은 공허하고 무의미하다. 현학과 논쟁, 위선을 위한 지식은 없느니만 못하다. 또한 지식은 목적이 아니라 수단이다. 지식은 그것으로 인간의 삶을 아름답고 즐겁고 편하게 할 수 있어야 한다. 요컨대 지식은 인간과 사회의 발전을 위한 동력이자 에너지가 되어야 하고, 지식인은 기존의 지식에 대한 깊이 있는 열독과 사유를 통해 새로운 환경에 필요한 새로운 지식을 확대, 재생산할 수 있어야 한다. 그렇지 못하다면, 미안하지만, 어디 가서 지식인이라고 말하지 말아야 한다.

우리가 잘 알고 있는 바와 같이, 이 소설의 제목 '풍아송'은 중국 최초의 시가집인 『시경詩經』에 수록된 삼백다섯 편의 시를 내용별로 분류한 일종의 종목이라 할 수 있다. 전하는 바에 따르면 지금으로부터 약

이천여 년 전, 즉 서주西周에서 춘추시대에 이르는 시기에, 한국에서 비행기로 세 시간을 가야 하는 지역에서, 공자가 민간에 떠돌던 시 삼천여 편 가운데 음란하지 않고 백성들의 교화에 바람직한 것들로만 삼백다섯 수를 골라 채시採詩한 결과라고 한다. '풍風'은 각 제후국의 민간에 떠돌던 민가이고, '아雅'는 조정의 음악이며, '송頌'은 선조들의 덕을 기리는 가공송덕歌功頌德의 노래들이다. 공자가 채시했다는 가설을 믿어서인지, 『시경』은 중국 정신문화의 블랙홀이라 할 수 있는 유가의 경전 가운데 하나로 자리잡고 있다. 삼천여 편 가운데 공자가 삼백다섯 편을 골라 '시삼백詩三百'이라 불리게 된 게 사실이라면, 공자가 설정했던 교화의 근거와 기준은 무엇이고, 그는 무슨 자격으로 그렇게 했던 것일까? 학문의 사유화를 실현하여 국가의 전유물이었던 지식을 민중에게 개방했던 그가, 민간의 아름다운 시가 후세에 유전될 수 있는 통로와 방법을 자의적으로 통제하고 심미적 선택을 단절시켜버렸다면, 어떤 이유에서든 그 '교화'라는 의도 자체가 일종의 지식의 권력화이고 이를 통한 지식인 권력의 형성이라는 혐의를 피할 수 없을 것이다.

옌롄커는 "이 작품을 쓴 의도가 지식인의 바짓가랑이에 죽기 살기로 발길질을 해대는 것이 절대 아니다"라고 단언한다. 하지만 어쩌면 그는 오늘날 중국의 지식과 지식인을 향해 이와 유사한 질의를 던지고 있는지도 모른다. 진실이 아니라 타협에 의해 형성된 권력이 지식이 되고, 이를 바탕으로 진정한 지식이 아닌 지식을 가장한 어떤 관계의 힘으로 권력을 형성하여 지식인을 자처하면서 모든 사회적 판단을 장악해버린, 유사 지식인 집단의 무너뜨릴 수 없는 아성과 그 기제에 대한 한탄에서 나온 것이 바로 이 책인지도 모른다. 리광즈와 자오루핑이 만든 지식의 권력과 그 기제를 양커(어쩌면 옌롄커 자신)가 발견한 『시경』의 진실로 극복할 수 없는 아연한 현실에 대한 좌절을, 서른 명의 교수와 스물일곱 명의 창녀들이 만드는 그로테스크한 조합과 이들이 벌이는 오줌 갈기기 시합으로 '시원하고 방자하게 발길질한' 것이 이 작품인지도 모른다. 그래서 이 책이 출간되자마자, 작가가 예감했던 대로, 중국 지식인들이 가장 먼저 민감하게 집단적 반응을 보인 게 아닐까. 중국의 거의 모든 신문과 잡지에 수십 편의 서평이 한꺼번에 게재되는 전대미문의 엽기적 반응이 나타났던 것은, 어쩌면 자신들의 견고한 아성과 권력의 메커니즘에 대한 위험신호를 그들이 감지했기 때문이었던 게 아닐까.

그렇다면 우리도 기존의 모든 통념과 선입관을 내려놓고 작가의 질의에 동참해볼 필요가 있을 것이다. 우리 사회에서 진정한 지식과 지식인의 존재, 그리고 그 기능과 가치를 다시 한번 검증해볼 필요가 있다. 학자라는 본질적이고 내재적인 사회적 상태는 염두에 두지 않고 교수라는 형식적이고 외재적인 직업의 형태에 모든 사회적 발언권이 주어지는 오늘날, 우리는 이 현실 사회에 만연한 리광즈와 자오루핑의 권력 메커니즘의 허위성에 재차 질의를 던져볼 필요가 있다. 이 질의는 지식의 영역에 국한되는 것이 아니라, 정치와 종교, 경제와 일상 등 진실이 필요한 이 인간 사회의 모든 영역과 구석에서, 절실히 요구되는 반성적 사유를 끌어낼 하나의 초석이다. 적어도 교수가 잉여인간의 군상이 되고 창녀가 새로 도래할 유토피아의 상징이 되어서는 안 될 것이다.

이 작품이 "그젯밤에 하늘에서 떨어진 운석처럼, 그 돌이 어디서 인간세계로 왔는지 모르지만 어쩐지 눈에 익으면서도 낯설게 느껴지는", 그래서 우리의 가슴에 잔잔한 울림으로 남아 오래오래 곱씹히는 소설로 읽히기를 바란다.

2014년 초봄,

김태성 씀.

1958년   8월 24일, 허난성 뤄양시 쑹현 톈후진 톈후촌에서 출생.

1960년   중국의 경제성장을 위한 대약진운동과 더불어 이해 천만 이상의 인
         구 감소를 야기한 '3년 자연재해'로 지독한 가난과 기아에 시달리기
         시작함.

1966년   톈후초등학교 입학.

1968년   농촌의 교육 정체와 마오쩌둥 우상화의 일환으로 『마오주석 어록』
         을 비롯하여 「인민을 위해 복무하라」 「노먼 베쑨을 기념하며」 「우공
         이산愚公移山」 같은 글을 외우는 것으로 교육이 대체됨.

1971년   톈후중학교에 입학하면서 소설을 읽기 시작함. 처음에는 주로 『금
         광대도金光大道』나 『청춘의 노래靑春之歌』 같은 혁명소설에 심취하다
         가, 나중에 루쉰, 마오둔, 라오서 등 현대문학 작가들의 작품과 외국
         문학을 접하게 됨.

1972년 문화대혁명 시기, 산악지구나 농촌에서의 인민공사를 위한 도시 지
식청년의 농촌이주 운동인 '상산하향上山下鄕'의 일환으로 톈후촌
을 찾은 지식청년들로부터 그들의 갈망과 무력감을 실감하고 당시
의 총살사건으로 커다란 정신적 충격을 경험함. 옌렌커에게 이들은
아청, 왕안이, 한샤오궁 등이 묘사한 낭만적 생활과는 동떨어진 이
미지로 각인됨.(1968년과 1973년 사이, 팔백만 명이 넘는 청년들이
농촌으로 이주했으나 문화대혁명의 끝 무렵에는 거의 모두 도시로
다시 귀환했다고 함.)

1974년 쑹현 제4중학교 입학. 도시와 농촌의 심각한 차별을 인식하면서 자
신의 운명을 스스로 바꾸어나가기로 마음먹음.

1975년 어려운 가정형편으로 잠시 학업을 접고 허난성 신상에 있는 시멘트
공장에서 노동자로 일하기 시작함. 당시의 기억과 삶의 풍경은 그
의 산문집『나와 아버지我與父輩』에 기록되어 있음.

1977년 시멘트 공장에서 매일 수레를 끌고 돌을 나르는 생활을 2년 동안
계속함. 계급투쟁을 다룬 삼십만 자 분량의 장편소설『산향혈화山鄕
血火』를 씀. 형의 권유로 갓 부활된 대학시험에 응시하나 낙방함.

1978년 또다시 대입에 낙방하여 연말에 군에 입대. 처음으로 기차와 텔레
비전을 구경하고 소설에 단편·중편·장편의 구분이 있다는 사실을
알게 됨. 아울러 〈인민문학〉이나 〈해방군문예〉 같은 문예지의 존재
를 알게 됨.

1979년 군대 내 문학창작학습반에 참여하기 시작함. 첫 단편「천마 이야기
天麻的故事」가 데뷔작으로 군구 〈전투보戰鬪報〉에 실림. 2월, 중국과
베트남 사이의 국경전쟁이 발발하면서 전쟁이 어떻게 개인과 가정
을 파괴하는지 실감하게 됨.

1980년 단편「열풍熱風」 발표. 글쓰기를 통해 자신의 운명을 변화시키겠다

는 목표가 점점 확실해짐.

1981년 제대해서 고향으로 돌아갈 준비를 함. 단막극 〈두 개의 편액二挂匾〉
으로 전군문예공연 수상과 동시에 부대로 복귀함. 이해에 단편「채
소굴 속의 세 병사菜庵子裏的三個兵」발표.

1982년 부대에서 간부로 진급함과 동시에 사단의 정치문화 간사가 됨. 단
편「닭구이대왕燒鷄大王」발표.

1983년 허난대학교 정치교육과 입학. 단편「보조금을 받은 여인領補助金的女
人」발표.

1984년 「사병 사병士兵 士兵」「시집갈 여자待嫁女」「장군」「아내들의 휴가妻子
們來度假」등 군대생활과 관련된 네 편의 단편 발표. 음력 11월 13일,
부친 사망. 부친의 힘든 노동을 통해 고난과 인내, 토지에 대한 기본
적인 인식과 사유가 완성됨.

1985년 단편「돌아가다歸」발표.

1986년 포스트모던한 분위기와 구조를 지닌 단편「구불구불한 시골길村路彎
彎」「작은 마을 작은 강小村小河」발표. 이 두 작품을 계기로 글쓰기
의 기교에 대한 탐색을 시도하기 시작함.

1987년 소설「영웅은 오늘밤 전선으로 가네英雄今夜上前線」발표.

1988년 소설「양정고리兩程故里」발표. 잡지〈쿤룬崑崙〉과〈소설선간小說選刊〉
편집부가 연합하여 '옌롄커 문학학술대회' 개최. 농촌생활의 내부적
논리에 대한 뛰어난 통찰력이 인정되어「양정고리」로〈해방군문예〉
우수작품상 수상.

1989년 「사당祠堂」과「마지막 휘황함最後的輝煌」등 여섯 편의 소설 발표. 그
가운데「사당」으로 또다시〈해방군문예〉우수작품상 수상.

1990년 문학계와 비평계의 집중 관심을 받기 시작함.「투계鬪鷄」「향난鄕難」
「슬픔悲哀」등의 중편과「넷째 아저씨의 신분四叔的身份」등의 단편

을 포함해 여덟 편의 소설 발표. 제4회 〈소설월보〉 백화중편상, 제
4회 〈10월〉 문학상 등 수상. 비평계로부터 서사에 자아를 개입시키
기 시작했다는 평가를 받음.

1991년 해방군예술대학교 문학과 졸업. 폭발적 글쓰기 상태로 돌입. 장편,
중편, 단편을 포함하여 열두 편을 발표. 이 가운데 첫 장편『정감옥
情感獄』은 자전적 작품으로 평가됨.

1992년 「종군행從軍行」「화평설和平雪」 등 군대생활을 배경으로 한 소설 여
섯 편을 발표. 이중『그해 여름 끝夏日落』이 〈소설월보〉와 〈중편소설
선간〉 〈중화문학선간〉에 연재되는 한편, 〈중편소설선간〉 우수작품
상 수상. 또한 이 작품을 계기로 '군인'에서 '인간'의 기본적인 위치
로 돌아왔다는 평가를 받음. 작가에게는 영웅주의와 이상주의 서사
에 대한 반기의 시발점이 된 작품이나, 당시 '정신오염'이라는 이해
할 수 없는 이유로『그해 여름 끝』은 판금조치를 당함.

1993년 여전히 한 해에 여섯 편의 소설을 발표하는 속도를 유지하면서, 중
편 다섯과 단편 하나를 발표. 이 작품들의 등장인물은 대부분 '농민'
출신 '군인'들임. 이 두 가지 신분의 교차를 핵심으로 하여 군인들
의 복잡한 존재 상태와 평화 시기 군인들의 영혼에 대한 탐색을 시
도함으로써, 비평가들로부터 '농민의 아들'이라는 칭호를 받음. 이
시기에 발표한 작품들은 주로 옌롄커가 소설의 구조와 의식 면에서
전통에서 현대로 넘어가는 과도기로, 향토중국 내부의 논리에 대
한 작가의 이해력과 정신상태를 잘 대변하고 있음. 두번째 장편『마
지막 여자 지식청년最後一名女知靑』출간. 인간들의 세계와 귀신들의
세계, 농촌과 도시를 넘나드는 독특한 구조로, 우언과 상상력으로
가득함 부조리 서사를 전개했다는 평가를 받음. 이 작품 발표 이후,
몸에 심각한 문제가 발생하여 더이상 책상에서 글을 쓸 수 없게 되

자 엎드려서 글을 쓰기 시작함. 나중에는 장애인용 의료기기를 특별 주문하여 침대에 엎드려 글을 씀.

1994년 중편 「즐거운 가원歡樂家園」 「천궁도天宮圖」 「전쟁이 평화를 방문하다戰爭造 訪和平」 「바러우산맥耙耬山脈」 등 발표. 「바러우산맥」으로 〈주화문학선간〉 우수작품상과 제3회 상하이 우수중편상 수상. 베이징 제2포병 텔레비전 연속극 제작센터로 발령받아 허난에서 베이징으로 이사함.

1995년 옌롄커 작품활동에 있어 '중편소설의 해'로 평가됨. 중편 「평화로운 날들在和平的日子裏」 「빛나는 지옥문輝煌獄門」 「시골의 사망보고鄕村死亡報告」 「4호 금지구역四號禁區」 「도시의 빛都市之光」 등과 단편 「생사노소生死老小」 등 발표.

1996년 중편 「평담함平平淡淡」 「황금동黃金洞」, 단편 「한限」 발표. 이중 「황금동」으로 제1회 루쉰문학상 수상.

1997년 중편 「연월일年月日」로 제2회 루쉰문학상, 제8회 〈소설월보〉 백화상, 제4회 상하이 우수소설상 등 수상. 이 작품은 우언과 상징의 방식으로 강인함과 환상의 세계를 묘사하는 동시에 감성적인 언어와 부조리한 상상력으로 독특한 기질을 창조해냈다는 평가를 받음. 타이완의 유명 평론가인 왕더웨이는 「연월일」과 이듬해에 발표된 『일광유년日光流年』이 샤즈칭이 말한 중국 현대소설의 '노골적 리얼리즘'을 잘 계승하고 있고, 고통과 자학이 서사를 지속시키는 원동력이 되고 있으며, 서사 자체가 예지라고 평가함.

1998년 10월, 『일광유년』 발표 및 출간. 건강이 극도로 악화된 상황에서 목숨을 걸고 써낸 작품으로 전해짐. 단편 「4월 6일에서 8일까지, 집으로 돌아가라4月6日至8日, 回你家去吧」 「농민군인」 「병동兵洞」 발표. 중편 「대위大校」로 제8회 〈해방군문예〉 중편소설상 수상. 『일광유년』

에 관해 유명평론가 천샤오밍은, "인간의 생명에 대한 묘사를 극단으로 몰아간 대단히 용기 있는 작품으로서 고통의 가장 직접적인 수용"이 담긴 작품으로 평가함. 문화평론가이자 베이징대 중문과 교수인 다이진화는, 이 작품이 "시간의 전도라는 완벽한 구조형태를 갖추고 있다"고 평가함. 유명 평론가 왕이촨은, 이 작품을 문학의 근원을 추구한다는 의미로 '색원체素源體'라고 명명하여 평론계 전체로부터 주목받음. '향토중국'의 고난을 순수 상징의 형식으로 묘사해낸 이 작품은 민족 전체 생명의 가장 원시적 형태를 그려낸 민족의 정신사이자 영혼의 종교사, 생명의 속죄사로 평가되면서 출판계에서도 중국 시대문예출판사를 비롯하여 인민일보출판사, 베이징시월문예출판사 등이 2년 단위로 연이어 출간하는 성황을 보임.

1999년 중편 「동남쪽을 향해 가다朝着東南走」로 〈인민문학〉 우수작품상 수상, 「바러우천가耙耧天歌」로 제5회 상하이 우수중편소설상 수상.

2000년 단편 「1949년의 문과 방1949年的門和房」 발표.

2001년 장편 『물처럼 단단하게堅硬如水』 발표 및 출간. 나중에 구두조장편소설상 우수작품상 수상. 이 작품은 『일광유년』에 이은 또 한차례의 철저한 자기번복으로 평가됨. 유명 평론가이자 상하이 푸단대학 교수 천스허는 '악마적 요소'라는 단어로 이 작품을 분석함. 작가 본인은 '붉은 언어'와 '혁명 언어'로 권력의 부조리를 묘사했으며 언어의 구조와 방식, 밀도 등을 통해 시대의 정신논리를 나타냈다고 자술함. 소설집 『바러우천가』 『통과穿越』 『투계鬪鷄』 등 출간.

2002년 단편 「지뢰」 「몽둥이 세 개三棒槌」 「사령관 집의 정원사」 「사상정치공작」 「검정 돼지털 흰 돼지털」 「할아버지 할머니의 사랑」 등 발표. 이중 「검정 돼지털 흰 돼지털」로 〈소설선간〉 우수단편상 수상. 두번째 산문집 『몸을 돌려 집으로返身回家』, 소설집 『세 개의 몽둥이』 『연월일』등 출간. 10월, 문학평론가 량홍과의 대담집『무당의 빨간 젓가락』출간. 이 책에서 자신을 본질적으로 '농민'으로 규정하면서 밭에 씨를 뿌리지는 않지만 땅으로 이뤄진 인간 내면과 영혼에 씨를 뿌린다고 천명함.

2003년   중국 산둥대학과 뤄양대학 등에서 문학강좌 진행. 10월, 장편『레닌의 키스受活』발표(원제는 수활受活로 '즐거움'이란 뜻이나, 프랑스어판 번역자에 의해 '레닌의 키스'로 붙여져 유럽과 영미에 유통된 제목임).

2004년   『레닌의 키스』출간.『일광유년』이나『물처럼 단단하게』에 뒤지지 않는 기서로 평가됨. 상하이대학에서 왕샤오밍, 왕지런, 차이샹, 쉬밍, 리얼 등 20여 명의 평론가와 작가들이 모여『레닌의 키스』에 대한 학술토론회 개최. 이 자리에서 방언을 매우 적절히 구사하여 실제 경험을 통해 행복이 없는 비극적 사회 발전을 폭로하고 있다는 등의 평가를 받음. 작가 리얼은 이 작품을 중국 사회와 문화 전체에 대한 비판이자 반론이라고 평함. 유명 평론가 난판은『레닌의 키스』를 '부조리 현실주의'라고 규정하면서 풍자와 부조리의 요소를 극단으로 몰아갔다고 평가함. 왕더웨이, 리튀 등 정상급 평론가들도 『레닌의 키스』에 주목하고 "리얼리즘의 새로운 경지"라는 높은 평가를 내림. 상하이대학을 비롯하여 베이징대학, 산둥대학, 산둥사범대학, 칭다오대학, 칭다오사범대학, 중국인민대학 등 중국 유수의 대학에 초청되어 문학 강연 및 강좌 진행.

2005년   중편「인민을 위해 복무하라為人民服務」를 발표했다가 잡지가 전부 회수되는 상황이 발생함. 마오쩌둥의 위대한 명제인 "인민을 위해 복무하라"를 폄훼하고 혁명을 모독했다는 이유로 작품의 출판과 유통이 전면 금지되는 동시에 문단과 출판계에 커다란 쟁의를 일으킴. 2월, 『레닌의 키스』로 제3회 라오서문학상 수상. 아울러 '민족의 정신사'라는 평가와 함께 2004년 중국소설 베스트셀러 목록에 오름. 3월, 『레닌의 키스』로 제2회 21세기 딩쥔문학상 수상. 군대생활에서 완전히 퇴역하여 베이징작가협회 소속 전업작가가 됨.

2006년 1월, 장편 『딩씨 마을의 꿈丁莊夢』 발표 및 출간. 재판 출간금지 조치와 함께 출판사와의 소송에 휘말림으로써 '중국에서 가장 쟁의가 많은 작가'라는 평가를 받음. 『인민을 위해 복무하라』가 20여개 국가 및 지역에서 번역, 출간됨. 일본의 '오에 겐자부로 문학학술대회'를 비롯하여 난징대학, 정저우대학, 베이징사범대학, 랴오닝사범대학 등에 초청되어 문학 강연 및 강좌 진행.

2007년 『딩씨 마을의 꿈』이 타이완 독서인상을 수상함과 동시에 〈아주주간亞洲周刊〉 2006년 전지구 화어華語 10대 양서 가운데 하나로 선정됨. 아울러 한국, 일본 등을 비롯해 영미권, 유럽권 등지에서 번역, 출간됨. 『옌롄커 문집』(전12권)과 문학수상집 『나의 현실, 나의 주의』 출간. 9월 15일, 〈당대작가평론〉에서 여러 대학과 연합하여 '옌롄커 문학학술토론회' 개최. 류짜이푸, 왕야오, 쑨위, 청광웨이, 천샤오밍 등 중국의 정상급 평론가들이 옌롄커 문학에 관한 수많은 글을 발표함.

2008년 2월, 장편 『풍아송風雅頌』 발표 및 출간. 발표되자마자 "베이징대학을 겨냥한 소설"이라는 비판과 함께 대대적인 논쟁을 일으킨 이 작품은, 최초로 지식인을 소재로 한 소설로서, 한 지식인이 수치와 억압 속에서 자아존재의 자리를 찾아가는 내용을 담고 있음. 작가 스스로도 한국어판 서문에 밝혔듯, '옌롄커의 정신적 자서전'이라는 평가를 받음. 베이징외국어대, 한국외국어대, 영국의 당대중국 문화 축제, 홍콩 시티대, 영국 케임브리지대 등에 초청되어 강연과 강좌 진행. 4월, 인천문화재단이 주최한 AALA문학포럼에 참가. 프랑스 제4회 국제소설포럼에 초청되어 강연함.

2009년 단편 「샤오안小安의 뉴스」, 중편 「도원춘성桃園春醒」 발표. 『연월일』 프랑스어판 출간. 역자 브리지트 기보가 이 작품으로 프랑스 국가 번역상 수상. 장편 산문집 『나와 아버지』 출간과 동시에 CCTV, 중국산문협회, 〈신경보新京報〉〈광저우일보〉〈남방도시보南方都市報〉 등의 기관에 의해 2009년 최우수작품으로 선정. 『물처럼 단단하게』 재판, 소설집 『천궁도天宮圖』 『4호금구四號禁區』 최신 수정판 『정감옥情感獄』 등 출간.

2010년 53세. 중국인민대학교 문학원 교수로 정식 임용됨. '글쓰기의 반도' 로서 출판을 위해 함부로 책을 쓰지 않는다는 선언과 함께, 장편 『사서四書』 완성. 중국 내 이십여 개 출판사로부터 출판을 거절당함. 타이완 성공대학과 노르웨이 오슬로문학센터, 스페인 마드리드도서전, 싱가포르문학축제 등에 초청되어 강연과 문학포럼 진행. 소설집 『연월일』 재출간. 『레닌의 키스』가 유명 학술지인 〈남방주말南方周末〉에서 30년 내 10대 우수도서로 선정됨. 평론집 『소설의 발견發見小說』 발표 및 출간. 이 책에서 리얼리즘을 '강구控构 현실주의, 세상世相 현실주의, 생명 현실주의, 영혼 현실주의' 등으로 구분함. 아울러 자신의 창작을 '신실주의神實主義'라고 명명하고 창작의 과정에서 기존의 진실의 표면적 논리관계를 포기하고 일종의 '존재하지 않는 존재'의 진실, 보이지 않는 진실, 진실에 덮인 진실을 찾는다고 천명함. 10월, 산문집 『나와 아버지』로 제1회 시내암문학상 수상. 12월, 홍콩과 타이완에서 각각 『사서』 출간. 〈아주주간〉에서 '보석 허가를 받아 치료중인 기서'라고 평가함. 『풍아송』 베트남어판 출간. 시드니대학 공자학원을 비롯하여 미국 뉴욕작가축제와 마이애

미도서전, 한국 경성대학, 이탈리아 밀라노문화센터, 로마 제3국제
대학 등에 초청되어 강연 및 강좌 진행. 장편『딩씨 마을의 꿈』이 구
창웨이 감독에 의해 영화화되어 여러 차례의 심의 끝에 상영 허가
를 받음.

2012년   1월,『딩씨 마을의 꿈』이 영국 맨아시아 문학상 최종후보,〈파이낸
셜 타임스〉올해의 책으로 선정됨. 일본에서 라오서 작품 이후로 두
번째 점자본 도서로 출간됨.『사서』한국어판 출간. 프랑스의 페미나
문학상 최종후보로 선정됨.『그해 여름 끝』한국어판(2012년 제목은
'여름 해가 지다') 출간. 3월부터 6월까지 홍콩 침례대학 초청으로 객
좌교수로 활동하면서 장편『작렬지炸裂志』집필 시작. 3월, 장편 산문
집『베이징, 마지막 기념: 나와 711호 원자』출간. 4월 21일에〈뉴욕
타임스〉에「집 잃은 개 1년」이란 제목의 글을 발표하여 비분과 무
력감의 감정을 토로함. 5월, 해외강연 모음집『헛소리들』출간.

2013년   『레닌의 키스』영문판 출간 이후〈뉴요커〉〈뉴욕 타임스〉, 영국의
〈가디언〉등으로부터 호평받음. 재미 화인작가 하진은 이 작품을
"유연한 상상력과 과장된 수사로 부조리와 현실을 잘 묘사한 대단
히 희극적인 작품"으로 평가함.『레닌의 키스』노르웨이어판 출간.
『물처럼 단단하게』한국어판 출간. 3월부터 4월까지 미국 듀크대,
버클리대, 하버드대, 캐나다의 일부 대학 등을 순회하며 강연 및 강
좌 진행. 7월, 신작 장편『작렬지』발표.

2014년   말레이시아 '화종花踪'세계 화문 문학대상 수상. 체코 프란츠 카프
카상 수상.『작렬지』로 홍콩홍루몽상 수상.

2015년   『레닌의 키스』로 일본 트위터국제문학상 수상.『물처럼 단단하게』
로 베트남 국가 번역상 수상.

2016년   『사서』로 영국 맨부커 인터내셔널상 최종 후보에 오름.『일식日蝕』

으로 홍콩 홍루몽상 최고상 수상.

2017년　잡지 〈수확〉에 장편소설 『캄캄한 낮, 환한 밤速求共眠』을 발표.

2018년　산문집 『밭과 호수의 아이田湖的孩子』 출간.

2019년　『캄캄한 낮, 환한 밤』 출간.

2020년　산문집 『그녀들她們』 출간.

2022년　제6회 이호철통일로문학상 수상.

지은이 **옌롄커**
1958년 중국 허난성 쑹현에서 태어나 1985년에 허난대학교 정치교육과를 졸업하고 1991년에 해방군예술대학교 문학과를 졸업했다. 1979년 단편 「천마 이야기」로 데뷔한 이후 활발한 작품활동을 이어가고 있다. 주요 작품으로 『물처럼 단단하게』 「인민을 위해 복무하라」 『딩씨 마을의 꿈』 『풍아송』 『사서』 등이 있으며, 제1회, 제2회 루쉰문학상과 제3회 라오서문학상을 비롯, 이십여 건의 문학상을 수상했다. 세계 여러 매체들에 의해 '가장 폭발력 있는 중국 작가'라는 극찬을 받으며 2016년 맨부커 인터내셔널상 최종 후보에 올랐고, 오랫동안 노벨문학상 후보로 거론되고 있다.

옮긴이 **김태성**
1959년 서울에서 태어나 한국외국어대학교 중국어과를 졸업하고 동 대학원에서 타이완문학 연구로 박사학위를 받았다. 중국학 연구공동체인 한성문화연구소를 운영하면서 중국 문학작품 번역 및 문학 교류에 힘쓰고 있다. 『노신의 마지막 10년』 『굶주린 여자』 『인민을 위해 복무하라』 『목욕하는 여인들』 『딩씨 마을의 꿈』 『핸드폰』 『눈에 보이는 귀신』 『나와 아버지』 『사람의 목소리는 빛보다 멀리 간다』 등 100여 권의 중국 책을 한국어로 번역했다.

풍아송 風雅頌

1판 1쇄 2014년 2월 20일 | 1판 3쇄 2022년 11월 30일

지은이 옌롄커 | 옮긴이 김태성
기획 고원효 | 책임편집 송지선 | 편집 최민유 김영옥 고원효
디자인 장원석 | 저작권 박지영 형소진 이영은 김하림
마케팅 정민호 이숙재 박치우 한민아 이민경 안남영 왕지경 김수현 정경주
브랜딩 함유지 함근아 김희숙 고보미 박민재 박진희 정승민
제작 강신은 김동욱 임현식 | 제작처 한영문화사(인쇄) 경일제책사(제본)

펴낸곳 (주)문학동네 | 펴낸이 김소영
출판등록 1993년 10월 22일 제2003-000045호
주소 10881 경기도 파주시 회동길 210
전자우편 editor@munhak.com | 대표전화 031) 955-8888 | 팩스 031) 955-8855
문의전화 031) 955-3578(마케팅) 031) 955-2686(편집)
문학동네카페 http://cafe.naver.com/mhdn
인스타그램 @munhakdongne | 트위터 @munhakdongne
북클럽문학동네 http://bookclubmunhak.com

ISBN 978-89-546-2403-9 03820

www.munhak.com